明人别集叢編

鄭利華 陳廣宏 錢振民 主編

胡儼集

【上册】

湯志波 楊玉梅 點校
鄭利華 審定

復旦大學出版社

本書係國家社科基金項目『明人别集序跋輯録與研究』（21BZW018）階段性成果
本書爲國家古籍整理出版專項經費資助項目

胡儼畫像

《頤庵文選》卷首 清抄本（四庫底本） 中國國家圖書館藏

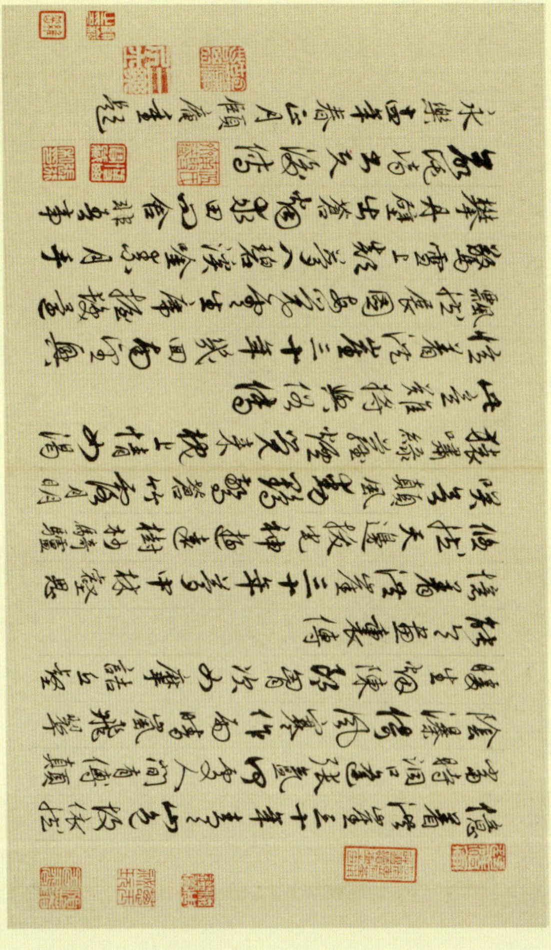

胡儼行書題洪崖山房圖詩頁

北京故宫博物院藏

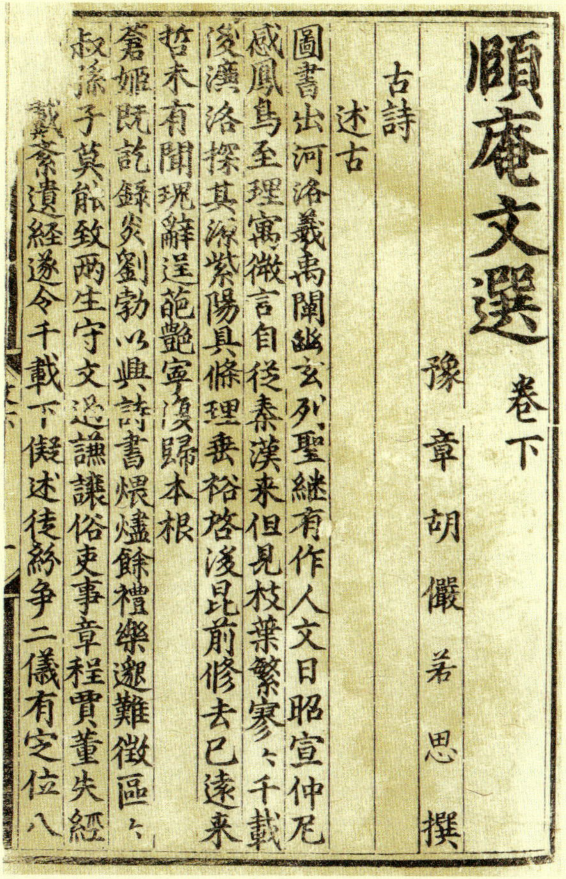
頤庵文選　卷下
豫章胡儼若思撰
古詩
述古
圖書出河洛羲禹闡幽玄列聖繼有作人文日昭宣仲尼
感鳳鳥至理寓微言自從秦漢來但見枝葉繁寥寥千載
後濂洛探其源紫陽具條理垂裕啓後昆前修去已遠來
哲未有聞現辭逞葩艷寧復歸本根
蒼姬既訖錄炎劉勃以興詩書煨燼餘禮樂邈難徵區區
叔孫子莫能致兩生守文遇譏讒俗吏事章程賈董失經
戴蒙遺經遂令千載下儗述徒紛爭二儀有定位八

《頤庵文選》卷首
明宣德刻本　中國國家圖書館藏

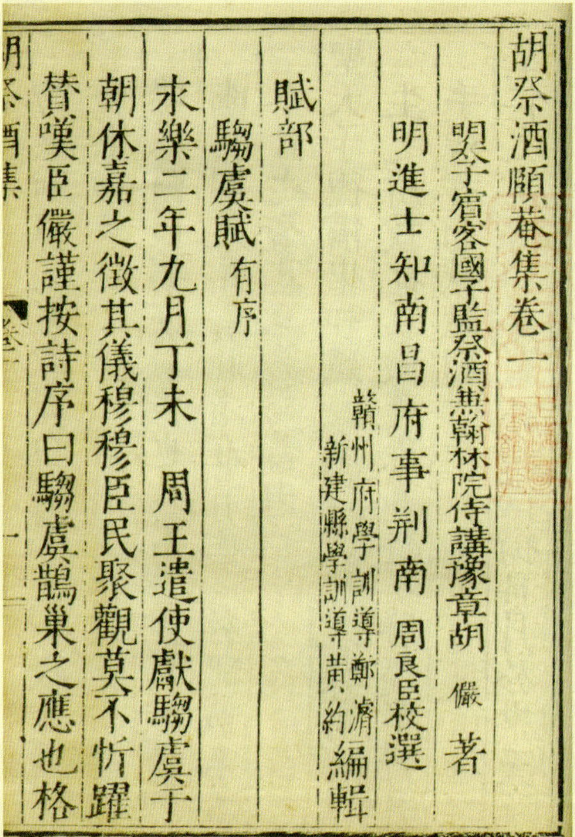
胡祭酒頤菴集卷一
明太子賓客國子監祭酒兼翰林院侍講豫章胡　儼　著
明進士知南昌府事荊南　周良臣校選
贛州府學訓導鄭濬編輯
新建縣學訓導黃約
賦部
騶虞賦有序
永樂二年九月丁未　周王遣使獻騶虞于
朝休嘉之徵其儀穆穆臣民聚觀莫不忻躍
賛嘆臣儼謹按詩序曰騶虞鵲巢之應也格
胡祭酒集　卷一　一

《胡祭酒頤庵集》卷首

明萬曆刻本　上海圖書館藏

總序

中國的古籍文獻浩如煙海，這是先人留給我們的寶貴的文化資源和精神財富。明代是中國歷史發展演變的一個重要時期，成爲中國社會處於近世而具標誌性意義的一個時代。明代的文化不僅積累豐厚，重視與歷史傳統相對接，同時又善於創新立異，呈現時代異動的一系列特徵。而作爲這種文化積累與變異相交織的具體表徵之一，它也突出地反映在明代的著述領域。總體來看，明人撰作浩繁，論説紛出，由此構成一筆蔚爲可觀的文化思想之資産。與前代相比，其不但反映在文獻種類上的擴充，而且出現了一批卷帙龐大的著作。以後者而言，最爲典型的莫過於明代中後期文壇巨擘王世貞，他生平筆耕不輟，著述極爲繁富，僅其詩文別集弇州山人四部稿、弇州山人續稿及讀書後，加起來就將近四百卷，四庫館臣曾稱：「考自古文集之富，未有過於世貞者。」（四庫全書總目卷一百七十二集部弇州山人四部稿、續稿提要）儘管個人著述數量龐大的情況在有明一代不能説很普遍，但也並非絶無僅有。可以説，凡此自是明代學術和文化趨於繁盛的一個明顯標誌，而這一時期汗牛充棟的各類著述，也成爲後人研究明人思想形態和創作實踐的重要資源。

鑒於有明一代文人的著述數量繁夥，其中不乏富有文獻和研究之價值者，尤其是它們作爲中國近世文獻典籍的重要組成部分而流傳至今，這也受到學術界和出版界的關注和重視，相應的文獻整理和出版工作爲之展開，並有一批成果問世。首先是明人文集的影印。這其中始自二十世紀九十年代的四庫系列影印叢書的編纂出版，如四庫全書存目叢書（齊魯書社）、續修四庫全書（上海古籍出版社）、四庫禁燬書叢刊（北京出版社）、四庫未收書輯刊（北京出版社），就包括了相當數量的明集。除此之外，尚有明人文集的專題影印叢書，如明人文集叢刊（臺灣文海出版社）、明代論著叢刊（臺灣偉文圖書出版社）、四庫明人文集叢刊（上海古籍出版社）、明別集叢刊（黄山書社）、明人別集稿抄本叢刊（國家圖書館出版社）、明代詩文集珍本叢刊（國家圖書館出版社）、日本所藏稀見明人別集彙刊（廣西師範大學出版社）等。這些影印叢書特別是明人文集專題影印叢書的相繼問世，爲明代文學、史學、哲學等不同領域研究工作的開展，提供了一批重要的文獻資源。其次是明人文集的點校。除了一些零散的點校本之外，叢書系列較有代表性的，如中國古典文學叢書（上海古籍出版社）、中國古典文學基本叢書（中華書局）、明清別集叢刊（人民文學出版社），包括了若干種類的明集；又具地方文獻性質的如蘇州文獻叢書（上海古籍出版社）、浙江文叢（浙江古籍出版社）、湖湘文庫（岳麓書社）、陝西古代文獻集成（陝西人民出版社）等等，各自也收入了數種明集。這自然也爲學人的閲讀和研究提供了一定的便利。

衆所周知，作爲古籍整理的兩種重要形式，影印和點校具有彼此不同的功能和作用，如果説前者主要在於呈現文本的原始形態，這也是傳統保存和傳遞文獻資源所採取的一項有效措施，那麽後者則屬於針對文獻所進行的一種深度整理，其功能和作用並非影印所能代替。按照傳統的工序，點校整理需要經過底本的遴選、文本的標點，以及利用不同版本和相關文獻進行校勘及輯佚等過程，原則上要求形成相對完善和便於利用的新的版本，如此，當然也相應增加了此項工作的難度和强度。從這個意義上來説，開展明人文集的整理工作，借助影印的便捷手段，爲保存和利用古籍文獻創造條件，固然十分必要，而與此同時，通過點校這種深度整理的方式，爲學人提供較爲完善的文集版本，也是不可或缺的。從明人文集影印整理的情況來看，迄今爲止，特别是隨着若干大型明集影印叢書的出版，種類數量上已形成一定的規模。比較而言，明集的點校整理則相對滯後，尤其表現在文集覆蓋的範圍有限。一些零散的點校本，大多選擇整理的是明代若干代表人物之文集。即使是數部規格較大的點校整理叢書，或限於叢書的通代體例，或限於選録範圍的要求，其中明代部分所收録的，主要爲活躍在當時文壇的數位重要人物之文集。至於一些地方性的文獻整理叢書，自然要以人物的地域身份作爲選録的主要標準，所以選目的覆蓋面相當有限。這樣的情形，實與明人文集大量留傳的存書現狀和學人閲讀及研究的廣泛需求形成某種反差。以明集點校整理的質量而言，其中在標點、校勘、輯佚等方面，固然不乏質量上乘者，但在另一層面，受制於整理者自身的學術資質、工作態度以及各種客觀條件，整理質量有待於進一步提升者，亦並非偶見。應當説，有關明人文集的點校整理，既有擴大整理範圍的必要，又有提升質量的空間，需要做的工作還有很多。

有鑒於此，經過充分的醞釀和準備，我們現著手編纂這套大型文獻整理叢書明人别集叢編，以期能對學人的相關閲讀和研究發揮重要的裨助作用。該整理項目得到了復旦大學出版社的大力支持，從而也使得這套叢書的編纂和出版工作有了切實有力的保障。根據所制定的編纂總例以及相應的編纂宗旨，本編主要選取有明一代不同時期特别在文學乃至史學和哲學等領域較有代表性、尤其在上述領域有着獨特業績或顯著影響而鮮少受到學人充分關注或重視的文人之詩文别集，通過精選底本和校本、精嚴標點和校勘，爲學界提供一套較爲完善的明人詩文别集整理本。具體來説，一是選目要求具有較爲廣泛的覆蓋面，以體現文獻整理種類較强的系統性，並重點選取一批前人未曾點校整理的明人詩文别集，而這些别集作者又大多在明代不同時期文壇表現相對突出或較有影響，我們的目的是力圖通過對這些作者别集的整理，彌補明集整理上存在的空闕，凸顯本編的原創性之編纂特色。二是針對若干種已有整理本問世的明人詩文别集進行重新整理，因爲前人整理本的情況比較複雜，有的整理質量相對較高，也有的則仍存在很大的修正和補闕的空間。特别是有些早期的整理本，除了受制於整理者的主觀因素，也或多或少爲其時文獻查閱和檢索等條件不如現今便利的客觀因素所限制，出現這樣或那樣的問題在所難免。故而從糾補闕失、後出轉精的角度來説，有選擇性地開展重新整理工作又是非常必要的。但重新整理並不意味着重複整理，它的價值意義更多指向優於前人整理成果的彌補性和超越性，當然也要求整理者爲之付出更多的心力。三是在標點和校勘上盡力做到謹慎細緻、精益求精。底本方面，原則上要求選擇刊印較早、較全或經名家精校的善本；校本方面，原則上要求在充分理清版本源流的基礎上，重點選擇具有代表性及校勘價值的版本作爲主要校本。通過精校，存真復原，形成接近作者原本的新善本。四是在文本的輯佚上盡可能利用相關的資源拾遺補闕，即要求通過對作者詩文集各版本的細緻查閱和對相關文集、史志等各類文獻資料的廣泛搜羅，補録本集未收的詩文，同時爲避免誤收，要求對所輯篇翰嚴格加以辨察。

作爲古籍整理的一個大型學術工程，本編選録的明人别集數量和卷帙繁富，整理工作面臨的難度和强度不言而喻，特别是爲了充分保證整理的質量，需要我們秉持格外嚴謹的態度和付出十分艱巨的勞動，唯有全力以赴，一絲不苟，毫不懈怠，才能實現理想的目標。衷心期望這套大型文獻整理叢書的編纂和出版，能爲明代文獻的整理和研究盡一份綿薄之力。

鄭利華　陳廣宏　錢振民

二〇二一年五月

總例

一、宗旨

明人別集叢編係選編整理有明一代文人詩文集的大型叢書、古籍整理研究的一大工程。該叢書主要選擇明代不同時期特別在文學乃至史學、哲學等領域較有代表性，尤其在上述領域具有獨特業績或顯著影響而鮮少受人充分關注或重視的文人之詩文別集，通過精選底本、校本，精審標點、校勘，爲學界提供一套相對完善的明人詩文別集整理本。

二、版本

（一）底本，原則上以刊印較早、較全或經名家精校的善本作爲底本。

（二）校本，原則上在理清版本源流的基礎上，對於有多種版本系統者，選擇具有代表性的版本作爲主要校本，并參校他本及各類相關文獻資料。

各集采用的底本、校本及參校的相關文獻資料，均須在整理「前言」中加以説明。

三、校勘

通過精校，存真復原，即綜合運用對校、他校、本校、理校等方法進行校勘，提供接近作者原本的新善本。

四、標點

本編各集以國家新近頒布的標點符號使用法爲依據，同時參照國務院古籍整理規劃小組制定的古籍點校通例進行標點整理，并按原書文意析分段落。

五、體例

（一）本編所收各集，其編排體例原則上不作改動，以存其原貌。

（二）依照原書正文篇名重新編製全集目録。

（三）文集前後序跋、傳記、軼事等文字，作爲附録置於全集之後。

（四）作者撰寫的已經單獨刊行并且前人未曾編入其詩文集中的學術類文字，一般不收入新整理本中。

（五）在完成點校整理的基礎上，各集整理者分别撰寫前言一篇，簡介作者生平、文集構成，説明版本概況、點校體例等。

六、輯佚

（一）通過作者詩文集各版本及有關文集、史志等文獻資料，搜羅集中未收之詩文，但爲避免誤收，補入時須注意對所輯佚文的作者歸屬或真僞情況加以仔細辨察。

（二）佚文不多者，直接補於相應體裁或文集正文之後；數量較多者，按體裁編爲若干卷，列於文集之正文各卷之後。佚文來源均須加以注明。

各集整理者根據本編上述總例之要求，分别製訂文集點校具體之體例。

目録

古曲歌詞

序

記

七言律詩

歌行

七言絶句

胡祭酒文集卷之十八……三二三

胡祭酒文集卷之十九……三四五

雜著

胡祭酒文集卷之二十……三七二

題跋

胡祭酒文集卷之二十一……三九二

墓誌銘

胡祭酒文集卷之二十二……四一三

胡祭酒文集卷之二十三

祭文

胡祭酒集

胡祭酒集……四六五

序

胡祭酒頤庵集 …… 五一三

七言律部

詩

頌

詩

附録四　目録索引三種……七一六

前言

胡儼（一三六一—一四四三），字若思，號頤庵，明代江西臨江府新淦縣人，徙居南昌。洪武二十年（一三八七）鄉試第二，次年會試中副榜，授華亭縣學教諭。二十九年改餘干，建文元年（一三九九）薦授桐城知縣。明成祖即位，任翰林檢討，陞侍講、左庶子，拜國子監祭酒。永樂八年（一四一〇）朱棣北征，胡儼以祭酒兼侍講掌管翰林院事務，輔佐皇太孫留守北京。永樂十九年改任北京國子監祭酒，與修太祖實録、永樂大典、天下圖誌，皆充總裁。洪熙元年（一四二五）以疾乞休，仁宗賜敕奬勞，進太子賓客，仍兼祭酒。正統八年（一四四三）八月卒於家，享年八十三歲。

胡儼現存別集有頤庵文選、胡祭酒文集、胡祭酒集、胡祭酒頤庵集、頤庵集五種。另有胡氏雜説一卷，内容均見於別集中。明永樂間「臺閣體」逐漸成爲文壇主流，胡儼亦是代表作者之一，集中不乏應制頌聖之作。胡儼詩歌頗具特色，四庫館臣言：「其詩頗近江西一派，詞旨高邁，寄託深遠，與三楊之『和平安雅』者氣象稍殊。」其古文之法，亦傳之有自，初受經於伯父胡汝器，後師同里熊釗，熊釗又受知於元大儒虞集。又因三任黌宮之職，畢生以師道自任，故而其爲詩文，多以經學發爲文詞，篤經而不媿古，理致微密，辭偉氣英。以下就其現存别集略而述之。

頤庵文選二卷，明宣德間刻本僅存下卷之五分之一，中國國家圖書館藏清抄本（四庫底本）、南京圖書館藏清抄本、日本静嘉堂文庫藏清抄本及四庫全書本尚存全帙。卷首有朱權、王洪、熊釗、胡廣、鄒緝、楊士奇等多人序跋，共收詩文六百四十六首。

胡祭酒文集卷數不詳，臺北故宫博物院藏明俞廷輔刻本。今存卷十六至二十三共八卷，皆爲文集。收記、雜著、銘、箴、贊、頌、題跋、墓誌銘、祭文等一百四十八篇，與頤庵文選内容無重合。

胡祭酒集十四卷，中國國家圖書館藏明隆慶五年（一五七一）李遷刻本，僅存卷七至卷十四。卷末有吴國倫、楊仲謨所作後序。是書由吴國倫詮次編選，其中前六卷爲詩，今已不存；後八卷爲文，收序、記、頌、贊、表箋、墓誌、哀辭、祭文等八十九篇，與頤庵文選亦無重合。

胡祭酒頤庵集十二卷，上海圖書館藏明萬曆元年（一五七三）徐栻序刻本，闕卷二至卷五。是書卷首有徐栻序，卷一至卷六爲詩集，收詩歌三百四十六首；卷七至卷十二爲文集，存文六十七篇。

頤庵集十二卷附金川世業二卷金川世業附刻一卷，上海圖書館藏清康熙二十六年（一六八七）序刻本。卷首有康熙間施閏章等多人序跋及校刻姓氏。前七卷爲詩集，收詩三百十一首；後五卷文集，分爲序部、記部、碑銘部、題跋部、雜著部、雜記部，共五十篇。編排順序與萬曆間徐栻序刻本基本一致。金川世業二卷，卷上爲賦、頌、贊、表箋及各體詩，卷下爲記、序、銘，附譜圖墓碑及各體詩，共收詩六十八首，文廿二篇。金川世業附刻一卷，爲胡儼從叔胡雲端與從兄胡子泰、胡子持詩文，共五十三首。

本書整理，依次收録胡儼别集五種：頤庵文選、明隆慶五年李遷刻本胡祭酒集（簡稱隆慶本）、明萬曆元年徐栻序刻本胡祭酒頤庵集（簡稱萬曆本）、清康熙二十六年序刻本頤庵集（簡稱康熙本）。頤庵文選與胡祭酒文集内容無重合，全部收入；胡祭酒集、胡祭酒頤庵集、頤庵集中前書已收詩文不再收録。

頤庵文選以四庫提要著録叢書影印中國國家圖書館藏清抄本爲底本，校以景印文淵閣四庫全書本（簡稱文淵閣本）、景印文津閣四庫全書本（簡稱文津閣本）、日本静嘉堂文庫藏清抄本（簡稱静嘉堂本）、南京圖書館藏清抄本（簡稱南圖本）、中國國家圖書館所藏明宣德間刻本（簡稱宣德本）以及萬曆本、康熙本。胡祭酒文集以原國立北平圖書館藏甲庫善本叢書影印明俞廷輔刻本爲底本，校以隆慶本、萬曆本、康熙本。由於底本殘闕甚多，據校本所補之内容不再一一注明。胡祭酒集以北京圖書館藏古籍珍本叢刊影印明隆慶刻本爲底本，校以萬曆本、康熙本。胡祭酒頤庵集以上海圖書館藏明萬曆間刻本爲底本，校以康熙本。其中卷二至卷五詩集有目無文，今不作改動。頤庵集以上海圖書館藏清康熙刻本爲底本。此外，胡儼亡佚著作頗多，今輯出詩十五首、文三十四篇作爲胡儼集補遺，真僞存疑者暫未收録。其中信豐縣重建譙樓記與譙樓畫角三弄記略有重複，今亦兩存，不作删改。

本書卷末附録四種。首爲胡儼傳記。胡氏仕途顯達，傳記甚夥，今擇其要者六篇，另附中國國家圖書館藏清抄本卷首清高宗所作頤庵先生像贊及康熙刻本卷首施閏章所作本傳三傳合校、本傳名賢名宦二傳校正。次乃詩文集卷首相關序跋二十篇，又輯得李遷重刻胡祭酒先生文集序一篇，并四庫提要共廿二篇。再次是頤庵集後附金川世業附刻，收録胡儼從叔胡雲端，堂兄胡子泰、胡子持三人詩文及卷首校刻姓氏。最後爲胡祭酒集、胡祭酒頤庵集、頤庵集三書目録，並製作索引，便於讀者瞭解三書之全貌。本書整理錯漏不足之處，敬請方家指正。

頤庵文選

頤庵文選卷上

賦

述志賦

嗟予生之忽忽兮，儵侵尋以就衰。老冉冉其將至兮，素髮颯以垂絲。遵先人之遺則兮，恒兢兢以自持〔一〕。顧予力之不足兮，徒念兹而在兹。慨前修之日遠兮，惟古訓之是求。呻佔畢於朝夕兮，又懼夫輪扁之見咻。肆超遥於策府兮，恣遠覽而旁搜。日遑遑而不逮兮，心切切而怛憂。道愈遠而莫反兮〔二〕，策跛牂於梁輈。津浩浩而弗濟兮，渺傾波於洪流。

予既望洋而趦趄兮，退却步而返顧。恐佳期之遲暮兮，羌回車以復路。恥没世而名不稱兮，漫馳騁於空言。苟余情其信美兮，何雕蟲之刻鐫。掃枝葉與葩華兮，求根柢於本原。彼源泉之混混兮，曾不舍夫逝川。魚淵泳而鳶天飛兮，夫孰使之然？覩豁然而呈露兮，披雲霧於青天。反諸躬而欣欣兮，抑非言之可宣。苟日新而弗已兮，亹澡雪而潔鮮。日惴惴如臨深兮，匪一息之可捐。竊獨處而韜匿兮，媿闇然而日章。顧虛薄之淺尠兮，孤衆人之所望。惟黽俛以從事兮，曾何有於寸長。日居月諸兮，孰悲予視之茫茫。歌伐檀以內疚兮，知素餐之無補。閔予心之日負兮，守一室於環堵。對庭槐以延佇兮，聊逍遥而容歟。

【校勘記】

〔一〕「恒」，原闕，今據南圖本、靜嘉堂本、文淵閣本、文津閣本補。「兢兢」，南圖本、靜嘉堂本作「競競」。

〔二〕「反」，南圖本、靜嘉堂本作「及」。

東軒賦

承聖皇之臨御兮，運熙洽而穆清。念宅中以圖治兮，即國都而作京。忝縉紳於侍從兮，又從事乎芸臺。近直廬而卜居兮，蔭矗矗之古槐。衆方謂予之隘陋兮，予獨安於所寄。復闢地於西偏兮，就青陽而面勢。廣不踰乎尋丈兮〔一〕，僅風雨之可蔽。瓦鱗次而壁垣兮，匪雕斲之所製。牖疏豁而嚮明兮，納晨光於迢遞。室固密而静幽兮，絶風埃之障翳。惟圖書之在列兮，遠俗務之紛拏。徒竊禄於蕭散兮，幸朝夕以自娱。

昔安仁之棲遲兮，侈樂事於閒居。子由出而營職兮，則又窘束夫鹽沽。獨顔子之陋巷兮，恒坦坦以自如〔二〕。夫子既歎其賢兮，流不朽之美譽。予景仰夫先哲兮，審容膝以自安。日黽俛以就列兮，豈碩人之考槃。退舒舒而即休兮，樂欣欣而忘餐。感聖恩之嘉惠兮，曾何補於寸分。媿苟延夫歲年兮，聊泚筆乎兹軒。

【校勘記】

〔一〕「丈」，原作「尺」，文津閣本同，今據南圖本、静嘉堂本、文淵閣本改。

〔二〕「以」，南圖本、静嘉堂本作「兮」。

滕王閣賦

翳仙李之盤根，布柯條於區宇。既命爵以錫圭，遂分茅而胙土。惟滕啓封，實介鄒魯。爰來豫章，督郡開府。山川秀靈，人物蕃廡〔一〕。星麗斗牛，地兼吴楚。據百粤之上游，壯雄藩之重輔。朱門畫戟，號令肅乎風雷；繡闥雕甍，詩書被乎閭里。誠東南水陸之都會，古今人材之淵藪，宜乎王公之所臨處也。想夫端居多暇，深宫日長。圖書既厭，琴瑟倦張。中心不怡〔二〕，積思浩穰。乃命輕駕，肅冠裳，擁高牙，驂乘黄，俯郊郭，耀旗常。六轡總總，八鑾鏘鏘。騰吹長阪，弭節高岡。江山相望，鬱乎蒼蒼〔三〕。既游目以騁懷，遂欣欣而樂康。

於是戒梓人〔四〕，程匠石。相陰陽，表區域。奠方位於高明，燔菑翳於蓬藋。鞏杞梓之良材，斵巖巒之秋骨。締構費於經營，精神妙於規畫。巋然傑閣，成功不日。觀其臺榭凌虚，檐牙翬飛，碧窗瀟灑，彩檻逶迤。際平沙兮浩浩，撫長江兮漪漪。謝氛埃於物表，接莽蒼於天涯。遠烟積兮凝黛，空翠生兮襲衣。碧瓦華榱，青山隱隱；丹楹藻棁，緑樹依依。錦纜牙檣兮璀璨，鶴汀鳧渚兮參差。

至若春日載陽，花明柳碧，素練澄江，長天一色。薰風島嶼，渺孤鶩於落霞；野水蒹葭，亂白鷗於飛雪。啼鴂送半山之夕陽，征鴻横千里之明月。地位絶湫隘之炎歊，房櫳隔高寒之凜冽。四時朝暮，光景明滅。于以宴樂，于以游息。或憑高以暢神情，或望祲而書雲物。帶彭蠡之渺茫，挹華峰之秀特。列閣皂之雲屏，倚洪崖之丹壁。招五老於匡廬，納九江於几席。呼君山之紫髯，吹洞庭之玉笛。吞雲夢兮八九，曾不芥蔕于胸臆。賓從光兮羅綺陳，簫鼓咽兮歌舞新，遏行雲兮動梁塵。玉顏酡兮玉杯側，美人醉兮嬌艷春。一旦事闌人去，物換星移，樹閣公之棨戟，聳王勃之文詞。朱簾垂兮雨冷，畫棟黯兮雲飛。對樽前之潭影，目檻外之波馳。濡毫授簡，蓋已太息於當時。

余嘗汎舟章江，繫榜南浦。訪故老以遺蹤，指蒼苔之斷礎。古木號兮西風，芙蓉悴兮夕露。壞堞鴉飛，澹烟蛩語。宿草迷隄，殘碑仆土。佩玉兮鳴鑾，音塵兮何許。惟江上之西山，見君王之歌舞。粲采采之黄花，空蛺蝶兮栩栩。繼三王之文雅，擅後來之韓愈。仰巴山之故亭[五]，與丹梯而並峙。竹色兮松聲，凄涼兮杜甫。

余乃浩然興懷，惻然悽楚。樂極悲來，豈惟斯故。追往事於亡陳，亘臨春與結綺。藹香風於沉檀，極人間之麗美。何啻百倍於斯閣，終亦凋零而銷毁。矧楊氏之四香，又驕奢而侈靡。彼冰山兮莫悟，竟何足以比數。並漂摇於瓦礫，而同鞠爲榛莽矣。獨河間之禮樂，暨東平之徽嬂。著藩屏之良規，流芳馨於青史。顧賢否之異塗，徒感慨於千古。

【校勘記】

〔一〕「廡」，康熙本作「蕪」。

〔二〕「恰」，南圖本、静嘉堂本、萬曆本、康熙本作「怡」，文淵閣本、文津閣本作「愜」。

〔三〕「乎」，南圖本、静嘉堂本作「鬱」。

〔四〕「戒」，康熙本作「介」。

〔五〕「仰」，原作「柳」，南圖本、静嘉堂本、萬曆本、康熙本作「抑」，今據文淵閣本、文津閣本改。

續月中桂賦 并序

天朝造命之初，選任舊德〔一〕。鄱陽程國儒，以前進士來守南昌。喪亂之餘，急於求士，乃舉行賞試〔二〕，命題校藝。先伯父虞部府君治書經，先祭酒公治春秋，各以其業就試，中場賦題，乃「月中桂」也。虞部遂魁多士，先公亦在高選。當時同輩，翕然嚮風。儼少時閱家集，常誦二賦，不勝企慕。及今侵尋暮景，而加以衰疾，追惟先德，往來於懷，恒懼不肖，以墜厥緒。於是力疾勉爲續賦一通，非敢以紹夫遺芳，將使後之子孫見之，庶幾知祖宗詩書之澤不泯也。其有志者，能無激昂於斯乎？

粤有靈木，匪土而株。託根月窟，輪囷扶疏。不春而榮，不冬而枯。與天地兮始終，哀衆芳兮須臾。枝連蜷兮相繚，葉蓊鬱兮交敷。日回旋乎后土，夕覆被乎寰區。想夫一氣未判，大化胚胎，陰陽既肇，不假栽培。霧滃雲蒸，緑茁青荄。東皇資始於玉燭，西昊司成於瑶臺。聳丹霄而修直，依紫垣而徘徊。拂列宿兮不披，徑周天兮往來。婆娑偃蹇，玲瓏陰森。風雨不震，寒暑不侵。氤氲旁礴，孰古孰今？華不淪於朓朒，德每同於照臨。

若夫斜河左界，長空一碧，寶殿風清，璇階露滴。粲金粟於廣寒，散天香於八極。滄海鏡兮波澄，瑶池瑩兮霜白。天上悠悠，人間寂寂，玉宇瓊樓，今夕何夕？乃有羿后靚妝，素娥妙舞，霓裳初奏，羽衣乍舉。度曲調均，諧律詣吕。縞鶴離巢以迴翔，白鸞出林而軒翥。影湛碧於蟾宫，實粉丹於兔杵。望舒逍遥而御乎冰輪，吴剛徙倚而收其玉斧。余乃求神農之遺經，訪華陽之真逸。爲言性味可以服食，雜芳椒以調珍，化雲母而爲液。駐容顔如嬰童，壯筋骨如金石。殺三蟲而安五臟，滋元氣而理百脈。神仙不老，於人多益。

矧兹仙種，又非凡木之所能匹。方其浥沆瀣，混青赤，毓太和，流潤澤。雖玄圃蟠桃，六千年之花實；楚南靈椿〔三〕，八千歲之春秋，曾不爲之瞬息。又若扶桑高標，交柯屈鐵，若華芬敷，盤根錯節。夐不可齊，廣不可絜，曜靈舒光，萬古不滅。曾不離乎土壤，抑何有於高潔。

余既獲聆緒論，反覆紬繹。固若得其要領，終莫究其底極。疇昔之夜，夢遊册府，挾天風而上征，憩仙槎於銀渚。叩鈞天之帝庭，接廣樂於萬舞。於是歷太微，抵營室；入文昌，披桂籍；過勾陳，謁太一，跽敷衽以陳衷，耳玄微之歷歷。曰：「子實縉紳，博究儒術。豈不聞厥初無形，馮馮翼翼。輕清上浮，蒼蒼其色；重濁下蟠，混混其質。陽精爲日，陰魄爲月。月受日光，含精載魄。麗天九行，循環一轍。從風從雨，各以其節。三五而盈，三五而缺。猶寶鑑之懸空，表虚明而照物。亦隨物而賦形，洞陰精而襲翕。何者爲桂，付之一吷〔四〕。」余遂怳然而寤，罔然如失，敬泚筆而攄詞，將以解古今之惑。心既暢兮神融，復擊節而爲之歌曰：

有物翳翳兮當月中，影婆娑兮流太空。歲復歲兮夜復夜，莫知其始兮曷究其終？我欲訊之兮超鴻濛，虹橋渺兮將焉從，徒慷慨兮吟秋風。

【校勘記】

〔一〕「任」，原作「仕」，今據南圖本、静嘉堂本、文淵閣本、文津閣本改。

〔二〕「賞」，原作「費」，今據南圖本、静嘉堂本、文淵閣本、文津閣本改。
〔三〕「椿」，原作「棬」，今據南圖本、静嘉堂本、文淵閣本、文津閣本改。
〔四〕「呹」，原作「唊」，今據南圖本、静嘉堂本、文淵閣本、文津閣本改。

感寓賦〔一〕

茫茫堪輿，萬物並作。動植飛潛，氤氲交錯。人生其間，眇焉棲託。知誘物交，紛紜揮霍。劌目怵心，神銷精爍。白髮漸疏，紅顔匪昨。日居月諸，悠悠罔覺。若夫翩翩公子，乘軒駕鶴，身都貴富，勢傾山岳。入則高居廣厦，重樓傑閣；粉黛争妍，蘭房蕙幄；佳賓滿堂，緑樽翠勺；吹竹彈絲，千金一謔。出則流水滔滔，游龍濯濯；玉勒雕鞍，文茵繡褥；鳴騶夾道，衢開市却；意氣揚揚，光動城郭。人生至此，云胡不樂？

一旦樂極悲生，意闌情索。雍門張弦，引商扣角〔二〕。凄凄切切，潸然淚落。至若窮櫩蔀屋，圭竇蓽門。蒼苔迷徑，宿莽充園。一室懸罄〔三〕，十畝荒榛。衣重百結，食不加餐。丘無束帛，里絶來轅。皚皚雪積，蕭蕭雨殘。東郭履敝，黔婁衾單。稚子懷飢，老妻啼寒。原生環堵兮寂寞，榮叟帶索兮蹣跚。栖栖賤貧，孰與温存？

乃有文士修飭，藴美含章。積仁潔行，顒顒昂昂。牙籤插架，緗帙連床。青燈雪案，緑幕秋堂。高詠風雅，上窺虞唐。錦肺繡腑，發爲文章。接芳塵於賈、董，攀逸駕於班、揚。於是鶴書遥赴，驥足高驤，躡青雲而步武，歷天衢而翱翔。建功業於當世，垂勳名於旂常。亦有窮年矻矻，白首山林。抱兔園之册，聚車胤之螢。春會稽之市，鼓犢牧之琴。老欷歔兮侘傺，志壹鬱兮沉吟。

至如服勤耒耜，浮載舟車，劬劬畎畝，汎汎江湖。萍蓬秋思，烟雨春蕪。塵土壓貂裘，光陰歎白駒。復有乘時規利，坐守廢居，百工肆列，有無相須。夙夜孳孳，卒老其區。或山而樵，或水而漁，或驅而牧，或負而趨。同寓形於宇内，恒役役於朝晡。又若乘門空寂，羽士清虚，祇園鷲嶺，方丈蓬壺。衲衣香冷，鶴駕雲孤。對黄花兮微笑，見碧海兮塵枯。吁嗟乎，物不可齊，道不可虞。蜉蝣短晷，殤子夭殂。壽同金石，亦有時渝。孰隕而穫，孰昭而蘇？同歸于化，茫茫堪輿。

重曰：已矣，古往兮今來，春與秋兮迭催。逝者兮如斯，慨馳波兮不回。時不我兮淹留，徒偃蹇兮低徊。天高兮地厚，紛玄黄兮形色。至人兮無累，大化兮穆沕。合散兮杳冥，雖聖神兮莫測〔四〕。

【校勘記】

〔一〕「寓」，康熙本作「遇」。

〔二〕「扣」，原作「抑」，南圖本、静嘉堂本、萬曆本、康熙本同，今據文淵閣本、文津閣本改。

〔三〕「罄」，原作「磬」，今據南圖本、静嘉堂本、文淵閣本、文津閣本、萬曆本、康熙本改。

〔四〕「聖神」，文津閣本、康熙本作「神聖」。

陽春賦

佳哉春之爲氣也，沖瀜兮，堅冰解沍而流澌。飄忽兮，東風澹蕩，遠山横碧含清暉。低徊兮，攝提貞于東方。浩浩兮，太皡乘震而司芒。蟄居户而始振兮，雁嗈嗈而北鄉。緊草木之奮茁兮，儵甲拆而勾萌。鶯出谷而遷喬兮，桃夭夭而始華。鳦翽翽其來歸兮，就棟宇而即家。何柳絮之盈盈兮，悠揚漂泊乎天之涯。

蹇余之獨處兮，耿惝恍而無鄰。見鳴鳩之刷羽兮，感戴勝之知春。雨霡霂而土膏兮，欣原隰之畇畇。農秉耒以舉趾兮，期有秋而服勤。日遲遲而載暄兮，女微行之是遵。求柔桑與白蘩兮，迨女紅之維新。嗟余生之矻矻兮，徒策名於縉紳。希論世而尚友兮，陋佔畢之吟呻〔一〕。時亹亹而逾邁兮，老冉冉其逡巡。攀前哲之逸駕兮，竟駑駘之後塵。吁嗟乎，洪崖蒼蒼，漳水湯湯。有仙人兮紅蕉之裳，望不見兮烟霧長。渺渺兮玉笥，白雲兮故鄉。春雨露兮既濡，眷松楸兮不能忘。

【校勘記】

〔一〕「吟」，原作「呤」，今據南圖本、静嘉堂本、文淵閣本、文津閣本改。

藂菊賦

凛素秋之佳節兮，天宇廓而高澄。何衆芳之摇落兮，覩斯菊之獨榮。葉湑湑以流潤兮，枝扶疏而紫莖。粲芳華之承檻兮，揚藿藿之繁英。凌清霜而擢秀兮，毓太陽之真精。雖駢羅而雜遝兮，喜蕃廡而各遂其生。玉盈盈以瑩質兮，金煌煌而耀晶。錦半舒而絢彩兮，霞欲收而流頳。鷺垂絲而欲墮兮，鶴凝丹而不鳴。羽迎風而初翔兮，杯擎露而乍傾。儼西子而靚妝兮，度響屧而娉婷。豈太真之新浴兮，出華清而猶未醒。將洛川之宓妃兮，步羅襪於清泠。抑漢臯之神女兮，援明珠而含情。

兹世俗之所喻兮，匪君子之德馨。緊翠袖之嬋娟兮，倚素蛾於修竹。羣真肅肅而臨軒兮，爍流金於佩玉。羌皦皦以潔修兮，白駒在彼空谷。抑素履之坦坦兮，媲幽人之貞獨。紛既儷此衆美兮，亶吾遊乎瑶之圃。擷芳馨以翱翔兮，將以遺乎遠渚。山蒼蒼而雲冥冥兮，悵緑蘿之烟雨。招柴桑之逸老兮，攜三逕之壺觴。挾天隨與坡翁兮，續杞菊之後章。靈均亦既餐英兮，何自苦而沉湘。惟老圃之秋容兮，抱晚節而自芳。飲菊潭之甘潤兮，日欣欣而樂康。

重曰：稟幽姿兮潔以清，挺玉秀兮含金精。虚堂静兮月色皎，中庭凄兮朝露零。流光馳兮歲將暮，雁嗈嗈兮蟬無聲。耿獨處兮抱貞素，心惝怳兮誰爲榮。涼飈兮振衣，芳菲菲兮欲披。物有盛兮必衰，嗟人生兮幾時。激清商兮浩歌，聊泚筆兮攄辭。

遊匡廬山賦

昔神禹之疏鑿兮，奠山川於九區。惟彭蠡之既瀦兮，渺巨浸而爲湖。爰有山而西峙兮，儼穹窿而覆廬。彼何人之昆季兮〔一〕，初卜居而宅其陽。詢遺老而求其故兮，傳其姓而曰匡余。於是招五老於雲中兮，參九真而翱翔。攬香爐之紫烟兮，濯飛瀑於石梁。挽銀河於九天兮，凌倒景之蒼茫。雙劍倚空而嵯峨兮，凜肅肅之秋霜。俯龍淵於絶壁兮，瀉碧澗之琅琅。漱玉挺乎長松兮，慨故址之荒涼。掃蘚斑而求古跡兮，信德美其流芳。欻凌風而遐舉兮〔二〕，抵尋真之舊觀。逕松蘿而歷九奇兮，覩雲屏之焕爛。天宇豁其澄鮮兮，聳層巒於霄漢。冰簾三疊而下垂兮，儵瓊飛而珠散。羌觸坎而轂轉兮，懸素絲於天半。迴風摶而混結兮，炯雪毬之洞貫。邀謫仙於松巢兮，扣東林之禪扃〔三〕。倚三笑而長吟兮，聽虎溪之泠泠。升上方而登天池兮，跨絶頂之高寒。靈籟發而凄清兮，悚萬壑之驚湍〔四〕。

鳥咿嚶於幽谷兮，猿悲嘯乎巑岏。熊咆龍吟之不可以留兮，接空明之羽翰〔五〕。巨艦突而撑空兮，何神化之渺漫。披蒙茸而陟虎豹兮，仰石磴而高攀。坐飛閣以延覽兮，付江山於一瞬。紅葉忽其翩翻兮，猶雨花之亂隕。訪竹林之古寺兮，云隱顯之靡常。流鐘磬於巖竇兮，顧杳靄兮何鄉。俯盤盤之深谷兮，綺繡錯而錦張。過淵明之栗里兮，三逕没而已荒。挹高風於千載兮，攀逸駕於羲皇。

余思夫古人而不得見兮，撫孤松而彷徨。望白雲之悠悠兮，擥紫霄之蒼翠。迎鸞鶴於空中兮，驂羣仙之環珮。臨墨池以揮灑兮，希右軍於絶代。酌鸞溪之一滴兮，亦何有乎滯礙。道簡寂以遨遊兮〔六〕，仍羽人於丹丘。陸子肅余於石壇兮，耿星河之欲流。余既縱夫玄覽兮，羌回車以復路。度松關之迢迢兮，問棲賢之故處。乃少室之山人兮，甘嘉遯而來居。抑後賢之仰止兮，藏簡册於奥區。振吾袂於高岡兮，挾天風於兩腋。鹿呦呦而思芩兮，闖紫陽之遺蹟。洞含呀而隱約兮，山幽幽而無人。葛漫漫於樛木兮，石磊磊乎澗濱。堂構餘乎瓦礫兮，蛩愁吟而饑鼯呻。

余既感此而惆悵兮，除積翳於榛荒。採蘋蘩於沼沚兮，就堂階而薦觴。退即乎風泉雲壑兮，聊詠歌而徜徉。衆既告余以欲暮兮，還余駕乎東騖。蟬嘒嘒而寒鳴兮，草萋萋其夕露。松陰陰而月朦朧兮，渺蒼蒼之烟霧。

亂曰：汨吾遊兮北征，水茫茫兮山青。税吾駕兮匡廬，訪古蹟兮窮奥區。山之人兮潔修，跨黄犢兮夷猶。灑清風兮六合，凛冰玉兮高秋。歸來兮歸來，求山人兮林丘。

【校勘記】

〔一〕「昆」，原作「字」，今據南圖本、静嘉堂本、萬曆本、康熙本改。

〔二〕「欸」，南圖本、静嘉堂本作「飙」。

〔三〕「禪」，原作「譚」，今據南圖本、静嘉堂本、文淵閣本、文津閣本、萬曆本、康熙本改。

〔四〕「壑」，南圖本、静嘉堂本作「里」。

〔五〕「明」，萬曆本、康熙本作「白」。
〔六〕「寂」，南圖本、静嘉堂本作「席」。

歸休賦

嗟余生之蚤衰兮，憯風淫之見侵。臂牽聯而痿痺兮，足蹣跚而不任。薰蘭湯以滲液兮，醫又告余以焫鍼。何盧扁之不遇兮，遂淪浹而日深。爰削籍於金閨兮，耿宵寐而沉吟。荷聖眷之不遺兮，御西清而趣召。肆奔趨而不俟駕兮，羌及户而振掉。違天顔於咫尺兮，聖情爲之惻愴。竟沉綿而伏枕兮，鑾輿邁而陟方。攀龍髯而莫及兮，望蒼梧於渺茫。八音遏密以拱聽兮，咸仰戴乎重光。

余恐溘先於朝露兮，悲年歲之不吾與。託金蘭以陳詞兮，猶眷留而弗許。心忡忡而靡達兮，日矯首而延佇。儵上公之並臨兮，致丁寧乎天語。繼三接而拜貺兮，使命紛其旁午。龍章粲而昭回兮，儼宸旒之當宁。竊榮名而久妨賢兮，知素餐之無補。叨寵恩而撫己兮，輒懷慚而悽楚。

余既感此離别兮，復遲遲乎其去也。出都門而踟躇兮，抑惟靈修之故也。駕扁舟而揚颿兮，汎潞河而超渤海。正春陽之發舒兮，萬彙曄乎其光彩。樹冉冉而飛花兮，山蒼蒼而巋嵬。水馳波而東注兮，草萋萋兮烟靄。歷古跡而策短節兮，吊昔人乎安在？牛羊牧豎以躑躅兮，徒以增夫一慨。

過汶泗而浮淮兮，泝大江而南征。神州龍蟠而虎踞兮，佳氣鬱葱而晶瑩。指彭蠡而徑度兮，招五老於空青。如願辭余而不返兮，問葛洪之舊盟〔一〕。遵石頭而夜泊兮，曉入乎豫章之故城。童稚笑而牽衣兮，揖父老而驩迎。何日月之不居兮，又宫車兮晏駕。念同軌之畢至兮，復倉皇而東下。川迢迢而風飀飀兮，曾不舍夫晝夜。謁二陵於天壽兮，淚横流而交頤。神陟降於鈞天兮，覩新宫之巍巍。皇仁閔余之驅馳兮，抑又懷乎宿昔。顧衰颯之不可以留兮，乃涣頒乎寵錫。

恭承嘉惠兮，余豈懷寶而深藏。老驥猶戀乎君之軒兮，徒偃蹇兮不可以騰驤。衆翱翔乎天衢兮，獨回車以復路。朔風振乎潞亭兮，凛河冰其交沍。悵淹留於州侯兮，勤館人於旦暮。獻歲發春兮，聆蒼鳩之先鳴。酒崇觴而肉載俎兮，感驪駒於諸生。

風飄飄而吹衣兮，順滄波而揚舲。歷舊遊而周覽兮，亦竊愧乎余生之營營。駐余棹於章江兮，水泠泠而山明〔二〕。造先人之故廬兮，越歲久而增敝。蠨蛸罥於户牖兮，簡册封而塵翳。卜幽隱以棲息兮，得遺構於南郊。疏清池而築圃兮，亟燔榴而剪茆。頫遊魚之圉圉兮，接黃鳥之交交。雉斑斑而將雛兮，鳦翩翩其來巢。樹陰陰以連逕兮，花藿藿而承條。枉鄰曲之壺觴兮，庶以慰余之寂寥。余既安於所寓兮，遠井邑之紛囂。彼不諒余之中情兮，反輒謂余之孤高。余素懷乎耿介兮，匪時俗之所能移。聊逍遥以夷猶兮，時矯首而遐思。孅人渺乎河漢兮，隔盈盈之秋水。寫離鸞於孤桐兮，抱明月而延企。君子戒乎素行兮，惟益勵乎餘齒。

亂曰：已矣哉，日居兮月諸，人生兮須臾，何鬱鬱兮煩忓。安素履之坦坦，矢余心而弗渝。

【校勘記】

〔一〕「葛」，原作「青」，南圖本、静嘉堂本、文津閣本同，今據文淵閣本改。

〔二〕「冷冷」，文淵閣本、文津閣本作「泠泠」。

述夢賦

登高樓之崔嵬兮，軼氛埃於層霄。天宇廓其洞虚兮，際空明於泬寥〔一〕。綺窗珠綴紛玲瓏兮，風肅肅而下飄。覩真人於玉臺兮，棄彩鳳而逍遥。披太霞而進謁兮，蹙然閔余之瘠磽。啓靈文而欲授兮，顧塵昏之未銷。既食余以麟脯兮，又飲之以醇醪。琴高鼓以清瑟兮〔二〕，飛瓊汎其雲璈。邀王喬而宿之兮，吹參差於鳳匏。何處子之綽約兮，姱修眉而峨翠翹。肅斂容而不敢訊兮，欻凌風而高超。

余惝怳莫知所如兮，王子導余以遊遨。挾光景以凌厲兮，薄星辰而上朝。撫扶桑之東枝兮，擥若木之高標。駭神鼇之贔屭兮，天吴出而舞潮。方遊鯤之擊水兮，儵鵬翼而扶摇。振余袂於千仞兮，晞余髮乎陽喬。升崑崙而餐玉英兮，渺瑶水之蕩潏。金堂閬其無人兮，悲蟠桃之不實。駕青虬而高馳兮〔三〕，過方諸而一息。珠宫貝闕嵯峨兮，蔭玉樹而蕭瑟。接飛仙之冉冉兮，慨弱流之無極。

盧生去而不返兮，海若誇於河伯。陋夸父之不知止兮，哀愚公之又惑。召荼壘於杜索兮，截雄虺之九首。擲封狐於萬里兮，顧夔魖乎何有。命庚辰於淮涘兮，絏支祁於龜山〔四〕。猰貐殪于青丘兮，檮杌逐乎荆蠻。豺虎深藏而遁跡兮，蛟螭匿蟠乎重淵。攬余轡以儃佪兮，飄然游乎瑶之圃。步春臺以夷猶兮，覩鈞天之萬舞。

幸余逢此休嘉兮，内欣欣而和煦。羌回車以復路兮，順凱風而曾舉。山窅窅而雲冥冥兮，佳木秀而承宇。紛紅蘭於廣術兮，喜芳菲其襲予。恍然乎歸來兮，惟覺時之寢處。寄遐思於寥廓兮，玩孤芳而容與。

【校勘記】

〔一〕「沇」，原作「沈」，南圖本、静嘉堂本同，今據文淵閣本、文津閣本、康熙本改。

〔二〕「鼓」，南圖本、静嘉堂本作「致」。

〔三〕「駝」，文津閣本、康熙本作「馳」。

〔四〕「紲」，原作「枻」，南圖本、静嘉堂本、文津閣本、康熙本同，今據文淵閣本改。

楚辭

續毀璧辭

雲憑憑兮結暝，鏡臺空兮夜逾永。毀璧兮殞珠，殫素絲兮絶柔領。薄命兮不如無生，朱絃斷兮流哀聲。念殤子兮泉之扃，有女弱兮嗟娉婷。山高高兮上有石，身不化兮長太息。星霜易兮時屢遷，舊種緐花今就實。命之薄兮心之悲，讒罔極兮我姑慈。事朝夕兮或乖缺，蒸藜弗熟心知之。有颮風兮回颸，環佩委兮亂陸離。圓靈兮仰覆，矢死兮不渝。汨浮班兮篔簹殞，璧之毀兮櫝之韞。日輪迴兮不可以企斯，撫蟾兔兮桂魄隱。憶夫君兮駕瑶軫，惜往日兮思途近〔一〕。魂已逝兮情孤，抱深恨兮匪良圖。覓泉臺兮窅以默，天宇澹兮懷哉拮据。

【校勘記】

〔一〕「近」，南圖本、静嘉堂本作「遠」。

遊薊門

雞喔喔兮揚翹，暾將出兮天宇高。烟冥冥兮既斂，芳菲菲兮承條。矯予遊兮薊門，覩佳氣兮氤氲。紛扶疏兮輪囷，忽眇眇兮無垠。青簾兮繡箔，恍飛仙兮綽約。吹竹兮彈絲，揚清聲兮入寥廓。儵回風兮度曲，披紅芳兮駭緑。渺佳期兮浩蕩，照綺羅兮華屋。烏鳴兮交交，車轔轔兮驅驕，聊逍遥兮遊遨。

訪石鼓

有石兮鼓形，質礧礧兮堅貞。始柔祇兮孕璞，寔圓靈兮隕星。玉人兮追琢，刓方兮就規。越千禩兮不泯，羌神物兮司之。謇周道兮寖微，宣中興兮奮發。天戈兮四揮，肆南征兮北伐。徐方兮載安，獫狁兮摧殘。方召兮桓桓，曁補衮兮仲山。文謨兮武烈，流二雅兮詠歌。鏗鍧兮炳燿，昭耿耿兮不磨。緊端拱兮法宮，四海聿兮來同。

選徒兮行狩，吉日兮車攻。岐山巀兮蒼蒼，紛旂旐兮央央。遊馬兮既駐，遊弓兮斯張。儦儦兮速速，矢激兮獮蜀。邋邋兮員員，君子來兮逌屬。汧殹兮沔沔，鰻鯉遊兮重淵。充庖兮登俎，鱳鱳兮潔鮮。麀鹿兮雉免，左⿺走疌趨兮右顧。君子兮逌樂，⿺走樂⿺走樂兮孔庶。遊衢兮既平，天子兮永寧。康駕兮申敕，言還兮鎬京。左右翼兮委蛇，聯赤芾兮光陸離。

臣籀兮再拜，瑑丹兮流滋。粲星斗兮錯落，與雲漢兮昭回。珊瑚爗兮騰彩，玉樹春兮菲菲。環珮鏘兮鸞鳳飛，鼎鼐蔚兮蟠蛟螭。誕紀功兮刻石，亘終古兮無極。歷歲華兮既遠，半苔斑兮蘚蝕。蒼烟兮荆棘，雨淋漓兮日炙。野燒兮年年，亦何悲兮鞅畫。既不偶兮棄捐，復宛轉兮流傳。嗟以形兮見役，乃幸獲乎天全。巍巍兮璧雍，鼓鍾兮雝雝。庇廣厦兮深覆，惟日覿兮聖容。甘從事兮擊掃，宣人文兮無窮。

登金臺 臺故在易州

登高丘兮騁望，耿余懷兮太息。昔人兮眇綿，慨千古兮一日。彼七雄兮虎鬭，肆游談兮輻湊。捭闔兮縱横，嗟仁義兮莫救。列館兮築宫，有來兮充充。詒謀兮未遠，哀望諸兮不終。苟士脩兮信美，豈千金兮能致。戔戔兮賁丘，何銜玉兮求貰。曦亭亭兮野蒼，風蕭蕭兮落木。黄鳥羣飛兮争棲，鴻冥冥兮高翔。

謁文丞相祠

大厦兮既顛，豈一木兮能全。惟夫子兮遑遑，冀不負兮所天。天茫茫兮曷訊，彼覆餗兮何心。志侘傺兮不白，淚浪浪兮盈襟。脱虎口兮危疑，羌中道兮失路〔一〕。風塵兮澒洞，心鬱抑兮誰訴。乘桴兮浮海，波漫漫兮汪洋。渺靈修兮何許，雲冥冥兮山蒼蒼。搴旗兮空坑，期王室兮再匡。忽豺虎兮充斥，嗟赤子兮流亡。朱崖兮景從，義旅兮奮張。何時運兮迫阨，肆披猖兮見縶。矢死兮弗渝，哀夷齊兮不食。拘囚兮纍纍，慷慨兮陳詞。從容兮就義，日慘慘兮風悲。遺祠兮黌宮，儼肅肅兮令容。神逍遥兮八極，驂白螭兮駕青龍。流耿光兮天地，與造化兮焉窮。

【校勘記】

〔一〕「羌」，萬曆本、康熙本作「嗟」。

望居庸

望軍都兮穹窿，雄關峙兮居庸。蒼翠兮蒙茸，紛苒苒兮凌風。城巍巍兮兩山，臨玉塞兮跨高寒。車轔轔兮結駟，風蕭蕭兮木葉殷。淙懸崖兮珊珊，怳鳴琴兮清彈。聞仙人兮昔降，遺玉枕兮不刊。召韓生兮肅之，乃顧余兮一粲。駕黄鵠兮高飛翔，薄層雲兮入霄漢。皇風暢兮八極，蕩胡塵兮滅熄。遨浮丘兮賦詩，歌四海兮寧一。

過盧溝

洪流兮桑乾，汨盤折兮瀠灣〔一〕。架石梁兮横波，瀨淺淺兮激湍。白石兮齒齒，際平沙兮浩漫。攬余轡兮東駝〔二〕，望天門兮九關。雲飛飛兮來迎，水泠泠兮山青。回飈度兮遠響生，木蔆蔆兮鳥鳴聲。余欲訊兮九河，碣石峙兮嵯峨。渺滄海兮無極，悵淩風兮浩歌。

【校勘記】

〔一〕「瀠」，原作「漊」，南圖本、静嘉堂本同，今據文淵閣本、文津閣本改。

〔二〕「駝」，文淵閣本、文津閣本作「馳」。

吊望諸君墓 墓在良鄉

鼂余駕兮鹽溝〔一〕，見崔嵬兮高丘。招遺老兮問訊，曰夫子兮宅兹幽。方金臺兮築宫，賢彬彬兮來同。何夫子兮好修，亦驅馳兮嚮風。振長策兮高舉，下齊城兮建瓴水。時不可兮淹留，忽中道兮易軌。謇遑遑兮宵征，顧交絶兮不出惡聲。俾反戈兮相噬，心不忍兮辭誠。孤子吟兮抆淚，放子逐兮離憂。自古兮如斯，嗟夫子兮抑又何尤。春草兮烟浮，野蒼蒼兮雲稠。吊夫子兮，雖功美之不就，亦垂譽兮千秋。

【校勘記】

〔一〕「黿」，文淵閣本、文津閣本作「稅」。

題蘭二首

緑葉兮紫莖，芳菲菲兮襲衣。悦臨風兮紉佩，憺偃蹇兮忘歸。

幽蘭兮谷中，炯獨秀兮春風〔一〕。援鳴琴兮搏拊，水泠泠兮山空。

【校勘記】

〔一〕「炯」，文淵閣本、文津閣本作「芬」。

題畫二首

木藹藹兮山春，泉激澗兮水粼粼。何孤舟兮空繫，又獨居兮無鄰。

山蒼蒼兮雲深，渺佳人兮何許。採杜若兮芳洲，擥芙蓉兮遠渚。

秋風辭三闋

秋風兮淅瀝，天宇高兮澄碧。爽鳩兮習武，蟬悲鳴兮向夕。雲溶溶兮飛揚，月皦皦兮夜流光。繁星粲兮麗天，謇獨處兮空堂。瞻紫垣兮望太微，心耿耿兮神馳。擥天河兮在户，露忽零兮沾我衣。

秋風兮蕭瑟，芙容華兮露白。雁雝雝兮南翔，蓬飄飄兮廣陌。嗟素髮兮垂領，視茫茫兮色凄凜。蟋蟀兮在宇，顧形單兮獨影。桂樹兮團團，谷幽幽兮雲寒。山人兮獨往，倚桂樹兮盤桓。

秋風兮蕭條，木黄落兮山之椒。野闃寂兮林幽，豺登獸兮夜嘷。山中人兮獨居，女蘿衣兮冰雪膚。耿孤懷兮不寐，步明月兮踟躕。踟躕兮徙倚，流光馳兮歲云暮。爛若華兮紛敷，魂營營兮達曙。

擬招

山蒼蒼兮嶙峋，木蔓蔓兮山春。葯房兮蕙櫋，谷幽幽兮水粼粼。草芳兮蘭馨，泉流兮鳥鳴。君之歸兮，雲繽繽其來迎。君不歸兮，使我心怦。山寂寂兮林幽，木黄落兮山秋。桂樹團團兮枝相樛，猿夜鳴兮啾啾。有芝兮可茹，有秔兮盈疇。紉幽蘭兮蔭松柏，君歸來兮，樂琴書以夷猶。

古曲歌詞

秋鴻曲

朔風天雨霜〔一〕，肅肅鴻雁行。銜蘆惜遠别，出塞更高翔。蕩漾烟波迥，飄飖雲路長。歲晏無矰繳，時豐多稻粱。呼羣下彭蠡，列陣度瀟湘。歷歷鳴遵渚，依依影隨陽。弟兄幸無恙〔二〕，各在天一方。抱琴對明月，那能奏清商。

【校勘記】

〔一〕「朔」，原作「翔」，今據南圖本、静嘉堂本、文淵閣本、文津閣本改。

〔二〕「弟」，原作「第」，今據南圖本、静嘉堂本、文淵閣本、文津閣本改。

烏棲曲

銀河高高横碧落，夜静微風動寥廓。樹頭露零正烏棲，空懷明月閉深閨。階前候蟲鳴唧唧，機上美人不成織。含情下階望天河，鵲橋横練正無波。繡羅作帳玉爲屏，流蘇結帶蘭蕙馨。莫教窗下寒雞叫，只恐忽忽夢驚覺。夜半烏啼月將落，金缸青熒照羅幕。抱琴試鼓白頭吟，凄凄切切難爲心。

烏夜啼

秋高碧樹凋梧葉，夜静銀牀懸轆轤。美人堂前看明月，啞啞枝上啼寒烏。烏巢蒙茸九子哺，鸞鏡凄迷隻影孤。彈得琴中夜啼曲，遲歡不見空自娱。

採蓮曲

荷葉高低籠水碧，葉下花紅露霑濕，採蓮渡頭風正急。風正急，棹船歸。雲片片，雨霏霏。

湖中花豔張紅雲，湖上女兒新茜裙，清歌妙曲隔花聞。隔花聞，聲宛轉。跡雖親，心獨遠〔一〕。

採得荷花香滿衣，與郎相見思依依，晚涼湖上並船歸。並船歸，桂爲楫。激清波，蕩明月。

【校勘記】

〔一〕「獨」，南圖本、静嘉堂本作「猶」。

白紵歌

昨日之日不可留，飛光迅速如波流。嗟嗟少壯終白頭，願及芳時佳遨遊〔一〕。吴姬當筵歌白紵，清絲急管間宮吕。妙舞低迴玉杯舉，如何不樂空延佇。

堂前花開艷春陽，錦屏圍暖羅綺香。撾鍾考鼓宴高張，美人起舞紅袖揚，滿堂欣欣樂未央。但恐一夕秋風涼，空自徘徊明月光。

【校勘記】

〔一〕「佳」，文淵閣本作「任」，文津閣本作「且」。

白紵舞歌

錦筵銀燭照樽俎，絲竹悠揚薦芳醑。美人醉來白紵舞，紅袖低垂嬌不舉。玉佩丁東羅袂紅，纖腰對舞綺筵中。落花宛轉縈芳叢，密雪飄飄迴曉風。

古出塞曲

少小事戎行，許身漢飛將。逸氣每憑陵，壯心多慨忼。昨日羽書至，匈奴近邊障。耿耿不能寐，上馬馳北鄉。寶劍耀龍文，雕弓插虎韔。横行絶域中，颯颯雄姿王。陰風度漠高，殺氣連雲漲。一箭落旄頭，羣胡膽已喪。單于獻轅門，閼氏獲氊帳〔一〕。志在净烟塵，豈顧身被創。歸來論勳業，敢儗麒麟上。

【校勘記】

〔一〕「獲」，萬曆本、康熙本作「泣」。

折楊柳歌

昨日看花開，今日花已披，苦心獨徘徊。折楊柳，流光如逝波，韶華詎能久。燕燕羽差池，銜泥巢畫梁，雙棲復雙飛。折楊柳，郎去茂陵遊，還憶閨中否？幽蘭生谷中，亦知候春陽〔一〕，獨秀含清風。折楊柳，芳馨終自持，紉佩待歡取。囊中孤桐琴，自與懽別來，玉指問徽音。折楊柳，臨邛夜堂曲，相知不忠厚。寶鏡久不磨，塵翳如浮雲，熒熒當奈何。折楊柳，中心徒自知，寧復論妍醜。

【校勘記】

〔一〕「候」，原作「後」，南圖本、静嘉堂本、文津閣本同，今據文淵閣本改。

四時詞

春風吹簾斜，簾開飛柳花。美人高堂上，見此惜年華。年華容易隨春草，一雙蛾眉鏡中老。

碧水汎迴塘，新荷豔曉妝。看花臨綺檻，愛此雙鴛鴦。鴛鴦宛轉迴塘路，相對朝朝還暮暮。秋露白如玉，梧桐墜寒緑。文犀鎮錦帷，紅淚銷銀燭。銀燭輕摇翡翠烟，孤影熒熒夜不眠。葉落深閨静，露零宵鶴警〔一〕。玉井凍無聲，夢迴寒夜永。夜永銅龍漏幽咽，小窗斜轉梅花月。

【校勘記】

〔一〕「警」，萬曆本作「驚」。

長歌行

東海隱蓬萊，西崑泛瑶池。中有仙人宅，樓觀玉參差。彤霞影絢爛，翠旌光陸離。丹竈閉靈藥〔一〕，紫房饒瑞芝。日出扶桑樹〔二〕，月挂珊瑚枝。阿母騰彩鳳，青童驂黄螭。亭亭金作節，冉冉雲爲衣。飛佩降神女，獻枣來安期。相去萬億里，歡會不移時。琴高清調鼓，王子玉笙吹。食我以麟脯，酌我以瓊巵。暫憩方諸苑，還過閬風涯。但覺顔色好，那知歲年馳〔三〕。不見蟠桃花，空歌白雲辭。

【校勘記】

〔一〕「閉」，萬曆本、康熙本作「閑」。

〔二〕「桑」，原闕，今據南圖本、静嘉堂本、文淵閣本、文津閣本、萬曆本、康熙本補。

〔三〕「歲年」，康熙本作「年歲」。

短歌行

前有罇酒，揚眉浩歌。少壯不樂，老當奈何。瞻彼芳樹，灼灼其華。清飈颯至，落葉辭柯。蜉蝣朝飛，蟪蛄夕悲。空江鴻賓，遥海燕歸。錦席高張，嘉賓滿堂。朱絲玉柱，汎羽流商。翳翳昧谷，羲馭已促。爲歡未終，更當秉燭。

江南意

狂風吹游絲，飄揚無定向。若將比郎心，郎心更摇颺。采采芙蓉花，那能媚春華。含情照秋水，孤芳徒自嗟。

結髮行

少小爲夫婦，結髮誓偕老。如何中道間，棄置不相保。抱恨匪良圖，憂心徒懆懆。世上應無連理枝，階下偏生斷腸草。殘妝收玉鏡，幽意托瑶琴。寂寞深閨裏，誰聽白頭吟？

結交行

種樹種松柏，莫種桃李花。結交貴謹始，末路空歎嗟。桃李易容悴，强顔逞芬葩。松柏不改色，挺然凌歲華。大道自坦夷，人心多路岐。緬彼方寸間，對面不能窺。相逢徒草草，何由展懷抱。却憐睍睆鳴嚶嚶，幽谷無人春已老。

遠將歸

去年與郎別，楊花飛白雪。今年候郎歸，楊柳緑依依。聞郎買船下湘渚，日日門前望行旅。行人過盡乳鴉啼，徘徊日暮空延佇。攬衣回洞房，對鏡下新妝。那知清漏短，但愛明月光。月光照席涼於水，帳裏燈花撒紅蕊。好事從來不浪傳，明日升堂報姑喜。

妾薄命

妾薄命，聽妾歌。夫壻輕别離，妾心當奈何？山有虎豹，水有蛟螭。川塗邈悠，曷云能來。朔風吹衣，雨雪霏霏。洞房憭慄，神悽色衰。吁嗟乎！妾雖改兮，妾心不移。

竹枝詞

湖上聞郎歌竹枝，湖中蓮艇便輕移。却言郎度瀟湘去，折得荷花空淚垂。

聞郎昨夜下巴東，烟樹蒼蒼山萬重。一片陽雲飛不定，不知何處有郎蹤。

船頭烟暝浪花飛，船裏風來雨濕衣。獨棹蘭橈下蓮渚，迎郎不見又空歸。

荷葉亭亭秋色闌，露珠風蕩不成團。自憐顔色非前日，羞把新妝臨水看。

楊柳枝詞

罨畫樓前雨歇時，千絲萬縷緑垂垂。無端却被風吹起，撩亂春心不自持。

罩水和烟萬葉重，倚風飛絮曉茸茸。莫教吹落長河去，化作浮萍無定蹤。

門外春風楊柳枝，去年折柳送郎時。車輪一去無消息，只有長條依舊垂。畫簾風動影絲絲，曳緑摇金晝景遲。睡起倚闌看蛺蝶，鶯聲只在最高枝。

調笑詞〔一〕

明月，明月，今古幾回圓缺。天風吹上雲端，瓊樓玉宇露寒。露寒。露寒，寒露，搗藥誰憐顧兔。

緑綺，緑綺，寫得高山流水。海天烟霧漫漫，明月松風夜寒。夜寒。夜寒，寒夜，鶴舞銀河初下。

精衛，精衛，滄海填來幾歲。飛來飛去翩翩，但見洪濤碧烟。碧烟。碧烟，烟碧，愁殺孤飛短翼。

泥滑，泥滑，道上間關車轄。淒淒切切低飛，正是行人遠歸。遠歸。遠歸，歸遠，只恐山頭日晚。

【校勘記】

〔一〕「笑」，原作「嘯」，南圖本、静嘉堂本同，今據文淵閣本、文津閣本改。

三臺詞

一陣霜風乍起，半窗月影初斜。寶匣燒殘香篆〔一〕，銀缸落盡燈花。
坐穩錦茵重疊，醉來烏帽欹斜。誰遣青娥鬭月，自憐銀海生花。
樓上角聲嗚咽，天邊斗柄横斜。酒醒風驚簾幕，漏殘月在梅花。

【校勘記】

〔一〕「匣」，康熙本作「鴨」。

序

思紹堂詩序

聖賢之業，得其人則紹，不必皆其子孫。然于其人不于其子孫，必其子孫之不克肖也。堯之業，舜紹之；舜之業，禹紹之；紹禹、湯、文、武之業者，啓、大甲、成、康也。孔子於堯、舜、文、武之道，祖述而憲章之。紹孔子者，顏、曾、思、孟也。後乎千有餘歲，周、程、張、朱，則紹聖賢之絕學者也。其間有若邵子者，其業得之李挺之〔一〕，挺之得於穆伯長。所謂物理性命者，具于皇極經世之書，概可見矣。

程伯子嘗言：「推其源流，遠有端緒。」然自邵子没，而其傳泯焉。蓋其自得者，汪洋高大，非淺之爲儒者所可窺也。余嘗聞諸鄉先生言：「有元臨江杜清碧先生，博學多聞，深探皇極經世之旨。」然余生後，不及見先生，莫知其底裏。及得其懷友軒文讀之，信乎博洽之君子也。後又得其與鄉先生講論，有曰：「以萬事合爲一理，以千載合爲一日，以天下合爲一心，以四海合爲一家，則可制禮作樂，而躋三五之盛。」信乎有得於皇極經世者矣。今其孫德機，以「思紹」名堂，蓋有志於先業，能賦者既詠歌之，復來徵余序。

嗟夫，皇極之書雖存，而性命之理甚微。宏博之學可充，而克一之妙難會。然則若何而紹其業也？亦曰「思而已」。蓋思曰睿，通乎微者也。德機其勉之，庶幾克肖焉。

【校勘記】

〔一〕「得」，原作「傳」，南圖本、静嘉堂本、文津閣本同，今據文淵閣本改。

元宵唱和詩序

史記樂書載：「漢家常以正月上辛昏夜，祠太乙甘泉。」徐堅謂：「今人正月望夜張燈，是其遺事。」或云：「漢武祭五畤，通夜設燎，此張燈所由起也。」後至唐宋，有弛禁放夜之令，其事遂盛。」由此而言，世以元夕爲燈節，其來久矣。大抵朝廷無事，區宇寧謐，民殷物阜，而天下之人，得以安其燕遊，無淫佚之侈，則太平熙洽之化，於此亦可見焉。

今年春正月十五日，左庶子兼侍讀永嘉黄淮宗豫設宴，爲觀燈之會。入夜酒酣，光彩照席，芙蕖牡丹，根株葩葉，爛然乎罇俎之上。縉紳在席者，咸詠以詩。而右庶子兼侍讀廬陵胡光大爲之倡，且以序屬余。余惟古之君子，日用興作，嘗有玩物之戒，若嵇康之鍛、阮孚之屐、桓伊之笛、顧愷之之畫，非不傲世絶俗，然未免酣溺於物。而吾宗豫之意，豈在斯乎？誠以聖天子在上，天下康寧，吾徒竊禄于朝，雖無裨於治化，然幸以文字爲職業，乃得優游於侍從之間者，皆上之所賜也。今兹休暇，撫時燕樂，而觴詠勸酬，奇藻遞發，豈不可以敘朋游之好，鳴國家之盛矣乎？得詩若干首，遂爲之序云。

送趙季通調北京國子司業序

師道之不振久矣，至元爲甚。余聞諸鄉先生云，虞文靖公嘗言：初元之建學也，自許文正公。是時風俗簡略，人材樸茂，文正因時立教，一時士類多所造就。許公歿而學政寖弛，師道日廢。及吴文正公來爲監官，慨然思有以作新其人。而又以浮議鼓扇，公遂不惬而去。他日有戚里爲司業者，諸生羣然舉張子「過此幾非在我」之言爲問，戚里出倉卒，未能即對，連曰：「幾非。」諸生遂以此語榜其座。繼而魯公子翬與虞公來掌教事，始教之日，諸生有寫東坡洗兒詩于行舍壁間。詩中有「愚」、「魯」二字，意蓋含誚二公也。其驕蹇傲誕類如此，可勝道哉！

我太祖高皇帝以天縱之聖，膺君師之任，深知其弊，故於建學立師，凡若此者，一切禁戒而痛絶之。本道德以爲之訓，通典禮以爲之法，嚴教條以示之約束。品節防範，周至詳密，俾過不及者，一歸于中正。故爲師者，得以振其紀綱；爲弟子者，得以安其禮分。數十年間，名卿材大夫士彬彬輩出，而人材治效之盛，邁于前代遠矣。皇上聰明睿智，治定功成，首幸太學，御筵講經，文武就列，環橋門觀聽者，動以萬計。聿新乎文教，光昭乎鴻業，繼志述事，又有以超軼前代者也。

天台趙季通先生，于時爲博士，嘗被恩榮矣。今以司業調北京胄監，掌其監事。登圖書于舟，遂祖餞于道。六館師生送之江之滸，有揖而言者曰：「司業往矣，公可無言乎？」余曰：「趙先生之德之才，聖天子所簡拔，人之所共知，何待言耶？雖然，余又嘗聞，昔安定胡先生掌太學，以法度檢束士，初其徒少能安之，久乃化服。數百年間，士君子論能振立師道者，安定其人也。故君子所爲，不求近效，當要其成。要其成，古有其道。古之道亦曰：嚴師爲難，師嚴然後道尊。先生持此以往，鑒前代之所失，體皇上之至意，遵太祖之成憲，與其君子日從事于詩、書、禮、樂，講明乎堯、舜、禹、湯、文、武、周公、孔子之道，振起乎斯文，以淑諸人，以行諸世，庶上不負君命，下有以慰士子之心。先生往矣，余日望之。」

金諭德北征詩集序

永樂八年春二月，聖天子親駕北庭。御羣帥以統六師，問罪索虜。維是扈從之臣，妙選將相大臣暨文武之士。右春坊右諭德兼翰林侍講金公幼孜與學士胡公、庶子楊公，實在帷幄，秉代言之政。儼與户部尚書夏公時被命留北京，鑾輿之發，拜送于郊。見吾幼孜，烏帽貂裘，腰弓服矢，馳馬於屬車萬騎之中，莫不壯其志而榮其行也。

及皇師滅虜而歸，幼孜乃出示北征詩集，屬余爲序。余誦之凡若干首，道路之所經，風氣之所接，山川關塞之所登覽，雲霞草木、霜露晦明之景，與凡師徒之次、軍容之盛，既得以吐其奇氣，見之詠歌矣。至於沐道德之光，贊謀謨之密，親際風雲之會，而發揮乎敵愾之義，詞雄句傑，富麗鏗鏘，有以遠揚天聲，如金鐘大鏞震乎寥廓之外。而光前振後者，有非他人所得與也。故是編之作，非特寫一時榮遇而已，蓋將紀千載不朽之盛事，而傳之無窮焉。幼孜之志，亦或在此乎？後之覽者，固將有得於斯文。敬序以弁其端。

楊氏清白堂詩序

右春坊右庶子兼翰林侍講建安楊公勉仁，以「清白」名堂，蓋有取於其先太尉震之言，砥礪自修，將以振起其聲光，紹述夫先志。學士胡公光大既爲之記，賢士大夫又歌詠之，而屬余爲序。

余嘗登勉仁之堂，虚明爽塏，四壁之間，洒粉爲圖。松篁山石之觀，清敻蕭森之意，超然乎塵埃之外，如即山林幽棲之境，翱翔以遊焉。乃展席焚香，清談煮茗，絃琴賦詩，引觴命酌。賓主之間，暢然而適，陶然而樂，油然而忘乎日之夕也。清風洒衣，明月在庭，景與心會，物我齊冥。

余顧勉仁曰：「斯時也，不知堂之清白，人之清白也。」勉仁曰：「即斯可以推吾名堂之意矣。太虚寥寥，纖翳不生，八荒洞徹，無有彼此，無物以爲之累也。靈臺湛然，虚室生白，何思何慮，表裏如一，無欲以爲之累也。吾觀古之君子，富貴不能淫，貧賤不能移。臨乎憂患顛沛之塗，卒不以動其心者，志有在焉。彼汲汲於生業，營營於貨利，將以爲子孫後世計者之所爲也。先太尉凛然四知之畏，所以遺子孫者，在此而不在彼也。」

嗟乎，慕紛華者不可與樂道，酣嗜欲者不足以貽謀。勉仁承先世之餘休，際國家之興運，爲聖天子侍從之臣。鏘金鳴玉，從容廟堂，論思黼黻，以贊皇猷。然猶孜孜夙夜，檢身飭行，惟恐弗逮。宜其表揭先訓，存乎心目，出入省觀，而不敢忘也。詩曰：「無念爾祖，聿修厥德。」勉仁有之，由是而之焉。所以繼先志而益振其聲光者，寧不在兹乎？羣公之什，粲若貫珠，顧余不敏，序以爲引。

冰雪軒詩序

天地間物之至清至潔者，無逾於冰雪，而君子尚焉，將以育德勵行也。然冰雪不常有，而君子清潔之志意，無時而不存。以無時不存之志意，寓於不常有之物，此吾友諭德金公幼孜「冰雪軒」之作意蓋有在焉。幼孜之來北京也，其居當闤闠之中，車馬往來，市聲遠邇，雜遝而相聞。每退自玉堂，燕休之際，思有以屏其塵囂，接乎高明。乃於所居東偏闢一室，堊其中，疏其牖，以納乎天光日華，暨風月之夕，皎乎如在冰雪中。幼孜欣然有得，告于素所往來者，各賦詩以詠之，屬儼爲之序。

君子居室，日用之間，有銘焉，有箴焉。揭其操存省察之要，以儆戒其怠惰燕逸之私。而操修之實，德與行而已。德之明，光輝而日新，同夫雪之潔；行之純，貞固而不污，類夫冰之清。如此，則志之所之，意之所存，無所往而不清，無所往而不潔。而茲軒之扁，亦猶盤之銘、座右之箴，豈徒尚其虛白也哉？抑余聞幼孜先公嘗以「雪厓」自號，德義著于鄉邦，凜然有古君子之風，人稱之「雪厓先生」。幼孜佩服先訓，立身行己，循循然無有闕遺〔一〕。而清修潔廉，可謂善承其家者矣，士大夫儗之劉凝之父子。昔凝之父子以德操重於當時，蘇黄門謂其人冰清而玉剛，鄉之長老遂以名其堂。所以表見於後世者，至于今不泯也。然位不滿其德〔二〕，君子惜之。

今幼孜爲聖天子侍從之臣，以文章黼黻乎至治，雪厓得推恩，贈奉直大夫、右春坊右諭德，存歿光榮，爲幸至矣。凡造兹軒者，朗然如游山林冰雪之鄉，清興之發有不能自已。故珠玉之富，盈于篇翰，而其事之美，將垂不朽，豈直爲一時詠歌而已哉？

【校勘記】

〔一〕「有闕」，原闕，今據南圖本、静嘉堂本補。

〔二〕「德」，原作「得」，今據南圖本、静嘉堂本、文淵閣本、文津閣本改。

友桐軒詩序

金川之玉峽毛咨詢，其先吉水人，父省夫爲陳氏贅婿，始徙今居。咨詢性嗜琴，以「友桐」名其軒。今年秋，領鄉書將之京，求賢士大夫之賦詠，先余爲之序。

夫琴者，古先聖王之雅樂，君子無故不去，蓋取其中和之音，養吾中和之德。動盪血脈，流通精神，格神人，和上下，移風易俗，合於八音，宜乎君子之所尚也。余少時亦嘗從事於斯，承顔奉歡之際，先祭酒公聽之，嘗曰：「吾聽白雪，有八荒無塵、萬籟俱寂之意；聽春江，有波濤浩蕩、魚龍皷舞之勢；聽歸樵，有伐木丁丁、山鳴谷應、野猿幽鳥之音；聽佩蘭，有楚江湘浦、和風麗日、幽人詠士之興；聽夢蝶，有蘧蘧栩栩、齊物之心；聽御風，有憑虚欲仙、泠然善之感。於離騷楚歌，則如逐臣慕君、勇士赴敵、慷慨不勝其情也；於長清短清，則如雪天清曉、風鼓瓊林、鏗鏘之振乎寥廓也；於水雲，則有擊空明泝流光、放棹滄浪之樂；於大雅，則黄鍾一鈞、始終條理，有太羹玄酒之味；獨於秋鴻，如萬里關山，黄雲白草，銜枚入塞，風迴電馳，霜降水落，月冷江空，團沙依渚，嘹嘹嚦嚦，顧侶呼羣，超然遠舉。而琴於斯爲盛乎！」

又嘗承乏禁林，得侍太宗文皇帝於武英，進講之餘，帝命出響泉，親鼓南薰之操，繼之以猗蘭之曲，和鳴肅雍，宣暢道德，游魚出聽於金河，龍媒仰秣於天廄〔二〕，感通之至，鳳儀獸舞，品物咸遂，于今三十餘年矣。儼自嬰末疾，手足不仁，每對桐君，不能一加指於冰絲之上。追憶君臣父子之間，悵然今昔，不覺涕淚之交零也。

咨詢以英妙之年，得琴中之趣，而又取以爲友，迥然拔乎流俗，而便僻、便佞者斯遠矣。雖然，君子之取友，不止於斯也。自鄉而國、而天下，所以輔仁成德者，必有其人焉。以友鄉國天下之士爲未足，又仰思乎古之人論世尚友，又必有其人焉。不然，歸而求之，若先尚書之事業，侍御之風軌，神童之文學，皆子孫之所當繼述者，咨詢勉之。至於吐珠玉，振琳琅，則有待於能賦者云。

【校勘記】

〔一〕「媒」，原作「䋢」，南圖本、静嘉堂本同，今據文淵閣本、文津閣本改。

友竹詩序

江陰朱紹善繼，性嗜竹，其室之左右前後皆種竹，其家居未嘗一日不與竹接也。因得蘇長公墨竹一枝，遂自號曰「友竹」，持其卷告余曰：「將謁諸公詩，敢請序之。」余諗之曰：「朋友，彝倫也。凡人之取友，或以義好，或以仁親，或以文會，或相須以考德，或麗澤以成業。故載之於易，詠之於詩，列諸經傳，聖賢之教昭昭矣。夫竹，植物也，無是數者，子友何取於竹焉？」

善繼曰：「取友以義、以仁、以文，與夫考德、麗澤者，此紹日用所不敢廢也。然人各有尚焉，若淵明之於菊，和靖之於梅，濂溪之於蓮，魯直之於蘭，其志固有在也。獨竹，世之君子尚者衆矣，若衛武公、蔣兗州、嵇中散、王子猷、袁丹陽之徒，豈直玩好之謂哉？紹嘗觀夫卉木之中，春生秋零、朝榮夕瘁者有矣，竹獨四時而不改，余則友其貞固也；揉而曲、鬱而軋者有矣，竹獨直而不撓，余則友其中立不倚也；擁而拳、窒而塞者有矣，竹獨中空而通理，余則友其虛心而受益也；柔而脆、夭而折、喬而腐者又有矣，竹獨勁節端操，凛然乎冰雪之中。余則思夫砥礪，友其名節也。夫是數者，紹之所友也，求之夫人事或不備焉。人固有疑紹斯名者，公知言，故以序請。」

余復之曰：孟軻氏有云：一鄉之善士斯友一鄉之善士，至於一國、天下，以友爲未足，又尚論古之人。善繼於斯，盍亦頌其詩，讀其書，論其世，反諸其躬，以求底夫其極，則取友之道，豈徒一物而已哉？善繼之祖子昇，故元時爲紹興幕官，有能名。善繼今以才舉，將有禄位，非荒間棲遁者比。余故告之以是焉，幸勉而求之。他日措之行事，必有可觀者矣。

竹泉詩序

朱積善慶，江陰人也。家居文林里，承先世之業，疏泉種竹以自娱，因號曰「竹泉」，示志也。其兄善繼以仕進來京師，求賢士大夫爲詩文以表章之，且屬余序。

萬物生天地間，草木之用，於人最切。凡食飲衣服之須，宫室什器之材，無不資焉。而草木之生，又有資於水泉矣。夫人之資其用者衆，然取其類以擬德者，必清修雅潔之士乃能之。故菉竹興君子之學，左泉賦衛女之思，豈徒然也哉？亭亭森列，蒼翠玲瓏，散緑陰於三逕，來清風於一室，勁節虚心，翛然乎塵埃之表。君子取之静，以養心也。涓涓乎巖竇，泠泠乎澗溪〔一〕，逶迤浩溔，以達乎江海，混混其流，不舍晝夜，君子取之，動以觀德焉。

凝静於竹，凝動於泉，則陰陽闔闢之機，盈虚消息之理，亦可因是而推之矣。端居暇日，屏遠紛挐，絃琴而鼓南薰之操，濯纓而續孺子之歌。沄沄者與目謀，蕭蕭者與耳謀。白雲在天，明月當户，於斯時也，靈臺曠然，沖襟洒然，形色聲臭，無一毫之芥蒂，飄飄乎如遊乎物之外，而不知此身之在人間世也。此其自得之妙，善慶有之，而難以語人；余樂之而徒能言，言之而不能有。安得載扁舟於暨陽，擥芙蓉於申浦，抱琴攜鶴，而訪所謂「竹泉」者，相與列席傾壺，擊鮮持螯，倚琅玕而臨清泚，詠「三高」而歌太平，蓋有其日耳。諸公之賦，豈無啓其端者？故併序之，以爲張本云。

【校勘記】

〔一〕「冷冷」，文淵閣本、文津閣本作「泠泠」。

夢吟堂詩序

昔謝靈運愛其從弟惠連，每對之輒得佳句。嘗於永嘉登池樓，吟詠未就，忽夢惠連，即得「池塘生春草」之句，欣然曰：「此語有神助。」後世士大夫重兄弟之義、盡友愛之情者，率以此自況。

永嘉謝氏，故宋閥閱之家。自晉以來，歷年遠久，莫詳其傳次。論其世德，要之必自康樂也。元湖廣儒學提舉景歆，慕先世之流風餘韻，嘗自號曰「夢堂」。其子温州直學榮父，紹其遺芳，復號「吟堂」。吟堂之子時中，又合二者之名，名其堂曰

「夢吟」。時中，環之父。環，字庭循，今居京師，仍以「夢吟」揭於寓舍，蓋昭先德、永孝思也。徵詩於諸公，乃謁余序。

古之稱孝子慈孫者，能不泯其先親之德善，至於善繼、善述，尤所謂達孝者也。若提舉、直學之景行於先，時中、庭循之仰止於後，則謝氏文獻有足徵矣。苟祖啓之而孫不繼，父作之而子不述，世德之不絶者幾希〔一〕，亦何待五世而後已哉？惟祖父子孫垂休襲慶，禪續綿延之無已，故雖永世而不忘焉。且世之言夢者由因想，因想者，即周官所謂「思夢」也。昔人謂世未有夢乘車入鼠穴擣虀臼者，蓋無是事，則無是夢已。若康樂之於惠連，愛之至，故思之深；思之深，則欲其見之切。是以吟詠之頃，形諸夢寐，而佳句之得，亦不自知其所以然矣。

世之昧天顯而虧彝倫者，一涉利害，往往視手足如塗人，紾臂鬩墻之不暇，尚何夢吟之有焉？然則謝氏之孝友，其來遠哉。庭循於斯，非徒尚其名而已。誦分離、别西川與大海嶠、西陵之詩，則康樂傾想之懷，參軍綢繆之意，自見於言表。推而達之宗族，兄弟之情厚矣，豈直付之空言乎哉？庭循温粹而才賢，行將顯融，芝蘭玉樹，寧終老於階庭之間耶？諸公之賦，珠玉粲然，溢於辭翰，而黄鍾大吕之音，固將洗夫凡陋矣。僕衰老，不足以與此，姑爲之序云。

【校勘記】

〔一〕「絶」，南圖本、静嘉堂本作「及」。

北上倡和詩序

洪熙元年春三月，儼以衰疾休致而歸。既閲月，伏承宫車晏駕，遂奔訃北行。時江西按察僉事雲間黄翰汝申考績天官，於是同舟而往。汝申念余力疾遠道，調護極至，朝夕殷勤，過於尋常師友之禮，余甚賴之。然感痛無聊之懷，當高秋摇落之際，江山景物，觸目驚心，舟中無事，輒有鄙述。汝申從而和之，清詞秀句，實多起余者。顧余之寂寥衰颯，誠有愧於珠玉之璀璨。汝申不以余之虚薄見棄，而反以得與同舟爲喜。故凡有作，登之簡編，命曰北上倡和詩，且俾余序之。

嗟乎！然明之遇叔向，執手於收器之間；伍椒之逢聲子，傾蓋於班荆之地。古人邂逅，一言契合，尚能輸寫。況余於汝申父子，宿昔相親，豈徒邂逅之情也哉？總詩若干篇，序以爲之引。非敢傳示於人，聊以篤斯文之好耳。

城南别墅雜詠詩序

洪熙元年春二月，儼以老疾，拜休致之命。三月辭歸，踰月而抵家，又踰月，伏承獻陵賓天，遂復北上，心期同軌之會。至則宫車發引矣，乃匍匐詣天壽，謁二陵。竣事告還，時天子新踐祚，閔念舊臣，垂眷勞之恩，錫道里之費。既歸，獲營護先隴，畢子平之願。而城市囂塵，故人寥落，不可以居。於是監察御史毗陵許公勝爲余物色，得廢官舍於城南灌城鄉懸榻里，去家十里而近。許公偕御史包公德懷、夏公能，告余爲别墅也。余與諸公初至其處，頽垣敗壁，墜桷摧簷，翳于埃墨蟲絲、荒苔蔓草之間，蚰蜒走庭，野鼠竄瓦，内外空洞，四顧蕭然。諸公安余曰：「無廢不興，幸其幽逸。」余曰：「愚公尚欲移山，況此猶有堂構，豈不可新乎？又安知他日，不有高陽之名乎？昔人云：『君子居之，何陋之有。』」乃相視一笑而退。

明日余出所賜，命子弟鳩工購材，因陋就簡，葺而新之，疏池築圃，買松移竹而植焉。野人聞而採藥於西山，鄰翁過而分菊於南野，日就月將，生意油然。佳木陰翳，野芳幽香，時雨新霽，柔荑藹緑。明月當户，清風颯然，琴樽在席，簡編卷舒。子孫日侍，賓客時來，足以怡神情而悦情話，養衰疾而延頽齡。雖無緑野輞川之臺館，香山嵩少之林泉，子文後堂之絲竹，然亦非栗里之荒涼，玉川之索漠，庶幾可以優游而卒歲也。

嗟虖！謝太保風流文雅，嘗欲角巾而返東山，尋薔薇之舊遊，卒齎志而不遂。李贊皇經綸豪爽，然溺志於平泉樹石，遺戒子孫，惓惓而不置，卒貽君子玩物之譏。儼以不肖，荷蒙列聖之恩遇，得終老于家，爲幸多矣。涼暑風，曝冬日，玉堂天上，惟有抱孫擊壤〔一〕，詠歌聖化於無窮也。因閲舊篋，得謝環所爲畫圖，遂命爲「城南別墅」，而序其所以。凡有鄙述，書于左方云。

【校勘記】

〔一〕「擊」，原作「繫」，南圖本、静嘉堂本同，今據文淵閣本、文津閣本改。

梅花百詠詩序

刑部主事前江西参政浦城潘賜文錫，以其梅花百詠詩寓書于布政使孟公，求余序之。文錫，永樂初余讀卷時進士也。其學富，其才敏，其施于政治，亦有猷有爲也。當朝廷清明，六官政簡，而文錫乃於政事之餘，優游暇日，發其所藴，見於詩章，吟詠其性情，舒寫其懷抱，其用心勤矣。

余少宦游吴中，見故元馮海粟及釋中峰嘗有是作，彼此相誇，海粟卒爲中峰所屈，已不直於君子也。朋游盍簪傳誦，以資談論，而所謂「百詠」者，遂行於世矣。今觀文錫所作，雖不拘拘於體物，而諷詠之間，其心志亦未嘗不在乎梅也。好之而不忘，詠之而無已，是必有可好、可詠者矣。雖然，昔人之於梅，好而詠之者不少矣。何遜之詩，宋廣平之賦，杜甫、林逋之作，皆見稱於世。而近代論詠梅者，獨以逋詩爲工。虞邵庵則曰：「以少陵『安得健步移遠梅，亂插繁花向晴昊』之句，視『疏影』『暗香』、『昏月』『淺水』之語爲何如？其氣象固有逕庭矣。」學者知此乃可與言詩也。

余知文錫之百詠，特寄興焉耳。至於發揮事業，涵泳膏澤，美教化、移風俗，達乎公平廣大，以鳴乎國家之盛於無窮，豈止於詠物而已哉？昔左太沖三都賦成，有賴於皇甫士安之序。余休致山林，日就衰朽，勉强執筆，言實無文，抱士安之疾，孤文錫之意，祇自懷慚，曷以增重。姑述所聞，以爲序云。

包氏説文解字補義序

進賢包希魯先生，博學君子也。當元之季，嘗著説文解字補義藏于家。今其孫彦孝刊梓以行，謁余序其端。先生之爲此書，謂：「文字該乎天地間事物，而理寓乎其中。人能因文字以明理，由理以循道，循道以成德行。德行成而施諸事業，則人生以遂，人極以立。」後漢許叔重爲説文解字之書〔一〕，以及唐宋諸公，其説雖多，或猶未允。遂從而申其義，凡係諸人心、世道之大者，則加詳焉，此其著述之本旨也。

余嘗考六書之學，自周官保氏掌教國子，其來尚矣。漢法，試學童能諷書九千字以上，乃得爲史。然蒼頡多古字，俗師失其讀，宣帝命諸儒修蒼頡之法，終不能復。故逮元始中，徵天下通小學者以百數，各令記字於庭中。揚雄取其有用者作訓纂篇，順續蒼頡，凡八十九章。班固復續揚雄，作十三章，而六藝羣書，所載略備矣。至許叔重，又以五經傳説臧否不同，乃作五經異義及説文解字十四篇上之〔二〕。而隸書行之已久，加以行、草、八分紛然間出，六籍舊文，相承傳寫，多求便俗，漸失本原。唐大曆中，李陽冰復刊定説文，修正筆法，頗排斥許氏，自爲臆説，然其篆迹殊絶，學者宗之。至南唐，徐鍇以許氏學廢，又作通釋四十篇、韻譜十卷，當時言小學者，惟鍇名家。宋元以來，繼有作者，雖詳略不同，而考訂得失，未爲無補。近時通其學者，臨江吴均仲平、閩人陳登思孝，而登爲優。二人已没，知六書者蓋鮮矣。

余在京師時，嘗語仲平曰：「字書之學，雖曰小學，然通知古今，該貫物理，亦豈易言哉。苟有所述，俾三蒼之學，復續而不絶，顧不美歟？」仲平既往，忽覩此編，訓注之義，簡明切當，誠有裨於許氏。所謂開物成務，嘉惠後學者，亦豈小補哉？故爲之序。

【校勘記】

〔一〕「許叔重」，原作「許叔仲」，南圖本、静嘉堂本同，今據文淵閣本、文津閣本改，本篇下同。

〔二〕「解字」，南圖本、静嘉堂本作「詞林」。

賜老堂詩序

僉都御史吴興凌晏如尊公前鄭州知州彦能，當洪熙改元，推恩封吏科都給事中。宣德丁未，加封右僉都御史。公之致仕而歸也，名其堂曰「賜老」，朝之公卿大夫既榮公父子之遭逢，復歌詠其盛美者富矣。

公乃謂晏如曰：「豫章胡先生，忝有斯文之雅。汝曷不爲我求一言，以爲斯堂之光乎？」晏如於是因監察御史尹子聲按治西江，寓書來請。余亦衰老賜歸之人也，養痾山林，辱公以故舊不鄙，千里見存，雖非空谷足音之比，然亦不能無同道同志之喜也〔一〕。徒以江山悠遠，暮景侵尋，坐茂樹，濯清風，臨方塘，對明月，悵然有懷。安得如香山洛社，與公周旋於其間耶〔二〕？昔在翰林，見晏如清修玉立，温淳而有文，喜公之有子也。今聞「賜老」之堂，爲郡邑之表，遠邇歆豔，則又喜晏如之能顯親也。

大凡人生不以富貴爲足，而以有子爲足。孰不有子？而賢者爲難。仕宦而建功立業矣，然不以馳車馬、耀聲勢爲榮，而以歸故鄉爲榮。此陳秦公、韓康公父子所以卓然傑出於前代、冠冕當時、留芳後世者也，余今乃於「賜老堂」見之。噫，若斯堂可謂三善具矣：一則朝廷優老能以禮，一則彦能於子能教，一則晏如於親能孝也。余雖不獲登斯堂，請以是爲詩之序，若其履歷恩榮，則有少傅楊公之記在。

【校勘記】

〔一〕「志」，南圖本、静嘉堂本作「德」。

〔二〕「與」，原作「興」，南圖本、静嘉堂本作「無」，今據文淵閣本、文津閣本改。

記

萬山草堂記

天下之山，原於西北，表於中原，而蜿蜒盤礴之勢，尤雄於蜀。故天下言山之崖嵬巉巖、崝嵤嶮巇者，必曰蜀焉。有若岷、嶓、蔡、蒙、大方、玉壘、赤甲、白鹽、武都、雪嶺、西傾、三峨之屬，迺其翹然而壯觀者。至於窿峽崩崖、幽巃巨岙、長陵峻坂，有不知其幾千萬計，亦不計其幾千萬名也。

古之騷人墨客，放臣羈旅，其詠歌慷慨之情，悽苦其間者，豈其心哉？蓋觸於景者異，則感于心者深；感於心者深，則其所發無非幽憂抑鬱之思而已。若杜甫、元稹、劉晏、賈島、黄庭堅之徒，豈能留一日之驩哉？此數子，非無一日之驩於蜀也。奈何去國懷鄉之思，自不能如在中州者耳？華亭胡鼎文，始由饒之别駕遷晉府録事，由録事倅安州。其在安州也，所處與前數子同，所樂則異焉。山川之險阻，道路之幽絶，往來其間，不能不同。然值朝廷更化之日，遐邇一德，鼎文用能撫循其俗，民以樂生。凡虎嘯熊啼，猿號鴂鳴，當風日晦明之景，撫事興懷，載之歌詠，怡然自得，此其樂有不得與前數子盡同焉。

今歸十有餘年，蜀之山川景物，常形夢寐間。乃作草堂于宗山之下，爲終老之計，名曰「萬山」，示不忘蜀也。夫宗之山，培塿嶇岯，其高不能踰丘陵，堂之命名，蓋不繫於宗也。不繫於宗而繫於蜀，高情遠致，游於物之外矣。游於物之外，其樂豈有窮乎？

聽雪齋記

孫子讀書于淞泖之陽，顔其齋曰「聽雪」。客或過而哈之曰：「君子所其無逸，必有高明之居、燕息之箴，以儆戒其怠惰荒寧之志，故几杖盤杅、户牖觴豆，皆著之銘。今子之齋，何取於雪？雪非恒有，又何觀德焉？」

孫子曰：「噫，窮於化者，不局於物；達於道者，不泥於跡。子何求其鑿鑿者哉？疇昔之夜，玄陰四積，太空冥冥，振以長風，萬竅響畣。既而蕭蕭颼颼，如木葉之初脱也；飄飄飃飃，如驚沙之載揚也。夤緣瑟縮，瀰漫淅瀝，如郭索之行暫息、春蠶之嚙未休也。吾方掩殘編，據木榻，危坐而聽之，乃知其爲雪之作也。大凡聲之在天地間，其始也無形，而生於有形；其終也有聽，而歸於無聽。蓋有形者，無形之著；無聽者，有聽之兆。以有形求有聽，則固而陋；以無形求無聽〔一〕，則僻而野。吾以無形者應於有形，無聽者接於有聽，則天下之理，在我其不窮哉？雪於斯際均聲也，人於雪均聽也。膠膠擾擾者，既不得所聽。荒閴寂寞之流〔二〕，又不知其所以聽。苟聽之，或取其聲之清，以悦其耳，未必能研幾主静，以存夫不息之功也。吾於聽雪，得静之理。以名吾齋，奚爲不可？雪之來以候，吾用規其時焉；其積也以坎，吾用師其謙焉；其隨物而賦形也，吾用儗其圓方焉〔三〕；其光輝而不緇也，吾用致夫日新焉。以是觀德，孰曰不宜。此吾雖不能几杖盤杅、户牖觴豆之銘，總之不離其道，奚必求其鑿鑿者乎？苟求其鑿鑿，則雪且不能我有，豈暇計其恒存乎哉？」

客嗒然而去，孫子以告。因記其説，俾書之齋壁。

【校勘記】

〔一〕「無聽」，原作「不聽」，南圖本、静嘉堂本同，今據文淵閣本、文津閣本改。

〔二〕「閴」，南圖本、静嘉堂本作「間」，文淵閣本、文津閣本作「闃」。

〔三〕「圓」，原作「圖」，南圖本、静嘉堂本同，今據文淵閣本、文津閣本改。

約齋記

翰林庶吉士蕭山俞廷輔，以「約」名齋，蓋取聖人之言，以爲操修之要。余喜其學爲己，乃爲之記曰：

凡人之有失者，莫非所爲之過也。事親狎愛而忘敬，事君怙寵而忘忠，夫婦嬿昵而無别，朋友凌傲以相高，長忽其少，幼不遜弟。與夫居室之華麗，輿服之侈靡，食飲之奢縱，逸樂之無度。凡日用事物之間，口鼻耳目四肢之欲，侈然以自肆者，孰不爲過哉？過則失矣。是以聖人之教，抑過以就中，君子務焉。嘗觀天地之化，四時之序，陰陽推遷，氣機闔闢。過者必約，約則收斂，收斂則發生，萬物始終之道，於是乎備矣。君子於斯，觀物理盛衰之際，察盈虚消息之機，反身而誠，樂莫大焉。必也約乎中，而精神心術爲之操存〔一〕；約乎外，而形骸筋骨爲之檢束；約乎言，而榮辱樞機不敢易也；約乎行，而擇善固執不敢輕也。以至一物之微，一事之細，吾皆有以約之。夫豈有失也哉？

廷輔自幼閑父師之訓，操持其身心者有素矣。行將顯融，推以及物，余知其必有濟焉。大抵性静者和平，和平者寡欲；志驕者放肆，放肆者任情。能寡欲，非惟己得所養〔二〕，亦且於物無傷。苟任情，非特有損於物，亦將不利於己也。廷輔守聖人之言，終身行之，則所以成己成物者，余深有望焉。若夫是齋静幽，山水清美，足以軼紛華而暢神情者，廷輔必有自得於其中。余莫得而言也，乃所望願相與勖諸。

【校勘記】

〔一〕「之」，原作「人」，南圖本、静嘉堂本同，今據文淵閣本、文津閣本改。

〔二〕「非」，原作「作」，南圖本、静嘉堂本同，今據文淵閣本、文津閣本改。

上清宫北真觀記

上清嗣教真人四十四代天師張公宇清，作北真觀既成，具本末告于儼曰：「上清、正一萬壽宫所宅者，龍虎山也。宫之後有象山，象山之支爲臺山，臺山之陽爲後源，峰巒秀拔，巖谷深窅。相傳有古仙人嘗醮星于此，後即其地爲北真觀。歷年久，觀廢而故址存。永樂十一年秋至北京，得北斗像於崇真宫，極精妙，蓋宋畫苑良工筆也，遂持歸。以明年三月某日，乃於其地擇勝，復營觀宇，祀北斗爲閣，高若干尺；奉祖師爲祠，廣若干楹；東西周以廊廡，以奠雷嶽諸神。至於息游之所，有丹室，有藥圃。又其東有雲塢，其西有林泉，南則有鴣峰，北則有松壑，烟霞明滅，嵐光吐吞，喬林陰森，微風遠響，四時之景不窮，子爲我記之。」

余嘗讀太史公天官書，北斗，天之璣衡也。分陰陽以建四時，移節度以定諸紀。天地萬物，無所不統，故曰天之有北斗，猶人君之有尚書，其所繫豈細故哉？真人際遇聖明，眷顧深至，寵錫駢蕃，恩禮之厚莫加焉。故居山林之間，未嘗一日忘報上之心。登斯閣也，對神明之如在望九重於天上。思所以報者，惟有祝吾君盛大光明之福、萬億年之壽，而聖子神孫，永保民於無窮。然則斯觀之作也，豈徒然也哉？至其山水之美，足以棲神保真，而登覽吟詠，寄高情於物外，真人必有自得之者，余不復道。初，觀之經營，道録左演法鄧景韶實贊襄之。今主其觀者，道士張原芳也。

弋陽縣重修儒學記

弋陽縣儒學，舊爲南山書院，宋季疊山先生謝君直所建。後罹兵燹，書院遷于弋陽。國朝洪武初，詔天下郡縣，皆立學以造士，書院遂改爲今學也。永樂丙申，山水驟發，溪流漲衍，學宮漂潰，故址獨存。師生講肄、春秋祀事、居處禮儀，一切遷就而已。

宣德丙午，會稽王尚瑞宰斯邑。釋菜之日，顧瞻徘徊，惕然于中，固已默有經營之志矣。期月之間，政修令行，民用化孚，迺度材埏埴，鳩工庀事。自禮殿門廡以至講堂齋舍，謹飾規制，作之新之。加丹堊於圬鏝，飾金碧於棟宇，高明靖深，培增於昔。於是聖賢有像，采章炳煥，德容儼然；講習有所，周旋進退，禮文秩然。藏書有室而簡册崇，景賢有祠而先德著。與夫豆籩簠簋之潔脩，庖廚庫庾之完具，卓然壯觀于溪山之域。而邑之士庶，得有所瞻仰而依歸矣。是役也，從容不迫，工有程而民不擾，越二載而告成〔一〕，教諭李陽，訓導楊清、吴智，寓書於新建教諭王來，介其徒丁習、方惟矩具本末謁余記之，且以表王尹之有功于學也。

語曰：百工居肆以成其事，君子學以致其道。學宮之修復，固有司之善政。學者從事於斯，豈徒尚夫宮室之美觀也哉？藏焉修焉，一志慮之專，以戒夫游惰之失；胥告胥訓，味聖賢之言，以求夫義理之奧；磨礲切磋，深造自得，乃有以開明其心志。而義精仁熟，則於應事接物之際，皆得其宜矣。施於有政，特舉此而措之耳。此明體適用之學〔二〕，諸君子篤志不倦，必獲其效。獲其效，庶上不負朝廷教育之深恩，下不孤王尹作興之美意〔三〕。而師友道義之相承，足以紹疊山之風軌。他日賓興于于然，而來弋陽之士，必有可觀者矣。余雖衰老，尚拭目焉。若夫相其事而贊其成者，縣丞杜琰、曾觀，主簿胡智，典史任智，皆可書也。

【校勘記】

〔一〕「二」，康熙本作「三」。

〔二〕「適」，南圖本、静嘉堂本作「達」。

〔三〕「孤」，康熙本作「辜」。

饒州府重修府治記

饒自吴芮爲番陽令，號番君，則饒故番陽縣也，兩漢皆屬豫章郡。建安十五年，吴孫權析置番陽郡。梁置吴州，至隋始改饒州，歷唐、五代、宋、元以至于今，所隸雖不一，而饒之爲郡，則如故也。

吴置郡時，仍治番君故城，郡志則曰：舊府治在城西南桃源山麓，世傳晉郭景純所遷〔一〕。元季之亂，吴宏據之爲行省，今爲千户所矣。今之府治，故安國寺也。

國朝洪武二年，郡守胡乾祐即其故址而營建焉。距今六十餘年，亦嘗更徙而旋復故，堂宇廨舍，寢入敝壞，爲政者習於因循，莫克修治。宣德庚戌春，知府黄公通理偕同知馮郁來莅是邦，慨然有志新之。閲歲，政修事舉，民安其治。而通判李儀諸、忠林祖，推官唐定，相繼而至，於是合謀而作之。積材庀事，甓石陶甓，工獻其能，民效其力，經營締構，易故就新，光華增於昔，而人不知其勞。

正堂五間，高二丈六尺有奇，深倍之，廣加於深者六之一；後堂三間，高一丈八尺，深殺於正堂者五之一，廣視正堂不及者七之三；堂之南面，儀門五間；堂之前，東西曹舍十間；堂之左右，經歷司、照磨所各爲廳三間。戒石有亭，豐衍有庫，麗譙有樓，巍然焕然，傑立于郡邑之中。撫綏乎斯民，臨御乎屬邑，不待威驅勢迫，而郡人得於瞻仰者〔二〕，莫不於此起敬焉。是役也，始於辛亥八月，落成於明年四月。相其事者，經歷欒中信、知事饒豸、照磨郅禮，司其會計、董其役者，府史王悦也。功既告成，郡之僚寀又相與謀曰：「苟得文字以紀成績，則黄公先事之勤得以表章，且俾後之來者相承而勿墜也。」謂郁於余宿昔相親，遂遣邑諸生吴偉奉書來告〔三〕。

饒，江右名郡也，自昔文物之盛，彬彬焉。論勳業忠義，則有陶桓公父子；論節行文章，則有洪忠宣父子；論爲相不苟，則有趙忠定及江、馬二公；論道學相承，則有雙峰饒氏。較之他郡，未能或之先也。郡治之新，豈獨爲郡之人瞻仰也哉？爲政者於斯，宣其教化，則禮義廉恥之風興；明其政刑，則頑獷暴戾之徒戢；導其生養，則仰事俯育之情遂〔四〕。詩云「赫赫師尹，民具爾瞻」，又曰「豈弟君子，民之父母」。其斯之謂歟？有若唐之顔魯公，宋之范文正公，元之韓伯高、潘敏中，國初之陶主敬，皆嘗治饒，澤被斯民，民到于今稱之。諸君子追惟前哲，論世尚友，其人雖遠，其流風善政，猶有存者。苟求其故，必有合焉。施於有政，今之民猶昔之民。將見其得於觀感，形諸歌頌，流聞後世而不泯滅。予雖衰老，嘗備史官，抑將大書特書而不一書也〔五〕，姑記此以俟。

【校勘記】

〔一〕「遷」，南圖本、静嘉堂本作「遺」。

〔二〕「於」，南圖本、静嘉堂本作「以」。

〔三〕「諸」，南圖本、静嘉堂本、萬曆本、康熙本作「庠」。

〔四〕「情」，南圖本、静嘉堂本作「念」。

〔五〕「大書」之「書」，原脱，今據文淵閣本、文津閣本補。

容膝軒記

容膝軒者，平江伯陳公燕休之室也。公膺分閫之寄，總漕運之師，自江淮以達于北京。其任大，其責重，言出而信孚，令行而政肅，舉措合理，人無或違。勞心焦思，亦有年矣。

自公退食於兹軒，乃欲優游於暇日，蓋有不可得者。然其心謙卑巽順，未嘗以貴富驕人。省察克治，獨能以滿盈爲戒。宜其收斂于中，若肅然而有臨。檢束於外，不侈然以自放。從容鈴閣，有羊叔子之遺風；忠順勤勞，有陶桓公之經濟；綜理精密，有劉士安之規摹。合是數者，見諸行事，恢恢乎其有餘裕矣。而公之心不自滿，假是以享爵禄於高年，著功業於明時，流聲名於後世。此其所以自致者，豈淺淺哉？

一室之内，左圖右史，羽扇綸巾，徜徉乎其間。所居雖廣，不踰尋丈。而胸次廓然，含弘光大，誠有過於高堂大厦者矣。彼有不知者，固未信公之儉約。余忝侍同朝，嘗見公之服御猶儒素，寵遇無矜耀，接人以敬恭，固已重公之雅度矣。及休致南歸，舟次淮浦，勞公枉顧，餞送殷勤，不以不肖，屬爲軒記。別來八載，養痾山林，才思荒落，無以塞責。侍郎趙公復致公命，感傾蓋之結言，負當時之宿諾，引領託懷，乃所願於公者，名軒之意，始終無替而已，敬書此以復公。公有取耶？其無取也。

廣州府儒學重修雲章閣記

廣州府儒學重修雲章閣既成，監察御史五河丁公寧合藩臬諸公，走書幣來徵記〔一〕。且曰：「閣成之日，適朝廷命下，武臣子弟，皆得受業學官，兼資文武。誠千載之盛事，一時之嘉會。苟得記之，則嶺南之士得於觀感者，益勵厥志，而於治化實有裨焉。」

按，是閣初曰「尊經」，庋置簡册，在番山之下、講堂之北。故元泰定丁卯，憲使吕禎更曰「雲章」，取詩之義。蓋雲漢昭回，天之文也；法言大訓，聖賢之文也。舊曰「尊經」者，天下之所同，然經無待於尊也。至於「雲章」，則廣獨昭揭乎斯名，深有以起發乎學者之心志。歷歲既久，風雨震陵，蠹蝕侵剥，摧敗傾圮，孑然莫支。

宣德壬子，丁公巡按是邦，祇謁廟庭，會講之餘，目擊心存，慨然與諸公僉謀新之。於是各捐貲俸，鳩工取材，甃石陶甓，易其腐敗，加以彩漫〔二〕。興作於夏，訖秋告成。高六仞有奇，廣倍之，深五尋，爲楹者七焉。規摹弘敞，棟宇巍峨。締構堅緻，丹碧焜煌。遠近瞻仰，誠爲壯觀。褒衣儒冠，登斯閣也，海日初旦，天光發新，抑思有以洗瀹澡雪〔三〕，日新其德者乎？超然遠覽，出乎塵氛，抑思有以脱略凡近，而游高明者乎？若然，則斯閣非直爲觀美，乃所以爲吾成德之地也。而部使暨方鎮諸公作新之意，所以期待於諸君子者，其亦在兹乎？將見教修於户庭，化行於嶺海，其所及者遠矣。

昔者張公九齡、余公安道，實是邦之先哲也。嘉言善行，確乎金石，流風餘韻，蓋可想見。矧二公事業，表表偉偉，文武兼資，論世尚友，豈無其人耶？余養痾山林，衰朽之餘，不能有所發揮，姑記此以俟。

【校勘記】

〔一〕「幣」，原作「弊」，南圖本、静嘉堂本、萬曆本同，今據文淵閣本、文津閣本、康熙本改。

〔二〕「漫」，南圖本、静嘉堂本、文淵閣本、萬曆本、康熙本作「鏝」，文津閣本作「墁」。

〔三〕「瀹」，康熙本作「濯」。

素軒記

都督沐公偕其兄太傅黔國公，膺閫外之寄，撫綏雲南，世濟其美矣。乃名其燕居之室曰「素軒」，來徵記。或者曰：「公之所居，廣厦華榱；公之所服，錦衣繡裳；公之騶從，高牙大纛。公之曰『素』，殆所謂『素富貴，行乎富貴』者也。」

余曰：不然。余昔忝侍同朝，見太傅公與公，雖身都富貴，而服御器物，泊然儒素。處己以約，接人以恭。事上敬謹，遇下無驕，若不知有富貴之在其身者也。雖曰由居養之素，有以異於人，亦其天性之美，不爲侈靡之所移爾。雅歌投壺，祭征虜之素也；輕裘緩帶，羊叔子之素也；手不釋卷〔一〕，杜征南之素也。公於斯三君子者，蓋有不事矯拂而脗合者焉。政修於金馬碧雞之間，令行於赤水銀沙之外，以他人居之，正意得志滿、馳騁之日，公乃脱略紈綺，不爲表襮，厭巧返樸，推誠待人。苟非其天性之美，曷克臻兹？

雖然，余嘗承乏太史，見國家之取南詔，命將出師，皆承宥密之經綸，敵愾奮威，遂致折衝於萬里。論其成功，豈一朝一夕之力哉？公之父子昆弟保釐兹土，而遠人傾心嚮化，罔敢違越，于今四五十年。此固國家深仁厚澤之所致，然亦公伯仲恢弘世業，統御有方，恩威並布，有以服其心也。詩曰：「保右命之，自天申之。」夫豈偶然也哉？顧公永堅素志，無替厥服，則勳庸著于旂常，福慶流於後世。前所謂三君子者，豈得專美於昔耶？公不以余之衰老，山川萬里，屬爲之記。勉强執筆，無所發揮，他日論功臣之世勳者，或有取焉。

【校勘記】

〔一〕「手」，原作「子」，今據南圖本、静嘉堂本、文淵閣本、文津閣本改。

重修新建縣儒學記

新建縣儒學，乃元之宗濂書院也。按郡志：宋淳祐間，江丞相萬里典藩于洪，以濂溪周子嘗尹南昌，乃建祠祀之，表其額曰「宗濂精舍」。其地在望雲門外、龍沙岡之上，後燬于兵。元立學官〔一〕，天下郡縣皆有學。元統初，邑令薛方即龍岡故址以爲邑庠〔二〕。時省臣賈鹿泉、監司劉宣因郡士萬一鶚、熊朋來之請，謂精舍既爲邑庠，而周子之祠，不可湮没。乃相與出貲，得民間廢宅於東湖北涯，復創宗濂書院。元季，龍岡之學復廢，而東湖之書院存。國朝洪武五年，遂以書院爲新建縣儒學，于今六十餘年矣。其居講席者非一人，而興造修復者亦屢矣。然更歲月，風雨震陵，而殿堂門廡、齋舍祠宇，不能不腐撓敗剥。有志於斯者，存乎其人焉〔三〕？

宣德七年春，三衢江玠來爲教諭，慨然有志新之。玠，丞相公之族孫也，即以其事請于當道。時吏部侍郎富春趙公巡撫西江，監察御史安岳王公亦按治于兹，合藩臬諸公及郡邑長吏，詢謀僉同，即其故而更以新。於是自禮殿達于門廡，自講堂及于齋舍，若藏修之室，若江公之祠，鳩工飭材，加甓鏝堊，丹碧照耀，輪奂增美，巍然傑出於湖光天影之間，猗歟，偉哉！工始於八年春二月，再閲月而告成，可謂役不煩而民不勞也。董其事者，主簿桂陽袁景春，朝夕在頪，克勤所事。既落成，景春與玠謁余記之。

竊惟是邦，濂溪先生過化之所，丞相江公所以祀先生者，豈徒然哉？誠欲學者知所依歸，而光風霽月，高山景行，千載猶一日也。故學舍雖有遷易，而道則無古今。求其道者，圖書具在。圖衍太極，書體大誠，而天地萬物之理，無所不該。推之於用，則修齊治平，自身而家而國而天下，亦舉而措之耳。學者果能於先生遺書講求而盡心焉，則日進於高明，不流於污下；日歸於中正，不惑於邪説。而凡馳騖於文藻、役志於功利者，皆非先生之學也。吾黨之士，幸相與勖之，是爲記。

【校勘記】

〔一〕「官」，康熙本作「宫」。

〔二〕「龍岡」，康熙本作「龍江」，本篇下同。

〔三〕「乎」，南圖本、静嘉堂本作「亡」。

詩禮庭記

宣聖五十九代孫襲封衍聖公彦縉，日游家庭，常懷祖訓。乃揭「詩禮」二字於門屏之間，出入觀省，如聞聖謨。將以措之躬行，見諸實用，可謂善學者矣。來朝京師，徵記於儼。儼聞游於聖人之門者難爲言，況於聖人之子孫乎？無已，勉述其所聞，而應命焉。

「子所雅言，詩、書、執禮」，天下古今之所共知而共學者也。至於教子，亦曰：「詩、禮而已。」詞氣從容，恩義篤至，此陳亢所以喜幸，而世之爲父子者，於是而有法式焉。凡人之修身莫先於得其性情之正，躬行莫安於循乎規矩之常。詩三百篇，不越乎六義。六義之詞，有善有惡，或勸或懲，而諷詠之間，優柔浸漬，善心由是而感發，逸志因之以懲創。得於其心，發於其言，言滿天下，必無口過，此性情之得其正者也，故曰「不學詩，無以言」。經禮三百，曲禮三千，皆天典民彝之實，精神心術之所寓爾。戒謹恐懼，履之而不違；造次顛沛，守之而不失。約以持己，推以接物，行滿天下，必無怨惡，此規矩之能循其常者也，故曰「不學禮，無以立」。由是而之焉，孝於親，忠於君，和於族，以達於人，人無非詩、禮之發用也。雖然，詩之篇雖多，一言以蔽之，曰「思無邪」；禮之義雖廣，亦可以一言蔽之，曰「毋不敬」。公其勉之。

雖然，儼又有告焉。古人有言曰：「若人未見聖，若不克見；既見聖，亦不克由聖。」此學者之通患也，爲子孫者則不然。聖靈洋洋，日在其上。趨蹌於庭，周旋進退。悠然若有聆乎金石之奏，肅然必有聞乎其容聲。可不敬乎？可不勉乎？儼既衰且疾，言無文理。公不鄙棄，苟有取焉，或亦可爲高明之一助云。是爲記。

禮齋記

大凡士君子之行，施諸人而不悖，傳諸後而無斁者，必有其道也，亦曰禮而已。禮者，參天地之化，貫古今而不息。自身而教子孫，自家而治天下，舉不外此道焉。

干越劉均立氏，温厚謙謹，尚禮之君子也。嘗以禮仕於四方，而人化之矣。及既歿，其子則庸能嗣厥志，循循雅飭，操修繼述，于其宗族，于其鄉人，一以禮爲之本，於是名其所居之室曰「禮齋」，非有得於過庭之訓者能之乎？大家世族，非無勢利紛華以遺其子孫，往往豢養之氣盈，紈綺之習勝，至有以驕奢覆其宗、淫佚僨其家者，其故何哉？不知以禮爲之防耳。

仲尼立教，必事約禮；其雅言，必曰執禮；其命伯魚，必敎以學禮。禮之於人，不既重矣乎？今夫視不思明而眩於惡色，聽不思聰而亂於惡聲，言不思道而妄發，行不思敬而妄動，是爲棄禮之人。棄禮之人，必至於滅天理，窮人欲，其不流於禽獸者幾希。故粗而洒掃、應對〔一〕，始於童幼之習；精而道德性命，終於聖人之歸，無不有禮焉。則庸於此，盍因其所已能，勉其所未至者。蓋堯、舜、三代之遺説，天子、諸侯、大夫、士之成制，與夫吉、凶、軍、賓、嘉之儀文，具載之書，遭秦滅學。雖其間不能無傅會參錯之説，要之其文富，其義廣，隨其所得，博而約之。庶幾先王之遺意，或可因有以考見焉，斯爲善學者矣。

均立既能以禮導之於前，可謂得其道者；則庸復能以禮繼之於後，可謂守其道者。禮文之懿，光輝乎父子之間，此固君子喜聞而樂道之也。因則庸之請，故不辭而記之。俾其得於覽觀之間，亦思所以施諸人而傳諸後矣。其富貴福澤，豈有窮乎？

【校勘記】

〔一〕「應對」下南圖本、静嘉堂本有「進退」二字。

永嘉大羅山黄公壽藏記

少保、户部尚書、武英殿大學士永嘉黄公，以其子貴，推恩受封。壽考尊崇，高出當世，天下榮之。此其獲於天者，非偶然也。嘗儗其歸藏之兆於大羅山祖塋之側，卜吉之日，甘露降于松柏。休徵之至，此又不期然而然者矣。好生惡死，人之常情。故凡言死者，人多諱之，况預爲墓兆者乎？人生宇内，不過百年。七十者稀，况九十者乎？九十者難，而位極人臣，此尤不其難乎？

夫死生猶夜旦爾，不惑於死生，而原始要終。預立於事，非智者不能。五福以壽爲先，既壽且貴，非仁者不獲。天之於人，豈屑屑然哉？然作善降祥，惠迪而吉，天固有不能違乎人者。黄氏世德，至公父子，食其報〔一〕。其所以然者，人莫知之，雖黄氏亦莫知之，而天固知之矣。詩云：「瑟彼玉瓚，黄流在中。豈弟君子，福禄攸降。」休徵之符，豈虚也哉？昔桓司馬作石槨，三年不成，君子謂其不情。楊王孫不事衣棺，而從裸葬，亦非人情也。惟杜征南見邢山之墓，而有取於祭仲，謂其制得中焉。公之壽藏，必遵法制，非苟作者。山高水清，豐草茂林，鬱鬱佳城，過者必欽。

儼忝交公之子少保淮，又嘗同禁侍。數以記請，辭不獲。歸次通州，復以書促之曰：「必得子文，朝正使還，俾歸刻石，得慰老親之心。」於是不以衰陋，遂執筆記之。公字思恭，别號静庵，夫人某氏。壽藏之作，永樂庚寅冬十月廿有六日也。

【校勘記】

〔一〕「報」下南圖本、静嘉堂本有「者」字。

守一齋記

左通政鄆城樊公，名敬，字守一。乃以其字顔其齋居，出入觀省，顧名思義，檢身修行，求協於克一，而得有所守。屬余記之，以廣其義。

余謂「精一執中」者，堯、舜、禹、湯授受之心法〔一〕。聖聖相傳，千萬世守此而天下治。孔子不得其位，明此道以淑諸人。千萬世學者，由此而得所宗。此公之素所聞、素所學者，余何言哉？雖然，天開於子而終於亥，自時日月歲積。而爲世、爲運、爲會，皆統乎一元之數也。乾闢坤闔五行布，四時行而百物生。形形色色者，皆本乎一元之運也。君子法天之經，因地之義，原其始而要其終，知萬化之一原也，萬事之一理也，萬殊之一本也。故於日用事物之間，操存省察，擇善而固執，守約而施博，反身而誠，樂莫大焉。

故曰：「德惟一，動罔不吉。」然必精粹而無一毫私欲之雜，始終而無一息懈惰之間。則所守者篤，而不爲事物之所侵奪矣。於此苟非敬以將之，所謂涵養其本原者，又烏能必其主一而無適也哉〔二〕？若夫鄉鄰鬬而不知閉户，同室鬬而不知救，此執一者，舉一而廢百，君子不由也。請以是爲齋之記。

【校勘記】

〔一〕「湯」，原脱，今據南圖本、靜嘉堂本補。

〔二〕「主」，南圖本、靜嘉堂本作「至」。

養恬齋記

中書舍人王仲序，取莊周氏之言，名其齋曰「養恬」，謁余爲記。昔周當戰國之時，大樸既散，巧僞日滋，游談之士，縱横捭闔，馳騁辯難於諸侯。而天下之俗，日趨於知術，囂囂然以詐力相高。而先王仁義之教，泯焉不絶如綫矣。周於其間，欲矯其俗，謂：「古之治道者，以恬養知生，而無以知爲也。」以知養恬，其大概欲反其性而已。以周之澹泊寧静，視彼之紛紜馳騖者，其跡固高矣。然於聖賢之道，未免半塗而廢，似是而非也。恬之爲言，安也。周之意，謂雖知周萬物，而恬澹自適，止乎安而已。聖賢大學之教，知止而後有定，定而後能静，静而後能安，安而後能慮，慮而後能得。以之修身，則身修；以之齊家，則家齊；以之治國平天下，則國治而天下平。豈若周之養恬而已哉？

仲序職司乎文翰，日居乎承明，簪纓佩玉，從容於法從之間。所謂養恬者，亦惟安其職業，無所願乎其外耳。蓋取其名，不取其義也。雖然，富貴不淫、貧賤不移、威武不屈，是皆安於所遇，非善養者不能。仲序以英年邁往之資，養之有素。所以揭德振華者，將爲邦家之光，豈效栖栖者屏知黜聰，爲虚無之守也哉？余於仲序，以鄉人一日之長，既爲之記，并以寓遠大高明之望焉。

樂静齋記

永嘉謝環庭循，以江左名族，自十一世祖某乃徙居渥洋。至曾大父某，仕元爲湖廣儒學提舉；大父某，石門書院山長；考某，隱居弗仕。皆樂渥洋山水幽勝，居則養性讀書，出則以道淑人。而庭循景仰先德，好學而有文，清修玉立，迥出流俗。嘗於所居，名其藏修之室曰「樂静」，其所資者深矣。永樂之初，以藝事薦入京。今扈從，寓北京之昭回坊，仍以「樂静」署其齋居，來徵記。

人之志，各有所樂。流水游龍，綺紈富麗，貴豪者所樂也；靡曼妖冶，絲竹謳吟，宴游者所樂也；耕鑿作息，仰事俯育，農夫之所樂也；長林絶澗，考槃詠歌，幽人之所樂也。樵之樂山林，漁之樂江湖，市肆賈區，則百工負販之徒之所樂也。君子之樂，蓋亦有之。遠塵囂之紛糾，安素履之閒暇，怡雅志於典墳，寄高情於千古。故曰：「聖人定之以中正仁義而主静。」其静也，必有所事；其樂也，豈徒枯槁尸默而已哉？

庭循居京師之都會，日與高人賢士交接於其間，方將延聲譽于四方，致功業於遠大。雖欲静且不可，顧可溺志於樂乎？雖然，此于其跡，不于其心也。苟其心不爲物累，無往而不静，亦無往而不樂也。奚必高蹈遠引，絶類離倫，而後爲静。耳無所聞，目無所見，而後爲樂哉？彼憧憧往來於膠膠擾擾者，固不足以語此。余亦静者，人或以爲簡，亦各從其志耳。庭循之志，適與余合，故爲之記，且以自儆云。

光霽堂記

吉水周子勉，今翰林侍讀崇述之叔父。故家桑園，舊有堂曰「光霽」，元季燬于兵。其諸父嘗有志於斯而未就，今卒成於子勉。子勉發資蓄，率族人於故址作堂若干楹，深廣若干尺。雖無雕刻藻繪之飾，而高明閎壯則加於昔矣。每歲時祀事，徹餕燕饗，必聚族於斯，而父兄子弟驩欣怡愉於一堂之上，非特可以表一家之休慶，而和樂之風亦足以儀刑於鄉人矣。堂之名，故有詹孟舉書，而記則今以屬余。

昔宗家濂溪先生元公，以高明之資，發精微之藴。而千萬世道統之傳，實有賴焉。故其胸次悠然，真與天地同流。而當世賢士大夫，獲見顔色，或承緒論，莫不灑然如挹光風，朗然如臨霽月。脱略窘束，超然物表，誠有如黄太史之所言者。然自程夫子吟風弄月而歸，有「吾與點也」之意，繼之者未有聞焉。今子勉歆先賢之高義，擴先世之遺搆，揭華扁於新堂，可謂善於繼述者。固將景行行止，豈徒尚其名而已哉？

雖然，居敬窮理，爲入德之門；孝弟忠信，乃踐形之實。居安資深，反身而誠。充實之至，光輝發焉。若夫樂於求志，而尚友千古；雅意林壑，而歌詠先王之道。此濂溪夫子之所以高出百世而光霽斯文者，又在君子之自得者何如耳。子勉父兄子弟之間，凡數十百人。若崇述、孟簡、崇厚，皆爲聞人。余故樂爲之記，抑以余言爲然否乎？

集虛庵記

集虛庵者，道士許全義修真之所也。庵在干越之玄明觀，其曰「集虛」者，取莊周假託之辭，「唯道集虛」之義也。以余昔教其邑，乃來徵記。余進而問焉：「虛之爲言空也，道何由寓？既虛矣，庵何以居？且方外之士，黜聰明，去健羨，外形骸，又焉事余文？」

全義對曰：「吾嘗觀諸水矣，虛則流，實則滯；觀諸火矣，虛則明，實則闇；觀諸室中，虛則通，實則窒。物皆然，心爲甚。初，吾之未入道也，驅馳乎俗務，奔走乎塵勞，膠膠擾擾，困於物者屢矣，曾不與之化者幾希。幸而去此，託跡方外，翛然獨處乎是庵，以修吾道。審一氣之存，固天地之根，滌除玄覽，八荒洞達，恬淡希夷，虛空生白，固知真道實集乎虛也。此吾南華老仙，蓋將以其虛而虛天下之實，豈徒爲是荒唐之言、無端崖之辭也哉？然亦述仲尼所以告顏子者，心齋之要，不外是矣。昔吾得於師者如此，願有以教之。」

余告之曰：「子之言，子之道也；周之書，周之言也〔一〕。必曰：『吾道率性者是已，反身而誠，樂莫大焉。』子雖遊乎方之外，歸而求之，必有得於性分之內者，亦非余之所能强也。雖然，彼有狥於外者，日奉其教。應酬鄉井閭閻之間，往來屑屑，終身而不悟者，視全義大有逕庭矣。」余舊與其師徒游，觀其居山林之幽，蕭散閒曠，皆能攻苦食淡，勤於其業，以興廢舉墜，有可尚者，故爲之記。

【校勘記】

〔一〕「言」，南圖本、静嘉堂本作「道」。

味菜軒記

從子曦，今年春來省侍，間語及故廬，對曰：「新築室，室之後開小軒，爲修息之所。未有名，敢請。」適福建參政熊本誠遺菜圖，遂以「味菜」名，且爲記以勖之。

在禮曰「六十宿肉」，又曰「六十非肉不飽」，而孟子亦曰「七十者食肉」。古者制民有恒産，故飲食、衣服、宫室、器用，皆有恒制。苟年未六十者不肉食，雖食肉亦不恒也。七月之詩「食鬱及薁」、「亨葵及菽」、「食瓜」、「斷壺」，此民之恒食也。至於「獻羔」、「殺羔」，祭與奉上焉已爾。自周衰，戰國縱横，敗先王之制。逮秦，阡陌開而地利盡，井田廢而恒産亡。民無恒産，則無恒心，故放僻邪侈，無不爲矣。放僻邪侈，由不知約也。約則儉，儉，德之共也；反儉則侈，侈，惡之大也。君子非淡泊無以寧志。

吾家世儒素。吾父遭元季喪亂，由金川徙南昌，辛勤立業，遺子孫以忠孝勤儉，子孫當世守也。吾承祖宗遺澤，德薄能尠，叨沐聖恩，有位于朝。自筮仕至于今，三十有四年矣，未嘗一日敢忘先人之訓也。又嘗見鄉里故家，未有不由祖宗勤儉積德而興；至其子孫，亦未有不以奢侈驕惰而喪。今之名軒，亦惟子孫本忠孝，務勤儉，守先訓而已。昔汪信民嘗言：「人常咬得菜根，則百事可做。」文定公聞之，擊節歎賞。曦尚念之哉。

瞻衮堂記

君子居江湖之遠，則思其君；處廟堂之上，則思其民。此固忠愛之心，不能自已，然亦職分之當然也。前太常丞、贈少卿袁公廷玉，嘗以唐舉、吕公之術受知於上，遭遇寵榮，人鮮能及。既老得致事，乃名所居之堂曰「瞻衮」，其志蓋可見矣。

夫衮，龍衣也。衮冕九章，以龍爲首。天子享郊廟、臨明堂、朝會諸侯之法服也。昔者廷玉之在朝廷，從容簪紱，班鵷鷺之行。覲天顔於咫尺，親道德之光華。則繪畫絺繡，焕乎天章，無日不接乎目，而亦無待於瞻也。及其退休于家，優游暇日，望蓬萊之五色，想翠華於天上。雖跬步必懷乎恩眷，雖一飯不忘乎周旋。蓋其忠愛之心爲無窮，而筋力則不逮矣。顧其力之不逮，而欲寓其無窮之心，此「瞻衮」之堂所以名焉。

今公辭榮而逝已十年餘，而堂固在。其子尚賓少卿忠徹數以記請。余嘗接公緒論，毅然正直，皆中理道。知公爲儒者，而公嘗以遠大相期。余雖不敏，寧無一言以酬知己邪？故勉爲之記，庶幾表公之夙志，使不泯於後。而忠徹不遺其親之仁，於此亦可見矣。

重修徐高士祠堂記

水經酈元云：「贛水北徑南昌縣，西歷白社，其西有徐孺子墓。又北歷南塘，其東爲孺子宅，際湖南小洲上。」豫章續志云：「孺子亭，即孺子宅也。舊宅在州東北三里許。」涂廙古今志及寰宇記皆云：「在梅福宅東，陳蕃爲遷於塘東百步，湖南際小洲上。」即酈元所云者。

自唐以來，固已於其所作亭。宋初王明爲守，更新之，易爲廣廈，未知何時復毁。及南豐曾公繼爲守，始即其處結茆爲堂，圖孺子像而祠之。亦曰：「湖南小洲上，有孺子宅，號孺子臺。」蓋曰宅、曰亭、曰臺，皆即其處，而世易其名耳。元初，江西行省參政東平徐琰重作之，至正末燬于兵，故處没爲民居。高橋之南，有孺子亭者，蓋自唐有也。考之郡志，唐宣宗時，塘東有三亭，曰涵虛，曰孺子，曰碧波，乾符中俱廢。

洪容齋曰：「碧波後爲孺子祠。」高橋之孺子亭，余幼時嘗游其下，土阜屹立，有亭巋然，祠孺子範土爲像，乃漢衣冠也。洪武甲寅，都指揮宋晟以其當行道平之，太守許方遂遷祠于環波亭之故址。而碧波之孺子祠，亦没於湖矣。環波亭者，宋淳熙中張帥子顔即涵虚廢亭所建，後亦廢，故高橋之祠遷立焉〔一〕。祠枕湖，風雨所會，歲既久而祠益壞。

永樂癸卯秋，監察御史張公庸謁祠，慨然有志新之。郡庠生黎彦當〔二〕、陳昶因勸率好事者，鳩工聚材，以成其志。於是叅政樊公敬、憲副成公均，各以其禄助之，作祠堂三間，廣二十四尺，深加廣之數二尺，甃其壁而繚以垣〔三〕，中新肖像，外樹門屋，規制一新，丹碧焕然于湖光烟水之間，五閲月而告成。既成又五年，而求余爲之記。

嗚呼，孺子平生志行見諸史，其高風清節，重於當時，稱於後世，千百載無異詞，誠獨行之君子哉！抑嘗論之伯夷之清、柳下惠之介，孺子有焉。若孺子者，夷、惠之間也。君子論世尚友，況居其鄉者乎？故不以鄙陋，記其本末，使來者有徵焉。

【校勘記】

〔一〕「高橋」，南圖本、静嘉堂本作「尚書」。

〔二〕「當」，南圖本、静嘉堂本、萬曆本、康熙本作「常」。

〔三〕「以」，南圖本、静嘉堂本作「其」。

梅雪軒記

「梅雪軒」者，行部主事洪璵宗器所寓之室也。洪氏世居嚴之青溪，東晉時曰紹者，仕爲門下侍郎，進階金紫，自是子孫累以武事顯。至宋曰嘉瑞暨子雋，皆由進士歷官爲聞人，數傳至九齡，仕爲江陰州僉判。僉判五傳至源，洪武中由太學生教諭饒之安仁，即璵之先君子也。璵嘗從其先人還青溪，指故廬曰：「此僉判所立，據溪山之勝，四時朝暮之景，皆在几席。僉判性嗜梅，故左右前後皆樹梅。歲寒冰雪之時，粲然芬芳，顧視山林，草木摇落，而此獨秀潔。於是扁其讀書之室曰『梅雪』，蓋擬德焉。」璵固識之，故隨其所寓，亦以「梅雪」名，昭先德且述事也。

昔李贊皇以經濟之才、超邁之氣，爲能宰相。溺於玩物，拳拳乎平泉樹石，遺戒子孫，卒不能守，君子以爲愚。若奇章之石，嗜好尤篤，奔走趨附之徒，不亦愚乎？二人皆君子所不取，何哉？於德無觀焉耳。至於幽人逸士之所好，尚以爲風月吟詠之資，亦徒取其清而已。

洪氏之居，自僉判至今已六七世矣。溪山堂構，不改舊觀，而梅之植者益蕃。教諭父子文學相承，藹然蔚然〔一〕。其名位雖非昔人之比，然砥行礪操，獨可嘉也。覩嘉樹於百年，寄遐思於所寓。而璵方將播其德馨，保其清白，無媿於「梅雪」，無忝於前人，豈非善繼述者乎？是皆可書也。余昔在干越，璵之先君子在安仁，聲聞實相接。今喜璵以進士發身，能世其家，莅官才敏，有聞於時。因其請也，故爲之記。

【校勘記】

〔一〕「蔚然」，原作「蔚其」，南圖本、静嘉堂本同，今據文淵閣本、文津閣本改。

墓誌碑銘

熊先生墓誌銘

永樂元年十一月一日，豫章熊先生卒于家，其孫翼之走京師來徵銘。嗚呼，先生之殁也，儼弗克弔哭，尚忍銘其墓耶？雖然，儼辱知先生，又嘗從校藝鄂渚，往返同傳者踰月，其平生履歷，蓋嘗聞之矣。且不鄙期待，以斯文甚至，今其已矣。銘可辭乎？乃敍而銘之。

先生諱釗，字伯幾，姓熊氏。其先江陵人，後徙南昌。中葉有諱逮者，南唐時贅居豐城之拏岡〔一〕，生延福，仕李氏，得顯官。六傳至本，復還南昌。本生亨，亨生開，乃遷進賢之北山。再傳至純，有文學，仕宋爲儒學官，知名當時，辛稼軒極推重之，實先生之高祖也。曾祖夢齡，祖立信，俱以德操，表儀鄉邦。考元誠，篤志雙峰饒氏之學，故先生自幼所得，固已大過人矣。

既長，父命從廬陵王先生充耘受書經、陳先生植受春秋、蕭先生彝翁受詩經。

元至正甲申，遂以春秋領鄉薦，爲崇仁學官。釋菜之日，虞文靖公躬詣學酌酒，與諸儒交，慶得友；又酌諸生，慶得師，由是聲稱翕然。滿考，復典教進賢，適鄉邑騷然，絃誦遂寢。既而徐壽輝兵犯江西，江東之民，相煽而起。先生乃與里人樊明仲合謀倡義，立營栅，阻大湖以守北山。時江西被攻甚急，固守者五十四日，外援絶，先生出奇兵，與戰連捷，其黨稍却。夜遣壯士持羽書踰城入告，城中得報，乃併力出擊，圍遂解。省臣嘉其功，承制署南昌主簿，自是將水陸軍守禦招輯。凡七寒暑，以積勞授將仕郎、臨江路知事，再陞登仕郎、江西等處儒學副提舉。

未幾，陳友諒以兵攻省城，城陷，守臣出亡。先生間道之臨川，以策干司徒公道童、營國公火你赤，皆不能用。徒受命收兵故部，而事無及矣。友諒既得志，欲招致之。先生隱匿山澤中，不出者數年。廬陵劉仲孚聞而歎曰：「倡義有爲，蹈義有守，足以表見于世。而北山遂有忠義之美名，不其賢乎？」初，丞相意憐真班，將兵恢復，由江東而來，聲威赫然，愚民罣誤賊中者多死。先生潛招諭，使復業，百里之間，全活者甚衆。當統禦之際，鄉邑饑，人相食，先生力請于省，得米麥賑之，民賴以生者又甚衆。蘄、黄富民數百艘，避兵北山下。鄉之豪士，恐其作亂，將掩取之。先生令人密伺，知非爲亂者，即白于衆，事遂止。嘗自誦曰：「吾平生無過人者，世亂而造千家之命，年饑而起萬竈之烟，如斯而已矣。」

入國朝，先生老處丘園，日與學者講論經義，循循不勌。及其門者，皆以文學知名。四十年間，江右士大夫論老成碩德、禮文之所取法、後生之所依歸、興賢校藝、朝廷四方之所徵聘，必之先生。洪武癸酉，校書會同館，書成，宴錫甚厚。嘗與儼論學及敬齋箴，曰：「其要在『動静弗違，表裏交正』，此二句反覆推論，乃一篇之關鍵。昔雙峰饒氏得之於弘齋李氏，李氏則遡紫陽朱子，以接夫濂洛之傳者也。今豫章學者多宗饒氏，而饒氏之學，蓋自敬始。釗幼承父師之訓，及登虞文靖公之門，得公指喻，亦曰：『戰戰兢兢，如臨深淵，如履薄冰，曾子終身之敬也。』求諸聖賢之心，必考乎儒先之教。凛凛乎，其可忽哉？」

嗚呼，先生之源委若此，其綱領旨趣，可得而見矣！其所著述，有學庸私録、論孟類編、春秋啓鑰、杜子美詩注及虞亭文集若干卷〔二〕。儼皆得而讀之，宏博精切，各極其底裏。其卒也，享年八十有三。其葬也，以卒之次年十二月某日，祔梭渚龍馬洲先人墓側。母吴夫人，衣冠世族。初娶葉氏，繼室周氏。子男四人，長安石，陝西、平涼、上郿遞運大使；次賓，次筠，俱蚤世；次稷。女二人，長適樊榮昌，次適張端夫。四子二女，皆周出也。孫男三人，長即翼之，次長生，次公受。孫女四人。實、筠嘗以事赴理，争就逮，竟相繼死。君子謂：實死於友愛，筠死於篤孝，雖皆出於天性，然亦教所及也。先生善事重闈，虞公題其堂曰「介福」，且爲文以美之。叔父元明死于外，收葬盡禮，撫其遺孤，俾克成立。姑氏適人，貧窶存則賙給之，殁則資斂之。與鄉人處，一以德讓，遠邇化服。

嗚呼！入則孝，出則弟，仕則致。其力守聖賢之學，淑諸人以終其身。若先生者，殁可祭於社矣。銘曰：

猗與先生，德懋而崇。學粹而豐，道積厥躬。四方式宗，有猷有爲。而卒不施，休慶用貽。引物連類，大肆厥辭。猗與先生，令聞永垂。

【校勘記】

〔一〕「時」，原作「特」，今據南圖本、静嘉堂本、文淵閣本、文津閣本改。

〔二〕「虞亭文集」，千頃堂書目作「幾亭文集」。

故資政大夫禮部尚書鄭公神道碑銘

國朝混一區宇，禮樂教化，唐虞三代之盛也。公卿大夫，由科第發身，事業文章，炳炳烺烺，近代鮮儷。若尚書鄭公之深沉敦厚，恢廓有爲，尤進士之傑魁者，今其已矣。其可得哉？

公諱賜，字彦嘉，姓鄭氏，世爲閩之建寧人。曾祖諱食邑，祖諱蘭芳，俱有隱德，稱善士。考伯仁，初娶張氏，久無子。祖母范憂之，禱于神，已而公生，側室陳氏出也。生有異徵，族里皆奇之。既失所怙，張夫人愛之猶己出，鞠育教誨，進于成立，俾入郡庠，充弟子員。郡博士嚴教條以束諸生，諸生多不能堪，而公獨安之。磨礲淬礪，不懈益勤，至不知飢渴寒暑，以蓄其有。下筆爲文，日演以肆。居處有禮，言動不苟。雖尋常几格間，圖書筆研，亦秩然有序。名公魁士一見，皆器重之。由是聲譽藹鬱，出於行輩。

洪武甲子，遂以易經領鄉薦，明年擢進士，拜監察御史。時天下郡邑，吏多以浼冒獲戾，逮繫無虚日。朝廷宥遣戍邊，特命公於龍江編次其行伍。值暑甚，公召諸械者，諭以主上恩意，開示大信，脱其械，俾各僦居止息。每旦一來見，衆感悦如期，無敢後。其有疾病羸弱者，日蠲禄米，具饘粥湯藥以給之。獅子山有道士某、僧某見曰：「鄭御史法官也，能惠施若此，吾徒寧無愧乎？」於是相率出資，設行庖爲飲食。諸戍徒賴以全活者甚衆，以至道路往來困乏之人，亦獲其濟。皆歎曰：

「此鄭公之惠也！」

秩滿，陞湖廣布政司右參議。始至，諸曹吏多驕蹇奢縱，公召立庭下，訓飭而約束之。吏斂手，不敢爲非。多滿考，擢用爲材官，於是皆感公之德。公於政，利有當興，害有當去。施罷不竢日，諸峒苗獠反側不常，鄰境郡縣數被侵毒。公召其酋長，布告恩威，結以信義，寬其徭賦。諸酋感激拜謝，誓不再爲惡，鄰境之民悉得按堵。丁張夫人憂，去官居家，杜門謝賓客。疏食飲水，三年之間，哀慕如一日。服除至京，轉北平布政司右參議，舉措施爲，咸得其宜，吏民胥悦。

今上時在藩國，公服事惟謹，尤被眷愛。復以事相連，謫置安東屯，行次冀北山谷間，父老數十輩拜于路曰：「吾儕小人，仰盛德者久矣。今獲一見，幸甚。」各載食與漿相迎勞，又攜鈔千貫來獻。公力拒不納，遂行。未幾，拔爲工部尚書。上即位，轉刑部尚書，賜内廐名馬。踰數日，以陳夫人憂，懇請去位。上初政，圖仕舊人，勉留公，乃止。每旦出，則正衣冠視事；夕入，則易服就位，哭奠如儀。

永樂三年，遷禮部尚書。凡朝會、祭祀、貢獻、禮儀、參酌準式，質文彬彬，奏議詳雅，人誦其能。嘗病暑，上數遣人賜藥物。有詔，命儒臣纂修永樂大典，公實爲監修官。公爲人有容，往來交際，不失其敬。接士有禮，御下有恩，以寬廉平直聞于天下，號稱名臣。公爲文，有聞一齋集若干卷、適興集若干卷。又有泛鄂渚、躋桂嶺、經朔漠、覽平城紀行諸詩，皆清雅和平之製。

屬纊前四日，公待漏直廬，夢神人肩一龜遺之。公盛以槃視之，乃木龜也。覺而語同列曰：「吾其不食。」已越三日，俟朝内廷，日將晡，忽眩瞀不能支，僚吏掖出，登肩輿至部，喉中有聲轟然，湯藥不下咽。夜二鼓，嗒然而逝。寔永樂六年六月廿四日也，享年五十有八。上聞之，嗟悼甚，命工部製棺槨，遣官諭祭。寵遇之隆，終始如一，君臣之義至矣。夫人蔡氏，淑而賢，有子一人，曰中。女三人，長適楊壽夫，次適鄒魯璧，次適李浩，皆士人。孫男二人，長曰綱，先公卒；次曰某，在襁褓。孫女一人。將以某年月日葬某處，子中持狀，求碑銘。儼辱知公舊，辭不可，乃爲之銘。銘曰：

猗與鄭公，爲時名臣。巖巖紫芝，寔降其神。維稟之豐，維積之隆。敷施振邁，有赫其逢。孰不爲仕，公簡帝衷〔一〕。孰不爲材，公其梁棟。翔歷中外，表表偉偉。具瞻威儀，高山仰止。天不慭遺，宵夢告祥。達人知命，何有悲傷。維德維積，視此銘章。嗟嗟來世，永也不忘。

【校勘記】

〔一〕「公簡」以下原闕，今據南圖本、静嘉堂本補。

曾先生東岡銘〔一〕

前右春坊司直郎南昌曾先生，年七十有四，儗其歸藏之兆于郡之東岡，乃禄其世系事本末，告儼曰：「我與子伯父、父遊，有通家之義。我之不朽，將子是托。得及今銘之，雖瞑目無恨矣。」嗚呼，悲哉！先生之志也，儼忍辭而不銘乎？

先生名恕，字守中。其先洛人，後徙南昌。祖垂甫，父原亮，居元時皆不仕。先生生期月而喪母，祖母鍾求乳母撫哺之。自幼不好弄，與羣兒殊。入鄉校，刻志于學。既長，其女叔夫晉寧王子中以隆興路椽還吉，挾先生以行。時鄉貢進士高越爲郡博士，命先生從之游，授書經，下筆即沛然，高先生甚奇之。郡守河東偰某好鶴，取二鶴置庭中畜之，一鶴病不食，其一俛焉，若有戚于中，亦不食。守異其事，乃詠之詩，屬郡之能賦者和之。詩有「州」字韻，鮮有愜守意者。先生時年十七，即賦云：「夜月有情懷赤壁，春風無力上揚州。」守得而喜，因是得書名籍籍於前輩中。

劉先生岳申嘗過郡齋論文，曰：「時文可以干禄，欲傳世，非古文不可。」先生聞之，遂棄去舉子業，乃肆力于經史百家之言，痛自刮靡，期追跡乎古之作者。高先生益大奇之。元運草〔一〕，先生歸南昌，坐家塾，召鄉里之子弟教之。洪武十二年，郡學乏司訓，郡守姑蘇王莊聞先生賢而聘起之。十餘年間，磨礲誘掖乎後進，未嘗一日勌也。諸生之膺貢舉者，多列官朝著。

二十四年，秩滿，赴天官，尚書以先生老儒引見，上大悦，賜冠帶衣衾，特授周府長史。先生以老辭，改授右春坊司直郎，以書經侍講經筵。明年十月卧病，病瘉入謝，拜不能起，上閔其老，賜歸。四方來徵文者日益衆，於是積以成帙，凡爲文若干，詩若干，雜著若干，足以示後矣。先生初娶于氏，子一人，女·人，皆夭。後娶盛氏，女一人，歸邑人吴洪。

嗚呼，生寄死歸，猶夜旦之必然，能燭理而預立於事者，幾何人哉？先生可謂不惑者矣，固宜銘。銘曰：

維志于于，維學劬劬，維文燁如。庶幾來祀，以昌厥譽。

【校勘記】

〔一〕按，此篇底本殘闕，今據南圖本、静嘉堂本補。

〔二〕「草」，疑作「革」。

張處士墓誌銘

余昔寓華亭，得爲善之士老而彌篤者，一人焉。余所游者，字示卿，諱文琺，姓張氏，後山處士其號也。自余去華亭十有三年矣，每與賢士大夫論善人，富而好禮，若處士者不多見。聞余言者，雖不及識處士，蓋亦想見其人焉。今年春，友人趙友同來京師，賫天台陶九成狀一通，致處士之孫完之意，來請銘。

按狀，處士之先世爲中州人，有仕宋從南渡，遂居杭。七世祖某，嘗游華亭，愛其山水，乃結廬於干山櫻珠灣，而徙家焉。五世祖某，又遷鳳凰山之陽。曾祖通，好施予，每大雪中掃地布粟，以飼飢禽，壽九十有三。祖顯，通天官、陰陽之學，壽八十有四。考俊，勤敏有才略，壽七十。

處士器宇魁岸，天資穎發，每自策勵，務進於善。其事親也，奉養無違，居喪毁瘠，哀慕終身；其處昆弟也，無間言；於親戚，務盡恩意；其自奉也，衣止布帛，食無重味；其教子孫也，以忠孝勤儉爲本；其於鄉黨州閭，或婚喪、或患難、或凶荒、或疾疫、或貧不能存，凡以急告者，悉應之，無吝色。晚年喜與方外之士游，羊豕雁雞之畜，非賓祭不殺。或出見漁獵，輒市其所獲而縱之。遇杠梁圮弗治者，亦完而新之，以故人咸稱長者。永樂元年九月十四日以微疾，諸孫扶掖端坐，問日支干，不及他事，夷然而逝，享年九十。配孫氏，先處士十九年卒。子男一，麒，亦先卒。女一，適盧祥。孫男二，彬、完。曾孫男三，暐、旼、暕。以是年十月二日，卜兆佘山之原，與孫氏合葬焉。葬之日，遠近傾赴，執紼者屬路。

傳曰：「積善之家，必有餘慶。」以余所聞所見於張氏，自其先世以來，及處士之身，家故多資，皆以康寧而享壽考，將不謂之積善之長乎？若處士克全五福，以昌厥後，天之報施善人，有由然哉？其可銘也已。銘曰：

善之積，慶斯獲。躬壽康，後逢吉。識諸幽，瑑兹石。

故承事郎曲阜知縣孔公墓表

故承事郎、曲阜知縣孔希範者，孔子五十六世孫也。歷官十有七年，以目眚致仕，踰年而終，享年六十有五。既葬之五年，其子詢寓書奉狀，來徵墓文。

公字士則，元中奉大夫、襲封衍聖公、國子祭酒諱克堅之子〔一〕，嘉議大夫、襲封衍聖公，累贈通奉大夫、河南江北等處行中書省、參知政事、護軍，追封魯郡公，謚文肅諱思晦之孫，累贈通議大夫、禮部尚書、上輕車都尉、追封魯郡侯諱浣之曾孫，曾祖妣李氏、祖妣張氏，皆追封魯郡夫人。妣張氏，元濟寧總管子仁之女，封魯郡太夫人。

公天資秀穎，器宇高邁。自少侍中奉，讀書成均，精勤博涉，已爲人所器重。元季兵亂，侍中奉歸闕里。入國朝，王師下中原，有詔即闕里起中奉，公侍行。當是時，朝廷褒崇先聖，於中奉特加恩禮。而公之兄希學，仍襲封衍聖公。族人復賢公，欲薦知曲阜。公曰：「先聖德澤，均被後胤，吾兄弟豈得專其美？」於是讓其從叔父克嗇。克嗇卒，又讓其從兄希文。希文免，而族人卒薦公，遂拜世襲之命，實洪武二十八年春二月也[二]。

公爲政，直道而行。於宗族、於鄉人，不以私廢公，不以恩掩義。遠邇之間，小大親疏，咸懷其惠。邑嘗有豪强誣細民代戍邊者，其人上下關節，民被鉗制，受誣不能自直。公歎曰：「吾爲令，民枉而不理，非職也！」乃具本末，力辨於上官，由是細民得直，而罪其豪强，其他效尤者遂斂跡。

初，五季時有外孔氏嘗冒聖緒，因亂肆毒，幾絶孔氏。至其子孫，亦假託世胄，覬覦徭役。公曰：「是亂吾宗，今不明，後世莫知矣。」乃力斥其非，絶不與通。遂以宗譜重刻石廟庭，本支源委，粲然別白。千百世之下，雖有昧冒，不能紊也。四代祖考墓隧之碑闕，公皆建立，上以昭先德，下以詒孫謀，其志勤矣哉。凡族有喪不能舉，邑有窮獨死無後者，往往具棺斂以葬之。人有孤子女，貧無以嫁娶者，又給資裝爲之嫁娶。

今襲封衍聖公彦縉，公之從曾孫也，初在襁褓而孤，公保育調護，俾克成立。歲時祭享，皆主於公。而事無大小，不避愛憎，一切視爲己任。由是内外族姻，無不順適，賓禮往來，各得其宜。至於督修廟宫而著其功能，墾復土田而增其歲廩，衛先陵而申樵採之禁，贊公府而杜請謁之私，凡於宗家，無不盡心焉。乃以永樂十年十一月八日，終于正寢。是月丙午，葬祖林之原。孺人畢氏，有賢德，克相其家，後公五年卒。其葬也，祔于公墓。子男三人，曰詢，曰誠，曰訔，訔蚤夭。女四人，俱適賢士。孫男八人，公貞、公英、公欽、公良、公鋼、公恕、公禮、公温。孫女四人，皆在室。

嗚呼！公之心純而正，行潔而方，才敏而周，政通而和。孝友忠信，出乎自然；高懷雅量，不見畛域。而又文以詩、書，節以禮、樂，雍容揖讓於其間。信乎神明之裔，卓然不可及矣。而遺愛之在人者，詎可泯耶？謹論次其德善，用表諸墓，以告來者。

【校勘記】

〔一〕「諱」，原作「詩」，今據南圖本、静嘉堂本、文淵閣本、文津閣本改。

〔二〕「二十八年春」，南圖本、静嘉堂本作「八年十」。

贈右春坊右庶子楊公墓表

聖天子纘承大統，臨御萬方，治定功成，乃永樂十年春三月，詔天官錫誥執政與侍從之臣。於是右春坊右庶子兼翰林侍講建安楊榮，得推恩及其考妣。考贈奉議大夫、右春坊右庶子，妣贈太宜人。榮既拜寵嘉，遂敍次公之行實，求爲墓表。

公諱伯成，字士美，其先關西大族。唐末遠祖某仕于閩，後子孫遂爲閩人。有諱達卿者，積仁絜行，孜孜不勧，雖昆蟲草木，不忍傷其生。嘗讀范益謙座右戒、范氏義田記，愛之，令善書者揭之壁間，俾子孫出入觀省以爲訓，實公之考也。公爲人謹厚，事親能致孝，處昆弟能友愛，教子姓以義方，遇内外族姻，舉雍穆無間言，接鄉人能以禮下之。讀書每至忠孝節義之事，又喜懇懇爲人誦説。

遇人窮乏，樂賑之[一]，不獨宗族子弟資給而得所教養，至於外氏甥姪貧不能立者，亦皆指廬授業，撫育而婚嫁之。不獨内外之親爲然，至於鄉里之間，寒者賴以衣，飢者賴以食，貧困者賴以周急。歲時伏臘，察其甚窘迫者，雞豚壺漿，輒掇以遺之，而賴之者尤衆。其有鬭争，持兩端，就公正之，皆得其平而去。

嘗卜居近雲際峰，與龍津舊廬相望。山水明秀，喬林清池，森碧可愛，乃立堂曰「雲山」，樓曰「藏書」，日優游於其間。爲所知舉茂材，徵書累至，以母老，力辭不起。後復以孝廉徵，例以子官得賜歸。既歸，當道者以其子列官于朝，數欲見之，公固以疾拒，自是足跡不至城府。

六年春，庶子蒙賜上尊腊肉嘉果，乃遣家童馳獻公。家童至，未卒前六日也。越三日，公遂薦之家廟，合宗黨，設宴以饗之。酒既行，舉醆祝曰：「荷先世積德，衍慶于吾子，而吾獲沾恩賜，何其幸也！今日與諸公固當盡歡。人生宇内寓形爾，恐後會難期。」聞者皆驚愕其言，莫究所以然，亦不敢訊。又三日，復趣家人具酒食，召諸弟姪至，且飲且囑曰：「吾平生無德及人，承先人遺澤，以有今日。今其已矣，死生命也。若等無庸戚，慎毋厚葬。所斂衣衾，止以布帛，擇地止温厚，及時襄事，毋拘術數。人有假貸而不能償者，悉折責棄券。」語訖，遂就枕。至夜分，奄然而逝。實是年四月廿有八日也，得年五十有六。配劉氏，有子五人，長即榮也，次富，次惠，先公卒；次信，次貞。女四人，孫六人。某年月日，葬某處。

嗚呼！昔連處士，應山一布衣，終于家，應山之人思之而不忘。夷考其行之大端，不過散資以賙鄉里，出穀以平市價而已。至其子，舉進士爲縣令，人皆以爲陰德之報。今公世有善行，視連過之遠矣。而庶子之顯融，上及其親，其視連又可同年而語哉？況死生之際亦大矣。公預燭於事而不亂，非其心曠然無累於物者能之乎？是皆人所難能者，乃揭以爲世之勸。

【校勘記】

〔一〕「賑」，原作「照」，今據南圖本、靜嘉堂本、文淵閣本、文津閣本改。

文淵閣大學士兼左春坊大學士贈資善大夫禮部尚書謚文穆胡公墓誌銘

永樂十六年三月，文淵閣大學士兼左春坊大學士胡公，以疾在告。上命太醫視藥，遣中使勞問無虛日，而公之疾日篤。未卒前三日，告儼曰：「廣荷朝廷厚恩，無以報稱。今至此，其命也。惟其不朽，將子是託。」既卒，翰林侍講鄒公緝狀公之世代履歷，其孤穆奉狀來請銘。

公諱廣，字光大，姓胡氏。其先居金陵，曰公霸，仕南唐爲吉州刺史。子勝，徙居廬陵之薌城。七世至宋，資政殿學士忠簡公銓，以忠義表見于世。又五世曰敬之，宋修職郎，始徙吉水之大洲，遂家焉。曾祖鼎亨，祖彌高，皆業儒，以德行稱鄉里。父子祺，洪武初以儒學進，官至延平知府。延平公昔遭喪亂，於鄉人有陰德。其仕也，於民有惠政。公生八歲而孤，母吴氏，故元進士永豐縣丞師尹之女，賢而能其家。

公教育於母，自幼恭謹，不縱爲子弟遨嬉事。及長，知好學，日記數千言，能自策勵，卓然有成。嘗游閩、廣間，賢士大夫見其才氣，皆折行輩與交，謂他日必成大器。既歸，慨念先德，不肯隨人後，乃入邑校爲生員。未幾，以詩經領鄉薦，遂中進士甲科，爲翰林修撰。一時名聲大振，衆謂：「延平有子矣！」及遇上龍飛，入正大統，公首被選，擢爲侍講，轉侍讀，領代言之任，日見親信。

公爲人重厚寡言，小心慎密，上尤重之。永樂二年三月，由侍讀陞右春坊右庶子。五年十一月，拜翰林學士兼左春坊大學士，而寵任益隆。公既以文章爲職業，於羣書百家之言，博極其底裏。停蓄深廣，發而爲文，志趣高邁，沛然若決江河，莫之能禦。而制誥、命令、諷諭、告戒，文辭爾雅，上宣德意，下達人情，莫不悚動感悦。故倚注之重，錫賚之厚，加於等倫。

七年二月，上巡狩北京，公與左春坊左庶子楊公榮、右春坊右諭德金公幼孜皆扈從。明年二月，上征北虜，三公亦從。出居庸，踰野狐嶺，涉興和以入沙漠。其道塗山川之所經，風氣之所接，與夫王師破虜功烈之烜赫，皆命公紀文勒石。鏗訇炳燿，超越古今。上既還南京，諸大臣暨公等並錫誥，而延平公得贈翰林學士，母封太宜人。十一年春，上復幸北京。明年，再扈從出塞，滅虜而還。

是年冬，公遭母喪，特賜内帑，敕令襄事起復。既至入見，上慰勞甚至。十四年三月，進公文淵閣大學士，仍兼左春坊大學士。楊、金二公，俱爲翰林學士。公前後爲試官，考第進士，皆合公論，得人尤多。上嘗命儒臣纂修國史，公爲總裁官。書成既進，公在疾，上命即公家，賜文綺、襲衣、鈔錠。公既拜賜，竟不起。以是年五月八日，卒于北京官舍，春秋四十有九。上悼惜之，命有司治棺歛，贈資善大夫、禮部尚書，謚文穆，賜祭者再。恩榮始終之盛，縉紳之冠也。

公娶夏氏，封宜人。子男三人，穜、穆、穗。女四人，長適陳年，餘在室。孫一人，善裔。女一人。有司具舟遣官與穆護喪南還，將以明年月日〔一〕，葬某處。公平生所著，有文集若干卷，詩若干卷，藏于家。

於戲！國家六合混一，人文昭宣，民物康阜。而論道經邦，佐理贊化，措天下於乂安，則有公卿輔弼，股肱之臣〔二〕，夙夜匪懈，以修厥職。至於論思宥密，侍從左右，以學術文章潤色鴻業，黼黻至治於其間，亦必有英偉特達高世之才，而後能化今傳後，垂之無窮。若公者，今其已矣，烏可以泯，故敍次其始終而銘焉。銘曰：

有美胡公，質茂而豐。蚤承家艱，允迪孝恭。種學績文，不同爲工。揭德振華，譽望日隆。既翥既舉，蔚爲儒宗。飭其才能，掌帝之制。鳴玉曳組，薦膺寵寄。孜孜竭心〔三〕，登崇禁林。論思左右，恩顧益深。盛德至治，歌詠鋪張。宗廟朝廷，郁郁洋洋。誕敷文命，洽于羣情。昭示四海，遠揚天聲。生既尊榮，歿加顯名。始終之眷，莫之與京。維德維績，于時有光。勒銘斯石，永世不忘。

【校勘記】

〔一〕「月」，原作「且」，文淵閣本作「旦」，今據南圖本、静嘉堂本、文津閣本改。

〔二〕「股」，原作「服」，今據南圖本、静嘉堂本、文淵閣本、文津閣本改。

〔三〕「竭」，原作「蝎」，今據南圖本、静嘉堂本、文淵閣本、文津閣本改。

贈資政大夫禮部尚書吕公墓碑

聖天子即位以來，四海寧謐，庶政咸和。乃嘉股肱之臣，能協恭于理，懋明顯功，特詔錫六尚書誥。遂推本其祖考，而褒崇之。於是禮部尚書吕震，得贈其考吕公爲資政大夫、禮部尚書，永惟對揚休命〔一〕，光昭潛德，以垂示久遠。乃來請文，將歸而刻之墓石。

按，吕氏其先，系出姜姓，封於虞夏之際。子孫因以國氏，歷漢、魏、晉、宋、隋、唐，世有聞人。自宋以來，在河南者，以相業顯；在京兆藍田者，崇厲行義，著聞天下，而僕射爲元祐名臣。公蓋藍田裔也，諱宗信，字子節，世爲咸寧人。祖諱某，父諱敬甫，贈禮部尚書。母張氏，追封夫人。

公自幼端恪，長益敦茂，讀經史，究大義。凡古人行事得失，曰善吾法，不善吾戒，以自修飭。長安，漢、唐舊都，習尚侈靡，公一切脱去，不混流俗。内孝父母，外睦鄰族，篤交卹匱，一以忠厚積善爲本。嘗曰：「居鄉不能力善，爲政不能濟物，非丈夫也。」以是勖諸己，亦以是訓諸子弟；以是行於家，亦以是語諸鄉鄙親友。以故人益仰重，咸謂公長者。

公平生志趣超逸，遇山水佳勝，輒命酒賦詩，自娱怡然也。生五子，長即尚書，次萃、庸、巽、文。嘗告諸子曰：「吾不幸早值元季，弗克有所成。今汝輩幸遭聖明，非學不足以立身，宜勉之。」洪武甲子，尚書以文學取科第，累官山西、北平按察僉事。今上入正大統，擢爲大理卿，繼陞刑部尚書，復改禮部。忠直自信，惟寅惟清。上嘉其能，士推其正，繄公之教然也。

尚書爲刑部時，公尚無恙，禄養榮厚，士大夫歎慕之。以永樂三年十二月二十六日卒，享年六十有四，葬于櫟陽之原。既葬之七年，有褒贈之命。配盖氏，封太夫人。嗚呼！惟公見善明，故行之也恪；積德厚，故發之也大。天道之報善人，非偶然也。尚書既克，顯揚其親，祇承寵光。復謀刻石，以詒後世，可謂至孝。

銘曰：

呂爲著姓，世有顯聞。中晦而蟠，族益茂蕃。惟公承之，克濬其源。不有于躬，乃啓後昆。是生令子，遭時明聖。遂躋顯庸，以弘世慶。鐵冠繡衣，斧節煌煌。出廉晉冀，不遠其鄉。乃司廷平，乃掌邦憲。乃秩宗伯，薦膺寵眷。巍巍廟堂，珮玉瑲瑲。侍帝左右，邦家之光。惟此顯榮，惟忠與孝。惟子之賢，惟公之教。帝念本始，有錫自天。焕乎龍章，賁于九泉。生崇令名，没有褒錫。莫榮于爵，莫大于德。刻文兹碑，惟後之式。

【校勘記】

〔一〕「休」，原作「林」，今據南圖本、静嘉堂本、文淵閣本、文津閣本改。

宣聖五十七世孫襲封衍聖公神道碑銘

公諱訥，字言伯，姓孔氏。世家魯曲阜，前資善大夫、襲封衍聖公諱希學之子，元中奉大夫、襲封衍聖公、國子祭酒諱克堅之孫，嘉議大夫、襲封衍聖公、累贈通奉大夫、河南江北等處行中書省，參知政事、護軍、魯郡文肅公諱思晦之曾孫，實宣聖五十七世孫也。

公魁梧厚重，寡言笑，篤學恭謹，不以貴胄驕人，士大夫喜與之游。樂善好施，遇孤貧不克婚葬者，雖傾貲濟之無難色。又能詩，工篆法，人得之者，皆傳誦誇美相貴重，華問益彰。洪武癸亥居父憂，以國哀赴京，祭孝陵。既竣事入見，天眷甚隆，顧謂廷臣曰：「孔訥，真聖人子孫。」遂賜膳光禄，命禮官館于太學，遣尚書劉仲質勞問，日繼庖稟，復賜衣物、鈔錠，充牣舍館。將俾襲爵，以居喪乃止。

服除，丙寅正月朝京師。既見，上大喜，即命禮官卜日授爵，於是以二月二日，拜襲封之命。受誥大廷，百僚班列。仍敕禮官，以教坊樂導送至太學，學官率諸生二千餘人，迎於成賢街，觀者莫不贊歎光榮。明日入謝，復賜襲衣，宴於禮部。又明日，釋奠于學廟，以拜命告。恩禮之加，古未有也。初行誥詞，吏部奏用資善階，聖諭曰：「既爵公，勿事散官，但誥以織文、玉軸爲異耳。」遂爲故事。每歲入覲，得給符乘傳，班序列文臣首。厚其稟餼，下及傔從，此又古未有也。

公天性仁孝，待宗族克盡禮意，奉祭祀極其嚴敬。至於廟庭修作，朝夕程督，竭其心力，不以爲勞。洪武庚辰九月十六日，竟以疾終，得年四十有三。以某年月日，葬祖林，祔考墓也。夫人陳氏，繼商氏、王氏。子男四人，鑑、鐸、鈞、鏜。鑑襲封衍聖公，後公幾年卒。女五人，長適李添祥，次適宋平，次適王騏，次適侯正，次蚤卒。鑑之子彦縉，今襲封衍聖公，公之冢孫也。曾孫一人，原嗣。公歿後二十年，墓無文。彦縉將樹碑墓道，以昭先德，來請銘。其詞曰：

維道之高，維德之厚。金聲玉振，以昌厥後。歷世五十，而又七葉。偉矣聞孫，克紹先業。宇量恢恢，威儀怗怗。明詩習禮，光華煜爗。天之所與，族之所宗。保佑申錫，格于宸衷。榮名尊爵，超軼顯融。寵恩異數，維聖之崇。佩仁服義，如守憲律。終始惟一，靡有愆忒。由來龍蛇，賢人之嗟。溘爾長逝，德音孔遐。祖林之原，楷木蒼蒼。若斧若堂，昭穆相望。維公之兆，祔考宅幽。既封且固，世德作述。延畀後昆，慶澤斯流。刻詞樹碑，永昭厥休。

灌城阡碑〔一〕

永樂六年戊子九月十日，先公直翁先生卒于家。是年十二月丙申，葬南昌灌城鄉懸榻里施家窯之原。先是，洪武癸酉六月十五日，先孺人卒。以其年十一月十九日，卜葬是原。至是，先公遺命葬右壙，而孺人次左也。初有表誌，無貞石未刻。

今得餘干梅溪之石，謹述隱德懿行，用誌諸阡云。

嗚呼！胡氏之先，系出不一。公之族，近出新淦之城口。自經喪亂，族遠譜逸〔二〕，不知始所從，莫適其系也。自六世祖十三承事宋端平間〔三〕，始遷邑城之南。高祖紹久〔四〕、曾祖禄賜、祖子復〔五〕、考誠叔，惟世懷德弗耀，委祉後胤。公諱鼎，字重器，自幼恪慎端莊，屹然如老成人。從鄉先生聶則正受春秋〔六〕，業成，值元季兵亂，與先孺人奉二親，避亂田野間，竭力致養，未嘗乏絶，以戚其親。親没，雖喪亂中，葬必以禮，不敢苟且，以儉其親。

既襄事，時南昌爲龍興，當省治，有兵衛，乃與兄虞部府君徙家焉。復遭喪亂，家屢燬于兵。入國朝，沐浴清化〔七〕，始寧厥居。前進士鄱陽程國儒，來爲郡守，造就人才，立賞試格，進諸儒生，第其業之高下而激勸之。於是虞部與公各以其業就試〔八〕，連得高等，而虞部且魁多士。後虞部以薦徵，與公握手别曰：「兄出而仕，君臣之義也。弟教子孫，毋墜先業，孝弟之道也。」公自是日取詩、書、禮、樂，用教導其子若孫，雖祁寒盛暑不懈。儼幼蒙闇，公程督之尤切。及令桐鄉，迎公就養，時民有獷傲，欲置諸法，公聞之曰：「此愚民教未浹爾，遽置諸法，於政云何？且爲政，不可不慎，一或過當，傷和累德，非細故也。」儼凛然佩服，終身不敢違。

公嘗以僑寓違遠丘隴，每歲春和，不遠數百里，拏扁舟，歸故里，具牲酒上塚。退合族里之人，敍宴而還，家居祭享，揆時備物，俯仰齋肅，雖老亦悲戚。處鄉里，恂恂然未嘗有所忤。雖僕奴輩，待之無嚴辭厲色。與人交，忠信篤敬。衣食有餘，樂振人之窮急，貸不能償者，亦置不問。人有善，輒樂慕稱道之；有不善者，誘掖勸戒，開其善端，而率德改行者亦多有焉。其有爭短長曲直、持不平者，得公一言而釋。以故君子喜其公，小人樂其和，而德義尊於鄉。

傅先生箕、熊先生釗與公交久，重公爲善，始終無間，乃相與稱號曰「直翁先生」。嘗以子官封桐城知縣，享年七十有八，以壽終。葬之前期雨，親賓祖奠者，咸以爲憂。至夜中雨止，風泠然，詰旦發引，日皎然如春。藩臬大夫、郡邑官僚與凡執紼人士，載道咨嗟。及壙窆，工人執事者，皆汗浹背。咸以爲此公之素行獲乎天者，非偶然也。

孺人徐氏，先十五年卒。儼聞之公曰：「汝母性純惠，蚤喪母。事繼母，能篤於孝敬，既婦於我。事舅姑，凡衣服、飲食、奉養之事，必躬理之。蚤暮不怠，二親深自慰悦。歲壬辰兵變，鄉里焚掠殆盡，人少食，家藏多亡。汝母幸存服飾之具，日以易粟，奉二親不異平居。不幸二親繼歿，内外宗姻間隔，獨與汝母匍匐襄事。甲午荐饑，加之疾疫，邑井蕭條，遂徙龍興。凡治居舍生業立家之道，汝母能以勤儉助我，未嘗面憂戚之色。凡若此者，汝兄弟蓋未之知。」

儼幼在先孺人膝下，孺人口誦孝經、論語教之。及長，知事事，見孺人歲時左右祭祀，牲醴粢盛必豐潔，待賓客酒食必精旨，接親戚無不順適。遇子婦嚴而愛，雖疾病無廢容。卒之年，春秋六十也。後八年，以子官贈孺人。子四人，長長壽，次發，次即儼，次慶。女二人。長壽、慶與二女俱夭。孫七人，旭、昱、暕、杲、曄、曦、昭。昱、杲蚤卒，今存者五人。孫女七人，長適劉正學，次適劉朝英，次適進賢令餘杭吴英，次適徐用中，次適劉錤，次適王恒，次適毛宣。曾孫九人，訓、讓、諲、謹、詢、訥、訢、詡、詠。曾孫女六人。

距先公之葬十有八年、先孺人之葬三十有三年，實爲洪熙元年歲在乙巳正月十一日，復蒙推恩，賁于冥漠。先公加贈朝議大夫、贊治少尹、國子祭酒兼翰林侍講，先孺人加贈恭人。踰月，儼以疾休致而歸。又踰月，乃克告于墓，深懼衰朽，筋力不任，恐一旦泯没，則考妣之德善鬱而不彰，不孝之罪莫大焉。謹銜哀具述本末，叙次如右，俾後之子孫，庶得以爲憑藉之資也。男前史官、嘉議大夫、太子賓客、國子祭酒致事儼謹誌。

【校勘記】

〔一〕「阡碑」上康熙本有「新」字。

〔二〕「譜」，原作「縉」，今據南圖本、静嘉堂本、文淵閣本、文津閣本、萬曆本、康熙本改。

〔三〕「平」，原作「年」，今據南圖本、静嘉堂本、文淵閣本、文津閣本、萬曆本、康熙本改。

〔四〕「紹」，康熙本作「炤」。

〔五〕「子復」，康熙本作「伏」。

〔六〕「則正」，康熙本作「正則」。

〔七〕「清」，原作「濟」，文淵閣本、文津閣本同，今據南圖本、静嘉堂本、萬曆本、康熙本改。

〔八〕「各」，康熙本作「僑寓」。

故元集賢司直曾公墓表

永豐曾氏，系出郕國公，遠有代序，爲吉名族。至元集賢司直諱如瑶，字尚賢，乃應奉翰林文字兼國史院編脩諱巽申之子，宋監察御史、兵部侍郎、江西安撫制置使諱希顔之孫，宋主管浙西帳司、文字，贈通直郎諱元老之曾孫。母胡孺人，生公有異徵。幼與羣兒處，不爲嬉戲，屹然如成人。從師學，日授數千言，輒背誦不失一字，人皆以應奉爲有子矣。

既長，通書經。天曆間，侍應奉居元都，用選補太學生。其授集賢司直，揭文安公之薦也。未幾，以應奉憂去官，奉喪南還。遭元季之亂，慨然有康濟之志。時進士吳伯都刺佐江西省幕，率舟師討寇，公以策干之，不能用。郡别駕蕭也先，舊與公同監舍，薦之郡守梁克中，乃檄公主永豐縣簿。公至，欲有爲，而事已去，不可復振。即挈家去，隱玉笥山中。

入國朝，喪亂既平，乃歸葺田廬，復先業。洪武初，遂應詔，長鄉之田賦，征斂以時，不爲暴刻。或勸之加量，公曰：「吾祖父以來，量如是。」卒不易。後以事遷鍾離，年六十有八，洪武丙辰正月三日以疾卒，殯天井岡。某年某月日，自天井岡啓葬于鄉之某原。

配周氏，子四人，長洵，次源，次潛，次潼。女三人。孫男三人〔一〕，曰棨，翰林侍講；曰棐；曰𨼆。棨懼公之潛德不耀，乃以狀請。余惟公以文獻世美，力學踐行，故能安於去就，垂休燾後，豈有涯哉？乃本厥初，著其實，表諸墓上，以畀厥胤。

【校勘記】

〔一〕「三」，原作「幾」，南圖本、静嘉堂本、文淵閣本同，今據下文及文津閣本改。

先伯父虞部府君行述〔一〕

公諱璉，字汝器，姓胡氏，世家新淦，自幼有大志。當元季，見爲政者尸厥官，胥徒縱橫蠹蝕民，奮然欲有所樹立，以利夫人而不得自效。居常悒悒，聞廬陵鄒先生選與其弟連講學于清江封溪之上，即束書往受業。每下筆爲文章有奇氣，鄒先生輒稱善。業既成，而世難作矣。遂與先公自淦徙家龍興，薦經喪亂，乃混跡賈區，人莫知其儒者也。

及我太祖高皇帝廓清海宇，儒術用興，於是郡守鄱陽程國儒進諸儒生，課其藝之高下，以行勸賞。公乃與先公各以其業就試，適喪亂之餘，程侯暨諸儒師得公昆弟文字於多士中，嘉歎不已，特置公第一，再試、三試皆在高第。洪武初，與廬陵劉子高、清江張仲謙俱以明經薦至京〔二〕，擢授工部水部主事〔三〕，兩考陞本部員外郎。又三年，轉虞部員外郎。

公性剛毅，論議確然，遇事矯枉，輒欲以直繩之。同列多不喜，譖于宰執〔四〕，宰執亦不喜，因中以他事，遂左遷通判廣州。居二年，復以事解官歸。卜築清江，往來豫章。忽一日，告其從子儼曰：「昨夢賦詩，末句云：『歸去來，歸去來，山中故人久相待。』吾其歸矣。」遂拏舟泝江而上，至生米，值風濤而没，實洪武十八年二月三日，得年五十有八。從子發督水工，操一舟，自没所至彭蠡湖，往返七日，求公竟不得。嗚呼，痛哉！

配劉氏，子男三人，頔、穎、顗〔五〕。穎蚤卒，頔爲盧龍丞，卒于官。顗亦繼卒。有二孫，戍遐方。公文集若干卷，在二孫所，存亡不可知。公爲政，嘗聞其大者，若工之陶冶、常之河渠、吴之海運〔六〕、淮之海艘，皆爲劇務。公實經理於權輿之日，後來者得有所據，而公之勞，乃鬱而不彰。悲夫！又嘗承乏禁林，得見公應制詩文，徒爲之慨然。

公平生喜爲詩，宋學士景濂尤愛其長句，謂有唐人風格。今記憶僅得若干篇，殆存一二於千百。嗚呼，惜哉！公之德操行義，凛然無愧於古人。至遇事理之曲折，在他人累百千言不能别白，公片言剖析，即了然開釋，合乎至公，人皆稱之曰能。然其所就卒如斯，天乎？人耶？莫可得而知也。所可知者，其可泯乎？謹述其大概如右〔七〕。後之覽者，即斯文，亦可知其人矣夫。

【校勘記】

〔一〕按，此篇原錯簡，今據南圖本、静嘉堂本、文淵閣本、文津閣本改置。

〔二〕「謙」，南圖本、静嘉堂本作「謀」。
〔三〕「水部」，原作「水都」，今據南圖本、静嘉堂本、文淵閣本、文津閣本改。
〔四〕「譖」，原作「諸」，今據南圖本、静嘉堂本、文淵閣本、文津閣本改。
〔五〕「嶺、穎、顗」，胡氏譜圖序作「頓、穎、顗」。
〔六〕「吴」，原作「吾」，文津閣本同，今據南圖本、静嘉堂本、文淵閣本改。
〔七〕「如」，原作「知」，今據南圖本、静嘉堂本、文淵閣本、文津閣本改。

故延平知府贈翰林學士胡公宜人吴氏墓誌銘

永樂十二年十二月二十有四日，故延平知府、贈翰林學士胡公宜人吴氏卒于家〔一〕，其子翰林學士兼左春坊大學士廣聞訃，即設位哭，儼既弔而退。越三日，乃命其門人，述宜人之世系德美來告曰：「廣生甫期月，先府君拜御史之命，仕于朝。時兄姊俱幼，太宜人專家事，教子女讀書、事女紅、課僮奴、治田圃、種植畜養，皆有條理。先府君守延平，不幸棄諸孤。廣生八歲也，太宜人喪葬盡禮，悲哀成疾，幾不能起。及瘥，日辟纑置論語膝上，以教廣，曰：『汝無父，吾寧必汝之有成也。』廣雖幼無知，然聞太宜人言極悲痛，謹識之不忘。廣兄弟不夭，鞠育教誨，皆太宜人之德。與凡扶持門户、官府之供、賓親之禮、男女長幼、衣食百需之具，又皆太宜人經理維持之力。及廣際遇聖朝，叨列侍從，荷推恩，特封太宜人。遠垂教訓，懇懇一旦至此，極終天之痛，何有已也。然所以昭後世者，幽室之詔〔二〕，惟子是圖。」

按，宜人諱瑞慶，姓吴氏，世爲廬陵永新人。父師尹，故元名進士，永豐縣丞。母龍氏。宜人生衣冠宦族，自幼閑禮訓，通經史，又善筆札。至於剪製紉縫之事，皆極精緻，父母甚愛之。爲擇壻，少得如意者，獨延平君在生徒中器質端方，學問篤實，遂以歸之。

宜人自入門，金珠綺紈，悉脱去不御。躬操井臼，執婦道，以相其夫子。於喪亂艱難之日，人以爲難。延平嘗撫育其從孤弟妹數人，爲之婚嫁，宜人能推所有與之，宗族皆稱其賢。仲姊寡居無子，宜人迎歸養。朝夕暇時，二母坐一室，講詩、書，論古今，亹亹不厭。傍置諸子誦讀，與正句讀、訓難字，鄉閭之間，尤贊其美。今學士以文章黼黻至治，爲邦家聞人，有由來矣。宜人常恨不及事舅姑，遇節忌，嚴祀事于家。命子孫拜掃于墓，終始如一。又性聰明善記，族黨兄弟有所遺忘，即咨詢。雖數十年事，歷歷舉之，無毫髮差爽。

享年八十有二，以壽終，實永樂十二年十月三日也。明年某月日，葬于某山之原。子二人，長直，次即廣也。女四人，長適劉子仍；次適黄志榮；次適徐崇威，崇威，宿州知州；次適解與高。孫四人，穜、穆、導、穟〔三〕。女五人，長適劉誠，次適陳年，餘在室。曾孫二人，善裔、善嗣。女一人。銘曰：

猗歟宜人，夙鍾令德〔四〕。爰及於行，克修内則。延平之終，厥家孔艱。諸子在幼，鞠育以安。訓之書、詩，俾克嗣肖。婦功母道，族閭思效。維兹懿美，受天之祐。寵章命服，光于眉壽。詵詵孫子，蘭茁玉滋。厥後式穀，衍慶流輝。猗歟宜人，世實罕儔。刻此銘詩，用昭厥休。

【校勘記】

〔一〕「胡」，原作「故」，今據南圖本、静嘉堂本、文淵閣本、文津閣本改。

〔二〕「詔」，南圖本、静嘉堂本、文津閣本作「銘」。

〔三〕「穟」，南圖本、静嘉堂本作「穗」。

〔四〕「令」，原作「合」，今據南圖本、静嘉堂本、文淵閣本、文津閣本改。

故通議大夫兵部左侍郎盧公墓誌銘

永樂十四年十月六日，兵部左侍郎盧公卒，年五十有六。自公卿大夫以及掾史執事之人，與凡鄉里交游之士，莫不痛惜之。時儼還自北京，既弔哭退，其家人攜其七歲孤欽，持公世系履歷，拜而來乞銘。余與公友也，且子壻於公，義不可辭，乃敍而銘諸。

公諱淵，字文瀸，南昌之新建人。曾大父蘖，大父德，父勖，世業醫，有陰德。公幼孤，母某氏教育之。既長，入邑校爲生員，清苦力學，遂以詩經充貢，登胄監，歷事兵部。洪武二十五年夏五月，選授司馬主事。二十七年秋七月，陞員外郎，尋陞郎中。三十一年夏，以賢勞擢本部右侍郎，未幾罷。壬午冬，有詔復起爲左侍郎。

公爲人篤實，操履端正，遇物恕而莅事勤。故自爲主事，有能名，及爲員外、爲郎中，歷年多而知故實。凡視事劇及暮，同列退，公獨秉燭治文書，不少懈。侃侃自將，未嘗矜伐。以此人皆心服之。至爲侍郎，專檢校、貼黄，其條貫節目，文理浩穰，不得要領者，其事多繆戾，獨公任之，貫穿錯綜，皆有條理，人又服其能。嘗督工運木河上，威惠兼濟，事集而人不勞。

永樂十一年夏，進表至北京，居會同館。疽發背危篤，上遣中使，賜以善藥，日往候疾，重輕以聞。凡兩月，疾瘳入謝，又賜物甚厚。既還，獨領部事，知無不爲，僚屬禀承，政修事舉。乃以子敬夭死，悲感成疾，逾年竟不起。哀哉！卒之日，朝廷遣官諭祭，憫其遺孤，特給米五十石、鈔三千貫，恩禮隆矣。將以某年月日，歸葬某鄉某里。配胡氏，子男二人，今所存者，欽也。女六人，長適某人，次適胡暕，餘在室。銘曰：

維壽不躋，維德有餘。維澤不渝，以遺其孤。

贈資政大夫户部尚書夏公夫人墓誌銘

夫人姓廖氏，其先荆州人，元處士諱瑞可之女，贈資政大夫、户部尚書夏公諱時敏之夫人，今少保、户部尚書原吉之母也。元季處士寓沔之玉沙，以經學教授生徒。時資政公之父某爲湖廣行省都事，聞處士學行，命資政從之游，以兵變不果行。未幾，鄂城陷，都事歿於義。資政奉其母入沔，見處士與語，大器之曰：「都事義士也，可謂有子矣，其後必昌。」遂以夫人歸焉。入國朝，喪亂平，資政乃徙居長沙之湘陰。洪武初，教諭邑庠，復以母老歸養而卒。夫人奉其姑，盡孝敬，雖處窮約，未嘗有幾微不足之色，其姑安之。教諸子，嚴而愛。嘗訓之曰：「吾見汝父，辛勤一世，手不釋卷，今已矣。汝幼孤何恃〔一〕？」復歎曰：「人生世間，其業有四。惟士爲貴，汝等得爲士，非惟不墜先業，亦汝父之志也。」於是遣原吉入邑庠，爲弟子員，又訓之曰：「吾聞與善人居，如就芝蘭，久與俱化；與不善人居，如就蕭蒿，久亦與化。汝其識之。」

姑疾，夫人侍湯藥惟謹，朝夕不離寢處。姑執夫人手泣曰：「汝事我，備極勞苦，我老疾，必不起。念無以報汝，願汝壽過我，子孫事汝，同汝事我。」姑既卒，夫人葬祭如禮。及原吉領鄉薦，仕爲户部主事，迎夫人就養。後七年，原吉陞侍郎，夫人以子貴，誥封太淑人。又五年，原吉拜尚書，考贈户部尚書，夫人進封太夫人。

太夫人慈惠温恭，而有賢子，經綸通變，出納和鈞，以掌邦計，爲時名臣。而太夫人壽考尊榮，世稱賢婦、賢母焉。享年八十，以疾終于北京，實永樂壬寅四月十九日也。後二年，奉命給舟檝，第三子原禮載柩歸。以是年某月某日，葬某處。子三人，長即原吉，次原啓，次原禮。女二人，長蚤世，次適常州府照磨葛興讓。孫四人，琮、瑛、琪、璨。女四人，長適監察御史傅霖之子俊，次適宗人府經歷虞進之子瑞〔二〕，餘在室。

昔韓滉識楊於陵爲佳士，謂其有後，遂以女妻之，生嗣復卒爲相。方之處士之於資政及今尚書公，豈不信哉？儼獲交尚書公，嘗拜太夫人於堂上。見太夫人禮貌從容，辭氣詳雅，固知其夙秉陰教者。尚書公乃以墓銘見屬，謹按林諭德誌所述事略，敍次如右，而爲之銘。其辭曰：

懿懿夫人，生于德門。克媲君子，陰教式遵。遭家孔艱，夫先其歸。上下老幼，養育于嫠。姑疾不起，寢食不離。勤勞孝順，姑祝有辭。撫字諸孤，慈訓懇詳。善積慶衍，世澤其昌。表表尚書，贊理廟堂。推恩顯親，命服用章。禄養式崇，既壽且康。湘山蒼蒼，湘水泱泱。惟卜之吉，夫人之藏。刻銘置幽，永世不忘。

【校勘記】

〔一〕「恃」，原作「特」，今據南圖本、静嘉堂本、文淵閣本、文津閣本改。

〔二〕「進」，南圖本、静嘉堂本作「通」。

晉侍中大將軍温忠武公廟碑

豫章城南之有晉侍中大將軍温忠武公廟者，以公之墓在也。公咸和初爲江州刺史、持節、都督、平南將軍，鎮武昌。豫章，乃江州刺史治所也。公至豫章，親祭徐高士之墓。仰其風節，愛其山川，言于朝曰：「豫章，十郡之要，宜以單車刺史居之。」事雖不行，而心實重焉。故臨終之日，與陶侃書，蓋公之葬豫章，侃從公之意也。後朝廷追公勳德，將爲造大墓於元、明二帝陵之北，侃上表并公書，得停移葬。今廟之後，有坎隱然，實公之墓。故老相傳，舊碑載墓去廟三十步。初，廟近排岸司，瀕于江。歲久爲水嚙，今廟徙，臨墓矣，而舊碑亦湮没。世俗無知者，因訛爲宋司馬温公，豈以公嘗爲劉琨右司馬故耶？

鄉人歲時祀事惟謹，有以事禱者，輒不得卜。復禱曰：「廟無碑，豈非欲得祭酒之文乎？」遂得卜。嗚呼！公之事，載諸史册，章章然輝映今古；公之精神上下，與天地同流，亘千載猶一日。公豈以余言爲足傳耶？特以余能正其訛耳。謹取公之履歷始終，大概著于後。使讀者知公，不復訛爲涑水先生也。

按傳，公諱嶠，字太真，河東太守憺之子也。初爲都官從事、東閣祭酒，補上黨潞令。平北大將軍劉琨夫人，公之從母也。琨請公爲參軍，復爲從事中郎、上黨太守，加建威將軍、督護前鋒軍事。將兵討石勒，屢有戰功。琨遷司空，以公爲右司馬。屬二都傾覆，元帝初鎮江左，琨以公爲左長史，檄告華夷，奉表勸進。帝嘉之，尋拜散騎常侍，歷驃騎王導長史，遷太子中庶子。明帝即位，拜侍中，轉中書令。

王敦逆謀，表補丹陽尹。公還都奏之，加中壘將軍、持節、都督東安北部諸軍事。及敦兄王含同錢鳳奄至都，公燒朱雀桁，以挫其鋒，擊含，敗之。封建寧縣開國公，進號前將軍。時歷陽太守蘇峻藏匿亡命，朝廷疑之，公遂有江州之命。未幾，峻果反。公屯潯陽，遣督護王愆期、西陽太守鄧嶽、鄱陽内史紀瞻等，率舟師赴難。

及京師傾覆，公乃遣王愆期，奉征西將軍陶侃爲盟主，於是侃率所統，與公同赴京師。戎卒六萬[一]，旌旗七百餘里，直指石頭。次于蔡洲，峻聞公將至，逼大駕幸石頭，公又於四望磯築壘以逼賊。侃督水軍向石頭，公與庾亮率精勇，從白石以挑戰。時峻勞其將士，因醉突戰，馬蹪爲侃將所斬。峻弟逸及子碩，嬰城自固，賊將匡術，以臺城來降，爲逸所擊，求救於公。公從别駕羅洞言，進攻榻杭[二]，遂破賊，石頭軍奮威。長史滕含抱天子，登公舟。時陶侃雖爲盟主，而處分規略，一出於公。

及賊滅，拜驃騎將軍、開府儀同三司，加散騎常侍，封始安郡公，邑三千户。議將留公輔政，公以王導先帝所任，固辭。還武昌，公先有齒疾，至是拔之。因中風至鎮，未旬而卒，年四十二。江州士庶聞之，莫不相顧而泣。帝下册書，追贈公侍中、大將軍、持節、都督、刺史。公如故，謚曰忠武，祠以太牢。公之本末如此。

嗚呼！公當晉室之微，能以勞定國，豐功偉績，不獨著于王室。而豫章之人，不受王敦、蘇峻之禍，公之利澤深矣。公不棄豫章，而妥靈於此。豫章之人，豈能忘公？此所以世世祀公，而不絶也。公之祀，應祭法，余故表而出之。求余文者鄒鵬南，復作詩以遺之，俾與其鄉人歌以祀公。其詞曰：

五馬浮江典午微，中原雲擾竟莫支。惟公天授豪傑資，弘毅有猷復有爲。仗劍南來歷嶇崎，翼戴王室昌厥詞。羣賢滿朝挹光儀，王事靡盬勞驅馳。逆敦憑陵肆侮欺，神器振摇綱紀隳。斷桁扼險公出奇，指顧之間含鳳披。凶峻結約逼郊畿，乘輿播越徒嗟咨。公復奮身舉義旗，感激將士張國威。羽書四發如星飛，征西遂下荆州師。指麾獄瞻與愆期，白石之役天相之。殲厥醜類無孑遺，策勳錫爵同三司。廷議欲留公固辭，旋艫南經牛渚磯。犀光下燭號蛟螭，翩然歸鎮曾幾時。奄忽神遊哲人萎，遠邇聞訃淚漣洏。丘墓千載江之湄，祠宇雖存人莫知。神明昭格於赫爔，井邑庇庥民實思。有牲載俎酒載卮，願公朝夕無我遺。

【校勘記】

〔一〕「卒」，原作「率」，南圖本、静嘉堂本、萬曆本同，今據文淵閣本、文津閣本、康熙本改。

〔二〕「榻杭」，文淵閣本作「雀杭」，文津閣本作「雀桁」。

頤庵文選卷下

古詩

述古

圖書出河洛，羲禹闡幽玄。列聖繼有作，人文日昭宣。仲尼感鳳鳥，至理寓微言。自從秦漢來，但見枝葉繁。寥寥千載後，濂洛探其源。紫陽具條理，垂裕啓後昆。前修去已遠，來哲未有聞。瑰辭逞葩豔，寧復歸本根。蒼姬既訖録，炎劉勃以興。詩書煨燼餘，禮樂邈難徵。區區叔孫子，莫能致兩生。守文過謙讓，俗吏事章程。賈董失經紀，二戴紊遺經。遂令千載下，儗述徒紛争。二儀有定位，八風無姦聲。公旦去已遠，萬世思典刑。

屈子變風雅，騷經寓孤忠。光華並日月，耿耿垂無窮。後賢襲軌轍，長卿得其宗。招摇臨邛市，放曠托絲桐。淳風日以靡，齊梁更纖穠。遠游謝紛濁，超逸等冥鴻。

馬遷述世業，博洽靡不通。蚤遊燕趙間，飄飄氣豪雄。發憤垂制作，獨見不相蒙。馳騁覂逸駕，凌厲六合中。豈不念筆削，斧衮齊化工。蠶室有餘悲，隱辭寓深衷。緬彼班范流，藩籬守遺蹤。

聖神御宸極，朝宗衆流奔。三正乃迭建，萬化歸一元。元經大一統，表揭開蒙昏。周綱既陵夷，七雄相併吞。晉紀忽中絶，雜胡漲妖氛。唐風復不振，五季尤紛紜。商丘肇火德，星緯焕奎文。道化儗三代，經術規典墳。一朝胡騎來，疋馬渡河津。王業寓南服，繼統啓後昆。如何太史氏〔一〕，儕之犬羊羣。紀傳雖並列，薰蕕難共陳。是非百世下，至公終不堙。

僬僥不可舉，侏儒不可援。矇瞍不可視，嚚瘖不可言。玉人事雕琢，所貴得瑶琨。菉竹興君子，猗猗美淇園。相觀與俱化，豈不尚芳蓀。所以教誨善，乃在公子驩。賢良贊令美，浦大川有源。吁嗟斐然子，狂簡非所敦。

閎辯談天衍，文具雕龍奭。公孫持堅白，李悝盡地力。荀卿獨老師，著論推儒墨。紛紛溷濁世，龍虎互吞食。大道隱不遂，居然心惻惻。金骨豈易銷，奈此衆口蝕。向使無春申〔二〕，焉能免匍匐。汨汨數萬言，性惡殊道德。遂令上蔡兒，西遊爲鬼蜮。寄語昌黎生，匪惟不精擇。

炎綱失其馭，孽臣姦日滋。楊郎獨持戟，三歲乃不移。閉門事草玄，抉摘窮幽微。高者躋蒼天，下者入黄泥。一朝弄神器，鬼怒人不怡。如何守道叟，亦復爲詭隨。伊周頌功德，投閣良可悲。中天二百載，小數寧逆知。凜凜紫陽筆，師舜同一辭。稽首素王宇，爲君懷忸怩。

鴻門宴高張，虎奮龍委蛇。拂劍光凌亂，雪花芙蓉姿。起舞爲君壽，誰知伏危機。欻然坐中人，宛轉來相隨。天意應有在，人心徒嶮巇。酒酣日將暮，壯士直披帷。一怒千人廢，何爲跽陳詞。以彼蓋世雄，未易向客卑。武成二三策，多聞須闕疑。

國風美王化，關雎正彝倫。結髮諧伉儷，恩愛日相親。窈窕慎淑儀，嬿昵非所欣。甘從冀子耨，不厭黔生貧。如何會稽婦，吸吸醜負薪。亦有薄行士，殺妻求將軍。所貴閨門内，相敬如友賓。舉桉重高義，斷絲感微言。嗟嗟白頭曲，忍作清路塵。

【校勘記】

〔一〕「氏」，原作「氏」，今據宣德本、南圖本、静嘉堂本、文淵閣本、文津閣本改。

〔二〕「申」，原作「由」，今據宣德本、南圖本、静嘉堂本、文淵閣本、文津閣本改。

雜詩

大化運無極，四序迭終始。茫茫堪輿間，萬物羅戢孴。青陽振其華，玄冬抱根柢。物理有盛衰，人生貴知止。謙光乃自卑，上善誠若水。昧者徒紛紜，達士甘窳呰。孰云楚翹翹，損者滿之招。

神龍絶嗜欲，静默藏深淵。含和抱真陽，珠光燭重玄。一朝吐雲氣，甘澤霈九天。夭矯烟霧中，變化出自然。孰知積精至，造化爲控摶。如何勞生者，役役事多端。豈復念終始，宇宙浩漫漫。

倉庚鳴幽谷，伐木正丁丁。春風日載陽，時聞求友聲。若有一介士，揄揚稱達生。對面抗高義，中心藏甲兵。薰蕕不同器，申椒輒見憎。巧言實亂德，美色徒傾城。嗟哉同心友，獨立何煢煢。安得玉川子，爲爾著門銘。

長松生澗壑，矯矯抗丹霄。根株蟠厚土，雨露沃其條。蒼翠太古色，超遥非一朝。清風四時至，白鶴千歲巢。如何燕雀羣，喧啾乃見嘲。矧彼山椒卉，亦欲凌高標。嚴冬霜雪降，氣類各已銷。獨此歲寒姿，青青終不凋。

幽谷有芳蘭，緑葉紛旖旎。光風汎蘩薄，香氣被華藿。本無豔陽姿，蜂蝶何斐斐。既自遠荆棘，乃復雜蓬臬。佳期殊未央，臨風益嗟只。

達士不偶俗，棲遲在林丘。孫登琴調古，盧生草堂幽。藥苗手自鋤，長嘯天地秋。人生貴適意，吾道復悠悠。

屈子賦遠遊，一氣中夜存。柱史妙觀復，萬物徒芸芸。澹泊寧心志，嗜欲憯棘矜。端居達遵養，自得多所欣。萋萋碧階草，靄靄青空雲。吁嗟燕雀侶，何如鸞鶴羣。

吾愛裴晉公，眇然如子房。功成廊廟上，退身緑野堂。飄飄芰荷衣，蕭散遺軒裳。佳賓日宴會，高論著文章。清風激壺矢，曲水汎羽觴。涼臺抗高雲，綺席含秋霜。燠館通窈窕，嘉樹迎朝陽。豈不念所事，四序迭相當。達觀天地間，爲樂殊未央。

擬飲酒效陶淵明十首

偶爾得名酒，日夕斟酌之。顧影忽復醉，回飈吹我衣。頹然即枕席，覺來還命辭。歸雲返大壑，棲鳥戀故枝。人生貴知止，汩汩將奚爲。以心爲形役，寓形復幾時。

人生匪不營，所營在衣食。田疇雖久蕪，常業當自力。有男種桑麻，有女事蠶績。畊織亦云勞，歲功幸已畢。開軒弄書琴，游泳得閒隙。區區百年内，所樂在昕夕。

幾日不飲酒，飲酒輒開顏。村墟寡輪鞅，柴門晝常關。幽蘭吐疏花，縈縈生竹間。白雲何處來，日暮宿簷端。流盼不覺暝，明月出東山。

秉耒事西疇，同爲壠畝民。所憂在飢餒，豈不懷苦辛。苦辛有時息，田園遂吾真。披逕攜童幼，斗酒即比鄰〔一〕。相見多好言，解顏共欣欣。時當積雨霽，樂此天宇新。

春風扇陽和，草木咸敷榮。山川被德澤，天宇流光晶。游魚泳清川，鳴禽變新聲。亦有五男兒，拋書事力耕。田疇既霡霂，更願桑麻成。所資在口體，粗給豈餘贏。

凱風自南來，颯然入吾廬。翻翻動書帙，素琴聊自娛。好鳥鳴前楹，竹樹交扶疏。北窗適閑曠，美酒湛清壺。南山天際明，浮雲空翳如。

門前五株柳，籬邊幾叢菊。柳衰枝易疏，菊榮葉更緑。故人值良辰，相過慰心曲。丘園登菽苴，床頭酒初熟。引觴還共斟，寒花粲盈目。倏然適恬曠，遂爾忘局促。

朔風何烈烈，場圃已新築。相與納禾稼，壺漿輒往復。盡醉舒襟顔，形跡謝拘束。雞犬鳴深巷，牛羊散平陸。老稚雜笑談，和樂知歲足。盤飧與粔籹，墟曲走童僕。

四序更代謝，流光去如馳。顧匪金石堅，詎可千歲期。昨日顔如花，今朝鬢成絲。寓形宇宙間，爲樂須及時。有酒不快飲，徒起雍門悲。

時運適其會，達生貴自然。聖遠道斯在，豈必羲皇前。悠然得真趣，采菊見南山。凜凜懷光烈，脱屣如玄蟬。嗟哉避俗翁，高風此其賢。

【校勘記】

〔一〕「比」，原作「此」，文淵閣本同，今據宣德本、南圖本、静嘉堂本、文津閣本改。

賦貧士效陶淵明二首

車牛遠服賈，刀錐競市區。農工各有業，而我獨何居。棲遲衡門下，白首談詩書。源流仰洙泗，渾噩窺唐虞。終歲不勤動，經訓豈菑畬。祁寒弊裘單，暑雨茆茨疏。門前長蓬蒿，室内無貯儲。壺漿枉交親，藜藿甘妻孥。守拙塵土中，幸免形跡拘。質衰隨物遷，心冥與化俱。

田園久蕪穢，解組賦歸來。翳翳三逕中，稚子柴門開。匪我與俗違，俗情不我諧。種苗雜稊稗，種豆生草萊。生計日已疏，懸磬實可哀。田父攜酒至，慰我且舒懷。偶玆值未登，方春奚可涯。感父殷勤意，不覺倒樽罍。酒中有真樂，陶然百憂排。

古春意亭爲張真人賦

茫茫堪輿間，孰究太古初。天地混沌中，一元根化樞。運啓攝提格，條風始吹噓。勾萌茁萬彙，人備三才俱。至今千萬年，元貞迭藏輸。龍馬出河涘，羲皇彰靈圖。對待三十六，淑氣總昭蘇。初陽奮重泉，黄鍾動葭莩。太音閟清廟，玄水湛方諸。達人契玄理，作亭静以居。和順自中積，德音暢以敷。萋萋階前草，一簾生意舒。園林度鳴禽，柔荑藹芳腴。懷哉廣成子，至道不煩迂。

擬游仙

野水際平蕪，汀洲渺芳杜。驚湍激頹波，日夜自東注。巨鼇戴三山，方諸隔烟霧。仙人白玉樓，紫房映朱户。宴景餐太霞，遨游入霄路。弱水三萬里，可望不可渡。吁嗟塵土蹤，擾擾空馳慕。

閲杜詩漫述

閑閲老杜詩，懇懇得佳趣。雖復率爾爲，玄酒有真味。倉皇侍從時，流落艱虞際。百年朋友交，萬世君臣義。吐辭輒驚人，引物動連類。虞廷簫韶奏，周廟瑚璉器。鯨翻碧海波，月照珊瑚樹。勇決龍虎争，冥搜鬼神避。千花與萬卉，各鬬春光媚。嫠婦及孤兒，共灑凄涼淚。丹山翔鳳凰，赤汗騁騏驥。氣排嵩華高，力救風雅墜。殷勤稷契心，漂泊生涯寄。斯人已云亡，遺編獨傳世。寥寥宇宙間，詩史孰能繼？餘波漾清川，蘭苕鳴翡翠。

答楊少傅四首

布政孟公朝京還，同閶憲諸公相過，出楊少傅勉仁所寄詩，賦此謝答。

幽居寡儔侣，終日無與言。忽聆鳴騶振，飛蓋集丘園。入門敍綢繆，故人乃見存。遺我尺素書，焕若得璵璠。灑然濯清風，盎然被春温。黄鍾大吕奏，使我宿瘵蠲。謬玷君子班，悵然思昔年。曝背坐衰朽，中心徒殷勤。山川隔良晤，時蒙箴笥分。古人重金蘭，古道今人敦。矯首寄遐思，悠悠空白雲。

關西渺靈源，七閩啓來裔。迢迢白鶴山，千載鍾靈異。陰德諒斯徵，英賢出名世。乘時偶興運，秉翰典中祕。超遥三十年，實與風雲際。宥密贊化工，中外仰經濟。垂休暨後昆，清白永無替。

囊中孤桐琴，負痾久不彈。玉軫映金徽[一]，徒絙朱絲絃。成連去不返，烟霧迷海山。山水久寂寞，諒彼知音難。陽春固寡和，别鶴亦辛酸。迢迢牽牛星，相望一水間。

璇霄廓纖翳，朗月流素輝。不寐愛清夜，步月臨前池。故人隔千里，宿昔共襟期。川途雖云邈，相思同此時。相思不相見，中懷浩無涯。仰視列宿拱，紫垣正巍巍。萬類荷甄陶，嘿運玄化機。真宰亦何喻，中心應自知。何由得披豁，一寫睽違思。

【校勘記】

〔一〕「徽」，原作「暉」，宣德本、南圖本、静嘉堂本同，今據文淵閣本、文津閣本改。

春晴縱步

策杖隨春風，萋萋芳草緑。陌上花正開，田中雨新足。彩鳩呼其婦，烏犍舐孤犢。雙雉何翩翩，翻飛起林麓。紫燕尋舊巢〔一〕，倉庚出幽谷。柔桑葉始抽，蠶種猶未浴。野人自耦耕，稚子相戲逐。忽逢一老翁，招邀過茆屋。指顧兒與孫，床頭酒初熟。瓢分臘醖清，不用葛巾漉。一杯復一杯，覼縷説鄉俗。禮義日衰謝，詩書少人讀。田園苟歲時，人情多反覆。天道亦好還，此俗終當復。老翁何時見，庶幾豁雙目。臨别重丁寧，莫向他人續。

【校勘記】

〔一〕「舊」，原作「臼」，宣德本、南圖本、静嘉堂本同，今據文淵閣本、文津閣本改。

雨後

時雨布甘澤，芃芃黍苗興。涣然紓民憂，匪惟散鬱蒸。陰陽運元化，飢寒仰歲登。露坐息槐影，皎皎涼月升。清風動脩竹，曠野多流螢。零露沾我衣，仰見高天澄。絡緯鳴不休，蟲飛復薨薨。顧匪漆園吏，幽夢同化冥。

池上納涼

展席臨方池，垂楊散緑陰。清風颯然至，驕陽赫流金。竹光摇翠羽，荷氣薰葛襟。黄鳥何處來，交交弄好音。雖非采真遊，已無塵俗侵。平生厭喧囂，始得諧素心。

騤暑

端居適煩燠，策杖散幽襟。逍遥池上行，愛此嘉樹林。游鱗泳微波，黄鳥遺好音。遥睇高原緑，欣然諧夙心。疏雨忽飄灑，浮雲生夕陰。坐來屏明燭，空對窗間琴。陶然即枕席，焉知古與今。

暑雨過晚涼蟬聲落葉宛有秋意

時雨陰復霽，漸覺暑氣消。野色將欲秋，蟬聲迥蕭條。白髪非故吾，黄葉下今朝。老懷空浩蕩，往事若驚飈。

外江老人詩 并序

龔海言，越漸嶺之東二十里，曰外江口，乃進邑鄙也。近偶過其處，荒村寂然，遥望林中孤烟起，遂穿逕至其處。見一老翁，衡門之下，童頂雪鬢，古貌蒼顔，於竹間取衣迎客。入坐，問其姓，曰劉。問其年，曰九十八矣。尋一老嫗逡巡而出，方瞳長頤，乃老翁之妻。復問其年，又加於老翁，蓋百餘歲也。二子相見，亦七十餘。諸孫皆蒼然，曾玄雜侍羅膝前，唯唯可念。須臾，出茗飲客。竟復脱衣挂竹上，縛箒自若。二子亦返舍結網，諸孫取魚飯客。老翁勸餐，語雖俚而意甚真。酬答之際，邈然若不知有人間事也。余聞而歎曰：「若斯人者，雖功德不加于時，名聲不昭于後，壽考康寧，長子老孫，亦休休焉有餘裕矣。」蘇長公嘗云：「山人多壽，蓋五藏真氣不爲五味鹽醯所奪。」信哉！

外江有山人，幽居枕湖堧。青山日對門，山下有良田。問其歲幾何？屈指殆百年。老妻壽更過，方瞳神炯然。草屋八九間，兒孫列曾玄。湖中種荷芰，園内收木綿。桑麻緑野布，榆柳清陰連。取篠日縛箒，網魚時得錢。見客禮數簡，鬖鬖雪垂肩。葛衣偶一披，旋復竹上懸。須臾出新茗，洗盞向客傳。呼兒具盤飧，粲粲錦鱗鮮。勸客加飧飯，語俚意甚虔。問客居何處，客云漸嶺邊。漸嶺我嘗到，歲月知幾遷。城市多人事，山中常晏眠。不識府與司，但願邑令賢〔一〕。前年賜束帛，稽首戴堯天。欲效康衢歌，山野無詩篇。松間吠乳犬，草際卧烏犍。雞棲日將暮，暝色起蒼烟。山頭月華白，夕露涼涓涓。頹然即衾枕，儵儵若蜕蟬。我聞客此語，泠然身欲翾。乃知寂寞濱，有此長年仙。何必烟霞外，去問桃花源。

【校勘記】

〔一〕「願」，南圖本、静嘉堂本作「念」。

次韻一本集杜句見寄

山林氣蕭瑟，颯爽涼飈起。緬懷滄洲趣，迢迢隔秋水。衰容日益枯，短髮還自理。素懷玉壺冰，敢謂凍連底。昔玷蓬萊班，忝紬金匱史。出入承明廬，遨翔綵雲裏。夾座侍宸旒，簾開宮扇啓。九成鳳鳴韶，兩觀雉層壘。高步接夔龍，傾心竭螻螘。抱疾困沉綿，歸來竟如此。

服食求金丹，神仙渺何許。誅茅傍江郭，脩竹映清渚。窗含梧葉風，坐對芭蕉雨。雖非諸葛廬，頗似蘇公圃。蛩響悲早秋，蟬聲咽殘暑。司空即王官，六一思潁汝。玉笴白雲深，矯首瞻天宇。

貂蟬樹功勳，疏爵公侯伯。我獨事文翰，於世寡才識。驅馳四十年，白首空自惜。橋山隔紫烟，蒼翠難再覿。謝病遂歸休，苦被形骸役。時時倚孤松，引領瞻天北。幸爾托絲蘿，數慰幽棲跡。瓊章詩律清，屐齒苔痕碧。鬢顏各老蒼，燈火思宿昔。得諧今日讙，免使遥相憶。

涼夜理琴

涼飇驅浮雲，萬里天一碧。遠響振寥廓，林木聲慽慽。開軒散幽襟，坐延月華白。抽琴理故曲，操弄輒間格。山水有遺音，悵然心不懌。齋宫接清宴，俯仰思宿昔。矯首望鈞天，泫然淚沾臆。

暑中詠懷

翳翳榆柳間，幽棲遂閑情。蠹簡掩殘編，燕寢凄餘馨。園林足生意，城市多喧争。柔荑新緑遍，好鳥對我鳴。莘老任先覺，尼父畏後生。歸來幸無事，松竹有餘清。

徂暑盛炎赫，臨池愛清漣。蕭蕭素絲短，皦皦白紵鮮。苕風飄翠羽，林影悲玄蟬。泠然遠響至，黄落當我前。人生匪金石，流光如逝川。頹齡思往日，壯心非昔年。

故交日淪謝，衰老天慭遺。倐然緑樹間，野服頗相宜。賓客亦畏暑，經旬故來稀。獨臨清池上，憺然忘是非。遥海上明月，幽林生夕霏。人生穹壤間，取適能幾時。

村居秋興

閑居南郭外，水竹清且幽。芳草被曲逕，遠樹浮滄洲。出門臨方沼，欣然見魚遊。賓客時一至，燕談敘綢繆。開樽共斟酌，真率無獻酬。日暮各自歸，新月上林丘。

人生在衣食，營營無時休。江湖多風波，隴畝幸有秋〔一〕。稚子雜讙笑，老翁亦醉謳。日暮載禾去，柴車繞道周。我獨困沉綿，塊然何所求。田野絶追呼，卒歲聊優游。

【校勘記】

〔一〕「有」，原作「無」，宣德本、南圖本、静嘉堂本同，今據文淵閣本、文津閣本改。

五言律詩

豫章十詠〔一〕

西山遠翠

萬古不改色，千尋翠黛饒。染空寒欲滴，映日暖還飄。窅窅猿啼暝，霏霏鶴去遥〔二〕。望中天路近，飛佩入烟霄。

南浦飛雲

南浦千年在，滕王歌舞休。江烟同漠漠，潭影共悠悠。不學化蒼狗，長留伴白鷗。朝朝與暮暮，還送水東流。

徐亭烟柳

高士去已久，清風不可攀。惟留數株柳，長伴翠烟間〔三〕。陰連芳草碧，色映古苔斑。麈榻無人掃，鳧鷖自往還。

蘇圃春蔬

湖上蘇公圃，青青春雨餘。何須抱甕灌，自可帶經鋤。獨客生涯足，故人音問疏。如何松逕裏，今日有來車。

鐵柱仙蹤

非鐵亦非石，屹然方沼中。本因驅罔象，謾説是鳧翁。雞犬攜家遠，蓬萊有路通。千秋萬歲後，八索著神功。

洪崖丹井

聞有古仙客，紫髯九尺軀。浴丹洪崖井，脱屣白玉壺。碧蘚春陰合，寒泉夜月孤。不知千載後，還飲雪精無？

滕閣秋風

帝子何年去，城頭高閣閒。秋風起南浦，夕照在西山。蕭瑟青蘋末，凄清紅蓼間。酒闌歌舞散，吹送綵雲還。

東湖夜月

月出海東頭，澄湖百頃秋。人家燈火静，漁艇釣絲收。雲浸金波冷，星摇素練浮。徐亭與蘇圃，清景復悠悠。

章江曉渡

江平新水闊，月落澹烟横〔四〕。沙上人初集，渡頭天已明。青山開霽色，白鳥度春聲。舟檝無風浪，何妨日送迎。

龍沙夕照

龍堆截復環，隱映夕陽間。落霞迷翠渚，霽雪對青山。津晚人争渡，林寒鳥獨還。漁翁收網去，幾箇釣舟閑。

【校勘記】

〔一〕「詠」，康熙本作「景」。

〔二〕「霏霏」，文淵閣、文津閣本作「翩翩」。

〔三〕「間」，原作「閑」，宣德本、南圖本、静嘉堂本、文津閣本、康熙本同，今據文淵閣本改。

〔四〕「月」，原作「丹」，今據宣德本、南圖本、静嘉堂本、文淵閣本、文津閣本、康熙本改。

夜宿京口

閘水聽無聲，沉沉鐵甕城。落帆先過壩，繫榜得休程。地擁南徐壯，山連北固横。如何今夜月，還似故鄉明。

聞角

銀漏初傳箭，長河已挂城。忽聞嗚咽弄，總是别離情。獨客驚秋盡，他鄉自月明。燈花空有喜，對酒不成傾。

夜坐

移席當脩竹，開軒敞素屏。夜分人已静，風入酒微醒。促織悲清露，飛螢送落星。翛然絶塵想，何必念郊坰。

雨後

急雨洗炎蒸，空齋病骨醒。華星粲遥漢，明月瞰疏櫺。客夢家千里，蛩聲露一庭。短檠應可問，不用聚哀螢〔一〕。

【校勘記】

〔一〕「哀」，南圖本、静嘉堂本作「衰」，文津閣本作「囊」。

題畫

聞道稽山好，千巖秀色分。樹連秦望雨，帆入鏡湖雲。高卧留安石，能書憶右軍。崇虚猶似昔，還可問鵝羣。

對酒效樂天體三首

何處難忘酒，離人思故鄉。青山隨遠道〔一〕，白髮在高堂。絡緯庭前月，蒹葭野外霜。此時無一琖，歸夢引愁長。

何處難忘酒，芭蕉夜雨時。鑪烟殘翠裊，漏水澁銅池。窗下抛書勌，樽前得句遲。此時無一琖，燈影獨離離。

何處難忘酒，故人天一隅。昨宵驚入夢，今日喜收書。楚水孤烟外，吴霜落木初。此時無一琖，何以慰離居？

【校勘記】

〔一〕「山」，康熙本作「衫」。

長垣謁蘧伯玉墓

衛昔多君子，斯人實我師。下車存篤敬，寡過在知非。荒隴一抔土，高情千載思。至今伯玉里，遺俗自熙熙。

次韻胡學士春日陪駕遊萬歲山十首〔一〕

鳳輦宸遊日，祥雲夾道紅。香風傳別殿，飛翠繞行宮。徑轉千巖合，波迴一鏡空。忽看鸞鶴起，聲在半天中。

澗道蒼苔合，房櫳繡户分。碧淙晴欲雨，錦石煖生雲。嘉樹千尋秀，靈蒲九節芬。廣寒宫闕近，天語半空聞。

山春風日麗，景物自多奇。露濕竹間草，泉侵松下枝〔二〕。落紅飄碎纈，空碧罥遊絲。登覽逢真境，都忘足力疲。

古木藏幽洞，深林映好花。擷芳雲欲動，涉澗路還賒。春色浮瓊島，晴光燿翠華。誰如玉堂客，八餅賜新茶。

雨晴山色好，太液暖浮春。遊鯉遥吹浪，飛花近着人。列筵深寵渥，載筆焕絲綸。願繼周南作，騶虞詠至仁。

閣道雲爲幄，仙山玉作臺。更無凡跡到，只有異香來。柳拂金輿度，花迎寶扇開。太平多樂事，扈從得徘徊。

小山多勝概，傳敕更追遊。碧靄浮空起，清風似水流。樹籠香殿古，泉出畫橋幽。何處聞天樂，瓊林最上頭。

並立春風裏，鶯聲遠度篁。椀分金露碧，石載紫瓊霜。靈籟生巖壑，流雲出洞房。真成對圖畫，樓閣倚青蒼。

玉梁凌漢遠，朱樹入雲高。曲水含蒼霧，孤峰聳翠鰲。路迴經月殿，賦就賜春醪。盛事千年遇，登臨豈憚勞。

仗外香風起，楊花點繡羅。絲陰啼翠鳥〔三〕，碧海泛蒼鵝。歸路烟霞迴，中天雨露多。晚來歌吹發，雲際轉纖阿。

【校勘記】

〔一〕「次韻胡學士春日陪駕遊萬歲山十首」，萬曆本、康熙本作「春日侍駕遊萬歲山八首」，闕「山春風日麗」、「仗外香風起」兩首。

〔二〕「枝」，原作「岐」，宣德本、南圖本、静嘉堂本、文淵閣本同，今據文津閣本改。

〔三〕「絲」，宣德本、南圖本、静嘉堂本作「緑」，文淵閣本作「柳」。「烏」，原作「島」，文津閣本同，今據宣德本、南圖本、静嘉堂本、文淵閣本改。

監中夜宿

秋風灑竹枝，涼氣入綀衣。鶴背月中冷，螢光雨後微。紫垣當講席，玉漏隔彤闈。良夜清如許，思親苦夢歸。

題陳宗淵畫

瀑布落雲端，松杉六月寒。攜琴曾有約，涉澗不辭難。野水無人渡，青山獨坐看。此中多逸興，投老擬盤桓。

清口驛

夜度清口驛，寥寥犬吠幽。人家散墟落，舟楫倚汀洲。薄霧浮空起，長河帶月流。悲歌何處發，不覺動離愁。

登沛縣歌風臺

璽綬歸秦土，英雄泣楚垓。金湯千里固，社稷萬年開。故老樽前舞，朔風天際來〔一〕。高歌激雲漢，終古有層臺。

【校勘記】

〔一〕「朔」，南圖本、静嘉堂本作「翔」。

高唐道中

行李飛蓬外，鄉心落日時。路遥憐馬困，野曠覺車遲。碧草寒烟色，黄花夕露滋。千年盼子冢，獨起後人思。

除夕

客裏逢除夕，燈前苦憶家。不聞鳴爆竹，寧復頌椒花。鬢髮非春事，風霜老歲華。一杯親隴酒，涕淚隔天涯。

晚眺

東書辭薊北，乘傳過山東。帆送孤舟急，河流百折通。夕陽疏雨外，寒草澹烟中。無限詩人意，何勞覓畫工。

夜過呂梁

亂石奔流處，扁舟正急操。月斜灘影落，風勁鼓聲高。客枕驚殘夢，鄉心悚怒濤。但令無險阻，來往不辭勞。

舟中雜詠用杜子美秦州詩韻

平生真浪跡，到處喜追遊。美酒堪乘興，清時不解愁。鶴鳴淮甸月，雁別薊門秋。莫道關河晚，山陽更少留。

遠乘青雀舫，近俯碧雲宮。宿霧依林薄，清霜映月空。暖傾鸚鵡酒，寒怯舵樓風。心似長淮水，無時不向東。

水落山留跡，潮回岸擁沙。望鄉勞客夢，沽酒問人家。天闊蒼鷹鷙，風高白雁斜。自慚才力薄，詩就敢云誇。

鳴玉辭金闕，南來能幾時。舟行人事減，水宿雁聲悲。驛近催程速，詩成得句遲。匏樽有清酧，時復一中之。

憔悴緣多病，深懷少日强。俗情聲利重，歸思道途長。整珮趨鵷鷺，看袠弊鷫鷞〔一〕。五雲新滿眼，獨立向青蒼。

運際千年盛，恩承一櫂歸。不才孤世望，報國念身微。東去河流急，南來樹影稀。休文多病後，不覺減腰圍。

承乏詞林日，長趨玉陛間。湛恩霑雨露，歸夢涉河關。水落魚先蟄，霜寒雁未還。他鄉逢故舊，相對一開顔。

路逐淮南去，人從薊北回。青山看漸近，白鳥過還來。候吏依沙立，征帆背月開。誰家烟霧裏，風笛弄清哀。

楚州英傑地，客路短長亭。河水奔流濁，淮山隔岸青。高歌慚白雪，行李隱華星。却喜畊農足，牛羊散滿坰。

河水自崑崙〔二〕，奔流萬派分。朝宗終到海，奉使舊尋源。極目此時意，聞歌何處村。漁人事網罟，骨肉老柴門。

淒淒漁唱晚，歷歷雁聲低。澤國遥通海，湖田半是泥。帆懸風正北，山迴日沉西。萬里同烟火，無人事鼓鼙。

隱隱烟中樹，泠泠石下泉。露筋當日事，遺廟後人傳。節梃青雲上〔三〕，神留緑水邊。往來空悵望，爲爾輒悽然。

茅屋烟村裏，漁人十數家。磯頭魚在笱，門外鷺翹沙。濁酒深浮蟻，扁舟小似瓜。不知江月落，和醉卧蘆花。

舟度淮南境〔四〕，迢迢水接天。有懷鵷序入，不待雁書傳。共載人如玉，相酬酒似泉。此時心一寸，飛墜五雲邊。

黄葉凋疏後，滄波窅靄間。天寒鴻在渚，日落鳥歸山。桂樹知何處，仙翁去不還。丹砂如可問，寧復鬢絲斑。

湖水渺無際，霜天雁叫羣。畫船都載酒，清興浩凌雲。風月漁樵得，烟波鷗鷺分。此中有幽趣，不許俗人聞。

維揚江上路，冬日好風光。遠樹猶青幄，居人多畫墻。醉忘身是客，坐憶玉爲堂。望望蓬萊近，毋勞縱目長。

共駕扁舟去，相傳遠客歸。江雲低度影，山月净流輝。且傍鷗羣宿，應憐蟢子飛。金盤瀉瑶露，取醉敵霜威。

正是車書會，何曾道路難。月涵江影静，風落葉聲乾。玉醑春容暖，青綾夜色寒。吴郎詩句好，俊逸許登壇。給事中吴登白髮隨年長，丹心益自知。超宗慚鳳翮，子美念熊兒。蒲質堪多病，神樓乏上池。歸來對樽酒，細看菊花枝。

【校勘記】

〔一〕「鷫鸘」，原作「驌驦」，宣德本、南圖本、静嘉堂本、文津閣本同，今據文淵閣本、康熙本改。

〔二〕按，是首康熙本題作「思歸金川用杜子美秦州詩韻」。

〔三〕「梃」，文淵閣本、文津閣本作「挺」。

〔四〕「淮南」，康熙本作「南淮」。

寄湯得中二首

故人居海上，花竹繞幽棲。水檻晨呼鴨，風簷晚祝雞。客來樽有酒，歌罷醉如泥。謾説書連屋，書籤總懶題。

吏隱海東頭，閑情付狎鷗。公孫生好飲，子産謾多憂。掃石頻題句，看山獨倚樓。遥知相憶處，月色滿神州。

望諸君墓 在良鄉縣治南三里

高丘枕長坂，弔古起遐思。義感先王重，書存烈士悲。落花縈碧草，幽樹語黄鸝。欲問當年事，盧溝有斷碑。近盧溝堤決，聞役夫輿墓碑築堤，恐後無徵，故末句識之。

送王處敬赴交阯僉事

拜命出朝端，重峨豸角冠。花驄萬里去，霜鶚九秋摶。海霧連山濕，蠻雲蓄雨寒。莫言風土異，須使遠人安。

題鑑湖圖

昔聞鏡湖美，今向畫圖看。百里晴空映，千峰秀色攢。荷花明月曉，鷗鳥白雲寒。投老尋狂客，扁舟興未闌。

寄士奇學士

同是侍經帷，三年語笑違。病來歸夢數，老去故人稀。目暗時揩眥，身癯日翦衣。相思意無限，都逐雁南飛。

胡學士山居八詠

芳洲春草

聞説芳洲上，春來生意多。微風交遠翠，細雨漲滄波。徑没人稀到，泥香燕屢過。康成讀書處，碧帶晚烟和。

竹塢雲林

脩竹藏深塢，白雲生遠林。雨晴添暖翠，月澹度秋陰。野老頻攜客，幽人獨鼓琴。何時來掃石，相對一開襟。

滄江烟雨

渺渺滄江上，冥冥烟雨來。幾家茆屋掩，一箇釣船回。岸花紅欲放，沙鳥白相偎。薄暮明霞出，清風掃霧開。

玉山泉石

白石何齒齒，流泉亦涓涓。泉聲寒作雨，石氣暖生烟。把釣溪邊去，看雲窗下眠。鹿麋相見熟，來往草堂前。

石屋晴瀾

幽居鄰石屋，碧水漲晴瀾。浄蹙縠紋細，清同練影寒。文章含露藻，氣勢壓風湍。幾度攜笻去，臨流不厭看。

墨潭秋月

夜深潭影黑，秋浄月華明。游女珠頻弄，潛蛟卧不驚。蘇公赤壁賦，杜老渼陂行。千載神交處，高吟興共清。

螺岡晚照

暮色蒼蒼起，螺岡斂夕暉。樹林初晻靄，彩翠忽霏微。川暝漁樵去，村深鳥雀歸〔一〕。誰家事機杼，燈火出柴扉。

芙蓉寒雪

千疊芙蓉秀，朝來玉削成。風泉寒有韻，陰壑凍無聲。學士龍團貴，仙人鶴氅輕。長林書屋下，課誦到天明。

【校勘記】

〔一〕「村」，南圖本、静嘉堂本作「林」。

雨雪中獨坐懷楊學士士奇二首

獨坐聽春雨，蕭然興味孤。病多親藥裹，睡少閉茶爐。未了三生夢，惟存一字符。故人在深巷，相過畏泥塗。雨止雪復作，珊珊聽瓦鳴。爐存氈罽暖，冰薄硯池清。喜得青春至，驚添白髮生。共傳楊子宅，山藥勝黄精。

寄示從子旭

記得分攜處，夕陽明畫船。含情望天末，洒淚别江邊。爲客嗟吾遠，承家賴汝賢。步兵詩句苦，喜有阿咸傳。

試問階前菊五首

試問階前菊，花開何太遲。秋容非老圃，晚興似東籬。已是重陽後，那堪夕露滋。鵝翎與鶴頂，莫遣一時披。

試問階前菊，何能獨傲霜。不隨春競秀，直到晚騰芳。采采衣襟潤，盈盈金玉相。病來長廢酒，對爾興難忘。

試問階前菊，何如陶令家。門無五株柳，坐對一庭花。寂寂秋將盡，蕭蕭鬢已華。幾時歸故里，稚子引柴車。

試問階前菊，南陽近若何？花開金布地，葉落翠浮波。黃髮人多壽，華軒客少過。自憐纏末疾，安得起沉痾。

試問階前菊，湘潭秋已殘。靈均去不返，騷客竟誰餐？花老青山暮，叢疏白露漙。傳芭還代舞，姱女不勝寒。

代菊答五首

衆卉凋零後，孤芳勿訝遲。託根依廣砌，毓秀勝疏籬。祇恐嚴霜至，頻煩細雨滋。歲寒無剪伐，不自歎離披。

日精鍾秀氣，故自傲風霜。晚節甘同固，春葩不共芳。每煩騷客詠，長得逸人相。老向軒墀下，栽培詎可忘。

昔日柴桑里，獨憐徵士家。牽衣從稚子，隨處看幽花。把酒秋山淨，餐英夕露華。陶然乘醉後，策杖不將車。

有酒不暢飲，人生能幾何。既無籛老術，空羨菊潭波。歲久荆榛雜，山空樵牧過。黃精同服餌，亦足愈寒痾。

洞庭風力勁，草木半摧殘。逐客傷秋盡，初英向夕餐。淒淒霜未降，厭厭露先溥。澤畔行吟處，魂消衣袂寒。

積雪

積雪照虛堂，塵消几席光。體寒添褐重，炕暖煮茶香。舊字無人問，新醅待客嘗。梅花開處遠，衰鬢老何郎。

積雪覆墻陰，天寒氣轉深。室虛瓶貯粟，藥盡橐無金。對酒長妨飲，消愁只苦吟。伏生經欲授，誰解口傳音？

積雪映窗明，浮雲陰復晴。硯冰輕欲解，庭樹凍含聲。得食烏頻下，需芻馬屢鳴。孫康書久廢，頭白媿無成。

積雪壓檐端，風飄墜藥欄。不愁萱帶折，祇恐菊根殘。麥漬宜三白，氊寒老一官。病軀猶强起，肯作卧袁安。

病中秋思八首

流年如逝水，白日去堂堂。爽氣今朝入，秋風昨夜凉。候鴻離紫塞，棲燕别雕梁。儗續閑居賦，潘郎鬢已蒼。

伯勞鳴未休，大火又西流。鷙翮搏空急，螢光傍户幽。仲宣長作客，宋玉獨悲秋。抱疾不能賦，何能更倚樓。

秋風起蘋末，秋意日蕭然。蛩泣蒼苔露，蟬愁碧樹烟。青氈遺故物，白首事陳編。却憶東湖上，垂楊老釣船。

已是經年疾，歸休未得休。橐金渾有限，藥餌只空投。向秀山陽笛，袁宏月夜舟。故人何處在？無復少年遊。

遠樹金飈動，高天玉露涼。豆花披草徑，梧葉下銀牀。野際寒烟澹，山連夕照長。誰家砧杵急，過雁不成行。

未及重陽節，晨興已覺寒。雨侵燒藥竈，風折護花欄。暫飽雕胡飯，長吟苜蓿盤。近聞禾黍熟，頗得老懷寬。

暮天搖落迴，山色有無中。籬槿含花紫，池蓮墜粉紅[一]。江清波湧練，雲淨月流空。閨中倚虛幌，老病念衰翁。

秋雨催寒早，秋霜著物殘。天高雲影澹，樹老葉聲乾。白髮憑誰染，黄花只獨看。杜陵笑彭澤，却自歎儒冠。

【校勘記】

〔一〕「粉」，原作「紛」，今據宣德本、南圖本、静嘉堂本、文淵閣本、文津閣本改。

雨後詠懷四首

絶無人迹到，一室浄纖塵。樹老風梢折，階寒露菊新。少陵悲舊雨，尼父歎孤鄰。吾衰竟如此，吾道未憂貧。

日上風檐静，蜘蛛綴網絲。緑垂依檻草，紅落過墻葵。卧疾妨賢久，懷恩報國遲。素餐新謝緑，菰米雜粳炊。

秋雨一番過，秋風轉覺清。捲簾黄葉落，倚杖白雲生。學省虚官署，鄉書計客程。砧聲何處發，偏動老夫情。

抱疾形容改，無情歲月忙。草深栽藥圃，人老讀書床。洲渚蒹葭白，山林橘柚黄。幾時筇竹杖，去踏釣魚航。

送陳文璧赴石首知縣

杪秋辭闕下，千里赴荆州。桃李迎潘岳，蒹葭惜夏侯。酒酣青雀舫，霜重黑貂裘。民事須勤恤，功名起壯猷。

送周庸節赴鎮蠻通判

拜命爲通守，迢迢赴鎮蠻。聰明敷政易，撫字得宜難。漲海春風遠，山雲曉日寒。比來多計吏〔一〕，毋惜報平安。

【校勘記】

〔一〕「比」，宣德本、南圖本、静嘉堂本作「北」。

不寐

病久渾無寐，更闌氣轉凄。露寒蛩響歇，月落雁聲低。老厭身爲患，魂銷夢欲迷。篋中袍笏冷，空自聽朝雞。

喜秋

黍稷聞皆秀，雞豚喜漸肥。野人能足食，游子憺忘歸。雨後夕陽好，風前秋葉稀。沈郎多病久，一任減腰圍。

感秋

雨脚疏還密，雲頭暝復開。殘蟬辭夏去，一雁送秋來。白髮人空老，青雲心已灰。閨中刀尺冷，砧杵又相催。

昨承召命以末疾不能行感激追賦此

老病新看鏡，形容太瘦生。昨孤前席召，只益負暄情。白髮千莖短，丹心一寸明。玉堂天上近，終日綵雲横。

東里學士攜酒肴就菊對酌賦此酬寄

雨晴風正急，霜葉下紛紛。黄菊澹秋色，青山深暮雲。芳樽攜共酌，獨客慰離羣。臨别不知醉，醒來夜已分。

題子昂枯木竹石

碧海珊瑚樹，晴窗彩鳳翎。紫苔封琬琰，翠袖倚娉婷。秋色淡華屋，涼風生畫屏。玉堂歸老日，松雪灑餘馨。

甲辰初度前一夕夢先妣製春衣儼奉二桃甚喜

三十失老親，常逢夢裏真。劬勞初度日，慚愧百年身。白苧春衣潔，紅桃露顆新。怳然瑤島上，相對喜津津。

清夜夢慈闈，適臨初度期。桃從瑤圃獻，身逐綵雲飛。無復慈烏哺，尚憐游子衣。平生愛少子，多病負春暉。

賦歸二首

謝病賦歸休，官河幾易舟。水平帆力緩，風細櫓聲柔。豹每藏山霧，狐猶念首丘。有懷疏傅達，不爲子孫謀。

昔日乘傳去，今年乘傳還。從教妻子笑，落得鬢毛斑。讀易方知損，休官始得開。有懷向平達，老去入名山。

過揚州

千載繁華地，青山今古同。樓臺明月在，歌舞綵雲空。草没雷塘路，花殘隋苑風。經過求古迹，人事苦忽忽。

過南京三首

扈從身猶健，歸來髮已皤。山圍形勝地，風湧大江波。昔侍金鑾宴，今乘畫舫過。孝陵松柏茂，雲際鬱嵯峨。

繆忝司成席〔一〕，逡巡二十年。束書頻北上，謝病獨南還。一寸丹心在，千花紫誥鮮。長陵望益遠，老淚落潸然。

金水繞龍河，春風澹緑波。舉頭瞻日近，撫己受恩多。不負青山約，猶懷紫陌珂。龍盤與虎踞，卜世萬年過。

【校勘記】

〔一〕「繆」，文淵閣本作「謬」。

遊白鹿洞詩三首 并序

閏七月二十日，舟抵南康，風阻。明日，偕正安侍講、汝申僉憲、廣文譚原福、司訓黄楚章、國子生蒲詢同爲白鹿之遊〔一〕。訪昔賢之遺蹤，挹流風於百世。俯仰之際，不勝慨然。諸公剪茆剃薉，同薦芳酌，退就風泉雲壑之間，觴詠而還。暢一時之雅懷，酬平生之夙志，遂賦短述，以紀勝遊。

騎從金笳發，肩輿畫戟開。路穿芳草逕，山倚白雲隈。秋色浄如洗，晴嵐翠作堆。昔賢遺教在，尋訪洞中來。

路入匡山裏，遥遥五老峰。緣崖披緑草，涉澗轉蒼松。野果堪時落〔二〕，嵐烟積處濃。平生林壑興，今日得從容。

訪古求精舍，縈迴石洞幽。何人今養鹿，有客昔騎牛。雲谷千年境，風泉萬壑秋。剪茆薦芳醑，勝友喜同遊。

【校勘記】

〔一〕「白鹿」下南圖本、静嘉堂本有「洞」字。

〔二〕「堪」，文淵閣本、文津閣本作「經」。

過樅陽留題二首

畫舫朝天去，經過訪舊遊。青山只如此，華髮已堪羞。陶侃樅陽日，潘郎花縣秋。兒童應不識，父老獨能留。

昔忝桐鄉令，曾鳴單父絃。重來新物色，不改舊山川。往事從人説，虚名愧我傳。司農今已老，白首益蕭然。

次韻答吴司業

京國分攜後，江湖歲月餘。鄭虔家少粟，玄晏架多書。爲託金蘭重，莫嫌音問疏。茂陵秋色老，多病愧相如。

九月二十六日拜謁長陵

蓋世英雄主，恢弘事業多。南分交阯郡，北控斡難河。玉帳鑾輿遠，神宫紫翠羅。小臣瞻拜處，有淚落山阿。

拜謁獻陵

學富千秋日，龍飛萬國春。重華生濬哲，大業秉經綸。每切勤民志，深懷守位仁。老臣違紼，拉淚向蒼旻。

曉出昌平

曉出昌平縣，含悽別二陵。清霜横塞草，旭日上雲屏。野水冰花白，孤村霧氣青。軍都當直北，寒早樹先零。

留寓通州

獨坐轉岑寂，他鄉留未歸。疾風聲獵獵，寒日影輝輝。火冷鑪烟歇，茶香酒力微。天時與人事，相值輒相違。

楊少傅士奇自京以詩惠酒肴隨韻賦答

衰疾事朝謁，遲留不忍離。恩深明主眷，義重故人思。螘醞分官甕，羔肩侑客炊。金鑾登宰輔，白首愧儒師。

黄少保用楊少傅韻亦以詩惠酒肴賦答

十載重相見，那堪又別離。空梁殘月夢，春樹暮雲思。輒拜分甘惠，終非接淅炊。太原閔仲叔，口腹媿爲師。

曾學士亦用楊少傅韻以詩惠肴麪賦答二首

老辭天上去，故舊歎分離。短述頻煩和，殘燈獨繫思。冰俟春來解，薪難雪後炊。白頭孤世望，慚愧作人師。

張叔蒙恩澤，江淹賦別離。玉堂千里夢，丘首百年思。樹對冰花結，甑非埃墨炊。養心惟寡欲，鄒孟是吾師。

立春後三日楊少傅勉仁惠節物賦答

瓦隴雪俱消，東風入户飄。河冰將解凍，野樹不鳴條。勝裹金花重，釵頭綵燕嬌。青山與緑水，相憶思迢迢。

通州除日

衰病身先老，淹留歲又除。桃符循度索，竹葉漬屠蘇。樽俎人情好，風霜客思孤。官河冰已解，發傳艤旋艫〔一〕。

【校勘記】

〔一〕「發傳」，文淵閣本作「傳發」。

月夜

已是逢人少，那堪夜更幽。水光清不凍，月色冷如秋。未熟還家夢，旋登過驛舟。經由雖快意，老病却宜休。

新安舟中望下邳見歸雁鴛鴦

一棹隨流水，孤城望下邳。沙寒殘雪在，山遠夕陽遲。鴻雁知時節，鴛鴦不別離。老夫行已久，計日定歸期。

夜過小孤

一柱中天起，扁舟雙櫓鳴。月籠山影静，風帖浪紋平。蕩漾星河動，凄迷烟霧横。更闌過彭澤，問驛是龍城。

雨中發彭澤驛

江平風不起，一棹泝中流。坐對桃花雨，行逢杜若洲。老方知静樂，病豈爲身謀。不見陶元亮，閒情付狎鷗。

江上二首

歸到西江上，扁舟若汎槎。青青香附草，的的野棠花。斷岸幾千尺，孤村三兩家。水生魚正美，飽飯試新茶。

解纜雨初晴，覺來聞鳥鳴。江雲飛不斷，岸草没還生。欲向洪崖住，誰同洛社盟？獨憐鷗泛泛，相對兩忘情。

幽棲

避喧南郭外，地僻稱幽棲。樹色參天起，花枝入户低。風雲時變化，隴畝自東西。鄰曲經過少，陰陰竹覆堤。

暮春口號五首

村村農事急，好雨不愆期。蠶起桑初長，鶯啼花已稀。夢中隨物化，詩裏送春歸。寡欲無榮辱，忘言絶是非。

鄉人皆力作，稼穡願年豐。野水日無際，浮雲時復空。誰能拜床下，我獨戀丘中。花間蜂與蝶，各自領春風。

臨鏡理衰鬢，蕭疏雪一簪。加餐惟糲飯，策杖散幽襟。藹藹花垂樹，森森笋出林。物生各成性，人事苦經心。

雨霽曉風清，春鳩幾處鳴。落花粘屐齒，飛絮拂簷楹。徐孺湖邊宅，龐公隴上耕。吾猶逐人事，時復有逢迎。

安得名山去，追尋向子平。烟霞無俗跡，林壑遂幽情。大藥終難就，衰顏或可更。長鑱與短褐，採藥過餘生。

正月五日食新〔一〕

老病安田里，偏於藥裹親。昔年愁不臘，今日喜嘗新。止酒同元亮，躬耕愧子真。農書占歲稔，薺菜見初春。

【校勘記】

〔一〕「正」，原作「六」，宣德本、南圖本、静嘉堂本同，今據文淵閣本、文津閣本改。

春興四首

門外草萋萋，東西路欲迷。鶯捎穿樹蝶，燕拾落花泥。深翠籠長薄，流雲度碧溪。獨攜笻竹杖，不覺過橋西。

墟里人烟少，茆茨八九家。杜鵑啼夜月，鸂鶒下晴沙。江海空遺夢，園林半落花。病來長廢飲，對客只烹茶。

帶雨教移樹，分畦學種蔬。漢陰勞灌溉，栗里費耕鋤。看竹時呼鶴，臨淵不羡魚。芭蕉舒緑扇，高映碧窗虚。

地僻幽棲處，有時聞馬嘶。每勞京國使，常過杜陵溪。逕轉蒼苔滑，門臨緑樹齊。相看忘野逸，旋復惜分攜。

池館二首

池館寂無塵，翛然物外身。已知生是幻，一任老隨人。暑去園林浄，秋來月露新。平生耽逸趣，始得遂吾真。

池館寂無喧，清風水竹村。牛羊閑遍野，鳥雀動成羣。碧樹初黄葉，青山半白雲。悠然墟里外，秋色浄衡門。

元夕憶舊

雲澹月朦朧，人喧古廟中。山林無故舊，燈火聚兒童。宮闕鰲峰起，星河鳳輦通。奉陪思宿昔，錫宴萬民同。

春雨述懷

老疾交遊少，幽棲童僕親。社前猶似臘，雨裏不知春。淺薄虚鄉論，蕭條愧國賓。詩書空滿架，問字竟何人。

寄于御史謙

一別又三年，長懷按部賢。繡衣還闕下，黄髮泣江邊。行李惟霜簡，清風滿畫船。老夫前太史，彤管記遺編。

久雨喜晴明日立夏

一月厭雨聲，忽逢今日晴。春從花上去，風過竹間清。睡美新茶熟，身閑野服輕。近來多坦率，客至倦逢迎。

雨夕偶書

碧樹西風動，虛堂暑氣收。砧聲孤枕雨，蛩響一庭秋。挂席江湖遠，忘言簡册休。豐年多樂事，擊壤徧林丘。

秋興四首

郭外烟塵浄，林間風日清。罷琴看鶴舞，倚杖聽蟬鳴。稍得園池趣，已忘兒女情。玉堂遺舊夢，白髮送餘生。

數日新秋雨，蒙蘢竹樹交。世緣雖未了，塵事已全抛。黄葉隨風下，清砧帶月敲。何時同李白，五老結雲巢。

西風吹雨過，江郭迴清幽。不歎交游少，喜聞禾稼收。暗蛩莎草暮，殘蝶豆花秋。野服心如水，蕭條老一丘。

水天同一碧，秋色浄江山。歸燕翩翩急，浮鷗箇箇閑。虚懷游物外，隨分在人間。却笑樓船客，如何去不還。

春日村居四首

春興渾無賴，詩篇亦漫吟。老來安散逸，年少憶登臨。碧艸萋萋發，浮雲忽忽陰。洪崖好山水，悵望隔幽尋。

今年六十八，白髮奈渠何。風雨連朝夕，烟霞深薜蘿。交游天上遠，人事眼前多。清江與碧嶂，欲往竟蹉跎。

浩浩東風起，微茫曉日寒。老翁鳩社米，稚子送春盤。齒痛常妨飲，花開竟懶看。兒孫日一至，聊復慰衰殘。

鳥鳴時雨霽，微物亦欣然。江山空有待，物色爲誰妍。傍樹安魚釣，開窗理蠹編。已諳蕭散趣，不必更求田。

獨吟二首

幽懷每不愜，何處可登臨？芳甸隔春雨，浮雲留夕陰。山林安石興，江海子牟心。此意同誰語，沉綿只獨吟。

樗櫟材虛拱，桑榆景已殘。天涯春色遠，窗下雨聲寒。獨自空玄守，何人問字難？薔薇花又發，却笑酒杯乾。

江村早秋露坐即事

翳翳景將入，涼風生夕襟。暗蛩連野逕，驚鵲繞疏林。已與交游息，都無俗事侵。杜陵空老大，短髮不勝簪。

林梢纖月白，江上晚風清。禾黍千家聚，梧桐一葉驚。銀河垂緑野，瑶露瀉金莖。宋玉雖能賦，都無少日情。

有秋二首

頽齡淹困疾，却喜見豐年。露積村村穫，官租疊疊蠲。牛羊連下澤，雁鶩際平川。本自無桴鼓，幽居且熟眠。

太平本無象，有象在田疇。禾黍聞皆熟，雞豚散不收。池塘梧葉雨，籬落豆花秋。樂歲人歡聚，熙然不外求。

癸丑元日試筆

儵忽驚年换，衰頽喜見春。逢迎吾已老，經過客來頻。雪壓塵氛浄，花含雨露新。却思供奉日，恩禮倍精神。

頽齡躋七十，世謂古來稀。禮俗多從簡，塵勞久息機。春前雲黯澹，雪後雨霏微。却憶少年日，看人扶醉歸。

驚蟄夜大風雪落驚寢

急霰灑窗紙，颱風翻竹枝。劃然衾覺冷，正是夢醒時。曉起瓦皆白，春回花不知。老來肌骨瘦，無那被寒欺。

題包希魯祖母送學延望圖

髫齔憐兒幼，詩書仰母慈。過橋分野色，極目送春暉。座右陳情表，窗前故杼機。試看圖畫裏，淚落老萊衣。

池上納涼

徂夏暑方盛，已聞寒蟬鳴。風摇水花碧，日落林影清。虚懷散煩鬱，獨坐念平生。入夜羣動息，池塘惟月明。

七言律詩

二月一日早朝

曈曨初日曙光遥，鐘鼓聲傳下九霄。萬國衣冠趨象魏，兩階干戚奏箾韶。天清華蓋雲中見，風細罏烟仗外飄。朝出金門還北望，鍾山蒼翠正岧嶤。

祕閣書事簡同志

祕閣清嚴接觀臺，九重佳氣護蓬萊。宫墻樹近鶯聲度，金水芹香燕子來。行傍朱闌吟細雨，坐分瑶席絶浮埃。太平無事多休暇，忝列詞林愧不才。

華蓋殿讀卷放進士榜

御前讀卷重掄材，香動紅雲寶扇開。銀燭光深傳刻漏，玉階班列總瓊瑰。深慚染翰依宸極，況復承恩接上台。闕下兩行陳法樂，遥迎金榜自天來。

元夕侍宴

風清華月麗晴空，湛露筵開聖澤濃。燈火遥連丹闕外，簫韶只在綵雲中。九重瑞靄浮金雀，萬樹銀花粲玉虹。光禄傳宣催進酒，烏紗都映醉顔紅。

閲子棨行卷

扈駕從容上北京，東風千里馬蹄輕。行宫日暖花争發，御路塵清草正生。烏帽趨朝晨載筆，紅旗分隊晚催營。歷觀卷裏多佳製，端有才華壓長卿。

禁中對雪次韻

晝漏沉沉禁苑清，苑中飛雪入簾輕。天低玉樹連雙闕，風送瓊花下五城。紫雁聲驚寒信早，白鶊影落凍雲平。晚來同出金門道，光映西山眼倍明。

次韻仲熙侍講元夕侍宴

黄繖高張寶扇開，教坊初進鼓如雷。星移珠斗雲中下，鰲戴仙山海上來。歡宴稀聞傳夕漏，遊觀總喜到春臺。侍臣獨有金閨彦，即席裁詩不待催。

馳道金輿駕六龍，鳴鑾遥下五雲中。呈來綵隊香飄席，聽徹清歌月轉空。樹擁蓬萊浮暖翠，花含火齊照春紅。聖恩浩蕩深如海，歲歲年年樂未窮。

六月十日迎詔

天書遥降自臚朐〔一〕，五色雲隨使者車。裊裊雞竿懸象魏，亭亭鳳蓋簇龍輿。黄沙部落提封遠，紫塞氛埃汛掃餘。早晚王師歸振旅，千官仗外擁瓊琚。

【校勘記】

〔一〕「朐」，文淵閣本、文津閣本作「句」。

朝回喜雪即事

闕下朝回散錦韉，窗前獨坐擁吟氊。一罏松火春生席，萬點璚花雪滿天。臘蟻泛甌傾緑醑，香貍載俎割紅鮮。微才碌碌嗟無補，飽食徒令愧俸錢。

和胡學士扈從獵陽山

曉隨萬乘出城東，列校分屯部伍同。雲裏六龍移綵仗，風前一雁落彤弓。露凝松柏垂垂白，日映旌旗獵獵紅。遥見下綏傳令發，將軍飛騎總英雄。

和胡學士扈從再獵武岡

武岡蒼翠鬱岧嶢，日上千林曙色遥。馳道鳴鑾聞澗谷，期門立表近雲霄。角弓飛鏑寒偏勁，獵火依山晚更燒。萬騎前頭笳鼓發，長歌吉日喜聯鑣。

霜清輦路浄無塵，甘露凝珠萬樹春。曠野飛鷹騰獵騎，行宫舉觜錫詞臣。仲冬大閱昭時典，此日三驅仰帝仁。莫道角端曾應瑞，中山今已見麒麟。

端午東内擊鞠射柳應制

鑾輿親御日華東，令節涼生苑樹風。列綵分明人似玉，流珠飛鞚馬如龍。讙呼共贊超騰疾，揮霍争看變化工。合樂開筵歌在鎬，葱葱佳氣五雲中。右擊鞠青絲爲鞚錦爲韉，萬騎騰驤過御筵。花映烏紗簪綵勝，箭飛金鏑發鳴絃。插青蠭蠭分行遠，剪白欣欣得意先。宫錦賜來覃沛澤，嵩呼聲徹九重天。

右射柳

九日登高賜宴應制

玉帳無塵輦路清，山開圖畫壯神京。黄花浥露迎丹仗，錦樹籠霞映綵旌。萬里關河秋色浄，中天鑾輿日華明。時巡幸際豐年樂，錫宴高岡荷聖情。

北京八詠

居庸疊翠

雄關積翠倚岧嶢，碧樹經霜葉未凋。萬里風烟通紫塞，四時雲霧近青霄。層城窅靄山連雉，絶磵霏微石作橋。南北車書今混一，行人來往豈辭遥。

玉泉垂虹

山前樹底碧迢迢，試問源頭出處遥。斜落石梁疑飲澗，遠趨滄海欲吞潮。聲從夜雨添來急，影逐晚風吹不消。太液池邊春似錦，緑波長帶翠烟飄。

太液晴波

畫橋鳧雁動春聲，波散寒烟日正晴。遊鯉暖依芳藻出，飛花時拂緑漪輕。好同滎水浮龍馬〔一〕，不比昆明隱石鯨。幾度天瓢分瀉出，甘霖到處濟蒼生。

瓊島春雲

萬歲山高玉作臺，卿雲垂彩畫圖開。九重天上從龍起，太液池頭伴鶴回。松静晚烟同縹緲，花深晴影共徘徊。何須更説蓬萊境，不是飛仙不看來〔二〕。

薊門烟樹

都門烟樹藹青葱，樹底人家處處同。遠近樓臺空翠裏，往來車馬緑陰中。曉寒花影留殘月，日暖鶯聲度好風。薊北從來佳麗地，相逢陌上莫怱怱。

西山霽雪

雪霽西山玉作屏，瓊林瑶樹曉光凝。清風晴灑千巖雨，碧澗春融萬壑冰。策杖此時宜蠟屐，斸苓何處有篝燈。從來北土多才傑，不獨山陰興可乘。

盧溝曉月

半輪斜月隱青山，山色微茫馬上看。水際石梁雲影淡，沙中茆屋夜燈殘。雞聲唱曉星將落，雀羽翻林露正寒。舉首神京東望近，天邊紅日上金盤。

金臺夕照

獨上高臺斜日紅，遥天極目思無窮。迢迢關塞微茫外，簇簇山河錦繡中。鴻雁數聲催暝色，牛羊幾處散秋風。黄金銷盡人何在？青史傳來事不空。

【校勘記】

〔一〕「滎」，原作「榮」，南圖本、静嘉堂本、文淵閣本、萬曆本同，今據文津閣本、康熙本改。

〔二〕「看」，康熙本作「肯」。

滄江夜泊 時龔子誎同舟

霜清石出見波痕，歲晚江湖日易曛。雲氣壓空寒欲墮，灘聲到枕静偏聞。一汀烟雨魚吹浪，千里蒹葭雁叫羣。不有故人相慰藉，他鄉愁絶更銷魂。

次韻胡學士内閣新成四首

玉堂新闢禁垣西，苑樹陰陰秀色齊。觀闕日長宫漏静，蓬萊天近綵雲低。編摩十載紬金匱，出入常時候土圭。粉署清幽花影轉，嬌鶯自在向人啼。

叨陪侍從已多年，人羨儒紳勝列仙。曉對紅雲生翠島，晚分甘露出瓊筵。内臣捧進雙龍匣，學士書成五鳳箋。金殿玉樓天咫尺，御香長有好風傳。

雍雍花底度和鑾，視草堂深日轉闌。内侍傳宣聞獨召，大官供饌許同餐。立朝風裁當時見，名世文章自古難。地位清高誰得似，金盤玉露照人寒。

宫樹無風晝影沈，階前雨過碧苔陰。閒看粉蝶來新署，静聽玄蟬噪遠林。撫己自慚才力薄，瞻天共荷寵恩深。蘭臺盛典千年事，老去惟勤一寸心。

坡南草堂

草堂新築海東頭，占得坡南景物幽。桑葉遮門春雨暗，豆花垂逕夕陽秋。角巾醉後騎黄犢，拄杖閒來看白鷗。却憶昔年遊覽處，芙蓉兩岸照行舟。

重過盧溝簡夏尚書

凌空高起玉梁横，萬古桑乾水自清。文軌會同當盛世，山河表裏壯神京。幾株細柳藏鶯囀，一路飛花送馬行。今日重來迎鶴駕，春風陌上接珂聲。

題畫

誰結茆亭倚澗陰，琅玕瑶艸碧森森。白雲影裏青山郭，黄卷聲中緑樹林。晴雨半空飛瀑布，春風五葉長人參。故園亦似圖中景，老去看圖思轉深。

孔士祥輓詩

世家自古高東魯，道德流傳福澤深。扶老日攜楷木杖，觀書時傍杏壇陰。沂南別墅花如雨，闕下孤兒淚滿襟。相見昔曾交一臂，臨風那忍寄哀吟。

過德州寄胡楊金三學士

霏微涼露灑征衣，輦路風清旭日輝。玉帳横秋金氣肅，紅旗拂曙綵雲飛。看山立馬應頻賦，載筆隨鑾每後歸。愧我舟行催傳發，臨流相憶思依依。

病起獨坐

濕雲晚收天宇空，露坐兩鬢如飛蓬。蜘蛛仰面弄明月，絡緯鼓翼吟秋風。但看節序隨流水，不覺形容成老翁。養生幸得少人事，何必絶粒超鴻濛。

送吕尚書歸省

尚書車騎動如雲，特拜天恩出紫宸。華髮遠迎諸父老，高堂歸覲太夫人。錦鱗膾縷銀絲細，黄菊杯香緑酒新。想得到家稱壽日，章章忠孝表西秦。

方尚書送櫻桃用杜少陵詩韻

薊北櫻桃五月紅，尚書分送出筠籠。霜刀剪處驪珠落，冰盤盛來火齊同。不隨酒暈潮丹頰，却有神光入絳宮。獨坐槐陰清晚渴，一時詩興動飛蓬。

胡學士卧病賦簡二首

憐君卧病已兼旬，獨坐那堪憶故人。一代文章公論在，百年交誼白頭新。窗前幾度拋書倦，室内惟聞煮藥頻。人事却來須自愛，聖恩深厚日咨詢。

人生轉眼過青春，老至偏於藥裏親。詩就卷中題句懶，客來窗下煮茶新。清齋已覺銷塵累，習静還須養谷神。幾對維摩無一語，誰知金粟是前身。

雲巢

一片閑雲卷復舒，高人攬取結巢居。朝含雨氣松楸潤，夕颺山光枕席虚。劉伶短鍤醉空荷，陶令輓歌生自書。萬物芸芸終有復，百年宰木謾欷歔。

題趙尚書奉使安南卷

昔承丹詔赴交州，使節煌煌壯遠遊。豈假橐金傳後胤，直標銅柱繼前脩。山連勾漏蠻雲濕，日上龍編瘴霧收。南土即今皆郡縣〔一〕，尚書所歷著嘉猷。

【校勘記】

〔一〕「土」，原作「上」，今據南圖本、静嘉堂本、文淵閣本、文津閣本改。

胡學士輓詩

嗟君已做月臺仙，風馬雲車路杳然。節操平生心似鐵，文章昭代筆如椽。人間名譽流千載，天上恩光賁九泉。遂使交游成隔世，幾回淚落玉堂前。公嘗與予言：儒者身後當做月臺仙，故詩中及之。

草堂即事四首

詞垣兼秩日從容，扈從重來又涉冬。懶性喜逢人事少，不才虚負聖恩濃。夜窗時聽金門漏，曉枕頻驚海印鐘。誰謂元龍多意氣，空將短鬢櫛鬅鬆。

老來多病務藏脩，還對琴書意未休。窗户日高緗帙展，硯池冰薄墨花浮。湖邊秋水芙蓉閣，江上春風罨畫舟。記得攜琴行樂處，幾回清夢繞滄州。

風捲寒雲陰復晴，樹頭烏鵲聚還驚。卜居未得親王翰，掌故空憐老伏生。塵静閒庭人跡少，茶香虚室客懷清。近來物累都消遣〔一〕，何待幽棲不用名。

風簷日影小窗幽，野馬紛紛晝不收。秫黍火温占土炕，木綿衣冷换貂裘。幾家催釀春分酒，何處能來雪夜舟。輦轂幸依多暇日，琴書無事可銷憂。

【校勘記】

〔一〕「都」，南圖本、静嘉堂本作「多」。

題袁忠敏適畊卷

老親昔典容臺禮，令弟今爲尚寶丞。父子一門真繼美，田園百世亦相仍。烏犍細雨春郊笠，粉蠹殘編雪夜燈。長日桑榆雞犬静，含哺鼓腹樂豐登。

送劉子偉赴雲南參議 子偉，故尚書俊之弟。

尚書接武蚤相知，令弟才華老更奇。拜命一朝辭帝闕，束書萬里赴滇池。柳邊問驛雲藏樹，花底看山酒滿卮。藩府日長公事簡，題詩還到碧雞祠。

酬寄袁學遜

與君執别十年餘，念我能通尺素書。清禁敢忘依日月，故園新喜有田廬。平生消得幾輛屐，半世都來下澤車。最是相思寒漏永，梅花雪落夜窗虚。

題桑洲卷

方洲宛在水中央，不種閒花只種桑。戴勝降時春雨足，吴蠶熟處夜燈忙。豳風王業開千載，河漢天孫漫七襄。願借繅絲三百丈，虞廷先織舜衣裳。

送殷副使旦赴交阯〔一〕

除書先拜赴交州，采采芙蓉照去舟。千里西風隨憲節，萬年南服仰皇猷。驊騮度嶺朱崖曉〔二〕，雕鶚横空白露秋。莫道霜威真鐵面，仲堪儒雅更風流。

【校勘記】

〔一〕「旦」，原作「且」，今據南圖本、静嘉堂本、文淵閣本、文津閣本改。

〔二〕「曉」，南圖本、静嘉堂本作「晚」。

送龔子誎赴雲南僉事

望斷南雲山萬重，嗟君此去逐飛鴻。扁舟夜載琵琶月，短鬢涼吹蘆荻風。夢入碧雞瀧樹合，路經銅柱瘴烟空。繡衣玉斧諮詢日，已喜車書總會同。

遣興

少年書劍別龍沙，老至逢秋苦憶家。一寸丹心惟自效，數莖白髮已先華。西風客裏歌茅屋，澹月樽前對菊花。庾信何須賦蕭瑟，韓山片石亦堪誇。

九峰樵者

九峰幽處結茅廬，晝拾荆薪夜讀書。林下日尋高士傳，山中老共野人居。只留子敬青氈在，莫歎虞卿白髮疏。六十年來無一事，仙翁棋局近何如？

送黄重美赴東阿教官

老攜書册赴東阿，千里驪駒振玉珂。故舊樽前憐白髮，諸生館下詠菁莪。項王墓在寒烟積，黄石祠荒落木多。幾度皋比分講罷，閒來吊古有悲歌。

雲山小隱

南山千仞秀芙蓉，家住山前一水通。松下荷鋤隨野叟，雲邊擣藥候仙翁。捲簾坐對芭蕉雨，拄杖行吟木葉風。更喜兒童耕作後，書聲不斷月明中。

送劉智安主事赴南京

仙郎乘傳赴南京，滿眼青山雪正晴。臘蟻驅寒時獨酌，征驂踏月夜兼程。高堂蟢子春光動，小閣燈花喜氣盈。努力功名須報國，忠勤端不負平生。

追輓謝疊山張孝忠詩并序

宋謝枋得，字君直，信之弋陽人。以文學知名當世，號疊山先生。咸淳間，爲江東提刑，改知信州。師旅劻勷之際，又遷江西招諭使，尋舉勤王之師，守安仁。時有張孝忠者，乃江陵偏裨。江陵陷，孝忠率麾下百人，走洪都。未至，洪已降元，遂歸枋得。會元將武良弼攻安仁，孝忠出戰，死之，枋得退保信州。宋亡，其臣有仕元者，連舉枋得，枋得逸於閩。妻李氏，執繫建康獄。後枋得被獲，拘以北行，在道不食，七日死。李氏聞之，即自經。其女嫁周氏，聞父母死痛苦，乃鬻其奩裝，構橋於所居之旁，橋成，投橋下亦死。時人義之，名其橋曰「孝烈橋」。余嘗見疊山與鎦丞相書曰：「大元治世，民物一新。宋室舊臣，只欠一死。」鎦丞相即夢炎，舉疊山者。又嘗見疊山江東十問，詞氣慷慨激昂，當時之士，其忠義之志，蓋已素定矣。惜其妻女及忠孝之事，史皆略之。抱疾居閑，因考前聞，遂賦追輓之詩并孝烈橋，庶幾忠義不泯，俾爲人臣、爲人婦、爲人子者知所勸云。

右輓謝疊山

潮遏錢塘王氣收，兩宮北去竟誰留。褰旗獨倡勤王義，當軸曾無負國羞。幽憤千年遺涕淚，孤忠七日死拘囚。江東十問今猶在，可惜英雄志不酬。

得脱鯨鯢遂突圍，驅馳不解戰時衣。此身報國心常在，遠道投人事已非。一旅奮戈猶敵愾，二龍浮海竟何依。當時閫帥忠貞士，誓死同歸志不違。右輓張孝忠

父死家亡母自經，可憐形影獨娉婷。奩金盡散橋初就，旅櫬無歸淚輒零。自分寒流沉白璧，誰從夜月見輜軿。一門三節人間少，安得穹碑與勒銘。右賦孝烈橋

閱文山集謾述二首

誓死成仁永不忘，勤王發憤更鷹揚。虞淵日落山河慘，吴苑春歸草木長。萬里羈囚拋骨肉，百年忠義見文章。可憐有客王炎午，生祭臨風淚幾行。

二龍南去海茫茫，社屋寒來雁叫霜。萬死搴旗還舉義，千金脱險竟浮洋。都城不泯忠臣祀，國論猶傳政事堂。志士悲歌多感慨，後人誰識謝翱狂。

寄謝襄城伯惠玄明粉

天語丁寧近御筵，彩舟同載記當年。芝眉長仰雲千里，蓬鬢那堪雪一顛。玉帳

談兵書滿腹，玄霜化液汞投鉛。山窗忽見椷題至，接對令人思惘然。

寄黄尚書

曾共掄材讀卷時，中天華蓋漏聲遲。金蓮炬暖龍光動，寶扇雲開雉尾移。樂奏九成班玉佩，臚傳多士拜丹墀。如今憶着當年事，北望橋山淚獨垂。

士奇少傅以詩及絨縑慶七十次韻奉答二首

隔千里兮共明月，相思兩地寸心懸。仙郎使節來江上，少傅題椷自日邊。遠荷絨縑温我老，輒將珠玉向人傳。已經四百廿甲子，潦倒徒誇絳叟年。

千梳白髮如霜染，一寸丹心向日懸。夢斷雞聲茅屋裏，朝回鳳闕綵雲邊。壽徵遠致高賢祝，詩句頻煩過客傳。静坐窗前推物理，梅梢消息又新年。

村居即事十首

天上歸來葺弊廬，買松移竹事幽居。喜從鄰里團新社，得教兒孫讀舊書。芳草池塘清漲溢，落花門巷緑陰初。莫言疏傅金都盡，頗似顔含樂有餘。

雨霽羣芳各鬭妍，傍花隨柳艷陽天。何如杜老棲夔府，一似王維愛輞川。紫燕入簾尋舊壘，黄鸝繞樹喜新遷。兒童笑謂村居好，榆莢飛來滿舍錢。

日照園林草木新，眼前生意足怡神。竹根小筍留遮塹，墻角枯株析作薪。無事自尋顔子樂，有蔬莫笑庾郎貧。幽居好似王官谷，未必今人非古人。

光風轉蕙日初長，旋取菰蒲過小塘。桑樹葉柔鳩羽拂，橘梢花落燕泥香。疏籬編早苔侵砌，壞壁修遲筍過墻。公子從來善居室，人生底事爲誰忙？

了却人緣已白頭，卜居喜得林塘幽。軒窗小潤值梅雨，簾户輕寒迎麥秋。往事經心空有夢，此身遠俗自忘憂。春歸已是吾歸後，怪得啼鵑叫未休。

山翁採藥西山裏，移植白頭遺老家。帶土可憐初拆甲，連枝還惜未開花。渠邊築圃教栽竹，墻下分畦膹種茶。却笑盧鴻耽逸趣，養生不解事桑麻。

住鄰高士傍東湖，歲遠人家雜還居。城市從來多湫隘，村園新卜儘寬舒。薔薇弄影春風裏，布穀催耕曉雨餘。屋後門前盡農圃，閑時扶杖看犂鋤。

異卉奇花旋覓栽，便看粉蝶過墻來。紫蘭破萼風前吐，紅藥翻階雨後開。兒子學琴初授譜，鄰翁攜酒强銜杯。人生得遂幽棲願，不管黄雞白日催。

村居雖僻喜高明，連日雨多陰復晴。藥隴引雛雙雉過，桑林喚婦一鳩鳴。已將履歷同春夢，且得清閑了此生。門外草青人迹少，杖藜隨步愜幽情。從人説似浣花溪，小逕通村路不迷。樹底緑陰清藹藹，池邊芳草碧萋萋。有時門巷來騶從，終日園林聽鳥啼。抱疾歸休非吏隱，兒童莫訝任東西。

憶昔四首寄士奇勉仁二少傅幼孜少保

昔者承恩共拜官，兩班分日直金鑾。晚來歸舍星同戴，曉起趨朝漏未殘。墨點龍箋濡綵筆，燭傳庭燎捧金盤。如今憶着當時事，獨望橋山淚不乾。

聖祖巍巍功德高，曾紬石室筆同操。始終纂述多從故，事業鋪張敢謂勞。丹禁清風傳玉漏，瑶階紅日轉金鼇。閑來極目鈞天上，却憶蘭臺媿濫叨。

聖主崇儒冠古今，辟雍遥讶寵光臨。百年禮樂昭文運，一代儀章著德音。釋菜周旋華衮盛，授經敷暢講筵深。鑾輿一去神游遠，乘石苔封杏樹陰。

接武青宫列兩坊，恩榮兼秩實非常。追陪瑣闥春風暖，進講文華晝景長。每切葵心傾曉日，竟同蒲質老秋霜。璽書獨拜歸來後，留與兒孫永不忘。

追次虞都御史伯益見寄詩韻二首

貳憲持衡肅柏臺，每瞻丰采獨徘徊〔一〕。片言折獄真能事，樽酒論文愧不才。落月空梁驚夢覺，西風遠道寄詩來。料應薊北河冰解，正是江南使節回。

新詩往往見清才，懷抱相過幾度開。帝座龍顏長共仰，天孫鳳錦獨先裁。跛䍧蹀躞難同驥，布鼓尋常恥過雷。今日思君那得見，祇應夢裏一能來。

【校勘記】

〔一〕「徘」，原作「徐」，南圖本、静嘉堂本同，今據文淵閣本、文津閣本改。

次韻答楊少傅勉仁二首

蕭然一榻病相如，獨卧城南水竹居。玉笥松楸懷故里，青燈風雨課殘書。眼前文物交游少，霜後園林橘柚餘。藥裏尋常筋力盡，敢勞谷口有來車。

伏枕之武平生信不如，衰年懷土事幽居。山中已迫桑榆景，天上重煩故舊書。塵勞灰百念，傳家生計在三餘。鄰翁花木春來好，扶杖看花當小車。

次答楊少傅士奇見寄二首

幽棲已出喧囂外，老疾偏憐見在身。萬里交游空對月，半生風雨不知春。當年玉署曾分直，今日烏紗獨製巾。共道同時六學士，香山居士一閑人。

夢中握手不知勞，顧我猶穿舊賜袍。茅屋江頭真野老，玉堂天上實仙曹。每見杜陵懷李白，何如若士望盧敖。自憐多病雲霄隔，敢謂山林遂養高。

歌行

卯山書屋圖

金烏出海扶桑紅，流光正照山之東。千巖宿霧捲飛翠，半壁晴霞明太空。一雙喬松蔭華屋，中有幽人美如玉。青鞋布韈芰荷衣，坐看碧草無塵俗。黄鸝嚦處樹陰多，白鳥飛時溪水緑。床頭錦囊琴一張，架上牙籤書萬軸。長年讀書究典墳，不知春暮花紛紛。絳桃隔竹迷蒼雪，紅藥當階動綵雲。昨日山中酒初熟，故人早過清溪曲。呼兒洗醆具盤飧，莫厭山肴并野蔌。太平無事不出門，白鶴生雛竹有孫。男長須婚女須嫁，仙家何必説桃源。

琴清軒

斑簾半捲罏烟緑，時有涼風灑脩竹。明窗石几絶流塵，横琴試鼓瀟湘曲。瀟湘水雲連洞庭，木葉微脱秋冥冥。東皇司命迎帝子，赤豹文貍趨百靈。改絃轉奏凄涼調，楚聲激烈軍心悄。拔劍悲歌顧美人，霸王力盡英雄勦。須臾翻出離騷經，孤臣孽子難爲情。玉鸞啾啾翔廣漠，雲霓冉冉從遐征。佩蘭白雪相間作，座中百斛驪珠落。風雷騎氣變軒昂，六丁髣髴搜天荒。牧犢哀吟雙雉語，七絃颯颯飛山雨。莊周蝶夢漆園深，芳草落花何栩栩。誰知獨有秋鴻譜，寫出清和并凄楚。幾回剪燭夜中彈，怳疑舟泊黄蘆渚。我生不省絲篁音，奉親高堂唯鼓琴。高堂一夕萱花老，落月烏啼愁思深。烏啼月落銀河影，碧玉疏星光耿耿。抱琴惆悵發孤吟，梧桐露寒滴金井。

題顔輝胡人出獵圖

朔風卷地吹白草，陰山八月霜信早。胡人馬肥弓力强，什什伍伍遊沙場。沙場迢遞千萬里，白雁高飛天似水。翻身滿引烏角弓，須臾血灑榆林裏。猘子交馳疾若風，馬蹄踣鐵如遊龍。嵩岳高高雙眼碧，狐裘蒙茸鬖毛赤。不覩羣胡畫裏真，豈知秋月筆通神。祇今塞上烟塵絶，羣胡俱來貢金闕。買縑欲寫王會圖，幾度臨風憶秋月。

題金侍郎墨梅卷

屈鐵交柯春十丈，冷蘂疏花默相向。玉爲肌骨冰爲神〔一〕，不受東風驛路塵。自信平生心鐵石，歲寒長與冰霜敵。相看東閣好吟詩，寄語高樓莫吹笛。何當青子結長條，商家和羹須爾調。侍郎此畫殊清絶，展卷索題慚句拙。他時乘興過幽軒，抱琴對鼓黄昏月。

【校勘記】

〔一〕「冰」，南圖本、静嘉堂本、文淵閣本作「水」。

萬竹軒爲胡員外賦

高軒亭亭蔭脩竹，萬箇琅玕翠如束。紅塵一點不飛來，日暖晴烟散虚谷。谷中風動四山鳴，耳邊颯颯生秋聲。緑陰滿地收不起，秀色倚窗寒更清。石床碧几浄如洗，拂拭孤桐汎商羽。蛟龍舞落蒼梧雲，鷓鴣啼破瀟湘雨。自從作官登曲臺，林間一一生錦苔。苔深落葉無人掃，白石清泉爲誰好。幾回飛夢到家山，騎得青鸞月下還。覺來滿眼失蒼翠，空遺雜珮聲珊珊。

寒夜吟

金壺水澀銅龍咽，百尺樓頭上新月。一陣霜風入户來，紛紛吹轉墻陰雪。曲屏坐擁紅地鑪，沈水烟清浮睡鳧。錦衾不暖客窗夢，可憐夜半聞啼烏。烏啼夜永孤琴思，凄凄燭影摇寒翠。家在江南過雁稀，憑誰爲寄平安字。

題古木脩篁圖爲黄學士宗豫賦

銀河八月仙槎影，丹穴千年翠鳳毛。何人寫入畫圖裏，便覺氣勢凌雲高。高堂素壁浄如拭，對此令人心獨逸。鑪烟茗椀清晝閑，滿地緑陰涼瑟瑟。風霜摇落百草枯，老幹直挺青珊瑚。日暮佳人倚空谷，翠袖天寒誰與徒？昔年曾過洪崖麓，喬木疏林繞修竹。紫髯逢着古仙人，邀我山中騎白鹿。白鹿呦呦南澗濱，石床丹竈至今存。當時採藥遺蹤跡〔一〕，此日看圖勞夢魂。

【校勘記】

〔一〕「時」下原衍「時」字，今據南圖本、静嘉堂本、文淵閣本、文津閣本删。

題黄子久畫

我昔趣召上北京，匡山五老遥相迎〔一〕。太守邀我開先行，籃輿十里松風清。溪流涓涓石齒齒，採得靈蒲雜芳芷。讀書堂前空翠寒，漱玉亭邊古苔紫。高高瀑布落懸崖，千仞玉梁何壯哉！飛流響徹碧潭底，雙澗分奔萬壑哀。山人石上展瑶席，坐對雲屏倚空碧。浩蕩長吟李白謡，登臨不用謝公屐。此時正值秋七月〔二〕，短鬢蕭蕭愛林樾。輕雷送雨過前山，一襟爽氣飄寒雪。同行佳人晚相呼，月明歸路聞啼鳥。揚帆直度九江去，回看山色青糢糊。每憶茲遊清興發，夢入仙家白銀闕。仙人邀我宴瑶臺，枕上覺來猶恍惚。大癡老人絶俗塵，畫圖最得匡廬真。青天削出芙蓉秀，香鑪可望不可親。看圖那知歲年老，山中木落秋風早。昨日人來問舊遊，白雲滿地生瑶草。

【校勘記】

〔一〕「匡」，原作「巨」，文淵閣本、文津閣本同，今據南圖本、静嘉堂本、萬曆本、康熙本改。

〔二〕「秋七」，原作「七秋」，南圖本、静嘉堂本、康熙本同，今據文淵閣本、文津閣本、萬曆本改。

題楊庶子萬竹圖

庶子宅中萬竿竹，颯颯清風動蒼玉。輕烟覆砌碧雲寒，初日捲簾晴雨緑。開窗展席敞銀屏，琅玕直節高青青。湘靈鼓瑟衆仙降，翠旌縹緗花冥冥。游塵影絶爐烟静，坐中仿佛瀟湘景。墜露翻林鶴夢驚，滄波激石龍吟冷。退直歸來月在門，此中幽興與誰論？風前自把琴三弄，月下還傾酒一尊。酒闌琴罷月將落，夜久秋聲生屋角。翻思昔在故園時，留客烹茶更清酌。堂中老親年最高，蕭蕭華髮宮錦袍。林間几杖從孫子，輒向蒼苔拾鳳毛。畫圖瀟洒誠清玩，何以得之錦繡段。他年燒筍共晨餐，一笑相看還噴桉。

樂琴書處歌爲沈脩譔賦

沈郎結廬吴山岑，平生讀書多苦心。更將緑綺徽黄金，七絃泠泠山水音。我昔作官住吴下，曾見沈郎最瀟洒。葛巾長愛北窗閑，柴車懶入東林社。親戚何曾折簡招，輒向花前傾盞斝。蓴菜頻分碧椀羹，鯉魚新熟芙蓉鮓。一朝欻起登天衢，環珮珊珊摇翠裾。廣陵不作中散操，蘭亭臨得右軍書。却憶牙籤三萬軸，燈火幽齋隔脩竹。幾回歸夢逐西風，落月分明照秋屋。抱琴客裏時相訪，琴中寫得神人暢。一片青山雲渺茫，萬里白鷗波浩蕩。他年致事歸故林，飄然更賦還山吟。白頭抱孫椿樹陰，教讀舊書還鼓琴，嗟哉此樂超古今。

送陳侍郎治鎮撫交阯

大將南征統六師，臨軒授鉞當赤墀。時來氣感風雲會，義重恩承雨露滋。侍郎瀟洒温如玉，佐戎妙選持鈞軸。清冰寒露貯金壺，蠻烟瘴霧消煩燠。富良江頭秋日清，舳艫千里連麾旌。鯨波夜赤旄頭落，龍驤曉日飛天兵〔一〕。樓船昔者誇楊僕，廟筭今知得孔明。聽笳月轉青油幕，倚劍風生細柳營。赤芾翩翩歸奏凱，兩階干戚生光彩。已宣德教被遐荒，更播天聲揚四海。策勛宜列太常銘，千載邦家垂令名。男兒事業應須蚤，肯待蕭蕭華髮生。兹行又捧天書去，遠人致爾思含煦。黄金臺前花亂飛，請君且把征驂駐。莫厭當歌勸酒頻，明日相思隔烟樹。

【校勘記】

〔一〕「龍」，南圖本、静嘉堂本作「雲」。

題王孟端墨竹爲鄒侍講賦

堂前颯颯秋氣高，王郎醉脱宫錦袍。銅盤和露墨花墜，寫出江南金錯刀。錯刀紛披風雨急，瀟碧都含烟霧濕。翡翠飛來楚客酣，鷓鴣啼斷湘娥泣。一雙琅玕千尺强，空山歲晏饒冰霜〔一〕。傍有孫枝亦垂實，會看翩翩儀鳳凰。素庵無塵絶蕭洒，幽居如在青林下。興到高歌淇澳篇，閑來擬結山陽社。更斸蒼苔三逕開，拄杖時時好客來。顛狂却笑劉伶鍤，爛熳時傾阮籍杯。緑陰棋罷還誇敵，綵筆詩成不待催。幾回夢繞青原麓，白鷺洲前看蒼玉。夢回花映玉堂清，忽對畫圖洗心目。何因置我緑綺琴，爲公一彈風滿林。

【校勘記】

〔一〕「冰」，原作「水」，今據南圖本、静嘉堂本、文淵閣本、文津閣本改。

頤庵圖

上清真人方壺徒，寄我頤庵之畫圖。淋漓猶帶元氣濕，筆力直與造化俱。蒼松入雲幾千尺，石壁倚澗青模糊。其中茅庵絶低小，緑蘿陰陰兔絲裊。琴瑟在几書連床，終日怡然却紛擾。青山萬古不改色，下有雷鳴合羲畫。逢人須是慎樞機，養生豈在充肴核。妻孥幸爾免飢寒，兒孫尚願保清白。閑來石上横鳴琴，時有玄鶴相和吟。天風不斷飄靈籟，山高高兮水自深。流雲滿地直堪把，瑶臺玉樹秋瀟洒。紫髯九尺古仙人，獨跨白騾如白馬。紅蕉之衣輕盈盈，欣然邀我吹玉笙。丹霞明滅降仙侣，陰壑慘淡愁山精。聳身凌空不可執，七十二峰烟霧濕。飈輪直度閬風遥，落葉翻飛溪雨急。自從作官三十年，素餐無補心茫然。樂天老去思香社，摩詰平生愛輞川。幾回欲築洪崖圃，今日圖中忽驚覩。恍然境遇神明交，一如夢裏游天姥。可憐多病鬢星星，猶向天池接鳳翎。衰顔漸覺同蒲柳，徒對秋風想茯苓。

唐人羯鼓歌

手如白雨點，頭若青山峰。牙床不動花楸急，太簇震越凌高空。小殿風清日初旦，雲母屏開烟霧散。千葩萬卉淺含春，一曲未終俱焕爛。花奴秀瑩玉無瑕，砑光帽子紅槿花。絶倫之藝誰得似，梨園弟子空咨嗟。苑中正奏春光好，如何翻作秋風早。沉香亭畔走妖狐，凝碧池頭宴芳草。長安月冷夜沉沉，舊曲聽來思不禁。耶娑色雞短無尾，却憶開元淚滿襟。

文簫綵鸞詩

游帷觀前風日清，衣冠雜遝仙凡并。踏歌不作春陽聲，步虚縹緲隨鸞笙。就中有女飄長瓔，翠娥嬋娟顔玉頳。藻翹金雀鏘璜珩，天香兩袖羅衣輕。素袍公子冰玉英，偶來一見親目成。松陰滿林空翠生，步入烟蘿誰使令。山頭宫殿開崢嶸，雲屏玉桉簾水晶。夜寒桂冷風盈盈，白鶴下瞰玄猿驚。驀然雷電驅六丁，綉襦零亂收霞帡。洞中羣仙不敢偵，獨與公子相隨行。隨行復踏蘿逕縈，金光時見芝草莖。忽聞人間長短更，天雞嘲哳扶桑晴。紫極宫前江水平，欲渡不渡心屏營。宫中道士棲乾名，欣然一笑來相迎。綺窗虚敞華軒横，墨池波暖凝光精。八龍雲篆隱不呈，硬黄錯落華星明。城中車馬聲軿輷，倚闌閣筆吟蕉栟。藥王山空啼曉鶯，閒却芝田春不耕。竭來山下披榛荆，翛竹交花當户楹。藥爐實對非卿卿，豈有人間兒女情。一朝雲外來霓旌，於菟高舉超搶攘。手把芙蓉朝玉京，下視野馬喧蚊虻。桃花亂落紅雨傾，村童野叟走庚庚。黄斑化作山石硜，殷勤寄謝豫章城，老鶴千年還一鳴。

題胡學士長林書屋圖

螺川之東芙蓉麓，長林一帶滄洲曲。滄洲蕭爽無氛埃，垂柳陰陰蔭華屋。先生世胄忠簡家，百年門閥淩秋霞。賸積詩書綿慶澤，更開壠畝栽桑麻。豫章一雙出林樾，六月清風灑蒼雪。平生讀書不解愁，有時乘興登高樓。樓上看山樓下酌，故人詩句頻相酬。閑來垂釣坐溪上，亦有山花笑相向。流水涓涓映碧沙，白雲冉冉生青嶂。幽棲只説山林好，讀書肯向山林老。伊尹耕莘説築巖，致君堯舜應須蚤。翩然鳴佩登玉堂，手披雲漢摛天章。筆補造化妙莫當，渾渾噩噩如虞唐。幾回夢繞長林下，脩竹千竿翠盈把。揭來謁告歸滄洲，流水依然山更幽。鄉里兒童皆長大，不是當時同釣遊。衹今華屋滄洲上，舊種庭槐日應長。留得詩書付子孫，謾寫新圖寄遐想。寄遐想，憺忘歸。樂天有約香山社，却待他年老拂衣。

題王晉卿江山歸棹圖

都尉平生志高潔，書畫流傳兩清絶。此圖點染出天機，萬壑千峰生夕霏。秋江浪白秋風急，碧樹依微空翠濕。北渚沙寒霜雁稀，西巖烟暝歸舟集。山人何如栗里翁，松間石上晚相從。悠然笑别東林去，溪外猶聞精舍鍾。看圖不覺幽興發，滿眼秋光動林樾。會須努力盡王事，他年歸泛東湖月。

題竹鶴圖爲金學士賦

吾聞畫鶴貴寫神，此圖貌得青田真。琅玕森森洒蒼雪，縞衣皎皎離紅塵。露下疏林涼影薄，一聲清唳穿寥廓。高人枕簟小窗幽，仿佛夢回驚月落。高人自是仙之徒，日揮綵毫坐蓬壺〔一〕。玉堂晝永松篁静，時聞白鶴聲相呼。歸來愛鶴玩瀟碧，虚室秋生風淅淅。飄然便欲挾坡仙，相與翱翔遊赤壁。我昔桐溪結竹亭，養鶴曾讀浮丘經。仙都九老今寂寞，對此白髮徒星星。

【校勘記】

〔一〕「毫」，原作「亳」，今據南圖本、静嘉堂本、文淵閣本、文津閣本改。

題楊諭德墨竹

王郎潑墨寫錯刀，滿堂陰森風雨號。坐中賓客皆歎息，一葉一葉秋蕭騷。恍如舟泊瀟湘浦，湘娥泣血蒼蛟舞。錦瑟無聲暮色寒，翠旌縹緲雲漫漫。酒醒推篷月初上，烟消湘水平如掌。此君隔江呼不來，至今令人勞夢想。先生清白世相傳，苦節由來金石堅。世上繁華俱不愛，獨與此君同歲年。

題孔雀圖

有鳥有鳥名孔雀，文彩光華動揮霍〔一〕。修頸昂昂翠羽翹，大尾斑斑金錯落。由來麗質産南方，丹山碧水多翺翔。芭蕉花開風正軟，桄榔葉暗日初長。忽聞都護啼一聲，山中百禽皆不鳴。松篁引韻笙竽奏，顧影徘徊舞翅輕。炎荒暑熱時多雨，尾重低垂飛不舉。一朝籠養近簾幃，可憐猶妒美人衣。永嘉謝環善寫生，畫圖貌得邊鸞清。老眼摩挲石苔紫，渾似枇杷樹底行。

【校勘記】

〔一〕「霍」，原作「霍」，今據南圖本、静嘉堂本、文淵閣本、文津閣本改。

雉雞圖

有禽有禽曰華蟲，錦衣綺翼紛蒙茸。從來耿介出天性，顧盼矯桀勇且雄。山茶花開雪初霽，竹光滿眼揺寒翠。一聲啼罷自梳翎，石上雪花無數墜。驍媒影絶虞羅休，飲啄山中得自由。羽毛英麗從人羨，爪距收藏不妄投。待得春來風日暖，四野麥苗青篡篡。桑下兒童總不驚，飛來飛去樂時清。老我山林跡如掃，題詩空對丹青好。不學援琴作苦吟，謾想調羹躋壽考。

錦雞圖

昔聞楚人不識鳳，忽見山雞重購之。我今畫圖寫生態，羽毛五色光陸離。扶桑天雞啼一聲，陽烏散彩天下晴。此時山雞亦出谷，喔喔飛來耀林麓。千巖萬壑含東風，杏花吹香春雪紅。顧影徘徊自愛惜，揚翹聳翅紛蒙茸。竹上花間日正高，向陽吐綬垂花條。吴綾蜀錦織不得，戴勝偷眼鶩伯勞。切莫臨溪照碧流，對鏡逢人舞便休。舞多目眩終顛仆，世人空詑韋公賦。

白鷴圖

白鶴縞衣而玄裳，白鷴身玄羽如霜。斑斑素飾映紅頰，一足翹跂莓苔蒼。黄赤葵開花照林，總有向日之丹心。山深絶無羅網入，山禽幽棲謝羈執。飲啄飛鳴得自由，風泠泠兮山木秋。蕭郎賦感會稽遇，李白詩就黄山求。瑶池水暖蟠桃熟，阿母紅顔雙鬢緑。閬風臺榭月高低，夜深曾伴青鸞宿。高帝昔坐未央宫，南越走獻雙雕籠。聖明四海皆寧一，嘉祥疊應無虚日。

題梅爲羅侍講賦

碧玉枝頭春一丈，千花萬蕊森相向。羅浮月落參正横，夢回酒醒冰紈輕。姑仙飛墮瑶臺曉，萼緑華來青鳳小。暗香隔斷世間塵，玉簫吹動瓊枝裊。誰知傅巖有老翁，平生心腸鐵石同〔一〕。一朝試展調羹手，坐令宇宙生春風。老眼看圖臨素壁，陽和似得真消息。呼兒把筆謾題詩，他日流傳渾浪跡。

【校勘記】

〔一〕「腸」，原作「賜」，文津閣本同，今據南圖本、静嘉堂本、文淵閣本、萬曆本、康熙本改。

四時詞

海棠睡足東風曉，金罏香燼餘烟裊。遊子傷春未得歸，迢迢緑遍天涯草。錦屏圍暖樹交花，清露流珠濕絳霞。窗前有夢隨蝴蝶，門外無人啼乳鴉。

緑陰門巷垂青子，庭院深沉雙燕語。金縷鶯穿楊柳風，白頭人卧芭蕉雨。林中新筍已交加，猶自階前有落花。長卿多病心如雪，閑却平生書五車。

銀河星淡流雲濕，蒼苔露滴莎雞泣。久客蕭條未授衣，誰家擣練聲聲急。嘹嚦驚聞過雁低，更堪烏鵲又争棲。援琴欲鼓清商調，月冷風凄意轉迷。

開遍梅花雪初落，深寒尚覺貂裘薄。紙帳偏宜白髮酣，茶甌却被青娥謔。閑來索笑對湯婆，枕席相從年頗多。莫怪老大今冷落，故衾猶是賜兜羅。

聞砧短述

涼風裊裊天宇清，寒蟬無聲促織鳴。鄰家入夜動砧杵，正是滿空秋月明。明月高懸雨初歇，閨中白練新如雪。纔聞遽使客心驚，斷續更闌轉凄切。老夫蒙恩有賜衣，授衣不起故園思。即今幸逢太平世，古來多寄邊城兒。

續十二辰詩

鼴鼠飲河河不乾，牛女長年相見難。赤手南山縛猛虎，月中取兔天漫漫。驪龍有珠常不睡，畫蛇添足適爲累。老馬何曾有角生，羝羊觸藩徒忿懥。莫笑楚人冠沐猴，祝雞空自老林丘。舞陽屠狗沛中市，平津牧豕海東頭。

寄虞都御史

今之副都古中丞，才華超逸衆所稱。清如金壺貯寒露，皎如玉樹含春冰。昔年錢塘作太守，千里湖山歌杜母。一琴一鶴鎮相隨，籍籍聲名在人口。萬里秋空一鶚摶，昂昂風來動朝端。胸中文史三冬足，座上冰霜六月寒。揭來詩篇爛盈軸，錯落明珠間清玉。方期丹鳳鳴朝陽，豈比白駒在空谷。嗟余才薄竟蹉跎，每愛新詩佳句多。幾度相思不相見，其如屋梁殘月何。

三友圖爲楊學士題

蒼山歲寒冰雪深，草木摇落惟枯林。黄鸝無聲幽谷凍，誰歌伐木求知音。青牛老翁羅浮仙，此君心同鐵石堅。千巖萬壑嵐烟滅，直向山中傲冰雪。夜半篝燈尋茯苓，還將錦瑟邀湘靈。天寒翠袖酒力重，參横月落風泠泠。覺來陡覺西湖曉，暗香春動苔枝裊。青鸞飛下五龍吟，孤山千尺茆齋小。自起開籠放鶴飛，水光山色静依依。高樓蕭瑟華陽遠，短棹平安剡曲歸。平生不解趨炎熱，勁節芳心共高潔。圖畫流傳學士家，華堂一見真奇絶。

題畫龍

神龍三十有六鱗，變化莫測時爲人。欻然騰身入霄漢，黑雲湧墨波翻銀。阿香推車震天鼓，不辭辛勤作霖雨。田野芃芃長禾黍，天下豐穰慶有秋。白叟黄童盡歌舞，功成斂跡還故山。萬壑千巖烟霧寒，雲去雲來自舒卷，從人寫入畫圖看。

抗雲樓

會稽之山鬱嵯峨，若耶之水清揚波。王家高樓入霄漢，緑水青山佳致多。看山長傍雕闌立，衣袂不知空翠濕。八窗瀟灑絶紅塵，捲簾直放流雲入。四時雲霧宿檐楹，玉宇寥寥灝氣清。手援北斗天樞近，歌動銀河織女驚。海波翻霞初日曉，空明迥接扶桑表。青鳥西飛呼不來，瑶池坐見蟠桃小。越王臺空啼鷓鴣，范蠡扁舟隔五湖。東山人去風流遠，秦望雨來烟樹孤。德祐平章遺舊業〔一〕，子孫流傳今七葉。喬木陰陰世澤深，文獻足徵光煜燿。竭來從仕寓京師，謁我求賦新樓詩。杜陵右臂偏枯久，展卷長吟兩鬢絲。

【校勘記】

〔一〕「舊」，原作「臼」，南圖本、静嘉堂本同，今據文淵閣本、文津閣本改。

題秋江獨釣圖二首

放舟不向蘆花宿，醉後獨持一竿竹。青山兩岸暮猿深，風葉蕭蕭湘水緑。白鷗慣聽古滄浪，鳧鷺却散隨波逐。

右用柳子厚漁翁詩韻，柳詩云：「漁翁夜傍西巖宿，曉汲清湘燃楚竹〔一〕。烟消日出不見人，欸乃一聲山水緑。迴看天際下中流，巖上無心雲相逐。」東坡謂：「詩以奇趣爲宗，反常合道爲趣。熟味此詩，真有奇趣，然尾兩句不必亦可。」愚謂必得二句，庶趣遠而意足，因題此圖漫及之耳。

漁家幾世住林塘，朝朝暮暮見鴛鴦。蘆花雪暗門前路，楓葉紅垂屋角霜。蕭蕭林籟吹清樾，隱隱青山樹如髮。烟開一棹度中流，持竿獨釣秋江月。

右用蘇養直清江曲韻

【校勘記】

〔一〕「曉」，原作「晚」，文淵閣本、文津閣本同，今據南圖本、静嘉堂本改。

題胡庭輝畫

兩舟繫榜依林樾，隔岸好山青一抹。時時舉網得新魚，衣食無憂生計活。朝朝賣魚收百錢，烹鮮沽酒醉即眠。蘭苕無烟風日美，緑水蕩漾揺青天。篷上扠魚篷底叫，舉室談諧雜歡笑。想當開元全盛日，漁家豈識租庸調。百花爛熳曲江頭，樓船簫鼓任遨遊〔一〕。漁舟此地誠寂寞，何不移去生處樂。

【校勘記】

〔一〕「任」，原作「佳」，南圖本、静嘉堂本同，文津閣本作「相」，今據文淵閣本改。

江上載書圖

兩崖壁立懸空翠，瀑布千尋落天際。蕭蕭碧樹已驚秋，矯矯長松不知歲。素練横江清接天，落霞流綺漾晴川。蘼蕪杜若無人採，乘雁雙凫亦可憐。有書不藏廬山麓，有書不載張華轂。都將萬卷付扁舟，一如李愿歸盤谷。西風日夜吹瑶草，流光冉冉催人老。自少讀書今白頭，抱疾守株空潦倒。看圖不覺心苦辛，蕭散深慚畫裏人。聖恩若許歸茆屋，有書還教兒孫讀。

居庸關

居庸關，山蒼蒼，山頭雉堞連雲長。一夫臨關，萬夫莫當。古稱秦關百二强，何如居庸殿朔方。氈裘編髮俱來王，此時正值天雨霜。龍虎臺前沙草黄，天壽峨峨冠中央。拜謁二陵心孔傷，葱葱佳氣浮蒼茫，神遊不返涕泗滂。天寒落日照大荒，飢鶻嘯風狐兔藏。肩輿復度冰河傍，僕夫黯淡顔無光。皮裘貂帽凍欲僵，舉頭但見南雁翔。居庸關，山蒼蒼。

還鄉行

束書辭玉京，乘傳發綵舟。抗手别知己，謝病歸林丘。春日初暄時雨霽，冉冉楊花芳草細。萬里滄波赴海長，一點青山與天際。回首蓬萊隔帝鄉，深懷恩遇非尋常。九重金闕空遺夢，一寸丹心祇自傷。忝竊榮名四十年，素餐無補亦徒然。野人只知芹子美，菲薄難登白玉筵。自從卧病心如水，却愛歸來花滿川。入門童稚牽衣喜，一一從前問鄉里。少者添丁壯者衰，老者丘荒多已矣。山川不改色，松竹應如故。卜築向林泉，履道安吾素。桓榮漫言稽古力，杜甫莫歎儒冠誤。玉笥峰，金牛步，青鞋布襪蒼苔路。

題畫

米老畫圖真絶俗，後來房山繼其躅。意匠經營入渺茫，一見令人豁心目。祗今此圖作者誰？筆意仿佛房山爲。層巒日出翠將斂，深谷雨過雲生遲。流泉涓涓落淺灘，茆堂六月清風寒。緑陰滿户不受暑，上有好鳥鳴間關。讀書長年不知老，白首爲儒空潦倒。下帷獨坐懶窺園，落花只遺蒼頭掃。甕中酒熟今朝開，故人有約應須來，無令行逕生青苔。有酒可斟書可讀，於人不求貧亦足。

廬山歌簡正安侍講汝中僉憲

解帆落星渚，正對五老峰。五老呼不起，鮐背雲溶溶。白雲無心自舒卷，雲端秀出青芙蓉。香爐捧日聳雙劍，瀑布倚澗生長風。昔年過此遊開先，籃輿十里松陰連。讀書堂深鎖空翠，漱玉亭荒生碧烟。山人坐我展瑶席，石上題名多古跡。我思古人欲見之，後人視我今猶昔。别後重來十七年，朔風三日因留連。時時舉首候風色，千里江湖浪拍天。歸來栗里思陶令，高卧松巢愛謫仙。嗟我懸車能幾月，又復趨朝向金闕。君臣義重不可留，白頭忍與西山别。同舟幸得黄叔度，促膝清談忘旦暮。買魚沽酒不論錢，錦囊更有新題句。頻邀侍講來舟中，酒酣擊節意氣雄。劃然草書恣揮灑，筆勢一掃飛鳥空。人生如萍蓬，嘉會良難得。百年幾回開口笑，須信光陰如過客。明朝風止水無波，一棹夷猶奈別何？遥望蓬萊佳氣多。重來却尋冰玉澗，細和凝之牛背歌。

驟雨戲作

颸風吹迴雨如織，黑雲壓空電飛急。青山隔江烟霧深，野水瀰漫新漲入。老龍身疲鱗甲稀，變形潛蟄枯樹枝。天書夜下霹靂追，老龍走出樹輒披。劈空拏雲捲江水，隴畝茫茫波浪起。天公爲民驅老龍，老龍雖苦田家喜。龍兮龍兮，爾勞慎勿辭。歲豐民足，爾乃無事遊天池。

踏車行

低田已無水，高田乾欲死。北風暫歇復南風，田頭日日黄塵起。朝踏車，暮踏車，朝暮踏車休怨嗟。太歲在酉，覓漿作酒。田家五行，其理或有。可憐僧道行日中，口誦經唄心忡忡。青天雲黑雨將至，翻然又被風吹去。惟天聰明，豈不念農？

三日甘霖，天下乃豐。迎神賽社，村鼓鼕鼕，此時家家扶醉翁。白雲紅樹迷西東，焉知闔闢由化工。

短歌行

江村雨洗新秋出，江上青山銜落日。蕭蕭涼影下梧桐，唧唧暗聲鳴蟋蟀。却思年少攻讀書，坐延爽氣入吾廬。當時漫學屠龍技，抱疾閑來真守株。既不能爲隴畝之耕夫，又不能作烟波之釣徒。獨攜一枝筇竹枝，緑樹陰中時有魚〔一〕。秋來春去只如此，徒有虚名在人耳。玉笥山前好墓田，何不歸歟空老矣。

【校勘記】

〔一〕「有」，南圖本、静嘉堂本作「看」。

雨中對雙燕

東風吹雨花冥冥，雨中不聞啼鳥聲。翩翩但見新歸燕，春江浩蕩春水生。門前泥滑不可步，落花亂點蒼苔路。雙燕銜泥數往來，往來只恐琴書污。穿花掠水不辭頻，巢成哺雛良苦辛。衆雛長大各飛去，茫茫雲路知何處。人生世上亦辛勤，紛紜膠轕忘朝昏。何如向長了婚嫁，一去名山無垢氛。

燈蛾歎

睡鴨燒殘烟一縷，桐花亂灑清明雨。村居肴核亦隨時，侑以新蔬薦芳醑。沉沉夜色入疏櫺，銀釭結花金粟零。有蟲翩翩撲紅燄，飛去飛來不暫停。此蟲趨光不知止，鬢焚翅焦身乃已。翻身竟墮蘭膏中，汩没須臾寧復起。嗚呼負蝂不虚傳，我亦因之戒貪鄙。

歸田四時樂 效歐陽公作

自從辭家四十年，歸來華髮已盈顛。玉笥山前有先業，初因喪亂皆棄捐。敝廬舊傍東湖曲，城市塵埃常碌碌。揭來卜築向江村，茂樹清池貧亦足。去時書册獨蕭然，今見兒孫繞膝前。落花芳草春風裏，策杖閑看人種田。

布穀聲高時雨足，田中水滿新秧緑。麥穗黄時雉引雛，桑葉稀來蠶上簇。架上雕琴久不彈，書卷堆床亦倦看。鶯啼燕語清晝永，竹簟獨展青琅玕。博山烟細茶初熟，午睡醒來聞啄木。門前騶從忽傳呼，驚起池塘雙屬玉。

梧桐雨洗塵歊清，涼入虛堂白苧輕。床前月色明如晝，酒醒夢回聞雁聲。臯臯西風芳草歇，登山臨水傷離別。我獨歸來守一丘，閑看飛螢自明滅。東臯南畝黍離離，好景從來是此時。清池露白芙蓉發，碧樹霜黃橘柚垂。

鄰舍相邀酒新漉，家家築場逢歲熟。田頭雞犬自成羣，原上牛羊還共牧。桴鼓不聞烟火同，青山遠近霜葉紅。論文時枉青雲士，擊壤偶隨黃髮翁。幽棲幸出囂塵外，開軒日與梅花對。子孫蠲復荷君恩，老夫優游聊卒歲。

題張真人雜畫爲彭給事中賦

上清真人富丘壑，筆端變化多奇作。清泉白石鎖烟霞，翠壁丹崖映江郭。何人開簾當翠微，滿目山水含清暉。不見當年謝安石，誰復載酒尋薔薇。老髯一棹依林樾，投竿獨釣寒江雪。山中故人門巷深，枉却子猷清興發。金烏刷羽扶桑晴，江上青山開畫屏。目送浮雲歸絶島，坐延孤月來滄溟。仙家洞房夜不扃，玉樓朱户流霞青。碧絃當窗孤鳳語，天風吹雨秋冥冥。嶰谷春寒深莫測，谷中琅玕動蕭瑟。緬彼猗猗淇水深，千載衛風昭德音。鷓鴣無聲雷雨急，湘娥錦瑟烟中濕。回首巫山十二峰，竹枝歌斷行人泣。銀河一夜飛秋霜，老樹蕭條秋葉黄。枯槎上漢誰得見？支機石爛莓苔蒼。棠梨枝重壓青子，菰蒲露白蓮房紫。一雙鸂鶒何處來，相對白頭照秋水。蘋花摇蕩水荇青，江上鯉魚吹浪腥。釣取新鱸薦芳醑，當筵不數五侯鯖。滋蘭九畹蕙偏多，蕙多其如荆棘何。騷人作賦不堪續，洞庭日暮生微波。歲寒山空雪暠暠，獨有梅花照晴昊。西湖處士句新奇，疏影横斜月中好。真人奕世舊游從，忽見新圖思乃翁。飈輪一去不復返，東遊蓬瀛西閬風。真人朅來善繼述，乃知仙才不世出。仙巖宿負幾時償，霧閣雲窗幽夢長。錦袍給事金門客，索我題詩壯行色。摩娑老眼寫新吟，一樹梧桐秋摵摵。

晚涼步月

緑槐初著花，芙蓉葉已飛。雙燕引雛急，相將辭我歸。伏暑困如酒，涼風忽吹衣。疏星散寥廓，明月照書幃。芭蕉窗下流螢入，牽牛蔓上莎雞泣。八荒蕩蕩清無塵，獨望天河月中立。

月下聞郵卒吹小角

緑樹繞江郭，槿花照籬落。地偏無喧囂，入夜更蕭索。月出海東頭，飛光照林薄。望仙亭中郵卒歸，手把小角行且吹。夜静時聞斷還續，嗚嗚徒爾驚鄰曲。江城不見落梅花，誰解衛公三十六？

聞絡緯

白露下銀床，梧桐一葉黄。月華冷於水，枕簟浄凝霜。西家籬上絲瓜密，夜深絡緯聲聲急。今年多雨蠶薄收，窗下寒機不成織。

寓思

紅槿花開秋葉飛，青山日落蟬聲悲。美人娟娟隔河漢，玉佩明璫將遺誰？別來歲久音塵絶，徒有相思寄明月。明月照人不照心，海枯石爛思轉深。抱琴欲鼓無人聽，掩抑冰絃直至今。

草書歌

懷素草書如行雲，將軍揮洒下筆親。星河墮地孤月曉，霹靂破雨千巖春。亞棲癡俗不足數，壯士拔山真絶倫。近來學者失其真，游絲走紙徒紛紜。

題李白月夜泛舟圖

夜郎長流無歸期，得歸不受樊籠羈。采石江頭好山水，鶻鴿留連花滿枝。幾回泛舟過牛渚，星河浮空月當午。醉披宫錦倒芳樽，何處有人歌白紵？樽前對影成三人，八荒蕩蕩清無塵。舉杯邀月月將落，桂樹倒挂波粼粼。沉香亭前昔開宴，羯鼓聲高花影顫。一時寫就清平詞，白璧生蠅那得知。自從棄置不復道，緑水青山空寄傲。春去苔生沽酒壚，夜寒雲掩燒丹竈。詩卷空留天地間，騎鯨一去竟不還。若非瓊玉烟霞館，定在蓬萊鸞鶴班。馬嵬魂斷音塵絶，終古長庚光不滅。一抔黄壤枕江邊，至今猶照當時月。

寄答馮員外敏兼簡尚書胡公

眼中之人吾已老，馮郎俊逸聲名好。珊瑚騰彩千仞淵，圭璋獻瑞五色繅。昔年過從在直廬，每有新詩多起予。近聞製作才華盛，却念山林風月孤。人生七十古亦少，抱膝長吟幾昏曉。展卷無心理蠹魚，鈎簾鎮日聞啼鳥。過客稀疏門半開，春風曲逕長蒼苔。眼前無限閑桃李，松竹青青手自栽。使者遠來傳尺素，臘盡寒深冰雪沍。目昏手痺猝難書，回椷莫訝來遲暮。南宮宗伯我故人，音信雖疏心獨親。燕閑接對如相問，爲道蕭蕭雪滿巾。

二翁歎

一翁行年七十八，背似橐駝頭少髮。雨晴池上偶相逢，揖我低頭還結襪。問翁此出往何方？年年行販走都昌。問翁何自苦如此？爲言無兒身故忙。翁今年老無官府，又言有婿當門户。昨夜粮帖遣催科，侵晨持帖下鄉去。平生逐末不耕織，力盡身疲爲衣食。今年不似去年時，血氣又枯行步遲。此去若歸難復往，只恐他鄉不得歸。人生有身還有累，在家無兒同在外。

一翁雖貧身尚强，數年不見今還鄉。奔波道路何爲者，爲人駕船走湖湘。湖湘米穀賤如土，人家急糶輸官府。商人得利不知止，滿船又載新昌紙。日夜行船不得休，遥遥捩舵赴章秋。章秋留連竟不歸，春來幾見落花飛。今年里甲頻催迫，催得歸來頭盡白。家中歲久貸人錢，雇直都還償未得。不如近處賣釵環，長過一月又得還。

四時吟三五七言

春禽鳴，春雨晴。門外落花急，池邊芳草生。故人高閣誰相待，童子小車空復情。

白苧輕，紈扇清。抱疾同玄晏，傳經非伏生。緑陰滿逕紅塵外，獨自微吟獨自行。

高雲涼，清露瀼。秋聲生遠樹，月色滿虚堂。賓鴻叫過滄洲去，緑綺陳來曲已忘。

楓葉乾，菊枝殘。山林已摇落，霜露不勝寒。東風傳得春消息，一樹梅花雪裏看。

七言絶句

題米元暉畫

江波日夜赴滄溟，烟樹微茫島嶼青。獨汎扁舟江海上，信知天地一浮萍。

畫舫虹流月滿空〔一〕，釣竿微颺一絲風。烟波萬里秋無際，遥見三山碧海中。

落霞秋水映長空，千里江山入望中。未解虎頭丘壑意，畫圖那識米南宫。

【校勘記】

〔一〕「虹」，文淵閣本、文津閣本作「横」。

題梅竹

雲母屏間翡翠翎，水晶簾外玉娉婷。夜深吹徹玲瓏曲，渾似孤山月下聽。

寄李用初

秋風雞黍畫樓東，十載江湖一夢中。見説三韓風俗好，只今人物故鄉同。
一簪華髮老秋霜，遼海歸來逸興長。夜雨燈前思舊處，誰家玉笛似山陽？

過太白墓謁遺像

古墓荒涼半野蒿，丹青遺像識英豪。當時唯有江心月，曾照仙人舊錦袍。

秋夜

金爐香燼翠烟收，涼月蕭蕭夜館幽。夢破梧桐乾葉落，誰家長笛倚高樓？

中秋雨

黑雲低樹影沈沈，銀箭金壺漏已深。不見玉盤生夜海，空聞黄葉下秋林。
芭蕉葉上雨珊珊，秋滿華堂燭影殷。遥想瓊樓風露冷，天香不動羽衣閑。

秋雨

客舍蕭條興味清，練囊猶有讀書螢。一簾細雨梧桐老，閑寫劉郎陋室銘。
雁雲羃羃作秋陰，冰簟新涼夢不禁。窗下草蟲相和起，一聲聲似伴愁吟。
朝來白苧怯新涼，雨脚無情拂畫堂。坐對紫薇花落盡，何消一曲舞山香。

過滹沱河

曉渡滹沱覺有霜，白沙官道草茫茫。秋深不見河冰合，猶聽行人説漢光。

白鷹

茫茫沙草朔風高，一片孤飛白錦毛。四野已無狐兔穴，碧天空闊恣雲遨。

謁河内公墓

結纓不負升堂日，厚禄何如負米時。自古生民皆有死，一抔黄壤令名垂。

過開州

空將往事記前聞，獨有萊公此策勳。試問帝丘都不省，殘碑只載鎮寧軍。

過大名

古郡荒涼半水波，昔賢名蹟亦何多。沙丘望斷秋風冷，荷芰飄摇滿御河。

過冀州

倦騎遲遲過信都，滏渠霜落草先枯。州人爲説賢良吏，古有蘇章今豈無。

過白溝河

往事悠悠逐逝波，幾多英傑此經過。征驂斜日西風裏，猶聽行人説界河。

桐溪四詠

一溪流水碧於藍，日暖溪花醉欲酣。山鳥獨鳴人跡絶，時看麋鹿下烟嵐。

溪上山光翠欲流，雲邊泉落石巖幽。千竿竹影都無暑，一路松聲已報秋。
屋上青山山下泉，溪頭流出碧涓涓。風清月冷虛堂夜，時有寒聲到枕邊。
一夜溪風萬壑哀，幾多黄葉覆蒼苔。等閑只有寒梅樹，冷蕊疏花獨自開。

題鄒侍講竹石

瑶島輕寒暮靄青，天風吹動鳳凰翎。珊瑚影裏無塵跡，月色秋聲酒半醒。

舟行晚詠

月出長河浪湧金，貂裘不怕夜寒侵。雁聲落處風初起，兩岸蘆花霜滿林。

曾氏八詠爲子棨侍講賦

九峰疊翠

九朵芙蓉擁翠鬟，捲簾相對緑雲閑。更要李白題詩去，宛在夕陽秋浦間。

雙溪流水

一逕緑陰清杳杳，雙溪流水碧迢迢。如何畫得溪中景，花映青山柳映橋。

龍潭出雲

百頃澄潭細吐雲，碧沙流水不生塵。若爲喚起龍行雨，散作千巖萬壑春。

虎溪積雪

小小溪堂雪覆檐，梅花枝上玉纖纖。山頭月落人初睡，猛虎一聲風滿簾。

平湖夜月

湖上烟消一鏡平，苕花風淡渚蒲青。夜深獨有湖心月，還照當年學士亭。

喬木春陰

喬木千章蔭碧溪，春深門巷緑陰齊。楊花雪落東風軟，時有幽禽自在啼。

武城絃歌

當年精舍藹絃歌，樂育菁莪雨露多。共説故家文獻在，金雞聲裏又登科。

竺臺蘭若

石頭細路長蒼苔，古木陰陰寶刹開。莫道山中無惠遠，時時人訪虎溪來。

題共節堂卷

翠袖天寒雪滿林，幾回空詠白頭吟。夜深獨有幽閨月〔一〕，照見共姜一寸心。

【校勘記】

〔一〕「閨」，原作「閏」，静嘉堂本同，今據南圖本、文淵閣本、文津閣本改。

送陳宗顯致仕還鄉

一别桐鄉已十秋，别來相憶思悠悠。至今烏石岡頭路，並轡多應夢裏遊。

薰風拂水浪文斜，五月輕舟定到家。紈扇烏紗行樂處，逢人笑折石榴花。
致仕歸來白髮明，麻姑酒熟日頻傾。醉時童稚相隨去，擊壤康衢有頌聲。

題静山詩卷

寥寥靈響遠盤空，竹上流雲竹下風。坐對爐熏無一事，青山幾處夕陽紅。

過揚州

舊説揚州天下聞，繁華如夢欲銷魂。可憐杜牧多情思，曾向樽前問紫雲。

月夜過鍾吾口號

兩岸蟲聲夜轉多，他鄉無奈月明何。碧天萬里河流急，倚棹長吟一雁過。

下邳

日落長河野水昏，青山遥望下邳門。舟人謾説圯橋近，黄石于今廟尚存。

上呂梁洪

亂石穿空疊浪驚，烏犍百丈上洪輕。扁舟載雨西風急，試問徐州一日程。
細雨斜風拂畫船，船頭怪石起蒼烟。仰看白浪排空下，始信河流遠自天。

徐州十二詠

百步洪

九里山前百步洪，河流如箭石當空。黄頭伐鼓穿洪去，宿雨初收日影紅。

戲馬臺 城南一里

蓋世英雄酒一杯，悲歌只使後人哀。平生廢盡屠龍技，今日空留戲馬臺。

華佗墓 城南一里

徒把金鍼事老瞞，千年荒塚朔風寒。後來枉却陳琳檄，到底西陵淚不乾。

亞父塚

元時塚有光氣，盜發塚，得寶劍。城南一里。

三尺青銅盜豈知，只因虹貫草萋萋。鴻門玉斗空如雪，拂袖歸來路已迷。

向魋墓

城北二十里

荒丘淺塚草斑斑〔一〕，事在遺經不可刊。石槨成來功已竭，後人有法説邢山。

陵母墓

城西南一里

匆匆窗下取吴鈎，使者星馳不肯留。遂使鴻毛輕一死，却存馬鬣重千秋。

子房墓

城北六十里

辟穀何勞禄萬鍾，功成志就却辭封。分明古墓埋青草，始信空言托赤松。

劉向墓

城北二里

千年封事遺編在，三尺荒丘宿草摧。鴻寶浪傳誰見得，藜燈一去不重來。

留城 張良所封之地，城北百二十里。

偶然相遇若神交，多少奇謀勝六韜。辟穀歸來應却掃，如何四皓又重勞。

彭祖樓

錫封曾奠大彭墟，千古傳來事不虚。明月滿樓塵影息，仙人曾駕五雲車。

燕子樓

妙舞清歌一夕休，繁華銷盡綵雲收。多情只有烏衣侶，終歲相看不下樓。

黄樓

衮衮河流晝夜馳，長懷太守築堤時。當年賓客黄樓盛，今日荒涼讀斷碑。

【校勘記】

〔一〕「淺」，南圖本、静嘉堂本、萬曆本、康熙本作「殘」。

夜過汶上馬尚書墓

華表蒼蒼立墓門，百年翁仲至今存。行人爲説尚書墓，何處流傳有子孫？

東平道中

白雲飛盡碧天寒，夾道青山馬上看。最是動人愁思處，蟲聲滿地葉聲乾。

曉過穀城黄石公廟 今東阿縣北

月落青山露氣清，山頭黄石立崢嶸。蕭條古廟無燈火，惟有西風草木聲。

題畫四首

青山千疊復萬疊，碧樹前村連後村。釀得松花酒初熟，故人相與款柴門。

碧沙流水漾清溪，溪口時聞谷鳥啼。兩岸好山明鏡裏，扁舟如在越東西。

遠山凝翠横溪上，流水浮花出石根。時有漁舟來復去，等閑莫認作桃源。

故園西畔是西山，萬壑千巖翠黛環。今日看圖隔烟水，西風吹夢繞松關。

過儀真

迎鑾驛前江水平，落帆過壩暫休程。人家兩岸垂楊柳，時有飛花拂酒觥。

載得圖書滿畫船，傾壺況復酒如泉。東風十里儀真路，江水江花亦可憐。

南北飄檣會此津，滿江簫鼓載陽春。相逢盡是他鄉客，莫厭樽前勸酒頻。

重過揚州

百丈牽江夜未休，那知夢裏過揚州。春風二月蕃釐觀，不爲瓊花一少留。

雷塘

吴公臺下是雷塘，望斷春山碧草長。却笑相逢追往事，樽前猶説舞腰傷。煬帝問張麗華事，見大業拾遺記。

召伯壩

召伯津頭江水斜，茅茨竹裏有人家。當年謝傅甘棠樹，今日春風野草花。

渺渺湖田草半青，鷺鶿風裏立亭亭。忽驚船上金笳發，飛過春山點畫屏。

過邗溝

春草萋萋春水流，行人此日過邗溝。想得都城車駕發，五雲繚繞護宸旒。

重過戲馬臺 在徐州

拔山力盡楚聲哀，戲馬千年尚有臺。若使後人傷往事，何能更醉菊花杯？

放鶴亭 在徐州石佛山

昔者高亭石佛山，只今烟暝鳥聲閑。千年白鶴歸何處？惟有文章落世間。
隱隱青山曉霧開，望中誰謂有亭臺。山人一去無消息，空想仙翁看鶴來。

題竹

一雙琅玕勢千尺，滿壁清風動幽室。坡翁老可不復見，夢入篔簹秋瑟瑟。
不受紅塵半點侵，月中時聽鳳孤吟。溇陽望斷蘭旌遠，錦瑟一彈秋滿林。

題子昂書嵇康絶交書

飄飄絶俗嵇中散，咄咄逼人王右軍。書罷瀟然無一事，鷗波亭上看晴雲。

題一片秋意圖二首

裊裊西風生夕波，蕭蕭碧樹得秋多。潘郎未就閑居賦，白髮添來奈爾何。
欲擘芙蓉上采舟，浦雲烟樹隔滄洲。眼中祇覺秋光好，何事騷人却怨秋。

舟中縱目二首

秫黍蕭蕭弄晚晴，朔風吹起雁行驚。牛羊滿野無人問，盛世中原見太平。
長河不斷送行舟，百丈遥牽晚未休。望盡天涯秋一色，蓼花蘆葉水悠悠。

棹歌

一灣一灣復一灣，河流百折苦迴環。歸舟盡日此中去，只見黄蘆不見山。

卜築新成胡學士以詩見寄就韻奉答三首

老來隨處作頤庵，容膝何妨小似龕。終日掩關人跡少，絶無雄辯與高談。

小小茅齋不厭低，頻來乳燕欲銜泥。亦知階下難旋馬，肯向雲中學養雞。

百尺高槐連禁苑，絶勝花竹卜郊居。樽前興到頻題句，客裏官閑儗著書。

題鳴鳩拂羽圖

日暖風喧淚竹斑，鳴鳩拂羽樹林間。眼中正是春光好，唤雨呼晴莫等閑。

題故元端本堂殿臣王熙臨宋徽宗雪雁圖

端本堂中酒未銷，侍臣圖畫寫前朝。豈知夜半征車發，雪落沙場雁影遥。

聞楊學士士奇卧病賦詩寄簡十首

昔年我病公南去，公病今令我北思。悵望停雲千里隔，竹窗樽酒負佳期。

東里先生懶著書，新栽花竹似郊居。病來對客無談笑，麈尾高懸室自虚〔一〕。

近見楲書到玉堂，忽聞伏枕意難忘。形容不是緣詩瘦，坐卧多因愛竹涼。
詞垣罷直已多時，窗户流塵生硯池。事業到頭須努力，年過五十未應衰。
見説新來坐不眠，重屏圍暖擁青氊。但聞子敬歌桃葉，豈有楊枝伴樂天。
不見堂前雀送鱣，只聞幽室藥頻煎。越人亦有方堪寄，却恐桓侯笑未然。
聞道維摩面欲焦，他鄉相憶客魂消。亦知松柏蒼蒼色，縱使經霜未肯凋。
先生何事最關情，人道如今太瘦生。故舊年來多老大，題詩不覺淚縱横。
看看臘盡又逢春，想見春來氣象新。造物小兒徒自苦，先生已辦逐儺人。
昔年染翰共承恩，今日看雲憶故人。兩鬢蕭蕭空自老，不才未有報涓塵。

【校勘記】

〔一〕「塵」，原作「塵」，南圖本、静嘉堂本同，今據文淵閣本、文津閣本改。「室」，南圖本、静嘉堂本作「空」。

松鶴圖爲師侍郎賦

玉雪森森被羽毛，一聲清唳入雲高。翛然獨步長松下，曾載仙人醉碧桃。

梅雪金雞圖

暗香疏翠曉淒迷，正是山中雪漲溪。咿喔一聲紅日上，滿林驚起衆禽棲。

題明秀樓

江流一碧際長空，江上青山秀色重。幾度高樓讀書罷，畫闌秋水看芙蓉。
紫霞碧樹繞滄洲，滿目江山入畫樓。想得樓中賓客散，攜琴還載木蘭舟。

己亥人日是日壬子上表賀海平二首

風不鳴條海不驚，千官拜表雪初晴。人人共説逢壬子，預喜豐年應太平。
三日東風淑氣生，謳歌簫鼓滿都城。亦知客裏春盤好，還憶西江七寶羹。

題師侍郎畫四首

紅白山花相映開，山中遥路久無媒。老翁不是看花客，只共扁舟載鶴來。
幾樹垂楊覆水亭，雙雙白鳥度雲屏。飄然一棹來相訪，正是山人午睡醒。

遥看瀑布落寒青，野服烏巾自在行。好似匡廬讀書處，滿林紅葉夜猨聲。
千山萬壑凍無聲，一棹夷猶溪上行。興盡歸來卿莫笑，多情何似不留情。

題平林烟雨圖二首

昔從三泖載舟還，風起湖心烟滿山。白鳥滄波春浩浩，暗紅垂緑雨斑斑。
舊游長憶在餘干，幾對琵琶烟雨寒。白髮無情人易老，畫中渾似夢中看。

送胡文善還金華二首

蚤登科第入詞垣，謁告南歸又拜恩。莫向雙溪看明月，白雲深處有丘園。
都門三月柳垂絲，歌徹桃夭賦遠歸。想得到家春似錦，芙蓉孔雀爛生輝。

題許由棄瓢圖

先生高致出塵囂，爵禄曾聞不可邀。但使此心如止水，當年何必棄癯瓢〔一〕。

【校勘記】

〔一〕「癯」，文津閣本作「懸」。

送朱孟德還寧夏五首

擔簦負笈出西陲，兩度金門射策時。今日凄涼歌陟屺〔一〕，客窗清淚只空垂。
天涯望斷白雲飛，洒淚那能賦式微。滿路楊花春欲暮，不堪飛雪點麻衣。
念子相從今幾年，歲寒能守舊青氊。揚雄已老侯芭去，獨立春風思惘然。
匹馬征衫西入秦，行人何處最銷魂。夜聽青澗城邊雨，曉望烏崘山上雲。
官道風清雨歇時，青山如黛柳如絲。丈夫不洒離羣淚，無奈于今我已衰。

【校勘記】

〔一〕「屺」，南圖本、静嘉堂本作「岵」。

題郭文通畫二首

千尺長松山館清，小橋流水浄無聲。落花啼鳥春風後，野服烏巾獨自行。
天際樓臺望欲迷，青山雨過緑陰齊。扁舟載酒遊何處，不是耶溪即剡溪。

題梅二首

冷蕊疏花雪半乾，溪風嶺月共盤桓。不隨桃李争春色，獨向山林守歲寒。

平生雅操冰霜潔，一寸芳心鐵石堅。莫笑根株空老大，年年開向百花先。

題龔竹鄉手卷詩并序〔一〕

故宋尚書吏部侍郎竹鄉龔公墓銘一卷，乃廬陵鄧中齋所撰。觀其清風偉節，具載諸銘。獨念自喪亂之表〔二〕，鄉人文獻、故家零落無幾。公之孫與賢，當兵塵澒洞之際，寶藏斯銘若敕若公之所爲詩文凡若干，臨終分畀子孫〔三〕，且曰：「不獨守斯文而不失，尚當思繼其志，紹其業，乃爲賢子孫。」其視世之分金帛委妻妾者，賢不肖爲何如？今與賢之孫鐩，字子諫，由科第發身，任兵科給事中。才且賢，他日所就，未易涯量。持此卷求題，因賦七絶，以寫其實云。公名昇，字子輝，宋理宗朝進士，竹鄉其别號也。

其一

當年捧檄佐湖湘，蓮幕風清化日長。從此飛騰霄漢近，羽儀光采姓名香。

其二

郎官花縣鳴琴日，御史蘭臺袖簡時。雕甍繡闥心如水，白日青天事不欺。袖簡，謂彈留夢炎。

其三

五馬庭前列繡鞍，桃花流水興漫漫。林間甘露同誰採，松下芝英只獨看。竹鄉知常德，有甘露、芝艸之瑞。

其四

胡騎南來國事休，錢塘王氣一時收。英雄多少風塵隔，豈獨文山志不酬。

其五

萬里間關赴行在，天官聊復拜崖山。當時空有虞淵志〔四〕，龍去滄溟竟不還。

其六

黄楊山深風露凉，徒步歸來問草堂。閉門讀書人事絶，澹遠閣中荷芰香。

其七

華表蒼烟鎖墓田，竹卿喬木尚依然〔五〕。承家幸有賢孫子，翰墨流傳過百年。

【校勘記】

〔一〕「竹鄉」，南圖本、静嘉堂本作「竹卿」。

〔二〕「表」，南圖本、静嘉堂本作「來」，文津閣本作「後」。

〔三〕「畀」，原作「畁」，南圖本、静嘉堂本、文淵閣本同，今據文津閣本改。

〔四〕「淵」，原作「源」，南圖本、静嘉堂本同，今據文淵閣本、文津閣本改。

〔五〕「竹卿」，南圖本、静嘉堂本、文淵閣本、文津閣本作「竹鄉」。

閱古作寄簡子啓八首

詩壇莫笑廉頗老，且放長兵接短兵〔一〕。批亢擣虛聊復爾，堂堂正正鬼神驚。

不施雕琢貴天然，綺麗猶慚泰始前。到得西風塵土盡，芙蓉秋水浄涓涓。

聲律精嚴格調難，更兼詞氣有波瀾。性情吟詠隨時見，雕琢何須刻肺肝。

險怪雕鎪固駭人，何如平淡見天真。若教查滓消融盡，自是冰壺不染塵。

鳳語梧桐鶴唳松，龍吟秋水月當空。夜深靈響生銀漢，都付奚囊詠不窮。

李杜詩篇今古豪，只緣體裁具風騷。崑崙萬折歸滄海，到底方知出處高。

人愛新奇學晚唐，弊貪猶謂作於涼。若驅纖巧還純古，蘇李當年獨擅場。

句戀清奇體益卑，辭工靡麗氣還萎。要知玉振金聲處，廣樂鈞天萬舞時。

【校勘記】

〔一〕「且」，原作「旦」，今據南圖本、静嘉堂本、文淵閣本、文津閣本改。

戲作次藥名十首

老樹兔絲猶獨活，破窗故紙豈防風。不聞海馬肥羊藿〔一〕，只恐牽牛踏鹿葱〔二〕。

碧雪丹砂空想望，天門遠志竟蹉跎。紅娘不見當歸客，老却菖蒲半夏過。

鍾乳巖前石燕飛，空青谷裏麝香肥。琅玕芝草應難覓，薝蔔薔薇露滿衣。

商陸幾年莨蕩子，車前馬動却回鄉〔三〕。

預知已有宜男兆，夜合頻燒安息香。芙蓉露白菊花黄，枸杞霜晴橘葉香。金線重樓人不見，景天海月夜茫茫。

蚯蚓結來成百合，海羊鬭處即蝸牛。莫認夏枯爲益母，須知萱草解忘憂。

蒼耳蘗邊尋馬勃，桂花香裏取蟾酥。虎頭蝎尾須知避，苦酒酸漿不用沽。

休把天仙同鼠婦，可憐地錦雜蛇銜。山頭黄蘗心知苦〔四〕，井底青鹽味更鹹。

憶别瓊筵蘇合香，忍將昆布作衣裳。梧桐淚落渾如雨，躑躅花開空斷腸。

香殘薰陸留雲母，凍結瓊枝勝水晶。海蛤羊蹄都謝却，不貪五味谷神清。

【校勘記】

〔一〕「霍」，文淵閣本、文津閣本作「藿」。

〔二〕「鹿」，原作「康」，今據南圖本、靜嘉堂本、文淵閣本、文津閣本改。

〔三〕「動」，文淵閣本作「勒」。

〔四〕「苦」，原作「若」，今據南圖本、靜嘉堂本、文淵閣本、文津閣本改。

題曹編脩茆山攬秀圖四首

句金之山鬱嵯峨，獨倚高樓攬秀多。茆君乘龍上天去，芝艸琅玕奈爾何。
千仞芙蓉秀入天，紛紛空翠落簾前。山人無事來相訪，仙得黃庭内景篇〔一〕。
霧閣雲窗隔杳冥，華陽深處有金經。山中楊許今何在，多少殘碑斷蘚青。
風生巖壑度松聲，百尺樓頭月正明。萬物忘來心似水，白雲何事獨關情。

【校勘記】

〔一〕「仙」，南圖本、静嘉堂本作「袖」，文津閣本作「借」。

題畫龍

曾將一寸滄溟水〔一〕，化作甘霖遍九垓。捲甲歸來能幾日，又隨烟霧上蓬萊。

【校勘記】

〔一〕「溟」，原作「溟」，今據南圖本、静嘉堂本、文淵閣本、文津閣本、萬曆本、康熙本改。

胡祭酒文集

胡祭酒文集卷之十六

記

琴月軒記

古先聖王之舉樂，非以佐驩説聽而已。本諸性情，協比聲律，充養行義，涵暢道德。大之朝廷，薦之郊廟，用之邦國，用之鄉人，厥施溥焉。琴之制，肇自宓羲，行於堯、舜、三代之時，所以格神人，和上下，移易風俗。率舞獸鳳，其見諸經傳者，不虚矣。先王之跡熄，而淫樂迭興。桑間濮上之音，君子耻之。故孔子自衛及魯，然後樂正。及踰河蹈海之徒去，於是秦箏羌管、坎侯琵琶之屬，接跡於後，而職之宴人、賤工，則后夔、大司樂之教，不復聞焉。故曰：「雅、頌之音理而民正，嘄噭之聲興而士奮，鄭、衛之曲動而心淫。」

友人劉允佩善琴，作軒于豫章東湖之上。蕭奕絶塵，入夜燕息，援琴鼓之。明月當户，光彩映發，神閒意寂，其資之者深矣，迺以進士出宰永康。余聞聲音之道與政通，故君子窮則寓其志，以善其躬；達則推其和，以淑諸人。蓋心和則聲和，聲和則政和，政和則物無不和。永康之邑多山，其居民必近厚。允佩飾以古音導之，必有能聽之者。聽之久則感之深，感之深則化之篤。其教道行而風俗美，將如宓子單父、子游武城，會休聞於無窮焉。

林岫軒記

華亭張賓暘，居邑之北郭。據山水園林之勝，名其軒曰「林岫」，蓋取謝玄暉高齋詩中之語也。賓暘讀書好禮，喜與搢紳士游。余在華亭日，賓暘以軒記諧吾館，而來請者數矣。及歸，復託友人趙友同寓書於余，請之益篤。

嗟乎，自余之不造兹軒者數年矣。尚憶往時軒中，暮春暄暢，喬林陰翳，遠岫森出；籩豆罇罍，開筵列坐；奇花怪石，綺繡紛錯；異鳥佳禽，交送好音；升降獻酬，品儀秩秩。酒既闌，復櫂扁舟遊于九峰之下。烟雲窅靄，浪波不興，初月西映，微風東來，□然而醉者，天台陶九成也；扣舷而歌者，前晉府録事胡鼎文也；雄辯古今、亹亹而不竭者，邑人湯中與，賓暘之昆弟也；手拂冰絲、曲度清商者，蜀人劉克成也。余則吟弄清景，怡然而得，泊然而休，陶然而不知歸也。

當時自謂雖右軍蘭亭、東坡赤壁，其樂殆不是過甚。欲取紙筆，以記歲月，而明日則還艫矣。賓暘雖請之數，而余卒未有以塞其請。夫以疇昔之在兹軒，從容燕樂，尚不能爲賓暘記之，今在千里之外，山川遼邈，而欲狀其景物於髣髴之際，不幾於誣邪？幾於誣而記之，君子不爲也；記而不□，君子不辭也。然則昔之在兹軒，接壺觴、廁賓主而同驩賞者，非誣也，實也。實則可以記矣，故書之。

琴清軒圖記

儼家寓豫章，嘗作軒于東湖之上，無雕斲之飾、丹雘之塗。每外喧不入，幽閒自適，讀書鼓琴，奉親而樂，故名之曰「琴清」。及從進士舉，上春官，宦游雲間，虚檐白晝，幽窗夜月，對晴雲，挹涼風，燕坐焚香，援琴搏拊，不能無疇昔軒中之思。迺求善畫者，繪以爲圖，朝夕展玩，庶得以紓其懷也。

自太極判而生兩儀，兩儀立而清濁分焉。人生其間，與物異者，得其清焉耳。

然天不能必是氣之皆清而無濁，聖人不能必人之皆智而無愚。於是有詩歌聲律之教，宣之歟之，抑之防之，感而發之，使之查滓消融，血脈動盪，精神流通，以造夫純一。惟清之極，而樂教深矣。至於琴，無故不徹，日用之間，尤有資焉。其爲制，暉以象歲功，絲以備五□，圜方以配陰陽。于以考天地之聲，宣八風之氣，則又衆樂之權輿也。君子皆親御之，得無以其韻味之清，足以養吾之清乎？惰慢邪辟之氣，不設於身體；而廉直和平之音，一比於詠歌。方寸之地，湛然澄澈。則琴之清，足以養吾之清矣。

嗟乎！鄭、衛作，而大雅之奏不聞；司樂缺，而聲音之教久廢。方今聖人在上，禮樂明備，宗廟朝廷之間，洋洋乎，濟濟乎，鳳儀獸舞，神人以和。而儼也徒以夢想夫湖山之勝，及復乎思親之念，無日不勤。名大夫士因其情而達其志，得畀一言，兹軒之榮，不亦侈哉？

拙室記

胡子客長垣，舍一室，四壁環堵，其制樸陋，其中器物又多椎鄙，因名之曰「拙」。余性亦拙，不能與人頫仰取懽悦，常默默自守，其居斯室也固宜。古者橧巢而居，營窟而處，而其俗熙熙皥皥。後世華其屋廬，雕飾其器物，而其俗澆漓，何哉？蓋其人日趨巧，而不知返拙也。

商鞅巧於法，蘇秦巧於説，李斯巧於術，然卒以此自戕，此其人有足悲矣。然則余處斯室，以養余之拙，不亦可乎？拙以養心，收而不敢放也；拙以養身，持而不敢肆也；拙以養行，慎而不敢輕也；拙以養言，訥而不敢易也。由是而之焉，以終余之身，雖不巧，不悔也。老子曰「大巧若拙」，彼以巧爲拙，豈真拙者哉？乃所學濂溪周子，吾師也。且聖賢檢身脩德，常存乎規箴，若湯之盤銘是已。斯室也，其亦余之盤歟？旦夕將南還，懼與斯室别，而無以儆余之心目，故爲之記。歸而誦之，猶在乎斯室也。

友人王子貞，性亦厭巧而喜拙，有志乎古道，因書以遺之。俾得堅其所守，庶幾君子輔仁之義焉。

默庵記

天道不言，而其理常寓於亭毒之表。故明之爲日月，幽之爲鬼神，亘之爲河漢，列之爲星辰，潤之爲風雨，鼓之爲雷霆。百物生焉，四時行焉。聖人法天之道，舉一世而甄陶之。本之以仁義，達之以教化，文之以禮樂，輔之以政刑，使萬物各得其所而已，不勞焉。

夫天以無言之運，寓有言之理；聖人以有言之教，顯無言之道。然則可以默乎？君子和順中積，英華外暢，在謙之六二曰：「鳴謙，貞吉。」可以不默矣。處晦藏之地，慎榮辱之機，在坤之六四曰：「括囊，無咎，無譽。」可以默矣。然默者有時而言，其言非沽名，比干是也；言者有時而默，其默非懼禍，箕子是也。凡聖賢一言一默，揆之於理，求當其可而已。

友人王希善，以默名庵，來徵記。嗚呼！余亦易言人也，事物之來觸其機，而是非邪正，不辯之不已。苟辯之，唯求其理之直，亦不暇計其利害、少貶以狥人之情。嘗以此見多於人，而余亦竊以此自訟，然終不能改，其愚矣哉！希善年甚富，才甚優，而退抑若此，則所養者深矣。昔孔子至周廟，見金人焉，三緘其口，而銘其背曰：「古之慎言人也。」顧謂弟子曰：「行身如此，豈以口過患哉？」孔子非不貴言也，蓋取其慎耳。請以是爲記，抑以自警云。

著存堂記

永嘉黃思恭甫，作祠堂于居室之東，復作龕於堂北宇，以奉先世神主。其西龕則祀高祖考宋脩職郎提察諱適道，暨妣蔡氏；次則祀曾祖考元衢州明正書院山長諱南一，暨妣張氏；又次則祀祖考元處州松陽儒學教諭諱應發，暨妣二劉氏。其東龕則祀厥考處士諱通，暨妣屠氏也。乃取祭義之文，名曰「著存」，蓋以寓無窮之思焉。其子右春坊大學士、翰林侍讀淮屬儼爲之記。

夫禮，莫重於祭。古者士大夫祭於廟，庶人祭于寢。比時具物，皆有定制。後世宗子法壞，士大夫家無世禄，而廟享之禮廢，若唐杜氏、烏氏、袁氏、田氏立廟京師；宋文潞公立廟西京。當時僅見，以爲美事，其他蓋可知矣。至子朱子獨有感於斯，究觀古今之籍，因其大體而加損益，定爲祠堂之制。四時之祭，品節儀文，皆有條理，通乎上下，舉得以盡其報本反始之心。其嘉德斯人之意，盛矣哉！

斯堂之作，思恭甫蓋有得於朱子之意。而愛慤之義，於是乎在。當其色聲不忘乎耳目，嗜好不忘乎心思，周還升降，僾然肅然，若有見乎其親者。豆籩在筵，罇罍在列，牲醴之豐潔，粢盛之苾芬，奉承而進之，所以求諸陰陽者，有以致其敬享之誠。而孝子慈孫之心，庶幾乎少盡。此堂之所以作，而「著存」之所以名也。夫禮曰：「祭者，教之本也。」永嘉素稱文獻之邦，喬木衣冠，豈無相望於其間者？苟來取法，則歸厚之化廣矣。黄氏斯堂，豈不爲之權輿者乎？

句容縣學重脩宣聖廟戟門記

句容之爲縣，以其地有句曲山，故名。自漢唐以來，雖屬置不一，然自會昌間升爲望縣，至于今民物富庶，畿甸稱焉。縣之有學，始於唐開元十一年，在縣之南。至宋元豐二年，令葉某徙今處。紹興二十三年，令龔濤增脩之，教授江賓王爲之記。元至大二年，尹趙靖重脩之，翰林學士承旨王構爲之記。至正丁亥，尹張士貴又脩之，工部尚書偰哲篤爲之記。至國朝永樂丁酉，七十有餘年而廟之戟門敝壞。知縣周庸節、主簿趙啓、典史劉原善、教諭趙學拙乃作新之。繕工美材，皆出己俸，訓導、諸生亦各以其資來助。於是爲門若干間，設戟於門之左右。經始是年五月，落成於秋七月。規□之壯觀，丹漆之炳耀，儼然王者之宫也。庸節以書來徵記。

按，宣聖廟門準儀立戟十六，始宋建隆二年。政和元年，增爲二十四戟。所以倘儀衛，示尊崇也。嗟夫！學校教化所自出，其興廢實守令之責。然所以爲教化者，豈專以廟屋爲美觀哉？要之有其本也。苟敝壞不治，則無以將事。既撤而新之，此爲政者知修其職也。至於務本，則吾黨之士當共勉之。

昔我太祖高皇帝既定天下，首崇學校之政，教育人材，作新士習，詒謀於萬世者遠矣。至我皇上纘承大統，繼志述事，表彰儒術，深念天下學者務科目進取，致力於章句文辭之間，而忘修己治人之實。乃命儒臣取六經、四書與諸儒先之奥論，所以發明聖學、維持斯道者，類聚成書，賜名性理大全，頒之天下學校，而嘉惠學者，使知務本之意。所謂「天佑下民，作之君、師」，德教之隆，超軼前古。天下之爲師徒者，當知此書美教化而敍彝倫，一道德而同風俗，非徒科目進取之事也。況句容密邇京師，尤率教之所當先者也。至於化行俗美，其效之淺深厚薄，則繫乎其人焉。然則君子由於斯者，其可忽哉？

重脩高明宫記

廬陵西林之高明宫者，昔宋郡民祀許旌陽之祠也。其地嘗有蛟爲患，因祀旌陽，患遂息。至元、皇慶間，郡人林浚梅臞者，爲高要主簿，慕老子法，棄官學道于此，乃往豫章西山之玉隆宫，求得旌陽遺像，歸於山頂，廣祠爲道院，有瑞鶴神燈之異。於是郡邑守宰遠近居民，凡水旱疾疫，禱請得所願欲，因相率捐貲爲殿宇。殿之後，有閣曰「璿璣」，以祀星，乃翰林直學士曾德裕爲興聖后祝釐所建也，劉嶽中爲之記。德裕復以其事聞于朝，大宗師吴公爲更其號曰「高明宫」，而其額則嗣漢三十八代天師張公所署也。

梅臞年七十有二〔一〕，翛然羽化，嗣之者陳士淵。時士民傾赴輻湊，宫不能容，士淵於山半更爲别室以主之。繼是主其宫者，曰袁襲常〔二〕、潘真静、蕭明慧、胡自昌、杜嗣庭、聶沖高、袁大方、周啓原、徐能静、林一誠、康致福，皆清修絶俗之士。沖高又能以道術動人，作新宫。元季燬于兵，復竭力經營，得邑人王仁英爲之倡率，而殿堂庖寢，皆復其舊。

迄今五十餘年，棟宇腐撓，彩繪漫漶，其徒相視而懼，乃告于劉寬、劉裕，謀所以新之。寬時居京師，爲籍田祠祭署丞；裕亦從事神樂。二人慨然曰：「此吾之責也。」即合同門之士，發所蓄及四方之人所施予者，撤而新之。正殿五間，高二十五尺，廣視高倍一十尺，深不及廣者十有二尺。又作照殿、後殿，廣如正殿，高、深則殺焉。正殿旌陽居之，後殿三清居之。廊廡齋堂以及山門，煥然一新。正殿曰

「妙濟」，照殿曰「高明」，山門曰「西林」，皆今所署額也。相是役者，道士蕭玄音、歐陽廉、李原本、劉原翰、彭聞善、彭從善、羅上善、李明善、彭生善。董其事者，紫極宮道士易方外、王方丘。既落成，來徵記。

道家者流，本清浄無爲，而旌陽之教，獨尚忠孝。余嘗得其書而觀之，有「以一念不欺爲忠，一事不苟爲孝」，深歎其辭旨切而操修嚴也。使爲其徒者，奉其教不失，豈不可以進於高明也哉？嗚呼，世之人，孰有外忠孝而爲行者？此余於是宮所以爲之記也。若夫山川秀美，無不可愛，有劉霖之記在。

【校勘記】

〔一〕「有二二」，隆慶本作「四而」。

〔二〕「常」，隆慶本作「裳」。

臨清軒記

豫章洗馬池，在子城東南隅，舊傳爲浴仙池。事不經，儒者不道。郡志載：「漢潁陰侯灌嬰初定豫章，嘗飲馬於此，故名。」此或然也。今在闤闠中，與民居相接，歲久隘塞，廣不及半畝，而深不至尋丈。有司以爲古蹟，樹木欄以護其三面。而池之北，則范仲華氏居之。仲華作軒以臨池上，昕夕之間，日光汎灧，月華澄瑩；清風徐來，游氛不侵；簾幕高張，市喧頓息；蘭玉森列，書聲琅琅。于時也，景物與人事俱清，仲華欣然有得于其心，於是名其軒曰「臨清」，乃以書來徵記。

余以官遊走江湖者屢矣，每遇江山之勝，艤舟於其間，碧沙清流，烟雲杳靄，鳧鷖鷗鳥，下上飛翔，心甚樂之，然不得以久留。而商人漁子，不舍晝夜，或者不知其所樂，而徒勤乎舟檝之往來也。一旦猝遇風波之變，咫尺千里，蓋有不測之憂。回視城郭室居而屋處者，其心豈不休休乎？由此而言，江湖之廣，山水之美，足以豁心目而壯遠遊者，反不若曲沼方池，無頃刻之憂也。此吾仲華之軒居，俯其流而臨其清，傲然几席之上，豈不可樂耶？真可以樂矣，故爲之記。

定庵記

廬陵劉與學寓居豫章東湖之上，教授生徒，名其所居之室曰「定庵」，命其子晅來京師謁余記。與學蓋自少壯時，挾□□以遨遊四方，凡舟車之所至，蹤跡之所涉，江湖、山澤、道塗之所經歷，風霜晦明，波濤出没，遇豺虎，觸蟲蛇，犯蛟龍黿鼉之窟宅，目駭神悚者屢矣。當斯時，心欲定而不可得。今老矣，退處是庵，追思往昔，未嘗不惕然于中。於是去奢以從儉，舍危以就安，屏紛紜而守寧謐，樂閒暇而甘澹泊，可謂得「君子不遠復」之義。記曰：

人生而静，天之性也。苟動于欲，則心不能定。心定，惟無欲者能之，故曰：養心莫善於寡欲，彼甘心汩没於貨利之途，翳塵埃，迷喧囂，走樸簌，膠膠擾擾，無一息之暇。老死而不知復者，其爲人賢不肖，何如？與學日與鄉之子弟講學是庵，而大學之教，知止而後有定，定而至於能得。先正嘗謂「格物致知」，「格物」之義，與學必能推其義，以淑諸人，豈□□□而已哉？易曰：「尺蠖之屈，以求信也；龍蛇之蟄，以存身也。精義入神，以致用也；利用安身，以崇德也。」彼憧憧往來者，□□以與此。若夫湖光山色，輝映几席，游塵不驚，天光泰定。與學從容吟詠於其間，必有自得之者，余亦不能道也。

冰清玉潔堂記

監察御史漳浦林璟，名其所居之堂曰「冰清玉潔」，因余鄉鄒生，來徵記。余與某嘗從進士舉，會京師，又同拜校官之命。别來三十年，今在數千里外，必求余記，余豈無言哉？

士君子立身行己，孰不欲清且潔焉？然志雖存而力不逮，言有餘而行不足者，往往有之。求能底于清潔者，必堅貞之士也。今夫物之在地者，莫明於水，水凝而爲冰，冰之清，堅爲之也。物之在山者，莫瑩於玉，玉之氣如白虹，而其體之潔，貞爲之也。苟冰不能堅，則潢汙得以入之，朗然者混矣；玉不能貞，則緇翳得以蔽之，瑩然者失矣。君子勵志於冰，比德於玉，而修德凝道，發揮乎事業，必執之堅定，而守之貞固。然後物不能汙，事不可撓，則吾心志之清潔，皎如冰玉，廓然洞視乎天地之間，不以纖芥累也。況御史居風紀之任，巡行四方，覽觀風俗，朝廷耳目之所寄，吏治得失之所關，生民休戚之所繫。故於斯，尤不可不慎焉。

斯堂之名，誠欲正己以□□，豈徒爲觀美也哉？昔者君子爲政，所至有冰蘖□□□□相輝，冰清而玉剛。此其人皆表表偉偉，吾徒之□□□□者，願相與勖之。若斯堂之製作高廣，與夫山□□□□莫得而詳，屬之能賦者云。

忠愛堂記

忠愛堂者，東陽李氏本其先世而作也。李氏之先曰誠之，受學東萊呂公，累官知蘄州。宋嘉定間，金人犯蘄，誠之以七百之衆當金兵十萬，奮礪激昂，力戰而死，妻孥子孫皆死之。事聞，寧宗詔贈朝散大夫、祕閣修譔，封正節侯，廟祀于蘄。妻子若孫皆褒贈，一門忠義，著在史册。其從弟大有、大同，皆從朱文公、吕忠公游。大有，太常博士；大同，工部尚書。昆弟友愛，怡愉講切，老而彌篤。寧宗嘗大書「怡怡堂」三字以旌之。今堂之名「忠愛」，其所由來者，蓋有其本矣。

嗟夫！臣子以忠而盡節，昆弟以愛而相親，此天典民彝之在人心者，千萬世猶一日也。君子行之分内事，此豈有所爲然後爲之？況誠之兄弟，聞道大賢之門，立身行己，必先根本。故其發於天性，見諸事業者，表表偉偉，如青天皦日，人皆通之。藹然穆然，如和風淑氣，人皆悦之。此豈有所爲而爲之也哉？誠可使薄夫敦，懦夫有立志。彼患得患失、忍恥偷生、不親不遜、視同氣如塗人者，於此亦可少知愧矣。

李氏之忠愛，至今二百餘年，子孫衆多且賢，其錫慶於後者，不亦遠乎？天之與善，信有徵焉。雖然，積善詒謀，以爲子孫憑藉之資，固在於前人。若夫善繼善述，振揚夫前人之聲華，没世而不泯，則在子孫所存所行何如耳。敍爲大有九世孫，作斯堂，可謂知所本矣。凡李氏之子孫，登斯堂而景仰先德者，蓋亦敦其本哉。

損齋記

豐城黄宗載，名其藏修之室曰「損齋」，告余曰：「吾讀易至損卦，有得於『懲忿窒欲』之言，故以榜吾齋，朝夕出入觀焉。□□之所爲，必思約情以復性，庶幾可以寡其過。子爲我記之。」

夫人之居世，所養失其正、害德者多矣。然莫甚於忿□□。孔子曰「忿思難」，孟軻氏曰「養心莫善於寡欲」。今夫甘食飲，壯居室，華衣服，美聲色，此人所同欲也。不善之加，己有求而弗得，觸於外以動其中，忿然發於詞氣者，此人所不能免也。日用之間，苟無道以處之，一有所縱，情炎氣騖，如風起水湧，曾幾何而不敗德也哉？故聖人設卦觀象，惟修己之道。所當損者，「忿」與「欲」而已。宗載由名進士職大行人，爲憲僉，爲御史，歇歷中外者有年矣。故於治己治人，事物之理，履之熟而知之明。宜其有取於損之義，以自砭焉。

雖然，損之義不止此也。上艮下兑，其氣上通，有澤及草木百物之義，君子體之，寧不思有以利物乎？又下爲兑説，爻皆上應。君子觀象，寧不思夙夜修職，説以奉上乎？宗載推類以廣之，則損之用博矣，豈止懲窒忿欲而已哉？若夫老子「爲道日損」，向子平絶類離倫，飄然遠舉，此非宗載所當務，姑置不道。乃所願聖人有言：「損者，德之修也。」宗載勉之。既以復其請，遂書以爲記。

洪崖山房記

西山在漳水西〔一〕，洪崖又在西山之西。峰巒秀拔，林壑深窅，嵐光染空，高二千丈，屬連三百餘里，西山所以專豫章之勝也。巖岫四出，雲霞卷舒，幽泉怪石，流峙澗谷，丹碧照耀，樹林陰森，奇偉敻絶，洪崖又專西山之勝也。

余家寓城中，闤闠浩穰，人事往來，喧嚻塵土無虚日。而余幼從事詩、書，日與物接，不得專力肆志，以窺聖賢之閫奥。每臨南浦之清波，挹西山之白雲，未嘗不慨想洪崖幽勝，欲結廬其間，以勤所事。然卒牽塵務，不得遂其志也。年二十有四，領鄉薦，自是宦遊南北者十有五年。聖天子即位，始得仕于朝。侍從兩京，又十有四年于兹。徒以竊禄自厚，無分寸報稱，以及於人。方將刮劘洗濯，以求其本根。而自視歃然，不知老之至也。間嘗休暇，挾書册以讀，目力昏勌，輒愒然欲睡。而又加以多疾善忘，益竊自歎。雖使居洪崖之間，不與物接，專志於學，而神疲意耗，亦無如之何矣。

古之君子，朝夕從事，不厭不倦，老死而後已。彼豈惡夫閑適而好爲是孜孜也哉？誠以士生於世，不爲農工商賈之事，所務者學而已。學之法，豈有止邪？他日苟得歸老故鄉，買田築室於山間，益勵餘齒，課子孫耕桑讀書，爲太平之民，日從鄉人父老，擊壤於山林，以詠歌聖天子德化於無窮，不亦美哉？然非所敢必，姑記此以俟。永樂十三年歲次乙未冬十一月日南至，朝議大夫、國子祭酒兼翰林侍講胡儼記〔二〕。

【校勘記】

〔一〕「漳」，隆慶本、萬曆本、康熙本作「章」。

〔二〕「永樂」句，底本原闕，今據故宮博物院藏洪崖山房圖卷末洪崖山房記手稿補。

木庵記

趙府長史天台趙思道，名其所居之室曰「木庵」，屬余記。思道爲人重厚，簡言辭，其以是名庵，固宜。孔子曰：「剛毅木訥，近仁。」又曰：「三代之民，直道而行。」凡民函五行之性，剛柔緩急，則有不同。聖王統理人倫，必一之乎中和，然後王教成也。故夏之俗尚忠，殷之俗尚質，周之俗尚文。文弊則浮僞興，浮僞興則忠信薄，忠信薄則功利權謀、縱横捭闔之術起。此春秋、戰國之時，所以不復乎三代之盛也。於是東周之俗高富而下貧，貴財而賤義。關中之俗游俠而奸利，浮靡而輕薄。齊之俗虚詐而不情，夸奢而朋比。魯之俗呰毁而巧僞，文備而實寡。其他概可知矣。

嗚呼，文之弊，可勝道哉？故孔子曰：「先進於禮樂，野人也；後進於禮樂，君子也。如用之，則吾從先進。」野之云者，其猶木之謂乎？説文曰：「木，質也。」思道之名庵，其以此歟？雖然，質不可以徒質，亦曰：「文質彬彬，然後君子。」孔子之言木，蓋取其近仁，非以爲至也。君子之爲仁，必求其全體。求其全體，則天之所以予我者。二五妙合，一元沖粹，于以修其身，于以事君親，于以利民物。條理節目，莫不有文焉。但求實此理者，何如？非尚虚文也。思道嘗仕成均，爲司業，與余有斯文之好。故余不以頌，而以規。若曰漢之周太尉、汲長孺，寡學而少文，質直而戇毅，不失爲社稷之臣，其與公孫子曲學阿世者，何如？此則在思道之所自擇焉，余不敢贅也，是爲記。

太素軒記

贛之興國治平觀道士王貞白，以「太素」名其軒，來徵記。道家之言，有太易、太初、太始、太素説者。曰太易，未見氣也；太初，氣之始也；太始，形之始也；太素，質之始也。夫人之生，氣形也，理性也，不離于陰陽五行，究其本，太極而已。故曰：「易有太極，是生兩儀；兩儀生四象，四象生八卦。」由此而言，□□□□□且氣形，而質具理寓，而性□□□□□□□□□□□有太始，而後有太素。果然否耶？

今自□□□□□□□□□已乎？汙樽陶匏，器之質也；蕢桴土鼓，音之質也；大羹玄酒，味之質也；茆□蕉褐，居服之質也。貞白曰□□□□，若是耶？雖然，此特其外事耳，道家以虛無爲宗，□□□□□明，混混冥冥，復反無名，此其尚質，殆所謂求□□於一本之初也。軒居闃寥，游氣不侵；白雲當户，天光□□；外喧不入，内志以寧；端居燕息，逍遥怡神。貞白於斯，□將有以復其初矣乎？

素庵記

孔子曰「繪事後素」，子思子曰「君子素其位而行」。二者之義不同，然君子立身行己，必兼存乎二者，則操修之際，無入而不自得焉。翰林侍講兼左春坊中允盧陵鄒公仲熙，自少力學辛勤，以底于成，遂由星子文學而教成均，由助教擢今官。平生居處食飲、衣服器物，皆以儉素爲資。居官又能安於職業，無所願乎其外。蓋出天性，非勉强而爲之，宜其以是名庵也。

世之人溺於驕奢侈靡者，日馳騖於其所欲，汲汲然惟恐不及。於是務虚無、守空寂之流，往往以絶類離倫、脱略紛華爲高。視彼甘心汩没於聲色嗜好之茨，蓋以爲超然矣。然君子立身行己者，固自有其道焉。彼其酣溺之深、矯枉之失，是皆過乎中庸，不足以語此。古之君子，敦木尚質者多矣。然就其可企及者言之，若楊伯起以清白遺子孫，諸葛孔明以澹泊寧心志，張文節公、司馬温公以節儉終其身，此皆所謂豪傑之士，富貴不能淫者。

仲熙當慕諸君子之風，千百載之下，誦其言，高其行，想見其人，欲從之游，摳趨進退於其間而不可得，以寄興於兹庵者，豈徒然哉？世又有高蹈遠引，侣漁樵而友麋鹿，草衣木食，棲遁於山澤之間，自以其風節足以遺世抗俗，然不可與入聖賢之域，若卞隨、務光、楚狂接輿之徒，豈君子所尚耶？仲熙居是庵，又多蓄古書，編劘研究，雖老不勌，博洽多聞，洞視千古，中心豁然。此又其素以爲業者，而吾徒恒以爲不及也。余與仲熙交最久，相知最深，故述其立身行己之大方，以爲之記。俾其後人守素業者，知所自焉。

胡祭酒文集卷之十七

記

望昕亭記

大江之西，章貢居上游。安遠，章貢屬邑，僻在山溪之間。編户不滿四百，賦税之入，僅足當其吏俸與師生之廪餼。每郡有役，民以遠不召，雖部使者至，不過移文書、期會於郡而已。地犬牙閩、廣，瘴癘時發，物産寡而行旅稀，故仕於其土者，雖有高材異能，亦莫展其用焉。且其民伉健，一或失撫循，即引去，召不復至。故事雖簡，而治實難。

華亭李處仁之宰斯邑也，一切破崖岸而爲之。暇日坐學宫，召父老率其子弟，與之講説古先聖賢之道，因其俗而化導之。於是山溪之民，聞風而嚮化。田野滋闢，户口益加，迺即廨宇東偏作亭，以資眺望。亭之前直昕山，峰巒列秀，每旦日出，光彩先見。官府視事，邑人興作，率以爲候。名亭之義，蓋以此也。處仁居山溪之間，徒以區區不得展布其材，登斯亭也，覽觀賦詠，寧無高舉遠遊之思乎？雖然，食禄者不敢怠其事，善治者不敢鄙其民。隨遇而施，惟適之安，窮理樂天者之所爲也。處仁儒者，達理道，既能因俗以爲政，則凡燕休于兹者，將無入而不自得焉。

女孝經圖記

余家舊藏女孝經圖一卷，宋龍眠居士李伯時所畫。自三代以來，孝姬烈女、妒妻去婦、嚴訓姆教、孝子慈孫之事，具見於楮墨之間。尊者極莊敬之容，卑者盡恭順之意，幼者涵煦而嬉悦，老者慈祥而撫愛。使人覽觀，和順節義之心，油然自生；傲慢邪僻之念，可以因之而懲創矣。其於世教，豈小補哉？至於衣冠禮樂之規摹，宫室什器之制度，山林田野之興致，禽蟲花木之生動，考其世代先後，物理精覈，無纖毫差繆。而寫之極其工，施之無不當。其稽古博雅，又非可以畫事論。或謂其人物似韓滉，山水似李思訓，鞍馬踰韓幹，韻度瀟灑類王右丞，且上追顧、陸、張、吴數子而兼其美，觀斯圖，信不虛也。

噫！古之器物圖畫，歷世滋久，湮淪磨滅，而存者無幾，其不存者多矣。斯圖之存，亦世之難得者。余之所尚，非徒以其藝事之精，誠於閨門有助於陰教，故記其左方。而余之意，豈在於玩物乎哉？

頤庵記

頤，養也。聖人設卦取象，上艮下震，外實而中虛，推養之義大矣。胡子題其室曰「頤庵」，志養也。夫人之生，含精蘊真，體立德具，所以參天地者在是。然囿于形質，而氣稟或拘；役於情欲，而靈明或喪。苟無以養之，其何以充焉？是故君子觀天地之化，察盈虛之數，端居静念，懲其忿、窒其慾，不爲物引，不以事攖〔一〕。保合太和，以全其真精，是必有道也。

動息以時，節宣以義。飲食有常，衣服有制。威儀濟濟，行義不違。戒謹恐懼，造次弗離。觀其會通，慎其樞機。直養無害，心廣體舒。無願乎外，與聖賢居。頤之於人，大矣哉！孔子學易，嘗曰：「可以無大過。」蘧伯玉行年五十，知四十九年之非，又嘗欲寡過而未能。吾年幾五十，碌碌無聞，反求諸身，知所養者未至也。故以「頤」名庵，俛焉孳孳。以求夫寡過，庶幾保其貞吉，免於小人之歸也。歲月逾邁，不知老之將至，姑記此以自儆云。

【校勘記】

〔一〕「以」，康熙本作「爲」。

居易軒記

君子與衆人同也，而衆人之視君子，則以爲異焉。父子也，君臣也，夫婦也，長幼朋友之倫也，君子同乎人也。飲食也，衣服也，居室也，君子同乎人也。處富貴、貧賤、憂樂，君子亦同乎人也。然而盡彝倫之道，安日用之常，富貴而不驕，貧賤而不移，雖憂樂不同，無入而不自得。此君子之居易，衆人或有所不能，未免以爲異耳。

括之麗水林孟威，家官橋之玉溪。自遠祖某仕唐爲秘書丞，所徙至于今若干世矣。孟威世業儒，家多資，以直道行于鄉，無所願乎外，不求異於人，而人自以爲不及。年垂八十，子孫奉順，裕如也，因名所居之軒曰「居易」。軒之中，琴瑟圖書，具列左右，其所養者深矣。賓至相與觴詠，其間怡然而適，暢然而樂，頹然而醉，亦不知其年之高也。其孫禮阜以富民居北京，將歸省，來請爲記，欲以慰乃祖之心，可謂孝矣。

嗟夫！余不獲造兹軒，以寓其山川景物之盛。然自唐迄今數百年，喬木尚存，文獻不泯，則山川必美矣。余未嘗一識孟威，然洪範五福，必歸有德。今孟威逢盛世之清明，樂山林之幽遠，既壽而富，富而康寧，則必有德之君子。而「居易」之名，不妄矣。在易曰：「履道坦坦，幽人貞吉。」孟威有之，余故爲之記。若夫存亡得喪、窮通好醜之説，儒先之言具在。孟威年雖高，苟能與鄉之長老講而求之，必有餘師，豈余言所敢當哉？因其孫之請，竊有願焉。

章華書屋記

北京通州判官華容黄海，嘗結廬章華臺下，讀書以績學，因名其室曰「章華書屋」，來徵記。余曰：「學優而仕，此固判官之已至者。仕優而學，所以開益其心志，擴充其事業，君子焉往而非學，何必章華哉？」

海曰：「昔者之未仕也，日登章華之臺，東望岳陽，南望洞庭，水光山色之明秀，風烟雲霧之開斂，古柏垂楊，陰森乎遠邇，渚禽沙鳥，翔鳴于上下，非不足以悦吾目、清吾耳，然弔古興懷，未嘗不感慨于頹垣故址、荒草野田之間。退而自思曰：昔董仲舒讀書下帷，三年不窺園。士志於學，豈事逸遊哉？於是發憤求古書，聚之一室，日從事焉。既而領鄉薦，入胄監，擢知臨川知曹，爰來于兹，專任馬政，無薄書期會之勞，乃得優游於詩書，皆上之所賜也。追思故廬，欲表見于後，使子孫知所繼守，非文不傳，故有託焉。」

余惟道之在天下，本末精粗，一以貫之。而聖賢之道，載之於書。書有經，有傳，有史，又有諸子百家之言，所以敍論天地萬物之理、修身理人之事、古先治亂得失存亡之故，學者於是求其本領，觀其會通，要其歸趣，守約而盡博。養之以道德，發之以仁義，□□□□事物，無施而不當。始之爲己，終以及人，各極其致，□□□□益於君子者大矣。然而淺之爲學者，無沉潛□□之功，得其粗而遺其精，務其末而棄其本，離疏空虛，一登仕途，或迂懦不立，蕭然而罔功；或矯激過情，侈然而自肆。求其於聖賢之道，固已遠矣。至使庸夫俗流，顧謂書生之效若此，孰與材諝之通變適用，豈理也哉？

判官宋太史山谷先生之裔，以文事發身，三爲州縣矣。猶致意於書屋，可謂篤志於學者。而宗家太史，爲人孝友。孝友者，實爲學之本根。由是而之焉，何所施而不可哉？爲之子孫者，思紹其志，必有感發於斯矣。

嵩隱堂記

吉水蕭尚禮作堂于嵩華山之陽，因名曰「嵩隱」。命其子叔震走京師，求余記。余進叔震而問曰：「凡隱者，不偶于世，不得行義以達道。或韜光晦迹於窮約，或放情適意於閒曠。若冀缺、龐德公隱於耕稼，張志和、陸龜蒙隱於漁釣，漢陰老人隱於灌園，夷門之徒隱於抱關擊柝，陶弘景隱於仙，賈島隱於浮屠，老聃、東方朔隱於吏，劉伶、阮籍隱於酒，長沮、桀溺、荷蓧丈人又果於忘世而不知返。要之聖賢之道，固皆未合，然所以求其志，亦各有在。子之尊翁，亦以隱名，其義何居？」

叔震曰：「吾父承先世詩書之澤，沐聖朝太平之化。耕桑足以給衣食，子孫足以應門户，列席傾壺足以娱賓友，絃琴賦詩足以頤性情。遇勝日，則葛巾藜杖，從二三童子，游紫玄之洞天，覽芙蓉之飛瀑，逍遥夷猶以自適於山水之間，此吾父之隱，安於日用之常，無所願乎其外。非若昔人，高蹈遠引，流連光景，迷而不復者也。故嘗有詩云：『生逢太平世，老作堯舜民。一觴復一詠，聊以陶吾真。』即此可知矣。」

余聞而歎曰：「有若人哉？冥棲幽遯者，不足與語至道。而干禄冒進，又非君子之所取。是故鏘金鳴玉，游巖廊之上，佐理贊化，措天下於泰山之安，列郡分符，有民人焉，承流宣化，躋斯民於仁壽之域。此則行義達道之所爲，有不可以倖致也。若尚禮，抑可謂素其位而行者耶？余又嘗聞諸中書舍人許鳴鶴云：『尚禮，唐宰祖復之後，簪纓相望，代有聞人。』其居養與人不同，故其所得，蓋有超然獨出乎塵埃之表者。余故爲記之，使知尚禮者，非沉淪之徒也。」

雙溪親舍圖記

括之遂昌王孔融，居雙溪之上，讀書奉親，有溪山之樂。邑計户之甲乙，移實北京。孔融念去親遠，而子職弗克盡，朝夕形乎夢思，乃圖其所居之勝，題曰「雙溪親舍」，來謁余，求爲之記。

昔狄梁公從事并州，親在河陽，見白雲孤飛，曰：「吾親舍其下。」後之思親者慕梁公，往往自表曰「白雲思親」，曰「望雲思親」，以求夫賢士大夫之詠歌。梁公見雲而興思，本性之真出乎自然，後之人果盡然耶？人子事親，□□□□出則致思常也，故屺岵之詩，詩人所以道行役之□□□詠歌爲稱美也哉？

雙溪之上，山水清麗，四時之景，輝映□房櫳几席之間。依山而耕，臨水而漁，弋鳧與雁，以致其養。此固孔融昔之所樂，誠有如圖中所寫者。然君子之樂其親者，不獨於斯。今子獲居京師，依日月之光華，覩山河之壯麗，朝廷清明，民物殷阜，沐浴膏澤，含煦生息，□幸大矣。去子之居，雖曰千里而遥，而舟車所會，曾無南北之限。子又何惜迎二親於雙溪而來哉？且幼而學，壯而欲行，無已推其所藴，致身於顯融之地，發揮乎事業，震耀乎聲光，則所以顯揚其親者，豈曰徒思而已？此則圖所不能焉，余□子□之。苟有味於余言，二者必居一焉，子尚勖哉！

皆山堂記

皆山堂者，進士李時佐所居之堂也。時佐家豫章之洪崖，其地皆山，峰巒環抱，故以名堂。數請記，余謂曰：「嘗聞諸長老言，洪崖據西山之奇勝，每欲結廬讀書於其間而不可得。子生於彼，長於彼，朝夕從事於山水之間，必有所得者，願以告我。」

時佐曰：「自幼至長，奉親讀書於斯堂，未嘗一日不與山接也。然對之密邇，而見之尋常，不知其爲可愛也。一二年來，與山違遠，緬思疇昔之居斯堂，不能無動於其中者。雞鳴而起，初旭東出，山光發而巖霏開；嵐烟蒼蒼，樹林陰翳，谷鳥集而溪雲還，此吾定省之時也。擷芳汲澗，舉網而漁，具饔飧〔一〕，潔酒漿，以奉二親，此吾供養以自力也。優游暇日，誦詩讀書，考槃而歌，鼓琴而樂，此吾脩業以自勉也。至於登高丘以遐觀，見八荒之洞達，攬雲霞，挹蒼翠，油油然心暢形釋。此吾之所自得，有不能以語人者。今之所言，歷歷猶夢中事耳。」

余聞而歎曰：有是哉，子之樂於是也。孔子曰「仁者樂山」，又曰「仁者静」，若子之言，静者之所爲也。今子掇巍科，登仕版，將有政事之責焉。固當行義達道，顯親立名，以爲兹山之榮耀。豈若幽潛之士，放情丘壑，窮山水登臨之樂而已哉？矧兹山嘗棲據於方外之徒，余謂山川清淑之氣，豈方士所能專，必有當之者，顧吾黨之士自致者何如耳。子尚勖之，庶兹山增重於吾子焉。

【校勘記】

〔一〕「具」，原作「其」，今據隆慶本、萬曆本、康熙本改。

思遠堂記

嚴陵朱氏，名其所居之堂曰「思遠」，不遠千里來求記。按，朱氏之先世，實與考亭夫子同出新安也。其名堂之義，非徒然者。士志於學，學聖賢而已。學其道必思其人，思其人而不見，誦其詩，讀其書，如見其人焉。論世尚友，君子所思者遠矣。今夫閭巷之人，稍知務學者，於聖咸知尊崇孔子，於賢則必取朱子爲之依歸。況子孫乎？

蓋前乎千載，明堯、舜、禹、湯、文、武、周公之道，以教後世者，孔子也。後乎千歲，會通乎濂洛、龜山、豫章、延平之學，以續夫道統之傳者，朱子也。蓋嘗求之窮理以致其知，反躬以踐其實，其大要以居敬爲本，此考亭夫子修身爲淑諸人者。夫所謂「思遠」，□□□此而他求哉，要其所至，顧吾之用力者何如耳。

嗟夫！□□有告焉。君子之學，雖志夫遠者、大者，然亦不遺乎小者、近者。故涉萬里之塗，必由乎跬步；窮天□□化，必通乎晝夜。□馳騖於虛遠，探索乎杳冥，不足以與此。登斯堂也，當知夫窮理反躬者，不越乎日用之實焉。

磻洲讀書處記

磻洲在吉水樓下，周氏世居之。周氏之族，繇唐長慶間徙自廬陵。至末宋，有諱應龍者，太學上舍生，以上書言事不報，遂歸。其徒羅澗谷爲作書，按以頤老。應龍乃收召宗族及鄉人之子弟教之，因名曰「磻洲讀書處」。其子孫世績學，至曾孫、聞孫。故元時，以書經兩領鄉薦，著宋遼金三史正統辯，顯名于時，而磻洲之書澤益閎矣。

今長洲教諭岐鳳，應龍六世孫，居磻洲，多蓄古書，教子姓，仍表其堂曰「讀書處」，昭先訓也。岐鳳嘗以其家學司訓桐鄉，主簿即墨，入太學爲學正。而磻洲之書澤，抑又光顯矣。其子敍，登今年進士第，以聰敏好學，選爲翰林庶吉士。昌大周氏之世澤者，其在兹乎？敍以岐鳳之命，來請記。余屢辭，而請之益篤。乃告之曰：人之至樂，無如讀書；家之至要，無如教子。故學則牛醫之子爲俊傑，不學則名相之後爲凡庸。子之先世之於子孫，既培之以詩書，而又滋之以德澤，其詒謀者，不亦遠乎？子當思繼志述事、振起其聲華者，不在其他，在乎遵古訓，敦行實而已。劉忠肅公有云：「士當以器識爲先，一號爲文人，無足觀也矣。」子尚勖之，請以是復於尊府，不鄙予言，書以爲記云。

孝友堂記

孝友堂者，禮部尚書關西吕公兄弟五人奉親而作也。公以聰明之資、簡重之器、魁傑雋偉之材，佐聖天子。禮樂泰和之治，光昭四海，格于上下。而公之令聞令望，日新月盛。明良相逢，千載一時，天下之人，莫不想望風裁，仰慕公之爲人，而不知公之所以致是者，蓋有其本矣。

公自居鄉里，讀書養親，罔有違越。篤愛諸弟，恩意藹然。及從進士舉，登顯融，敭歷中外，雖身都貴富，未嘗一念不在乎親也。而公之諸弟，服勤致養，克盡子職，亦未嘗不以公之心爲心也。孝友之至，通于神明，故公之二代先尚書、太夫人咸被推恩，茂膺錫命者。雖曰積善有自，蓋公兄弟孝友，實有以連乎天也。間歲，公奉命巡行關陝，得便道省謁，寵賚甚厚。公遂乘傳過鄉里，拜太夫人於堂上，而太夫人壽考康寧，備福之盛。公奉觴上壽，兄弟怡怡，子孫繩繩，當世誠鮮與比，承里之間，瞻望咨嗟；而山川草木，亦與有榮焉。公既得以申孝友之情於其親，而當世之人又有以□聖天子孝治天下，深仁厚德，錫類無窮焉。

公世本藍田，自□□□□□名臣□□□□□，而兄弟友愛德行□□□□□□□□□□□□□者，其來遠矣。嗟夫，哦□□□小□□□□□□□爲父子兄弟足法，而後可以教國人□□□□□□□見之矣。公以堂屬記於余，余乃本公之□□□□□□□□□□□爲之文，以揭諸堂，非溢美也，□□□□□後世勸也。公名震，字克聲，弟曰莘、曰墉、曰巽、曰文。□□記之，俾子孫不忘焉。

忠孝堂記

彝倫莫大於□親，人道莫重於忠孝。何則？君乃臣之天，親乃子之天。天於萬物，覆幬生育，有罔極之恩。君親之於臣子，亦猶是焉。故臣之事君，子之事親，猶事天也。事天者，誠與順而已。蓋忠爲實心，孝爲順德，忠孝之至，格乎天地，通乎神明，和氣應而吉祥生焉。

平涼楊仲威，自祖父以來，世有德者。而其父文秀，故元時嘗知涼州，與其妻劉，今壽皆八十。有子二人，長即仲威，次仲儀。孫曾□□，富、侔、倚、頓。永樂初，文秀父子進羊馬朝京師，蒙恩賜敕，書表其門，復其家。天光日華，照臨西土。楊氏之榮耀，人莫及矣，仲威乃作堂，名曰「忠孝」。今年冬，復來朝貢，其鄉人張子新求爲之記。

余嘗觀世之享富貴利達者，未有不獲乎天也。然其間有世享其富者，有暫盛而□□者。雖曰富貴在天，□之人事，亦自有以致之歟？故□□□盛大悠久而不替者，必世存忠孝。父作子述，綿綿延延，詎可以一二計哉？余雖不識文秀父子，知其必非淺薄者。蓋天之福人，非淺薄者所能勝。而楊氏之居西州，仰事俯育，安於田里，畜産蕃盛，無强暴之虞，是皆聖天子德澤之所被也。文秀父子，昕夕不忘，故其愛戴之誠，芹曝之念，惓惓焉，未嘗一飯不心乎朝廷也。而仲威又能善事其親，親安其養，是皆可嘉也。故爲記其事，復勉其子孫，世世毋忘乃祖父之忠孝。則楊氏之福澤獲乎天者，豈有涯哉？

湖山佳趣圖記

四明葉翼斯跂，居錢湖之西，榜其居曰「湖山佳趣」，翰林檢討周維翰來徵記。余雖諾，未有以應之。庶吉士王士華復以圖來請，余曰：「錢湖余未至，斯跂余未識，何以言？」士華曰：「生與斯跂同家錢湖，湖即萬金湖。廣袤數十里，鐘郡之勝，生之書舍，先生賦之矣。斯跂之居，青山列其前，溪流湊其會，滄波空翠，天光雲影，□□□□悠揚。往來於洲渚之間，沙明草碧，竹樹葱蒨，□□荷花，蘭苕菰□，搖颺光彩，飄拂香氣於几席之上。清風細雨，錦鱗游泳，落霞長空，白漚明滅，漁歌互答，月光泛灩。斯跂日徜徉於此，或披簡編，或命壺觴，或弦琴，或賦詩，或督耕，或垂釣，景與心會，無入而不自得焉。此『佳趣』之所以名，故敢以請。」

余曰：「乃若子之言，即嘗以記。雖然，放情丘壑、不忘當世者，謝安石、李長源其人也；樂志江湖、隱約終身者，張志和、陸龜蒙其人也。二者斯跂當知所擇焉。且聞斯跂先世曰敬常者，嘗倅餘姚，築海堤捍潮，有利澤於民，民到于今稱之。窮養達施君子之道，斯跂亦豈久淹山林而已哉？願以是復於斯跂，抑將以余言而有所感發也夫。」

泉石山房記

新淦徐惟敍居瓦橋，其先世諱某者，爲淦之校官，自臨江之渚塘徙于兹，于今七世矣。瓦橋山水奇秀，而惟敍之居，負山臨湍，前有楓岡，羣峰崇□而多石，瀑流飛瀉，由峰巔而下若垂虹。然而茂樹清池，陰翳映帶，宜乎幽人之所居也。因名之曰「泉石山房」，命其子正本來京師，徵余記。

余記憶童丱時，先公攜上塚，瓦橋乃先世墳墓所在，山拱揖而水瀠灣。先公指示曰：「地理家謂合葬法，子孫必有當之者。」余自筮仕，列官于朝三十餘年，所以叨寵恩竊厚禄者，實祖考之餘休。白雲千里，渺渺余懷，而惟敍獨居鄉里，蓄詩書以教子孫。優游暇日，坐白石，挹飛翠，聽流泉，以樂其樂。幸生太平無事之時，實國家深仁厚澤之所致也。然則余忝朝廷之上，沐君恩則不忘乎親；惟敍居山林之間，安其業則不忘乎君。此泉石山房有不能忘言者。蓋余與惟敍之志，亦互相發也。他日且老，苟遂懸車，歸拜松楸，與族人父老，籍碧草，□清流，列席而坐，傾壺而飲，惟敍之山房不遠。惟敍雖老，豈不能一曳杖於樽俎之地耶？既爲之記，復識此以俟。

雙桂堂記

臨川吴子宣與其弟子上，皆爲文正公之五世孫也。嘗同游山谷間，見兩桂生叢薄中，高可二尺許，相去四五尺，初謂異本。命童子斸之，土及半而本見，則同根生也。兄弟喜，遂攜歸，植于父大堂之南小池上，于今三十餘年，而兩桂蔚然長茂，高出于堂，交柯並秀，有兄弟之義焉。每良宵澄秋，明月當户，玲瓏陰森，飄拂香氣，子宣兄弟引觴命酌，援琴而鼓，擊節而歌，怡然相歡，頹然而醉，則斯桂實有興其親愛之意者。

昔人於兄弟之間，尚其禮序，則擬以鴻雁；嘉其赴援，則擬以鶺鴒；聲氣之相和也，則擬以塤篪；情意之相承也，則擬以玉李。未聞以桂者。獨五代之季，竇儀兄弟以科第顯，時人有「丹桂五枝芳」之詠，後之人遂於兄弟之秀發者，類以桂比焉。此「雙桂」之名堂，蓋亦有自來矣。

嗟夫！桂之初生，非有意於吳氏兄弟也。及其長茂，則子宣兄弟皆有禄位，敷英振華，以揚芳馨；含章襲慶，以紹先德。則物理人事之相符者，亦非偶然也。然世常以花木之榮瘁，占人之休咎；而物之榮瘁，蓋由乎氣之盛衰；氣之盛衰，實由乎德之隆替。子宣兄弟，尚念之哉。若田氏之分荆，固無足道，而季氏之無忘嘉樹，又在子孫之賢不肖何如。子上以其兄之命，來請記。余不佞并以規，使爲之子孫者，常思種樹之初，滋培封殖，不惟保手澤於不忘，抑將篤親義於無窮焉。

冰玉堂記

山西按察使三衢鄭辰文樞，顔其堂曰「冰玉」，來徵記。夫冰，水之凝而清者；

玉，石之蕴而美者。君子凝德焉。所以潔其操、勵其行者，非苟然也。況風紀之司，立身行道，聞望風裁，不異於是，以斯名堂，尚矣。霜降水落，江漢朝宗，天地氣肅而冰凝焉；山川磅礴，孚尹旁達，氣如白虹而玉生焉。蓋物之清者，無踰於冰；物之美者，無踰於玉。然斯二者，能成其德，特以其堅貞而不爲物之混撓耳。苟冰爲物混，則失其清；玉爲物撓，則喪其美。君子於斯，又當知貞固足以幹事也。

文樞治春秋，由名進士任監察御史，承寵擢拜今官。政肅令行，事無違越。望之凜然而如冰，即之温然而如玉。發姦擿伏，表裏貫通，揭德振華，文理密察。斯堂之名，將不虛矣。雖然，君子不以其成德者爲足，而常勉其所未至。故曰「戰戰兢兢，如履薄冰」，「洞洞屬屬，如執玉奉盈」。此又名堂言外之意。文樞因是而推廣之，反身而誠，無入而不自得焉。則所以勵節行於始終、保功名於悠久者，寧不有既耶？文樞勉之。

義民查處士碑記

宣德甲寅，江西歲歉，民阻飢，至乙卯春夏尤甚。居山林者，食榆蕨盡，繼之以草；濱江湖者，食蠃蚌盡，繼之以蓼根。困憊呰窳，朝不保暮，飢殍流離，死者載道。時吏部侍郎趙公膺巡撫之寄，閔民之飢猶己之飢，乃以便宜發倉廩，及命有司行勸分之政。於是寧縣令佐，不遑寧處，縣丞黎斌專任其責。邑之查氏，實居甲乙，而處士曰原凱者，聞之躍然曰：「家有餘粟，野有飢民而不濟之，非仁也；鄉里之間，人有死亡而不救之，非義也。人之修積，莫重於此。舍此而不爲，尚何爲乎？」乃命其子孫發積粟待千石，運輸於官，以供賑濟。黎丞欣然曰：「此真義士，絶無而僅有者也。」原凱復設釜作糜，以給流冗，一時獲濟者甚衆。人又皆曰：「原凱此舉，仁之施，義之著，非虛譽而溢美矣。」

有司遂以其事上聞，得立碑以旌異之。一以表厥善，一以勸將來。昔曾子固謂分寧人勤生而嗇施，以今觀之，原凱之德美，豈不超然出乎人也哉？大抵君子樂分施而恥積藏，積而能散，禮也。世之巨室富家，未有不以好施而子孫富貴悠久者，其不然者反是。即原凱之事，詒謀於子孫者，不亦遠乎？禮曰：「分散者，仁之施也。」原凱有焉。兹者邑爲建碑，余故爲之記，俾來者觀之，則知天之報施未嘗爽也，而朝廷之旌善，抑所以勸善於無窮也哉。

遂養堂記

遂養堂者，南昌王智子哲奉親之堂也。初，智以鄉之俊秀選入郡庠爲弟子員，其父立中，尊師好禮，篤意教之，期於有成。智年纔十二三，即知務學，資性穎悟，過於羣兒。師友見其所業日進，莫不喜之。既而父喪，獨奉其母以居。弟妹亦幼，皆仰給於智。比授室成人，卓然能自樹立。凡親戚鄉鄙交際往來，各盡禮意，不肯後於人，鄉人稱之。

然以肄業學官，朝往夕還，旨甘滫瀡之奉，不得常親故，於其心蓋有歉然不足者。適遴選生徒，命下御史。智以其情愬之，御史以其知子職，關風化，乃俾歸養，於是智之志始克遂矣。舞斑斕於春風，奏塤篪於永日，黄花泛觴，酡顔映雪，智之悦其親之心者，無不至也。弟妹嫁娶，咸得其宜。詩云：「兄弟既翕，和樂且湛。」智又有焉。惟其孝友，此智之志所以遂也。

嗟乎，人子於其親，孰不欲遂其養哉？然不獲其志者，蓋多有之。若高柴動風木之感，仲由重負米之思，終天之痛，曷有已耶？智蚤失所怙，宜其於母，惓惓若是也。雖然，世之稍知孝者，孰不能養，然發揮乎□業，揚名以顯親，君子則有事焉，豈止於飲食、衣服、居處之奉而已哉？智知乎此，尋繹其舊業，以求乎新知。日就月將，以達乎高明，以造乎遠大。則其親之心，又豈止若今日之慰悦也耶？智其勉之。余雖衰老，猶日望之以爲閭里之光也，智其勉之。

胡祭酒文集卷之十八

南昌府儒學重新聖賢廟像記

南昌，江西之都會也，故學廟壯觀於諸郡。洪武甲戌秋，學廟災，像隨燬。未幾，廟重作而像未設，春秋有事，祀以木主，迄今三十有四年。是爲宣德二年，監察御史毗陵許公勝、金華包公德懷、姑孰夏公能按臨是邦。以正月上日，暨藩臬諸公，祗謁廟庭，顧瞻徘徊，慨然有作新廟像之志。於是諸公協贊，以成其美。鳩工集材，訪古遺像，興作於是月丙午，告成於三月某日。仰觀聖容，冕服輝煌，巍巍乎王者之尊矣。四配十哲，各稱其年德與其爵之所爲服者。龕帷殿廡，焕然一新。凡詣學廟，得瞻聖賢道德之光華，莫不肅然起敬，豈獨繫學者之依歸也哉？典教事者，乃列狀求爲之記。

考之禮書，先聖廟像之設，不載其始。而通典釋奠儀則曰：「祀享之日，設先聖神座於堂上西楹間，東向；設先師神席於先聖神座東南，北向。」蓋古未有像，故將祭而設位也。唐開元八年三月，國子司業李元瓘奏：「顔子配像當坐，今乃立侍；閔子騫等雖列像廟堂，不參享祀；七十子者，則文翁之壁像尚存。」制從其請，顔子等十哲爲坐像，悉令從祀。曾參大孝，亦塑像坐於十哲之次。七十弟子及何休等二十二賢，則圖像於壁。蓋當時已有像矣。若韓、柳廟碑，亦可徵也。

朱文公禮殿塑像説曰：「古人之坐者，兩膝著地，因及其蹠而坐於其上也。頃年屬錢子言作白鹿禮殿，欲臨祭設位，子言不以爲然，而必以塑像爲問。」余既略爲考禮所云，其後乃聞成都府有漢時禮殿，諸像皆席地而跪坐，文翁猶是當時琢石所爲，尤足據信。及楊方子直入蜀，帥幕府，因使訪焉，則果如所聞者。且爲倣文翁石像爲土偶以來，塑手不精，或者猶意，其或爲伽趺也。去年，又屬蜀漕楊玉休子美，今乃并得先聖先師三像，木刻精巧，視其坐後，兩蹠隱然見於帷裳之下。惜乎白鹿塑像之時，不得此證以曉子言，使東南學者未復見古人之像，以革千載之繆，爲之喟然歎息。」文公之説如此，近時老師宿儒以像設爲象教，且以爲異端，誤矣。蓋文翁刻像之時，象教未入中國也，其可謂之異端耶？

嗟乎！聖人之神明，洋洋乎如日麗天，如水行地，無所往而不著。學者即此而求之，仿佛其形容於千載之下，而思慕其道德於千載之上。誦其詩，讀其書，端其趨向，豈非吾進德之地乎？然則斯舉也，其所繫豈小補哉？

倡其事者，三御史；協贊之者，憲使童公寅，參政程公禧，憲副成公均、劉公洵，參議陳公傑、劉公中孚，僉憲黄公翰、高公暐、王公繼行、顧公謙；樂其事而來勸相者，都指揮僉事羅公壽；督其事者，南昌知府任肅、同知季振、推官萬鵬、新建知縣茅自得、南昌主簿蕭紹；經理其始終者，教授陳銓，訓導陳觀，生員黎彦常、李衢、吴誠、范瓛、周友諒、鄧志學；塑土設色，雷日新、熊爾思其人也。而儼爲之記，庶幾來者有徵焉。

新建縣儒學鄉貢題名記

古者司徒以教法授之鄉大夫，鄉大夫受而頒之於其鄉吏，以教其所治。三年則大比，考其德行道藝，而興賢者、能者，以禮賓之。於是獻賢俱之書，登于天府。嗚呼，賓興之典，其來尚矣哉！國家稽古崇文，尤重學校。列聖相承，教育涵濡之恩，被于四表，而人才輩出。推其所學，致用于世，彬彬然禮樂文明之化，猗歟盛哉！

新建乃南昌郡之屬邑，南昌爲江西之會府，統率以藩憲，責成於守令，近者又臨莅之以御史。故學校之士，得於作新、勉勵者，切近於他邑。每當大比，士之裒然舉首者有之，豈無自而然耶？粤自洪武甲子，至永樂癸卯，凡十有四舉，自陳孟芳至魯仲純，貢士凡若干人，教諭王來、訓導康侯昌欲勒其名氏，樹之貞石，垂示于後，獎勸來者，請記於余，以冠其端。

儼常讀朱子貢舉之議，深有感於學者記誦詞章之習。及在祕閣，親見太宗文皇帝命儒臣纂輯性理大全之書，頒賜天下學校。深哉！學者致力於根本，以底夫真儒之歸。儼時承乏史官，雖不與編劘之列，則亦與有聞焉。既休致而歸，甚欲與吾黨之士，切磋相長，以求夫聖賢之爲學。則衰疾日加，心雖存而力不逮矣。儼雖不能有益於諸君子，講誦先儒之説，而竊有願焉。

伊川嘗云：「或謂舉業奪人之功，是不然。且一月之中，十日爲舉業，餘日足可爲學。夫人之心，不志於此，必志於彼。故科舉之事，不患相妨，惟患奪志。」此學者之所當知也。諸君子試相與俛焉，孜孜於先儒之言，於性理之書，究極其旨要，深造而自得。他日賓興，庶幾皆德行道藝之士，豈徒逞文詞、取功名而已哉？

慈壽堂記

慈壽堂者，江西按察副使臨漳石璞仲玉奉其母太孺人孟氏之堂也。仲玉年十七，喪其父，太孺人告之曰：「汝喪父無所怙賴，何以立身？世有四業，惟讀書者貴，汝宜勉之。」於是命入鄉校，既而又告之曰：「此小學也。吾見近時策名顯親者，多由郡邑學，汝從邑游焉。」仲玉遂隆師親友，刻志經訓，必期有成，以無負太孺人之命。太孺人亦辛勤女工，以資其力業，雖寒暑不懈。

永樂辛卯，仲玉乃領鄉書，與計偕，歷事秋官。未幾，擢陝西道監察御史。十有餘年，持憲廉平，介然不苟。同列咸推其賢，而鄉里則稱太孺人之能教也。洪熙元年夏五月，仲玉得錫誥，推恩父峰□官同仲玉，母封太孺人。寵命之頒，賁于丘園，存歿光榮，鄉里又稱歎不已也。既而仲玉秩滿陞今官，道故里，捧觴上壽，太孺人慈顔鶴髮，輝映樽俎，兄弟子孫，列侍左右，驩欣怡愉，人又以爲母慈子孝。天之福善，豈偶然耶？仲玉因以「慈壽」名堂，至西江謁余記之。

世之爲母者多慈，夫所謂慈者，豈獨恩愛乎哉？教以義方，責以成人，此慈之大者，非知母道者不能。苟徒事姑，忘而不知教，求其子之成材者，鮮矣。且慈者，仁之愛也。仁者壽，亦理之常爾。合慈與壽，母之道克全；立名顯親，子之道庶幾。先御史公雖不獲於生前，歿有光於九京，平生素行，亦可徵矣。余於斯堂，故不能忘言。河朔之間，聞其風而興起者，必有其人焉。

松柏軒記

閟宫取材，必徂徠、新甫之松柏。孔子曰：「歲寒，然後知松柏之後彫。」則君子之所守，可見矣。故元時，鄂之咸寧有處士曰陳式銘者，江州義門陳氏之後。善醫藥，能濟人。嘗作軒爲燕息之所，植松柏于其前，朝夕接對，尚其節操，逍遥閒曠，超然自得，儲休委祉，敷遺後人。于今百年，式銘已逝，松柏獨存。其孫智曰孟機，由進士任監察御史，由御史擢陜西按察使，由按察使今爲江西布政，揚歷中外，所至有聲，夙夜賢勞，常以國家之務爲己任。每退食自公，追惟先德。於是取「松柏」以名其軒，一以昭詒謀，一以表繼志也。孟機爲御史時，余嘗爲賦詩，今來于兹，復以記請。

凡君子之有取於草木，豈徒然哉？當春陽和煦，萬物並倣，佳木奇卉，紅紫爛然，遊觀採掇，此固衆人之所好也。及風霜摇落，冰雪交沍，挺然獨秀，聳壑昂霄，於斯時也，惟松柏爲然。君子取之，豈非尚其節操者乎？尚其節操，不獨於其身，而又遺其子孫，詒謀者遠矣。

孟機果而毅，正而直，卓然而不撓，不爲利害事變所移，材足以有爲，志足以有守，是亦人中之松柏也。樹功業於不朽，念手澤而不忘，若孟機者，豈非善繼志也哉？昔韓宣子宴于季氏，有嘉樹而譽之，季武子曰：「敢不封植此樹？」遂賦甘棠。孟機於此，固有不待余言者。然余於孟機，則有□望者焉。余之望於孟機者，亦曰持其志，固其守，□□明德，崇其令名而已，松柏云乎哉。孟機苟不鄙余言，請書以爲記。

慎齋記

南昌知府彭城任肅伯雍，由工部郎中來莅是邦。公之素履持其身，則操存省察而不肆。措諸事，則長顧却慮而後行。故政通人和，從容有餘，於是顔其齋曰「慎」，所以表其心志，而存乎儆戒者也。公與余嘗同朝，故來徵記。

余惟慎厥身修，臯陶以告伯禹；慎其言行，孔子以告子張。慎之爲言，謹也。宋書曰：「心真爲慎，不鹵莽也。」凡人之敗德殄行，殞身喪家，辱其先者，皆不慎之故也，況君子於爲政者乎？一念不慎，則好惡失其當；一動不慎，則舉措乖於理；一念不慎，則令出而民不從；一行不慎，則民否而傷於化。然則慎者，誠君子爲政之體要也。得其體□，則守約而施博，所謂動必求諸身者，公其有焉。

公歟歷中外，審於治體，事上以恭，遇下以正，接人以禮，上下之間，皆稱其賢。余昔承乏太史，雖養痾退休，每於郡邑大夫之賢者，必喜聞而樂道之。矧於公之爲郡，令聞令望著于江鄉之民，余故不辭而爲之記。公退食是齋，燕寢凝清之際，苟有取於余言，或可儗芻蕘之一助云。

持敬齋記

持敬齋者，南昌府經歷周君操修之室也。周君字文遠，衢之江山人。其故居去邑之西北十五里，左右前後皆山也。長林遠峰，丹崖翠壁，争奇獻秀於户牖几席之間，而雲霞卷舒，嵐光明滅，泉聲潺湲，接乎目而清乎耳者，又無間於朝夕。文遠昔居於斯也，涵養其本源者，固已資之深矣。今贊理劇郡，總八邑之政務，要其會通，舉其綱領，肅然畫一。而罔有違越，比其莅官之敬，蓋亦居養之所推耳。

吾□□退食，自公燕休是齋，收斂乎精神心術，無一念之不莊；檢束其形骸筋骨，無一物之不正。凡舉措有爲，必先思焉。苟有益於國，有益於民，有益於事物，發之於言論，施之於贊畫，措之於政治。環千百里之内，而民安物阜，各得其所，則此心之敬，充拓廣而利益深矣。蓋事之紛紜交錯，苟無道以處之，曾幾何而不顛倒錯繆也哉？

夫所謂道者，亦曰持敬而已。能持此心，可以事上帝，於治民乎何有此？余於文遠，又欲其進於道也。昔衢之先哲，文遠之宗有曰穎者，朱文公嘗稱之曰：「正介先生行信於鄉，而聞於朝，立言垂訓，足爲後世法。」由此而言，三衢周氏固多聞人，今余於文遠復見之，信乎周氏之多賢也，故爲之記。

明恕堂記

南昌縣令沈崇道，揭「明恕」二字于燕居之室，命其子溍來徵記。佳哉崇道之志，此其爲政之本者歟？孔子贊易曰：「懸象著明，莫大乎日月。」故「明」之文，從日從月也。日月無私照，而物無遁情。爲政者體之，則公生明矣。他日門人問終身行之者，孔子曰：「其恕乎！」「恕」之字，如心也。推己之心以度物，求仁莫近焉。爲政者體之，則違道不遠矣。

崇道自新建丞來令南昌，由民之所仰慕也。南昌，西江大邑，環湖山之間，閭井鄉社，鱗次櫛比。中間爲里者幾五百，爲户者五六萬，而人民則十倍焉。役調征輸，叢脞轇轕，俯仰上下，酬接往來，獄訟繁興，簿書填委。自五鼓至乙夜，秉燭視事，率以爲常。雖有能者，僅僅焉枝梧而已。崇道獨能奮精神於有爲，謹操持而不倦，剸繁治劇如轉丸破的，寬猛得宜而從容不迫，蓋由其燭理明而不以私害公，存心恕而不以威勝德，故事無不舉，而吏民皆服也。

曰「明」曰「恕」，豈非爲政之本也哉？苟莅官不明，則事至物來，有以泊其心志，而設施注措不顛倒錯亂者幾希。不恕，則事情縱欲，有以病乎民，而嚴威刻暴，使民無所措手足，能撫字乎民者幾何？崇道知乎此，施於其政者，既有其效矣。而尤惓惓乎明恕之心，邑民之受惠者，豈淺淺哉？今當考績京師，藩臬固留之，他日秩滿而往，吾知攀轅卧轍者，豈□漢臨淮之民耶？姑記此以俟，乃所願崇道留惠於邑民者無窮焉。

綵繡堂記

臣子之職，忠孝而已。忠主乎義，孝本乎仁。然忠孝非二道，仁義惟一心。古之人求忠臣於孝子之門，良有以夫。浙江道監察御史、蜀之安岳王公縉紳，由名進士擢居清要，剛毅足以有爲，潔修足以格物。揚歷中外，竭忠所事，質直好義，克著賢名。洪熙改元，榮膺敕命，以示褒嘉。於是推恩上及其親，父勝福、母廖氏皆以子貴而受封。命下之日，恩禮頒于闕廷，光華賁于州里。遠邇士庶，莫不瞻仰歎羨。及爲人子者，亦有觀感而興起者焉。今縉紳以巡按來西江，告余曰：「家有綵繡之堂，願爲記之。」

夫戲綵者，人子事親之至樂；衣繡者，人生仕宦之至榮。斯二者，或可得而兼之，故膺褒嘉之典於親存之日，享旨甘之奉於禄養之時。由是爲人親者，得以暢其慰悦之心；爲人子者，得以遂其顯揚之志矣。人惟知親與子之心志，得其暢遂者爲幸，而不知其所以致之者，有其本也。王氏之先曰成，曰德旺，湖廣之安陸人，元季徙家于蜀。至文貴三世，世積忠厚，餘慶子孫。所以縉紳父子，身被顯榮，享有多福。彩繡之堂，豈偶然哉？又聞其昆弟雍穆，塤箎和鳴，子姓森列，□□父驗，此尤綵繡之難得者。慶源之衍，抑豈有源哉？前此八年，縉紳嘗受命考察西江，進退官吏，舉措得宜。及其還也，余時北上，與縉紳方舟而行者累日，論議不羣，凛然自將。其所守如此，信所謂剛毅潔修、冰清玉堅，卓然而不拔者也。惟能守其身，故於君臣父子之間，皆得其理矣。此無他，事君事親，亦曰仁義而已。余既爲之記，復歌以詠之。歌曰：

綵衣兮褊僊，列旨甘兮綺筵。塤篪兮迭奏，從子姓兮躚躚。衣繡兮煌煌，白簡肅兮飛霜。羌凛凛兮自將，彼狐兔兮深藏。恩命頒兮出明堂，昭雲漢兮回天章。光華被兮西蜀，山高高兮川長。擊鮮兮釃酒，親欣欣兮樂康。善積兮慶衍，芝蘭兮永芳。

資敬堂記

襄城伯李公以「資敬」名堂，不遠千里，求爲之記。余昔與公忝侍同朝，嘗同受命護送國史，方舟而載，往返者數月。舟中無事，笑談樽俎，親公之德容，謙僞而巽順；接公之詞氣，博古而通今。藹然儒者之風，固已重公之爲人矣。及余謝病而歸，退伏江村，聞公分閫居守南京，膺保釐之寄，社稷軍民，其任大矣。公居敬行簡，不事表襮，上下遠邇，晏然清肅。是則公之於敬，可謂資之深而行之有素者已，又何待於余言也哉？□然昔孔子之告曾子，以立教而言。今公之名堂，以行己而言，移孝爲忠。君臣父子之間，一以貫之。

當公之在朝，□□珥貂，鏘金鳴玉，近玉階之寸地，對天顔於咫尺。齋莊中正，整齊嚴肅，此敬之出於自然，蓋有不待於資者。至於思前人之功烈，爲我後人憑藉之資，奉君之命，敬以將之。一念不謹，非孝也；一事不慎，非孝也。凡所以敬君之事者，豈非資於事父者乎？余又思夙昔太宗文皇帝，龍飛入繼大統之日，公之先人，實際風雲之會。余時忝預内制，定功行賞，亦嘗論次先公之勳業。丹書鐵券，傳之子孫，于今三十有六年矣。乃復執筆，爲斯堂之記。俯仰今昔，不勝慨然。噫！過君門而下車，不忽於暮夜，此蘧伯玉之敬也；臨戰陣辟父車，出君于淖，此欒鍼之敬也。敬乎敬乎，其事君之本者乎？請以是而復于公，非直爲記也，且以表公之世德云。

松江府濟農倉記

民者國之本，農所以養民也。昔厲山氏之子曰：「農能殖穀。」後世人名耕者爲農。農本濟民，今曰「濟農」，何也？民、農一耳。食者民，而耕者農。四民之業，食者衆而耕者貧。耕者貧不有以濟之，則民何由得其養哉？爲政者孰不欲濟農，然得其道者鮮。得其道而農獲其濟者，今吾於吴松之爲政者見之矣。松之爲郡，所統者華亭、上海二縣。其地不過二百里，而田賦百二十餘萬石，視他郡爲特重。每歲春夏，農之貧者必舉債而後能力作。幸而有秋，則先償私貸，然後及公賦。公私既輸，而農則貧矣。農貧復假貸，或鬻子女，或棄本業，日殫月削，積貧至困，如火銷膏，不獲其所者，可勝言哉？

保定趙侯豫來爲郡守，深以爲憂。適工部侍郎廬陵周公忱巡撫至郡，趙侯白其事，周公默識之。然郡無宿積，愛莫能施。宣德七年秋，東吴歲稔，會朝廷命下，平糴勸分，以備賑卹。於是周公乃與趙侯協謀而力行之，得米六萬石，分貯於華亭、上海，名其倉曰「濟農」。明年歲侵，松江饑民二十餘萬，計口者五十萬餘，乃盡發所儲以賑之，民乃獲濟。周公復思廣爲之備，乃下令瀕水立場，凡輸賦者，民自發運，不入里胥之手。視舊所輸，減三之一。

公又與趙侯謀曰：「郡歲徵北京將帥禄俸，轉輸南京給之。計其所費，每米六斗致一石。彼能受於南京，獨不可受於此乎？若來此給之便，且以省費之米儲濟農倉，農可無憂矣。」趙侯曰：「善。非公莫能爲也。」遂言于朝，而松江得省米十五萬石，并以各場之贏及平糴所貯，凡二十一萬餘石。公曰：「是不獨濟農，凡運輸有損負者，及築堤防而力役者，亦借給之，民不失所矣。」是冬，朝京師，以其事咨户部。户部以聞，如其請，下松江，廣二縣之倉以貯焉。其帳籍出納，則擇官之廉能與其民之賢者掌之。每春夏之交，施散以時，歛必以冬而足。凡其條約，皆公所畫。可謂勤恤民隱，經綸變通，與民宜之者也。

逾二年，郡又旱，大發農倉以賑貸，而民不知饑。乃相率詣趙侯請曰：「吾民往時歲豐，猶窘衣食者，迫於債責也〔一〕。今遇凶荒，得免饑阻，不至流殍。此實周公之惠，我公協贊之力也。苟得文字，載之貞石，以傳世示後，則二公之良法美意，吾民永有賴焉。」趙侯於是屬前翰林編修郡人楊珙寓書，以耆民杜宗桓所述本末，請爲之記。

噫！余昔以文事仕於其土者，于今四十九年矣。於其父兄子弟，固不能忘情。而侍郎周公又余故人，重以趙侯之請，豈得無言也哉？周官大司徒掌荒政十有二，其一曰散利。散利，貸種也。洪範八政，總之曰農。曰農，厚生也。農倉之設，豈非貸種厚生之遺意乎？其與常平義倉，同一養民而尤切者也。故曰「積貯者，天下之大命」，而君子爲政以恤民，爲報國。二公之事，皆可書。余故史官也，用著其實，以告來者。

【校勘記】

〔一〕「責」，康熙本作「負」。

錫養堂記

人子事親，莫大於養。農以耕稼，工以藝事，賈以貨材，各以其業爲養者易，獨士以得禄而養者爲難。得禄而養者，固難矣。至於恩命寵錫，不凡難乎？福建布政使會稽周公順，初以國子生預修大典，時長兄叔莊以富民居京師，母程氏在堂，不得致養。次叔敬以疾廢，又不能養。於是公以其情訴執政者，未允。母面憂戚之色，順跪泣告母曰：「子當訴理，願母勿憂。」遂詣闕上疏，太宗文皇帝閩其情，嘉其志，叔莊乃得遂養。

□試事□□，未幾，選任山西道監察御史，歷職九載，陞參議山東。洪熙元年，特以遴選奉敕山海參贊，遂□伯軍事邊戎□□，蔚然有聲。嘗名其奉親之堂曰「錫養」，重天恩也。爰來西江，求爲之記。余以衰疾，久稽應命。公近以方伯起擢閩鄉，遇余言別，復以記屬。

嗚乎，士得以禄養，其志遂矣！養莫大於養志，又拜錫命，以遂其親之志，得不謂之孝乎？孝弟之至，通于神明。公之顯□出於倫輩，感應之機，所謂「速於置郵而傳命」者，信哉！閩山蒼蒼，閩海迢迢，瞻望停雲，重懷然□。兹因參議連公信□，勉述鄙辭，以爲之記。

眉壽堂記

建寧之政和有壽考君子菊莊先生吴景亮者，刑部右侍郎廷用之尊府也。洪熙元年春正月，以其子貴，推恩錫誥，授嘉議大夫，官同其子。寵命之頒，聲光赫奕，鄉邦榮之。菊莊春秋八十有六，壽考康寧，享有多福。廷用以王事賢勞，不得奉朝夕，每誦飲春酒、介眉壽之詩，此心未嘗一日不在膝下也。乃以「眉壽」名堂，所以願□其親者無窮焉。

人生宇内，不過百年。而詩人之辭，一則曰「萬壽無疆」，一則曰「遐不眉壽」，何其□□君子歟，推其所以致是者，不曰「德音不已」，則曰「德音是茂」。余於菊莊，蓋有徵矣。初，菊莊饒於財，鄉人有負租者，欲當女以償。菊莊聞之，召其人告曰：「骨肉至親，父子也；損骨肉之愛，豈人情哉？」及止，遂對之折券。女後贅婿有子，其人謝曰：「公之惠也。」嗚呼！人患不爲善，爲善猶種樹，種樹猶種德，種德者必獲其福。語曰「仁者壽」，豈徒然哉？既壽且貴，有非人力之所得與者。余於眉壽之堂，又有以見菊莊父子同其顯融者，蓋非偶然也。

廷用來西江，屬余記之。永樂初，廷用以進士爲給事中，嘗同朝矣。及余以衰疾休致而歸，又與廷用同拜恩賜。今復相見於山林之下，故舊之情，惓惓不忘。余固不敢以衰陋辭，謹述其事而爲之記。雖然，推恩命下，先祭酒公與菊莊先生同日贈封，廷用得展愛日之心，而公懷風木之感，曝茆檐之冬，□望橋山於天外，則區區□□永□之心，不覺因廷用而有悦焉。然則廷用之得，又真誠而從其願者，豈非臣子之至奉也哉？斯堂之作，上以慰其親之心，下以啓其子若孫，而詒謀者遠矣。

種德庵記

種德庵者，尚寶少卿四明袁忠徹先隴之庵，歲時聚族祭享之所也。庵在鄞之西桃源鄉楊山人墓。其先諱子誠者，仕宋知臨安府兼大宗正司丞，扈蹕至鄞，遂家焉。子章，刑部尚書，有四子：曰芳，吉州泰和令；曰文蔚，建安主簿；曰文炳，長興尉；曰文質，建陽令。四人者，各置庄於墓所，又各立屋以爲庵。而種德庵，實芳之所建，與夫人沈氏之所葬也。芳，忠徹之六世祖〔一〕。自芳而下，高祖景安，配唐氏；曾叔祖慶元路教澤民，配楊氏；祖翰林檢閱士元，配楊氏；考太常少卿廷玉，廷玉第幾子忠歟及其婦鄭氏、沈氏，俱葬是隴，而享是庵。袁氏本南昌人，其世系、其諸譜、其世德可見者，又有名公魁士之詩文。是庵之記，不以余之衰朽而屬筆焉。

夫德賦於天，其於人本無待於種也。皋陶遇種德者，以其制百姓于刑之中，以教祗德，猶種德然。袁氏自東都之盛，以至宋元，其先德之聞於世者久矣。太常以學術起家，而忠徹繼之，可謂袁氏中興之種德者也。德者，善之總名。種德，即積善也。袁氏子孫知乎此，去浮藻而躬實行，勤學業以振聲華，□□□□，將不在兹乎？有秋之穫，敷遺其後人者，何可以一一計哉？余厚交太常父子之間，故不辭而記之。欲知袁氏之世德者，於此亦可考焉。

【校勘記】

〔一〕「徹」，原作「澈」，今據上文改，本篇下同。

春暉堂記

晉江趙應孟勗，以能任劇，來典南昌縣幕，勤於贊理，敏於有爲，不以位卑，而上下信之，可謂能事也。厥考世中，年五十有七而終。孟勗既得禄，長懷風木之感。獨幸母劉氏，年七十有五，壽考康寧，享子孫之奉。其子長曰孟純，次曰孟資，和順怡愉，克盡子道。孟欶賴二兄承顔奉歡，雖無内顧之憂，然斑衣在篋，定省久違，隔山川之迢遞，望白雲於故鄉。欲報之心，無由得達，乃取孟郊詩中之語，名其堂曰「春暉」，蓋寓夫寸草之心，拳拳焉。謁余爲之記，非要譽也，將以導其志爾。

夫草，植物之至微者也。豈不猶人之孩稚者乎？人之孩稚，鞠育顧復，以底於成親之愛念，其恩莫大焉。故曰「哀哀父母，生我劬勞」。草之微弱，發榮長養，以至蕃廡，春陽和煦之力也，其德盛矣。故曰「春日遲遲，卉木萋萋」。昔人有見乎此，乃託「春暉」以喻其母恩，假「寸草」以喻其心之思也。其詩傳之後世，同有此心者，爲之感發而興起，豈非天典民彜之不能自已者哉？

此孟欶之名堂，蓋有終身之慕，而余爲之記，亦述其同然而已。北堂春暖，錦萱日長，倚門嚙指，孟欶固有不能忘情者。然必立德、立功，移孝爲忠，以顯揚其親，庶幾可以報春暉之萬一焉。抑惟制行不苟，秉志不渝者，天必從之。孟欶不以余言爲迂，尚勖之哉！

驄馬行春圖記

余讀漢紀傳，一則曰：「方田作時，懼蒸庶之失業，乃遣使循行天下，存問耆老、鰥寡、孤獨、困乏、失職之民，延登賢俊，招顯側陋，因覽風俗之化。」一則曰：「立春，遣使者循行風俗，宣布聖德，矜卹鰥寡，存問勞苦。」此雖漢制，藹然三代之遺風，王政之所重也。今監察御史錢塘嚴公恭，以進士職風紀，嘗按行畿甸、貴州、湖湘、廣右諸處，所至有賢名。行人毛君以同年之好，贈以「驄馬行春」四字，公屬能畫者繪爲之圖，謁余記之。

御史之職，清要之司，臨制百官，糾愆繩違，乃天子耳目，實風霜之任也。而謂之「行春」，則公之志可見矣。蓋發姦擿伏、振肅風紀，此御史之常職耳。至於理究□□刑罰、養老懷幼、矜孤恤寡、發廩賑貧、遏惡揚善、□宣聖化，以布德施惠，此行春之政，非仁者不能。噫，王政以仁爲本，公之志于斯，可謂知所本矣！余養痾江鄉，聞公賦政廉平，不假聲色，千里湖山之間，吏民安之，所謂得御史之體者，故爲之記。

明人别集叢編

鄭利華 陳廣宏 錢振民 主編

胡儼集

湯志波 楊玉梅 點校
鄭利華 審定

【下册】

復旦大學出版社

胡祭酒文集卷之十九

雜著

楊處士哀辭 并序

處士諱美，字子將，姓楊氏。元太和州文學諱榮之子，翰林待制諱杲行之孫，贈富州尹、騎都尉、弘農郡伯諱復圭之曾孫。其先系出華陰漢太尉震，後爲廬陵人。處士幼穎敏，讀書爲文，超於行輩。善事重闈以孝稱，處昆弟九人，盡友愛。其最難能者，蹈危履險以葬其叔父，雖盜賊兇愚，亦感其誠意。求之古人不概見，處士之德善如此。然卒遭喪亂蚤世，不克竟其所施，誠可哀也。既卒十之四十有四年，其遺孤左春坊左諭德兼翰林侍講士奇，懼潛德弗耀，乃以劉禮所譔行

述來徵言。余惟有德者必有後，而後嗣之賢，亦必本其父兄。觀於諭德，可以知處士矣。故爲之辭曰：

若有人兮好脩，承華胄兮西州。抱德美兮襲淳烋，玉韞櫝兮不售。華綵衣兮紑紑，覲余愛兮樂孔休。鹿之鳴兮崇丘，嗟子衿兮我求。漸摩兮息游，緊我心兮悠悠。迎安輿兮山之陬，攀桂枝兮聊淹留。何狡童兮黠偷，逞不軌兮競戈矛。倏豕突兮怒獳，肆毒噬兮仲叟。有昊兮莫投，泪浪浪兮曷能收。既不余兮閔憂，反縶余兮見讐。鷹忽變兮爲祝鳩，幸余鑒兮慺慺。斂遺骸兮裳裘，閉重泉兮林之菆。擷芳兮採菉，奉朝夕兮綢繆。慨同氣兮拘浮，捐余珮兮是讎。念復路兮回輈，野闃寂兮將誰儔？對農人兮事鋤耰，徒悵望兮西疇。歲苒苒兮不我優，悲鶗鳺兮鳴鵂鶹。哀人生兮迫遒，脩短數兮抑又何尤。獨令德兮詒謀，鍾厥胤兮遺庥。慶澤衍兮聲光流，天之報施兮孰云其幽。

張節婦哀辭

嗟人生之中處兮，惟敍倫之是存。彼幽昧以無知兮，幾鳥獸之爲羣。夫何一佳

人兮，爰揭揭而貞獨。哀衆芳之蕪穢兮，競周容以逐逐。物固各有遇兮，安一醮於所天。冀君子之偕老兮，願同穴而爲塵。時命忽其中阸兮，肆奔趨乎遠道。征鴻嗷嗷以孤飛兮，心抑鬱而無告。余既感此離别兮，耿余懷其悽愴。天蒼蒼而上無緣兮，地盤盤而罔極。日居月諸兮，亘東西其出没。曾不鑒予之嬋媛兮，願依曹娥之遺則。雲淒淒以凝陰兮，水流寒以東歸。慨逝者之如斯兮，吾將訊夫馮夷。謝氛埃之溷濁兮，從湘妃以遨遊。鼓朱絃於清夜兮，聽離鸞之啾啾。已矣哉，玉顔減兮音塵絶，苔閣閟兮芳魂結。江流兮湯湯，澹青山兮一髮。望夫君兮不來，寄相思於明月。

陳琛哀辭 并序

臨海陳生琛，字庭南，性孝友。曩以其兄璲逮繫獄，寢疾，琛千里奔赴，哀訴典獄者，得侍疾。兄既瘉，而琛遂病不起，卒于旅舍，實永樂十一年十月二十六日，得年二十有二。悲夫！璲後爲翰林檢討，閔琛之義不白，而無以攄其情，乃述其事來請。余哀琛之志，而爲之辭曰：

萬物芸芸，造化機兮。修短不齊，孰爲之兮。惠迪而隕，凶愚隮兮。是不可訊，

順委其歸兮。惟子之生，秀而靈兮。克備孝友，行篤貞兮。矯矯遠志，抗高明兮。耿介不渝，將底于成兮。嗟爾手足，中道睽兮。哀哀鶺鴒，行且鳴悲兮。徬徨旦暮，奔以趨兮。心之憂矣，莫余知兮。匍匐左右，既竭余情兮。彼鵩何自，集于庭兮。霜露既降，芳草以零兮。溘然長逝，魂飄飄兮。爰命巫陽，俾下招兮。惝怳翕忽，惟寂寥兮。人孰無死，子獨夭兮。人孰無義，子獨皦皦兮。賫志以歿，廓其窅兮。余辭以哀，來世之表兮。

鼠説

胡子夜卧，有鼠嚙于桉。其聲磔磔然，胡子懼鼠之傷其書也，乃暗投以杖，杖不能中鼠，鼠暫止而復作。遂命童子起而逐之，鼠稍竄去。及童子就枕，鼠復嚙不已。時貍奴乳别室，胡子度鼠之不能去也，於是命童子取貍奴置卧内，由是向之磔磔者，寂不聞矣。

噫！人非不靈於鼠，制鼠不能於人，而能於貍奴。貍奴非靈於人，鼠畏貍奴而不畏人。然則彼各有職也，君子居其職者，亦盡其職而已矣。作鼠説。

獵戒

余客星垣，客有遺余犬者，獫而善搏，將觀其能，試之北郭。犬遇兔，搖耳豎尾，即趨逐之。頃之，有驚麞自葦藂出，犬棄兔逐麞，觀者曰：「犬一而禽衆，以一犬逐衆禽，則犬勞而禽逸，必不獲。」因設罝佐之，竟日亦不獲，遂罷歸。

默而思曰：古者，獵必以時。曰蒐、曰苗、曰獮、曰狩，皆於間隙修其武備，非專意於禽也。今三陽初泰，萬物始振，乃君子布德行惠之時，顧從事於獵，何哉？且孔子獵較，爲祭與養。以言乎祭，余支子且外；以言乎養，違遠父兄。二者不居，奚事獵爲？人皆以獲禽爲喜，余獨以不獲爲樂。書曰：「不役耳目，百度惟貞。」余以一犬之役，幾於玩物，可不戒哉？

塗山辯

蘇子過濠，賦七絶，其一塗山，有「地理汪罔骨應存」之句〔一〕，蓋因山下有鯀廟，而前有禹會村，偶誤用會稽之事。李厚遂强合左傳、國語之言而注之，曾不察左傳諸大夫對孟孫之言「禹會諸侯於塗山，執玉帛者萬國」，未嘗及乎汪罔。又不察國語：「吴

伐越，隳會稽，獲骨焉，節專車。使問仲尼，仲尼曰：「禹致羣神於會稽之山，防風氏後至，禹殺而戮之，其骨節專車。」則汪罔之骨，實獲於會稽焉。

古者天子巡狩，諸侯各以其方肆覲。禹之巡也，必先塗山，而後會稽。然濠即塗山之國，在江北、淮西之地。防風爲汪罔氏之君，其地即武康之邑。武康屬吴興，於會稽爲近。其朝方岳，不應舍會稽而趨塗山也。塗山之不可爲會稽，汪罔之必不覲塗山，豈不明白甚哉？而趙次公又曰塗山有會稽之名，不亦惑乎？

【校勘記】

〔一〕「理」，原作「埋」，今據隆慶本、萬曆本、康熙本改。「罔」，原作「冈」，今據意改。

杜詩阿咸辯

杜子美杜位宅守歲詩，首句云「守歲阿咸家」，注者云「咸一作戎，乃晉王戎」。昔阮籍與戎父渾爲友，嘗謂渾曰：「共卿語，不如與阿戎談黄鶴。」謂杜位乃公之從弟，不應用父子事，善本作阿咸。東坡與子由詩云「頭上銀幡笑阿咸」，又云「欲唤阿咸來守歲，林烏櫪馬鬬喧嘩」，正用公此詩也。

余嘗觀南史，齊王思遠，小字阿戎，王晏之從弟也，清介有識鑒。隆昌之事，嘗規切晏。及晏貴盛，與思遠兄徵曰：「隆昌之際，阿戎勸我自裁，若如阿戎言，豈得有今日。」徵曰：「果如阿戎言，尚未晚也。」晏大怒，後果及禍。子美詩用阿戎，蓋出於此，注者不考，遂定爲阿咸，豈不知阮咸籍之姪，亦與兄弟之事不相當。而東坡於子由，偶誤用爾，何必據以爲證耶？又嘗於内閣見子美親書贈衛八處士詩，字甚怪偉，「驚呼熱中腸」作「嗚呼熱中腸」。然則杜詩謂善本，而其中之誤者，豈止「阿咸」而已哉？

元二辯

後漢鄧騭傳：「騭拜大將軍，時遭元二之災。」章懷注云：「元二，即元元也。古書字重者，多於上字下作小二字，以取便爾。」洪容齋隨筆中乃引王充論衡恢國篇曰「今上嗣位元二之間，嘉德布流」爲證，謂元二爲元年、二年也。遂自述在史館修欽宗紀贊，曰「遭靖康元二之禍」，實本諸此。

余考漢書文紀有「元元之民」，師古曰：「元元，善意也。」又光紀有「下爲元元所歸」，注謂黎庶，猶言喁喁。論衡「元二之間」，亦是謂嘉德布流於元元之間，容齋

偶未詳耳。而趙明誠謂「元元語殊不可讀」，何也？

攀桂辭

南昌范仲綸先君子存日，嘗植桂于庭。至仲綸，封植惟謹，因以「攀桂」名軒，示不忘親也。予昔造其軒，值仲綸有憂事，子弟輩坐余兹軒，徒惆悵而已。仲綸今爲達官，相會京師，來求文。遂爲之辭曰：

有君子兮絜脩，擥紫霞兮滄洲。桂藂生兮團團，攀桂枝兮夷猶。念先人兮封殖，春與秋兮代序。衆芳兮摇落，恐佳期兮遲暮。薦菼兮蜚英，駕瑶軨兮翔玉京。披桂籍兮文昌，挹天香兮上征。曳裾兮容與，彈冠兮結駟。鳳鳴兮朝陽，鴻何冥兮遠渚。桂花吐兮山色秋，山人去兮猨夜愁。霧溥溥兮月皎，風裊裊兮雲稠。桂子落兮山空，心思親兮忡忡。招黄鵠兮不來，寄遐思兮軒中。

題辭劍圖辭

貫弓兮執矢，望昭關兮東馳。思公子兮弗諼，孰閔余兮渴飢。旦暮兮以趨，江之流兮清且漣漪。彼遑遑兮求索，渺浩蕩兮何之？纍纍兮遺孤，心之悲兮莫予知。

風蕭蕭兮江日黃，靡蕪緑兮杜蘅芳。野闃寂兮無人，悵四顧兮彷徨。桂檝兮松舟，儵汎汎兮中流。檻余兮既濟，欲報兮焉酬。寶劍兮陸離，爰解贈兮莫我留。執圭兮弗有顧，百金兮何求。江上兮丈人，義重兮山丘。撫新圖兮增慨，寄遐思兮千秋。

銘

石磬銘 并序

余在雲間，友人王以東遺余石磬，色黝而質堅，形制曲折，皆出自然，非人力所爲。左長於右，右不及左者寸餘。云其父嘗得之泗州石磬山中，叩之，其聲泠然，以管合聲，律中姑洗角。每清夜鼓琴之餘，時以小角椎戛擊，音韻清遠，儼若神明之臨。燕休之際，其亦存誠之一助也。乃爲之銘曰：

泗濱之山孕玄璞，曲折自然匪礱琢，審音諧律姑洗角。聖云遠兮襄不作，遺音

泠泠度寥廓。

永思堂銘

堂之左，有簡差差，親余棄兮手澤滋。心思親兮無終期，親不見兮余心悲。

右堂左銘

堂之右，琴瑟在几。朱絲組兮風漇漇，心思親兮曷有已。

右堂右銘

堂之陰，廓其靖深。思其笑語，儼乎若臨。朝夕孝祀，惟吾歆。

右堂後銘

味詩軒銘 并序

凡物之適口者，人必味之。古詩三百篇，皆可被之絃歌，感發懲創，誠有味之言也。風、雅不作，後之詩人，咸流於委靡，或傷於□□，或□□□□，或失之流宕，求合古人，和乎忠厚之者，其味皆□而不醇矣。間有醇正傑然特出，而名家□□，代不數人焉。詩之難如此，豈易言哉？禮科給事中□與吳登從善喜作

詩，乃取古詩列諸軒中，朝夕誦而味之，因名其軒曰「味詩」。夫有味於詩者，必求其旨。得其旨，則可以言詩矣。故爲之銘。銘曰：

詩言志兮歌以詠，纖穠逞兮風雅泯。大羹玄酒味方淡，餔糟歠醨鼓唇吻。沖□無嘗泰宇清，腥穢刊落哇淫寢。黄鐘雍雍稼穡甘，妙契精微發深省，願茲銘言聊自警。

貝司業敬思亭銘

祭如在，罔敢或怠；儼乎思，蕭然謦欬。春雨滋兮，心孔悲兮。履晨寒兮，心摧殘兮。登斯亭兮，鬱乎丘岑。白雲悠悠兮，孰知余心。

箴

博文齋箴

猗歟人心，萬理咸具。理有未窮，知有未至。昭茲大猷，布在方策。研精覃思，

古訓是力。聞一知十，顏氏庶幾。乾乾夕惕，罔敢怠嬉。仰觀俯察，旁搜遠規。毋迷康莊，而趨險巇。毋作聰明，以遺厥則。毋曰余聖，以荒厥德。服勤于穡，乃獲有秋。鑿井及泉，而源弗休〔一〕。精粗本末，一以貫之。惟謙受益，匪徒訑訑。齋居靖深，式燕以處。輔仁司益，敢告君子。

【校勘記】

〔一〕「源」下原衍「源」字，今據意刪。

毅齋箴

惟人之生，理與氣并。士之所尚，彊忍是弘。曷以任重？貞□以居。曷以致遠？經德不渝。苟失其養，巽懦喪□。流汙□□，□□□□。□齋渠渠，圖書是陳。君子好修，勖哉日新。

□□□箴

至誠之道，真實無妄。一有自欺，靈明以喪。人心之動，□□□發。意之發矣，

不可以遏。善惡好惡，匪曰徇外。必其□□，無載爾僞。人或罔知，己則昭然。欲審其幾，惟謹獨先。暗室屋漏，無所不至。積中形外，如見肝肺。所以君子，戒謹恐懼。萬物芸芸，莫不有理。萬理一原，曰誠而已。理無不窮，物無不格。反之吾躬，暢焉自得。天地高深，鬼神顯幽。魚泳鳥飛，上下同流。惟聖則天，純亦不已。浩浩肫肫，夫焉有倚。君子之脩，亦曰自彊。俛焉孜孜，休嘉日彰。

贊

孫思邈畫像贊

寄遐蹤於物外，擴沖襟於太虚。會陰陽於一心，濟斯人之疾痛。殆所謂博愛之君子，與造物而爲徒者歟？

袁廷玉小像贊

所以著聲華之美者，清冰之鑒。所以享康寧之福者，古柏之姿。白雲在山，松

風灑衣。悠然之趣，孰窺其□。飄飄乎□埃之表，誠可以百歲而爲期者也。

黄思恭畫像贊

善之積，慶由衍。斯昭昭，孰云遠。食其報，豈不顯。冠進賢，□瓊琚。荷□□，□天衢。壽而康，際雍熙。逍遥乎丘廬，殆所謂列仙之□者歟。

張真人畫像贊

鍾奇秀，揚休光，温其如玉，此余之昔所逢也。神完氣充，陽赫陰肅，翛然絶塵，此余之今所見也。是以承寵渥，振宗風，逍遥物外，而得其玄同，蓋將與赤松而相從者耶？

龍馬贊爲徐御史傑作

亢金儲精，天駟毓英。流光合彩，神駒乃生。神駒之生，在晉之封。虎文龍臆，霧鬣風鬃。赤汗攢花，目夾鏡瞳。一日千里，垂雲躡空。王良前導，造父後從。玉山之禾，曷足以充。郡邑驩騰，耄倪奔走。百靈翊衛，孰其敢取？侃侃御史，寔臨

是邦。曰斯靈異，乃聖德之彰。金鞍玉勒，獻之明堂。清風載道，甘露凝漿。駒駼騄駬，睥睨彷徨。效進金闕，蹀躞超驤。喜溢天顔，百寮薦章。維昔滎河，龍馬負圖。庖羲則之，人文式敷。伊祁受□，沉玉河湄。丹圖馭馬，榮光共爔。下逮漢唐，渥洼靈昌。登歌述贊，煒煒煌煌。維兹神駒，實應太平。昭諸史册，永揚休聲。

頌

龍馬頌 并序

欽惟聖皇在位，德備中和，至治馨香，格于神明。是以天不愛道，地不愛寶，體信達順，瑞應駢臻。乃若景星卿雲、甘露醴泉、麒麟騶虞、白烏玄兔、神獅瑞象、嘉禾芝草，諸福之物，不一而至。百僚庶尹，莫不争先快覩，形之詠歌矣。兹者龍馬，産於山東諸城縣之清水潭。肉騣麟臆，赤鬣龍鱗，首昂而青雲氣逸，目炯而紫電光生。色逾蒼玉，尾若流星，形狀非常，誠古今之靈異也。有

司效貢，登進于朝，實爲嘉瑞。臣謹按易經之文，乾爲天，爲良馬，蓋聖人有天德，故獲天瑞。此感彼應，豈偶然哉？臣不勝慶幸，謹拜手稽首而獻頌曰：

房宿之英，蒼龍之精。儲祥毓慶，龍馬寔生。方其生也，霧滃雲蒸。百神效職，天宇清寧。甘露灑空，海波不驚。肉騣麟臆，蘭筋玉質。赤鬣紛敷，龍鱗潤澤。舉首一鳴，萬騎屏營。目如紫電，尾若流星。不資牝牡，神化流形。非常之狀，實惟天成。日行萬里，昭德之貞。其來貢也，爰自諸城。天門日麗，仙仗風清。振勒噴玉，鳴珂摇金。驍騰騕褭，超絶古今。以備乘輿，和鑾雍雍。粲若負圖，羣龍景從。飛黄吉光，軒后用彰。渥洼滇池，漢道以昌。昭兹神駿，太平之應。由皇之德，與天地並。天錫之瑞，惟皇之慶。乘龍御天，光岳氣全。皇圖鞏固，於萬斯年。播之聲詩，金石永宣。

御編爲善陰騭書頌　并序

臣聞天地者，萬物父母；聖人者，萬民父母。皇上體天地之大德，育民物於阜康，建立皇極，弘敷五教。作之君師，表儀萬邦，功德之盛，巍巍蕩蕩。民

無能名，然世雖極治，瑞應駢臻，而聖心恒存謙抑，圖治益勤。嘗於萬幾之暇，歷觀載籍，博究前聞。深嘉古人之力於爲善，而獲夫陰騭之報，身享貴富，子孫昌榮。欲天下之人家喻户曉，勉於爲善，咸躋仁壽。乃摭前言往行，類編爲書，既繫之以論斷，復贊之以詩章。發揮善道，廣宣德化。法言大訓，炳如日星。於是鋟梓，用廣其傳。吉日臨軒，頒賜臣庶，使人一覽而衆善皆具，于以啓迪其良心，同臻乎福慶。此皇上寵綏之大恩，即天地無窮之陰騭。斯世斯人，何其幸歟！臣儼拜賜登嘉，受恩感激，謹拜手稽首而獻頌曰：

惟皇聖明，致治雍熙。德兼覆載，恩被華夷。爲君爲師，天下表儀。萬幾之暇，披覽載籍。立教垂訓，無踰陰騭。陰騭之爲，善布德施。行之於己，匪人求知。天實降監，毫髮無遺。日就月將，善積慶滋。猶耕獲稼，鑿井獲泉。惠迪而吉，理之自然。冥冥其行，昭昭其天。安富尊榮，既厚其身。福澤光華，綿延後昆。求之昔賢，具載簡編。主善是式，惟日勉旃。

惟皇御宇，一視同仁。纂茲盛典，宣昭人文。表揭大訓，播之詩章。炳炳烺烺，歌詠贊揚。所以贊揚，導人爲善。鋟梓以傳，臣民至願。沐浴聖化，去昏即明。匪

獨今斯，萬世法程。匪徒誦説，力行惟勤。溥天率土，俗厚風淳。惟皇萬壽，天地同春。惟皇法天，廣乎陰隲。聖子神孫，永永無極。

雜記

東坡與李方叔詩記

宋元祐中，蘇東坡知貢舉，屬意李方叔，令其子叔黨持一簡與方叔。值方叔出，僕受簡，置几上。偶章惇子持、援來訪，取簡竊視，乃劉向優於揚雄論二篇，援兄弟徑持去。坡亦入院，李竟不知也。既而就試，果出此題，二章倣坡意爲之，援遂中第一人，持第十人。

坡初意第一人必方叔，及揭榜，乃章也，徒爲之悵然。方叔母歎曰：「蘇公知貢〔一〕，吾兒下第，命也。」坡既出院，以詩寄李，有云「平生浪説古戰場，過眼空迷日五色」，蓋亦解嘲云耳。其詩真蹟，今在南昌李士廉家，與徐鉉書稿及張即之手帖共爲一卷，字畫皆可愛也。

【校勘記】

〔一〕「貢」下康熙本有「舉」字。

米黄書記

昔潘谷病目，謁黄山谷，山谷以囊墨詰之。谷初探一囊，摸索曰：「今不可得也。」問之，曰：「此承晏軟劑也。」又探一囊，曰：「此谷二十年前所作，今亦不能爲矣。」山谷曰：「得無假鬼神耶？」谷曰：「非也，熟之而已。」山谷遂書以贈谷，字徑三寸餘，筆皆戰掣法，至今三百餘年，光采尚煒然照人。及米元章海嶽庵四詠，其字亦大書，險勁飄逸，尤爲奇絶，皆在友人胡思中家，誠可寶也。

三帖記

余嘗於新建民家，見瞻近帖、瘞鶴銘、宋真宗汴水發願文。瞻近帖，唐人臨羲之楮墨，雖昏暗而筆意故在。發願文是王章所書，字畫遒嫵，精神生動，加之清潤，當在蔡、米、蘇、黄上，而名不彰，惜哉！瘞鶴銘上有華陽真逸字，或云是羲之書。碑在焦山，常爲江水所没，極難得。

余後得周處廟碑，與瘞鶴銘字實相類而差小耳。及觀歐陽公集古録跋尾云：「不類羲之筆法，而類顔魯公。」又曰：「華陽真逸，是顧況道號。然不敢定爲況書，疑前後有人同斯號者。」後因觀真誥，「華陽真逸」乃陶弘景號，弘景亦齊梁間善書者，瘞鶴銘當是弘景所書也。

紫雲硯記

洪武丁丑秋九月，余在京師蔡綸家，見吳人攜鬏匣，盛一歙硯。圜周三尺餘，石色深紫，而文理微犓，以手磨之索索，覺有銋澀指。其人云，甚發墨。上端有池如初月，中心色黄如大杯，名爲「紫雲捧日」。背有隸書，刻文公先生銘，相傳爲宋府故物，真奇寶也。問其直，曰：「當售三百錠。」余甚愛之，而力不能得，謾記之爾。

韓熙載夜宴圖記

韓熙載，字叔言，後唐明宗時嘗舉進士，後坐事，奔南唐，除知制誥，與徐鉉齊名。然其爲人，溺于聲色，朝夕酣飲，雖緇黄之徒，亦使厠於粉黛之間。後主頗惡其所爲，乃遣畫工顧閎中即其家，潛窺其宴樂之狀而圖以進，熙載由此遂不獲

大用。

余嘗聞熙載初舉進士時，投書達官，曰：「釣大鰲者，不投取魚之餌；斷長鯨者，焉用割雞之刀。」及奔江南時，與友人臨別之言〔一〕，又有長驅中原之志。究其厥初，豈肯甘心汨没如是哉？一失所托，流落不振，遂喪其所守。悲夫，君子之委質於人，何可易哉？

【校勘記】

〔一〕「臨」，隆慶本、萬曆本、康熙本作「同」。

虞文靖公知人

元史虞文靖公傳載，馬伯庸欲薦光州人龔伯璲，邀公署薦章。公以其小材不可，且言其人必不令終，伯庸甚不樂。及公以草詔事退歸，伯庸實倡導之也。後龔敗，果如公言，人服其明智。

余又嘗聞熊伯幾先生言：初，危太樸以文學徵起，聲名播于朝野，士君子皆想望其風采。諸門人問於文靖公曰：「太樸事業當何如？」公曰：「太樸入京之後，

其辭多誇，事業非所敢知。」復曰：「必求其人，其余闕乎？」時闕名未甚著，門人曰：「何以知之？」公曰：「集於闕文字見之。」後闕竟以忠義顯，乃知前輩觀人，自有定鑒。

虞揭詩記

虞文靖公嘗作范德機詩序，有云：「當時中州人士謂清江范德機、浦城楊仲弘、豫章揭曼碩及集四人詩爲四家，且以『唐臨晉帖』喻范，『百戰健兒』喻楊，『三日新婦』喻揭，而喻集爲『漢庭老吏』。」序出，適揭公歸省墓，見之大不悦。遂往臨川訪虞公，既相見，言及兹事，且曰：「徯斯與公京師二十年，未嘗蒙公一言及斯，何別後乃爾？」虞公曰：「誠有之，非集之言，中州人士之言也。非惟中州人士爲然，亦天下之通論也。」揭公咈然，遂即席辭別，虞公堅留不得，竟駕小車而還。

既別去數日，揭公乃以天曆年間秘閣開四詩寄虞公，中有「奎章分署隔窗紗，學士詩成每自誇」之句，蓋爲虞公發也。公得詩，謂諸門人曰：「揭公此作甚佳，然才力竭已。」就以所寄詩題其後，答云：「今日新婦老矣。」後因送人有寄揭公云：「故人不肯宿山家，夜半驅車踏月華。寄語旁人休大笑，詩成端的向誰誇。」未幾，揭公

趣召至都，竟以疾卒。此得之陳維新云。維新，豫章才子也。

薩天錫詩記

元薩天錫，嘗有詩送欣笑隱住龍翔寺，其詩云：「東南隱者人不識，一日才名動九重。地濕厭聞天竺雨，月明來聽景陽鐘。衲衣香煖留春麝，石鉢雲寒卧夜龍。何日相從陪杖屨，秋風江上採芙蓉。」虞學士見之，謂曰：「詩固好，但『聞』、『聽』字意重耳。」薩當時自負能詩，意虞以先輩故少之云爾。

後至南臺，見馬伯庸論詩，因誦前作，馬亦如虞公所云，欲改之。二人構思數日，竟不獲。未幾，薩以事至臨川，謁虞公，席間首及前事，虞公曰：「歲久不復記憶，請再誦之。」薩誦之，公曰：「此易事，唐人詩有云『林下老僧來看雨』，宜改作『地濕厭看天竺雨』，音調更差勝。」薩大服而去。此得之熊伯幾先生云。

鐵柱詩記

豫章鐵柱宫井中鐵柱，相傳爲晉許旌陽鎮蛟之柱，歷代名賢，多有題詠。熊朋來詩曰：「九牧失貢金，司空不行水。蛟龍弄波濤，魑魅入城市。吁嗟清談晉，萬

事謾不理。遂令千載人〔一〕，稽首旌陽子。」正言反應，辭簡意高。虞學士詩曰：「老龍無意弄新波，化作晁翁倚柱歌。點石神方寧復得，沉沙遺戟不堪磨。汾陰鼎鼐千年出，海底珊瑚百尺過。誰在蓬萊期劫外，下騎黄鵠一摩挲。」此詩初出，人皆未喻其旨，公曰：「此柱未敢必爲旌陽之物，故詩意皆設疑辭以問之。」先伯父嘗云：「鐵柱詩甚多，獨熊、虞二公之詩，超於衆作。」

【校勘記】

〔一〕「令」以下原闕，今據隆慶本、萬曆本、康熙本補。

上下四方記

洪容齋云：「上下四方，不可窮竟，正雖莊、列、釋氏之寓言，曼衍不能説也。」列子商湯問于夏革，曰：「上下八方有極盡乎？」革曰：「不知也。」湯固問，革曰：「無則無極，有則有盡，朕何以知之？然無極之外復無無極，無盡之中復無無盡，無極復無無極，無盡復無無盡，朕是以知其無極無盡也，而不見其有極有盡也〔一〕，焉知天地之表不有大天地者乎？」「大集經風住何處？」曰：「風住虛空。」又問：「虛

空爲何所住？」答曰：「虛空住於至處。」又問：「至處復何所住？」答言：「至處何所住者，不可宣説。何以故？遠離一切諸處所故，一切諸處所所不攝故，非數非稱故。是故至處無有住處。」容齋以爲二家之説止於如此而已。

余嘗觀程子、邵子問答：「有天何依？」曰：「依乎地。」「地何附？」曰：「附乎天。」「天地何依附？」曰：「天地自相依附。」又朱子門人有問：「六合之外，當是何物？」先生曰：「人生天地間，且只理會天地間事。」此語最善。彼釋氏又有所謂「水輪」、「風輪」之類，亦幻語爾。

【校勘記】

〔一〕「其」以上原闕，今據明文衡補。

蘭亭諸帖記

復州裂本，首六行斜裂，第一行闕「會」字，又「永」字與二行「會」字、三行「畢」字、四行「脩」字、五行「爲流」二字、六行「絃」字，正當裂處。十三行「因」字內改筆作小仲字，十七行「向之」字差大，二十五行「視昔」下二字作圈，「夫」字尚露初「也」

字，末行「文」字稍重。迺景陵郡齋舊物，湮没民間。宋紹興丁丑，郡守何文度搜訪得之。

豫章裂本，首行闕「會」字，第二行「亭」字、第三行「羣」字、第六行「列」字、第七行「幽」字、第九行「盛」字，俱有闕白。又第九行「觀」字、第十行「以遊」二字、十一行「樂也夫」三字、十二行「抱悟言」三字、十三行「形骸之外」四字、十四行「其欣」二字，正當裂處，餘同復州本。

江州裂本，首行闕「會」字，第五行「湍」字、第六行「坐其」二字，第七行「詠亦」二字、第八行「清惠風」三字、第九行「之盛」二字，正當裂處，餘同復州本。

鄱陽汪相家裂本，首行闕「會」字，第二行「亭」字、三行「羣」字、四行「流激」字、七行「幽」字、九行「盛」字、十二行「内」字、十七行「隨」字、十八行「猶」字、廿二行「若」字、廿三行「生」字，皆有闕白。又其裂處正與豫章本同，後有圖書二，一云「忠衛社稷之家」。

處州劉涇本，云是巨濟刻家藏綫本。首行「會」字全，末題「模家本留刻仙都」，又題「紹聖丁丑蜀人劉涇」，字皆全，惟第三行「畢」字闕白。

石氏肥本，云是石熙明摹刻。石首行亦闕「會」字，筆畫雖肥，而意度亦有可取。

不知處本，首行亦闕「會」字，其中多細裂，而意度亦好。

淡墨本，前八行横裂。第一行「暮」字、二行「亭」字、三行「咸集」字、四行「自」字、五行「流」字、六行「管」字、七行「幽」字、八行「暢仰」字，正當裂處。又十七、十八行有細裂文，其原不知何處。

劉無言本，首行亦有「會」字，筆勢稍活動，當是重刻褚本。褚本在宋時初藏蘇氏，米元章以名畫易得之，極爲寶愛。後嘉熙庚子，西秦張瀓清淑摹勒上石，不知無言何時又重刻也。

永嘉本，云是智永臨寫。宋紹興間，太守程邁刻寘郡齋，筆勢雖縱逸，而未免失真。首行「會」字亦全，末有孫綽後序，是唐乾封二年僧懷仁集書，又有秦檜、吴傅朋題識具在。

北京本，近出天師庵土中，規摹意度，與豫章本略同。

右蘭亭諸本，當以復州本爲勝，次豫章本，次則劉無言重刻本，次北京本，其他皆不及也。

胡祭酒文集卷之二十

題跋

書胡忠簡公家書後

右宋廬陵胡忠簡公澹庵先生手書一通，在新州時，寄其兄之書也。公十一世孫今翰林侍讀光大，出以示儼，且屬題其後。古人尺牘，若魏晉諸賢，寓情翰墨、流芳金石者，世多有之，君子知愛之矣。至於此書，非徒愛之，則必爲之起敬者，重公平生之忠義也。

當宋南渡，國勢微弱，秦檜柄用，以王倫使虜，主和議誤國。有識者皆知其非，然鮮有出口排之，懼嬰禍也。間或論其非計，明復讎之義者，則亦未嘗指斥檜等，

以鋤其根株。公獨奮然抗疏，義不與檜等共戴天，包羞忍恥以求活。危言讜論，毅然於朝廷之上，義聲直氣，凜乎千百載之下。至今讀之，令人竦然。蓋公于時知愛君父，豈畏檜等？知有國家，豈計死生禍福也哉？先正有云：「故廬陵若歐陽文忠公、楊忠襄公、胡忠簡公、文丞相，皆有宋國之元氣也。自公之貶，金人以千金購其疏，得之大驚，遂退師。」由此而言，公之於宋，豈非元氣乎？身雖連貶，而國體存，君父尊，則公亦何惜於貶哉？

今去公之世二百餘年矣，而此書尚存，友愛之義、骨肉之情，藹然乎言意之衣，未嘗有一毫悲苦流落之態，非樂天知命者不能也。他人觀之，且知所重，況公之子孫乎？宜乎光大之於此書，拳拳不忘也。光大以清材雅量居禁林，觀其志行，豈尋常涯分之可拘哉？嘗與儼誦公新州及望海臺詩，慷慨擊節，飄然有凌雲之氣，稱公之賢子孫也，故併書之。

時苗留犢圖跋

右時苗留犢圖一方，相傳爲吴興錢選所畫也。凡圖之人十七，皆不知爲何人。獨緋而中揖者，意其必苗也。按，苗漢建安中爲壽春令，用牸牛引車。歲餘，生一

櫝。及去，留其櫝，謂其父老曰：「此爾土所生也。」其事大略如此。

爲政之道，莫先於廉。廉則公，公則明，明則法度脩。而君子之流譽者，亦本於此。若暮夜之辭金、懸魚以絶饋、甑生塵而受一錢者，皆章章在人耳目。獨苗之事，傳於圖畫，豈以其尤異乎哉？雖然，胡威有云：「威清畏人不知，威父清畏人知。」由此而言，則苗之留犢可也，其不留犢亦可也。

今監察御史始興陳德文，昔爲荆之枝江令，有惠愛在民。去之日，民以此圖爲獻，其所守可知矣。然余意德文之去枝江也，必無犢可留，而獨留其惠，則夫恃以不忘者，不在乎圖也。

四皓圖跋

余讀留侯世家，至有所謂四人者，嘗高其義，不爲屈辱用。高帝欲易太子，吕后用留侯計，卑辭厚禮，招致此四人，爲太子助。此四人亦幡然無難色，司馬公謂：「審有此，是子房爲子植黨以拒父也。」

愚以爲當留侯被劫畫計之日，唯知用圯上老人設變制權之術，豈暇顧父子之倫哉？然此四人，既不爲父用，肯復從其子，有可疑者一也。向以帝之慢侮而逃匿不

就，今從太子見，寧必其不輕而且罵哉？有可疑者二也。且此四人，高蹈遠引，宜不役志於物，一旦以金璧書幣而來，有可疑者三也。夫惟其有可疑者三，余是以知此四人者，必不苟出焉。雖然，四人從太子游者，必有謂其果爲商顔之老，則余不知也。

歐陽氏譜圖跋

古者因生賜姓，胙土命氏。故三代以前，姓、氏分而爲二，男子稱氏，婦人稱姓。氏所以別貴賤，姓所以別婚姻。秦滅六國，子孫皆爲民庶。由是姓氏混而爲一，其失蓋自兹始。隋唐以來，人尚譜諜。官有簿狀，家有譜系，又設官以掌之，於是選舉、婚姻，咸有考焉。循至五季，其書散佚，而譜學不傳。宋歐陽文忠公悼其學之廢弛，因采史記表、鄭玄詩譜，略依其上下、旁行，作爲歐陽氏譜圖。上自高祖，下止玄孫，而別自爲世。使爲世者，上承其祖爲玄孫，下繫其孫爲高祖。凡世再別，而九族之親備。推而上下之，則知源流之所自；旁行而列之，則見子孫之多少。夫惟多與久，其勢必分。凡玄孫別而自爲世者，各繫其子孫。則上同其出祖，而下別其親疏。如此，則子孫雖多而不亂，世傳雖遠而無窮，此譜圖之法也。

今其遠孫聿脩，持其家譜示余求題。余考文忠舊譜，斷自景達，今譜則自連；舊譜景達之子曰僧寶，今譜則曰士章；舊譜僧寶之子三：頔、盛、遂，今譜士章之子二：頔、通□；舊譜詢子四：長卿、肅、倫、通，今譜詢子二：通、倫、□；舊譜效子三：謨、託、遠，今譜遠曰該；舊譜仲之子□，今譜曰宏；舊譜八祖之孫止有四人，今譜所載止十人。若此者皆不同，何耶？旁行所列，亦非舊法，又何耶？凡此者，爲之子孫者所當知也。至若聿脩之清脩文雅，官大理，有能名，信歐陽氏之多賢也。復脩此譜以傳，其知所本哉。因題其左方，聿脩尚有考焉。

定武蘭亭跋

王右軍蘭亭敍，世傳書用蠶繭紙、鼠鬚筆，遒媚勁健，絶代更無。凡二十八行，三百二十四字，字有重者，皆構別體，其時若有神助。及醒後，他日更書數十百本，終無如祓禊所書者。右軍亦自珍愛，留付子孫，傳至七代孫智永。永即第五子徽之之後，掌其書。至唐弟子辯材，爲蕭翼紿而取之。太宗尤用寶惜，從葬昭陵。唐末之亂，昭陵爲温韜所伐，其所藏書畫，皆剔取其裝軸金玉而棄之，於是晉魏以來諸賢墨蹟，遂復流落人間。宋太宗時，購募所得，集爲十卷，俾摹傳之，數以分賜近

臣，今世所傳法帖是也。然蘭亭真本亡矣，故不得列於法帖以傳世。獨以定武小爲冠，而所傳亦不一。

一云唐太宗以真蹟刻之學士院，後朱梁徙于汴，耶律德光載歸，棄于中山。上人李學究得之，埋土中，以別刻獻韓魏公。李没，其子出之，宋景文公買寘公帑。薛向子紹彭載歸長安，以別刻寘公帑。大觀中，就薛氏取寘宣和殿。靖康之變，金人以紅毯載取而歸。一云唐太宗既得辯材真蹟，令趙模等摹十本賜方鎮，定武以玉石刻之。一云江左所傳，會稽石也，錢氏歸朝，定武富民買之以歸。一云自薛向作帥，別刻石易去，於元石鐫損「天」、「流」、「帶」、「右」四字，以惑人。然定武又自有肥、瘦二本，而鐫損者乃瘦本，爲真定武。後復州以真定武本重模，亦鐫損四字，其字極瘦。王順伯、尤延之争辯如聚訟，然瘦本風韻竟勝，而瘦本之石，宣和間就薛向家宣取入禁中，龕于睿思殿東壁。建炎南渡，宗澤遣人護送此石至維揚。虜犯維揚，不知所在，或云金人以氈裘裹車載之而去。其所傳顛末不同，大概如此。

今此本，其來甚遠。永樂四年五月，余始得觀之，較他本定武，筆法差瘦，殆所謂有風韻者。今觀「天」、「流」、「帶」、「右」四字具存，當是定武初刻未鐫損時本也。鄉里前輩，凡論禊帖，必以此爲言，信知其可寶也。

書裙圖跋

余讀南史，至羊欣書裙事，以爲獻之風致一至於此，無乃晉人之流俗歟？及觀宣和畫譜祕府所藏六千三百九十六内，李公麟畫百有二，其一則書裙圖也。凡古今圖畫，若忠臣烈士、貞婦孝子，皆有關於世教。公麟此圖，蓋翰墨之游戲耳。不然，豈取其曠達，可以激昂隘陋之俗耶？若論其風流高雅，則吴興公之言，當不虚也。

題袁氏族譜

袁□□□，春秋時陳轅諸之胤濤塗，以王父字爲轅氏，厥後有名政者，又改「轅」爲「袁」。鄞之西門袁氏，宋南渡時有諱子誠者，嘗扈蹕爲臨安守，自南昌所徙也。由臨安而上，若唐尚書右丞滋、梁司空昂、宋僕射湛、魏御史大夫涣、漢司徒滂、貴鄉侯幹，皆表表偉偉，譽望古今。

今中書舍人忠徹，乃臨安之七世孫，袁氏之佳子弟也。尊公廷玉，嘗爲太常丞，父子繼美於朝，又有足以亢其宗者。忠徹持此譜求題，深達水木本源之義，而於統

疏合離之際，孝弟之道存焉。推此以往，則凡族遠屬疏視爲途人者，皆知一本之初矣。

題薌林手書後

右薌林所傳手書凡八帖，乃宋張忠獻公，胡五峰、致堂，朱文公先生與户部侍郎向公子諲父子交游之翰墨也。子諲，文簡公敏中玄孫，神宗欽聖憲肅皇后之從姪。元符中，嘗爲京畿轉運副使兼發運使。素與李綱善，故爲黄潛善所斥。紹興元年移鄂州，主管荆湖東路安撫司，累遷至徽猷閣待制，徙兩浙都轉運使兼户部侍郎。坐不拜金和議詔，忤秦檜，以徽猷閣直學士知平江。後退居，自號薌林居士。史稱子諲爲臨江人，以所居薌林也。

伯元侍郎公之子忠獻公有云：伊山直閣□□□公之弟子忞，紹興中用吕頤浩薦，賜對，加直秘閣，晚年退居伊山，與致堂尤篤□寒之義。子諲，相家子，能修飭自見於時，友愛□□□□□□族人□□□□□□文正公之遺□□□□□□尊文定公之門，□其師友淵源之懿，皆非後世所可及。故□□相與之盛，翰墨往來，道義之言，殷勤之意粹如也。豈□□字□之可論哉？然紹定年間，尚存百十有七紙，迄今百七

十餘年，而所存者僅得忠獻書一，五峰、致堂書各二，文公書三，殆百不存一。猶幸存而不泯者，先生長者之遺□，庶幾可識焉。卷末若周端朝之記、黄汝宜之跋，亦未易得也。後之覽者，能不起敬？

題先賢墨蹟

右先賢墨蹟一卷，宋富鄭公、蘇長公、樓學士、司馬司諫、孫尚書、鄭公孫直柔、朱文公、張即之暨元趙松雪九人手尺各一通，又虞奎章、張外史暨國朝劉中丞詩凡十首，乃前祠部主事會稽薛文舉所藏，今其子吏部稽勳員外郎常持以求題。

凡士大夫所以貴重于世者，不繫於翰墨，然後世思其人而不見，見其翰墨，則流風餘韻，亦可髣髴其萬一。故片言尺紙，流傳而可貴者若此。其間若鄭公之相業、文公之道德，抑豈盡繫於翰墨耶？然則君子所恃以傳者，可不慎歟？

書朱文公先生墨蹟後

右紫陽夫子約遊金斗詩一首，乃親書也。悠然自得之意，不係於景物，而剛方正大之氣，自溢於翰墨之間。百世之下，即斯亦可挹道德之餘輝矣，豈騷人墨客區

區工巧之可論哉〔一〕？

【校勘記】

〔一〕「論」，隆慶本、萬曆本、康熙本作「倫」。

書胡學士扈從記後

永樂七年春，翰林學士兼左春坊大學士胡公扈駕至北京。次其郡國道路之所經，山川風物之所見，觀遊食息之所樂，以極夫寵遇恩榮之盛，録爲一帙，題曰扈從記。間以示儼，儼讀之歎曰：士生世不偶，才不見用，澤不及於人，老死於山林間巷，此其人名湮没可勝道哉？是以君子壯遠遊，以恢擴其襟抱，開益其志慮。若司馬子長者，千載之下，猶以爲美談。况乎從容侍從，黼黻論思，天光日華之所被，無物不遂，此其才見於用，澤及於人，文章昭於時，而名聲流於後，豈非士君子之至幸者歟！

儼於斯記，所以深有尚於公也。公以清才雅量，受知於上，而夙夜左右，小心慎密，有足以當夫眷待之隆。斯記也，雖紀一時之事，而君臣相與忠愛之意，繾惓焉

見於言論之表，又有以振耀其光華於無窮者矣。拜觀之餘，謹識其後。

題沈氏先德卷

世之論善人，絜脩其行，藴蓄才美，没齒而名不稱，或小試又不訖所施，常以爲天於善人何苦，是其忍哉？或又謂善人湮没當世者，後嗣必昌，天之報施遠矣。故觀其子孫賢不肖，顯微盛衰之際，則善人、不善人之徵可見焉。余觀翰林脩譔雲間沈民則先德卷，曰竹庭長者，曰蔬食野人。長者諱德輝，字焕卿，民則之大父也。野人諱易，字翼之，民則之尊公也。焕卿當元時，嘗爲其府邑掾，主文書，能抑姦理枉，不爲勢撓，不以賄屈，治獄又能活瘐囚，故人以長者稱之。翼之少博學，遭時喪亂，浮沉河洛間。既歸，大發其所藴，教授鄉里，子弟多化之，彬彬有孝弟之風。初，翼之之歸，親尚無恙，竭力以躬子職，奉甘旨，而自養甚薄，故自號「蔬食野人」。翼之又勤於著述，凡有關於風教者，必盡其心，故人不獨化之，而又傳之。

昔余爲其邑校官，猶及識翼之，貌温而氣和，辭雅而情驩，余甚敬焉。距今二十餘年，翼之已物故，乃獲與其子民則同官翰林。觀斯卷，寧無疇昔之感乎？民則既

顯融矣，其弟粲亦以能書有聲詞垣，榮禄之膺有日也。兄弟之賢如此，信乎先德之積，所以垂休貽後者深矣。故曰：「天之報施善人，湮没當世者，後嗣必昌。」沈氏其有焉，民則昆弟，尚知所本哉。

書柴望傳後

朋友之交，合以義者也。人莫不有義，知而行之，行而盡其道者，惟君子爲然。世之人相結託若膠漆，相歡相好若飲醇醪，意氣相傾，無間於平居之日者易。至於涉患難、遇死生，能致其力、盡其義於不報之地者難。

余讀柴望傳，得其爲人。望能盡交義於其友金觀，觀死及其母妻之喪，皆不克葬。望力舉以葬之，俾獲歸祔先人之壠。觀雖死將不悲，其不畢於地下，而望之爲人，不亦君子乎？因題其傳之後，信乎可以爲世勸矣。

書袁廷玉傳後

人之貴富賤貧、吉凶壽夭、智愚賢不肖，果有相乎？禹之跳、湯之偏、皋陶之削瓜、伊尹之無須麋、周公之斷菑、仲尼之蒙倛，是耶非耶？果無相乎？公孫穀豐下

而有後，伯石、越椒俱豺聲，滅其氏，周亞夫、鄧通之不食，衛青、班超之必侯，見諸史傳者班班矣。

荀卿子曰：「相形不如論心，論心不如擇術。形不勝心，心不勝術。」斯可以論聖賢矣，其他囿於二氣五行，而盡性踐形之功，或昧焉，或缺焉，或未至焉。則貴富賤貧、吉凶壽夭、智愚賢不肖之徵，亦豈外於相邪？故唐舉、吕公、管輅、袁天綱之徒，皆能以其術取名當時，流聲後世。此其人豈佞也哉？四明袁廷玉甫，其先南昌人，世業儒。至廷玉，以相術顯。余官翰林時，廷玉擢太常丞，嘗見其貌清古而氣剛毅，有君子之風。今退休于家，其子忠徹爲中書舍人，乃持九靈山人戴良所譔甫傳，示余而求題。

嗚呼，廷玉術之神，其見諸傳者詳且核矣。然其言曰：「每占人吉凶，即知其心之善惡。輒念之，爲之反覆化導，期轉禍以爲福。」人不畏義理而畏禍患，因廷玉之言，格心改行者甚衆，然歟？若然，君子之用心也。昔嚴君平隱於卜筮，與人子言依於孝，與人弟言依於順，與人臣言依於忠，各因勢導之以善。千載之下，求之廷玉，其有合哉？使占者能如廷玉言，棄咎而從義，誠於理道有裨焉。嗚呼，傳以術論之〔一〕，其可乎？

【校勘記】

〔一〕「傳」，隆慶本作「專」。

書顔魯公乞脯帖後

右唐顔魯公乞脯帖一通，公爲刑部尚書時所書也。按唐史，天寶末，公以平原太守起兵討賊，加河北採訪使。未幾，拜工部尚書兼御史大夫。代宗初立，嘗爲尚書右丞。廣德二年，又以檢校刑部尚書爲朔方行營宣慰使。未行，留知省事，更封魯郡公。後以上疏忤元載，貶峽州別駕，改吉州司馬，遷撫、湖二州刺史。載誅，楊綰薦公，擢爲刑部尚書，乃大曆十二年秋七月也。

是時，李光弼弟光進實爲太子太保，帖中云「李太保大夫公」，蓋謂光進也。光進，字太應，初爲房琯裨將，將北軍戰陳濤斜，兵敗，奔行在，肅宗宥之。代宗即位，拜檢校太子太保，封涼國公。自至德後與李輔國並掌禁兵，委以心膂。光弼被譖，光進出爲渭北、邠寧節度使。永泰初，封武威郡王，累遷太子太保。二公之履歷，蓋如此。魯公書，宋歐陽子有云：「如忠臣烈士、道德君子，端嚴尊重，使人畏而愛之。」觀於此，信其言不虚矣。

書蘭亭法帖後

余嘗見此書真蹟，云是宋蘇易簡家故物，世傳蘇家。禊帖三本，此爲第二本，乃舜元字才翁房所藏，題爲唐褚遂良摹。其書毫髮備盡，「少長」字，世傳衆本皆不及。「長」字其中二筆相近，末後捺筆鈎回，筆鋒直至起筆處。「懷」字内折筆、抹筆皆轉側，褊而見鋒。「暫」字内「斤」字、「足」字轉筆，賊毫隨之，於斫筆處，賊毫直出其中。世之摹本，未嘗有也。當時米芾甚愛重之，以王維雪景六幅、李後主翎毛一幅并徐熙黎花大折枝，就蘇洎易得之。洎，才翁之子，易簡之曾孫也。

今觀刻本，乃宋嘉熙庚子西秦張澂清淑模勒上石。「少長」二字，與真蹟合。「懷」字、「暫」字有不同者，意蓋模勒之不及耳。要之筆活有鋒勢，過他本遠甚。上有易簡、子耆天聖歲跋，范文正、王堯臣題識及元章贊辭。人言爲舜欽藏本者，非也。考之舜欽房所藏，蓋第三本，唐粉蠟紙摹。其第一本又云有易簡題贊，世遠皆不知存亡。然聞字畫精妙，俱不逮第二本也。

題熊自得畫

右小畫二方，豐城熊自得所畫。自得，故元時以藝事入都，即有聲於公卿間。今觀此圖，真得米老家法，而興致幽遠，固可與商高班矣。然數十年來，鄉人束爲故紙，余得而表出之，因歎夫士之所遇，抑各有其時，豈獨茲畫耶？余幼時嘗識自得與熊太古先生於鄉飲大賓之列，二先生物故久矣，而余年亦幾五十，想其風采，爲之慨然。

題子昂書嵇康絶交書後

趙文敏公書法精妙，在故元時爲第一。此書筆勢翩翩，猶碧梧翠竹，鸞停鳳翥，見者無不愛之。至於風神蕭灑，真如中散慕仙，浩然有烟霞之想。而光彩映發，又若華星之出河漢。卿雲之麗，層霄髣髴，不可名言也。尚書夏公得此卷以示余，展玩終日，不能去手。凡觀公之書者，不可求之點畫之間，當如觀馬，具九方皋之目可也。

跋宋進士袁鏞傳後

中書舍人袁忠徹，示余蔣景高爲其高祖宋進士袁鏞天與所譔死節傳，辭約而事覈，所謂不虚美、不隱惡，感慨之中褒貶寓焉，有關於世教矣。天與之志，由是以白，而其事遂傳不朽，此君子於志士仁人所以深致意焉。又其家十七人，聞天與遇害，俱赴水以死難矣。而袁氏之僕隸□其遺孤，獨不忍置。彼謝、趙二子，臨難喪其所守，及有媿於其僕隸，哀哉！孔子曰：「歲寒，然後知松柏之後凋也。」天與有之。孟子曰：「我知言。」若蔣先生者，可尚矣，忠徹當知所重焉。

題新喻蕭氏族譜

宗法壞久矣，後世士大夫家能存譜諜，統其族屬於離合盛衰之際，是亦敦宗之道也。余觀新喻蕭氏譜諜，定著爲二房，一曰皇舅房，晉洮陽公卓之後，卓女爲宋高祖繼母，故卓之後稱皇舅房；二曰齊梁房，齊丹陽尹順之子衍，是爲梁高祖，後世子孫故稱齊梁房。二房皆出自後漢中山王相苞，而新喻蕭氏，蓋齊梁之派系也。譜圖始宬者，宬之上世遠，傳次多缺略，故譜斷自宬始也。宬五代時，仕爲湖南馬

氏神策將軍、太保。宸歿，夫人黄氏攜其諸子處凝、處鈞、處斌、處麟歸江南李氏，賜田新喻，遂家焉。

宸之上譜雖不載，而推其冠冕尊榮之盛、詩書世胄之華，遠有端緒，不可誣也。今其裔孫仁實爲秋官主事，持此譜求題，因以見蕭氏世德之不衰，而仁實敦敍宗族之意，亦可尚矣。蕭氏子孫觀此譜，可不脩其文獻，思有以振其宗也哉？

題楊氏先德卷後

右建安楊公達卿與其配阮氏德善，典列狀、述、銘、表爲一卷，乃其孫右春坊庶子兼翰林侍講榮并朝之才士大夫所譔述也。達卿以仁厚起家，敦宗睦族，施及鄉人。出粟以救毒魚，散錢以收雀鷇，爲酒食召鄉鄰，戒春毋焚山林，雖一草木昆蟲之微，不忍傷其生。有負富室責者，貧不能償，將鬻妻償責。公聞之，即代償，以全其妻夫。後其人從亂兵爲首領，來攻建，徑趨護公家。公又令毋攻城，民賴以不殘。嘗廉得里有盜，公陰濟其匱乏，勸以力農圃，其人卒改行，終身不爲非。又植木於山，鄉人死不能具棺斂者，令取以其〔一〕。其善行若此。

而其配阮氏，性復慈愛，常以弗克奉舅姑，歲時必絜脩以供祭祀，相其夫子，以

勤儉處家，以惠施賙人。夫殁，又能率子婦以禮法，撫育族人孤嫠以及僮孥，皆有恩意。内助之賢又如此，宜其壽考康寧，子孫之多賢才。今庶子以進士躋顯融，膺寵眷，光華於儒紳之間，信乎餘慶者有徵焉。傳曰：「天道遠，人道邇。」未有人事之不修，而能獲乎天者也。觀此，益知天之與善者不誣矣。

【校勘記】

〔一〕「以」下疑有脱文。

題陳仲述行狀後

洪武甲子秋，廬陵陳仲述領鄉薦，來試于會府，與余相見城南老子宫。衆惟仲述有學行，而濟陽丁巨於儒先中最爲博洽，少許可，獨於仲述稱道不置。明年，仲述登進士第，爲御史，有聲。又數年，卒於官。後其子賞入胄監，從余遊，亦登永樂進士第，今爲廣西臬司僉事，乃持其父行述求題。余既哀仲述之蚤世，而喜賞能繼其家聲，信乎君子之有後也。俯仰之間，已成今昔，執筆慨然。

題楊尹明篆書敍古千文後

自史籀作大篆十五篇，而八體六技、凡將、元尚等篇，相繼而出，小學始得有所宗。至漢元始中，徵天下通書者以百數，各令記字於庭中。揚雄最其有用者，作訓纂以續蒼頡，又易其中復字，凡八十九章。而班固後續雄作十三章，凡百二章。六藝羣書，厥載備矣。蓋漢法，試學童能諷書九千以上，乃得爲史。又試以六體，課最者以爲尚書、御史、史書令史。故當時之爲史者，皆通古今，達事理，而循致通顯者，亦多有之。自小學廢，至唐以四科取士，而所謂書者，不過尚其點畫耳。求其能通六體者，蓋鮮矣。

四明楊尹明，嘗學書于曹南吴主一，得篆隸之法，達六書之故。今仕于朝，以其能顯名于時。暇日乃書敍古千文一帙，以訓諸子。所謂通古今、達事理者，誠兼之矣。余喜其志於古學，士林中所難得者，因題其帙後，俾其子孫知所愛敬焉。

胡祭酒文集卷之二十一

墓誌銘

横陽徐先生墓誌銘

徐生諱興祖，字宗起，其先閩人。五代時有諱寅者，嘗事王審知。其孫某，晉天福間避亂來横陽，子孫遂爲横陽人。先生自幼持重，好學不勸，嘗受書於鄭伯玉，受詩於周可仁，受易於史文璣。文璣之學，出於冰壺鄭氏，鄭氏有四書管窺行于世。先生盡得其學，故於義理尤極精粹。至於子史百氏，亦靡不研究，遂以學行爲一時賢士大夫所譽愛。因其所居，稱之曰「横陽先生」，示尊敬也。

洪武六年，以薦授郡學教授。其教人有法，諸生自以爲得師。衛之守將嘗以郡

城北枕江，托潮患，請改築。當道者來覈其事，衆壓於勢，心知其非，莫敢出一言。先生獨奮然抗説其城顛末及潮未嘗爲患，辯甚力，其役遂寢，民賴以不恐。處有寇，嘯聚山谷間，蔓延平陽、瑞安，朝廷遣將殄除之，檄郡丞王全率民爲鄉導。全就先生問計，先生曰：「民愚出迫脅，一時詿誤，無由自新。若開其生路，招諭之來，即爲良民。如此，則烏合之衆當自解散，渠魁必成擒。不然，則玉石俱焚，虞詡之悔，後將何及？」全用先生言，全活者甚衆。二十九年，較藝江西，人服其公。後秩滿，赴天官，得致事。郡列狀上聞，乞留復故職。

洪武三十五年二十有一日得疾，語諸子曰：「吾至此足矣。」遂却藥物，越十有三日以卒，享年七十有六。曾祖諱某，祖諱某，考諱某，皆□□□稱于鄉。先初娶陳氏，繼納黃氏，□□，黃氏出也。配□氏，先十年□□。男二人，長望，次□。女一人。孫男三人，肇、□、□。孫女一，□□□□□年八月甲子，望奉柩歸葬邑之鳳林鄉□□□□之原。有文集若干卷，藏于家。先生敦行孝悌，待母弟篤於義，白首無間言。與人交，久而益篤，雖鄙夫孺子來謁，接之皆有禮意，未嘗幾微及人過失，殆古所謂鄉先生者，是宜銘。銘曰：

維德之和，能學之充。維卒不施，子孫其逢耶。

北京行太僕寺卿兼苑馬寺卿楊公墓誌銘

公諱砥，字大用，姓楊氏，世居澤州之南村。曾大父喆、大父禎、父伯新，皆居鄉里，爲善士。公自幼秀穎，與羣兒處，必習禮讓，進退容止若成人，長老見多異之。年十歲，入州學爲生徒，即知務學。既長，學益懋，遂充貢爲太學生。洪武甲戌登進士第，擢授大行人副，嘗上疏言：「孔廟從祀，宜退揚雄、進董仲舒，有功名教。」逾三載，降湖廣布政司左參議，舉賢能，恤鰥寡，去貪暴，吏民懷服。歲庚辰，以言事謫居遼陽。及上龍飛，特起授鴻臚寺卿，時父已喪，乞終制，歸廬墓側，日夕哀慟，人不忍聞。

永樂二年，起復爲禮部左侍郎。後以巡視河道，坐失職，降工部營繕主事，又調禮部主客主事。八年春，扈從北征，典功賞，有勞勩。十年二月，受命謁北京，簡閲馬騎。還，遂授行太僕寺卿。明年，又兼苑馬寺卿。而公於馬政，竭心盡職，往來畿甸之間，監牧攻駒，馬大蕃息。至於有司政令之得失、民情休戚之所關，知無不言，由是寵任益隆。

十五年十一月，丁母夫人司氏憂，護喪歸葬。特蒙恩賜鈔千錠，道塗給力役。

行次澤州之黄華里，去家近一舍，以悲哀匍匐得疾，寓于勝因寺。明年正月己巳竟卒，享年五十有四。訃聞，上悼惜之，遣官諭祭。三月庚申，葬于州城之東南村之原，祔先塋也。配焦氏。子男二人，長璞，次瓚。女一人，適李貴。銘曰：

惟楊氏，出自晉。始伯僑，衍厥胤。歷秦漢，微復盛。炳公卿，襲華膴。迄于今，世晉城。胄雖遥，系乃明。公挺生，揚休聲。著政績，流德馨。澤之東，南村岡。浮山鬱，龍門蒼。珏峰秀，丹水長。宅兹幽，公之藏。百千祀，永不忘。

嘉議大夫北京行部左侍郎劉公墓誌銘

北京行部左侍郎劉公既卒，其孤徵以予與公故，乃寓書奉狀，來求墓銘。按狀，公諱辰，字伯静，姓劉氏，其先沛人，後徙鄞，遷婺之金華，則自公之曾祖三顧始也。三顧仕元，爲明台上萬户府經歷，幼鞠于舅王氏，遂因其姓。故公之祖文璘、父志，皆姓王氏，至公復姓劉。

公慷慨負氣節，喜立功業，以表見于世。初，王師親下婺州，公首上謁，署爲典籤，奉命使方谷真〔一〕。谷真令左右飾二姬以進，公峻却之，其人慚而退。浙江左丞李文忠開省于嚴，辟公置幕下，以資贊畫。時元帥葛俊守廣信，當祁寒，集丁夫浚

城濠，民苦之，欲爲變。文忠止之，不聽，遂怒，欲臨以兵。公請往諭以大義，俊即悔悟，謝文忠，意乃釋。既而授監辦金華茶鹽官，秩滿課最，以親老歸養，教授鄉間。嘗道遇故人李惟中死於逆旅，具棺歛瘞之。任昊母喪不舉，遺金葬之。未幾，二親繼歿，執喪哀毁不勝衣。所居室廬，僅蔽風雨，饘粥或不繼，處之裕如也。里人劉十八懷金入城，遇二卒圖其金，與飲醉之，扶行水次，欲加害。公見力解之，獲免。後以懷才抱德，起爲湖廣道監察御史。臨江同知陳斌受賕及銀工盜金，皆坐死，公爲辯之，得減死論。

居二年，以蹇諤聞，擢知鎮江府，興廢舉墜，勤於其政。聞宋宗忠簡公墓在丹徒荒穢，墓田據於民，即加封樹，復其田，命墓傍寺僧收田之入，以主其祀。丹陽道接句容，細民任負載者，往往因日暮行劫，行旅患之。公嚴爲禁，盜遂息。郡有瀕江田八十餘頃，歲久淪没，仍責賦於民。公請于朝，除之。京口閘廢，舟楫不通，東南漕運者轉新河、江陰二港以出江，多爲風濤阻溺。公乃自京口至吕城百二十里去淤塞，甃石作壩，脩閘門，順水勢之出入，於是公私便之。然漕河源淺易涸，每仰練湖以益水，湖有三斗門，亦廢。公又脩築之，三斗門成，漕運之舟既通，湖下之田益稔。時浙河轉輸之民〔二〕，道其境上，死者爲收瘞，疾者給米，命以小舟送出境，賴以

活者數百人。

永樂元年夏六月，以預脩國史知故實，賜白金、文綺、襲衣，陞江西布政司左參政。至則以久雨，江水汎溢，九江諸郡瀕江之田皆澇，饑民爲盜，富室各罹其害。公即檄郡邑，勸富民出粟以貸飢者，蠲其役以當其息，官爲立券，約明年償本粟。由是富者樂從，飢者得食。南安、贛州等九府荒田糧六萬餘石，有司歲抑取於民，民不堪。公以聞，悉蠲其額。後以同官坐事相連，免歸。

永樂六年秋，命下，復起爲北京行部左侍郎，出特恩也。公以老不任政，日被顧問，留京師者三年，乃賜敕書、文綺、鈔錠，致事歸。踰年，復驛召至京，命督工武當。未行，疾作，又賜鈔錠，遣官督醫，給驛舟送還。至常州毗陵驛，遂卒，實永樂十年七月二十三日，春秋七十有八。孫祚奉柩歸，葬文星門下閣塘先塋之次，是年冬十二月九日也。娶陸氏、董氏。董氏，元中書參政嘉訥女，前四年卒。陸氏，有婦道。子男二人，徵、觀，觀蚤世。女二人，長適東陽施信厚，東川軍民府經歷；次適徐叔紹。皆陸氏出也。孫三人，祚、祺、禧；女一在室。予與公舊同史館，知公爲人直涼多聞，而公亦以此自信，有古節士風，可尚已。銘曰：

不撓不汙，而端其趨。不激不隨，而安以居。恩榮始終，而善不虛。嗚呼休祀，

欲知其人，視此刻硌。

【校勘記】

〔一〕「谷真」，隆慶本均作「谷珍」。

〔二〕「轉」以下底本錯簡，今據隆慶本改。

故昭勇將軍龍驤衛指揮使唐公墓碑

江西都指揮使司都指揮使唐琮，既葬其光公昭勇將軍、龍驤衛指揮使于某處，于今幾年，墓無文，懼無以昭先德，乃奉狀來請著其事，將樹碑墓道，以傳後世。

按狀，公諱光，字大泉，姓唐氏，鳳陽之定遠人。曾大夫元〔一〕，故不仕。大父震、父冕，皆以公貴，贈昭勇將軍、指揮使。元季天下兵争，公奮身起行伍，從王師征討，屢有功伐。洪武三年，授西安衛百户，以材能尋攝堅城衛千户，將所部征西番，克洮州，進取阿速、石門關、雪山等寨，遂授堅城衛副千户。某年，從某公征壇帽山，追虜深入沙漠而還。繼從某侯征雲南，連克普定、普安、曲靖、楚雄、大理、金齒、永昌諸處，進階武略將軍。十七年，論征南功，陞齊州衛指揮僉事。又從征捕

魚兒海，獲虜衆并輜重馬牛羊無筭。及追降乃兒不花，與有功，復征塔灘、寧夏，進階明威將軍。某年，略地臚朐、朵顏衛處，遂拜龍驤之命。後征五間還，以老疾休致，子琮襲其職。

公之生也，前甲戌八月十八日；其没也，庚辰五月十六日，春秋六十有七。配姜氏，封淑人。子男四人，長即琮，嗣公之業，鎮方面，有賢名，以□懷遠將軍某衛指揮同知，後公九年卒。次璵，亦卒。次□，讀書通儒術，且精於醫。孫四，曰純，曰緒，曰綱，曰紀。曾孫三，曰賢，曰良，曰方。於戲，公以武勇發身，奮威敵愾，致通顯三十餘年，辛勤始終，功勞著矣！又善馭下，得士卒心，所以委祉錫慶者，不亦遠乎？乃爲之銘曰：

赳赳龍驤，奮身戎行。攀龍附鳳，威武載揚。顯融推恩，于先有光。垂休尉後，子孫其昌。松楸鬱鬱，有封若堂。鍾靈毓秀，永世其芳。維公之績，昭揭不忘。後百千祀，視此刻章。

【校勘記】

〔一〕「夫」，當作「父」。

亡兄若愚墓誌銘

嗚呼！我伯兄若愚甫，以永樂十二年七月八日卒于家，享年五十有六。祀以明年十二月二十有二日〔一〕，葬于南昌城南九子岡之原。其弟儼在北京，不得與襄事，謹銜哀敍次其始終爲銘，歸而刻石，納諸墓。

兄諱發〔二〕，字若愚，爲人器質魁梧，性聰敏，自幼讀書一過輒成誦，終身不忘。既長，善治生業，以孝養二親，給官府裕如也。又能友愛其弟，不使親家事，得專志于學。至於處宗族、處鄉人，和氣藹然，無不順適。卒有是非利害加之，遇之常坦然，未嘗見喜愠。後寓京師，居五年，得末疾以歸，歸十有七年而卒。母孺人徐氏。配劉氏，子二人，旭、昱，昱先六年卒。側室藍氏，子二人，杲、暈；武氏，子亦二人，暠、曦。女五人，長適劉正學，次適劉朝英，次適吴士傑，次適徐用中，一在室。孫二人，訓、讓；女三人。

兄平生善鼓琴，又通於醫，自京師歸，喜居善藥，時推以濟人，人之誦之。雖老於其業者，輒讓以爲能。嘗告儼曰：「術者言我壽不滿六十，我何爲而勞生哉？」故不復治生業，隨所入自給。日絃琴詠詩以爲樂，遂陶然以此終其身。嗚呼，其疏

朗曠達，豈不超然無累於物乎？銘曰：

嗟嗟伯兄，遽止於斯。孰不欲富，己獨若遺。孰不欲壽，獨識其微。泊然其休，溘然其歸。嗟嗟伯兄，永瘞于兹。予哀弗宣，徒以永思。

【校勘記】

〔一〕「祀」，原作「士」，今據隆慶本改。

〔二〕「兄諱」，原作「元詩」，今據隆慶本改。

從子昱殯誌

昱，字普之，姓胡氏，吾兄第二子也。自幼知孝，每得食飲，必先以奉母，母不食，輒爲之勸，母食乃喜，然後自食。性純惠，未嘗忤於人。自内外族婣以至閭巷童子，愛之無間言，咸曰稱吾家兒也。永樂五年秋，來京師省余，相處者八閱月。人言其善飲酒，余間酌之，及自外與朋徒雖劇飲歸，禮容秩然，未嘗有亂。余竊自喜，曰：「是兒將有大過人者。」豈謂家門多故，薦罹酷罰，六年秋九月十日，先公既棄諸孤，而昱匍匐襄事，遂卧疾不起。七年正月二十五日，竟以夭折，得年二十有

六。嗚呼，痛哉！

母劉氏，妻萬氏，有子三人，難孫、吉孫、善同。女一人，妍奴。卒之後三日，殯于南昌城南敬中寺之隙地。孔子曰：「仁者壽。」嗚呼，若昱之孝於親、宜於家、和於衆，可謂仁者，非耶？懷抱至行，而卒以夭死，天其難諶矣乎？或者曰：「賢者不必貴，仁者不必壽。」是耶，非耶？余哀其將有成，而齎志以歿。用誌其事始終，俟改葬而銘焉。

南昌鍾文亨曁妻熊氏瘞衣壙誌

國子生鍾禄，父母蚤世，不克葬。抱終天之痛，無以寓其孝思，乃以二親嘗所服衣，效世之所謂「招魂而葬」者，於西山後溪祖壠之原，穿壙祔焉，來求誌。事雖弗經，而情可哀，是亦禮之變也。乃誌曰：

禄之父，諱文亨。其先世居廬陵之萬安。厥考名遠，始徙南昌，子孫今爲南昌人。母黄氏。文亨爲人，謹敏小心，善事其親，友于昆弟，和於鄉黨。鄉黨之人，稱之無間言。後以事詿誤，逮繫獄以卒，得年三十有七。配熊氏，賢而有婦道，哀其良人之不獲有，終悲鬱成疾，越四年亦卒，得年三十有六。家人以其淹疾而焚棄

之，時禄兄弟俱幼無所知，故至于今徒懷哀傷之感，而嗟無及矣。文亨之卒也，洪武辛未五月六日；熊氏之卒，則甲戌六月七日也。子男三人，長曰祐，次曰禎，次即禄也。女一人，適陶宗祐。孫男三人，震、霽、霖；女四人。今之瘞也，永樂乙未十二月二十七日。

嗚呼！人子之事親，莫大於送終。至於不克葬，何以爲心也。然其心豈可已，惡可已，則瘞衣之舉，亦盡其心而已矣。後之人觀斯誌，則哀斯人之不幸，而其子之志不亦悲夫。

宜人王氏墓誌銘

吏部考功員外郎鄭誠之母宜人王氏卒，乃以北京行部吏曹員外郎李永年所述宜人之世系嬺德來乞銘。宜人諱順正，其先鄭州之河陰人。宋季，幾世祖某仕于建昌之南城，因家焉。祖某，父文琬，皆篤行，爲端士。母雷氏，生宜人，性聰慧，自幼閑女紅，頗讀書知古今，年二十歸同里鄭守中。

守中故士族，前南陵典史玄隱之孫，處士瀚遠之子，世以家法稱州里。宜人爲冢婦，謹執婦道，公姑交贊。姑黄氏没，事祖姑吴孺人如其姑，朝夕不離側，吴孺人

甚愛之。守中家富饒，宜人能以勤儉自持，至於奉祭祀、待宗族、接賓客，豆籩飲食之具必豐旨。舅姑没，而守中之季弟幼及女姪之喪其母者，無所恃賴，宜人皆撫育成人，爲之婚嫁，族里重之。

教訓諸子，嚴而有恩。誠遂以邑庠生領鄉薦，登太學，爲吏部司務，陞今官，顯名于時，於其親有榮耀焉。守中有弟三人，□中娶杜氏，則中娶黄氏，敬中娶章氏。宜人處娣姒和順而有禮，閨門之内，始終無間言。故守中兄弟同居友愛，老而彌篤。人皆以爲宜人之善相其夫，此尤難也。

年五十有三，以疾卒于家，實永樂十六年十二月九日也。將以明年□月□□日，卜葬于某處。子四人，長煜，次即誠，次炯，次某。女二人，長適下邳余勉，次適武威廖益。孫□人。於戲！世之人兄弟相處，未始不親愛，或不幸以婦故，鬩墻傷恩者，往往有之。家之所由盛衰，君子每致意焉，若宜人者，不亦賢乎？乃爲之銘曰：

孝其姑，相其夫。宜其家，撫諸孤。不忮不嫉，閨門愉愉。和順致祥，于後有光。勒銘幽室，永固其藏。

節婦葉氏墓碣銘

歙有節婦，姓葉氏，諱德，壽百歲而終。既葬十有四年，其曾孫順書其事來北京，介予鄉人胡思名詣吾廬，拜而乞銘，將刻石墓上，以昭懿德示子孫。辭思而意誠，乃敘而銘諸。

節婦之父曰遷輔，世爲歙人。生節婦，甚鍾愛，年十六擇壻，得同邑江萊甫而歸之。初歸，江舅已歿，朝夕事姑惟謹，罔有闕遺。相其夫，辛勤以立家，克盡婦道。既十年，萊甫卒，節婦時年二十有六，無嗣，乃以其兄呈甫之次子榮爲後。榮在乳哺〔一〕，撫育盡其心，及長，教訓之以義。惸然閨門之内，精純一心，以率其下。春秋祭祀之具，長幼衣食之需，賓親往來之禮，皆經營於節婦，不以煩其姑，而人稱之。元末兵亂，奉其姑避亂山谷中，服勞奉養，未嘗面憂戚之色，而姑安之。國朝王師平禍亂，乃奉姑還，督僮拏，營舊業，土田日墾，物産日滋，而家益富。姑卒，喪祭如禮，人尤賢之。

洪武辛未年八十有五，郡邑以其事聞，詔旌表之，署其門曰「江萊甫妻葉氏貞節之門」，仍復其家。於是閭里有光，子孫蒙休，風俗用勸。又十有五年而卒，實永樂

丙戌十一月四日。距其生之年故元大德丁未，歷甲子五百九十餘世，鮮矣。以卒之年某月某日，葬歙北新州之清平里，祔其夫之墓。子一人，榮也。孫二人，長仁，次祥。女二人，長適孫善，古田知縣；次適吕士賢。曾孫三人，長即順，次堅，次保；女四人。玄孫十一人，曰善，曰永，曰惠，曰文，曰忠，曰希，曰政，曰淮，曰信，曰杭，曰勝；女六人。

嗚呼！洪範五福，克全者難。五福以壽爲先，壽登百齡，尤難也。世之人，自身及子孫者有之，及曾孫者爲難，至於見玄孫，不尤難乎？況婦人之行，脩於閨門，人莫得而知，至其終身，則可知矣。若節婦，自少喪其夫，守志以終其身，始終如一日，其享期頤，蕃子孫，揚休聲，而垂世範者，宜哉。天之與善，不誣矣。銘曰：

金石之堅，有時而折。冰玉之潔，有時而涅。嗚呼！節婦之志不可奪。行皦皦兮女之傑，身五福兮名不滅。

【校勘記】

〔一〕「哺」，原作「甫」，今據隆慶本改。

故鎮國將軍山東都指揮使司同知守淮安施公墓碑銘

公姓施氏，諱文，字文彬，揚之泰州人。元季張士誠倡亂，江淮繹騷。公從衆，居行伍。吴元年，中山武寧王下姑蘇，平士誠，公歸王隸麾下從征。是年克山東，擒王宣，降老保。明年爲洪武元年，從下汴梁，戰河南，收潼關，過衛相入河，遂平元都。轉真定，擣太原，逐擴廓帖木兒，掩其軍而有之。二年，從王取陝西，降李思齊，進取臨洮、金蘭諸處。三年，取定西，略察罕腦兒，皆預有功，擢爲伍長。四年，從潁國公克成都。五年，從曹國公征和林。六年，復入沙漠，追北擴廓帖木兒。七年，征太石崖，剿故元國公驢兒。八年，充隊長，從西師者又三年。至十五年，往永之陵零，覈實魚課，奏減額之半，民德之。十九年，從潁國公征雲南。

二十年，復征沙漠。明年，入哈剌哈之地，牽騎而步者六旬。衆問故，公曰：「蓄力所以作用也。」衆然之。時定遠侯前鋒襲見虜營，報侯，侯以後軍未繼，俟衆集乃擊之，公進曰：「若俟後軍，彼衆亦集矣。譬如逐禽，出其不意，必掩羣而獲之。」侯聞公言喜，即率輕騎直擣虜營，虜果奔駭，遂擒其帥，俘其衆，獲金寶輜重而還。論功，賜黄金百兩，白金倍之，綺衣四襲，超陞蔚州衛，世襲副千户。又從潁國

公北征，追故元遼王。軍行，遽令下班師。衆還，公獨曰：「非此用奇也。」即命軍士節鋘糧，嚴裝以俟。越二日，果趣師深入，掩擊虜衆，直至鴉窂山。公之士得足食，他隊弗如也。

三十三年，王師至蔚州，遂歸順，陞義勇中衛、正千户。未幾，陞蔚州衛指揮僉事，戰白溝，攻濟南，陞指揮同知，進指揮使。破滄州，戰東昌，鏖夾河，掀藁城，陞都指揮僉事。既而領前鋒，進至金鄉、魚臺，募兵隨駕南征，大戰靈壁。度淮，留守泗洲，陞浙江都指揮同知，尋改山東都司。永樂元年，移守淮安。明年，誥授鎮國將軍。

祖名得，父仲安，皆贈官同公。祖母蕭氏，母徐氏，皆贈夫人。公在鎮十有八年，享年八十有一，以壽終，實永樂十八年十一月六日也。是年十二月二十五日，葬山陽大義鄉之黄墩。娶李氏，先卒，贈夫人；繼甘氏，封夫人；又繼孫氏。子男三人，曰政，曰仁，俱蚤世；曰義，李出也。女一人，適驍騎右衛千户王某之子忠。孫男四人，曰憲，曰恕，曰惠，曰懋。孫女三人，幼在室。嗣子義，以廬陵晏璧狀，因山陽丞崔奎來徵銘。公既葬於法，墓道得樹碑，乃具列其功業如右。

余嘗奉命南還，過淮，公來相見，禮甚恭。與語，辭甚實，知公忠信人也。又聞

其初至淮，郡有五壩，商船經壩者，必徹貨而後度運。夫羣黨乘造次掠取，商貨往來者深患之。公擒惡少，悉寘諸法，患遂除。郡有蝗，宿遷爲甚，公命千户孫恩率軍士捕瘞萬餘石，蝗乃絶。公性孝，常以少失怙恃，弗克養，歲時祀事，輒悲咽垂泣者久之。且爲人質直，見義有爲，臨陣而勇，居官而慎，待僚屬和而正，御士卒嚴而恕，撫百姓愛而公。故臨終之日，遠邇傾赴，耆艾銜悲，是不可以泯，遂以其事銘。銘曰：

元綱失馭，昏于末嗣。江淮首亂，黔黎顛躓。朋從即戎，罔有忘避。公雖糾糾，莫寧厥志。大明麗天，萬□光輝。爰歸于正，同我王師。從戰則克，從攻則隳。西極流沙，北窮大漠。載收南詔，不憚巇崿。掀襲虜營，追奔駭愕。功懋懋賞，黄金繡襮。雲龍之興，先機效順。拔擢義勇，千夫是正。前鋒于邁，敵衆瓦解。遂僉帥閫，櫛露不懈。由浙而齊，留守于淮。令行禁止，士民孔懷。甸宣公忠，十有八載。壽考康寧，燕飲樂愷。倏然長辭，遠邇興悲。填郭隘郛，執紼引輀。淮甸之陽，黄墩之岡。兹惟公藏，寔宅其良。儲休委祉，後嗣克昌。丕昭嘉績，刻此銘章。

監察御史黄宗載母孺人李氏墓誌銘

監察御史□□□□□□□孺人之喪，俾解官將歸葬，□述孺人之□□□□□□□□□姓李氏，□□□□□□□□□□□□於其親，年十八歸處士，黄子貞□□□□□□□□人，避兵青溪，□□□□□□□□□□□□田築室，留處士家青溪，孺人曰□□□□□□□有先人田廬不歸，廢先業，遂從處士歸故里，□□□□□□□□以給衣食。

處士教授鄉閭，孺人理家事甚得宜，不以煩處士。歲時佐祭祀，具物必修潔，待賓親内外必盡禮意。至於御下撫幼，一以慈愛，各得其歡心，人皆賢之。子宗載，以進士擢行人司正，丁處士憂，既起復，臨別牽衣泣曰：「吾未亡人，無以教汝，居官但清慎奉法，以無忘汝父之訓，精勤職業，以報朝廷，無忝爾所生。吾老，汝不□□，吾瞑目矣。」永樂十六年十月一日，以疾終于家，享年八十有九。將以某年某月某日葬某處。子男三人，長宗直，次宗曼，次即宗載，今爲監察御史。女二人，長適熊原瑀，次適熊孟永。孫男十一，伯凱、仲凱、叔凱、季凱、文凱、行凱、忠凱、信凱、智凱、德凱、禮凱。曾孫三，女五。銘曰：

孰不爲婦，相夫以義。孰不爲母，訓子式父。婦道母儀，克全其休。嗚呼兹丘，吾銘其幽。

贈兵部右侍郎徐公墓碑銘

兵部右侍郎徐琦大父母之殁，初殯賀蘭山之東。後十六年爲永樂壬寅，乃卜地某處改葬焉。徐氏世居錢唐，其初自太末爲望族，至琦之大父德富，家益碩厚。而無賴子利之者構患，徙於濠，又徙武功，卒戍寧夏，居寧夏者三十餘年，未嘗面憂戚之色。蓋其爲人嚴重，處家庭本禮法，與人交篤信義，教子孫敦詩書。而性又好施予，遇冬祁寒，輒出粟爲粥，以食貧者，歲以爲常，德之者衆。嘗在道間得遺橐，皆服飾奇物，語其孫琦曰：「此遺者一家之産也，苟取之，於其人何？」於是持以徧告於市，果得其人，言相符，遂與之。鄉人見者皆稱歎，高其義。德富享年八十而卒，實永樂丁亥七月十有七日也。

配季氏景真，亦錢唐人，性聰慧，精女紅，自幼知讀書，女誡、女則、列女傳諸書，誦之不忘。其爲婦，事舅姑孝敬，助祭祀潔修，處閨門和順，待親族雍睦，而儀於子婦，甚得母道。享年六十有九，後其夫幾日卒，葬與夫同兆。宣德□年，德富以

琦貴，贈嘉議大夫、兵部右侍郎，季氏贈淑人。子一人，永恭。孫三人，長即琦，次瑱，次瑾。孫女二人，長適趙需，次適靈州千户戴惠。嗚呼！人患不爲善，有其善者，未有不食其報。德富之事，頗同竇禹鈞，而琦之顯融，得贈封其親。天之報施，豈虚也哉？琦將樹碑于墓，來徵銘。銘曰：

徐自太末，後徙錢唐。顯微禪續，積善乃昌。嗟嗟德富，中罹構患。益篤於善，不賤於□。遺不吝與，貧輒予飯。爰有淑人，□□□□。□□□□，□□□□。□□後人，策名縉紳。□□□□，□□□□。□□□史，永矢弗諼。

胡祭酒文集卷之二十二

墓誌銘表

胡徵士墓表

徵士諱宗仁，字彥德，姓胡氏。其先有名藩者，宋元嘉中仕爲太子左衛率，謚壯侯，世居豫章之奉新。至五代時，藩之遠孫持，避地始徙常州，子孫遂爲晉陵人。其居奉新者，至今以華林爲望，大族也。持生徽，徽生㝝，㝝生宿，由宋天聖二年進士，歷翰林、端明、觀文三學士，又累官樞副、吏侍，至尚書左丞，以太子少師致仕，卒贈太傅，謚文恭。於是祖考以文恭貴，皆得贈封：持，太師、岐國公；徽，太師、祈國公；㝝，太師兼中書令、沂國公。自是登進士第、位通顯者，代有聞人，而胡氏

遂又爲晉陵望族矣。

此以後數世，譜闕其傳次。至諱中立，仕爲常州置制，實徵士之高祖也。曾祖昭，隱德不仕。祖庸，仕元爲江浙儒學提舉。考禎，善醫術，常州路醫學録。妣徐氏，亦通醫，蚤喪學録，守節者四十餘年，常居善藥濟人，人甚德之。辛勤撫育諸子女，而徵士雖幼失怙，得以成立者，皆母之教也。

徵士爲人果毅，篤于孝友，世業醫，故術益精詣。視人之疾，惟恐不及，未嘗計貲之有無厚薄，必痛而後已。邑博士李伯輝嘗遘艱疾，人咸以爲不起，徵士旦暮視之，不少懈，疾乃瘳。李厚報之，徵士辭不受，人尤高其義。洪武壬戌，有司舉孝廉，以母老不就，既而歎曰：「已不獲仕，當有以紹厥家也。」乃命子濙入邑庠爲生員，勉令務學。平生倜儻有大志，慕司馬子長之爲人，嘗浮大江，入淮逾汴，西至關中，又南入閩，歷兩廣之郊，覽觀其山川古昔興亡之跡，慨然興懷，有高視千載之意。

洪武乙亥夏五月，以明醫召入京，次索水。命其子濙曰：「此去京近，汝往僦館舍俟我。」濙既行，越二日，徵士至淳化鎮，無疾端坐而逝，實六月一日也，得年四十有九。訃聞，濙哀慟匍匐，奔赴喪所，輿櫬歸，以是年某月某日，葬于武進縣孝仁鄉

儲范莊先塋之左。配李氏，有婦道，亦知醫，後徵士二十二年卒，卒之歲爲永樂十四年丙申，其月日五月五日也，壽七十，祔徵士之墓。子男六人，曰翰；曰濙，禮部右侍郎；曰真，蚤世；曰安；曰定；曰忠。女二人，長適孟文中，次適顧旦和。孫男三人，義、長寧、端；女六人。

予觀郡乘，見華林胡氏，嘗嘉其世之遠而族之盛也。上下千百年間，盛衰存亡之際，有可慨者多矣。獨胡氏之居華林，雖千百年而文獻不泯，得不謂積善之長乎？迺若徵士，亦華林之族之裔，德善又可稱，而卒不施，其餘慶固有在也。濙以其狀來請，乃敍次其顛末，表于墓云。

有嚴先生墓表

翰林檢討蘇伯厚，以永樂九年十一月二十有二日卒于京師官舍，享年六十有四。將卒，命其子鎰曰：「吾瞑目後，□于墓曰『有嚴先生之墓』。」鎰泣而問故，曰：「吾平生無過人，但以嚴自守，終其身無玷缺，得正而斃，是曰有嚴。」鎰於是奉右春坊右庶子兼翰林侍講楊公榮狀來請爲之表。

嗚呼！士之所以異於凡衆人者，能脩身慎行也。臨深履薄，啓手啓足，嘗于終

身之嚴也。世之爲士者皆知之，知之而能履其事，履之而能保其全，則無忝所生矣。然或褒衣巍冠，凌傲偃蹇，傾邪憸愎，悖道傷化，虧行辱身，以及其親，是皆曾子之罪人也。若先生者，豈不賢於人乎哉？

先生諱竴，字伯厚，姓蘇氏，世爲閩之建安人。居璜溪，本姓雷氏，其曾大父文叔出後於蘇，子孫遂爲蘇氏。先生爲人謹厚，爲儒通，爲教尊。建之士子爲名進士，爲達官，彬彬然有禮讓之風者，多出先生之門也。及居翰林，預脩國史，繼脩永樂大典，任總裁，皆能其事。其居家也，恩義均骨肉，禮教詒子孫。其居鄉黨也，勇於爲義，豪横者知所化服，貧弱者有所樹立。其於名教也，復學宮之舊規，新先賢之祠宇。又嘗語當道，發官廩以賑饑民，民賴以生者甚衆。至其胸次悠然，不爲物攖，於外飾無表襮，與人交循循樂易，故人皆愛之。既歿也，莫不惜之。鎰扶柩歸，將以永樂某年月日葬某處。其世次履歷，與夫行事之詳，學士胡公具誌于幽室。余故摭其立身行己之大端，用表諸墓，庶幾成先生之志云。

周子旭墓表

翰林編脩吉水周偉孟簡之父子旭，卒于洪武庚午十一月十有六日，距卒之十一

年庚辰十一月十有三日，始獲葬于其里五斗坑之原。又十三年永樂壬辰，偉懼潛德弗彰，無以示後，乃以北京國子司業董子莊所著行狀來請表于墓。

子旭，諱昇，姓周氏，其先本吴太尉瑜之後，瑜之子都鄉侯胤謫徙廬陵，子孫遂爲廬陵人。後徙吉水之櫪山，又徙桑園，故廬陵之稱望族，周氏其一也。高祖閏卿，曾祖希賢，宋咸淳間，父子並以文學領鄉薦。祖方瞻，隱居弗仕。父仁德，仕元爲某處教諭。嫡母李，所生母曾。值元季喪亂，教諭與二母相繼以殁。子旭方髫齔，侍父母疾唯謹，及襄事，雖劻勷中，厝置皆如禮，人稱其能子。同母弟謙無子，子旭命子偉後之，人又稱其友愛。

嘗以訟事與謙逮繫，兄弟争就逮，有司以罪無兩，及謙篤請自逮，遂謫戍遼陽，而子旭傾資往援，謙竟道死。子旭感念，恤其妻孥，異居而復合，人又義之。其爲人倜儻好潔脩，遇貧急者尤好施予。與人交，情意藹然，久而不變。其卒也，得年四十有八。配孔氏，又娶袁氏。子男三人，長傑，出孔氏；次偉，次俊，袁出也。女四人，俱適士族。

嗚呼！孝友，人道之常也。君子身之，宗族鄉黨無間言，而人或歉焉。若子旭者，固以爲難矣。余不識子旭，獲交於偉，觀其循循雅飭，儼然孝友之人也。稱人

之善，必本其父兄，偉也其有本哉。用表諸墓，以示于後。

趙以德墓表

太醫院御醫趙友同，既葬其先君子雲居先生于華亭集賢鄉鳳凰山之原〔一〕，十有三年矣，乃以天台陶九成所述行狀來請表于墓。儼昔在華亭，與友同有斯文之誼，又嘗獲親先生，固不可辭。

乃按狀，先生諱良，字以德，姓趙氏，雲居其別號也。七世祖宋武節大夫士翮，實周王元儼之裔孫，遭宋南渡，始由汴遷睦。武節之子武義郎不玷，後官浦江，遂家焉。武義生武經郎善近，武經生武翊郎汝侃，武翊生崇褑，有學行，是爲介軒先生。介軒無子，以從子必俊爲之後，先生父也。

先生天資篤實，有才略。元季嘗試吏于婺之臬司，再掾蘭溪、温州，當路者多賢之，然非本志，竟辭去。嘗歎曰：「人有恒言，達則爲相，不達則爲醫。庶幾可以及物也，吾寧碌碌苟名耶？」遂從鄉先生朱彦脩學醫。彦脩之學，以難、素爲宗，其達變制用，則合劉河間、李東垣而一之者也。故先生授受端緒有自，本領親切。業成，有薦爲海道萬户府從事，又歎曰：「從事可爲，吾何必去吏也？」亦不就。

張士誠竊據吴，招致賢士，或勸之往。先生曰：「吾志不在此。」乃挈家去之華亭，混跡田野間，惟以醫自將。凡疾疢求者，不以貴富賤貧皆應之。其瘵疾，不計資之有無厚薄，一以善藥，隨所施，輒奇中。至於沉痾痼瘵，他醫所不能療者，得先生又即瘉，由是其業遂擅浙西東。平生篤於教子，長山胡仲申、潛溪宋景濂，皆與先生爲鄉里。遣子從之遊，諸子遂有聞于時。先生後占籍姑蘇，素愛九山之勝，常往來華亭，隱約終身，裕如也。

洪武辛巳九月，遘微疾，曰：「吾歸矣。」命家人製深衣幅巾爲歛，奄然而逝，實是月十八日也。其葬也，是年十一月二十六日，享年八十有七。初娶劉氏，繼室金氏，皆先卒。又繼鄭氏，至是與金氏合窆焉。子男三人，長友泰，次友儀，次即友同。女三人，皆爲士人妻。孫男八人，季敏、季敞、季孜、季寧、季詢、季敷、季諒、季誠；女三人。曾孫男二人，同愷、同悌；女一人。所著書有醫學宗旨、金匱方衍義。

先生性孝友，歲時祀其先人，未嘗不垂泣。諸兄弟同産，悉推讓之，人亦以爲賢。儼嘗與先生會於九山之間，夜讌張氏之堂，衆賓皆醉，而先生且老，達旦無困容，與語皆根據切實。觀其視聽聰明，髮漆黑，周旋不違規度，誠有道君子也。今

其已矣，不可使湮没，故敍次其始終，表諸墓，俾來者有徵焉。

【校勘記】

〔一〕「集」以下底本錯簡，今據隆慶本改。

故禮部祠部主事薛公墓表

吏部稽勳員外郎薛常，持其尊公故禮部祠部主事行實一通，求爲墓表。祠部之殁二十有三年，而卜葬已二十一年矣。至于今，始求文刻石，以圖不朽，常之志固有待也。余與公昔相見祠部，頗知公之爲人，而門人戴正心所狀事甚核，乃論次而爲之表曰：

公諱才用，字文舉，訥齋其別號也。自幼聰慧，喜讀書爲文辭，以舉進士爲業。嘗從故御史中丞劉公基受春秋，而卒業於錢編脩用壬。用壬後爲禮部尚書，而公之學鬱爲成德，遂有聲于儒林。洪武初，詔天下建學立師，邑大夫賢公聘爲弟子師，公與其徒日講説經史，磨儱造就，多爲善士。五年秋，公被薦詣闕，將授官，以母老辭歸養。

十三年春，復以文學徵，辭不□，乃起授太常博士。居兩考，得贈封其親。又五年，陞禮部祠部主事，任太常，習故實，博洽有聞。居祠部，郊禋□□，舉合儀法。一夕夢歸省，見太孺人，告曰：「吾疾謂不見汝，今見汝，吾目瞑矣。」既而驚寤感痛，莫知所措。越三日，果得太孺人訃告，公攀號不絶，至家，竟以疾卒，洪武二十六年二月十四日也，得年五十有六。後二年十二月甲子，葬于先塋駱嶺之原。

公之先，河東人，後徙杭州。有諱昂者，仕宋爲門下侍郎，母弟杲，亦仕爲朝奉大夫，又徙越之上虞，遂家焉，是爲公八世祖。曾祖舜卿、祖登、考文珪，皆有隱德。文珪以子貴，贈承事郎、都指揮司都事。母史氏，封太孺人。娶趙氏，故宋宗室女，亦封孺人。子一人，常也。公平生有善行，能文章，與人交循循然，言若不出口。嘗衆論讙然，各以其能相高，公遇之，終日未嘗一言文事，而卒以謹飭畏慎終其身，可謂有德之君子矣。此余之所知者，并以正心所狀，表于墓石，以垂諸後云。

王希範墓誌銘

永樂十八年三月辛未，禮部儀制主事王希範卒。余既吊哭退，其孤錫持狀來乞銘，將歸葬，納墓中以詒諸後。余與希範永樂初同被選，擢入翰林，又同日拜恩命

爲檢討。時希範年甚少，氣甚鋭，學通而才敏，於人少許可，獨以余齒少長，頗推讓。相與幾二十年，始終如一日。今已矣，銘不可辭。

按狀，希範諱洪，曾祖德甫，祖善，父輝，世居錢唐。希範生八歲，即知務學。及冠入郡庠，從訓導胡粹中授春秋，日記數千言無遺忘。下筆爲文辭，沛然有奇氣。率所事所言，若老成人，粹中大器之。年十八，舉進士，任行人。將命關陝，得使職，人賢之。未幾，陞吏科給事中，遂爲檢討，修大典，爲副總裁。滿考，陞修撰，又陞侍講。三以大比典文衡，取士甚公。職侍講踰二年，遷今官。適尚書吕公巡行關陝，凡部事悉委希範敷奏，論事詳明，同列敬服。朝廷方屬意希範，而希範竟遘末疾以卒，享年四十有一。其疾也，得賜藥物；其卒也，又得賜棺，且給舟載歸。恩意隆至，人莫及也。

初娶俞氏，生子二人，長即錫，次欽。繼室劉氏，前浙江按察僉事必榮之女，生女一人，寧奴。希範之學，月開日益，渟蓄深博，其爲文章，務湔滌刮劘，以期至於古人，而遽止於斯，悲夫！將以年月日葬某處。銘曰：

昏哲彊弱，才也；窮達壽夭，天也；修身俟命，人也。君子修其在己，俟命於天而已。希範勤一世以修諸己，而卒不施，其命也夫！其命也夫！

吴興章氏先塋碣銘

刑部貴州清吏司郎中吴興章善，自其祖父殁，葬歸安琅琊鄉永定山之原，皆未有銘。今以其母宜人之卒，將葬□□□，并樹先塋之碣，乃録其祖、考、妣之德善、卒葬歲月，來乞銘，以詒子孫。

按，章氏居吴興之璉市，爲著姓，世有隱德。其諱文正，字月庭，善之祖也；諱性，字自明，善之考也。月庭能勤儉力業，遂以資富甲其鄉。暇則讀書研味，得其旨趣。□考躬行，藹然爲善士。每歲稼未獲，鄉人乏食，輒發廩分粟以濟之，率以爲常。有死不得葬、貧不得嫁娶、急無以告者，則計其費之多寡，各給財物以周之。至於貸不能償，亦未嘗責其報，以此名稱焉。自明傳德襲慶，其樂善好施如其親，而寬裕慷慨，人益賢之。因事親習醫，蓄善藥，遇鄉里疾者，即施與，活人頗多。

嘗偕友人宋子林之子克孝商密雲，夜遇盜，劫宋金，自明謂克孝曰：「子之尊府，以子託我。今獨喪子之金，子何以歸？」乃以己資分之，如所喪之數。杭人馮彦銘，假自明白金千餘兩商雲南，將行，復求益，自明乃轉假於張德敬，如其假之

數，三之一以益之。彦銘至湖廣病卒，自明令人取其骸以歸，得六篋焉，喪亡不當其半。既至，舁篋詣其家，哭奠中，分篋與其妻。其妻曰：「夫之歿，負公多矣，分篋負益重焉。」自明曰：「彦銘不幸□生，送死，禮也。」卒與之，仍以金償德敬。又鄉人某甲，假金數百兩爲業，後病且死，呼其子曰：「吾假自明金，久不償，今餘無幾，械其餘者，汝爲我送自明。」遂卒。自明往吊之，其子出械金，告以故。自明曰：「吾之來吊也，非爲金也。」辭不受。其尚義敦禮類如此。子善，初爲茌平史，自明貽書教以律身爲政之要，凡十餘事，皆合理道，而善歷官致通顯，成其名有由來矣。

月庭壽六十有三，卒於洪武庚午某月日，葬以某年月日。配沈氏，壽八十有九，卒於永樂甲申某月日，葬以某年月日。自明壽五十有五，卒於己卯正月十五日，葬以是年六月十五日。配沈氏，壽七十有七，卒於辛丑九月九日，葬以某年月日。二母皆出名族，有賢行。自明之弟子敬，與其配張氏，亦以次祔兹原。

嗚呼，世之驕吝者，其施人也，雖簞食豆羹有難色，況望其能賙窮卹匱乎？能賙窮卹匱矣，至於喪千金，曾無一毫顧惜意，而惟義是從，雖古人其難哉！易曰：「積善之家，必有餘慶。」章氏其庶幾焉。銘曰：

十年種樹，百年種德。樹茂而陰，行旅以息。德懋而豐，子孫逢吉。其德伊何？維善之積。其善伊何？惠施隱惻。賢父令子，以興以述。彼匱我周，彼饑我食。彼窮我賑，彼亡我卹。彼貸莫酬，折券棄責。恂恂侃侃，惟義之嚮。琅琊之鄉，山明水清。翳翳松柏，鬱鬱佳城。宅幽壤固，永世攸寧。礱石樹碣，昭德有徵。爰告于後，太史是銘。

清江周處士墓表

處士諱德，字務本，姓周氏，□□□□□□居樟樹鎮之南橋。其先君子尚文，俊傑士也。嘗□□□□先生遊，復受春秋於東先生植，一時賢大夫士若揭傒斯史碩、易方□、杜若洲諸公，皆推重之。業成，遭元季喪亂，竟賫志以殁。處士承先祖之澤，□父力學，宇量恢弘。與人交，奕奕有氣節，人皆曰：「尚文有子矣。」亦以世難，避地隆興，與先公爲忘年交。未幾，還故里，獲□與連修復先業，雖時遂廢居，然不汲汲於貨利，而讀書求志裕如也。且其爲人，疏朗亢直，遇人有不情，於事有不可，輒正言之。其人或不堪，亦不顧憚。故自鄉里達於郡邑，自君子至於小人，皆曰公正。雖殁世已久，人到于今稱之。

洪武庚午正月三日，以疾終于家，得年五十有一。是月某日葬于鎮之龍溪，祔先塋也。配杜氏，子四人，温、良、恭、儉。恭蚤卒；儉字庸節，仕爲句容令。女二人，長適王儀德，次適吳競芳。孫四人，儀、導、永安、慶徵。孫女三人。處士嘗搆復脩堂，其執友聶器之先生爲之記曰：「余與尚文居清江爲同里，皆習春秋爲同經，偕師陳先生爲同門，偕遊塲屋爲同志。今見務本克繼先志，何如其喜也。」儼又嘗聞先公曰：「剛毅不回，垂義輕利，賙窮卹匱，不以利害而易其心者，交游中惟處士一人而已。」

今庸節懼處士之志行不得白，礱石於墓，來求述其事。儼以通家，初與計偕，適處士來別，執手之言拳拳焉，今三十五年矣。儼固知處士，乃具列其概如右，用表諸墓。欲求知其人者，尚有徵於斯文。

楊處士墓誌銘

清江楊處士思貞，春秋八十，以洪熙元年乙巳十一月十五日壽考而終。余自北歸，既爲文以祭之。越三年丁未十月十九日，其孤熙等卜葬于崇學鄉大禾郭祖塋之次。熙之弟昱先事奉狀，來請爲銘。

處士諱素，清江之樟鎮人，漢太尉震之後。曾祖端齋，祖朝傑，父文謨，世以文學爲善士。有曰梅谷先生者，嘗爲吉水尉，有能名。吴文正公爲銘其墓，極稱道之，乃處士之伯祖也。處士以敦厚之資，承世美之澤，稟和順之德，而加以問學之功。故其爲人，循循然恭謹自將，行不違乎矩度，言必中於理道，孝弟篤於親，信義孚於友，勤儉率其家，忠厚傳其子孫。平居暇日，博究經史，與人交際，無疾言遽色。

初從聶器之先生游，雖祈寒盛暑，朝夕不懈，爲詩文輒出羣輩，先生不惟愛之，而且敬之。鄉里之間，有争鬭不平者，質之處士，處士從容導之，强者戢而忿者息，蓋其詞氣有足以服人者。遇人困乏，隨所有濟之。代不能償者〔一〕，亦置不問。接賓客，終日講論無墮容。或乘輿策杖，升崇丘，坐茂樹，意有所會，形之詠歌。鄉人尊之，遂稱之曰「林丘先生」。老得目眚，不廢吟詠，每有佳句，輒命子孫書之。及其平生所作，彙以成帙，題曰林丘集，凡若干卷，藏於家。配黎氏，出儒族，克相其夫，偕老同志。子四人，熙、倫、昱、制，倫蚤卒。女一人，適劉與拳。孫六人，忠、信、敦、厚、潔、脩。曾孫四人，琦孫、瑶孫、琳孫、璩孫。

余少時嘗侍先祭酒公還金川，拜先隴，舟過鎮，處士必館留彌旬，道故舊，論文

章，弦琴賦詩，樽爼具陳，子姓玉立，升降獻酬，禮容秩然。當時頗自謂陳太立之過荀朗陵，何以異哉？于今四十餘年，俯仰存歿，徒懷永歎，尚忍執筆爲銘耶？嗚呼！處士之德善，著于鄉邑，不能達諸遠。苟達諸遠，衆必能見諸後，傳遠垂後，非文不可，惜乎余言不足爲處士重也。然義不可辭，乃敍次其始終，而銘諸幽室，且俾藏其副于家，以示其後人。銘曰：

人生七十，古亦云難。壽躋八表，而福又克全。猗歟處士，實獲乎天。惟天兼親，惟善是與。猗歟處士，爲善不已。善積厥躬，慶流後裔。子孫孫子，□嗣永世。

【校勘記】

〔一〕「代」，疑作「貸」。

四明徐處士墓誌銘

處士諱忠，字可忠，姓徐氏。其先揚之江都人，有諱壽者，元初徙家于鄞。曾祖成，祖新，考達名，五子，處士最少也。性孝友，母嘗病末疾，醫弗能療，每夕露香告

北辰，齧以身代，母疾乃瘳，壽九十餘，人以爲孝感所致。及父喪，諸兄謀析居，處士蹙然不樂，告諸兄曰：「父雖殁，母存。析居，能自安乎？」諸兄不聽，乃求與次兄善處以養母。

女兄適楊氏，家貧，處士常資給之。又撤市區一所，俾居貨以爲生。兄賢，坐事謫戍雲南，道遠無貲以達，處士割所有與之，兄用不乏。至於親族、鄉黨婚姻不能舉者，輒分財以助之，人懷其惠。且多藝，精九章、六書之法，嘗以薦不就，識其能於同門，人尤賢之。

得年四十有七，卒於永樂甲申三月十五日，殯于城南之原。配王氏，字義妹，同邑某之女。事姑嫜得婦道，其教育諸子女，不失母儀。後處士十三年卒，實永樂丙申十二月二十有二日，享年六十有二。子男四人，謂、詢、訓、詩。女一人，適丘亶。孫三人。時訓以進士仕于京，將歸，起處士之殯與其母之喪，以某年月日合葬于某處，來乞銘。銘曰：

孝友之行通神明，婦德母儀女之貞，合斯二者以爲銘。嗚乎不朽，子孫其承。

故封陝西道監察御史嚴公墓誌銘

公諱玘，字子成，姓嚴氏，錢唐人。初居郡城北郭，元季劻勷，乃徙居城中。曾祖□□，祖□□，考世安，累世懷德積慶。至於公，以子貴受封，生膺顯榮，鄉里增重，求其所以致是者，豈偶然也哉？

昔朝廷封建親藩，選列校備宿衛，公兄弟在選中。公語其妻陸氏曰：「吾兄弟二人，父母老，弟鍾愛於親，年且少，吾當行。」陸白于舅姑，舅姑曰：「長力家，兄雖愛弟，欲留之，其如我何？」其弟聞之，即躍然曰：「我不能家事，兄去，親誰養？縱父母與兄愛我而留我，我不任無益。」既行之蜀，公竭力傾貲，送之中都而別。當時聞之者，咸重其義，謂公之兄弟孝友，各盡其道，可謂能養志矣。及還，侍養二親，盡子職，備甘旨，承顔奉歡，朝夕無違禮。每憶其弟，引領西望，淚輒交頤，親亦爲之動容。凡遇衣物可貴者，薄於自奉，奉親之餘，留以寄弟。公私往來之蜀者，餽遺無虛歲。

又嘗長其里之賦役，一處以公，貧富不偏，小民無侵漁之患，里人德之。至於教子，勉其務學，入市見古書必求，求不論價，歸以遺子，告之曰：「此汝學之本也。

吾不以家事累汝，汝自力焉。」子恭業成，遂以進士任監察御史，所至有聲。公得推恩，封以子官，有榮耀焉。享年七十有四，卒于家，正統丁巳六月十四日也。時恭巡按西江，聞訃將歸葬，乃録其始終，并母之素行，來乞銘。

初子成之送其弟也，囑陸氏曰：「我無別憂，二親垂老，無他倚賴，朝夕之養，唯汝是託。」陸受命惟謹，事舅姑得其歡心，若不知其子之在外也。舅姑繼殁，相其夫營葬事，極其誠敬，過於哀戚。叔氏在蜀，贊夫友愛，不忘乎遠，親爲之喜。凡所以助其夫起家立業者，其功居多。嘗訓恭曰：「汝父自少承家，不暇於學，每自痛惜。汝今學業，必期有成，毋荒墜厥志。」及遘疾危殆，召恭指以告諸親曰：「我瞑目無憾，但此子爲官，生未知成就若何？惟此不放心耳。」言訖而逝，永樂辛卯正月十七日，得年四十有四。後亦以子貴，贈孺人。有子二，長毅，次即恭。女二人，長適孫勝宗，次適王昌，次在室。孫五人，祀、禋、社、祚、裕。孫女一人。孺人之墓，在城西佛樂塢。後二十有七年，而子成卒，卜葬孺人之墓右。恭嘗使蜀，拜其叔父，叔父誦其兄嫂之德，言不絶口。

嗚呼！孝弟之道，通于神明。子成夫婦之贈封，固非偶然。又嘗聞丁卿好積書，告人曰：「必有好學者，爲吾子孫。」後其子逢吉、孫度皆以文學至顯官，爲世聞

人。然則子成之市書遺後，其福澤未止於斯也。乃爲之銘，其辭曰：

孝于親，友于兄弟。人之行，孰大於是。積書滿家，未必能讀。積而能讀，子孫式穀。佛樂之塢，山明水清。並兆固封，宅幽鍾靈。富貴福澤，繼繼繩繩。

贈文林郎河南道監察御史凌公墓表

江西提刑按察司副使凌輝，述其先府君御史公之潛德善行、履歷始終，告余曰：「輝不幸，九歲而孤，鞠育教誨，賴於母慈。嘗聞諸先太孺人曰：『吾年十八爲汝家婦，汝父告吾曰：「初本福之候官人。幾世祖諱某者，仕爲龍岩書院山長。既卒，子三人載柩歸。至德化，遇永福寇起，道梗，遂於德化買地而葬。季子太仲，因留守墓，以此子孫今爲德化楊梅之上團人。諱萬願，吾之曾太父；諱義方，吾之祖；諱福崇，吾父也。吾年十六，遭元季兵燹，鄉里不能存，奉二親，攜幼弟，藏匿山中，難艱萬狀，脱死逃生，得達尤溪，依親而居。逾年，父命隨伯父回省先墓，又爲山寇所執，欲加害時，族人有曰雲卿者，陷賊中，説其首曰：『此二人者，善人也。殺之無益，不若令其推讓一人在此，一人回取銀送寨勞士卒。』其酋乃留吾爲質，伯父歸，取白金三百兩與之，乃得釋。復還親所，吾父得疾，世亂無醫藥，惟每夕露香

籲天，祈以身代疾，遂愈。至歲甲辰，二親竟相繼歿于尤溪，攢殯淺土。再逾年，寇亂稍戢，遂與族黨相率還德化，脩葺室廬，匡復田園。明年，是爲洪武戊申，海宇寧謐，民得奠居，吾始謀室。爾乃歸吾，爾當協力助吾奉二親之喪，歸葬庶盡子婦之道。」於是相汝父，經營舊業，起二親之喪，返葬美陽湖頭二山之西北。又爲汝叔父婚娶，家業日滋矣。汝父嘗長里之賦役，能處以公，貧富適均，小民不擾，里人德之。至於親族之不振者，賙卹有恩。鄉鄰之遇患者，捄援不避，且爲人慷慨，豐頤長髯，偉然義傑之士，實爲人望。有司屢以賢良薦，輒辭謝弗就。春秋四十有九得疾，越三日，夜半疾亟，語吾曰：「今疾不起矣。爾善扶持二子，俾勿失墜。長邦寧足可承家，次輝宜令從師力學，以顯吾門。」遲明遂終，乃洪武辛未正月朔日也。葬尤溪大洋之侯興保，去德化六十里而近。此汝父平生之行藏，及先世處徙之本末。聞於汝父者如此，汝其識之。』輝不肖，俛承先訓，充邑庠生，永樂乙酉舉於鄉，壬辰忝進士，歷廣東、河南二道監察御史，秩滿授今官。洪熙初，推恩贈封二親，先府君諱天德，字存仁，贈文林郎、河南道監察御史；母朱氏，封太孺人。太孺人後府君三十四年卒，享年七十有四。子二人，即邦寧與輝。孫五人，暹、昊、杲、光、昱。初，先府君之葬，墓無銘，于今四十有八年。輝懼先親之德善久而湮没，敢忽死述

其概，乞一言以表諸墓，則凌氏之子孫，爲幸多矣。」

噫！昔蔡中郎作郭有道碑，獨以爲無愧，然則世之爲碑銘述作之際，抑揚贊導，苟求其實，豈皆能無愧耶？余今爲凌氏之表辭，雖淺而事則核，庶幾乎無愧哉。又歐陽公作瀧岡阡表，亦述其母之言，彰其父之德，余故於輝之言有徵焉。後之覽者，抑將知余言之不佞也。

胡祭酒文集卷之二十三

故通議大夫江西提刑按察使童公墓碑銘

江西提刑按察使童公既卒，其僚友憲副石仲玉命公之子章，具公之邑里世系、履歷始終，拜余求文，載諸墓碑。

公諱寅，字以敬，其先南陽之新野人，顓頊孫老童之後。至漢丹陽守恢以循吏稱，歷唐迨宋，皆有聞人爲顯官。曾祖公海、祖榮甫俱仕元，亦以武功顯。父名原，元季累官至萬户，偕河南行省參政李仲和率義兵討紅巾[一]，凡出師敵愾，惟戮拒命，釋協從，未嘗妄殺，陰德廣矣。元亡，退居隨之上名鄉，子孫今爲隨州人。母白氏，生公洪武戊午八月望日也。

公天性聰明，器宇魁碩[二]，篤於孝敬，勤於問學。居學宮，侃侃自將，師友重之。永樂初元，以春秋舉於州，明年甲申，遂登進士第。尋奉命，督浙西逋賦。既

還，試章奏入等，擢廣東道監察御史，巡按蘇、松等十有八府。閱四載，抑强扶弱，振肅紀綱，吏民懷服，聲譽蔚然。復改河南道，巡撫雲南〔三〕，遠人安業。繼往遼東，考察軍政，邊陲晏然。又改陝西道，踰二年，以賢能遴選，陞交阯按察使。閱歲丁内艱還，起復，往陝西督軍務，既底績，二十二年冬，仍以憲使拜西江之命。宣德改元，入覲，賜襲衣、羔酒。三載考績，授誥進階通議，七年復課最。都院書其考曰：「公廉清約，功業茂著。」

公素有瘍疾，夙夜在公，勞於鞫讞，雖疲憊伏枕，亦親閱獄詞，果於斷決。故事無壅遏，人無冤滯，然竟以此而終，乃宣德九年九月二十有四日也，享年五十有七。淑人胡氏，子三人，長文，次章，次壽。女一人，適孫繼志，前工部尚書遜之孫也。孫五人，長鑑，次鉞，餘幼。孫女三人。章以明年載柩歸，卜某月日，葬先塋之次。

嗚呼！君子以儒發身，不患乎爵禄，患不能立耳，故曰「三十而立」，「聖人猶難之」。公卓然拔於進士之中，任風紀之司，鳴玉曳組，揚歷中外，所至有聲，多歷年所矣。況江右爲藩，地遠而人衆。千里湖山之間，風俗民情，誕謾欺蔽，未易發擿，獄訟繁興，號爲難治。公處以從容，斷以公義，明足以燭理，廉足以守身，嚴而不苛，寬而不縱，執其兩端，可謂能制民于刑之中者。至於剛不吐，柔不茹，非其志之

素定、中立而不倚者能之乎？昔公廷對，余嘗讀其卷；接武于班行者，又非一日；及余歸老江鄉，熟公之爲政。今其已矣，妻子艱於衣食，古人有云：「身死之日，不使有餘財，以負國家。」余乃於公見之。余故史官也，是用摭其平生，敍次如右，而復繫之以詞曰：

侃侃童公，維稟之豐。執德不回，剛柔以中。揚歷中外，繡衣玉驄。秋霜肅肅，春日融融。各適其施，禁止令從。千里湖山，林藪蔽蒙。民情隱曲，風氣所鍾。公維明哲，有訊必通。兩造具備，必折其衷。玉壺清冰，古柏喬松。公之志操，不矯而同。先塋之原，隱隱隆隆。宅幽儲祉，子孫其逢。勒詞樹碑，永世無窮。

【校勘記】

〔一〕「李」，隆慶本作「季」。

〔二〕「宇」，原作「守」，今據隆慶本改。

〔三〕「撫」，隆慶本作「按」。

贈文林郎監察御史王公墓表

僉都御史王翱之父王公，既卒且葬十有八年，墓無銘。翱懼其德善鬱而不彰，

乃述其平生始終，求表諸墓，以示後人。公諱德林，字三老，其先永平之灤州人。元季，父某以武事即戎而卒，公兄弟四人，公其次也。母某氏，撫育諸孤，備極辛勤。時州里劻勷，公與其兄攜家南徙，避亂鹽山，治產結廬于太平鄉，因家焉。服田力穡，勤於其業，月開歲積，家益豐裕。

居鄉里五六十年，與人無爭，於物無忤，人皆敬之。嘗戒翶曰：「秀才讀書，猶農耕稼。農盡力畎畝，則有秋而衣食充足。秀才勤苦學業，必作官而揚名顯親。我祖宗昔有爲宣使者，至今灤州人稱王宣使家。汝讀書作官，則人之稱譽，必不同常人也。」及與鄉人語，必告以勤儉治生，毋事浮華，誠實爲人，毋尚虛僞。以此鄉里之間，咸尊仰之，如古之三老云。永樂己亥十一月一日，無疾而逝，春秋七十有九，葬于家之東南二里許平原。

配張氏，精女工，勤於内助。子五人，長福安，次福賢，先卒；次福全，次即翶，次駿。翶由邑庠生登乙未進士第，初任大理寺正，改行人，選授山東道監察御史，有能名，擢拜今官。翶爲御史時，公以子貴，推恩賜敕，追贈文林郎、監察御史。張氏封太孺人，駿亦爲儒學生。女一人，適韓某。孫六人，孫女十二人。

嗚呼！稱人之善，必本其父兄。余在翰林，初見僉都，秀拔篤實之士也。今鎮

于茲，簡重不諱，耿介有守，不矯激以沽名，實安靜而得體，豈非其過庭之訓有所自耶？故詒謀子孫若公者，其亦務本之君子哉。乃列其言行，載諸貞石，俾來者有徵焉。

封通議大夫陝西提刑按察使陳公墓表

君子之居鄉積善，獨賴子孫之賢，得以表見於世。仕宦之得位行道，必其功業之著，得以推恩顯親。有若陝西按察使咸寧陳公智，當宣德改元之初，上疏陳情，議封於其父原貞。朝廷嘉其志，如其請。於是原貞父特拜異恩，誥封通議大夫、陝西提刑按察使，于以表詒謀之德，于以勵移孝之誠。命下之日，天光日華，昭耀閭里，寵章異數，賁于丘園。父子之間，志願各遂，驩忻交通。所以爲人父、爲人子者，得有所觀感而興起者焉。時原貞父年踰八袠，遠邇榮之。未幾，竟以壽終，葬于苦竹嶰之原，實丙午十一月十二日也。距葬之十有一年，智拜江西左布政使，乃以僉事饒安所述行狀，請表諸墓。

按狀，原貞字景正，其先江州義門陳氏，宋南渡，始徙武昌之咸寧，于今十五世矣。祖南卿，父式銘，累世懷道不試，餘慶後人。式銘尤精於醫，利濟廣博，有陰德

哉。原貞爲人謹厚，克紹先業，益懋厥施。事親孝敬，居昆弟□□，待族姻以仁，接鄉人以禮，治家有法，訓子孫以義方，嘗□先世所樹松柏，封殖彌謹。每風日暄暢，賓親往來，開軒命酌，清風滿庭，涼影在席，觴詠悠然，奇藻遞衆，足以敍□樂，怡神情，忘形爾汝，而不知老之至也。

間從童冠，葛巾藜杖，蒼顔華髮，徜徉乎山水之間。見之者皆曰：「此陳長者。」是能以德善及鄉里，宜其子孫之貴盛也。又嘗遣書戒子智曰：「憲使之職，膺朝廷耳目之寄。察貪舉廉，遏惡揚善，振肅紀綱，表率郡邑，以安百姓。庶能分宵旰之憂，無負厥職，汝其念之。」智之所以莅官有聲，臨民有惠，皆嚴訓所致耳。其終也，吊者接踵；其葬也，執紼者載道。嗚呼，謂非積善者，能如是乎？

配徐氏，子六人，曰綱，曰奎，曰智，曰誠，曰賢，曰循。智由進士任監察御史，以積勞至今官，賢能著稱，爲方面第一，原貞父可謂有子矣。女三人，長適方端，次適吴潮富，次適范文政。孫十六人，淵、濟、泮、淮、浩、澍、潭、淦、洙、渥、澮、滂、洽、沂、泗、浹。孫女十七人。曾孫五人，翼、爲、明、聽、弼。嗚呼！夫人之居世，壽者少，壽而貴者尤少；子孫衆多者少，子孫衆多而賢者尤少。世之少者，原貞父兼有之。然則天之報施，豈偶然哉？用表諸墓，以告來者。

封奉政大夫工部屯田郎中方公墓表

江西布政司參政合淝方正，先任冬官爲主事、爲郎中時，以賢勞得推恩，薦封其親。故其父策，纍封至奉政大夫、工部屯田郎中，享年七十有三，以壽終，與其妻宜人孫氏合葬于城南三里岡祖塋之次，太常少卿魏驥爲之銘。既葬之四年，正復參政江西，乃詣吾廬而請曰：「先大夫之葬，雖有銘藏諸幽，苟得一言以表墓上，俾子孫知餘慶之所自，實大惠也。」

公諱策，字存政。曾祖謙，祖通，父中，世有隱德，垂休後胤。公爲人倜爽俊偉，事親能孝，治産資富，篤行有聞，表於鄉邦。厥考蚤歿，奉母極恭謹，母卒，哀毀骨立。遭二親之喪，葬祭皆如禮。處鄉人，敦信義，隱惡揚善，謙讓不争先，以此無少長皆敬之。至有相争持不平，鄉之聽訟者或不能決，得公片言而釋。賓客過從，雖治具真率，情意藹如，不盡歡不已，以此人樂從之游。

嘗誡其子曰：「夫人之貴於物者，知古今，識道理。居則脩身養性，達則惟己澤物。凡若此者，必學而後能，學必由讀書而得。故儒者事業，爲天下第一等，獨不聞鄉之先賢如包孝肅公，豈不誠大丈夫哉？汝其勉之。」以此其子正致身榮貴，立

名顯親，而公拜恩封，自主事而郎中，階承德而進大夫，實天之與善，而公有以食其報也。

其生也，元至正辛丑十月五日；其卒也，今宣德癸丑八月八日；其葬也，卒之年十月十有二日也。宜人孫氏，先二十五年卒。子一人，即正。女四人，長適陳達，次適姚斌，次適吴信，次適馬旺。孫四人，曰昇，曰昭，曰杲，曰□。孫女三人，二有壻，陳順、李誼，俱儒生；一幼，在室。曾孫一人，曰隆。

余昔令桐鄉，與廬、舒接壤，有持文書往來者，見其人□淳質勁健，固已喜之，惜不得與其君子游。及仕于朝，與尚書蔚公接武，情好甚洽。繼總纂脩于秘閣，今參政公以能書，實在閣下。而尚書於屯田公爲姻婚，參政於尚書爲甥也。屯田公墓已宿草矣，余雖不及識，即尚書與參政可以知其人，豈非君子歟！故表其德善始終，勒之貞石，以樹之墓云。

吴教諭墓誌銘

贊皇儒學教諭吴仲賢既殁，江西憲副凌邦輝以師友之義，述其履歷始終，來求墓銘。仲賢字若愚，則號蒙庵，浙之鄞人也。祖端，考仍，仍三子，季即仲賢。仲賢

爲人俊爽，性聰敏，充郡庠生，勤於所業，磨礱切磋，日開月益。其學以四書爲本，於經則專於易，窮性命之淵微，察陰陽於法象，貫精粗於本末，措躬行爲實用。至於子史雜家，亦博覽旁通，各得其旨要。

業成，登洪武甲戌進士第，授濟南之新城令。推其所學，施於爲政，勑以勵己，嚴以馭吏，慈以撫民，祛宿弊，除横擾，輿情頌之。後坐事，以例謫戍岳州，雖在軍旅，手不釋卷。戎帥重之，拔薦於朝，復以明經任泉之德化儒學訓導，歷九載，仍前職，改甌寧。仲賢兩以訓職，横經講席，誘掖勸奬乎後進，雖寒暑不懈。其爲教也，根本乎忠信孝友，發揮乎文章事業，故諸生學行相師，麗澤益深，由科貢而躋膴者，多顯明于時。而仲賢□以是進秩，遂有贊皇之命。

贊皇爲邑，介在山谷，風俗□健，人材樸茂。仲賢因俗立教，達材成德者仕往列於科第，與天下之英俊等矣。嘗校藝廣東、陝西，取人不遺材，人以爲公。秩滿，上天官，寓於逆旅，竟溘然而逝，乃宣德辛亥十二月十三日也，享年六十有一。娶莊氏，湖廣參議謙才之從女。子三人，曰璣，莊出也；繼室邵氏，子曰璧；再娶趙氏，子曰順。女四人，俱在室。孫二，元肇、元章。璣扶柩還鄞，卜以某年月日，葬城東桐嶴之陽。

邦輝告余曰：「自弱冠從先生游，既出而仕爲進士，爲御史，以至于今官，實先生之教也。先生德義之著於人者，固不敢泯。」嗚呼，師友之義，不敦久矣！觀唐韓子師説，豈獨李蟠爲可嘉哉？若邦輝之於師，可謂恩義兼盡也。余雖不識仲賢，於邦輝亦可以知仲賢矣。乃爲之銘曰：

維學之充，維積之豐。施于有政，勤敏而適。吏攝民懷，信孚令從。中罹牽聯，爰即乎戎。竟脱覊靮，翱翔黌宫。三擁皋比，誦聲渢渢。璞玉冶金，追琢陶鎔。飛騰振邁，咸遂顯融。化洽教敷，述職奏功。歲聿云暮，鴖鵬嘯風。丹旐翩翩，歸于甬東。桐嶴之陽，永固厥封。垂休衍慶，錫胤無窮。

孫處士墓表

富陽孫氏，漢隱士孫鍾之後。初，鍾至孝，感神人示葬地，子孫興霸王之業。異哉！其後胤族姓，處鄉里者，至今繩繩焉。若處士，亦其裔也。處士諱宗智，字弘道。祖延年，父景祥。景祥累世懷德，鄉稱善人。景祥三子，處士其次也。爲人淳篤，天性孝友，承先輩，家益豐裕。善居鄉，於人無忤。晚年喜老、莊，誦其□□□□，優游山林□之間，怡然自適。嘗訓子俊曰：「□□□□□□□□□貴者，讀書窮理，通古

今，論時修□□□□□□□□□□□推其所學以濟人。顯親揚名□□□□□身不失爲佳士。汝處庠序，常進德修□□□□以底夫成人，吾所望也。」

得年四十有九，以□□于家，永樂己丑十月二十九日也。十二月某日，葬于家之西公塘之原。配閔氏，子二人，長叔和，先卒；次即俊，由國子生通判南昌。女一人，適王仲禮。孫三人，演、澄、浩。孫女二人，長適張英，次在室。

嗚呼！世之人循理樂善，未有不獲其報者。其淺深厚薄，亦視其所爲何如耳。觀處士之所事所言，豈非循理樂善者歟？然天之錫報，不于其躬，而于其後人。蓋于其躬者止其身，于其後人者無窮焉。余故□□□□□□，表諸墓上，以告其後人。

故昭勇將軍邳州衛指揮使馮公墓碑銘

江西都司都指揮僉事馮鎮之父，故昭勇將軍、邳州衛指揮使馮公，既卒葬且十年，鎮乃述其履歷始終，求爲碑文，以樹墓上。

按，公諱興，滁之來安人。父春，贈明威將軍、指揮僉事；母顧氏，太恭人。初，元季喪亂，春之弟貴，從王師爲領軍先鋒，屢有戰功，擢萬户，從參政鄧愈守南昌，征吉安，歿于軍。時其子福幼，春乃借職爲百户，進取江西諸寨，遂守襄陽。洪

武四年春，征劉應保等寨有功，授敕賜白金綵段。七年，朝京師，授龍虎衛千户。十年六月以疾卒，公其嗣也。時貴之子福已長，公與福俱詣司馬奉命，各以父功，皆得襲官。公襲鳳陽留守左衛千户，福襲廣東邵興衛指揮僉事，於是兄弟並貴顯矣。二十八年夏六月，公以資序深取赴京，陞高郵衛指揮僉事，授誥世襲。而公之父春，遂有明威之贈。

公居高郵八年，陞邳州衛指揮使。後以捕倭航海而殁，得年四十有七，實永樂十四年秋七月也。明年夏六月，子鎮襲公職。居五年，平江伯陳公謂鎮如父，委以漕事。宣德八年，陞署江西帥閫，亦陳公之薦也。公之配林氏，封淑人。子四人，長即鎮，次鑑，次銘，次銓。女三人，長適李指揮斌，次適湯指揮英，次在室。孫三人，曰青，曰漢，曰吉祥。孫女一人。淑人林氏，後公十年卒。鎮遂用木主體公，同淑人合葬于下邳巨山之原，祔母恭人顧氏之墓，乃洪熙元年五月二十五日也。

嗚呼！人之終也，體魄歸于土，神氣則無不之焉。公之體魄歸海，而神氣必依乎子孫。子孫不得忠其情，而寓體於主，庶幾達乎禮之變也。公殁于王事，可謂忠矣；子孫抱終天之痛，不忘其親，可謂孝矣。忠孝者，臣子之大節，固不可泯。謹著之貞石，昭示後來。銘曰：

元失其馭，天下劻勷。豪傑並起，各據其方。推公先世，特起從王。拔堅執鋭，破敵催强。積功累勤，奕世流芳。爰至于公，亦克奮揚。表表武衛，歷守封疆。島夷犯海，公武斯張。志在獻馘，遂蹈渺茫。合藏瘞主，其封若堂。體魄惟遠，神歸故鄉。巨山三岡，宰木蒼蒼。子孫孫子，永世不忘。

茅處士墓表

新建知縣茅自得之祖處士公，卒于洪武己未正月某日，春秋五十有九，以是年三月十二日，葬于慈溪縣東飛鳧墺先塋之次。葬未有銘，距今五十一年，自得懼先德之鬱湮，乃以其邑士余夢祥舊所撰行實，并晉相府右傅桂彦良所著處士之傳，求表諸墓，以示其後人。

處士字元禮，姓茆氏，漢三茅君之後。茅自丹徒而徙餘姚，又自餘姚而徙慈溪，其世胄之傳，遠有端緒。至宋，曾大父應龍以明經領鄉薦，魁多士，因革命不仕，鄉人稱爲茅省元。應龍生翼孫，翼孫生宗完，皆隱德不仕。世以節儉善治生，頗致産資富。宗完又能以謙遜下人，雖遭横逆不較，人益重之。宗完，處士之父也。

處士生而秀穎，質幹魁梧，然少有痿疾，足膝不能牽，每動履出入，非肩扶不

達。家多古書，以疾故，得潛心研誦，積以歲月，曲暢旁通。至於方伎小説，亦汎覽涉獵，以此見聞日廣，常與人談論，雖通儒才士，皆服其博雅。其爲詩文，不事雕琢，頗有奇趣。嘗著歷代史纂，特爲簡要。所居環山，重接百尺，日坐其上，與賓客觴詠，欣然自適，輒忘其疾之在身也。歲有賦調，募人代往，募者多妄費，欺以取直，亦不逆詐。或有急召，負而往官府，見者或憐而釋之，或遇不以禮，亦付之度外，人又服其量。庶母弟騏，時已成人，惟教之讀書。凡力役之事，不使一毫加其身，友愛尤篤。

間主鄉之田賦，徵斂以時，民不知勞；克己奉公，民不知費。由是家資益落，而處之裕然。鄉有鬬争，詣處士，處士折其中，争者以息。嘗告其友曰：「富不忘禮，貧不失義。終身敬謹，得保殘軀，見先人於地下足矣。」處士卒以此終其身，豈泛然者？配黄氏，生子翀；黄卒，再娶徐氏，生峋；其媵林氏，又出㞭。孫一人，即自得。孫女二人，一適顔用，一適葉蒙。

處士爲人明爽，擇善而交，若龍子高、桂彦良、王彦貞者，皆有聞望。而彦良之傳，謂處士雍容自適，無求于世。其學識才器，有足稱者。嗚呼，處士以疾而不試，可謂不幸矣！世之無疾而幸者多矣，或徒恃其資富而不學者，豈皆忠信之士哉？其湮

没無聞，非不幸也。若處士之才、之學與其行義，雖達人哲士可無愧也。而又有孫若自得者，以昌其後，則其爲幸者遠矣。余故敘次其本末如右，以告來者。

故文林郎陝西道監察御史尹公墓表

陝西道監察御史尹鏜之尊公秉文，與其孺人郭氏既卒，合葬于湖之烏程縣仁王山之北。八年矣，未有銘。鏜巡按西江，乃以教授周璩之狀，來徵墓表，式昭潛德。

按狀，秉文諱質，其先居汾州之孝義縣，元季劻勷，乃徙順德之平鄉。曾祖英，祖信，考世威，世以積善稱鄉里。母范氏。秉文資性聰敏，器宇魁梧，豐頤長髯，偉然人望，始由邑庠生選登郡庠。洪武甲子，以春秋經領鄉薦。明年，丁内艱。戊辰，從進士舉，上春官。時不獲於有司者甚衆，復命以所試卷，精選文字優等者授教官，秉文乃得教諭懷慶之温縣儒學。學久缺師，秉文至，立教條勤訓，磨礱切磋，生徒翕然，底多造就。既而以外艱去，後調汝寧之上蔡。其爲施教同於温，而文學聲譽則光華洋溢，自有不能揜者。於是膺薦舉，擢知濟南之前樂安州。爲政有方，能去積弊、振因循，令行事舉，吏民悦服。

永樂初，遷陝西都司經歷，再調山東都司。都司長官皆武臣，得秉文資贊畫，卑

益實多。乃迎祖就養，終于官舍，秉文承重歸葬。起復，改通判湖州。通政趙居任領浙西農務，特薦秉文，委以濬滌、勸課之任。秉文躬履畎畝，盡心所事，凡遇水旱，區處得宜，民賴以安，賦以時入。九載秩滿，陞雲南安寧鹽課提舉，設施措置，羨餘歲增，井户商人，各得其利。洪熙改元，獻陵賓天，秉文詣闕，舟次荆州。十一月四日，竟以疾卒，春秋六十有六，殯于沙市。

初，秉文之通判湖州也，嘗愛其山水秀麗，預卜葬地于仁王山。永樂甲辰九月十二日，孺人郭氏先秉文卒，以是年十一月某日，葬仁王之原。至是鏜等自沙市奉柩，返仁王合葬焉，實宣德丁未十二月某日也。子四人，鑑、鎔先後繼卒，次即鏜，次曰鎬。鎬占籍歸安，守塚以奉祀事。女一人，贅濟南王謙。孫八人，源、澄、清三人者，鑑之子，居平鄉；澤、濂、潭、淳，鏜之四子也；而鎬之子一人，曰深。孫女四，長適河南郭瑄，餘在室。

鏜字子聲，永樂丁酉浙江鄉貢進士，初任湖之德清儒學教諭。宣德己酉，應澄清風紀之選，擢前職，歷三載，有能名。授敕推恩，秉文遂贈文林郎、陝西道監察御史，母贈孺人。於法，秉文終於官，秩五品，當得誥，孺人當贈宜人。當時吏治文書務節略，乃逸其事。嗚呼！戊辰教官之除，秉文與余蓋同□也，于今四十七年，余乃表其

墓，俯仰存殁，能無慨然？秉文英偉之士，其德善固不可泯。若子聲之持重不苟，從容乎禮法之間，善於繼述，信乎仁者之有後也。余裹疾不任，詞直事核，來者徵焉。

謝溝阡表

南昌知府彭城任肅，葬其二親于謝溝先塋之次，亦既有年矣，未有銘。肅仕宦中外，常懼先親之德善湮没，子孫無聞。今將樹碑于阡，乃奉狀求文以表之。

按狀，肅之先公諱義，字士彬。士彬之祖洵，以武功仕元，官至萬户，佩金珠虎符，時人榮之。考諱智，妣范氏。公之先世，居汝陰之沈丘，後徙河南之偃師，偃師即西亳也。族人益蕃，所居之地，因名任村。元季汝穎盜起，兵連傍郡，公乃隨母避地于徐，母卒，葬謝溝，公遂居徐，子孫今爲徐州人。

公爲人質直好義，事親能孝。與人交恭而有信，處鄉里和而不争，遇人之急，隨所有以濟之。歲時鄉社宴會，鄉人皆尊讓爲善士。有司嘗以才賢舉，力辭弗就。子肅爲州學生，領鄉薦，登太學，嘗遺書教戒進德修業及爲官之要，諄諄懇至，得嚴父之道焉。

配朱氏，諱婉真，亦徐人，性資静厚，夙閑姆教，機杼剪製，精於女工。及歸任

氏，謹執婦道，善事舅姑，克相夫子，主持中饋，肴羞維時，供奉祭祀，籩豆潔豐，秉禮閫門，子婦化之，既善爲婦，又得母道焉。夫婦皆享年六十有一，士彬卒于辛巳正月十五日，朱氏之殁，丁亥三月四日也〔一〕。士彬祔母墓，朱氏祔其夫葬，皆以其卒之年也。

子二人，長志，次即肅。肅由鄉貢進士，爲工部主事，尋陞刑部郎中，調工部，改行人，參政湖廣，又改今官。資序既深，於公令得推恩顯親，贈封之命，有日矣。女四人，其婿趙有才、張順、王信、劉顯，信爲太常贊禮郎。曰晙，曰皓，曰曄，曰昇，孫也。曰慧智，曰慧庵，孫女也。曾孫一，曰倫。曾孫女三。

嗚呼！任氏之先，本自軒轅。又曰風姓，太昊之傳。世遠益分，彭城遂延。桓桓祖洵，武功克宣。侃侃士彬，積善丘園。克諧内助，有子惟賢。揚歷中外，劇郡名藩。報功不遠，申命自天。自天命之，慶流曾玄。吾爲之表，琢石樹阡。式克永世，過者軾焉。

【校勘記】

〔一〕「三」，隆慶本作「二」。

茅孺人馮氏墓誌銘

孺人諱德柔，姓馮氏，寧波之慈溪人。故處士孟均之女，宋進士碩之後，邑著姓茅儀翰之妻，新建知縣自得之母也。孺人性慈惠，自幼閑禮教，勤女工，年十九于歸。母向夫人送之西階，訓戒甚至。茅乃邑巨室，實漢神君盈之裔。初自丹徒徙餘姚，後徙慈溪。至宋，省元應龍聲華益振，應龍生宗完，宗完生元禮，世業儒，儀翰，其仲子也。

孺人歸儀翰，克盡婦道，閨門肅雍。事姑徐，奉養左右無違禮，而姑愛之。姑卒，相其夫，葬祭如儀。居八年，儀翰寢疾不起，顧謂孺人曰：「我蚤失怙，既又喪母，不幸莫大焉。獨與汝居，勉承先世，今□如斯命也。」復指胤子自得曰：「彼幼且弱，家門之託，在爾一婦人耳。」孺人掩泣不能對。明日，儀翰卒。孺人時年二十有六，哀慟迫切，幾不欲生。撫其孤，專屋而居，禮容秩然。日用衣食、百需之物，皆親理之。至於督僮孥，治生業，應酬門户，未嘗失墜。遇歲時供祀事，肴羞酒漿，必致豐潔。接親姻，待鄉里，戚欣慶慰，各得其宜。

初，儀翰主收鄉之歲賦，常募人應代，費出不訾，家日消落，而費益甚。于是孺

人恐積久不支，乃委其產於叔氏，煢然攜其孤，依舅氏以居。自得甫成童，孺人告之曰：「吾未亡人也，所恃者有汝耳。故不以朝夕辛勤，望汝成立，庶不負汝父之託也，汝宜勉之。」自得知務學，孺人乃自立程度，課以詩、書，復俾親賢師友以廣其德業。師友過從，治具奉迎，禮意加厚。由是孺人不獨稱賢母，而自得之聲聞日彰矣。

永樂中，自得遂以材能薦達，爲六合縣令，尋調新建。逾年，迎孺人就養。孺人至，復戒之曰：「自吾至汝家，知汝祖父但推己以利人，未嘗取利於人。故鄉邑之間，皆稱爲善士。今汝爲令長，萬家之邑，實祖父所積以遺汝也。亦惟思利人而已，未有能利人而己不利者，汝其念之。吾得含飴弄孫，以終餘年，願望足矣。」享年七十有二，以壽終于官舍，正統丙辰六月二十七日也。子一人，即自得。自得爲人温恭，有善政，九載秩滿，邑人數千狀其政績。復舉留之，未報，而遭喪矣。女一人，適顔用。孫二，曰智，曰昌。曾孫一，曰茂。茂生，孺人抱之喜曰：「汝曾大父不及見孫，而吾得見汝，茅氏其有後乎？」茂生三歲，而孺人卒。自得載柩歸，卜以是年月日，葬縣東飛鳧墺之原，從其夫也。自得以教諭江玠之狀來乞銘。銘曰：

嗚呼！慈惠辛勤兮，母婦之道。貞行潔脩兮，冰柏之操。土厚水深兮，飛鳧之墺。式穀爾後兮，惟善之報。後百千禩兮，吾銘以告。

豫章許韋二君功德碑

豫章許、韋二君者，晉旌陽令許君、唐江西觀察使韋君也。按道書，許君名遜，字敬之，其先汝南人。漢末，其父避地豫章之南昌，因家焉。敬之自少博學，於天文、地理、陰陽、律曆、經緯之書，靡不通貫，尤嗜神仙修煉之術。初得西安吳猛所傳，精修不懈，道德日尊。乃以晉太康元年，起爲蜀之旌陽令，表忠孝，除煩苛，開諭善道，吏民化服。點石變金，代民輸賦，標竹施水，病者以甦。慈惠之政，流聞遠邇，感慕之至，形諸歌謡。既而棄官東歸，遊嵩陽，聞丹陽有女師諶母者，多道術，往師之。得寶書符券、斬邪飛步之法。於是誅海昏巨蟒，以除民殃；斬江湖老蛟，以息水患。川澤無罔象之虞，山林絶魑魅之怪。復冶金作柱，以鎮昏墊。環千里之間，民物奠安，其功大矣。

韋君，名丹，字文明，京兆萬年人，周大司空孝寬六世孫，唐秦州都督珽之玄孫，太師顔魯公真卿之甥孫也。文明以世胄之華，又從學魯公，故其識見才器，超

於等倫。其歷官遷次，所至政蹟，具見唐史及韓文公墓銘，今獨以其觀察江西者書之。文明之治江西也，罷八州冗食以紓民財，教民陶瓦以免火憂。築堤捍江，疏斗門以走潦水，民不陷溺。開濬陂塘，以灌田疇，而民足衣食。又爲南北市營以舍諸軍，歲旱，則募人就工，而人不病飢。復爲長衢，夾兩營東西七里，而人去渫污。凡爲民去害興利，殫厥心，無遺便。所以垂裕於後者，其功亦懋矣。

二君於民功德若此，而報祀不舉，豈非曠典歟？祭法曰：「法施於民則祀之，能禦大菑則祀之，能捍大患則祀之。」由此而言，二君之祀，於禮爲宜。然舉而行之，則存乎其人焉。按察使臨漳石公璞，有猷有爲，刑清政簡，乃舉二君之事，封章上聞，遂命禮官具祝册。每歲春秋，方面重臣揆時備物，行事祠下，諸公奉命惟謹。許君仍舊觀以祀，即鐵柱延真宫也。乃作新祠于觀中西北，以祀韋君。噫！「國之大事，在祀與戎」，表昔賢没世之功德，舉千載因循之曠典，達思慕無窮之人心。石公之言，朝廷之命，一舉而並得之矣。儼郡人也，報本之心，同於齊民，既書二君之功德如右，復係之以詞曰：

粤若旌陽，天賦非常。積仁絜行，規圓矩方。製錦于蜀，豈弟慈祥。化金代輸，民歸流亡。標竹置水，沉痾獲康。作民父母，頌聲洋洋。解組而歸，送者裹

糧。神母授受，金籙玉章。呼召風霆，陰陽翕張。毒蟒據穴，百里罹殃。黽倪鼉頞，君心閔傷。老蛟變幻，江湖茫茫。人將魚鱉，給我慎郎。化犍臥沙，匯潛湖湘。誅蟒斬蛟，神化無方。耕桑奠居，厥功莫量。表表武陽，勛公之孫〔一〕。教育外祖，魯公之門。高朗振邁，出類超羣。歘歷中外，益茂厥聞。爰來豫章，觀察八州。罷除冗食，財用以周。易茅陶瓦，民無火憂。築堤捍江，疏竇走濟。水患永息，民獲相保。原野甌窶，時罔有秋。滌陂濬塘，禾稼滿篝。生遂樂利，斯民之休。千里湖山，惠施仁流。元和政績，卓然罕儔。簡在帝心，琢碑以留。歷世滋久，浮屠遺丘。侃侃石公，論世尚友。昭茲祀典，實貽諸後。神功休德，同垂不朽。

【校勘記】

〔一〕「勛」，原作「勛」，今據隆慶本、萬曆本、康熙本改。

祭文

祭金尚書文 代部官作，公名忠，寧波人。

惟公之生，鄮山之英。才器磊落，外和内明。博涉書史，風猷益弘。不見畛域，卓然老成。蚤蒙天眷，奉職周旋。勤勞翊戴，孜孜有年。聿從龍飛，風雲交馳。攀鱗附翼，遂踐台司。遊於廟廊，鏘金鳴玉。居榮尚簡，覃思毣毣。詹事青宫，德望雍容。弼諧審諭，清班寔崇。方期壽考，佐理贊化。夫何一疾，靈輀倏駕。清風粉署，皓月庭槐。言思君子，渺渺余懷。音容邈矣，幽明永隔。遠致哀觴，靈其鑒格。

祭王伯仁文

嗟哉伯仁，生而瑰奇，用于時而匪迻。政有嘉績，老而賦歸，志彌堅而不緇。作爲文章，五色其輝。汪洋浩漏，莫窺其涯。心體胖廣，浩然不衰。孰不以爲積仁絜

行，固宜享乎天之報施。公亦自託於忠信，而恒存乎不欺。奈何數有一定，非人力之所能移。死生夜旦爾，徒戚戚其奚爲？念同儔之失侶，與學子之無依，所以使人感慨而歔欷。獨流芳其不泯，□遺文而在茲。人生宇内，指百歲以爲期，豈必歌於斯而哭於斯？彼荷鍤而隨者，乃猖狂而自恣。抑沉碑而歎者，又欲千載之名垂。今公之逝也，能隨寓而安之。

嗟哉伯仁，骸骨返矣。故山之陲，音容邈矣。寔勞我思，幸弱孫之猶有，祀歲時而不遺。嗟哉伯仁，死又何悲。爰有清酌，用招以辭。魂其歸來兮，返爾林丘。歲聿云暮兮，霜雪伊稠。江流湯湯兮，茗木彫颼。魂不歸來兮，令我心憂。有酒崇觴兮，有肉載俎。魂其歸來兮，式燕以處。山中之人兮，延以待汝。步明月兮長歌，濯清風兮漇漇。梅花發兮山色寒，幽香凝兮夜闌。魂其歸來兮，佳城厚完。

祭盧侍郎文

惟公之資，篤厚安詳。惟公之才，既哲且良。惟公之德，不矜不揚。具此衆美，含和以光。歷職華要，雍容廟堂。國之兵政，式克贊襄。于茲有年，令聞孔彰。夫何一疾，遽爾云亡。老成凋謝，孰不感愴。荷天之休，寵錫有慶。既蕃既庶，行人

彭彭。生既顯榮，殁復流芳。靈其有知，豈不相羊？獨忝親友，少同鄉邦。計其情好，閲四十霜。況我弱子，實玷東牀。近我北歸，朝夕相望。天不憖遺，令我悲傷。幸有孤兒，足奉烝嘗。有牲在筵，有酒崇觴。有懷莫宣，有淚浪浪。與公永訣，何日能忘。嗚呼哀哉，尚享！

祭兄佩文

維永樂十六年歲次戊戌，正月壬子朔越五日丙辰，朝議大夫、國子祭酒兼翰林侍講友生胡儼，以清酌庶羞之奠，祭于亡友中順大夫、懷慶知府劉公之靈曰：

予與足下締交三十有七年，足下視予猶兄，而子又壻於予，予與足下義同骨肉。今已矣，嗚呼哀哉！足下自爲進士，受朝廷厚恩，令永康，知横州，又以薦擢知覃懷，所至皆有善譽，仕宦二十有五年，至此可無憾矣。今殁於我館，得□□歛遵家禮，但旅涉荒落，人事不齊，而鋠孤，力不能扶柩往覃懷，且恐暴露，乃權厝柩于大興縣城東王某家，令鋠往任所，再取力費來。俟冰解買舟，載於南還，歸葬故里。嗚呼哀哉，與足下永訣矣！前年哭盧侍郎，今年哭足下。人生幾何，而連哭故人。於事可感，於情何堪。嗚呼哀哉，尚享！

祭胡學士文

惟公夙鍾令美，器量恢賁。力學制行，期於古人。卓犖之材，邁于等倫。潔廉之操，超軼絶塵。早登甲科，聿冠搢紳。所謂觀國之賓，席上之珍，優游玉堂，出入金門。所謂附鳳翼而攀龍鱗，論思密勿，黼黻乎至治；精敏勤勞，無間乎夕昕。方期壽考，以荅天眷。豈謂一疾，遽殞厥身。嗚呼哀哉！念交遊之有年，從悲咽而氣陻。惟公聲譽之在人者不泯，文墨之傳世者如新。諭祭之章，光于朝野；寵贈之謚，表乎貞純。恩榮始終，古今莫並。復何憾於沉晷，天不憖遺九原。已矣，孰不感慨而酸辛？一觴永訣，涕淚沾巾。嗚呼哀哉，尚享！

胡祭酒集

胡祭酒集

序

讀書莊唱和詩序

詩言其志也，夫人之窮達得喪、憂思哀樂，一於詩發焉，其志固可見矣。雲間張夢辰，懷抱材德，居鄉里，以經術教授諸弟弟子。諸弟出爲顯官，夢辰獨老於其家，以窮約自守。凡天地之變化、物理之消息、人事之得喪、心思之憂樂，一寓於詩。及諸弟歸，往往與之賡焉，録爲一卷，凡若干首，命之曰讀書莊唱和集，又從而序之，示志也。

或者曰：「夢辰不得行其道，得窮而工於詩。」余曰：不然。三百篇之作，豈皆

出於窮人之手乎？孔子取之，抑豈取其窮而能工者乎？苟取其窮而能工，二南、雅、頌不必録於經矣。詩固不必以窮人而工，亦不必以不窮人而不工。然則有窮者，將不必工於詩乎？曰非也。窮，命也，不繫於詩；工不工，材也，不繫於窮。志之所至，詩亦志焉。世稱詩人莫杜甫若也，觀其流落艱虞之際，不能無悲苦愁歎之聲。若其通顯，鳴國家之盛，舂容富麗，有鏘金鳴玉之意，豈必窮而後工哉？然此卷不以窮達異趣，各得以見其志，是可尚也已。詩曰：「伯氏吹塤，仲氏吹篪。」吾於讀書莊，考信焉。

萬木圖詩序

故元福建行省左丞阮德柔，嘗作萬木圖，以美建安楊公達卿。既歿世矣，今公之孫右春坊庶子兼翰林侍講榮，復命善畫者圖之，昭先德也。朝之大夫士各爲詩章，以詠歌之，而屬序於儼。

昔公之種樹於龍津也，本以積粟濟饑人，不欲有其名，託以嘗種耳。初亦不計其種之有無多寡，然不數年，喬然長茂，鬱然成林。感神人之夢告，此其德行固已通於神明矣。公因木之盛，召族人子弟戒之曰：「此山之木不售人，惟學舍杠梁、

浮屠老子之宫及貧無室廬、死無棺槨者，則與之。餘勿伐，否非賢子孫。」由是鄉人獲濟者衆。

嗚呼，公之心，其仁矣哉！昔黄霸治潁川，教民耕桑，畜養種樹，鰥寡孤獨有死無以葬者，霸具爲區處，棺以某所木，祭以某亭猪子。霸之所以爲循吏，流聲于千載者，此亦善政之一端也。公以布衣居鄉里，無官守、無所求而爲之，視彼食禄不知爲政、不恤民隱者爲何如？宜其陰德之厚，敷施於後人者遠哉。

庶子遭逢聖明，顯被寵嘉，光于前人。而舅弟子姓，又蕃衍貴盛，如川之流方，源源而來。此天之錫佑，是皆公樂善好施之報也。雖然，昔韓宣子聘魯，宴于季武子，有嘉樹焉，宣子譽之，武子有「敢不封殖」之言，蓋不忘其親也。楊氏子孫，於其山木培殖而加之意焉，使發榮滋長，益豐益茂，至於務德，亦猶是也。則楊氏之慶澤，何可量哉？而斯圖之作，抑所以感發其孝思於無窮矣。

徐蘇傳序

徐蘇傳者，所以傳徐孺子、蘇雲卿之事也。徐、蘇本傳，列漢書、載宋史者，儒者見焉，閭巷之間寡聞也。今二傳編録，博採羣書[一]，較之本傳，特爲詳備。

或者曰：「自漢以來，懷德秉志、高世獨行之士，蓋多有之，傳者獨録徐、蘇，何也？」曰：「出吾郡也。」曰：「若然，雲卿、廣漢士亦得稱吾郡出耶？」曰：「雲卿聞孺子之風而來，在當時非無韜棲隱約之地，顧乃區區於東湖雲水之間，彼蓋以孺子之流風未泯也。樂於此而居於此，固有不得而外之者。」

曰：「豫章先賢，可以陶世範俗者，豈獨徐、蘇哉？」曰：「得時而駕，行道以濟物者，固已表見於當時，垂休於後世矣。若二子，亦非果於忘世者。適漢衰宋微，不可有爲，故退然自守，以終其身。此其操行足以激厲貪鄙，聞其風者，頑夫廉而懦夫有立志矣。況士君子生於其鄉，論世尚友，可不知其人已乎？欲知其人，不得其事可乎？得其事隱而不彰，尤不可也。此傳之所以廣，又增録其詩文，既廣而增録矣，又刊以傳焉。若是者，皆君子之用心也。」傳之者棲碧李氏也，刊之者李貞士廉也，録之者王遜之也，序以冠其端者〔二〕，郡人胡儼也。

【校勘記】

〔一〕「博」，原作「傅」，萬曆本同，今據康熙本改。

〔二〕「者」，原脱，今據康熙本補。

羅養蒙詩集序

翰林侍講廬陵羅汝敬，奉其先君子養蒙先生詩集一帙，告余曰：「先人平生所爲詩文甚富，近以鄉民不靖，遺稿散逸無幾。今所存者，獨元季喪亂時及晚歲所作耳。願得一言，以冠其端。非敢以傳世，將遺後子孫，俾知所重焉。」

嗟夫，世之君子德成於己者，孰不欲見諸用，施諸人，以達其道哉？然有不幸而不遇，或遇而已老，皆不得攄其所藴，措諸行事，徒以其平昔之抱負，發諸吟詠，寄興山水之間，以自適於塵俗之表者。此其人固非流連光影，而果於忘世者矣。若先生者，世蓋有焉。先生家士族，業成而元亡。既際興運，則已老矣。故其爲詩，真率簡暢，深達物理，敷陳激烈，感慨係之。而暮年之作，樂天知命，安於所遇。其志之所存，情之所見，又足以使人有所欣慕而感發。苟就湮没，豈不惜哉？此仁人孝子之用心，所以有不容自已者也。

永樂乙酉，先生來京師，余獲見焉。時年幾八十矣，峨冠褎衣，童顔鶴髮，忠度閒雅，進退從容，儒者之風藹如也。後八年，先生没。距今又十年，始得其詩誦之，慨前輩之零落，悲宿草於春風，有不勝其惓惓者焉。姑爲之序，以復汝敬。先生諱

以明，其曰「蒙泉」者，鄉里之尊稱。後病目，又自號「矇叟」云。

況氏重脩族譜序

禮部儀制主事黄鍾，其先況氏。七世祖聿脩，自況坊徙靖安之甘家巷。至鍾之父以實，生六歲而孤，遭元季兵亂，族黨離散，鞠于里人黄勝祖，遂承其後，因其姓以至于今。鍾有位于朝，慨然思其本源，欲復況氏。乃以其父嘗得遺譜於族人者脩之，來求序。

按譜，始烈爲虞國君之子，居水北，傳十三世至昌伯，遷水南，所謂曲江封源者。又八世至鼎，居西山之況坊。又十九世至昇，即聿脩，實爲靖安始遷之祖也。自烈至鍾，凡四十有四世。中間又有曰政者，徙筠之藥湖；曰敏者，徙新吴之虬峰；曰敬者，徙廣之韶州。政爲節度，敏官武略，意敬亦必以仕而徙。皆不著時代，莫詳其本末。獨淳爲觀文殿大學士、金紫光禄大夫，致仕，封惠國公。景登崇寧甲申第，爲某官，淳熙中贈海昏伯，則有宋之遺誥存焉。舊譜有朱文公跋語，曰：「朝野鈞衡，公卿大夫，子男侯伯，位列諸邦。水北水南，永傳於忠孝；山陰山左，重沐於旌封。」

嗚呼，盛哉！余聞諸長老云：「況氏，郡名族；況坊，善里也。」今觀此譜及紫

陽之言，信不虛矣。抑嘗求鄉里之大家巨室，皆由前人積善所致。至其子孫，或不能繼承，存亡盛衰之際，有可歎者。若鍾之律身脩行致通顯，可謂能振其宗者。又思復其族姓，不昧其本源，孝敬之道存焉。人患不立志，有志者事竟成。鍾有志之士也，余郡人，烏得不樂道之哉？

胡氏譜圖序

胡氏之先，系出不一。一則世本有胡曹者，黄帝時人，黄帝治天下，衣裳之制，曹始爲之。一則左氏載虞胡公者，爲周陶正，武王以元女大姬配之，而封之陳，以備三恪。又史記載：「虞胡公滿者，虞帝舜之後也。周武王克商，求舜後，得嬀滿，封之於陳，以奉帝舜祀，是爲胡公，其後以謚爲姓。」唐書則曰：「夏禹封舜子商均於虞城，三十二世孫遏父，爲周陶正，武王妻以元女大姬，生滿，封之於陳，賜姓嬀，以奉舜祀。」三説雖小異，要之胡公舜後也。

一則胡以國氏，成周時爲子爵，其地在潁州汝陰西二里，胡城是也。魯定公十五年，楚昭王滅之。其後子孫分散，有望安定者，即汝陰之支别也。或者又謂周時胡國，參胡之後，其先出顓帝高陽氏，曰重黎，爲帝嚳火正，死後，弟吴回嗣。吴回

生陸終，陸終之次子參胡，董姓，封於韓墟，周時爲胡國，楚滅之。一則樂陵之胡，賜姓李。一則河南之胡，乃改紇骨氏爲胡也。

嗟夫！古者天子建德，因生以錫姓，胙之土而命之氏，諸侯以字爲氏，因以爲族。官有世功，則有官族，邑亦如之。而胡氏乃有以姓者，以謚者，以國者，以賜而改者，其原既各有所出，後世子孫蔓延於天下，分散扶疏，欲合而一之，可乎？

儼之族，近出新淦之城口，自七世祖十三承事竹澗先生，宋端平間，遷邑城之南，由是子孫世居之，後稍徙清江。元季兵興，鄉邑騷然，歲甲午，先公與諸父又移家龍興。龍興入國朝，復爲南昌，儼與兄發及從弟以文諸子孫，今爲南昌人。其居淦、清江者，益蕃衍矣。

儼懼族人散處，戚欣慶慰之禮或不相及，恐久而至於塗人，乃爲胡氏譜圖，將以統其疏而合其離也。然城口之宗，未暇合者，姑有所待。斷自竹澗爲始祖，紀其實也。竹澗生紹久[一]，紹久生禄賜，禄賜生三子，孟子貴、仲蚤世[二]，季子復[三]，子復於儼爲曾祖[四]。今圖之所列者，皆二祖之子孫也。曾祖生五子，大父其第三子也。大父生二子，長伯父虞部府君，次先公。虞部三子，頓[五]、穎、顓[六]。先公二子，長發，次則儼也。而發與儼等，又有子若孫矣。

嗚呼！譜圖之作，蓋將以統疏合離，以達乎本源。明世次，敦孝弟，而貽永于來世者也。然其間人事有盛衰，故傳緒有顯微，而(下闕)

【校勘記】

〔一〕「紹」，康熙本作「炤」，本篇下同。

〔二〕「仲」下康熙本有「子」字。

〔三〕「復」，康熙本作「伏」。

〔四〕「子復」，康熙本作「伏」。

〔五〕「頓」，康熙本作「岨」。

〔六〕「顓」，康熙本作「顗」。按，以下原闕，今據康熙本補。

東陽李氏重脩族譜序

國子生東陽李敍，重脩其族譜，謁余序。余觀之，譜故有序，乃敍九世從祖亦工部尚書、寶謨閣直學士大同所作，序親親之義，詳且備矣，復何言哉？雖然，李氏之忠孝福澤，至于今又有不能已於言者。

按，李氏世爲東陽人，譜自舍至圭輩，凡十有四世。文獻之相傳，子孫之衆亦多，

何其盛哉！蓋自舍至大同，爲五世。大同，朱子門人，以道事君，言行卓然，與其兄太常博士大有朝夕講學，磨礱切磋，極其友愛。寧宗親書「怡怡堂」三字賜之，當時士大夫家莫及焉。又其從兄誠之，受學東萊吕氏，文行政事，所至有聲。及其暮年，知蘄州，與金兵力戰而死於難。妻孥子孫，皆赴水死，實嘉定十四年三月也。寧宗聞之，褒封正節侯，廟食其土，妻子若孫皆贈封。余讀宋史，見誠之一門，忠義同於卞壼；大同抗疏，剴切幾於劉向。而又昆弟孝友，達于家邦，未嘗不慨歎其師友淵源，本領親切，有其實而有其效也，固知其有後焉。

今觀此譜，支分派别，簪纓蟬聯，二百餘年，族益蕃衍，子孫至數百人，忠孝之風藹然。歲時上塚，長幼序列，秩然有儀，此又他族之所莫及。推其由來，夫豈偶然也哉？敍爲大有九世孫，淳謹而好學，恐族人散處，久而疏遠，受其父嘉之命，重脩此譜，將以敦宗合敍，聯親親之恩，其知所本矣。傳曰：「公侯之子孫，必復其始。」子其勉之，亢李氏之宗者，寧不在子乎？

黄氏族譜序

廬陵黄濟亨，以其族譜介中書舍人許鳴鶴來求序。濟亨本宋太史文節公山谷

先生之裔，系出豫章雙井。其初譜甚詳核，既燬于兵，世次源委，不得詳焉。今曰濟亭而上，曰以和，父也；曰雲瑞，大父也；曰必達，曾大父也。又推其所自出，斷自五世祖，蓋譜其所可知也。余於太史爲郡人，雖生後，頗知其世系。

太史之系，出自金華，一居豐城之沇江，一居分寧之雙井。雙井族蕃衍，又分居筠之上高、袁之萬載。居雙井者，太史爲最顯；居萬載者，叔豹爲有聲。太史出之子兄弟三人，叔豹，太史之從昆弟，仕宋爲户部郎中。其他以進士舉者，前後相望，不可勝數。

豫章文獻之盛，百數十年前，名家大族，鮮有及焉。濟亭之族，亦自雙井而分。然譜斷自五世，可謂不誣其祖也；究所自出，可謂不忘其本也。觀斯譜，有孝子慈孫之道焉。雖然，譜之作也，豈徒尚其世胄之華、誇美於鄉人而已，必將求世德之所在，善繼善述，以振起其聲光。則雙井之流，餘波益潤，而青源白鷺之間，孝友清節之風，百世其不泯也。必如是，而後可以盡孝子慈孫之心矣。濟亭勉之，則後子孫之所以繼繼承承者，何可量哉？

新喻章氏族譜序

臨江之新喻章氏，其先本建州之浦城人。初，太傅公仔鈞，五代時仕王氏爲刺史，而夫人練氏恩及下人，遂致全城之功，陰德廣大，子孫貴盛，世莫與京。若宋僕射郇公得象、寶文待制衡、僕射申公惇、樞密莊敏楶、尚書文肅穎，此其著者。而穎風規峻整，踐履端直，立朝大節，凛乎如秋霜烈日，其道德忠義於諸祖爲尤著者也。

今譜之作自仲始，乃遷新喻之祖也。仲之上在建者譜逸，故略而不載。仲生郁，郁生濬，濬生穎，是爲尚書。尚書七子，曰琳，某府知府；曰璞，廣西安撫；曰琮，某縣知縣；曰璧，某府知府；曰瑬，肇慶府判；曰琢，仕爲記院；曰珣，某府教授。瑬之子賡，江華丞。賡之子起南，起南二子與誠、與賢。與賢二子，曰嵊，曰崍。崍生皖，皖三子[一]，曰康，五井鹽課大使；曰嘉；曰鼐。鼐之子三人，曰勳，曰劬，曰劮。而勳之羣從昆弟又有子若干，是爲十三世矣。

仲始居萬全，尚書徙虎瞰，至與賢又徙魁星巷，今爲上下房，而子孫數十人，簪纓之華，詩書之懿，綿綿奕奕，其所由來者遠哉。鼐字孟鉉，以才賢試事吏部，重脩

此譜，求爲之序。夫譜之作也，因其支之分，而求其本之一。尊祖合族所繫甚重，然顯微紹續之際，不幸遭世故，失其傳次，有不可强合者。仁人孝子之心，豈得已也哉？因其不可已，而斷自始遷之祖，庶幾小宗之法，則亦仁人孝子之用心也。

余先世與孟鉉之祖同郡，頗聞其文獻。傳曰：「公侯之子孫，必復其始。」孟鉉行將仕矣，必也修舉世德，振揚其聲華。所謂丹穴鵷雛，渥洼神駒，吾知其出爲人朝之羽儀，而歷塊過都，特其餘事耳。孟鉉其自力，且自重哉。

【校勘記】

〔一〕「三」，原作「二」，今據意改。

陳氏族譜序

國子助教陳保中，持其族譜告余曰：「吾族本凌江，今居肇慶之四會。不知始所徙，莫究其本初。所可知者，自大父至吾子孫，凡六世，遂爲陳氏之譜。願公叙之，俾族人知所系屬，不遺恩義，而子孫得有賴焉，實大惠也。」

按，譜始士彰，士彰二子，德甫、平甫。德甫子二人；平甫子七人，其第三子曰良卿者，保中之考也。保中之子純，純之子復，是爲六世，此譜之世次也。譜之作，爲親也。然由親而寖疏，自有服而無服，勢之自然，君子不能强焉。其無服也，恩禮或不接，久而遂流於塗人。若魯人不吊其族者，豈不可悲哉？此譜之不可以不作也。世又有好名者，往往於其譜諜妄引古人，以自附覬，以誇其門地，而誣祖亦甚矣。今譜之作，無是也。止譜其所可知，而仁人孝子之心亦自見焉。且譜載諸父昆弟，紹續存亡之際，有可感者。而保中父子，獨能以文學起家，馳聲士林，於先有光，所以振揚其宗者，則亦先世之餘慶也。

嗚呼！本豐者末茂，德盛者世昌。陳氏之子孫，敷英擢秀，方源源而來。余故序諸譜，而竊有望焉。保中名迪，洪武乙丑進士；純，永樂戊戌進士。父子繼美云。

東湖書舍詩序

四明之東湖，去郡城東可五十里。湖多物産，旁有田，資其灌溉，利甚博，故又曰萬金。有山臨其上，有溪湊焉。地幽而境勝，人多居之。王氏之居，又據其勝

者。王氏至敬道，有子六人，復築室湖上，蓄書以教子，遂名曰「東湖書舍」。左圖右史，朝誦暮弦。延遠岫於空明，納湖光於几席。風篁露柳，陰翳映帶；鳧鷖鷗鷺，上下飛翔。菰蒲葭菼，可以供服用；菱葵魚蝦，可以供食飲；佳花美木，可以供吟玩。敬道日與諸子藏脩息游於其所，有詩書之樂，無塵俗之累，意甚適焉。暇則與鄉人子弟俯清泉，坐茂樹，擷園蔬，羹蓴擊鮮，傾壺而醉，心凝形釋，忘情於樵牧耕釣之間，可謂得素履之往者也。其季子士華，入翰林爲庶吉士，來求文。

余嘗聞東湖之美，見於吴主一閒居之詠，不得一造焉。而士華之請甚勤，乃爲序其事，并賦以詩。俾歸而歌之，或可以資田夫野叟之一噱云。詩曰：

湖上風輕雲澹，湖頭柳翠花明。借問誰家茆屋，長聞鶴唳書聲。

陰陰喬木千章，隱隱青山萬古。薰風吹落湖雲，坐見柳摇荷舞。

十里芙蓉秋老，幾家橘柚霜黄。已喜雕胡似掌，漸看鳧雁成行。

雪霽瑶林矗矗，沙寒白鳥雙雙。臘盡酒香麴甕，月高梅印書窗。

玉笥白雲圖詩序〔一〕

余先世家臨江之新淦，介乎金川、玉笥之間。元季兵亂，先公始徙居南昌。今

故里之田園雖蕪，而祖宗之丘隴具存。其在蕭峽，岡巒起伏，勢若翔舞，狀類飛鵝，山林鬱茂，左環右抱，旁有都督峰，蒼翠奇峭若筆閣者，此六世祖墓也；其在淦之泥江山，蹲踞如伏虎，勢欲騰躍，江水瀠灣居其前者，此曾祖之墓也；其在瓦橋，地勢盤礴，蜿蜒而來，隱隱隆隆若蛇游大澤，四面諸峰羅列，俛而頫者，此七世祖同祖妣之墓也。地理家謂皆合葬法，宜子孫。地理之説，自郭景純葬經行于世，儒者所不廢。余家近世有名位者，先伯父仕爲虞部員外郎〔二〕；先公封桐城令；從兄頔仕爲盧龍丞〔三〕；而儼自筮仕列官于朝，于今三十餘年矣。苟地理之説信，則祖宗之德澤、委祉、錫慶將兆于兹乎？

余弱冠時，先公攜上塚，拜某丘，則曰某祖也；又某丘，則曰某祖也。今歲月雖久，猶歷歷在耳目。徒以竊禄無補，不得展桑梓之敬，而祖宗丘隴，未嘗敢忘。年過半百，侵尋就衰，引領南望，徒有慨然。永嘉謝庭循善畫，爲余作玉笥白雲圖。余時展翫，遥岑列岫，寸碧千里，寄遐思於丹青，對白雲之縹緲，情不能已，繫之以詩曰：

淦江之陽，峽水之北。懷哉故里，有田有宅。
兵塵澒洞，故里丘墟。爰徙于洪，寔寧厥居。

厥居寧止，遂歷年所。惟我子孫，敢忘先祖？
若斧若堂，復嶺重岡。鬱草茂林，幽室允藏。
焄蒿悽愴，發揚昭融。風雨霜露，有怛其中。
其中伊何，永言孝思。山川邈矣，不能奮飛。
瞻彼玉笥，白雲悠悠。童冠追隨，某水某丘。
寫之丹青，蒼茫晻藹。余髮種種，撫圖增慨。

右詩八章章四句

余之玉笥白雲圖，非玩也，所以寓水木本源之意。既賦詩而序之，又聞兹山乃道書所謂「大秀法樂之天」，實仙真之洞府也，其間多高人方士棲游勝境，因各詠以詩，聊以寄興焉。

玉笥山 漢武帝時有玉笥降于山，故名。

佳哉古淦邑，有山鬱岧嶤。昔年降玉笥，芳名標神霄。有峰高插天，芙蓉金柱翹。有壇布碧落，太乙皓素遥。有臺高巍巍，九仙東華朝。有洞寶靈閟，白日聞笙

簫。陰瀑漉飛雨，石磴凌風飈。燁燁金光草，森森琪樹標。仙人散緑髮，乘晨唏暘喬。流軿宴初景，玄挺披氛囂。龍吟石澗隱，鳳歌雲路超。仰嗽金髓溢，流盼恣逍遥。我欲從之遊，黄鶴不可招。悵望白雲深，郁木何幽寥。

郁木洞

細草清風一逕賒，尋源不必問桃花。千年仙鼠飛晴雪，五色靈芝絢彩霞。瀑布巖前泉似乳，芙蓉峰下棗如瓜。蕭郎採藥知何處，空見林中鹿引車。蕭郎子雲。

太白峰

千仞孤峰湧翠濤，仙人騎鶴恣遊遨。月明氣接峨眉遠，天近雲連華嶽高。瑶壇夜見青藜杖，璚館寒森紫綺袍。幾度峰頭降王母，玉簫聲裏醉蟠桃。

清虚館

仙家有琳館，幽棲羣玉山。碧窗瞰林壑，丹霞被岡巒。靈文寶笈祕，古鼎神丹寒。仙人梅郭彭，騎鶴下雲端。窗間緑綺琴，宴坐時一彈。蘿月挂秋鏡，松風生夜

瀾。俯視塵寰中，烟霧浩漫漫。梅郭彭：梅福、郭桂倫、彭真一。

棲霞谷

林壑烟霏歛，朝霞五色新。未迎初旦日，長有四時春。絳闕存丹氣，黄庭養谷神。仙經聞甚秘，稽首九華真。真誥九華真妃云：「餐霞之經甚秘。」

九仙臺

高臺千尺絶塵氛，長見仙都九老君。手把芙蓉浮碧落，身騎鸞鶴下青雲。紫虚壇上花初發，金井源頭路不分。自有靈蹤通縹緲，誰能芳訊接烟煴？

步虚壇

麻姑去後有仙壇，紫翠陰中碧樹環。露濕星河秋耿耿，月明環佩夜珊珊。九霄靈籟清風發，萬古天燈落葉殷。白鶴不歸瑶草長，青山長伴緑雲閒。

金牛坡

昔自五丁鑿，今看卧白雲。落花紅點點，芳草緑紛紛。函谷虛陰軔，華陽空彩文。仙家多變化，種玉不耕耘。

白龍巖

仙巖有靈物，林木蔭蕭森。雨裏雪鱗舞，洞前雲氣深。珠光中夜赤，山色四時陰。忽承天詔起，六月布甘霖。

白蓮池

雪艷冰姿一色新，清風凉露不生塵。侍郎幾度臨池翫，羽扇蕉衫白葛巾。

桃花塢

萬樹仙桃初著花，塢中春色浩無涯。忽聞犬吠驚紅雨，知有人家隔絳霞。

天柱岡

當天削出芙蓉青，雲中一柱屹不傾。蒼然不改太古色，直與華岳爭峥嶸。紫虛真人有琳館，琪樹千章花纂纂。青鸞飛下絳桃開，白鹿鳴時瑶草短。真人飛佩夜降臨，火鈴撒地流紅金。赤松吹笙白虎嘯，玉斧鼓瑟蒼龍吟。颯颯清風動林莽，月光如水山靈走。麻姑忽報王母來，笑挹璚漿斟北斗。羣仙高會良難遇，我醉欲眠呼不去。滿身衹覺露華涼，山鳥初啼谷將曙。歸來人世幾星霜，竊禄空慚兩鬢蒼〔四〕。何時騎得遼東鶴，還向岡頭問故鄉。

【校勘記】

〔一〕康熙本題下有小注「附記祖妣塋墓。胡儼，太子賓客」。

〔二〕「仕爲虞部」，康熙本作「俱仕爲部曹」。

〔三〕「兄」下康熙本作「一典銓部郎，一僉河南憲，一爲盧龍丞」。

〔四〕「慚」，原作「漸」，今據萬曆本、康熙本改。

豐城株溪黄氏族譜序

監察御史豐城黄宗載，脩其族譜，成先志也。謁余爲序，將以示後，永其傳也。按譜，黄氏本軒轅，推其端緒，實顓頊曾孫陸終之後，受封於黄，其後因以國爲氏者也。子孫散處，蔓延扶疏於天下，不可勝紀。而豐城之黄，則自浣江，其居株溪者，能世守儒業，近代譜燬于兵，失其世次。今譜斷自五八府君爲始祖，至承緒諸孫爲八世，譜其實也。府君生仲軒，仲軒五子，其第三子敏則。敏則三子，其次曰以仁。以仁二子，其仲曰子貞。子貞，宗載之父也。宗載兄弟三人，文凱、德凱其二子也，其孫則承緒也。

古者大宗，一姓爲九族，春秋傳所謂「翼九宗五正」是也。自秦漢以來，世禄亡而大宗之法廢。宗載之脩此譜，庶幾乎小宗之法也。今譜所列，已數十百人。由此而往，禪續綿延，蓋無窮也。使其後子孫，世守而不遺，因宗以承其祖，而不忘於追遠，非孝乎？因族以合其親，而不至如塗人，非睦乎？宗族之間，既孝且睦，此譜之所關，豈細故耶？其於黄氏之族人子姓，尚亦有利哉。

重脩南昌府志序

郡之有志，一郡之事物皆載焉。昔李吉甫作元和郡國志及國計簿，謂爲政者執此可以治天下。蓋山川之險易、物産之豐約、貢賦之多寡、户口之登耗、人材之顯微、風俗之美惡，可以一覽而得之。吉甫居相位，固以此爲重。爲守令者，於此其可忽哉？

豫章之有志，始於雷，次於宗。後其書亡，南唐涂廙補撰豫章古今志，時時引次宗舊記爲證。至宋洪芻駒父爲廙書，贍則近穢，疏則及漏，又時有牴牾，非完書也。乃掎摭書傳，疏所見聞，取其舊書，拆爲十二部，謂之職方乘。元劉有慶、潘斗元又補述續志，凡十四卷，然流傳不廣，書多湮没。歷世既久，又皆殘缺，所謂郡之文獻，誠不足徵也。

儼嘗承命纂脩天下郡志，一時郡邑所進之書，非苟簡，則冗雜，至於錯繆，莫此爲甚。同列舉以見示，惟有慨歎而已。未幾，以末疾賜歸，不及見其書之成。沈痾居閒，山林無事，知府任肅伯雍乃以是書詣吾廬而請。噫！此余之宿負也。況生於此，長於此，終老於此，其可辭乎？遂力疾而爲之。然編者遷就，書者傳訛，[illegible]之

昔人，尤有可歎。於是會諸生，舉其綱領，類其條目，其可改者正之，無可改者以意求之。爬梳剔抉，删其繁穢；探幽發隱，正其誣謬；遠覽旁搜，補其遺缺；詳略互見，要其會通。庶幾一郡之事物，千載之文獻，有足徵焉。而任侯於此，可謂知爲政者矣。雖然，衰疾之餘，獨見無詢，徒勤皇甫之心，輒有師丹之忘。其不備者，尚有待於後之君子云。

驄馬行春圖詩序

驄馬行春圖者，交阯道監察御史古并張叔潤之行卷也。以斯圖爲贈者，巡按江西道監察御史古襄尹子聲也。叔潤，永樂甲辰進士，嘗同子聲應澄清風紀之選，同爲御史，又同拜推恩之命。而叔潤先君子館陶丞文著贈文林郎官，同其子有榮耀焉。叔潤近奉敕按行湖廣、江西及畿内諸郡，擒獮姦盜，以申憲典；肅清川藪，以安黎庶。有繡衣直指之風，得丕蔽要囚之道，可謂能其官者矣。竣事言還，故子聲以久要之義，贈以斯圖。屬余爲序，而求能賦者詠歌之。

稽之漢制，凡立春使者出行冤獄，又春首遣使循行天下。然則使者之行春，其來尚矣。古之部使，即今御史。或者曰：「叔潤之斯舉，實明刑也。而謂之行春，

可乎？」殊不知蟊蠹不除，嘉穀不秀；荆棘不翦，美材不生。去一惡而千萬人勸於善，扶植善類，得非行春也乎？況叔潤爲人明而恕，每於陽舒陰斂之際，而欽恤之意，常行乎其中。能體朝廷之至意，不失風紀之良規，先儒謂御史之職，在正己以格物，叔潤有焉。重以子聲之請，不媿衰陋，而爲之序云。

楊氏留芳後集序

鴻臚卿楊善思敬，既合葬其親於魏村社將十年矣，乃録少傅楊公之表、郎中張徹之銘、少詹事曾子啓留芳集序、少保黄公所題，因憲使童公考績而還，寓書以告余，將以圖其不朽也。昔李翺書楊烈婦事，自謂無媿於班固，必可傳於後世。蓋傳世示後，非文不達。故韓退之亦曰：「不用文則已，如用之必尚其能者。」余以疾歸，年馳氣索，材傒辭陋，將何以復於思敬？雖然，思敬不遠數千里而有望於今，苟無以復之，非人情也。乃爲之敍曰：

楊公諱成，字仲禮，善之父也。其先太原人，元末客於薊，兵亂道梗，遂家焉，子孫今爲大興人。洪熙改元，公以子貴，贈中順大夫、鴻臚寺卿；配和氏，贈恭人。凡人之爲善，他人未必知，而己固知之。至於陰德，雖己亦莫知，而天則知之，未莒

公之事是已。觀公之善行，若諸公所書者，不一而足。然其所以獲推恩之典，光賁乎泉壤，而思敬當國家之興運，際光榮之盛美，夫豈偶然也哉？蓋必有陰德者存焉。

嗚呼！積善餘慶，既鍾其子，又及其身。此余於公所以推論其潛德，而發揚其幽光，非敢爲佞，乃天理之必然者也。詩曰：「豈弟君子，福禄攸降。」余乃於公見之，請書以爲後序。俾其子孫，知餘慶之所自。若夫履歷之詳、卒葬歲月，則有諸公之文在。

崇明沈氏族譜序

沈氏世有二族，一出周文王子聃季，封於沈。沈，姬姓，子爵國在蔡州汝陽縣東，後爲蔡所滅，子孫因以國爲氏。一出楚莊王之子公子貞，封於沈鹿，其地即潁州之沈丘。曰諸梁者，字子高，乃楚左司馬沈尹戌之子。尹戌，楚莊王諸孫也。子高遂因父以邑爲氏，而唐書表云：「汝陽之沈，爲晉所滅。沈子生逞，奔楚，遂爲沈氏。逞生嘉，嘉生尹戌，尹戌生諸梁。」由此而言，則楚之沈，亦聃季之後。然鄭氏非之，而於諸梁氏直曰：「楚莊王之後，食邑諸梁，子孫因氏焉。」由此言之，楚之

沈，芊姓，非聃季之後，明矣。秦滅六國，大夫之子孫散處天下，故世禄廢而宗法亡。於是二沈氏，亦混而無别焉。

今崇明西沙沈氏，先居通州之海門，宋靖康之變，乃徙西沙。舊譜亡，今斷自處士評爲一世，評生彭年，彭年生師尹，師尹四子，其次曰邁，宋淳祐進士，累官至通判淮西無爲軍。通判亦四子，長奕孫，奕孫二子，元英、元傑。奕孫之弟曰鼎孫，鼎孫之子元剛。元剛三子，其長與季世闕，仲子中亨。中亨一子克明，克明五子，天祐、天祐、天祚世闕〔一〕，而所傳者天錫、天與也。天錫子仁傑、孫迪；天與二子，崇道、崇德、崇禮。崇道四子，曰浩，曰清，曰濟，曰溍；崇德二子，日新、日進；崇禮亦二子，曰勉，曰敬。自評至溍，凡十一世。自靖康之徙西沙，實三百餘年矣。崇道初爲新建丞，爲政有善譽，而南昌之民仰慕之，列伏上聞，遂命崇道尹南昌。子溍亦清脩好學，卓然不羣，蓋將振揚其家聲，以昌厥後也。

凡士大夫之族，不可以無譜。先王因族以立宗，敬宗以尊祖，使尊卑有分，親疏有别，患難有無之相䘏，吉凶慶吊之不遺者，由其人知敬宗以尊祖也。人知敬宗尊祖，由世系明而譜諜存也。崇道命溍重脩此譜，可謂知所本；溍持以求序，可謂知所務。是皆可書也，故爲之序。

【校勘記】

〔一〕按，「天祐」重複，疑「祐」有誤。

大理少卿程公平寇詩序

江西郡邑，歲連侵，民阻饑，樂安、永豐、新淦尤甚。介三邑之間，有山曰大盤，嶄巖嶮巇，叢木荒榛，毒霧嵐烟，陰翳蔽障，細民不率禮教，多冥頑暴狠。於是樂安曾甲者，以妖術動衆，相煽而起，有衆數萬，栅巖穴以爲阻，狐鳴鴟張，如豺如狼，斬竿揭旗，標僞號，署僞官，嘯聚山林，焚劫遠近。居民苦之，告于有司。其勢猖獗，有司不能討，遂達于會府三司及白于御史。時監察御史新安程公富按治于兹，聞其事，即與會府諸公籌其方略，發兵捕討，而都司檄守長河，僉都指揮吴堅以其兵會。

公抵其所，堅兵遠未至，乃調近兵。而吉安之兵，至者纔二百，公復糾集過所及郡邑民丁，以助聲勢。自將以擊之，聲罪致討，無不一當百。賊蜂屯蟻聚，初亦抗師，公出奇制勝，一鼓敗之。賊衆披靡，如摧枯拉朽，遁者掀其窠穴，潰者窮其蹤跡。既而堅兵與會府之兵繼至，賊益窮蹙，竄伏林藪，呰窳偷生。降者不絶，公乃

擒其渠魁，繫其醜類，送之會府，安輯其民。人民大歡悦，歌頌載道，適都督武公、僉都御史王公偕至，喜寇之平，按轡而還。公復與會府諸公，丕蔽寇囚，殄戮首惡，分背徒從，開釋無辜。騰章告捷，聖天子嘉公之績，特降敕書，褒勉甚至，遂擢公大理左少卿，錫賚有加。

噫，若公者可謂得其時，展其材，能行其志者矣。布政使咸寧陳公，將合能賦者歌詠以傳，屬余序其事，而爲之引。嗟夫！擒獮寇盗，御史之成規；建功立名，君子之能事；崇德報功，朝廷之大典。是皆不可無紀，故序次如右，以備國史之採擇云。

春雪錫宴史館公卿倡和詩序

吏部侍郎趙新巡撫西江〔一〕，朝京師，宣德九年春正月七日雨雪，明日羣臣奉起居，兆豐年。於是上命光禄列燕史館，時少師蹇義，少傅楊士奇、楊榮，尚書郭璡、胡濙、吴中，右都御史熊概，侍郎黄宗載、鄭誠、趙新、王佐、成均、吴璽、章敞、吴政、王驥、于謙、李昱、魏源、施禮、曹弘、周忱，副都御史陳勉，僉都御史李濬、凌晏如，

凡二十有五人。既燕，復命中使出黄封上尊伯，而斡酒頒賜義等，各令引滿盡觴。義等拜賜，感激欣躍，而侍郎忱退而賦詩，將屬諸公和之，以紀遭逢之盛。侍郎新持以示儼，求爲之序。

昔成周之盛，君臣同德，從容廟堂。故君之燕其臣，則歌鹿鳴之詩，以望其忠告之益；臣之受賜，則歌天保之章，以祝君無窮之福。君臣之間，恩禮兼至，驩欣交通。所以致雍熙泰和之治者，豈偶然哉？今聖天子君臨萬邦，仁覆四海，澤被生民，治同成周，五氣順應，百穀斯徵者，亦惟公卿大臣左右宣力、參贊經綸之功也。夫膺非常之任者，固必有非常之福；受恩榮之賜者，則必盡補報之心。儼故史官，故於諸公不敢佞，而尤惓惓者。蓋世雖極治，不忘責難，是亦君子之道也，於是乎書。

【校勘記】

〔一〕「西江」，康熙本作「江西」。

南昌伍氏族譜序

伍，芈姓，楚大夫伍參之後，以名字爲氏者也。參生舉，一名椒舉，以其先封邑椒丘也。舉生鳴，鳴生奢，奢二子，尚、員。奢爲楚平王太子建太傅，尚封棠君，員字子胥，爲中大夫。奢被譖，與尚俱受害。員奔吴，伐楚破越有功，後使齊，知吴必亡，已不免，乃屬其子度於齊鮑氏而還。初，棠君就執，楚滅其族，惟員在吴，度在齊。

今之伍氏，皆員之苗裔，度之所出也。其後有曰被者，漢淮南王太傅；曰瑁者，爲城門校尉，嘗舉兵誅董卓；曰朗字世明者，游心物外，守静衡門，晉之逸民也。自是代有聞人，至五代時曰伍喬者，舉進士，登甲科，仕南唐，由考功郎累官至吏部尚書，從中主璟徙豫章。璟卒，喬遂避患入閩。子夢授仕閩，官至左僕射。僕射子太官，字昌時，亦仕閩，爲偏將軍。閩亡，退居汀之寧化，以先世居朗，故命子孫以武陵爲望。昌時二子，德豐、得普。德豐世居，德普六子，其第二子正己，宋建隆甲科，由臨川尉累官至御史中丞。中丞子四人，三子世亦闕，惟曰演者，子三人，其第三子龍，生儀、侃二子，儀、侃上泝喬，凡八世。自儀、侃而下，譜逸，失其傳次。今

譜續自文迪，文迪之子友明。友明三子，長德善。德善子四人，其次子漢用，生伯遜、伯暘、伯遠、伯璣兄弟四人。伯遜三子，渙、豫、恒；伯暘二子，齊、頤；伯遠之子，震、節；伯璣之子泰也。渙之子曰教，教上泝文迪，又七世矣。

今詳譜圖，斷自喬爲始祖，喬以上居朗，入閩則自喬始也。居寧化者，自昌時而傳德普及正己、厚己之子孫；居汀之金泉者文己；居清流之嵩溪者徵己；而行己則居餘杭；弘己則居汀之新橋；居臨川者，自演與麟之子孫；其居豫章之社溪，則自龍爲新逮簿始也；後漢用讓其産，昆季乃從豫章之城南，子孫遂定居焉。此伍氏族譜自源而流，由本達支，世系明而正，絶無繆妄。所謂統之有宗，會之有元，敬宗尊祖，孝弟之道存焉。而伯遜兄弟守之以忠厚，渙能繼美，以儒學發身，領鄉貢進士，振揚聲華，光復其先世，其在兹乎？恒又余孫壻也，故爲之序。俾其子孫知世德之餘慶者，其來遠矣。

包孝肅公奏議序

宋包孝肅公奏議集十卷，自應詔至求退，其類凡三十有一，乃公之門生尚書職方員外郎、知廬州軍州事張田所編次，敍而藏諸家廟者。自公之没，已四百年。今

江西布政司參政方公正，於公爲鄉人，得其遺稿，將鋟梓以傳，屬儼爲之序。

公在當時，爲人峭直。其忠孝大節、議論風采，著于廟堂，聞于天下，傳之後世，載諸史册者，章章矣。自宋至今，雖庸人孺子，皆知其名，稱道之不絶，況士君子乎？觀其敷奏詳明，諫諍剴切，舉刺不避乎權勢，犯顔不畏乎逆鱗，明當世之務。務引其君於當道，詞氣森嚴，確乎不拔。百世之下，使人讀之，奮迅其精神，發揚其志節，炳炳烺烺，光前振後，焕乎其不可揜也。

雖然，嘗聞公論三司使張方平，方平由此罷去，而宋祁代之；公又彈奏祁，祁亦罷去，公遂代之。歐陽公論公未免「蹊田奪牛」、「整冠納履」之嫌，然終謂公少有孝行，聞于鄉里；晚有直節，著在朝廷。則公之節行，如喬松古柏，挺然霄漢，不可摧抑者。如此，是雖歐公一時之言，實足以概公之平生矣。

噫！天下後世之人，徒知公之名，而未必盡知公之事業。公之事業，蓋於此可考見焉。又得方公尊崇而表章之，則公之不泯者，庶其在此乎？儼不愧鄙薄，僭爲之序云。

頌

平安南頌 并序

臣儼拜手稽首上言：伏惟皇上纘承大統，德化旁敷，際天盤地，日月之所照臨，莫不尊親。惟是安南黎季犛父子，悖傲兇頑，賊殺其主，毒痛其民，僭竊大號，罔聖欺天，貪饕之心無厭，窺伺之志不已。皇上屢降明詔以開諭之，彼乃怙終不悛，惡積罪盈，神人共怒，於是不得已而俯徇輿情，乃命大將郕國公能、新城侯輔，率師徂征，克翦大憝。南交以寧，仁風所被，瘴癘肅清，平部落爲郡縣，復古制於千載。發政施仁，規圖宏遠，巍巍成功，曠古所無。臣儼忝教國子，職在儒流，誠宜歌詠盛德，被之金石，告於神明，垂諸後世云。其辭曰：

天錫皇帝，聖神武文。克繼皇圖，克君我人。華夏蠻貊，一視同仁。薄海内外，

罔有不臣。蠢爾南交，僻居海徼。鳥言獸羣，依山阻嶠。昔在日烓，率先慕義。高皇寵嘉，俾長其地。北有孽臣，逞其奸驕。肆戕其主，殄及裔苗。兇焰熾延，民燋物焦。鴟張狐鳴，鼠黠狼跳。忽爲猱狙，儵若夔魈。罔欺僭竊，瀆亂經紀。納逋聚醜，侵暴邊鄙。皇帝至仁，憫其昏嚚。嗟遠士女，詎忍摧轔。明詔屢錫，開誨諄諄。豈謂冥頑，怙終弗悛。要殺主孫，賊我使臣。事既上聞，在外咸怒。請行天誅，匪曰黷武。皇帝曰夷，乃敢余拒。乃告神祇，乃命召虎。建牙秉鉞，爰帥師旅。元戎啓行，旂旐央央。舳艫霆驅，震彼富良。富良震驚，若崩厥角。前徒倒戈，後伍傾撲。振策長驅，無有齟齬。東都西都，汛掃如砥。脅從罔究，鯨鯢是取。出其塗炭，撫其勞煦。惟其士女，玄黃厥篚。有酒在壺，有食在簞。來迎我師，遠邇洽懽，黃童白叟，椎髻卉裳。傴僂提攜，輒陳其詳。惟此南土，交阯故疆。由漢及唐，郡邑相望。中間牙孽，遂爲鄙夷。綱常教化，淪污孰知。幸披障霧，獲覩青天。幸去戴盆，獲仰日鮮。陳氏族姓，靡有孑遺。嗟我赤子，戀戀何依。願與更新，復還古制。脱略醜穢，漸摩德義。去我雕題，變我黟齒。俾我子孫，欽于世世。南交既平，發政施仁。荒陬僻壤，蹙頞以伸。疇昔陳氏，抱恨沉冥。茲焉滌爽，雖死猶生。家設灑掃，祀薦蘋羶。既贈且謚，足慰九泉。疇昔交人，如蹈湯火。茲焉嬉游，呵

舞婀娜。山無瘴烟，海無顛颶。野無獾魈，林無猩狒。戴有螺笠，執有鸛羽。器有珠貝，食有鱘鮒。民習禮文，士遵矩度。父父子子，夫夫婦婦。凡此更化，莫匪陶鎔。溥天率土，歸於淳風。茫茫幅幁，邁于禹跡。巍巍成功，光于古昔。小臣作詩，江漢是匹。金石昭宣，永永無極。

平胡頌 并序

伏以聖皇有盛大之德，必成盛大之功。是以光昭宇宙，福被生民，慶流後世，無有已也。近者胡寇不庭，肆爲欺罔，拘虐信使，賊害邊氓，恩不知懷，兇驕日甚。於是天啓聖謨，六師親御，百靈效職，神應具臻。天雨瑞雪，地出甘泉，萬乘遥臨，先機獨運。乾開坤闔，雷厲風飛，乃敗胡寇本雅失里於滅胡山，如摧枯拉朽，虜僅以身遯。尋復追敗其殘寇于静虜鎮，虜又奔竄狼狽，盡獲其人畜輜重，遂使百年遺孽，一旦削平，撫其人民，出其塗炭。妖氛既滅，沙漠以寧，豊功盛烈，充滿天地。乃封于山川，勒之金石，巍巍煌煌，照耀今古。是皆斷自宸衷，克符天意，載之雅頌，萬世詠歌。大駕凱還，皇風溥暢，華夏蠻貊，罔不欣躍。臣不愧淺陋，謹效詩人，拜手稽首而獻頌曰：

皇明受命，奄有萬方。玉帛會朝，山梯海航。昔在太祖，肇脩人紀。復我衣冠，逐胡萬里。禮樂典章，秩然振舉。神化昭達，物無違拒。維皇聖明，天錫勇智。纘承鴻基，聲教弘被。民物阜康，諸福畢至。東極朝鮮，西越崑崙。南踰丹徼，莫不駿奔。惟此殘胡，而有遺孽。遯逃窮荒，狗偷鼠竊。毒我邊氓，虐我信使。罔聖欺天，曾無敬忌。聚彼腥羶，見其魑魅。鑾輿親駕，天討用張。龍驤虎旅，萬乘啓行。旌旗照耀，金鼓鏗鎧。山川震駭，雲霞低昂。百神後先，靈貺聿彰。瑞雪繽紛，甘泉湧洌。士無渴饑，馬不奔喝。神謀獨運，廟算先機。握奇制勝，雷擊飈馳。直度臚朐，士氣横飛。蠢兹醜虜，敢抗天威。萬衆一麾，虜即摧披。追奔逐北，如拉朽枝。斡難既捷，爰命師旅。旋旆安驅，有秩有序。復有窮胡，竄身迷途。偷生請命，皇憫其愚。許其自新，湔滌垢汙。孰謂狡心，終不可除。皇赫斯怒，以訖天誅。震霆之下，何有搶救。覆巢之餘，何有全鷇。胡塵頓掃，沙漠廓清。陰山瀚海，遠揚天聲。輜重馬牛，獲以萬億。旃裘部落，仰戴安輯。出其塗炭，永懷聖德。封裒山嶽，焕乎文章。雲漢昭宣，萬世流光。鑾回紫塞，喜溢天京。祥風載道，和鑾鏘鳴。千官萬姓，舞蹈拜迎。雍雍濟濟，進趨闕庭。恩覃四海，慶敷八紘。小臣作詩，永歌太平。

贊

太祖皇帝御書贊 有序

永樂三年九月十二日，上御奉天門，頒賜羣臣太祖皇帝御書嘉禾詩。臣等拜賜感激，不勝慶幸。竊惟日星炳耀，雲漢昭回，天之文也；山川流峙，草木敷榮，地之文也；仰觀俯察，經緯彌綸，開物成務，垂憲萬世，聖人之文也。欽惟太祖，聖神文武，欽明啓運，俊德成功，統天大孝。高皇帝以神武定天下，以文德致太平，在位垂四十年，禮樂教化，巍然煥然。二五流行，休徵時敘。嘉禾之生，豈偶然哉？惟天發祥，以昭靈貺，以應豐年，以表至治也。萬幾清暇，保合太和，詠之詩章，載之宸翰。奎壁之文，光華宇宙。皇上纘承大統，繼志述事，著存不忘乎手澤，朝夕如見乎羹墻。乃詔臣工，鏤之金石，傳示萬方，永永無極。臣等叨承寵遇，忝列儒流，衣被光顯，謹拜手稽首而述贊曰：

巍巍皇祖，道隆德尊。戡亂以武，經邦以文。聲教旁達，禮明樂備。五氣順應，諸福畢至。爰有嘉禾，實堅實好。天惟發祥，地不愛寶。同穎之異，六穗之敷。豐年之應，萬邦是綏。郊氓駿奔，薦之明廷。於皇太祖，百度惟貞。黄道天開，端拱穆清。載之歌詠，玉振金聲。匪惟詠歌，溢爲宸翰。麗乎日星，昭乎河漢。蔚乎舞鳳，宛乎游龍。凝乎慶雲，飄乎祥風。天子仁孝，著存不忘。敬恭手澤，如見羹墻。乃詔臣工，乃勒貞石。珠光玉潤，霞舒霧釋。錦題象軸，頒之羣臣。英華穠郁，萬象皆春。拜賜登嘉，寵光顯被。傳之子孫，欽于世世。

師子贊 并序

欽惟皇上懋昭大德，覃被萬方。民物康阜，仁風宣暢。是以天監聖德，屢錫嘉祥，騶虞再見，麒麟復來，而神鹿白象、赤豹文禽，諸福之物，莫不畢至。今師子又自西域，獻于帝庭，奇形異狀，世所罕見。臣謹按瑞應圖曰：「人君德及幽遠則出。」然則今日師子之至，豈偶然哉？且師子百獸之長，雄威猛氣，至難馴伏。今乃馴伏而來，此誠皇上至仁柔遠以及於物、神化感通之所致也。臣得覩神異，不勝欣躍，謹拜手稽首而爲贊曰：

惟皇聖明，廣運天德，上下四表，無遠不格。仁化昭宣，民康物蕃，有感必應，諸福是臻。東夷西戎，南蠻北狄，稽首闕庭，畢獻方物。乃有奇獸，來自西域，髯彨銅首，毫毿金色。茸茸脩尾，昂昂闊臆，藏鋒蓄鋭，目光欻忽。毛蟲之長，百獸之雄，静則霜肅，動則風生。熊羆摧藏，犀兕帖息，暨彼虎豹，聞威亦惕。惟皇聲教，被于遐方，莫不尊親，頌聲洋洋。金精之剛，乃爾馴撫，感德依仁，來同率舞。百僚鏘鏘，載欣載覩，傳之簡册，輝映今古。

表箋

駕幸太學謝恩表

國子監祭酒臣胡儼等，永樂四年三月初一日，欽蒙駕幸太學，謹奉表稱謝者。臣儼等誠懽誠忭，稽首頓首上言：伏以明德建中，立百王之大法；崇儒重道，闡千載之宏規。綸音涣發乎九重，士氣聿增於六館。懽均朝野，慶洽天人。恭惟皇帝陛下，濬哲温恭，剛健中正。仁義同於堯舜，功烈邁於禹湯。闕里詩書，敬仰先師

之如在；寰區聲教，啓迪後學於無窮。式崇舊章，肇稱殷禮。鑾輿幸臨于璧水，縉紳圜集于橋門。

惟君惟師，以教以食。衣冠之美，籩豆之序，秩秩乎有容；鼓鐘之音，絃誦之聲，洋洋乎盈耳。自唐虞三代以來，未有盛於今日者也。臣儼等忝職成均，叨承寵遇，敷言是訓，永依日月之光華；造士登崇，願效涓塵之補報。無任瞻天仰聖激切屏營之至，謹奉表稱謝以聞。

箋

國子監祭酒臣胡儼等，永樂四年三月初一日，欽蒙駕幸太學，謹奉箋稱謝者。臣儼等誠忻誠忭，頓首頓首上言：伏以泰運天開，值千載亨嘉之會；前星象著，入輔九重禮樂之儀。儒術光華，士林忻忭。敬惟皇太子殿下，緝熙聖學，參決政機，侍膳問安，恭待龍樓之曉；論經講道，宏開鶴禁之春。當鑾輿躬幸於璧雍，寔邦本恪勤於翼戴。文風丕振，睿德益隆。舍菜禮成，覩明時之大典；圜橋雲集，藹首普之榮觀。臣儼等忝列儒流，親逢盛事。立諸生於館下，願陳雅頌之章；進多士於朝端，永樂雍熙之治。無任瞻仰激切屏營之至，謹奉箋稱謝以聞。

代百官賀平胡表

伏以聖德廣運，仁恩弘被於八埏；皇威載揚，神武布昭於九伐。拯邊氓之塗炭，浄朔漠之妖氛。宇宙廓清，華夷胥悦。恭惟皇帝陛下，道符堯舜，治隆禹湯。歛五福以錫民，感百靈而效職。遐陬僻壤，均戴生成。椎髻卉裳，不違聲教。何殘胡之小醜，逞餘孽於窮荒。賊虐使臣，侵凌邊境，恣爲欺罔，以速殲夷。於是天討用彰，鑾輿親駕，人思敵愾，勢若燎毛。虎旅長驅，勝氣風飛而雷厲；龍旂直指，索虜朽拉以枯摧。既薅犬羊之羣，遂築鯨鯢之觀。陰山瀚海，烟塵頓空；析木天街，日月清照。是由神謀獨運，廟算無遺。所以勳業高於百王，福祚昌於萬世。臣某等身逢大慶，職守京師，瞻望前茀，豈勝忻忭。林放牛而山歸馬，四海無斥堠之虞；庭儀鳳而郊祥麟，萬國樂昇平之化。

墓誌銘

南昌張仲任墓碣銘

仲任諱任，姓張氏，其先光之固始人。五世祖旺，仕元爲江西行省都鎮撫，因家南昌。元季諸光鄉倡亂廣州，旺從平章達魯討之，又討蔡五九于蘄，皆有功，敕授敦武校尉，賜襲衣。曾祖榮甫蚤世，遺孤二人，長文貴，襲祖職；次文質，仲任祖也。父原吉，有子八人，伯、仲、叔、季、幼、子、公、孫，仲任其第二子也。

仲任資性謹厚，儀觀豐偉，讀書通大義，處鄉黨恂恂然，與人交無怨惡。每告諸子弟，恪遵父訓。治家本於儉勤，濟人不恡施與，臨財必顧義，力業毋墮游。於是致産日富，田廬日增，子孫日盛，而皆謹愿，燕處一室，蒔花種竹以自娱。親友過從時，命諸子焚香鼓琴，觴詠終日，靡有厭勸。别號素庵，以見本志。享年六十一以疾終于家，宣德元年十月十有八日也，將以明年八月一日葬于京家山之原。配黄氏，賢淑能内助。子三人，長瑀、次琬、次珣。孫九人，曰絅，曰繕，曰緒，曰繹，曰

綺，曰綵，曰綰，曰緯，曰繼。孫女三人。仲任之疾也，三子侍湯藥，未嘗離左右。而琬且刲股，祈以身代，可謂能子矣。

余幼時嘗見仲任之父原吉，與先祭酒公講四書，章旨甚明。及去，先公曰：「原吉非惟知書，其孝行有過人者。初，紅巾之亂，原吉失其母，求弗得，與妻訣曰：『吾當求母，不見母，終不還。』踰年，得母於寧縣姝氏之家，遂迎歸。時道梗，艱阻萬狀，始得至家，辛勤供奉，必致甘旨。時物新出，價倍於常，未嘗惜錢，市以奉母。其所行者實行，其所言者實言，若原吉者，可謂篤實之人，其後必昌。」余固識之。今原吉子孫百餘人，仲任之昆季皆資富至明經，而以科第發身者，又相繼而出。先公之言，信矣。因銘仲任之墓，故併述其善之所從來者，以示其子孫，以告于鄉人。銘曰：

維善之積，維後其昌。維仲任氏，謹厚周詳。繼繼承承，先訓不忘。垂休壽後，奕葉彌芳。建石琢辭，表揭玄堂。後百千禩，永固其藏。

壽翁胡公墓碣銘

公諱義，字思義，姓胡氏，號拙庵。其先開封人，曾大父某，宋進士，授袁州學

官。宋亡，退居于洪，因家焉，子孫遂爲南昌人。大父廣，考明甫。明甫當元季，十寇蜂起，師旅不振，時平章道童與郎中普顏不花協討，起致仕左丞張伯顏於撫州經綸圖回，募壯勇，備資儲。城門十二，各建樓櫓，定職守。城內四廂，廂設官，以列巷置長，編民兵爲十七屯，環列城上，與廂、巷之兵相爲聲援。明甫以才能選任廂官。未幾，紅巾賊首鄒普勝由湖廣而來，擁衆圍城，凡五十四日，城中固守，出奇擣賊，賊遂敗去。明甫以功敕授奉新縣尉，尋陞龍興路判。

公，明甫之第二子也。公爲人資性重厚，器宇豐碩，孝于親，友于兄弟，信于友朋，和于族里。平生倜儻不羈，嘗挾其貲，遨遊於江湖之上，歷覽山川，託交賢士，聲譽藉藉。洪武中以人材舉，試事地官，奉命蘇松，事皆底績，將授官，以疾辭。其子守謙，得備侍衛。公乃歸，優游鄉里，壽考康寧，享子孫之奉裕如也。性嗜竹，遂以名其軒。賓客過從，觴詠怡然。鶴髮童顏，輝映於几席之間，人皆敬之，稱爲壽翁。晚歲朝廷詔養老，公屢拜束帛、溫纊、酒肴之賜，人又榮之。春秋八十有九，無疾而終，正統元年九月七日也。以是年十二月壬申，葬灌城鄉蕭家坪之原，祔先墓也。

初娶余氏，先公六十五年卒；繼室火氏、龍氏，亦先卒；又繼周氏。子六人：長仲儼，次仲楫，次即仲謙，次同生，次真寶，次拜住。五子皆先卒，今所存者，仲謙

耳。女四人，長德英，適曾一原；次德正，適劉淑融；次德貞，適陳思迪；次善貞，適蔣汝貞。孫六人，界、昀、畱、畹、僂、甸，昀、畹亦蚤世。孫女五人，黄文、黄泰、張與恒、吴毓、宗經，其壻也。曾孫七人，南凱、南輝、南陽、南箕、南壽、南金、世祥。公未卒先一月，過余告曰：「吾久不能出，今以二事託子。一黄司空廟記，爲鄉里也；一具慶堂詩，爲子孫也。得子一言，吾瞑目無憾矣。」嗚呼，公其有知也耶？乃爲之銘曰：

五福壽先，公躋上壽。賦有厚薄，公得其厚。子孫繩繩，芝蘭毓秀。壽考康寧，慶貽諸後。灌城之鄉，蕭坪之陽。山水拱挹，公之玄堂。龜筮協吉，永固其藏。

雜著

譙樓畫角三弄記

儼幼聞諸伯父虞部府君曰：世之鼓樓曰「譙樓」者，謂門上爲高樓以望也。畫角之曲有三弄，乃曹子建所譔。其初弄曰：「爲君難，爲臣亦難，難又難。」次弄

曰：「創業難，守成亦難，難又難。」三弄曰：「起家難，保家亦難，難又難。」今角皆之嗚嗚者，皆「難」字之曳聲耳。所以使人昏曉之間、燕息之際，聞之有所儆發也。至唐節度使辭日，賜雙旌、雙節，行則建節，立六纛；入境州縣立節樓，迎以鼓角。今州郡有樓，以置鼓角，必會府而後可。非受方面之任而置鼓角，皆僭也。

墨菊詩記

元何貞立，長沙之瀏陽人，歐陽原功之友壻。少有俊名，既舉進士，原功欲擬人翰林，於虞、揭諸公極稱道之。及相見，適僧旦景初持墨菊卷詣翰林求題，諸公遂請貞立賦之，貞立出倉卒且恇怯，勉强賦云：「陶令歸來不受官，黃花采采晚霜寒。悠然一見南山後，故向東籬子細看。」所作殊負所聞，諸公意頗不愜。

虞公詩云：「過了黃河無此種，江南秋老萬僧寒。此花開徧風光盡，莫作尋常草木看。」江南舊有僧萬公，善畫墨菊。揭公詩不及記，歐陽公詩云：「葱芻元是黑衣郎，當代深仁始賜黃。今日黃花翻潑墨，本來面目見馨香。」僧舊衣黑，謂之緇流。元仁宗寵眷欣笑隱，始賜著黃。貞立以詩故，竟不得入翰苑，歐公亦不復言。虞公歸老臨川，嘗語諸門人曰：「人之出處，固自有定。若貞立者，講學之功恐亦有未至焉。」

胡祭酒頤庵集

胡祭酒頤庵集

賦部

騶虞賦 有序

永樂二年九月丁未，周王遣使獻騶虞于朝。休嘉之徵，其儀穆穆。臣民聚觀，莫不忻躍贊歎。臣儼謹按詩序曰：「騶虞，鵲巢之應也。」格物總論曰：「騶虞似虎，白質黑文，不踐生芻，不食生物，日行千里，人君有至信之德則應之。」瑞應圖曰：「騶虞，義獸也。人君德至鳥獸，澤洞幽冥則見。」凡若此者，在昔徒聞於記載，未若今日之覩其盛美焉。蓋由聖天子德備中和，建立皇極，敦叙九族，蕃育羣生之所致也。臣儼獲際嘉祥，不勝慶幸，謹拜手稽首，而獻賦曰：

惟皇仁之溥溥〔一〕，均覆載於兩儀。揭日月於中天，昭運化之重熙。九族翕以雍睦，萬彙燁而增輝。曰夷戎與蠻貊，皆稽顙乎赤墀。天地氤氳，川嶽鍾靈。迺産異獸，魁然其形。質皦皦而霜白，文黳黳而雲蒸。目熒熒以夾鏡，尾摇摇而參身。見周南之山谷，乃鵲巢之休徵。從二虎以爲衛，豈百獸而同羣？不食生物，不折柔莖。動則千里，嘯則風生。猰貐屏其醜類，麒麟協乎至仁。息不蔭乎惡木，渴不飲乎穢津。隱巖巒之烟霧，遠林麓之熇塵。

於是虞人告祥，喜溢賢王。爰命輕駕，八鑾鏘鏘。翠蓋葳甤，錦旂悠揚。綢繆長坂，委蛇重岡。陟嶮巇，披蒙茸，列羽騎，騰飛熊。兔潛形於三窟，猿罷嘯於孤峰。風泛條而蕭瑟，月隱霄而朦朧。徘徊四顧，蹀躞微蹤。衆禽回翔，百神護從。願效奇於靈囿，遂托身於顯融。辭長林之寥廓，就廣路之豊隆。羣邪爲之辟易，壯士爲之改容。乃獻金門，乃陳丹陛。賢王拜稽，天子萬歲。天子曰嘻，惟王孝恭。殿彼周邦，光昭故封。行通神明，福禄攸降。顧兹獸之時出，其令德之所鍾。

王曰：「天子爲天下君，乃聖乃神，乃武乃文，功光祖考，恩洽臣民。德至鳥獸，澤洞幽冥，和氣薰蒸，块比無垠。惟以和而召和，故諸福之畢陳。」景星爛兮璀璨，卿雲紛兮輪菌。禾異畝兮同穎，麥兩岐兮並芬。文禽青兕，重譯效珍。赤

踶白象，萬里來馴。矧茲獸之皎皎，皆聖化之所臻。未儲精於玉燭，已垂象於蒼旻。于以昭至信，揚德馨，表聖知，協義聲。殆天以彰聖人文明之治，豈藩國之所敢勝。

況於是時，器車出而朱草生，甘露降而醴泉盈。角端見而當庚呈，世樂呼而鸑鷟鳴。與騶虞而並耀，垂不朽於丹青。彼林氏之五色，暨璧山與瑯琊，徒傳聞於載籍，嗟歲月兮已賒。孰若今之昭昭，應皇祖是格。九鳳儼以臨軒，百神肅而效職。櫝隱隱兮高藏，爍煌煌兮五色。鎮孝陵以永固，壽斯文於無極。

重曰：聖皇臨御兮，華風灝灝。天不愛道兮，地不愛寶。爰有神物兮，儲精虛危。昭茲仁孝兮，格于祖考。龍潭之麓兮，嘉木蒼蒼。龍潭之水兮，其流湯湯。産奇寶兮，協于禎祥。山靈呵護兮，曷敢閟藏。獻金門兮登明堂，萬衆覩兮咸樂康。粲星斗兮煥文章，垂典謨兮冠百王。紹天明兮允以臧，吾皇萬壽兮，應寶祚以靈長。

【校勘記】

〔一〕「溥溥」，原作「博博」，今據意改。

河清賦 并序

傳曰：「河水清，天下平。」又曰：「天降嘉應，河水先清。」是知河清者，聖世之大瑞，景運之休徵也。乃永樂二年冬十有二月，禹門渡黄河水清，亘數百里。明年正月上日，高平王暨平陽王俱拜表恭賀。二月丙戌，秦王復以表聞。中外臣庶，莫不鼓舞贊歎，以爲聖人在位，萬世太平之應也。臣儼叨居太學，獲綴班行，聞兹盛美，不容有默，謹述其事而獻賦曰：

永樂二載，歲在涒灘。涂月之吉，河水清漣。亘澄波於千里，表休徵於九天。寔聖明之御宇，協興運於萬年。若乃天一儲精，地六胚渾，源涵星宿，脈貫崑崙。上通折木之次，下盤積石之根。逶迤噴薄，注于龍門。南東百折〔一〕，九道同奔。其流混混，漭泱無垠。鯀陻其性，五行汨陳。堯以大聖，閔懷襄於方割；禹以至神，費疏鑿於憂勤。既會同而歸海，肆玄圭之告成。府孔脩而事和，垂永賴於休聲。繫周道之中微，穀洛滑而争明。慨嬴秦之横伐，涇滑凝而爲頳。爰歷炎漢，乃潰金隄。滔滔東郡，禹跡用迷。載決瓠子，沉璧重淵。臨流悼功，

興歌惘然。想當斯時，萬夫畚鍤之不暇，亦何望翠涣之與清瀾。下迨魏晉，及夫陳隋，陰沴洋溢，無世無之。惟武德與貞觀，獲蒲秦之嘉應，亦暫爾以誇奇，豈明時之可並？

昔高皇之誕聖，已泓澄而見祥。暨膺圖而受曆，復瑩澈兮湯湯。我皇濬哲，度越百王。繼志述事，宣兹重光。物熙熙兮如春，福穰穰兮用彰。嘉禾生而被野，瑞麥秀而連岡。金蠶繭於芳樹，白象貢於遐方。騶虞徵乎天苑，神龜發乎坤藏，泰階明兮海宇寧，協氣應兮寒暑平。至治格兮昭德馨，馬負圖兮龜書呈。

儵高平與平陽，騰封章于玉京。曰禹門之津渡，黄流澯其清泠。湛長空兮一色，耿素練兮同明。日皦皦兮冰泮，波粼粼兮風生。仰飛鳥兮可鑑，俯游鱗兮不驚。青山倒影，寫千尋之翠黛；朗月流輝，浮萬頃之金精。直可泛靈槎於牛渚，挾飛仙於蓬瀛。鏡湖詎能同其體，澄江未足擬其名。馮夷出兮擊鼓，川后會兮揚旍。感弄珠之神女，訝采旄之洛靈。走河濱之鼋倪，舉喁喁而敷誠。惟千載兮一度，乃景命兮所膺。帝謙抑而未遑，推厥美於祖考。天休聿乎滋至，篤恭臨乎大寶。誕貽謀兮燕翼，煥文明兮黼藻。愚生慶兮何幸，際太平之熙皥。敬泚筆而爲辭，願以繼乎天保。

【校勘記】

〔一〕「南東」，康熙本作「東南」。

頤庵賦

惟大鈞之播物兮，人獨稟其秀靈。日汩汩以紛挐兮，何嗜欲之戕生。聖設卦以觀象兮，合動静於山雷。演六爻以發揮兮，在養正而不回。苟朵頤是覬兮，則固舍夫靈龜。女拂經于丘兮，若躁妄抑又顛頤。拂頤而摧藏兮，虎視而逐逐。柔不可以涉川兮，剛由頤而厲穀。慎樞機以養德兮，節旨甘於口腹。守謙僞以爲基兮，惟兢兢以自牧。

孔示約以垂訓兮，羌飲水而自足。顔簞瓢其庶幾兮，孟浩然其寡欲〔一〕。遽五十而知非兮，思弦歌以恬恬。屈審氣以和德兮，神穆穆而不外馳。彼聖哲之不可追兮，徒惝怳而遐思。松喬邈以遠兮，指千歲以爲期。嗟浮生之長勤兮，宇宙浩其無垠。獨超然而玄覽兮，覩萬物之芸芸。俛焉反吾初服兮，守一氣於本根。洗煩言於枝葉兮，收奇功於一原。佩先聖之遺訓兮，保貞吉而不諐。

【校勘記】

〔一〕「其」，康熙本作「以」。

古曲歌辭部

琴歌 四首

丹鳥銜赤書，梧桐麗朝陽。瞻天案圖籙，五神式會昌。
關雎首國風，登歌諧八音。如何房中曲，幽幽多楚吟。
師延溺清商，師曠寫清角。白雲從天來，風雨震寥廓。
酒酣悲風起，蕭蕭易水寒。秦宮深似海，壯士不復還。

五言絶部

明妃曲 三首

已分死爲别，極知生不還。黄雲連紫塞，掩泣度關山。

霜月皎如晝，霜風刮地寒。單于方睡穩，獨起望長安。
胡地皆白草，琵琶多苦音。獨留青塚在，直是漢恩深。

題竹

潑墨寫琅玕，懸崖秋瑟瑟。矯如明月中，蒼龍影千尺。

詠菊 四首

采采黃金蕊，盈盈夕露滋。他鄉今對酒，獨酌看花枝。
爲報重陽近，花開慎勿遲。一尊秋露白，却憶故園時。
千載柴桑里，年年花自開。東籬今寂寞，無復白衣來。
學省同官久，十年相見稀。今來風雪夜，共結歲寒期。

題畫

雪霽行沽酒，山寒迥得春。獨扶笻竹杖，坐對玉嶙峋。

桃花雙鵝

茜掌春波暖，桃花新雨餘。曾聽遠師法，不换右軍書。

竹林雙鶴

林茂琅玕青，山深瑶草緑。玄裳白雪衣，相從在幽谷。

芙蓉雙雁

芙蓉明灼灼，葭菼老蒼蒼。開圖見雙雁，兄弟憶同行。

茶梅雙雉

雪晴毛羽鮮，紅妝映疏玉。山深無網羅，莫訝風驚竹。

過南京寄子昭〔一〕 二首

抱疾遠朝天，秋風夜颯然。殘燈影零亂，思爾不成眠。

已分辭家去，那堪夢爾來。老牛舐犢愛，爲爾却思回。

【校勘記】

〔一〕「子昭」，康熙本作「二子」。

對雪書事 二首

梅萼微含凍，梨花嫩怯春。曉來宫苑内，玉樹照人新。

曉色迷滄海，寒光徹瑣闈。豐年端有兆，寧惜濕朝衣。

寄示二子 六首

平生守素業，經訓乃菑畬。既自薄耕耨，空悲倉廩虚。

書記頗涉獵，把筆無不爲。澗溪有斷續，江海浩無涯。

虚薄忝時論，撫己深自慚。倏忽老已至，鬢髮徒鬖鬖。

君子日戒謹，言行乃樞機。寡尤禍斯遠，寡悔德靡虧。

大禹惜寸陰，陶公日運甓。進德與脩業，君子貴不息。

人生穹壤間，没世嫉無聞。成己與成物，善積慶斯存。

題松上唳鶴圖

獨立雪飄蕭，松風振泬寥。長鳴初日上，萬壑曙烟消。

雪夜述懷并簡王學録 二首

漠漠雲籠夜，紛紛雪漲空。米家書畫冷，不見起長虹。

鉼笙翻蟹眼，車轂轉羊腸。多病須妨酒，猶堪瀹茗嘗。

七言絶部

題楊學士白鶴山房卷

脩竹當空花近簷，雨晴空翠落纖纖。青山盡處雲依樹，白鶴歸時風滿簾。

題馬 二首

破敵新論汗血功，行隨秋草不嘶風。翻思前日沙場裏，振鬣長鳴虜騎空。

尾似流星首渴烏，金鞍解却更誰拘。時清四海無征伐，老尚天閑飽菽芻。

永樂八年二月重被詔直内閣直暇偶即閣中之事詠成四絶

清曉朝回秘閣中，坐看宫樹露華濃。緑窗朱户圖書滿，人在蓬萊第一峰。

御溝風細水生波，喜得春來暖漸多。階下絶無塵跡到，橋邊只有内臣過。

齋宫西畔御橋東，禁署清嚴秘閣崇。内使報來門欲鎖，漏聲遥下五雲中。

浩蕩東風雨散絲，暗移春色上花枝。雲中半捲龍樓晚，正是詞臣退直時。

直廬夜宿聽雨 三首

金門風寂漏無聲，獨坐高樓聽雨鳴。十年學省銀燈夜，不似巴山羈旅情。

燈前聽雨獨吟詩，燈影離離酒一巵。想得故園春信早，梅花應是發南枝。

瀟瀟疏雨不成霜，枕上聽來夜正長。夢破兜羅春以海，金爐猶覺有餘香。

題子昂新篁戴勝圖

新篁雨洗净涓涓，戴勝飛來毛羽鮮。臨罷蘭亭脩禊帖，又將幽思寫黄筌。

雨中詠懷

竹筍穿林麥正黄，梅天時雨復時暘。酒醒却憶吴江上，舶趠風來滿院涼。

詠鶴 二首

宛轉階前去復來，行行繞竹啄蒼苔。高情自在烟霄外，得食雞羣莫浪猜。

玉立亭亭雙目熒，臨風回首自梳翎。晚涼試鼓秋鴻曲，石几邊頭亦解聽。

泗亭驛

太澤傳呼夜送徒，遥聞鬼嫗泣嗚嗚。歸來子弟多年少，指顧風雲起壯圖。

穀亭店夜泊

繫榜長堤河水陰，蒹葭蒼蒼風滿林。月明野店舟航集，静聽南人説北音。

河西驛阻風與邵彦良斫蟹賦此

驚沙捲地朔風號，急雨跳珠濁浪高。不用停舟怨離别，尊前且共斫雲螯。

江山漁樂圖

渺渺清波際碧空，白鷗飛處夕陽紅。鱸魚釣罷歸舟穩，滿目江山一笛風。

渡江即事 二首

輕雲護日半江陰，江水東流日夜深。欲問此時行客事，酒杯棋局更長吟。

隔岸青山呼不來，滿江春水緑於苔。新渚漸隨沙觜出，暮潮還向海門回。

大風賦得竹枝歌 二首

駕得官船送客頻，寒食今朝風雨新。莫嫌牽輓春衣薄，更有船頭探水人。

河上大風兼雨聲，下水推船船倒行。東邊灘石西邊浪，何處行人不動情。

新霜

客窗偏自覺寒多，況復聲聲聞雁過。正是酒醒眠不得，五更無奈月明何。

寄羅行素 二首

聞説茆堂寂不譁，扁舟千里遠移家。葛巾蒲扇薰風細，吟徧階前石竹花。

潘郎老去賦閒居，種得嘉蔬手自鋤。夢斷河陽花似雨，鏡中短髮不勝梳。

病中寄家兄并示諸子 四首

病裏思家病轉深，殘燈孤影伴沉吟。歸鴻過盡無書到，千里空懸一寸心。

骨肉平生會聚稀，百年强半是暌離。近來最苦關山處，荆樹花開不共枝。

誰言柱史身無患，自歎相如病獨多。扶老未能抛藥裹，苦心先擬逐詩魔。
半月清齋食露葵，窗前起坐强支頤。客來相見渾相訝，若比休文應更羸。

山居二首爲俞廷輔賦

塵外幽居面翠微，春來嵐氣濕人衣。新晴水漲桃花雨，釣得溪中錦鯉肥。
風落松陰秋滿軒，霜清溪水不聞喧。小齋數日無人到，蟲吐青絲當竹門。

吴彦直輓詩草廬先生曾孫也 二首

少承家學老儒冠，十載任丘兩鬢斑。製錦曾聞多善政，秋風合浦送珠還。
日斜庚子鵩飛來，訣别親知句自裁。傅奕生前能自志，庾晞身後不勝哀。

方壺二畫爲胡元賓題

坡翁古墨半消沉，獨有壺仙得趣深。碧海青天明月冷，珊瑚百尺老龍吟。

右枯木臨坡仙筆意

蓬萊弱水不勝舟，醉挾飛仙駕彩虬。萬里祥飆吹翠靄，瓊樓玉宇夢中遊。右海嶽流風

送李敍南還 四首

東陽才子志凌雲，蹔蹶霜蹄未策勳。歷塊過都須努力，他年看爾合空羣。

蘄州力戰動乾坤，大節清忠萃一門。遺廟堂堂存祀典，象賢濟濟見諸孫。學誠之，宋寧宗朝知蘄州，金兵犯蘄，死于難。妻孥子孫皆赴水死。

尚書政事在封章，博士才華著太常。歷世子孫遵孝友，紫荆花發照高堂。學人有，宋寧宗朝太常博士；弟大同，工部尚書。兄弟孝友，寧宗賜「怡怡堂」三字，皆誠之從弟。

柳拂青衫書載車，東風歸思浩無涯。古人每把分陰惜，莫向山窗數落花。

題汪院判荷花鸂鶒圖

彩衣長念奉親歡，紅落江蓮秋未闌。獨在他鄉頭欲白，更堪風影鸂鶒寒。

溪山清曉圖

武夷之山多白雲，九曲溪頭曙色分。海鶴不歸瑶草長，洞中空老幔亭君。

寄張子俊

貝葉書成積滿函，茶瓜留客共清談。幾回浄掃鵝溪絹，緑水青山興更酣。

聞蟬

碧樹新涼一日秋，不堪幽咽暮蟬愁。昔年倦馬東平道，行盡青山聽未休。

題夏珪瀑布圖

漱玉亭前爽氣多，石梁千仞挂銀河。西風黄葉猿啼罷，曾記題詩在澗阿。

題菜爲吕僉事賦

小圃欣欣菜甲肥，春風三月雨晴時。就中自有閒滋味，何必求參玉板師。

玉笥草堂圖

七十二峰三十澗，白雲流水繞茆堂。故園春色今何似，錦樹西風夢更長。

題熊參政菜圖 二首

茘子堆盤海錯鮮，高堂醉後月當筵。醒來欲作冰壺傳，玉露金莖思惘然。

草堂住在禁門西，朝退歸來散馬蹄。獨坐捲簾微雨後，滿畦新菜葉生齊。

秋雨敍懷 四首

聞道農家盡刈禾，郊原宜雨不宜多。老夫卧病逢年熟，喜聽康衢擊壤歌。

桃旌已捲竹奴收，疏雨蕭蕭白露秋。正是江南菰米熟，西風鳧雁滿汀洲。

木落騷人多苦思，更堪风雨益凄其。谁言庾信工詞賦，却羨韓山一片碑。

秋鴻不鼓已多年，誰棹山陰雪夜船？安道不爲王使禮，君山虛負宋公憐。

題芝南雲隱卷

杖藜攜酒看芝山，誰識當年夢裏閒？獨有道人心似水，一窗雲影卧松關。

題陳叔起木石圖 二首

緑陰青子已紛紛，落盡繁華見本根。憑誰移得他山石，礙出崑崙一片雲。

世人看圖匆草草，古墨淋漓標格老。曾載米家書畫船，皓月晴虹照江島。

題趙仲穆畫 二首

臂上蒼鷹不待呼，林間挾彈又追趣。趙家公子郎君族，恥畫金人出獵圖。

馬上雕弓弛不開，西風樹底少塵埃。草深狐兔無蹤跡，按轡鞲鷹歸去來。

种放見陳摶圖

石室無塵晝不關，孤雲寂寂夢中閒。豈知門有樵夫立，一片松陰草色斑。

題李源訪圓澤圖

短簑破笠牧牛童，誰識當年是澤公？獨有故人尋舊約，青衫望斷夕陽中〔一〕。

【校勘記】

〔一〕「衫」，康熙本作「山」。

蒼山古木圖爲茅知縣賦 二首

蒼巖古木春意回，日光倒射烟雲開。紅蕉衣裳白羽扇，洪崖之仙招不來。

迢迢銀漢支機石，隱隱仙槎去無迹。君平門前落葉深，黄姑織女無消息。

頤庵集

頤庵集

五言古部

秋懷 四首

四序迭相代，秋懷何獨悽。清商颯然至，房櫳總含凄。天高夜寥泬，明月照我閨。隱隱瞻顧兔，喈喈啼寒雞。感兹不能寐，恒恐乖天倪。力穡終有獲，焉能懷稗稊。

又

大火已西下，太白横蒼蒼。瑶階泣涼露，玉簟含秋霜。冥鴻集華渚，巢燕悲畫梁。物理有代謝，人心徒慨慷。何如廣成子，憂樂永相忘。

又

鴻雁出塞門，迢迢渡江湖。本爲稻粱計，何曾有邊書。上林無矰繳，絶漠欺單于。歸哉雪窖叟，不與右校俱。

又

東鄰有富姬，窈窕艷妝束。金縷錯舞衣，錦衾爛華褥。那知西鄰女，軋軋弄機軸。終歲不下堂，被服常不足。

夏夜

崇墉蔽蔓草，掩苒微風生。欣然握輕箑，移席當前楹。素襟得涼月，枕簟亦含清。嗒然即幽夢，栩栩忘吾情。

雨至

中夜遠雲度，疏星沉絳河。城頭風雨來，烏雀喧庭柯。虛室有餘涼，枕簟清微

痾。寥寥耿宵寐，蛩響亦何多。

直廬燕集分韻得今字

清時樂休暇，嘉賓集華簪。歡會貴真率，古道重斯今。展席納惠風，悁勤釋煩襟。肴羞俎豆列，清尊與共斟。談諧無俗韻，詠歌非滯淫。竹林放達士，蘭亭山水心。直廬臨廣術，金門俯沉沉。佳期幸無斁，毋令間徽音。

月出

明月出海底，飛光照吾廬。澄澄弄清影，竹樹交扶疏。攬衣起徘徊，零露沾我裾。涼風拂斜漢，疏星淡明珠。援琴發幽奏，不知清夜徂。

舟行即事

輕舟颺微風，百丈牽曉淥。寒烟澹洲渚，零露沾草木。人家住高丘，牛羊散平陸。秋空渺無際，野曠蕩晴旭。狎鷗去復來，驚魂斷還續。平生塵土蹤，因之豁心目。

上巳前一日道汶上新開河風日暄暢與仲熙子棨登長堤眺望平疇緑野中柔桑新麥映帶遠近心目爲之豁然遂步入中林見草屋數十家雞犬之聲相聞宛然如在輞川畫圖間因賦詩以紀其事

逶迤涉長坂，攝衣披草莽。遥見村落中，緑草平如掌。秀麥苗已交，柔桑葉新長。雞犬適閒曠，牛羊遂生養。欣欣物自私，春光正駘蕩。緩步隨東風，林花飄忽怳。朝耕土脈潤，午炊孤烟上。草屋十數家，幽棲亦蕭爽。童稚訝衣冠，車馬絶來往。田父荷鍤歸，村春隔林響。依微輞川居，悠然快心賞。

述懷 二首

我本山澤癯，少小事書詩。託身翰墨林，翺翔步玉墀。祥麟仰高躅，威鳳接羽儀。餼廩給光禄，燕食恒委蛇。致理各有司，文墨獨無裨。素髮已垂領，空歌伐檀詞。

又

菲薄忝時論，十載居辟雝。昔賢重樂育，曾無分寸功。芹藻泳遊魚，桃李敷春風。反躬以自省，撫心恒忡忡。蒼穹不可階，聖教寔尊崇。朝廷布清化，彝倫仰時雍。車書一文軌，玉帛皆會同。願言興雅頌，金石流無窮。

七言古部

題劉都御史畫

青山當户溪流碧，落落長松幾千尺。虚亭無人白晝閒，獨抱絲桐展瑶席。席間縹緲晴嵐生，猗蘭白雪古調清。成連伯牙去已久，山水泠泠空復情。蒼頭煮竹茶初熟，野鶴長鳴瑶草緑。半塌清風掃俗塵，一襟爽氣消煩燠。故人家住青林間，乘興時能相往還。昨夜山中新雨過，小橋花落紅斑斑。杖屨入門即傾倒，盤有佳蔬籩有藔。人生契合貴知音，一尊相與開懷抱。劉侯愛畫心獨勤，畫圖仿佛李府車。

且須努力樹勳業，未許還山卧白雲。

春雪歌

金臺雪花大如席，道上車輪少行跡。春雲墮地凍無聲，一片寒光千里白。簌簌銀沙驟馬蹄，飄飄練影翻鷗翮。近看宫樹瓊滿枝，遠對西山玉千尺。我時退直出楓宸，蹋雪歸來紅燭新。銀缾注酒酌鸚鵡，重裀煖席生陽春。酒酣擊節歌郢曲，却憶江南芳草緑。宫漏沉沉宵氣深，隔窗尚聽飛蟲撲。夢逐東風入故園，折得梅花看修竹。覺來不記江南路，眼底紅霞摇積素。

江山秋興圖

澄江無波秋水浄，芙蓉露白烟光迥。青山如龍入雲去，翠黛千尋落天鏡。此中幽興無人知，江蘺辟芷方菲菲。數聲樵唱林間出，一箇漁舟天際歸。山中之人衣皜皜，久服青精顔色好。晚鷗對浴白爲羣，秋葉當門紅不掃。杖屨追趨日往還，多在青林白石間。潘郎賦就風生席，杜老詩成月滿山。上清真人今已矣，鶴駕微茫隔烟水。何當化鶴更重來，萬壑千巖開葦底。

溪雨亭歌

清江近接封溪流，劉郎作亭溪上頭。四時清風灑白晝，六月爽氣疑高秋。劉郎平生好賓客，客至冰壺傾琥珀。酒酣溪雨雜溪聲，睡著不知山已夕。黑雲壓樹迷高春，碧草凄凄烟霧重。巴陵夢逐扁舟入，湘娥啼竹湘烟濕。覺來忘却巴陵道，枕簟無塵涼不掃。詩書滿架秔滿疇，此生甘向溪邊老。

題趙侍郎墨梅

天孫夜剪梨花雲，屈鐵交柯一丈春。依稀影落瑶臺月，仿佛香消驛路塵。山中雪湧溪流漲，千花萬蕊森相向。廣平從來鐵石心，先生獨賦瓊瑶唱。瑪瑙坡前縱復横，斷橋春早雪初晴。逋仙已去孤山在，老鶴歸來還一鳴。

題王僉都豫章送别圖

豫章臺前春草生，豫章臺下緑波横。青山隔江呼不來，高歌已動驪駒聲。驪駒歌斷耿將别，離緒紛紛亂如雪。紅亭客散玉壺傾，一棹中流蕩蘭枻。蘭枻輕摇烟霧開，滿

目江山分楚越。分楚越，楊帆直向黄金闕。柏臺退食思舊遊，五更夢落龍沙月。

謝張琬送桃

爾祖送桃吾讀禮，倏忽歲星週二紀。當時爾實捧雕盤，總角瑶環真可喜。暑中抱疾卧虚堂，又見新桃送我嘗。堆盤顆顆瑶池色，却憶爾祖令心傷。此樹栽培遺子孫，子孫封植至今存。春風爛熳花開日，邀我花前倒玉尊。種樹由來同種德，奕葉滋榮務蕃息。爾祖少年善事親，平生好義常任真。如今濟濟諸孫盛，玉樹紅蘭雨露新。

五言律部

淮陰道中

八月淮陰道，天高樹影寒。河流終日去，客計兩年還。驥尾誰能附？龍鱗或可攀。高堂有親在，拂拭舞衣斑。

謁朱司農墓 在桐城邑西崆口鋪山傍

古縣青山裏，孤墳碧草中。曾聞有遺愛，猶説是司農。撫字懷前哲，咨詢們老翁。擷芳薦蘋藻，舉酒酹東風。

喜涼

城闕夜涼生，練衣便覺輕。天空雲影動，雨過月華清。靜看流螢度，微聞促織鳴。亦知秋氣近，大火漸西傾。

過高郵盂城驛會李主事

曉至盂城驛，津頭候吏迎。波摇蘭槳急，風入紵袍輕。故友忽相遇，他鄉無限情。臨行分手處，鷺立蓼花明。

口號簡同舟諸公

露白蘆花老，霜黄木葉飛。關河催去棹，塵土上征衣。尊酒論心密，人生會面稀。多君有詩句，相贈勝珠璣。

憶亡姪昱

汝每憐癡叔，吾堪哭老成。往來舟楫恐，離别夢魂驚。塵暗香囊在，春歸墓草生。他鄉今夜月，思汝淚縱横。

送任太守赴徽州

太守二千石，循良衆所知。雙旌行郡邑，五馬列階墀。鶴夢鳴琴罷，鸜啼退食遲。扶摇萬里翼，終見徙天池。

露筋廟

貞女露筋廟，頹垣遺故丘。長河春浪急，獨樹暮烟愁。薄命一宵盡，芳名千古留。臨風屢回首，呼酒酹行舟。

晚泊桃園

停棹桃園驛，杯香晚飯時。雪鱗肥載俎，紅稻滑流匙。飽食無餘事，他鄉有所思。迢迢路還遠，從此雁書遲。

舟中寒食簡仲熙子啓

舟中烟火冷，風景似清秋。雨裏留城市，天邊泗水流。不聞黄鳥囀，但對白鷗浮。賴有同心友，頻將詩句酬。

雪煎茶

開鑪烹石鼎，取雪下松枝。未瀹龍團細，翻嫌蟹眼遲。顧非陶學士，却笑黨家兒。坐擁重屏煖，彌明自詠詩。

送劉御史赴長蘆鹽運司同知

國計均輸重，鹽官拜命新。牢盆花似雪，鹾室鹵如銀。柳外驄還繫，河邊雁欲賓。幾回瞻帝闕，尚憶繡衣春。

史仲道輓詩

抱道老林丘，時清百不憂。藥房花自發，杏塢穀頻收。落魄陶元亮，孤高韓伯休。百年遺墓在，山月冷松楸。

泉石居爲陳耘賦

卜築依山麓，疏泉出石根。暗流通藥圃，秋色浄柴門。碧樹溪邊棹，清風月下尊。人言德星里，好似浣花村。

七言律部

退朝口號呈同院諸公

五雲樓觀壓金鼇，玉筍班頭列絳袍。總有才華追賈董，自慚疏朽接夔皋。簫韶合奏爐烟上，衮冕遥臨黼座高。朝退從容回左闥，瑣窗分席共抽毫。

立春日即事東光大學士幼孜諭德

京尹朝天遠進春，步隨仙樂上楓宸。御爐香起雲移仗，輦路風清雪壓塵。緹室葭灰吹管動，寶旛銀勝翦花新。珮聲未散頻催宴，白玉筵前是近臣。

永樂十年冬十一月十六日胡學士扈從獵龍山因同蹇尚書金諭德過牛首山佛窟寺賦詩少師和之邀余同和 二首

翠微深處有禪關，策馬登臨不待攀。林下欲尋支遯去，山中空憶永師還。峰回嵐氣生衣上，澗合泉聲出石間。誰謂塵勞應暫息，此心長與白雲閒。

日上禪林樹影斜，紛紛紅葉亂晴霞。何年曾有僧飛錫，此日都無鹿獻花。絶壁霜風揺薜荔，孤峰雲影動袈裟。追隨後騎歸來晚，並轡爭驅蹋月華。

維揚懷古

維揚自昔盛繁華，香靄彤樓映曉霞。野店停舟詢往事，水亭吹笛是誰家。行人尚説金盤露，仙子空遺玉樹花。二十四橋明月在，垂楊幾樹照棲鴉。

姑蘇懷古

姑蘇城郭水茫茫，往事流傳過客傷。夜月人歌黄菜葉，秋風夢繞白駒場。當年只合歸真主，千載徒令笑子陽。天下車書今混一，繁華終古勝維揚。

題朝真觀玉皇閣 閣前有丹桂

上帝高居擁百靈，中天飛閣彩雲生。窗間呼雨龍騰海，座上迎仙鶴過城。丹桂種成秋幾度，紫簫吹徹月三更。我來試執浮丘袂，共挽銀河作酒傾。

十六夜月

微雲收盡碧天寒，遥海東生白玉盤。露溼銀河星影淡，風生粉署桂香團。月華未必今宵減，人意何如昨夜看。十二瓊樓秋似洗，紫簫吹徹漏漫漫。

遊虎丘

響屧廊空麋鹿遊，高丘斗絶枕江流。池分雲氣千巖雨，寺隱松聲六月秋。荒塚金銷猶伏虎，老禪杯渡不驚鷗。生公説法今寥落，誰見階前石點頭。

齏鹽齋爲胡彦蕃賦

朱紱銀章事已闌，齏鹽歸老且加餐。僧中一器曾同范，座上諸窮却笑韓。拍拍青班春滿甕，紛紛玉雪曉堆盤。幾回欲作冰壺傳，酒醒空庭月影寒。

題桃源圖

道人胸次藏丘壑，筆底桃源爛熳開。千嶂雨晴花似錦，一溪雲散水如苔。山中未覺秦灰冷，洞口争看晉客來。自是仙家絶城府，未容凡跡混塵埃。

感秋

蟋蟀聲中已報秋，離人獨坐不勝愁。數家砧杵風吹野，一樹梧桐月滿樓。詩酒襟懷隨處遣，江湖書札幾時收。翩翩旅雁南征急，菰米蘆花各有謀。

寄清宇道者

昔年避暑紫極宫，清宇軒高多好風。梧桐碧葉散涼影，決明黄花開晚叢。月下抱琴彈緑水，日中宴坐飧玉虹。衹今浪跡何所似，一片浮雲西復東。

鳳陽中秋對月

渺渺長淮王氣浮，月輪飛上碧天秋。波涵雪練三千頃，山湧金鰲第一洲。玉笛西風吹短鬢，銀河清露滴孤舟。鶴書催覲恩如海，縱有離情不解愁。

晚泊洪澤

雨後淮山數點青，便從雲氣望蓬瀛。潮平兩岸風初定，人倚孤舟月正明。客裏尋常勞遠夢，天涯次第數歸程。夜涼酒醒聞征雁，一寸鄉心白髮生。

赴餘干舟中寫懷

滄江石出水痕乾，千里承恩一棹還。高閣夜長銀燭喜，華堂春近彩衣斑。别來楊柳風前折，歸去梅花雪裏看。八尺青氈今尚在，微官不畏客中寒。

舟過采石望九江浩然有太白樂天之思遂賦此詩

荻花飛雪灑江皋，百丈牽江泝碧濤。白石露灘魚尾短，黑風吹雨雁行高。夢回司馬琵琶曲，醉著仙人宫錦袍。回首舊遊今十載，匆匆來往不辭勞。

過安慶謁故元余忠宣公闕祠

舒州城下有忠魂，碧艸萋萋古廟存。直欲洗兵呼夜雨，豈誇横槊動秋雲。曾看敷對三千字，已識英雄八卦門。清水塘中金鎖甲，空留山月照黄昏。

過赤壁

一棹空明泝碧濤，遥看赤壁聳江皋。開尊晚對青蘋雨，倚劍秋生白苧袍。夏口東邊山月小，武昌西上楚雲高。醉來直欲騎黄鶴，遠接飛仙萬里遨。

鄉人自洪崖來道張氲棲息之所歷歷可愛賦詩紀之

洪崖聞説多仙境，萬壑千巖秀色齊。野鹿行邊瑶草細，嶺猿啼處白雲低。藤蘿密蔭松爲屋，沆瀣都和玉作泥。準擬清秋攜蠟屐，高尋丹井一攀躋。

贈南昌張與恒玉梅詩

山人折得玉梅來，插向缾中次第開。的的喜能同寂寞，英英終不費栽培。春寒雪影依簾幕，夜照冰魂襲酒杯。抱得孤桐尋舊譜，朱絃三弄意徘徊。

遊廬山開先寺 二首

漱玉亭邊瀑布流，紫烟飛翠雪光浮。銀河倒挂千尋影，冰鏡清涵萬古秋。澗底雷鳴山雨至，洞前龍卧石潭幽。昔人登覽成陳迹，滿壁空將姓字留。

平生最愛匡廬景，今日開先得勝遊。九疊雲屏飛暖翠，一溪寒玉泛清秋。泉看馬尾分流急，蒲採龍鬚出澗幽。更喜山靈能薦爽，輕雷送雨過林丘。

彭城舟中

目送飛鴻度遠空，北來衣袂不禁風。蒹葭近水花先白，枸杞迎霜子半紅。詩境蕭條秋色裏，鄉心迢遞暮雲中。兹行不用傷離別，正是車書萬國同。

謁文丞相祠

清風大節古來稀，一寸丹心天地知。獨汎鯨波經汗漫，幾逢虎口脱危疑。南歸慷慨勤王日，北上從容就死時。虀舍至今遺廟在，黄鸝碧草不勝思。

湖山真趣爲黄博士賦

家住湖山逸興幽，波光嵐影日悠悠。長鑱雪後尋黄犢，短鬢風前看白鷗。月到竹窗琴獨鼓，泉香麴甕酒新篘。老來更約玄真子，流水桃花卧小舟。

白髮

過眼光陰去似馳，年來漸覺鬢成絲。居閒未擬同潘岳，作賦猶能繼左思。不用窗前頻看鏡，祇緣燈下苦吟詩。到頭一寸丹心在，烏帽星星老却宜。

出京至通州發傳道中即事

曉辭金闕出都門，一片歸心逐白雲。村落牛羊時作隊，關河鴻雁晚呼羣。水邊茆屋參差見，烟外林巒遠近分。内侍候來催傳發，船窗高枕卧黄昏。

送陳善還餘干

楊花風急雪成團，送子橋門春已殘。屋裏琴書朝雨潤，隴頭松柏暮烟寒。雙雙白鳥迎船去，歷歷青山過眼看。却憶舊遊湖上路，亭亭落日下清湍。

與趙筌彈琴

小閣無塵度夕陰，高燒銀燭對鳴琴。清湘月冷鴻投渚，丹穴春晴鳳出林。化蝶不驚仙客夢，紉蘭終見逐臣心。千年古調誰能聽？繞指空遺山水音。

送石彦誠赴徐聞

江梅花發近新年，此去雷陽路八千。嶺外征袍辭朔雪，望中炎海接南天。鳥啼青嶂嵐光合，猿挂黄藤樹影懸。自是遠人勞撫字，佇聽佳政與時傳。

至後一日作

小閣深寒隱曙霞，又看飛雪散輕花。朝回試解青絲鞚，醉後還嘗白露茶。厚祿不妨長作客，此身何用更思家。誰云節序如流水，已喜陽隨一線加。洪崖有白露茶。

送魏觀復授副紀還南昌

翩翩仙客紫霞衣，千里朝天拜命歸。雙舄此時凌漢去，二龍何處挾舟飛。還丹養就封神鼎，塵慮消來杜德機。最愛傅顛詩句好，逢人長許共襟期。

雨中詠懷

小閣風清暑氣微，澹雲疏雨日暉暉。錦囊挂壁琴閒久，木榻生塵客到稀。老去向平偏愛易，年來蘧瑗始知非。書籤藥裹尋常事，坐對爐烟一縷飛。

示婿王恒

總角相從氣不驕，別來重喜見英翹。青春衛玠才何俊，白髪潘郎興已銷。此日尊前看玉潤，他年宅裏詠桃夭。客窗清夜燒銀燭，愛爾新詩尉寂寥。

青陵臺 在邳州

千歲高臺尚有基，後人猶自説當時。錦鴛月冷雙棲翼，緑樹春愁連理枝。流水已隨人去遠，東風只恨燕歸遲。可憐李白多情思，重賦新吟爲阿誰？

紀夢

誰釀松花雪滿缸，紫髯一笑兩眉厖。天壇古玉封丹檢，石洞流雲露碧窗。寶鼎已烹鉛伏汞，大音何待譜爲腔。等閒戲把飈輪舉，化作翩翩白鶴雙。

曾知州送蒲萄酒

故人遠送蒲萄酒，灧灧流霞照玉杯。百斛驪珠霜後壓，一雙渾脱雪中來。金盤細瀉薔薇露，銀甕還封瑪瑙醅。留待明年春色裏，陌頭攜賞看花開。

雲山草堂爲楊庶子賦

家住青山結草堂，白雲深處樹千章。落花寂寂泉流澗，啼鳥交交筍過墻。座上杯香新酒熟，林間衣露浄琴張。一從飛佩登天路，留得牙籤書滿床。

雙燕

雙燕依依戀舊棲，補巢銜得落花泥。池邊衝雨烏衣濕，簾外窺人紫頷低。社日重來留好語，春風幾度别幽閨。去年曾記開河上，愛爾交飛望欲迷。

題畫

扁舟昔年遊武昌，黄鶴樓頭望漢陽。大别雲開山隱隱，郎官樹接水茫茫。紫霞晚映滄洲近，羽扇秋生白苧涼。歌罷酒闌人欲去，數聲嘶馬在垂楊。

竹深處爲蘇州劉孟功題

種得琅玕歲月深，吴山千畝碧沉沉。烟生暖翠日當户，風落秋聲月滿林。却笑參軍偏嗜酒，時邀中散共鳴琴。興來自是忘形迹，直造幽居看緑陰。

夏尚書宅食黄精

長鑱采得出烟蘿，若比人參味更過。丹穴徒勞資寡婦，玄霜何用問仙娥。庚申不守三彭伏，丙夜長存一氣和。但使身輕無物累，伐毛洗髓竟如何。

和子啓對雪

小寒大寒將送冬，禁城雪落六花重。天孫夜翦銀河水，飛瓊曉降蓬萊峰。長吟欲題冰柱賦，獨酌且醉蒲萄鍾。東風早晚開凝沍，無限桃李舒春容。

俞廷輔登第〔一〕

冠帶十年居辟雍，聖恩加惠日從容。經帷聽講風生竹，綵筆分題月在松。[illegible]謂才華堪倚馬，獨看霄漢已攀龍。人生會合應能幾，長是相思聽曉鐘。

【校勘記】

〔一〕「俞廷輔」，康熙本均作「余廷輔」，今據意改。

送崔彦俊知府還思州

太守承恩出帝鄉，雙旌千里赴黔陽。貢來霧鬣龍駒駿，歸去雲山鳥道長。[illegible]瓠洞中花冉冉，野雞平外樹蒼蒼。共傳撫字荒徼服，好播天聲更遠揚。

俞廷輔嘗與余言家山之美琴書之樂暑雨中蒸鬱不勝浩然興懷聊賦一律以寄興焉

紫芝家住好溪山，百尺樓前翠黛環。修竹交花雲滿户，長松倚澗月臨關。清風入奏猗蘭古，緑酒浮觴細菊斑。尚憶當年讀書罷，泉聲和雨夜珊珊。

彭汝器輓詩

昔余奉詔掄文日，是子趨朝射策時。筆底才華生錦繡，硯中雲影動旌旗。春風夢逐瓊樓遠，夜月魂隨宰木悲。幾度懷人歌楚些，老來清淚只空垂。

送陳郎中子魯使西域

旌旆西征逸氣雄，玉關春早聽歸鴻。紫駝夜度交河月，驄馬晨嘶瀚海風。黄沙古蹟行行見，白草寒雲處處同。莫言萬國崑崙外，總在皇仁覆育中。

雲臺秋色爲張真人賦

渺渺丹臺何處尋，仙家雞犬白雲深。青山幾曲藏幽洞，玉樹千章翳遠林。鶴馭凌空泉灑落，龍吟隱澗氣蕭森。他年投老來相訪，掃石焚香共鼓琴。

重過直沽

連檣巨艦動光輝，載得圖書自北歸。强賦詩篇渾漫興，倦抛棊局已忘機。長河赴海流偏急，高柳迎霜葉亂飛。報道直沽看又過，酒家無數蟹螯肥。

舟行即事

渺渺河流際碧空，歸舟千里逐征鴻。黄蘆飛絮風連野，紅蓼著花霜滿叢。何處人家迷遠近，一雙鷗鳥自西東。眼中無限新詩景，倚棹長吟興不窮。

曉發桃園望清河有作簡同舟諸公

桃園曉發望清河，漸見人家樹木多。潦水盡消沙嘴出，南風微起櫓聲和。浮生兀兀雙鷗汎，鄉思迢迢一雁過。細數驛程京國近，歸驂陌上共鳴珂。

閱宣和遺事

一旦青衣事可傷，貔貅十萬漫勤王。沙場忽憶化成樂，艮嶽已空花石綱。天存社稷龍南渡，日望音書雁北鄉。間閱遺編多感慨，翻令掩卷淚沾裳。

送胡孔聞南還

環珮珊珊天上歸，天風吹動紫霞衣。藥鑪封後丹應熟，雲路開時鶴正飛。寶笈書成仙籙秘，碧桃花發故人稀。老夫久負洪崖約，何日相從扣石扉。

送儀侍郎致事還高密

幾年簪笏重朝端，老至懸車憶故山。闕下詔頒疏傳去，濟南人迓伏生還。但將美酒閒消日，不用神丹更駐顔。八十歸來天所賜，尊榮壽考出人間。

立秋日謾題 二首

新秋病起復支頤，試捲疏簾强賦詩。獨愛顔含安性分，虚勞郭璞問蓍龜。井梧墜葉應憐早，籬菊藏花未覺遲。萬里碧天清似洗，一襟涼思看雲移。

孤桐不鼓冷冰弦，獨對西風鬢颯然。何處移家堪卜築，平生負郭本無田。只緣多病諳醫藥，忝得虚名媿俸錢。閒讀陳編窺往事，爲誰流涕爲誰憐？

夜坐兼簡貝司業

月落銀河淡不流，雲摶星彩坐來收。樹頭驚鵲三更雨，草際鳴蛩一片秋。張子謾吟青玉案，蘇卿猶有黑貂裘。憐君獨守詩書在，矻矻窮年未肯休。

閒居

落魄平生事寡營，塵緣久遣累還輕。師丹老去偏多志，盧度年來不殺生。丸藥已殘烹木火，汲泉時聽煮茶聲。誰言門外無車馬，數卷殘書有底清。

劉阮遊天台圖

玉杯流水飯胡麻，一逕清風兩岸花。路入烟霞窺洞府，林藏雞犬見人家。山中衹覺房櫳静，世上空驚歲月賒。别後重來迷處少，不勝惆悵望天涯。

槐陰草堂詩 二首

草堂新築近金門，絶似幽棲隔市喧。苑樹籠雲香霧散，庭槐過雨緑陰屯。床頭惟有書千卷，案上長留酒一尊。懶性從來安吏隱，何須遠卜渭南村。

雨後高槐初著花，緑陰門巷静無譁。窗前停午頻聞鵲，墻角新晴偶見蝸。十載優閒兼侍從，數椽質朴似山家。清風一室無人到，紗帽籠頭自煮茶。

虞副都伯益巡撫浙江還賦詩奉簡 三首

千山萬嶺碧生烟，雁蕩孤標秀入天。驛吏青衫朝擁騎，野人緑綺夜鳴絃。蘭亭竹隱羲之宅，鏡水荷香賀監船。晚飯柁樓公事畢，料應寫入畫圖傳。

清風疊鼓畫船開，人迓朝廷使者來。甌越雨晴山擁霧，吴興春暖水如苔。洞中曾訪初平石，江上還登釣客臺。童子錦囊聞日富，想應乘興有詩裁。

芙蓉錦帶佩吴鈎，到處逢迎記舊遊。雲挂青山天竺曉，潮生華月海門秋。狐狸暫逸張網去，豺虎終聞襲勝愁。報死歸來頭已白，幾回相憶夜堂幽。

秋夕詠懷寄貝祭酒宗魯

野色蒼蒼晚更幽，蟬聲猶在屋西頭。菰蒲池上三更雨，絡緯庭前一葉秋。舊業荒涼抛玉峽，故人迢遞隔滄洲。量才揣分兼多病，藥裹書籤老一丘。

送余侍講正安告老還南康

罷直詞林籍已除，聖恩嘉惠早懸車。歸從栗里移新竹，老向匡廬葺故居。洞口花香朝放鹿，山中路熟晚騎驢。酒醒月出猿聲斷，孫子窗前正讀書。

漫擬

此身多病只宜休，莫待龍鍾雪滿頭。湖上何人今放鶴，山中有客昔騎牛。清風竹徑雙芒屩，明月蘆花一釣舟。逸興生來心已渴，誰言此語謾悠悠。

送茅知縣考績

故家聞住海東頭，家有元龍百尺樓。長日望雲瞻北闕，幾年爲政著南州。朝天遠去飛鳧急，考績重來彩鷁浮。四野桑麻多雉雊，邑人懷德似中牟。

送趙彥如南還

傾蓋相逢記昔年，五茸城郭畫樓前。知公久負青雲器，對我長吟白雪篇。天祿校文多討論，薊門分手隔風烟。春來江上饒歸雁，莫惜緘書到日邊。

五言排律

望海

積水渺無極，歸虛那可窮。百川宗浩漾，一氣接洪濛。若木崑崙外，扶桑日本東。蜃樓銜霧白，鯨鬣鼓波紅。驅石何年到，乘槎有路通。光分欹落月，聲急沸長風。潮汐盈虛候，魚龍變化工。修鱗初擊水，巨翮已摶空。河伯心神駭，天吳氣勢雄。重淵陰火冷，孤嶼曉光融。方丈瑤臺隱，珊瑚鐵網籠。犀燈愁怪室，鮫淚泣珠宮。鳧鳥深藏跡，鶢鶋遠散氈。蕭條雲送晚，倏忽雨飛涷。鹵莽迷寒鶴，蒼烟埋斷虹。盧敖遊汗漫，徐市詒兒童。蜑客舟如葉，醝翁髮似蓬。波斯徒窅窅，精衛出忽

怱。玉帛沉流潔，犧牲報祀豐。

序部

泊庵文集目録序

泊庵文集，故贊善梁用之先生之所作也。其子刑部主事棨，録其目録一册，託監察御史楊宗毅徵予序。用之，予故人，惜不得見其集，而獨見其目録也。然用之自史館入翰林，職春坊，修大典，爲史官，爲總裁，與予同事者十有五年，每與論文事，深有麗澤之益，予之知用之不淺也。

用之，吉之泰和人，世儒家。自少力學，清修苦志，常以古人自期待。其爲文章，務刮劘湔濯，去其陳腐；議論峻發，而時出新意；循蹈規矩，而未嘗苟作。此予之知用之者，雖不見其全集，亦可以知其大概矣。用之之文，凡十二卷，進呈者若干，論若干，記、序若干，行狀、墓表、墓銘、哀辭若干，傳、説、銘、贊、題跋、雜書若干，其用心勤矣哉。後之讀其文者，亦可知其人矣。夫爲之子孫者，當世守其詩書

之傳而勿替可也。若夫家世履歷之詳，則有少師楊公之碣銘在。

題跋部

書泰和梁畦樂先生示子詩後 真蹟存裔孫梁晉家

右詩二章，翰林修撰兼春坊贊善梁潛尊公畦樂先生病中得潛書寄示之作，出以示余。余得而誦之，既愛其蕭散閒澹之趣，悠然于篇詠之間。居之安而守之約，復嘉其骨肉天性之真，藹然于暌離之表，喜之至而樂之深也。然誦之再四，然忘益增。

儳罪負孤苦之人也，尚憶二三年前，嚴訓教育，無月不勤，不肖駑鈍，寔孤先德。今抱無涯之戚，而手澤之悲，何有極耶？以余之所慕而不可得，修撰兄得子以樂其天倫，視予之不可得者，而愛日之心，當何如其切也。詩云：「孝子不匱，永錫爾類。」予焉得不於是而有感焉。

雜著部

寫韻軒滕王閣望湖亭詩記

諸才子侍虞公宿寫韻軒，道士因出卷子求題。公賦二律，其一云：「翩翩仙子藥王山，明月高樓遂不還。天外修眉塵鏡掩，窗中遺墨夜燈閑。雪深黄竹歸無所，雨暗蒼梧淚更班。何啻浮雲相契合，窅然餘蹟謾人間。」其二曰：「仙人本自好樓居，深下重簾寫韻書。江上數峰千仞表，硯中微露九秋餘。下方鐘鼓塵初静，絶世文章事不虚。最愛夜涼天闕近，綺窗留得玉蟾蜍。」

題畢，辛好禮諸人問曰：「西江登眺之所，據江山之勝，無踰於滕王閣、望湖亭二處。公不知其幾過，皆不留題，何也？」公曰：「諸公曾見東坡及僧晦幾詩否？」皆曰：「見。」公曰：「請與諸公誦之。晦幾滕王閣詩云：『檻外長江去不回，檻前楊柳後人栽。當時唯有西山在，曾見滕王歌舞來。』其第一句『長江去不回』，往事不可問矣。其第二句『檻前楊柳』亦是後人所栽。第三句、第四句謂當時曾見滕王歌

舞者，唯有西山在耳。含無限之意，寓無窮之感。東坡望湖亭詩云：『黑雲堆墨未遮山，白雨跳珠亂入船。驀地風來忽吹散，望湖亭下水連天。』陰陽變化、機關開闔於頃刻之間。且氣雄語壯，所謂吞雲夢者八九。二詩皆不可及，是以不曾有題。」

明日公與諸人登滕王閣，即席賦律詩若干首及一絕句。余幼時能誦之，今但記其三律與絕句耳。其一曰：「高閣城頭户牖開，江中照見碧崔嵬。文章誰復[illegible]，王後，雲氣長從五老來。畫角數聲南斗落，白鹽萬斛北風回。洲南先有蛟龍窟，怪得詩成急雨催。」其二曰：「天寒江閣立蒼茫，百尺闌干送夕陽。歲久魚龍非故例，春深蛺蝶是何王。帆檣星斗通南極，車蓋風雲擁豫章。燈火夜歸湖上雨，隔鄰呼酒說干將。」其三曰：「危樓百尺倚闌干，滿目青山不厭看。空翠遠凝江樹小，落霞飛送酒杯乾。千年劍氣侵牛斗，半夜天香下廣寒。我欲乘鸞朝帝闕，五雲深處是長安。」絶句云：「豫章城上滕王閣，不見鳴鸞佩玉聲。惟有當時簾外月，夜深依舊照江城。」昔人云「詩不可苟作」，觀公之意可以見矣。此得之吴用中云。

胡頣庵金川世業

胡頤庵金川世業

七言古詩

黃鸜鵒歌應制

金馬碧雞高接天，滇池正在山之前。山川佳氣毓靈秀，鸜鵒生來文彩鮮。黃金滿身明羽翮，甘露祥雲流潤澤。丹啄交交翡翠衿，暖日和風多好音。一雙且畔性聰慧，解語分明動人意。隴西雪衣焉足論，訶陵五色空矜異。佳哉此禽無與匹，煌煌正稟中央色。端由聖德致中和，聖德中和天所錫。玉樓金殿日初升，蓬萊頂上百花明。碧梧丹鳳時同語，翠柳黃鸝不敢鳴。妙質奇姿光皎潔，豈與衆禽同等列。照影常時整菊裳，傳聲幾度翻瓊舌。雕籠彩架紅錦條，致身九天雲路高。萬年枝

上春光好，朝餐香稻暮金桃。翱翔幸得辭遐壤，上苑來遊安惠養。惠養恩深荷寵榮，長效高呼萬歲聲。

瑞應甘露詩 并序

臣謹按，瑞應圖曰：「帝王德至於天，則甘露降松柏。」鶡冠子曰：「聖王之德，上及太清，下及萬靈，則甘露降。」是知夫天之嘉瑞，必應有德。皇上自登大寶以來，甘露之瑞，不一而降，皆由聖德合乎天地，孝敬隆於宗廟，恩覃四海，仁育萬類之所致也〔一〕。玆者甘露又降孝陵，珠凝玉潤，徧滿松柏，實爲美徵。臣不勝慶幸，謹拜手稽首而獻詩曰：

鍾山蒼翠如龍蟠，高標秀入青雲竿。千巖萬壑長松檜，中有麒麟同鳳鸞。孝陵正在山之中，四時佳氣常葱葱。神宮仙苑烟霞密，翠旌金支光彩重。天乳煌煌耀氏北，銀漢無聲月華白。甘露垂珠下九天，布濩玲瓏徧松柏。芳馨如蕙味如飴，玉潤膏凝陽不晞。天酒神漿涵素液，吉雲璨靄流華滋。瑶林玉樹祥鳳裊，泫葉溥枝光皎皎。皜鶴翔鳴沆瀣澄，金烏晃漾扶桑曉。曾聞寶甕瑪瑙殷，漫説金莖霄漢間。

我皇仁孝格天地，恩覃萬物之所致。玉樓金殿起中天，表裏山河萬萬年。恢弘鴻業承先志，四方萬國來朝會。自是嘉祥應太平，信知玉燭融和氣。拜表金門進御筵，簫韶合樂奏鈞天。嵩呼共祝齊天壽，萬世長歌甘露篇。

【校勘記】

〔一〕「類」，原作「顃」，今據意改。

端午内苑觀擊毬射柳應制

聖皇垂衣四海清，三辰昭宣寒暑平。民安物阜諸福至，謳歌遠邇揚天聲。律應甤賓當令節，萬騎龍驤親簡閱。鑾馭纔臨寶扇開，綵旒新綴紅旗列。錦韉騘馬玉連錢，結隊分明過御筵。流珠飛鞚貴神速，得巧驩呼意氣先。垂楊插地青篠紋，文繡宮花映雕鞍。翻身滿引明月弓，共看剪白飛金鏃。法樂聲清日正中，上林綠樹含薰風。苑中錫宴千官集，榮光佳氣明葱葱。舜日堯天臻至治，雍熙不忘修武備。普天率土荷甄陶，聖子神孫千萬世。

五言律詩

六月九日承捷音

捷音來塞北，城闕總歡呼。赤雨流星急，霜蹄紫電俱。金門時乍啓，玉陛晚先趨。且喜風塵静，祥雲滿帝都。

七言律詩

奉天門承恩改除餘干喜而有作

日華高映奉天門，五色雲中覲至尊。冢宰歷階先引選，小臣當案獨蒙恩。便從東滙趨干越，還望西山入故園。白髮高堂幸强健，早梅花下酒盈尊。

元夕侍宴

寶山凝翠玉樓前，火樹銀花照御筵。羅綺香濃春色早，琉璃影碧夜光懸。翩翩鸞鶴來三島，燦燦星河下九天。一派笙簫彩雲裏，好風吹送萬方傳。

侍遊東苑

雨餘初日散輕寒，花簇金鞍輦路乾。新緑頓驚行處滿，深紅不惜折來看。鷗迴舞影當瓊户，鶯囀歌聲繞畫欄。最愛春遊多逸興，時時滌硯掃輕紈。

侍遊西苑

廣寒宮殿屬天家，曉從宸遊駐翠華。瓊液總須仙掌露，金枝皆插御筵花。折穿蘋藻波間雪，旗颭芙蓉水上霞。身世直超人境外，玉盤親捧棗如瓜。

赴召

天書遠召入鑾坡，又整驪駒白玉珂。亭下謾勞車馬集，沙頭無奈别離何。心馳北闕恩難報，淚灑南阡夢轉多。自歎平生江海上，青山緑水幾經過。

西山霽雪

海上雲收旭景新，連峰積翠浄如銀。晴光迥入千門曉，淑氣先迴上谷春。瑶樹生輝寒已散，瓊林銷凍暖偏匀。玉堂相對題詩好，移席鈎簾坐夕曛。

薊門烟樹

野色蒼蒼接薊門，淡烟疏樹碧絪緼。過橋酒幔依稀見，附廓人家遠近分。翠雨落花行處有，緑陰啼鳥坐來聞。玉京盡日多佳氣，縹緲還看映五雲。

五言排律

元夕侍宴

皇明開泰運，令節肇青陽。宮闕山河壯，朝廷禮樂彰。羣生資化育，四海樂平康。鼇戴三山至，人誇百戲妝。星辰還北極，鸞鶴迓東皇。翠柏參天起，紅蓮照夜芳。仙韶宮呂合，舞隊綺羅香。黼扆瞻龍衮，簪纓列雁行。華燈同月皎，清吹入雲長。寶樹金虬結，觚稜彩鳳翔。教坊新錦麗，光禄御筵張。玉漏遲遲度，銀河耿耿光。遊觀躋壽域，佳瑞靄明堂。雪霽農先兆，波恬海不揚。恩榮同雨露，功德邁虞唐。盛世年年遇，謳歌播萬方。

送金諭德扈駕北征

萬乘出居庸，前茆度朔風。劍光飛電紫，旗影照山紅。壯士心如虎，將軍氣吐虹。鼓鼙通塞外，烽火入雲中。直掃祁連北，還過瀚海東。謀謨資俊傑，扈從得才

雄。坐擁青絲騎，腰懸明月弓。賦詩横畫槊，載筆侍行宫。野曠氛初净，沙寒雪未融。班生終滅□，漢業陋和戎。夜静妖星落，春歸大漠空。從兹億萬歲，聖德詠無窮。

七言排律

送楊庶子扈駕北征

錦袍驄馬緑絲鞭，扈駕平虜意氣先。紫塞雲屯嚴虎旅，黑山風急走狼烟。旌旗影直高牙建，鼓角聲雄萬竈連。鴻雁磧中沙漠漠，鴛鴦泊裏草芊芊。行宫載筆宵飛檄，别帳分庖曉擊鮮。奏凱歸來頌功德，鐃歌還進玉階前。

記

新淦學地廨宇記

新淦儒學，在治東南，左右前後皆民居。湫隘偪扼，學者病焉。歷歲滋久，因循苟且。爲政者不知經幾，漫不加省。而典教事者雖欲有爲，顧力有不足者。正統二年夏四月，宣城張昇作令斯邑，下車之初，釋菜廟廷。徘徊周覽，弗協於心。退而詢謀，慨然有擴充之意，迺捐其俸入，及率邑人之好禮者，各以貲助，遂購民之隙地以增益之。

櫺星之外，縱八丈，横三丈有奇。學之西南深廣八丈，内建廳堂，以爲廨宇。學之東南廣四丈，深五丈，立文昌祠，以處祀事。改衢路以便往來，樹坊表以聳瞻望，一曰興賢，二曰建禮。復於射圃作君子亭，於池畔置石闌，繚以周垣，飾以丹堊，規模壯，文采新，蓋擴隘陋而爲廣居，脱凡近而爲高明。邑之士君子得有依歸者，莫不歌燕喜之詩，而頌張昇之美也。及贊襄以成其功者，縣丞徐德銘與有力焉。於

是教諭達永定、訓導鍾觀伯暨諸儒生感張昇之德，以其事屬予族子來徵記。

夫爲令者，莫不以簿書期會爲急務，聽訟徵輸爲能事。至於學校，視爲文具比比焉。殊不知學校之設，所以育英才而爲出治之本，教化風俗之所興，其所繫豈細故哉？能知此而盡心焉，乃於張昇見之。余故家金川，自吾祖而上，嘗從先生長者，考論德業於斯。余承先世餘休，竊禄於朝，忝列賓師。老而賦歸，養痾江鄉，瞻彼玉笥，悠悠我思，敢忘桑梓之敬慕乎？故每當大比之秋，輒翹望士君子揭德振華，裒然舉首爲鄉之榮者，非一日矣。諸君尚期精進，磨礲切磋，以敷英邁烈。庶不負朝廷教育之恩，師友麗澤之益。張昇作興之意，而予亦與有光焉，故爲之記。

五言律詩

赴召別子暕

樵舍驛前別，吾行汝却歸。無心對尊酒，有淚落絺衣。望望魂將斷，迢迢路已微。明年須見汝，端不負還期。

七言律詩

寄子暕

別汝他鄉又五年，幾回吟望暮雲邊。杜陵老去憐宗武，陶令憂來念阿宣。家世東胡無別業，草生南郭有新阡。流傳幸得青氈在，努力詩書願汝賢。

生孫

汝父別時猶總角，忽聞生汝是今年。敢誇抱送從天上，且得摩挲慰目前。老去舊書欣有托，病來華髮任垂顛。謝家並說芝蘭秀，獨愛階庭玉樹鮮。

讀書臺

讀書臺畔月爲亭，一境虛無內外明。影散杪蘿浮几席，香飄桂子落窗櫺。閒時滄海風濤靜，定處秋空夜氣清。我亦世間忘色相，便應騎鶴到巖扃。

六言絶句

題畫 六言五首

碧障丹崖春色，絳桃緑樹人家。逕轉時逢樵牧，雨晴初見桑麻。

緑樹平林遠近，落紅流水西東。幾處雞鳴烟外，數聲犬吠雲中。

何人策蹇獨往，有客抱琴共還。一葉扁舟谿上，百年古屋林間。

野水風翻翠瀫，春山烟染青螺。釣艇歸來何處，薄暮時聞棹歌。

落鴉千點萬點，流水一灣兩灣。漁磯南垞北垞，鳥道前山後山。

胡儼集補遺

胡儼集補遺

詩

秋懷

落葉走空階，涼飈度脩竹。疏星澹長河，白露下庭緑。遊子行未歸，清砧動華屋。感此悲歲華，何由寄遐矚？丹丘倘可期，舉手招黄鵠。

明詩鈔五言古　四部叢刊續編景寫本

松雪道人蘭竹圖卷

幽蘭生石間，光風汎修竹。老樹亦含滋，新葉萋以緑。大化無偏私，君子抱貞

獨。懷哉松雪翁，蕭散美如玉。妙思發天真，揮灑脱拘束。超然毫素外，誰能繼遐躅？

式古堂書畫彙考卷四十六　清文淵閣四庫全書本

題黄鶴山樵鐵網珊瑚圖

王公獨得天然趣，揮毫不效丹青士。澹墨銀箋掃畫圖，琅玕屈鐵參差起。碧苔暗水流石根，深山花落黄鸝春。琴書几杖白晝静，何因致我塵埃人。高平之仙非潦倒，醉後狂歌不知老。有約盧敖賦遠遊，九點齊烟望中小。豫章胡儼次韻。

式古堂書畫彙考卷五十一　清文淵閣四庫全書本

題友石生送行圖

吴江秋水闊，送君龍江别。相期霜降餘，來看鳳城月。

式古堂書畫彙考卷五十六　清文淵閣四庫全書本

題子昂春郊挾彈圖

洛陽三月百花紅，金谷春闌步障空。疋馬閒行芳草地，金丸十二盡□空。

式古堂書畫彙考卷四十六　清文淵閣四庫全書本

南野草堂

青山當户百花明，淡淡東風白苧輕。玄鳥來時春已半，一犁新雨課童耕。

（嘉靖）江西通志卷八　明嘉靖刻本

過安慶

船尾北風生，船頭鼓浪鳴。隔江迎雁漢，回首見桐城。樓閣千家起，帆檣五兩輕。舟人舊編户，問舊不勝情。

（嘉靖）安慶府志卷十七　明嘉靖三十年刻本

出雷港〔一〕

江水碧如鏡，晴空無垢氛。青山遥隔浦，白鳥自成羣。花落春纔半，潮平日欲曛。歸期應不遠，消息未相聞。（嘉靖）安慶府志卷十七　明嘉靖三十年刻本

【校勘記】

〔一〕「港」，（萬曆）望江縣志作「江」。按，是詩（康熙）安慶府志等署作佘闕。

寄題光節堂

老年致政喜還鄉，華扁高堂逾有光。不比昔人誇仗歸，直令故里表遺芳。封題遠道傳書札，履歷平生見紀綱。幾度相望隔烟樹，攜琴載鶴思偏長。（正德）松江府志卷十六　明正德七年刻本

灌嬰城

楚歌聲斷霸圖空，獨向江南氣勢雄。列障青油屯夜月，連營赤幟動秋風。[illegible]臺百尺遺黃土，故壘千年翳碧蓁。幾度經過閑吊古，牧童吹笛夕陽中。（萬曆）新修南昌府志卷三十　明萬曆十六年刻本

蘇公圃

故人天上有深期，一寸丹心事每違。鬻屨何曾增市價，灌畦長是息心機。古青菜甲同誰摘，白白湖魚亦自肥。莫訝殘編塵滿架，明朝又採別山薇。（萬曆）新修南昌府志卷三十　明萬曆十六年刻本

綵鸞岡

相隨一徑入烟蘿，隱隱雲中尚踏歌。松暝漸看山色近，桂寒偏恨月明多。吋座上帷屏徹，半夜巖前風雨過。自是真仙形迹泯，千年玄契奈渠何。（萬曆）新修南昌府志卷三十　明萬曆十六年刻本

南安知府林從嘉挽詩

蘭臺司翰相從久，别後懷人遠夢生。拜命一朝新出守，攜書三載又朝京。旅魂不返孤鴻斷，歸棹虚傳五馬迎。黄壤未封秋已暮，寄題哀此不勝情。

（光緒）太平續志卷八　清光緒二十二年刻本

佚題

幽人每愛南村樹，背郭誅茆結小堂。靖節歸來存菊徑，少陵老去卜林塘。茶烟冉冉晴當户，蘿月紛紛夜到床。何日杖藜尋酒伴，悠然觴詠賦羲皇。

式古堂書畫彙考卷三十　清文淵閣四庫全書本

孫氏積善堂詩 并序

兵部武庫員外郎、渤海孫克恭名其奉親之堂曰「積善」，來徵言。余聞克恭之祖德才善，居鄉樂善好施，老而彌篤，鄉人多賴之。其父成甫，亦能繼厥志，有陰德在人，故克恭仕于朝而光顯者，其有本哉！又一門孝友，兄弟怡怡，可尚

也。乃賦長句以美之，使其鄉人歌之。既非溢美，必多感發而興起者焉，詩曰：

渤海有孫氏，翼翼弘高堂。累世多積善，奕葉揚芬芳。堂中老親九十强，鬖鬖兩鬢明秋霜。平生逢人好施與，憫窮恤匱賙其鄉。時分金帛發倉廩，不獨雞豚及酒漿。傳家更多賢孫子，子繼孫承志不忘。十年種樹樹成林，百歲種德德愈深。豈不見燕山竇禹鈞？豈不見應山連處士？二公陰騭天所鑒，子孫榮華列青紫。孫家善積餘慶多，司馬郎官鳴佩珂。堂中日醉金叵羅，絲竹喧啾奈樂何。人生貴得子孫好，要之積善勿草草。

永樂十七年秋七月，國子祭酒兼翰林侍講豫章胡儼賦并書。

明渤海孫氏積善堂題贊手卷　中國國家圖書館藏

雲岩松屋讀書歌

高人讀書雲共閒，閒雲長在青山間。蒼松種來幾千尺，雲爲盖兮松爲關。松關高出白雲表，海日流光溪月曉。嵐氣穿簾翡翠低，泉聲激澗藤蘿裊。千巖萬壑通窈冥，小窗虚熀月泠泠。高吟倚户動金粉，幽處篝燈尋茯苓。自從擢秀登天路，籍籍才華冠多士。秋曹列戟理邦刑，剛不吐兮柔不茹。一朝飛剡薦賢勞，萬里雲霄一鶚高。鸚鵡洲邊青雀舫，黄鶴樓前宫錦袍。化行千里湖山外，不負調和當鼎鼐。晏寢晨興燭影紅，馬蹄曉踏花陰碎。幾回飛夢遶巃嵸，書屋依然松雲在。嗚呼！松爲棟梁雲爲雨，謝公久矣東山起。

（康熙）魚臺縣誌卷十八　清康熙三十年刻本

文

金先生詩集後序

昔余聞清江聶器之先生論文曰：「文豈易言哉？苟不得於道，而徒尚乎辭，則不足以名世示後。」然君子之於文，豈徒以名世示後而作邪？亦惟明道見志而已。近世作者固不乏人，而清江之名能文者，惟劉永之仲脩其人也。仲脩既殁世矣，其友人金守正先生之文，與仲脩合轍，可尚哉！時先生之子幼孜從游器之，余因獲交焉，至于今三十有六年矣。而幼孜亦以文章拜學士，論思密勿，黼黻至治，遂蒙推恩以及其親，先生得贈奉直大夫、右春坊諭德，存殁有榮耀焉。

初，先生文集石門梁先生、編脩張先生與吾聶先生，蓋嘗爲之序矣。今幼孜復集先生之詩若干卷，將鋟梓以行，且徵余序。余雖不獲見先生，然聞先生篤實君子也。博究羣籍，雖老不勌，故其爲詩，温厚而和平，深沉而有思，殆所謂安於素履而涵泳乎道德者也，信乎其可傳於後矣。譬之深林大壑，古松脩篁，清風徐來，鏘然

成韻，視彼落花依草、點綴映媚、翡翠蘭茗、纖麗輕盈者，可同年而語乎哉？若夫先生平生之造詣，見於梁、張、聶三公之序文，余不復贅，姑述所聞，僭爲後序云。永樂十九年歲次辛丑十一月朔日，朝議大夫、國子祭酒兼翰林侍講、國史總裁豫章胡儼序。

雪厓先生詩集卷末　明永樂十九年刻本

茅山志序

太子少師榮國恭靖姚公嘗在史館，以重刻茅山志屬儼爲序。儼時扈從北上，未有以應命。今公辭榮靈丘已五宿草矣，大嶽玄天玉虚宫提點任自垣復來請。自垣昔受業兹山，而儼有姚公宿諾，故來請而不敢辭焉。

按，茅山舊有記，而志則始於嗣宗師劉大彬，故元時所編集也，元末板燬于兵。其故刻則外史張伯雨所書，極精潔。至天朝永樂癸未，姚公得遺刻善本於本山靈官陳得荀，慨然念兹山之文獻有足徵者，乃合同志之士出貲命工，重鋟梓以傳，甚盛心也。

考其卷帙，自誥副墨至金薤編凡十二篇，分爲十五卷。而兹山之形勝，歷代之

寵章，經籙之授受，師真之傳系，賢士大夫之文詞，巇壑洞府之靈閟，宮觀祠宇之宗嚴，暨夫神芝奇藥、稚異卉，靡不具載。大彬之用心，亦勤矣哉！而自垣能繼述不墜，宣布以行，信乎其有傳於世矣。嘗聞茲山即句曲山，後以茅君而名，乃道書所謂「金壇華陽之天」，古仙神人棲隱登真之所。然在皇畿之内，蜿蜒盤礴，密邇鍾山，靈氣之所通，英華之所暢，其佐興運而奠民物者，蓋有非仙真所得專者，固非志之所及矣。

何時葛巾杖屨，從自垣一造焉。訪三茅之遺跡，挹楊、許之高風，問華陽之舊館。百尺樓上，坐分半席，延隴雲而接松聲，發長嘯而撫鳴琴。姚公有知，庶幾一來聽耶？則儼之宿負，得所償矣。

（弘治）句容縣志卷十二　明弘治刻本

李氏族譜序

族之有譜，親親也。自世禄廢，而公侯卿大夫之族多散處，於是宗法不可復立矣。蓋族散則情疏，情疏則恩禮不相接，久之遂流於塗人，亦其勢所必至。而君子每有感於斯，故自魏晉以來，至於近世大夫家，多尚譜諜，尊祖敬宗之道存焉。

靖安李氏，唐宗室越敬王之裔也。武后時，王之孫曰臨淮公者，以事貶嶺南。又幾世，由三八府君遷四會。府君五世孫曰積中，登宋元豐進士第，仕至殿中侍御史。坐元祐黨，安置南昌，子孫婚葬多從靖安人。積中生良弼，良弼生安國，户部侍郎，贈少師。生七子：長大性，吏部尚書、豫章郡公；次大異，寶謨學士、豫章郡侯；大理，知真州；大東，龍圖學士，江淮制置使；大鎮、大原、大成，皆爲顯官。李氏之盛，何可及哉。今譜所列，皆七祖之子孫。大性次子伯恭，知餘杭事。伯恭長子弘規，以朝奉郎通判贛州。弘規次子以文，傳五世至文煥，皆隱德不仕。文煥之子進士重，謀修此譜，持以求序，蓋知所以敬宗而尊祖也。

洪武初，有曰宗頤者，以詩名，江西十才子之一人也。後由監察御史參政湖廣，遂爲禮部尚書，名於當時，實重之從曾祖也。傳曰：由公侯之子孫，必復其位。豈不信哉？重又科第發身，善繼其後，揚其聲華，不爲不遠矣。此譜之修，詔諸族人，詔諸子孫，統其疏而會其離。觀之者由其流之遠究其源之初，則孝弟之心油然而生，有不親其親者哉？抑嘗聞之長老云：積中之父士廉殁，葬新建之雞籠山有徵，故大性之兄弟七人皆貴，而丞相京公亦同出也。地理之説，儒者所不廢，天之福人，寓於隱微之中。今譜雖不載，而傳修不泯。予於兹故併記之，以廣異聞，是爲

序。時洪熙元年夏四月，前史官、太子賓客、國子監祭酒致仕胡儼拜撰。

（廣東四會）李氏家譜　清道光十五年刻本

送江西右布政使何公赴召序

江西右布政使吴江何公幼澄，年滿七十，即上疏乞致其仕。朝廷重公老成，不允其請。尋復召，赴行在，布政使毘陵吴公汝德暨同官諸公告余爲序，以送之。幼澄自校官典州郡，復自吏部員外爲長史，爲郎中，以至今官，揚歷中外四十餘年，端静脩潔，悃愊无華，明於治體，輔以經術，民便其政，吏服其能，上下遠邇，允叶具瞻，千里湖山之間，厥聲藹然。由是年馳力倦，髮蒼蒼而視茫茫，精神心術，有所不逮，剸繁治劇，蓋有不可得而勉强者。此於自知之明，果於求退。夫豈矯情欺世，以邀名也哉？皆有年踰八十，貪冒不休而諱稱老者，若斯人得无「老馬爲駒」之誚乎？此君子所以羨宿鳥之知還，而愛孤雲之返壑也。

今幼澄之往，恭承嘉惠，則朝廷之待臣子，始終之禮全，而士大夫遭逢聖世，獲終老于家，則平生之志願得矣。幼澄泛扁舟，歸故鄉，湖山佳致，今猶昔也。挾江湖之散人，訪烟波之釣徒，絃鳴琴以舒懷，舉匏樽以相屬，歌「桃花流水」之詞，吟

「滿身花影」之句，不知世間之樂，復有加於此者乎？茍載諸篇章，不恡寄我，余雖衰老，尚當引商刻羽，擊節而和之。幼澄亦必爲我一倡三歎，寄遐思於無窮也。老懷區區，序以爲别。正統元年丙辰秋七月既望，前史官、嘉議大夫、國子祭酒、奉敕褒進太子賓客致仕豫章胡儼若思書。

（弘治）吴江志卷十六　明弘治元年刻本

退軒集序

吏部郎中金川張玉瑩歸老于家，乃輯其平生所爲詩文若干卷，名退軒集，刻以傳世。命其子來徵序，余以老疾辭。既去踰時，復來告曰：「父命板已刻，必得公序冠其端。」

余聞昔左太沖爲三都賦，未傳，或告以得皇甫士安爲之序，則傳矣。今觀士安之序，其文采不躪三都，然三都必賴以傳者，特以其名重耳。余名不重，又老衰颯，又學識淺陋，將何以序玉瑩之文哉？雖然，嘗獲承事先輩，頗知爲文之難，知其難，故不敢輕於言也。又嘗誦陸機文賦，「籠天地於形内，挫萬物於筆端」，「謝朝花於已披，啓夕秀於未振」，「恒患意不稱物，文不逮意」。由此而言，文豈易言哉？玉瑩

學足以博古，識足以通今，才足以有爲，以經術發身，其文已焜燿於當時矣，列官朝著，推其所有，應四方之求者。不然，退休鄉里，從容涵詠，益肆志於詩文。平其心，和其氣，發而爲文，質直温厚，不爲奇怪，不尚艱深，殆所謂辭達而已者，玉瑩以之。

余故家金川，金川之故老來豫章，過余家，余少時每獲侍教，若劉永之仲脩、梁先生孟敬、胡先生行簡、張編脩美和，皆當時之名能文者，而梁先生獨以斯文見屬。于今五十餘年，而余之所就碌如斯，有愧於先生者多矣。今幸獲見玉瑩之作，深喜金川之文獻不泯，孔子謂子賤：「魯無君子，斯焉取斯？」余於玉瑩亦云。玉瑩名徹，永樂初余讀卷時進士也。正統二年秋八月，前史官、國子祭酒兼翰林侍講，嘉議大夫、太子賓客致仕胡儼若思序。

退軒集卷首　明別集叢刊影印舊抄本

雄溪唐氏族譜序

譜之作，其來尚矣。若宋朝老泉蘇先生、文忠歐陽先生二公，作之於前者，其意蓋以秦漢以來無廟無宗，而祖宗相忘，宗族星散，則由無譜之故也。故家之有譜，

猶國之有史。雖其載事微有不同，然傳遠貽後則一也。蓋人之一身，生齒日蕃爲一家；一家衆盛，支分派别爲一宗。宗有大小，序有昭穆，苟不正宗法脩譜以明之，則後之子孫將何以究夫水木本源之所自哉？

正統戊午秋九月既望，余友雄溪唐時芳竹窗先生以儼歸老於家，詣城枉顧，話間出袖中本宗譜圖一帙於余，囑敍其端。遍覽詳玩，則知雄溪唐氏源流久遠，肇自唐侯，子孫以國爲氏，三代之後，均火於秦，年代緒業，不可考證。傳至北齊，有唐邕字道和者，居晉陽，在文宣朝累拜録尚書事，典兵機。唐時，唐儉佐太宗定天下，爲天長史，封莒國公，圖形凌烟閣。又唐晈，貞觀中吏部侍郎。高宗朝有唐臨字本德，累官大理寺卿。上嘗録囚，臨言對不盡，帝善之。餘司斷者輒紛訴不已，獨臨所訊無一言。上問故，答曰：「唐卿斷囚不冤，所以絶意。」遷御史大夫所，爲潮州刺史，卒。臨之孫唐紹，爲太常博士。其裔孫唐次字文編，舉進士，爲開州刺史。積十年不遷，采古忠賢上罹毁被放而君不悟者，爲辨謗略三篇上之，厥後由晉原徙居錢塘。儉之裔孫唐休復，大唐天復年中舉明經，爲建威軍節度推官。生子唐仁恭，仕吴越王，爲唐山縣令，累贈諫議大夫。生子唐渭，官至尚書職方郎中，累贈禮部尚書。徙江陵，生子唐拱，以父蔭補太廟齋郎，改三班供職，再遷左班殿直，監舒

州孔城鎮、澧州酒税，巡檢泰州鹽場，漳州兵馬監押。子唐介字子方，舉進士，中禮部郎中出守南昌，後官至諫院秘書丞，遭遷謫，因留居洪都之和門。神宗熙寧元年，拜參知政事，卒謚忠肅。生子淑問、義問、待問、嘉問、之問。義問居霞山，淑問居龍潭，今小潭是也。淑問生子恕、意。意無嗣，恕生獻，獻生慶，慶生俊，生傑，傑分居雄溪，生子元海、元寶。元寶生彦忠。此雄溪唐氏世系源委也。

竹窗與余甚厚，今其重脩譜牒，其可靳而不爲之序乎？且人生霄壤間，有祖宗不可不尊，有序次不可以不篤，有譜牒不可以不脩，有宗法不可以不立。唐氏子孫後有賢良，他日紹興、蘭溪、金溪、介灘以譜來，合收而録之，則一本之親，無有違而遺者矣，豈不翹然爲鉅族哉？故並及之。明正統戊午歲季秋，國子監祭酒兼翰林院侍講致仕邑人頤庵胡儼書。

南昌雄溪唐氏譜　轉引自中國唐氏文人薈要　北京燕山出版社二〇一七年版

兩京類稿序

文章有關於氣運，尚矣。三代而降，漢之風氣猶爲近古，故西京之文章渾厚質直，有三代之遺風，若賈生、相如、董仲舒、司馬遷、班固，卓然可稱者，數人而已。

迨至李唐，獨稱韓、柳，至宋則歐、曾、蘇、王，至元則許、吴、閻、劉、三王、二姚、虞、揭諸公，亦皆以德行道藝發而鳴一代之盛，與氣運相爲表裏者，豈虚言也哉？我國家隆興，太祖高皇帝肇造區夏，建立皇極，三光五岳之氣復全。當是時，諸儒并興，能以文章鳴國家之盛，至于今所稱者，宋學士景濂其人也。今少師建安楊公壽躋七袠，子弟得公平生所爲詩文，彙以成編，名曰兩京類稿，以書來屬爲之序。

思昔太宗文皇帝龍飛之初，余與公等七人首被拔擢，膺詞命之寄。繼脩國史，又同筆研，從事兩京，相與者二十餘年，無一日之間。然則知公之深者，余固有不得辭焉。公以英傑之資、卓越之才，簡在帝心，恩遇之隆，豈他人所得與哉？蓋嘗見公制作之暇，應四方之求，執筆就書，若不經意。及其成也，江河演迤，平鋪漫流；言辭爾雅，不事雕琢；氣象雍容，自然光彩。譬之春日園林，羣英競秀，清風澗谷，幽蘭獨芳。及余休致而歸，間得見公所作，筆力愈健，波瀾老蒼，尤深起敬。此誠公遭遇列聖太平雍熙之運、聲明文物之時，故得攄其所藴，以鳴國家之盛，足以傳世示後矣。至於鏘金鳴玉，從容廟堂，黼黻皇猷，奉敭天聲，布之遐邇，錫福斯民者，則有玉堂之稿在。正統五年春三月，前史官、國子祭酒兼翰林侍講、嘉議大

夫、太子賓客致仕豫章胡儼序。

兩京類稿卷首　明正統十三年建安楊氏家刻本

砥庵集序

餘干教諭邵先生思廉，會稽人也。殁之十有八年，其子祥舉進士，爲建昌訓導，將以所遺詩文若干卷，名砥庵集，刻以傳世。因江西布政司左參政古虞張君同傑求余序。余洪武中嘗教是邑，自居兩京，中間繼承者非一，求其道德文章之卓然者，惟先生一人而已。先生與余交舊，故知之頗悉。

先生鍾秀稽山，天資穎發，不幸蚤孤，苦志舉子業，致有是官。居官餘十年，益自淬礪，動必以二帝三王、周孔六經之道學爲矩矱，而翊之以百家子史，若荀、揚之偏駁，遷、固之雄贍，韓、柳之精奇，歐、蘇之温醇，陶靖節之清，李之縱，杜之博，皆究其根柢而融貫之。故其發而爲吟詠、爲文章也，雄渾正大、雍容紆徐，陶然性情之正，燦然物理之常，古而雅，新而則，隨物賦形，不事雕飾。譬之蘭生幽谷，無人自香；劍在石函，紅光射天。其植教衛道，後學誠有賴焉。

惜乎先生殁年才四十四，使天假之以年，得以蜚英翰苑，與學帝制，則金薤琳

琊，將焜燿中外、澤被生民多矣，豈止如斯而已乎？故余嘗爲先生憾焉。今祥此舉，亦足以昭先生之名於不死，余寧不樂爲之序云。正統八年冬十月吉，前史官、國子祭酒兼翰林侍講、嘉議大夫、太子賓客致仕豫章胡儼序。

〔砥庵集卷首　明正統十一年邵祥刻本〕

南村草堂記

堂以草名，志儉也。其曰「南村」者何？居村之南也。村之南多田夫野叟之舍，而獨名其堂者何？曰：「道不同也。」曷爲而道不同歟？曰：「南陽之野，非獨孔明之居，而孔明之草廬獨稱；浣花之谿，非獨少陵之卜，而少陵之草堂獨著也。武侯、子美之堂廬，特表暴於後世。」今堂之自耀者何歟？曰：「地以人而勝，烏知其後日之不名邪？」然則居斯堂可樂乎？曰：「樂其樂，奈何曰非樂斯堂也？不以堂而廢其樂也。」不以堂而廢其樂，樂何居？曰：「在野之稼穡，在几之琴書，白石清泉，竹月松風，皆可樂也。」皆可樂，然則逸世之徒歟？曰：「非也，將以逸其心也。」逸其心奈何？「不趨奔于塵勞，不淪胥于枯落，靜而翕，動而闢，飽而嬉爾。」飽而嬉者何？「誦其詩，讀其書，而不知老之至也。」不知老之至，其亦有利乎？

曰：「居其鄉，而子弟化之也。」子弟化之，孰與行義達道者？曰：「固不得以彼而少此也。」不得以彼而少此，抑將樂夫天命者歟？曰：「然。」然則有慕于歸田之叟歟？曰：「未嘗出無事于歸也。」未嘗出無事於歸或者南村之處士歟？曰：「庶幾焉爾。」處士誰歟？陶姓，九成字，天台人也。洪武癸酉春三月丙午，豫章胡儼述。

式古堂書畫彙考卷五十一　清文淵閣四庫全書本

閱耕軒記

余昔忝華亭學官，嘗從郡邑長吏祀神海上，竣事旋艫，汎滄波，道瑤溪而返。時維仲春，風日暄淑，景物妍麗，迺捨舟，攜二三冠者，散步於垂楊芳草之間。有服一翁，貌古而顛白，衣冠甚都，命童孥載稼器，指畫程督[一]，心舒目行，閱耕於東皋南畝之上。余異之，揖而問曰：「翁沮、溺之儔歟？遭逢聖治，不可以忘世也。且鹿門之龐歟？」

翁曰：「咈哉，古者無不授田之家，衣食足則教化行。後世末作興，故民無恒業。苟無恒業，則國異政，家殊俗，其於先王之教貿貿焉，莫知所從矣。故蘇秦之

言曰：『使我有負郭田二頃，豈能佩六國相印？』夫秦以口舌揣摩捭闔諸侯，取不義之富貴，猶蛣蜣之摶臭腐，醯雞之集甕盂，曾不知恥，反意得志滿，使當時之人波流風靡，辯詐以相高，僥倖而不顧，先王仁義之道不絶如綫，其爲害豈細故哉？跡其所由，無恒業故耳。使秦有恒業，必知自守，縱不得爲智士仁人之所爲，亦豈甘心於妾婦穿窬之行耶？吾老矣，幸遇不干戈，不饑饉，不疾疫，得以優游，享夫雍熙之樂。故亦不沮、溺，不龐公，惟以求吾自適而已。」余聞翁之言，顧謂冠者曰：「真長者，子其識之。」

他日，陳景祺氏適余，手一卷而請曰：「家嚴閲耕軒，願子記之。」余惕然而悟閲耕家瑶溪，因以疇昔所遇衣冠狀貌詢之，曰：「得非尊公乎？」景祺笑曰：「然。」於是述余昔之所遇，并翁之所言，録爲一通，以寄景祺。洪武丙子夏四月記。

（崇禎）松江府志卷四十六　明崇禎三年刻本

【校勘記】

〔一〕「畫」，原作「書」，今據（嘉慶）松江府志改。

安福縣儒學貢舉題名記

士有一鄉之士，有郡邑之士，有天下之士。自一鄉之選而登於郡邑，自郡邑之選而升之朝廷，所見者益廣，所聞者益博，所與遊者益衆，於是乎薫陶變化，措諸事業，其所造就，益遠大而高明矣。推原其本，則有自也。蓋自鄉而論之，戴髮含齒之徒，不知其幾千百，其中之爲士者，僅數人焉。自郡邑而論之，其爲人不知其幾千萬，得爲士而列於學官者，不過數十人而已。以郡邑之數十人，三年而後擇其尤者，貢於會府，角其藝於風簷寸晷之下，較高下得失於有司，而得與名於其間者，又千百中之數十人焉。以千百中之數十人，而又拔其尤者而貢之朝廷，合天下之材者、能者，各以其藝，又相與角焉，而得與名於其選者，則又千萬中之百十人焉。由此而言，士之登名於科舉者，不亦難乎？

大江之西，天下號稱文物之邦，每當大比，吉士居多，而安福實吉之屬邑也。歷科以來，有其人焉，而學校之策名者，則始自彭汝舟也。自汝舟至於今凡幾科，而膺貢舉之士凡若干人，顯融於時，歷揚中外，表表偉偉，皆爲聞人。永樂初元，儼備員禁侍，與讀進士卷，若彭汝器者，文行清古，余甚重之，今詢知乃汝舟之弟。可

無君子，斯焉取斯」，信乎安福之多賢，而彭氏可謂繼美矣。雖然，儒者之事，豈科舉而已乎哉？居廣居而行大道，致遠大而極高明，利澤加於時，聲名昭於後，豈非儒者之事乎？余嘗感慨於貢舉法矣。

明文海卷三百七十五　清涵芬樓抄本

怡親堂記

永豐張志所蚤喪父，篤於奉母，顔其堂曰「怡親」，翰林脩撰曾君子啓來爲徵記。夫怡，和也，和之爲言，順也。人子之事，莫大乎事親，事親莫大乎順。世之爲子，能養者足矣，至於纖毫無違、順適其志，雖曾元有所未盡，况其他乎？今夫游惰而不立，好利而從欲，勇狠以危身，亡行義而棄於人，凡所以戚其親而不顧者，比比有之。求乎能養，又不可得也。

能養而和順於親，稽之古人，則有之矣。然皆處人倫之常，未足爲難。雖以曾參之孝，僅得其可。蓋凡人子之能爲，皆職分所當爲也。故曰：「不得乎親，不可以爲人；不順乎親，不可以爲子。」必求乎人倫之至，處其難而克盡其道者，其惟大舜乎？舜不幸遭乎頑嚚，古今所難處者，而能使之烝烝，又幡然底豫而天下化之，

其於子職爲何如？嗚呼！此怡親之大者，非聖人不能也。方其未得乎親，天下之士悦之，妻帝之二女，富有四海，尊爲天子，舉不足以解憂，遑遑然如窮人無所歸，而負罪引慝，夔夔齊慄之心，未嘗少替。嗚呼，此其親烏得不底豫也哉？求其所以能若是者，亦曰順而已矣。

志所以不得養父，幸其母之存，故奉之也尤篤，敬順之意，昆弟子婦朝夕升堂，承顔奉歡，凡所以怡親者，無所不用其情，則親之和樂可知矣。余喜其得安人倫以盡子道，且其先君文惠，又嘗爲揚州守，有能名，皆可書也，故爲記之。永樂三年歲在乙酉夏六月，國子祭酒豫章胡儼書。

虚齋名畫録卷二　清宣統至民國間烏程龐氏上海刻本

安福重脩廟學記

安福教諭桂馥、訓導董熹遣其徒歐陽文翰、劉俊賚書豫章，詣吾廬而請曰：「安福爲邑雖僻遠，而學校生徒頗知務學，但廟學歲久，風雨圮壞，爲政於兹土者，惟愚於吏治，其餘於學校，猶秦肥視越瘠也。天台趙敏來令斯邑，下車之初，脩謁廟庑，慨然獨以興廢爲己任。一時力不逮，迺節己俸以倡之，積歲而後有爲，於是鳩工庀

材，脩其敝而易以新，經營於洪熙乙巳春，告成於宣德丙午秋。廟學廊廡、堂筵齋講，規模閎壯，有加於昔。休宿之舍、庖廩之所，各以其敍。既而又得貳令南漳徐才以翼其成，故上下之間，得於觀瞻者，皆稱其能。士子来學得有依歸者，皆贊其美，詩人之頌魯侯，復見於今矣。願有以記之，俾來者有徵焉。」

嗚呼！學校之設，唐、虞、三代皆爲化民善俗之地，漢唐以來，或興或廢，而治道之隆替，亦因是而可以考見矣。洪惟聖朝稽古崇文，自京師會府郡邑皆有學，學必有政，典章之布、經籍之頒、教條之施與夫廩餼之豐，而祖宗拳拳垂範立極養育人材者，亦欲化民善俗而已。化民善俗者，政之本也。由是公卿大夫、藩臬重臣、郡邑守令彬彬輩出者，皆學校之士也。視漢唐公卿，或出於他途者，爲有間矣。

學校所繫之重如此，而爲政者往往視爲文具，豈知所本哉？彼爲政者，非出學校則已，苟自兹出，徒急於簿會，而後周公、孔子是遺其本而事其末，求其能化民善俗者幾希。趙令獨能篤志於斯，不亦賢乎？安福在吉之上游，人多士夫，學知務本，士之居學校者，相與切磋琢磨，講明周公、孔子之道，以底夫道德明秀之歸，出爲公卿，爲大夫，爲守令，而文章事業有可稱述，其父兄耆老率其子弟相觀成善，禮

義興行。孝弟忠信之化，洽于其鄉，庶上不負朝廷建學立師教育之恩，下不孤賢令良師造就之意。雖余老處山林，則亦喜聞而樂道之也，故爲之記。

（萬曆）吉安府志卷三十五　明萬曆十三年刻本

豐城縣儒學記

豐城儒學重修，訓導聶伯塤具其興作本末，求爲記。按，學舊在縣東南，宋紹興中，邑令雷繼遠徙于郭之東，廣五畝而羸。厥後唐容、劉卿月宰邑，復增益之，容撤絶産之田以廣教育，卿月拓范氏之壤以充直舍。元初，縣令陳元愷又重修之，殿堂、祠宇、齋舍、書樓各奠以位，後皆燬於兵，而禮殿獨存。

國朝洪武初，張立、林弼相繼有作，而學復興。既而知縣姚瑾作文昌樓三間，縣丞何昭善購隟地以充廣之，凡所未備，悉加增置焉。歲久，寖入頹敗，於學弗稱，伯塤乃言于參政程公禧、僉憲黄公森，遂命知縣鄭子朝鳩工集材，次第興作，先禮殿，次講堂。禮殿作於宣德四年五月，落成於是年九月。講堂作於明年五月，七閱月而告成。是役也，伯塤親任其事，不憚勞勩，及匠石食飲之費有不足者，取於其家，以資給之。至於殿廡、戟門、文昌樓、齋舍、庫庖、射圃，則教諭江振資於鄭尹，趙史

復撤其故而更以新，於是規摹宏敞，締搆完美，不獨士子得所依歸，而邑之人士皆得其瞻仰矣。

余以衰疾歸老江鄉，閑閲郡志，於屬邑人物自唐以來，豐城爲盛。夫人物之盛，固由乎山川靈秀之所鍾，苟非教養之有素，薰陶之有漸，雖有忠信，豈能彬彬若是哉？此學之設有功於世，而先王之教必由兹始。人材造就，必自兹出，子弟之賢，必本於父兄師友相與誘掖勸奬，礱磨切磋，以底夫達材成德之地。凡若此者，又必有賢守令爲之表率，則勤怠者有所勸懲，觀感者興於禮讓，教化行而風俗美，其所繫豈細故哉？此余於藩憲諸公、邑之令佐，喜其知政之務、學之師友，期於慶學之成，而於伯塤深加其用心之勤也。故不慚虛薄，而爲之記云。

（萬曆）新修南昌府志卷二十七　明萬曆十六年刻本

遺老堂記

大夫七十而致仕，先王著引年之典，鍾鳴漏盡，夜行不休，達士表知止之戒。江西右布政使吳江何公幼澄，年躋七十，即上懸車之疏，朝廷以公輿論所推，老於從政，固欲留之，不允所請。未幾，復有命召公之朝，公躍然喜曰：「兹行也，朝廷優

老，必念犬馬之齒，而賜休致之恩乎？」於是預擬其所居之堂，取蘇黄門「潁濱遺老」之意爲名，屬余記之，盖將歸老焉。

士君子自少而學，及壯而行，既老而休，是亦功成名遂身退，自然之道耳。然得如其志願者，鮮矣。得如其志願，釋負荷，免驅馳，忘形於事物，適意於丘園，優游恬淡，享子孫之奉以終其身，人生至此，始終之道美哉。況七十之年，古今曰稀，老不慭遺，詩人稱歎，蓋遺之爲言餘也。老者固世之所餘，宦游得休，豈非仕之所能者乎？公自少至老，秉心不回，臨事有守，通練世故，擢居方面，膺旬宣之寄，有猷有爲，可謂不負所知矣。今乃決意於退休，一則合乎禮，一則知所止。孔子曰：「知至至之，可與幾也；知終終之，可與存義也。」公其有焉。

噫！余亦西江之遺老也，東吴亦余之舊遊也。因公之往，徒有疇昔之思。則凡登公之堂，與公宴集，覽湖山之勝概，際烟雲之渺茫。蘭茝菰蒲，遠邇交翠，水禽沙鳥，上下翔鳴。籩豆具陳，琴書在列，一觴一詠，暢達雅懷。此遺老之樂，故當同焉。盖有他人所不得與者，願於公之兹行是卜，公得如其願，請以是爲記。正統元年丙辰秋七月初吉，前史官、國子祭酒、奉敕褒進太子賓客致仕豫章胡儼記。

（弘治）吴江志卷十五　明弘治元年刻本

信豐縣重建譙樓記

贛之信豐縣譙樓久圮，縣令建德謝洙重建之，聳然起一邑之瞻仰。新田巡檢顧宗敍、士民黄倫覩其壯觀，告於令曰：「斯樓成功不易，苟無文字載之，何以示後？」洙乃寓書於其鄉人南昌縣儒學訓導邵汝能來徵記。

樓之制七間，高三十尺，深加於高者又十尺。始事於某年月日〔一〕，訖工於某年月日〔二〕。凡林木匠石之費，皆令之俸積也。樓成，前臨南山，後峙浮屠，碧桃之水繞其東，九日之岡盤其西，規模傑特，檐阿翬飛，丹碧照耀溪山之間，起積廢而一新，誠可記矣。

夫譙，望也，一曰樓之别稱。譙樓，謂門上爲高樓以望，故美麗之樓謂之麗譙。世傳麗譙之樓，魏武所造；畫角三弄，乃曹子建撰，初弄曰：「爲君難，爲臣亦難，爲臣難難難。」次弄曰：「創業難，守成亦難，守成難難難。」三弄曰：「起家難，保家亦難，保家難難難。」今角聲之嗚嗚者，乃「難」字之曳聲耳。所以警人於昏曉之間，使之感悟而有所懲創也。至唐節度使辭日，賜雙旌、雙節，行則建節立六纛，入境州縣立節樓，迎以鼓角。今郡縣有樓，或置鼓角，不過爲旦暮興息之候耳。又嘗聞

李衛公軍城及野營，日出没時，鼓千撾，凡三百三十爲一通，鼓音止，角音動，角十二爲一疊，三角三鼓而昏明畢，角音之數，與子建實符。今信豐之重建斯樓也，于以出治教，于以集吏民，于以書雲物，皆有關于政事，豈徒然也哉？若時和歲豐，民物康阜，令與賓僚登斯樓，覽觀山水，從容燕樂，以詠歌聖化，慶幸遭逢於太平之世，不亦美歟？是爲之記。

明文海卷三百八十二　清涵芬樓抄本

【校勘記】

〔一〕「某年月日」，（康熙）信豐縣志作「正統丁巳三月十七日」。

〔二〕「某年月日」，（康熙）信豐縣志作「本年八月初八日」。

新脩學記

袁州何侯澄過予言曰：「袁之儒學，自唐天寶五載，刺史房琯始建於州之南。乾元元年，刺史鄭審移於城西。宋皇祐中，祖無擇来知州事，覩廟學陋隘，乃改營于治之東北隅，即今處也。國朝洪武辛亥，郡守劉伯起建尊經閣五間，復置四齋。

洪熙改元，教授徐倫以廟學歲久，棟宇敝壞，乃告于郡守周鐸、衛使石偉，各捐俸作新之，時四邑官屬咸以其資来助。越五年而灾，僅存者尊經閣、廚庫、廩食之舍而已。未幾，澄忝郡寄，釋菜之日，有歉於中，乃延教授柳正茂，訓導何才、葉瑩、唐子昌相與謀議，重爲興作。於是積以歲俸，勸導士民，鳩工聚財，陶甓輦石，作正殿五間，殿有像；東西廡各七間，廡有主；大成門五間，門有戟。又作明倫堂五間，翼以四齋，始於宣德癸丑夏六月，成於丁巳冬十月。董其事者，陰陽正術傅得志，相其役者，耆民楊存道等。幸爾苟完，願公記之。」

嗚呼！郡守者，民之師率，其所以爲師率者，必有其道焉，亦曰治教而已。治之具存乎人，教之法本諸學，我國家法先王，稽古制，自朝廷以至郡邑，皆建學立師，豈徒然也哉？爲生徒者，須體朝廷之至意與何侯之盛心，隆師親友，亦曰務學而已。學□之道，進德居業也。進德者日新，居業者無倦，日新者必遜志，而時敏無倦者，必矯輕以警惰。此聖賢之教，亦豈出於日用彝倫之外。況袁之爲郡，土俗愿樸，士秀而文，素稱樂土。仕宦者安之，自設科以来，未嘗乏人。將見道德明秀之士，出以鳴世，其所造就，豈止於昔之盧肇，榮一時、夸一鄉也耶？余雖衰老，尚當拭目。何侯字彥澤，毗陵人，以朝著出守是邦，和易近民，豈弟之化，聞

于遠邇云。

（正德）袁州府志卷十四　明正德刻本

南昌縣儒學記

南昌縣儒學，宋之東湖書院也。東湖書院乃殿中丞李夤父子講學之所，初在進賢門外，元季燬於兵。國朝洪武五年，知縣黃德銘移置今處，于今六十有七年矣。歷歲滋久，風雨震凌，材木腐撓，丹壁漫漶，屢敝而屢修，爲政典教者，亦嘗留心焉。近歲廡堂齋及橋門、庖廚復入於敝，於是知縣沈崇道，縣丞陳嗣、謝子璋，主簿李璞，典史趙應相繼有作。崇道作齋舍十有四間、庖廚三間，復與謝、陳、一丞撤明倫堂而新之，彩繪聖像，重建欞星門；而殿廡窗户及頖水之橋，則璞與應所作也。其間經營措置，教諭鮑玄璵，訓導邵汝能、顔公忠與有力焉。始於宣德八年，成於正統二年，規摹壯觀，文學聿新，而爲政典教者，可謂知所務矣。

汝能公忠念成功之不易，謁余爲之記。余自少爲諸生，發身自茲，嘗聞諸老先生言：豫章之學，宗雙峰饒氏，雙峰得之李弘齋，弘齋則遡紫陽朱子，以續夫濂洛之傳者也。初，勉齋黃公爲新建丞，與弘齋講學于茲，極論道德性命之旨。嘗是

時，雙峰實從弘齋，而與有聞焉。雙峰之學，傳之徽庵程氏，徽庵之學，傳之吴文正公，其所以開來學者，實肇於此，諸君子接踵從游者，可不知所重哉？知所重則知所本，知所本則紛華聲利舉不足動其中矣。噫！前脩既往，來哲方殷，諸君子苟不鄙余，願相與勖之。

（萬曆）新修南昌府志卷二十七　明萬曆十六年刻本

蘇州府重修儒學記

姑蘇，東吴大郡也；學宫，又東吴之冠也。五十年前，余嘗至其處而周覽焉，喜其地勢之廣衍，而惜其堂宇卑俯，有弗稱也，時典教者對余徒有興歎而已。今年秋九月，教授豐城何澄校藝還自閩，述其郡守况侯伯律興作之勤，求爲之記。

大成殿及兩廡，作于正統丙辰。明年作至善堂，作後堂，又明年作明倫堂，作齋舍，作射圃，凡爲屋百間，度材庀工，載石陶甓與夫經費所需，咸得變通之宜。越三年而役成，高明壯觀，夐超于昔。丹碧輝映，光彩聿新。况侯之奉揚文治、以淑邦人者，于斯盛矣。而師友之朝夕相從，得以依乎廣，居以安其息，游以移其氣體者，何其幸耶！學宫之建久矣，唐刺史李栖筠始增置學廬，至宋景祐初，范文正公典鄉

郡，歎學政之廢，因州人朱公綽之請，上其事于朝，得賜田五頃，乃割錢氏南園之地以建焉。初，公得地于南園，將徙居。術者謂世出公卿，公曰：「與其貴吾子孫丁一家，孰若吳士之多賢也？」遂以其地充學宫，延師儒教育生徒，而安定胡先生首居之。嚴師資，立教條，經術治道，明體適用之學，表見當時，實肇于兹，而文正公之嘉惠斯文，其用心不亦仁且廣乎？今況侯協謀侍郎周公重爲興建，蓋亦聞文正之風而興起者歟？

大抵國家以育賢爲致治之本，賢者以務學爲致用之資，而守令又所以承流宣化者也。夫爲政者既能盡其職矣，而士君子之居業于斯者，可不知所務乎？必也息紛華功利之心，以求夫聖賢之本領，盡切磋磨礱之益，無忽乎師友之講明。由是以德行尊顯，則禮義興而風俗厚；以經術進用，則心術正而功業著矣。況侯，余鄉人也，其善政既已誦于吳人，而斯舉尤爲知務。故樂爲之書，俾來者有所徵焉。正統四年二月初吉，前史官、國子祭酒兼翰林侍講、嘉議大夫、太子賓客致仕豫章胡儼撰。

吳都文粹續集卷三　清文淵閣四庫全書本

忠臣廟記

帝王之興，必有佐命之臣，際風雲之會，戡定禍亂，措天下於乂安。至於臨危赴急，奮威敵愾，蹈白刃如即甘寢，殺身以成仁，嬰城而固守者，非有英雄之資、秉豪傑之志，烏能若是之烈哉？此豫章忠臣，功顯當時，名垂後世，廟食無窮，炳炳烺烺，與國咸休，有非行陣之間，積功累勳之可比矣。

初，元政不綱，羣雄並起，我太祖高皇帝握乾符興淮甸，一時龍虎鷹揚之士，雲合景從，剪除羣盜，拯民於水火之中，遂建都金陵。時僞漢陳友諒率水軍，乘風一夕掩至江西，元司徒道童、平章火你赤皆遁去，城遂陷。友諒以僞丞相胡廷瑞守之〔一〕。辛丑秋，王師至九江，將壓境，廷瑞懼，遂遣人詣軍門納款。明年春，王師至江西，命參政鄧愈留守。未幾，廷瑞裨將祝宗、康泰作亂，愈走金陵。復命右丞徐達自沌口還師討平之，於是以朱文政爲大都督〔二〕，統諸將鎮守〔三〕。友諒聞之，乃悉衆以巨艦攻圍城，自癸卯夏至秋，凡八十五日。文政命諸將分城據守，友諒屢攻不克。

時則有若平章趙德勝者，晝夜巡城，流矢中左脅而卒。右副指揮使劉齊、右翼

元帥同知朱潛、統軍元帥許珪三人者，領兵吉安，友諒軍至署城，齊等力戰，俱歿于陣。左翼元帥副使牛海龍，友諒攻城急，海龍突圍出戰，亦中矢死。樞密判官李繼先、左副元帥趙國旺，以圍急出戰。李被掠，殞敵中；趙引兵燒賊艦，追者至，投橋而死。洪都府知府葉琛、臨江府同知趙天麟、江西行省都事萬思誠，康、祝之變，琛、思誠迎戰死于市；天麟守臨江，友諒軍攻臨江，城破，天麟死之。管軍百户徐明，當圍城之日，友諒陰設陷阱，數臨城誘戰，明乘醉躍馬出城射賊，賊走，明追之，墮阱中。賊鈎取去，誘之降，不從，尋殺之。張子明者，元帥之子，代父爲間使，走金陵，求援兵，還至吴城被執。友諒强授以萬户，令其循城紿衆降〔四〕。子明佯許之，至城下，望城大呼曰：「我張大舍，已見主上，令諸公堅守，救兵且至。我必死，幸見諸公！」賊怒，攢槊刺之，死城下。又若張德山、夏茂成二人者，皆軍士，性勇敢善戰，德山以夜半潛出城，焚賊舟，事覺，遂遇害。茂成守城樓，當賊衝中飛砲而死。凡十四人者，其事大略如此。

及友諒滅，上念諸將忠義，命有司立廟城中，歲時祀之，贈德勝梁國公，齊彭城郡侯，海龍隴西郡伯，繼先隴西郡侯，潛沛郡侯，珪高陽郡侯，國旺天水郡侯，琛南陽郡侯，天麟天水郡伯，明合淝縣男，茂成總管德山千户，子明初贈武毅將軍、飛騎

尉、千户，後加贈忠節侯。其誥詞曰：「身雖被執，猶盡忠言。死不易志，古今所難。」所以崇德報功也。獨思誠之贈未聞，豈禮官一時或遺耶？今都指揮同知湯節，每行事祠下〔五〕，慨然欲表章之，俾有聞於世，屬記於予。

嘗聞諸長老曰：「昔王師之蹙友諒，順天應人，無不一當百。鄱陽之戰，過於赤壁，戮鯨鯢而殄貙虎，如摧枯拉朽，散亡之卒，投戈請命，此固神謨廟略之有定，然亦豫章之守有以老其師，挫其鋭，遂至摧敗零落，而不可支吾也。」又嘗預聞國史，頗知其事，故不辭而記之。若夫勒銘樹碑以傳不朽，則必請命于朝，非守臣所得專者。謹書此以俟。

（嘉靖）江西通志卷一　明嘉靖刻本

【校勘記】

〔一〕「廷瑞」，（萬曆）新修南昌府志作「廷美」，本篇下同。

〔二〕「文政」，（萬曆）新修南昌府志作「文正」，本篇下同。

〔三〕「鎮守」下（萬曆）新修南昌府志有「文政者，太祖之從子也」九字。

〔四〕「循」，（萬曆）新修南昌府志作「狥」。

〔五〕「每」下（萬曆）新修南昌府志有「與同列」三字。

重建白鹿洞書院記

白鹿洞在南康廬山之陽，五老峰之下，山川環合，林谷幽邃，遠人事而絶塵氛，足以怡情適興，養性讀書，宜乎君子之所棲託，士大夫之所講學焉。唐貞元中，李渤與兄涉俱隱於此，嘗養白鹿以自娱，故洞因以爲名。寶曆中，渤爲江州刺史，即洞建臺榭，環流水，植花木，其盛概遂有聞於時。南唐昇元中，立學館，設主領，賜經書，給廩食，聚生徒常數百人，在當時謂之白鹿國庠。

宋初，天下止有四書院，曰白鹿，曰嶽麓，曰嵩陽，曰睢陽，學者宗焉。太平興國二年，知江州周述奏請九經，詔俾國子監給印本驛送之。皇祐中，比部郎中孫琛復置學館，教其子弟，四方就學者，亦給其食。後罹兵燹，棟宇消落。淳熙六年，紫陽朱文公先生來爲郡守，親訪其處，愓然興懷，於荒涼廢壞之餘，重爲興作，堂廡齋塾，頓復舊觀。給田聚書，招延士類，表揭教條，以爲洞規。又上奏狀，請賜敕額，一時文風士習之盛，濟濟焉，彬彬焉。其用心之勤，嘉惠學者之意，見於詩賦與東萊呂公之記詳矣。後文公爲浙東提舉，復遺錢屬郡守錢聞詩建禮聖殿，并塑先聖像、繪十哲像，其興教遺愛者，不亦遠乎！越二年，郡守朱端章相繼有作，復撥田以

增給焉。興廢本末，大略如此。歷宋以及元季，屢經喪亂，書院遂廢。殿堂齋舍，鞠爲茂草，瓦礫荆蓁，翳于荒丘。

國朝洪熙初，余休致而歸，偕侍講余正安、僉憲黄汝申嘗一造焉，周覽故蹟，徒有感而已。正統元年，東莞翟溥福來守是郡，考圖閲志，喟然歎曰：「前賢講學之所，乃廢弛若是，豈非吾徒之責哉？」於是率僚屬捐俸入以爲之倡，而三邑義士葉剛、梁沖、楊振德等聞風而興，或出資費，或助力役，剗穢除荒，取材僦工，先作禮聖殿、大成門、貫道門，次作明倫堂、兩齋、儀門、先賢祠，以及燕息之所，凡爲屋若干間。興事於三年秋七月，訖工於是年冬十二月，董其事者剛也。美哉輪奐，燦然一新，郡邑士民，莫不興歎。七年孟夏，監察御史昆明張公仲益行部至南康，躍然喜曰：「能興文教，郡守美事也。」乃擇日造其所，遊覽之際，顧謂溥福曰：「是不可以不記。」溥福遂録其事來告余。

惟郡守者，民之師帥；教化者，政之先務。而獄訟徵輸、簿書期會不與焉。今溥福興廢舉墜，能爲人之所不爲，可謂達治本、知先務矣。然必有教之之師，養之之具，拔俊髦而造就，樂菁莪而長育，俾之知明誠之兩進，與敬義而偕立，志伊尹之志，學顔子之學，庶不負先賢立教之本旨也。他日有賢者興，道明德立，以嗣夫先

賢之教者，則溥福今日興建實爲張本云。

朱子實紀卷十一　明正德八年鮑德刻本

蘇公祠記〔一〕

士君子幼而學，壯而行，致君澤民，行義以達其道者，乃其本心也。然時命不偶，道不可行，材不能展，勢不可爲，功不能立，其有見於此者，於是遯跡山林，棲泉石而友麋鹿，隱約以終其身者，豈其本心哉？余觀歷代史策，有獨行，有逸民，有隱逸，有一行等傳，當時史官亦何取焉？豈不以其負才能，修節義，道雖未弘，志不可奪，縱無濟世之功，終有堅貞之操，足以立懦夫之志，息貪兢之風。其視苟得之徒，俛首低佪，孰若無愧於心，放身而自得。此儒先君子有取於廣漢蘇公者，良有以夫。

公字雲卿，與張丞相德遠爲友。宋南渡，德遠貴顯，雲卿乃遯跡豫章，結庵洲東湖之小洲，種蔬織屨爲業。垂二十年，其離羣獨居，泯其形跡，蓋有慕徐孺子之風于千載之上，而神交于幽明之間者乎。後德遠復相，函金幣移書府帥招之：「付故人蘇雲卿，聞在治下耕築，斯人管、樂流亞，非折簡可招，爲我造其廬，必禮致之。」

帥即與漕謀，乃更服爲游士，造其所，雲卿曰：「二公必賢士大夫。」乃揖坐松根與之語，因泛問德遠識量，雲卿歷敍其概，且云：「一片忠心儘可托，但長於識君子，短於知小人。」時兩宮黍離，德遠志在恢復，二公曰：「今上起張公欲了此事。」雲卿曰：「此事恐他未了得。」二公徐拱立出書幣，雲卿遂神色不怡，喉間隱隱有聲，似怨張公暴己者。二公請同載以歸，雲卿謝不可，曰：「來日專當修敬。」二公退，翌日遣使至庵迎候，書幣不啓，而雲卿已遯也。帥漕復命德遠，德遠拊几長歎而已。

中興國史以雲卿爲隱逸第一人，豈徒然也哉？由此而言，雲卿蓋有識者，豈非顔闔之徒歟？人謂徐孺子爲東湖之孔明，余亦謂蘇雲卿爲東湖之孺子，易稱「遯世無悶」，詩詠考槃之歌，雲卿之謂乎？彼抗奮不顧，果於忘世者不可同日而語矣。

監察御史昆明張公仲益巡按江西，嘗閲郡志，見雲卿之事，喜曰：「是可以表世勵俗。」乃告藩憲帥閫諸公，謀立祠宇湖洲之故址。於是邑中尚禮之士伍伯遜、秦本武、李復初、秦文伯、萬邦奇、徐尚文、魏友良、葉原中、葉原永九人者，聞義而興，各以其貲市材募工，始事於正統壬戌夏五月，告成於是秋七月。八窗虚明，中爲肖像，焕然翼然于湖雲烟水之間，遠近瞻望，莫不起敬。仲益之景行先賢，可謂發潛

德之幽光，而雲卿之清風高致，則亦與孺子之垂諸後世者同一不朽云。（萬曆）新修南昌府志卷二十八　明萬曆十六年刻本

【校勘記】

〔一〕「公」，（雍正）江西通志作「雲卿」。

進賢縣儒學記

進賢縣本南昌之東境，晉武帝析置鍾陵縣，尋廢。唐武德初復置，八年，又廢縣爲進賢鎮。宋崇寧二年，復改鎮爲進賢縣。於是儒學隨建在縣治東南，此建學之始也。宋亡，學廟寖入於敝。元至正庚寅，監縣袁州海牙重修之，元季燬于兵。國朝洪武初，知縣施皓遷學於縣治之南，重建廟堂、門廡、齋舍，其制度儀章，具載前進士李寔碑文，有可徵焉。二十七年，知縣陳友常繼修大成殿、明倫堂。永樂四年，知縣李思中又修兩廡東西齋及戟門、櫺星門，是皆能崇儒學，知爲政之本也。

自是三十餘年，積寒暑風雨之變，殿宇器物不能無朽敗，像設丹堊不能無漫漶。正統戊午夏，龍巖張沖來令斯邑，舍菜于廟，退而周覽，卓然有志於興舉，迺協謀同

僚暨學之師儒，經營措置，搆材備物。明年己未，命工綵繪宣聖、四配、十哲之像。又明年，作兩廡，肖從祀諸賢凡百九位，儀容章服，彬彬焉，郁郁焉。工既訖，遂欲重作禮殿。適南昌郡守池陽胡公、同知涿郡王公行縣，喜其有爲，亟稱美之。未幾，專理學政按察僉事天台陳公又移文督其成，乃興作於壬戌冬十月，告成於癸亥春三月。禮殿三間二翼，高二丈一尺有奇，深三丈一尺，廣加於深一丈五尺，美哉侖奂，夐超於昔，丹碧照耀，燦然一新。學者得其依歸，士庶有所瞻仰，張令之用心文教，視昔人之勤，又有加也。至於贊相成之者，縣丞崇安倪彥成、吴江楊勉，主簿富陽楊信，典史嚴陵張榮，教諭婺源倪以孚，訓導華亭褚良，皆與有力焉。

雖然，廟學之修舉，豈徒爲觀美乎哉？學者由義路禮門獲覩聖賢之德容，當思進德修業，以務其本爾。蓋明體適用，君子所以成己成物。先儒有曰：「記誦華藻，非所以探淵泉而出治道，故科舉之外，有物理之學；物理之外，有性命之學。」五六十年前，余承事先輩若艮庵傅先生、虞亭熊先生，嘗與講學，而竊聞緒餘，且期待以斯文甚至，前修既往，而不知老之至也。因爲斯記，并舉二先生之期待於予者，亦竊有望於學之諸君子焉，願相勖之。是爲之記。

（萬曆）新修南昌府志卷二十七　明萬曆十六年刻本

敕封南極長生宮碑記

南極長生宮在豫章西山之仙源，峰巒奇聳，蜿蜒盤礴，沖氣之所鍾，靈秀之正脈也。西山乃道家三十六洞天之十二洞天，而仙源之水出自蕭峰，瀠洄六十餘里，凑筠河而會大江，山川環合，天造地設，非尋常山水之可擬倫。然造物者隱秘久矣，必有大福德，然後當之。寧王殿下建壽宮於兹，豈偶然也哉？蓋神之所相，龜筮之協從也。其壽宮之前，創造琳宮一所，以祀南極，於是請命於朝，奉敕賜額曰「南極長生宮」，親親之眷遇隆矣，王乃命儼爲碑以記之。

儼既奉王命，悚息不遑，乃秉翰而書之。漢誌云：西宮瑤池，其東有大星曰狼，狼下四星曰弧，直弧北地有大星曰南極，常以秋分之旦見於丙，見則治平，主壽昌，此南極之主壽徵者尚矣。是宮之建，前殿曰南極，後殿曰長生，左曰泰元之殿，沖霄之樓，右曰璇璣之殿、凌漢之樓，長生後是爲壽星閣，閣之前置石函，以記修真之士。六十年之期，遂於遐齡峰頂，建飛昇臺，以俟沖舉者。宮之前曰遐齡洞天，中門曰壽域，宮之門曰敕賜南極長生宮，宮門之外有醉亭，以爲羣真樂道燕享之所。閣之左有圜室焉，以居雲遊修真之士。又築神丘於宮之側、蕭仙坪之下，而宮之制

地位高明，規制宏廠，美哉輪奐，超出塵氛。近拱以層巒，遥挹乎飛翠，金芝瑶草，遠邇苾芬；白鶴珍禽，翱翔上下；靈光發舒，隱見莫測。誠所謂仙真之窟宅，靈秀之攸鍾也。其創造也，經始於正統戊午之孟秋吉，成於正統甲子之季秋〔一〕。凡是邦得於瞻仰者，咸謂猶方壺、蓬、嶠飛落青天，烟雲縹緲，不可得而親也，惟有贊歎而已。

儼乃再拜，復推本而爲之言曰：昔太祖高皇帝龍飛淮甸，伏黄鉞，秉白旄，掃羣兇於艱危之際，救生民於塗炭之中，誕膺天命，以撫方夏，恩覃萬類，功德大矣。是以垂裕子孫者，永之無極。而王乃高皇帝第十六子也，聰明雍肅，本於天性；敬慎威儀，出於世表。端居静念，默契神明，嘗告儼曰：「初，永樂壬辰仲夏之月，精神感通，若有天真告曰：『南極九十宫之位，即爾位也，可以蕭仙。呼曰緱嶺者即潢源也建南極宫，求有道之士住之，其宫若成，世之人白髮扶杖者多矣，亦可爲爾終焉之計。』此宫之所以作也。」

於戲，神哉！儼每觀真誥，陶隱居所録楊、許誌君與羣真接對授受之事〔二〕，意謂修真之士超見得道者固如此，隱居之録，必不虚也。今王高出世表，其神明之友，蓋未易淺近窺焉。既書其本末示後世，乃爲之銘曰：

大江之西，山川盤礴。斗牛之墟，昭兹方岳。維王更封，式伍家邦。維藩維屏，

永世無窮。王克敬恭，荷天百禄。時庸度親，茂膺百穀。維王端居，默通神明。人真告祥，是曰靈徵。靈徵維何，徵在壽宫。鬱草茂林，繚嶺蕭峰。沖和之會，靈乃攸鍾。左環青龍，右踞白虎。玄武迴旋，朱雀翔舞。金精融液，實虚上元。惟德是君，事豈偶然。王不自專，請命大廷。南極長生，敕賜之名。維王拜賜，受命於天。王曰噫嘻，作善降祥。壽考斯延，以保子孫。無替厥服，於萬斯年。

西山志卷八　清乾隆三十一年梅谷山房刻本

【校勘記】

〔一〕按，「正統甲子」胡儼已卒，疑是後人所補。

〔二〕「誌」，疑爲「諸」字。

遯石先生傳

翁姓王氏，諱與准，字公度，浙之餘姚人，晉右軍將軍羲之之裔也。父彦達，有隱操。祖廣東參議性常，以忠死難。朝廷旌録彦達，而彦達痛父之死，終身不仕。悉取其先世所遺書付翁曰：「但毋廢先業而已，不以仕進望爾也。」翁閉門力學，益

讀所遺書。鄉里後進或來從學者，輒辭曰：「吾無師承，不足相授。」因去從四明趙先生學易。趙先生奇其志節，妻以族妹而勸之仕。翁曰：「昨聞先生『遯世無悶』之誨與淮，請終身事斯語矣。」趙先生媿謝之。

先世嘗得筮書於異人，翁暇試取而究其術，爲人筮，無不奇中。遠近輻輳，縣令亦時遣人來邀筮。後益數數，日或二三至。翁厭苦之，取其書對使者焚之，曰：「王與淮不能爲術士，終日奔走公門，談禍福。」令大銜之。翁因逃入四明山石室中，不歸者年餘。時朝廷督有司訪求遺逸甚嚴，部使者至縣，欲起翁。令因言曰：「王與淮以其先世嘗死忠，朝廷待之薄，遂父子誓不出仕，有怨望之心。」使者怒，拘翁三子，使人督押，入山求之。翁聞益深遯，墜崖傷足。求者得之以出，部使見翁創甚，且視其言貌坦直無他，翁亦備言其焚書逃遯之故。使者悟，始釋翁。見翁次子世傑之賢，因謂翁曰：「足下不仕，終恐及罪，寧能以子代行乎？」不得已，遂補世傑邑庠弟子員，而翁竟以足疾得免。翁謂人曰：「吾非惡富貴而樂貧賤，顧吾命甚薄，且先人之志，不忍渝也。」又曰：「吾非傷於石，將不能遂棲遯之計，石有德於吾，不敢忘也。」因自號遯石翁云。

翁偉貌修髯，精究禮、易，著易微數千言。嘗筮居秘圖湖陰，遇大有之震，謂其

子曰：「吾先世盛極而衰，今衰極當復矣。然必吾後再世而始興乎？興必成日久。」至是翁没且十年，而世傑以名儒宿學膺貢，來遊南雍。大司成陳公一見，待以友禮，使毋就弟子列，命六堂之士咸師資之。儼忝與同舍，受世傑教益爲最多，而相知爲最深，因得備聞翁之隱德，乃私爲志之若此。

昔人有言：「公侯子孫，必復其始。」王氏自漢吉、祥，至祥、覽，皆以令德著友垂裕江左，聯緜數百祀，門第之盛，天下莫敢望。中微百餘年，天道未爲無意也。元末時，其先世嘗遇異人，謂其後必有名世者出，而翁亦嘗「再世而興」之筮。今世傑於翁亦再世矣，充世傑之道，真足以弘濟天下，而能澹然爵禄不入其心，古所謂「富貴不能淫，貧賤不能移，威武不能屈」者，吾誠於世傑見之，異時求當天下之大任者，非世傑而誰乎？則異人之言與翁之筮，於是始可驗矣。

王文成公全書附録世德紀　明隆慶六年刻本

程文憲公雪樓先生畫像贊

儼嘗聞諸先生長者言：初，勉齋黄公爲新建丞，與弘齋李氏講學于東湖書院，極論性命道德之旨。時雙峰饒氏從弘齋，實與有聞焉。黄、李二公，皆朱子門人，而饒

氏親承二公，故學有本源。傳饒氏之學者，徽庵程先生。得徽庵之傳者，程文憲公雪樓先生、吴文正公草廬先生二人也。雪樓于徽庵爲從孫，草廬亦雪樓之薦起也。後人徒知雪樓遭逢世運，文章事業烜赫當時，而不知其理學淵源，實與草廬同一揆也。公之玄孫、今吏部郎中翰林侍書南雲，持公遺像見示，儼獲拜觀，乃述贊曰：

天生人豪，英偉特達。義理精微，源泉浚發。學得其宗，乘時遭逢。論思密勿，廟堂雍容。掌帝之制，渾噩古風。金薤琳琅，焜耀無窮。登薦遺逸，名德式崇。懸車引年，進退以禮。其心休休，豈曰知止。幅巾短褐，消摇夷猶。麻源之谷，實邃且幽。流瀑涓涓，白雲悠悠。午橋緑野，令德作述。九原不起，吾孰與游？

明文海卷一百二十三　清涵芬樓抄本

陳大參畫像贊

敦厚之資，不激不趨。儉約之守，從容有餘。噫，若斯人，可謂擇善而固執者歟！

陳竹山先生文集外篇卷二　清雍正七年刻本

跋李伯時赤壁圖卷

余昔遊鄂渚，舟次赤壁，弔古興懷，慨然有作。士文持此圖求題，因書舊詩，以附卷末。永樂二年春正月，豫章胡儼題。

式古堂書畫彙考卷四十二　清文淵閣四庫全書本

跋歐陽文忠公詩帖

太子少師榮國恭靖姚公，嘗得歐陽文忠公酬蘇子美詩墨跡，甚愛之。自謂如獲夜光明月，不勝忻喜，遂書付孫詒。公之子繼，持以示予。予觀文忠之詩稱道子美者，以其氣之豪、才之雄、語之奇、不牽世俗，誠卓犖不羣之士也。然子美在當時以酒食微過，竟坐流落不偶，而文忠他日序其文、誌其墓，深致意焉。夫不矜細行，君子不能無惜于子美，而文忠好賢育才之心，見諸文詞者，又拳拳焉，爲當時諸君子惜也。

此詩之作，子美未卒前七年，於今三百七十餘年矣。榮國書此已八年，而遺世亦三年矣。人生幾何，歲月如馳，撫卷惘然。永樂十八年春二月己巳，朝議大夫、

國子監祭酒兼翰林院侍講豫章胡儼書。

趙氏鐵網珊瑚卷三 清文淵閣四庫全書本

跋山村遺稿

此卷仇山村詩，凡三十八首。觀其所作，當宋元之際，不能無哀思之音，故體物緣情，多感慨興亡之意，讀之不覺憮然。至論作詩，必以用事爲能，讀書未免于固，前輩謂少陵詩無一字無來歷，不過言其學博而有根據耳，非但爲用事也。且詩言志，苟適其性情之正，而得乎事理之當，亦何必拘拘于用事與不用事哉？豈仇公學識該博，固以用事爲能邪？然其詩皆自書，字書清勁，無塵俗氣，其亦山林修潔之士哉。翰林庶吉士萬克修持以求題，遂爲書之。永樂十八年夏六月，豫章胡儼跋。

山村遺稿卷一 續修四庫全書影印清抄本

跋蘇長公雜書琴事卷

癸丑八月既望，固始王畹觀于徐氏之耕漁軒。是日雨氣作涼，夜無來迹，展玩

再四，因得窺見筆意。　胡儼若思。

式古堂書畫彙考卷十　清文淵閣四庫全書本

跋褚登善兒寬贊卷

唐人寫字多用硬黄，其次則用槌熟紙，蓋韓退之以爲生紙録文爲不敏是也。烏絲闌，唐界墨而細，宋人淡墨而理麄，此唐界、宋界之别，惟作方眼格子爲對待青，則自唐始，六朝以前無有也。米元章常病此，蓋一時之宜云。倆又識褚河南博雅通識，工隸、楷，初師虞永興，晚得右軍筆法，正書遒勁，直班歐、虞。貞觀中，諫議大夫兼起居注，文皇嘗問曰：「朕有不善，卿亦記耶？」對曰：「守道不如守官，職在載筆，君舉必書。」其爲人忠直貞亮，可知矣。觀此書兒寬贊「瑶臺青瑣，春林羅綺」之喻，不虚也。而剛方正直之氣，溢於翰墨之間，誠類其爲人也。千載之下，其流風餘韻，即此可想見矣。

山東憲使雲間黄汝申出以見示，不勝喜幸。杜子美詩有云：「金鐘大鏞在東序，冰壺玉磬懸清秋。」余於褚書亦云，汝申其寶之。正統四年正月丙辰，豫章胡儼謹題。

式古堂書畫彙考卷七　清文淵閣四庫全書本

跋蔡忠惠公謝賜御書詩表卷

余嘗在祕府，讀君謨文集，閱其所上謝賜御書，歎其君臣相遇之盛也。及觀所書荔枝譜，字畫臻妙，每與同列難其博物之精，而又惜其與武夷粟粒同一用心之勤耳。雖然，君謨嘗自珍愛，其書謂有「翔龍舞鳳」之勢，觀此書，其言當不虛也，識者解之。豫章胡儼。

式古堂書畫彙考卷十　清文淵閣四庫全書本

題宋授通直郎致仕朱棐敕牒後

右宋通直郎致仕朱棐敕牒一通，實徽宗大觀二年八月十八日所授也。棐乃今江西按察副使凌邦輝祖母之六世祖也，邦輝於故篋中得此，裝潢以來求題。觀敕所云「景貺備臻，八寶告成，凡兹有位，爰舉恩章」，考之當時，得良玉工，命作六寶：曰皇帝之寶，曰皇帝行寶，曰皇帝信寶，曰天子之寶，曰天子行寶，曰天子信寶，并受命、鎮國二寶，通爲八寶。所謂景貺者，若甘露竹花、瑞穀芝草、仙鶴麒麟之類，不一而足。帝以是年正月壬子朔，受八寶于大慶殿，大赦。蔡京表賀符瑞，

遂加京太師，故吴潛、朱棐亦得次第以致仕。覃恩敕尾所列京與梁子美、何執中、林攄諸宰執，在當時固無足稱者，獨喜得見宋三省之制，尚遵唐舊，使學者見之，曉知故實，執筆臨文，不致悞也。因題此卷，併以識之。

新增格古要論卷十　清惜陰軒叢書本

附録

附録一　傳記

國子祭酒胡先生墓碑

楊　溥

正統八年八月二十七日，太子賓客、國子祭酒兼翰林侍講致仕胡公頤庵先生卒。訃聞，詔遣官諭祭，命有司瑩葬，制得立碑，其子暕、昭奉江西參政張君居傑所述行狀，走京師請文。介與先生有斯文之誼，不可辭。

先生諱儼，字若思，世居臨江之新淦，元末徙南昌。先生天資穎悟，自幼好學，受經於伯父虞部員外郎汝器。及游鄉校，從郡中諸先輩講學，若書若琴，若詩文，皆有傳授。既長，博極羣書，至於天文地理、律曆醫卜，皆通其説，先輩皆稱許之。以書經中洪武丁卯鄉試第二，明年會試，中副榜，授松江華亭教諭。以内艱去。丙子，改授長垣縣，上疏乞近便養親，詔許之，改就之餘干。自是著爲令。己卯，以薦陞安慶桐城令。壬午，太宗皇帝入正大統，聞先生名，召試之，稱旨，特授翰林檢討，尋陞侍讀，直内閣。朝廷推恩，封其父母妻室。永樂甲申，陞左春坊諭德，兼官如舊。是年九月，拜國子祭酒。庚寅，上北征，命以祭酒兼侍講掌翰林院事，輔導皇

太孫監國。洪熙春，以疾辭，加授太子賓客致仕。此其歷官也。

先生筮仕華亭時尚少，而能以師道自任，勸勉諸生，務實學，勵行檢，以變浮靡之習，日親講授，每至夜分，雖隆冬甚暑不廢。華亭長者皆稱重之，謂先生必大用。其在餘干如華亭時，士子樂從之，成效居多。宰桐城，以愛民爲本，凡可便民者，以身任之，民間積年逋負，悉與奏免。邑中虎爲害，傷民物，乃齋沐告于神，虎遂滅跡。表朱桐鄉墓，俾民奉祀。嘗督漕運，次三山，值大風雪，遇中流有覆舟，命僕夫援之，活其被溺者三十餘人。捕蝗途中，見飢餓病者，悉命里胥扶掖就民舍，給以藥食。是夜大風雨，得免暴露，存活數百十人。

入翰林，時朝廷選任儒者若江右解大紳、胡光大、楊士奇、金幼孜，永嘉黄宗豫，福建楊勉仁，一時共事者七人。先生在衆人，遇有顧問，必從容審度而後對，未嘗以材智先人，時論多之。及兼宫僚，在講筵，凡古今治亂得失，必反覆敷陳，以圖裨益。以外艱去，詔奪情，道過南京，見東宫，詢及民情，所對皆切時事。爲祭酒，以身率諸生，奉守學規，以圖成效。一時人才，翕然從化，朝之公卿大夫，咸推敬之。時國子生有以故告歸者，皆坐戍邊。先生爲言其情有可矜，乃得免。先生雖掌國學，朝廷有大制作，若纂脩太祖皇帝實録及永樂大典、天下圖誌諸書，皆爲總裁，未嘗去館閣。令桐城時，嘗爲湖廣鄉試考官，其去取有公論。在國學，遇太宗皇帝幸太學，御彝倫堂，賜坐講經，賜賚優厚，縉紳榮之。此其宦績也。乞致仕，賜璽書褒美，復其子孫。賜寶楮爲道里費，仍命有司給舟車還。

先生閒居廿餘年，日與學者講求性理之學。親藩禮遇之，方岳重臣咸待以師禮，而師生未嘗一言及私。自處甚淡薄，歲時僅足衣食，嘗表許遜、韋丹廟，請春秋致祭，脩白鹿書院，此其處退閒之有道也。先生達於報施之理，凡處是非、利害、可否之間，必審度以求至當，惟恐貽患於人。羣論中有不合，即引退，不與辯。以故所至能全交，此又其守身之概也。其爲文以理爲主，不尚辭藻，所著有頤庵詩文若干卷，行於世。

考直翁，累贈朝議大夫、資治少尹、國子祭酒兼翰林侍講；妣王氏，累贈恭人；配張氏，累封恭人，嘗受命婦恭服之賜。子男三，曰玘，早卒；曰暕；曰昭。女六，孫男四，譔、詢、訥、詵。孫女四，曾孫男二。先生臨終，命斂以時服，嘗卜城南懸榻里爲壽藏，明年閏七月二十五日葬之。門生楊溥爲之銘曰：繄古有君子，觀光于朝，爲國之賓。及老而歸，儀式後學，師道聿尊。是爲鄉先生，歿而祭於社。噫！先生其人也。

名臣琬琰録卷二十四　明嘉靖刻本

胡儼傳

黄佐

胡儼，字若思，江西南昌人。天資穎悟，自幼好學，受經於伯父虞部員外郎汝器，自求賢上相師友。熊伯幾以古文辭自高，一見儼，亟稱其有所養，以古文法授之。既長，博極羣書，至於

天文地理、律曆醫卜，皆通其説。洪武丁卯，舉于鄉第二人，明年會試中副榜，授華亭縣學教諭。時年尚少，而能以師道自任，勸勉諸生，務實學，勵行檢，以變浮靡之習。日親講授，每至夜分，雖隆寒甚暑不廢，父老皆稱重之。

俄以内艱去。丙子，改授長垣縣，上疏乞近便養親，改饒之餘干，自是著爲令。其在餘干如華亭時，士子樂從之，成效居多。己卯，以薦陞安慶桐城令，爲政以愛民爲本，凡可便民者，以身任之。民間積年逋負，悉與奏免。邑中虎爲害，傷民物，乃齋沐告于神，虎遂滅跡。表朱桐鄉墓，俾民奉祀。嘗督漕運，次三山，值大風雪，遇中流有覆舟，命僕夫援之，活其被溺者三十餘人。捕蝗途中，見饑餓病者，悉命里胥扶掖就民舍，給以藥食。是夜大風雨，得免暴露，存活數百十人。其政行往卓異不羣，識者知其必將大用。壬午，軍旅方殷，廣求材以集事，御史府左副都御史練安薦于朝，稱：「儼學足以達天人之際，智足以資帷幄之籌，必拔而用之，乃知臣言不妄。」於是召至京師，未及任用，而文皇帝已渡江矣。

翰林闕人，吏部以儼名上，上曰：「儼既曉天文，宜令欽天監驗之，且送翰林供事。」已而欽天監言儼果通象緯及風雲氣候，侍讀解縉復薦之，遂授翰林檢討，尋陞侍讀，直内閣，與縉及胡廣、楊士奇、金幼孜、黄淮、楊榮共事。儼在七人中，遇有顧問，必從容審度而後對，未嘗以才智先人，時論多之。甲申，陞左春坊左諭德，兼官如故。侍仁廟于東宫，在講筵，凡古今治亂得失，必反復敷陳，以圖裨益。以外艱去，詔奪情。道過南京，入見東宫，詢及民情，所對皆切

時事。其年九月，拜國子祭酒，以身率諸生，奉守學規，以圖成效，一時人才，翕然從化。同朝公卿大夫咸推敬之，文皇帝每加禮重。時國子生有以故告歸者，皆坐戍邊，儼爲言其情有可矜者，得免。

上幸太學，御彝倫堂，賜坐講經，從容敷暢，上俯聽甚説，賜賚優厚。雖掌國學，然朝廷有大制作，若纂修高皇帝實録及永樂大典、天下圖誌諸書，皆爲總裁，未嘗去館閣。儼既善書，所進歌頌詩文，詞翰並美，上益簡注。庚寅，上北征，命以祭酒兼侍講掌翰林院事，復直内閣。輔導皇太孫監國，縝密謹敕，上下無間言。洪熙春，以疾乞致仕，賜璽書褒美，加授太子賓客致仕，復其子孫。賜寶楮爲道里費，仍命有司給舟車還。

閒居二十餘年，日與學者講求性理之學。親藩禮遇之，方岳重臣咸待以師禮，與之言，未嘗及私。自處甚澹薄，歲時僅足衣食。嘗表許遜、韋丹廟，請春秋致祭。修白鹿書院，且達於報施之理。凡處是非、利害、可否之間，必審度以求至當，惟恐貽患於人。羣倫中有不合，即引退不與辯，以故所至能全交。既歸田里，雖聲聞不至於朝廷，而在朝論舊德耆俊者必歸焉。館閣舊遊，歲時存問不絶，輒相與倡和。大學士楊士奇寄儼詩：「豫章先生厭軒冕，歸來物外托閒身。青山江上迢迢郭，碧樹泉頭淡淡春。歲暮丹砂和玉屑，日長羽扇映綸巾。城中冠蓋多如雨，解識堯夫有幾人。」「樂靜忘憂養性靈，豫章城外一茅亭。牕涵南浦千辛碧，門對西山萬疊青。每羨林泉歸倦翼，獨憐江海尚浮萍。已知安定渾無累，猶有人求伏氏經。」大學士楊榮和儼詩：「江南歸老近何如？别墅幽偏勝舊居。濟世豈無經國術，消閒惟有滿牀書。西山雨歇秋風後，南

浦雲生夕照餘。二十年來同事者，退休應羡獨懸車。」胡儼早秋寄在朝諸公詩二首：「玄晏先生老卜居，年年長共一牀書。烹葵及菽情依舊，問舍求田計已疏。幾樹碧梧秋信早，半窗明月夜涼初。天河豈有支機石，祇恐君平語亦虚。」「大火西流暑已消，實沈東畔斗回竹。青山幾處遺蟬蜕，銀漢多時望鵲橋。清露碧天秋似洗，涼風老樹夜如潮。昔年曾記揚州路，月照蘭舟聽玉簫。」諸公和章，多不録。達官顯人與東南好文之士徵言者，足相躡於門。正統癸亥八月己酉卒，年八十三。訃聞，詔遣官諭祭，命有司營葬。德望之隆，國恩之厚，天下之似者蓋少。其爲文以理爲主，不尚辭藻，所著有頤庵文集行於世。

南廱志卷十九　民國景明嘉靖二十三年刻增修本

胡儼傳

過庭訓

胡儼，字若思，南昌府南昌縣人。自幼好學，受經於伯父虞部員外郎汝器。自求賢士相師友，熊伯機以古文辭自高，一見儼，亟稱其有所養，以古文法授之。既長，博極羣書，至於天文地理、律曆醫卜，皆通其説。洪武丁卯，舉鄉試第二人，明年，中會試乙榜，授華亭縣教諭。時年尚少，而能以師道自任，勸勉諸生務實學，勵行檢，以變浮靡之習。日親講授，每至夜分，雖隆寒盛暑不廢，父老皆稱重之。

俄以内艱去，繼改授長垣縣。上疏乞近便養親，改饒之餘干，自是著爲令。其在餘干如華亭時，士子樂從之，成效居多。己卯，以薦陞桐鄉令，爲政以愛民爲本，凡可便民者，以身任

之。民間積年逋負，悉與奏免。邑中虎爲害，傷民物，乃齋沐告於神，虎遂滅跡。表朱桐鄉墓，俾民奉祀。嘗督漕運，次三山，值大風雪，遇中流有覆舟，命僕夫援之，活其被溺者三十餘人。捕蝗途中，見饑餓病者，悉命里胥扶掖就民舍，給以藥石。是夜大風雨，得免暴露，存活數百十人。其治行卓異不羣，識者知其必得大用。壬午，軍旅方殷，廣求以集事，御史府左副都御史練安薦於朝，稱：「儼學足以達天人之際，智足以資帷幄之籌。」於是召至京師，未及任用，而文皇帝已渡江矣。

翰林缺人，吏部以儼名上，爲翰林供事，陞檢討，尋陞侍讀，命同解縉等七人直内閣，備顧問。儼在七人中，遇有顧問，必從容審度而後對，未嘗以才智先人，時論多之。甲申，陞左春坊左諭德，兼官如故。侍仁廟於東宫，在講筵，凡古今治亂得失，必反復敷陳，以圖裨益。以外艱去，詔奪情。道過南京，入見東宫，詢及民情，所對皆切時事。其年九月，由内閣出拜國子祭酒，以身率諸生，奉守學規，以圖成效，一時人才，翕然從化，爲文皇帝所禮重。時國子生有以故告歸者，皆坐戍，儼上言其情有可矜者，得免。

永樂四年丙戌三月，上幸太學，御彝倫堂，賜坐講經。儼講尚書堯典，從容敷暢，上俯聽甚悦，賜賚優厚。儼雖掌國學，然朝廷有大制作，若纂修高皇帝實録及永樂大典、天下圖誌諸書，皆爲總裁，未嘗去館閣。儼復善書，所進歌頌詩文，詞翰並美，上益簡注。五年丁亥，獻平安南頌。七年，召赴行在。八年二月，上命以祭酒兼侍講掌翰林院事，供史職，命户科都給事

中胡濙署監事。十年、十五年俱供事行在翰林院，復直内閣，輔導皇太孫監國，縝密謹敕，上下無間言。十九年，定鼎北京，改北監。洪熙春，以疾乞致仕，賜璽書褒美，加授太子賓客致仕，復其子孫。賜寳楮爲道里費，仍命有司給舟車還。

閒居二十餘年，日與學者講求性理之學。親藩禮遇之，方岳重臣咸待以師禮，與之言，未嘗及私。自處甚澹薄，歲時僅足衣食。嘗表許遜、韋丹廟，請春秋致祭，修白鹿書院。羣儕中有不合，即引退，不與辯，以故所至能全交。既歸田里，雖聲聞不至於朝廷，而在朝論舊德者俊者必歸焉。館閣舊遊，歲時存問不絶，輒相與倡和。達官顯人與東南好文之士徵言者，足相躡於門。正統癸亥卒，年八十三。訃聞，詔遣官諭祭，命有司營葬。其爲文以理爲主，不尚辭藻，所著有頤庵文集行於世。

本朝分省人物考卷五十七　明天啓刻本

胡儼傳

何喬遠

胡儼，字若思，南昌人。未冠知名，博極羣書，其作文之法，得之同里熊釗，而釗得之虞集者。洪武中，繇會試乙榜，授華亭教諭，以内艱去。服闋，改長垣，乞便地就養，改餘干。三歷縣學，皆有師法。惇行身先，不言而生徒自化。建文初，薦陞桐城令，賦役勾攝，專意便民，鑿

桐溪水，引渠溉田，暇日勸課諸生學宮。歲凶，出捕蝗，遇餓夫，命里胥給藥食，全活之。既去，邑人以生配漢朱邑祠。

副都御史練安薦可大用，召至京。會成祖即位，與解縉等七人被選入直，授翰林簡討，尋陞侍讀。儼在上前，應對從容，審度而進，反覆切暢，上傾心焉。陞右諭德兼侍講，以外艱去，尋奪情，授國子祭酒。上親征虜，儼以祭酒兼侍讀掌翰林院事，輔導皇太孫監北京。

明興，海内混一，肇復先王之舊，興禮立學，風勵衿紳。至于永樂，五十年間，年穀豐稔，民物滋植，四夷賓服，瑞應洊至，景星卿雲、甘露醴泉、麒麟騶虞、白鵲玄兔、神獅瑞象、嘉禾芝草之祥，歲獻月進。天子方舉唐虞巡狩之典，以宣省風俗，懷柔百神，施恩惠于萬國。公卿大夫、文學之士，莫不各奮所長，揄揚盛德，鋪張洪庥。當是時，儼以儒學德行師表四方，所爲文章，事核辭醇，沖融雅贍，卓然無媿於古。

洪熙元年，以疾乞休，賜敕曰：「卿以文學事我太宗皇帝，首居翰林，繼陞諭德，輔朕春宮。未幾，陞掌監學，先皇帝尊寵儒者，與儒者遭遇聖明，皆至盛矣。卿居太學不數載，復召入翰林，職史事，效勞實多。繄朕嗣位，篤念舊人，卿以疾不見者數月。昨命侍皇太子講讀，乃聞衰疾日臻。用是惻然，特進卿爲太子賓客，仍兼祭酒，致事還鄉。已敕户部免卿子孫雜泛差役，令侍卿終身。卿其端志坦懷，以恤鄉里，優游桑梓，以樂餘年，副朕始終禮待之意。」儼平生不頫仰取懽悦，處事精審，惟恐妨人，有不合之言，即引退不與辯。其爲祭酒二十餘年，林居二十

年，皆與學者孳孳講習，年八十餘卒。

名山藏卷五十九　明崇禎刻本

焦竑

太子賓客胡公傳

胡儼，字若思，南昌縣人。以書經中洪武丁卯鄉試第二，明年會試中副榜，授華亭教諭。以內艱去。丙子，授長垣縣，上疏乞近便養親，改餘干，遂著爲令。建文元年己卯，陞桐城知縣。四年，兵事棘，御史大夫練安薦「儼學足達天人之際，智足資帷幄之籌」，下吏部召儼。比至京，靖難兵渡江矣。

文皇即位，擇翰林官，吏部更薦儼，上曰：「儼曉天文，宜令欽天監試，送翰林供事。」解縉又薦儼，遂授翰林檢討，與縉等七人同直內閣，尋陞侍讀。永樂二年，陞左諭德兼侍讀。外艱去，詔奪情。儼持論少戇，諸同事人頗不能容，乃薦儼學行堪爲師表，陞國子祭酒。上幸太學，御彝倫堂，賜坐講經，俯聽甚悅，賜賚優厚。六年，薦修撰吴溥爲司業。八年，上北征，以祭酒兼侍講掌翰林院事，輔導皇太孫監國。洪熙元年春，以疾乞休，賜璽書加授太子賓客致仕。

儼在國學二十餘年，時諸生託故告歸者，坐法戍邊，賴儼申論得免。儼雖出內閣，不復預

機務，然朝廷大制作，凡修太祖實録、永樂大典、天下圖誌，皆推總裁。正統八年，年八十二卒。儼自處淡薄，衣食僅足，方岳重臣俱待以師禮。嘗典湖廣鄉試，取楊溥居首，批其所刻文曰：「他日立玉階方寸地，必能爲董子之正言，而不效公孫弘之私曲。」後楊溥歷内閣、少保，卒爲時名臣。

天順日録云：胡頤庵，急流中勇退人也。又云：儼爲祭酒，以師道自重，文廟亦寵之，公卿莫不加敬，士由太學出至顯位者，執弟子禮益恭，儼遂名重天下。

熙朝名臣實録卷十　明末刻本

明史本傳

張廷玉

胡儼，字若思，南昌人。少嗜學，於天文地理、律曆醫卜，無不究覽。洪武中，以舉人授華亭教諭，能以師道自任。母憂，服除，改長垣，乞便地就養，復改餘干。學官許乞便地自儼始。建文元年，薦授桐城知縣。鑿桐陂水溉田，爲民利。縣有虎傷人，儼齋沐告於神，虎遁去。桐人祀之朱邑祠。

四年，副都御史練子寧薦於朝，曰：「儼學足達天人，智足資帷幄。」比召至，燕師已渡江。成祖即位，曰：「儼知天文，其令欽天監試。」既試，奏儼實通象緯、氣候之學。尋又以解縉薦，

授翰林檢討，與縉等俱直文淵閣，遷侍講，進左庶子。父喪，起復。儼在閣承顧問，嘗不欲先人，然少戇。永樂二年九月，拜國子監祭酒，遂不預機務。時用法嚴峻，國子生託事告歸者，坐戍邊。儼至，即奏除之。七年，帝幸北京，召儼赴行在。明年北征，命以祭酒兼侍講，掌翰林院事，輔皇太孫留守北京。十九年，改北京國子監祭酒。

當是時，海内混一，垂五十年。帝方内興禮樂，外懷要荒，公卿大夫，彬彬多文學之士。儼館閣宿儒，朝廷大著作，多出其手，重修太祖實録、永樂大典、天下圖誌，皆充總裁官。居國學二十餘年，以身率教，動有師法。洪熙改元，以疾乞休，仁宗賜敕獎勞，進太子賓客，仍兼祭酒致仕，復其子孫。宣宗即位，以禮部侍郎召，辭歸。家居二十年，方岳重臣咸待以師禮，儼與言未嘗及私。自處淡泊，歲時衣食纔給。初爲湖廣考官，得楊溥文，大異之，題其上曰：「必能爲董子之正言，而不爲公孫之阿曲。」世以爲知人。正統八年八月卒，年八十三。

明史卷一百四十七　清乾隆武英殿刻本

頤庵先生像贊

清高宗

曰山之芝，膏沐淳化。其德可仰，藹然春陽。

曰階之蕢，蘊乎天成。其道是弘，含和至精。

頤庵文選卷首　中國國家圖書館藏清抄本

施閏章

本傳　三傳合校

胡雲端，字騰霄，新淦人，廬陵胡忠簡公裔也，宋遷淦城南。父茂峰，有學行，當時如金幼孜、宋一俊，皆重之。洪武初，端以貢舉聘修元史，後廷試第一，官禮部儀制司主事。一日，上命定禮儀，議嫡庶升降服，編輯孝慈録稱旨，遷浙江副使，以疾乞歸。子子持，字執之，仕至河南按察司僉事。正統初，督學政有聲，較拔多才士。姪子泰，字宜輔，吏部文選司主事，秉公紀録，黜陟嚴明。並祀鄉賢。三集附刻胡頤庵金川世業。頤庵公，諱儼，字若思，雲端從侄，子持、子泰從兄弟也。官至太子賓客、國子監祭酒、内閣經筵、前翰林侍講。詳載本傳。

頤庵集卷首　清康熙刻本

施閏章

本傳　名賢名宦二傳校正

胡儼，字若思，新淦人，徙居南昌。中洪武丁卯鄉試，洪武、永樂、洪熙間，歷官翰林侍講、諭德，陞國子監祭酒，加授太子賓客。博極羣書，天文地理、律曆醫卜，皆通其説。初授華亭教

諭，以師道自任。宰桐城，政先惠愛，奏免逋賦。又嘗齋沐誓神，立除虎患。永樂壬午，召試稱旨，入翰林。時朝廷選任儒臣七人，與解縉、胡廣、楊榮、楊士奇、黄淮、金幼孜同入内閣。與機密，備顧問，凡經筵奏對，於古今治亂得失之故，反覆敷陳，動中機宜。

會上北征，命以國子監祭酒兼侍講掌翰林院事，輔導皇太孫監國。纂修洪武實録、永樂大典諸書，皆爲總裁。其教士以身範，士翕然化之。上幸太學，賜坐命講，賚予優厚。洪熙春，以疾乞歸，加太子賓客致仕，璽書褒美。歸老二十餘年，日與後進講求性理之學。親藩禮遇之，方岳重臣咸待以師禮。年逾八十卒。所著詩文雅馴，不尚浮華，有頤庵集數十卷藏於家。其詳見皇明諸紀。

頤庵集卷首　清康熙刻本

附録二　序跋提要

序

熊　釗

文運之興，與世運相表裏。士之生於其時者，亦必通經博古，積學制行，得以昌其辭，蘊和順於中，英華燁煜，焕乎其不可掩也。南昌胡若思，篤學好古，於經史百家之言，靡不研究，發而爲文，積以成編。予得其書而讀之，其氣英邁，其辭雄偉，其所本一歸之義理之淵微、彝倫之雅正，無萎靡不振之習，有浩博宏廣之容。其所以養之於中，不淺而深也，明矣。

文章之行世，其來已遠。唐韓子拯其弊而振起之，至宋歐陽子與蘇、曾、王諸君子，一時文章之盛，何可及也。近代作者，南北不乏其人，蓋亦有會通振揚乎唐宋之聲華者矣。五六十年間，予得承事先輩，就而論之，尤嚴於敍事之簡當，書法之公正，厭牽聯而蹇滯也，重斷制而明切也。且曰：長江大河，平鋪漫流，高山深澗，泉出激冽，無往而非文也。執筆者想像而求之，有跡者可知，無跡者難會也。若思秉國家之興運，宦游之隙，博究書籍之奥、名物度數之故，註箋訓詁之繁，厚積而薄發之。年方富，力益彊，其必將鳴乎國家一代之盛，而追蹤乎古之作者。

因題其集之端，信其有傳于世也。洪武甲戌三月七日，郡人熊釗序。

頤庵文選卷首　中國國家圖書館藏清抄本

序

胡廣

國子祭酒兼翰林侍講豫章胡公若思，彙其文凡若干卷，屬予爲敍。予疏陋寡昧，無窮理精義之功，乏閎深博特之見，何足以敍公之文哉？故久無以應命，而公固屬之，有不得辭。

竊惟文者，言之成章而可誦之謂也。古之立言君子，脩辭以著其德業，故曰「有德者必有言」。然徒能言而不本於道德之實，是亦藝焉而已。故曰「有言者不必有德」。周子曰：「文所以載道也。輪轅飾而人弗庸，徒飾也，況虚車乎？」蓋嘗求之六經之文，平易簡淡，而理致微密，大而無所不包，小而無所不備。故斯道之所寓者，亘千萬世而不息也。若夫戰國先秦之文，務爲險僻奇怪、艱深詭異，捭闔縱横以趨時好，言非不美，而支離畔道矣。今公之文，沈實不肆，温厚雅贍，有疏宕之氣，鑿鑿乎欲追古立言之爲。蓋其履師儒之位，表率學者，必以明經講道爲務，而不爲虚言。要其歸，一本於道德而已矣。使天下後世，佩誦而矜式之，不如是不足以傳遠，此公之文有不可以已者如此。

予幸與公同朝，嘗同典内制，儤直之暇，輒相與論文。公恒自言，得作文法於熊釗先生，釗

得之虞文靖公，間指示其説於予，綱領節目，粲然有條，誠未之前聞。蓋其傳之有自，宜其所得之異，匪尋常馳騁偉麗、蹈襲陳言、以逐時好之比。此予知公之文，而以是爲之敍。讀公之文者可以自見，有不待於予言也。永樂十四年歲次丙申六月壬戌，文淵閣大學士兼左春坊大學士、奉政大夫廬陵胡廣敍。

頤庵文選卷首　中國國家圖書館藏清抄本

序

鄒　緝

文章之見用於時，而爲世所貴重者，夫豈偶然哉？學問之富，才氣之充，養之深而積之序，發而爲文，純雅高古。既足以見重於世，而又以遭逢盛明，膺際遇之隆，其所學得以見之於事爲，而其制作之美，得以施之於朝廷，於是其文益爲可貴重，而人有不能及矣。然而世之君子，每不能然者，蓋或有得於文章而不遭其時，或遭其時而文章不足以發之，此其所以有不可至也。若予友國子祭酒兼翰林侍講豫章胡公，其所謂遭逢盛明，膺際遇之隆，而其文章足以紀之而爲人貴重者歟。

公自少穎發，讀書爲文，思若湧泉。鄉之先達長老，多折輩行與交。舉進士于鄉，歷游華亭、長垣、餘干三縣學，皆有師法。以薦擢知桐城縣，有能名。今上初即大位，復以薦升朝爲翰

林，由檢討轉侍讀。未幾，爲左春坊諭德，遂拜國子祭酒。自始仕至于今，凡三十年，而居于朝者，十有五年矣。承聖上之知遇，沐寵眷之優隆，討論述作，薦被顧問。其才識器度益明而達，而其文章純深雅奥，可與古作者並也。觀其鋪張至治之美，以黼黻乎國家之盛，雄偉光大，富贍不窮，卓乎其不可及也。天下之人仰而望之，惟恐其或後。至求所以光昭其先德，發揮其事功，又無不造而請焉。而公應酬之者，常若取諸其左右而不以爲難。嗚呼，此非其學問之有素、養之深而積之厚，何以至是哉？

古之君子，以文名家者，自漢、唐、宋、元以迄于今，其人可指而數也。其見稱於後世者，皆以豪傑不世出之才，而其文足以經緯乎當世，故雖歷世久而不可磨泯。苟一有不至，則不能以行之遠。此古今之所以爲難者也。惟公以豪傑奇偉之資，負學問才識之長，窮性命之理，察道德之歸，以上究夫聖賢之閫奥，後進之士聞言而心服，是可見其學之得其本者矣。宜其文章之盛美，爲世所貴重，足以傳之後世而無疑也。公自念其年既老，乃以平生所著，命門人編集之爲若干卷。以予相知之深，俾爲之序。予不可辭，故輒爲序公之出處而論次之。永樂十四年秋七月，翰林侍講兼左春坊左中允廬陵鄒緝序。

頤庵文選卷首　中國國家圖書館藏清抄本

胡祭酒頤庵詩集序

王洪

國子祭酒豫章胡公以所著頤庵詩集若干卷示洪，俾爲之序。洪因作而言曰：詩三百篇盛

矣，五言之作，出于蘇、李。唐山夫人之歌，則駸駸乎雅、頌之遺意。至于建安，悲壯而激烈，君子不能無世變之感。及乎齊梁，而侈靡極矣。唐詩倡于陳子昂，遂有李、杜、韓、柳之盛。若宋諸大儒，其精深造詣，蓋亦可以求其本焉。元起於朔漠，文制疏略，至元天曆之間，若趙文敏公、虞文靖公、范文白公、揭文安公，亦各鳴一時之盛。及其衰也，學者以粗豪爲壯，以尖新爲奇，語言纖薄，音律惉懘，蓋自晚唐皆然，末世文弊，固其勢之然也。

聖明混一，四海肇復，先王之制，興禮立學，以風厲學者，至于今五十餘年之間，政教之隆，並乎三代。年穀豐稔，民物滋殖，四夷賓服，瑞應薦至，麒麟騶虞、嘉禾芝草之祥，日獻月進。聖天子方舉唐虞巡狩之典，以宣省風俗，懷柔百神，施恩惠于萬國。公卿大夫、文學之士，莫不各奮所長，揄揚盛德，鋪張洪休。洋洋乎雅、頌之音，盈于朝廷而達于天下。

當是時，公以儒學德行，由翰林侍讀、春坊諭德爲大司成，師表四方之士，而文章卓然名于一時。蓋其所作，必欲追蹤古人，事核而喻切，辭醇而旨遠，渢乎春容正大之音，可以無愧于古。而公則歉然自視，若不足也。於戲！堯舜之盛，尚書載之；商周之興，詩人頌焉。文章有關于世道，尚矣。洪與公同游禁林十有餘年，朝夕承公之誨，至論古之作者，未嘗不慨然于斯。惜乎以洪之昏陋而莫能進也，姑序諸卷端，俾觀公之詩者有以發焉。永樂十四年丙申八月，翰林侍講錢塘王洪序。

胡祭酒頤庵集卷首　明萬曆刻本

序

楊士奇

文非深於道不行，道非深於經不明。古之聖人以道爲體，故出言爲經。而經者，載道以植教也。周衰，聖人之教不行，文學之士各離經立説以爲高。漢興，文辭如司馬子長、相如、班孟堅之徒，雖其雄材絃議，馳騁變化，往往不當於經。當是時，獨董仲舒治經術，其言庶幾發明聖人之道。至唐韓退之，宋歐陽永叔、曾子固力於文詞，能反求諸經，概得聖人之旨，遂爲學者所宗。周子、二程子以及朱子，篤志聖人之道，沈潛六經，超然有得於千載之上。故見諸其文，精粹醇深，皆有以羽翼夫經，而文莫盛於斯矣。元之時，以其經學發爲文詞，源本深厚，論議高明者，蓋有虞伯生焉。於戲！繇漢以來，文之傳於今者，多矣。而求其不盭於經旨，不畔於聖人之道，卓然能樹立以名家者，不數人而已。文不尤難矣哉？

豫章胡若思先生，自其童冠從鄉先生，得吾郡王與耕經學之傳，又從而得虞公之傳，益自肆力，浚而深之，擴而大之。蓋於諸書無所不讀，而必本於經；於學無所不通，而必主於聖賢之道。嘗施其政教於百里之邦矣，已而入禁林，典詞命，侍講讀，遂兼諭德，輔導儲君。又拜大司成爲國子，及四方來學之師。先生智識有餘，材猷宏遠，而凡存諸心見諸言行者，皆在於仁義。至爲文章，嚴於桀篾，而雍容温裕，詞潔義正，於經旨必融會衆説而推明之，弗極弗已。

序、記、銘、傳之類，雖時應人之求，未嘗苟有稱説，非其篤於經之道，而不愧乎古君子之文者乎？若夫見諸詞賦，體物緣情，端厚而微婉，有古人之意者，蓋自袁伯長、虞伯生而後復見於先生焉。周禮以六詩教國子，而興道、諷誦、言語，皆成均之教也。先生又奚讓哉？

先生有文集若干卷，翰林諸公序之詳矣。不鄙謂余相知，又屬序焉，故特本其所學之止旨之，亦使學於先生者，皆將如先生之正其學也。永樂十七年春正月十三日戊午，翰林學士、奉議大夫兼左春坊左諭德廬陵楊士奇序。

頤庵文選卷首　中國國家圖書館藏清抄本

頤庵文選序

朱　權

登崇山，則知喬木之衆也。既而入巴蜀，登岷峨，見梓檀焉。小者合拱，大者千尺，枝干層雲，根蟠巨壑，經千萬歲而風霜不能凋、斤斧不能加者，則知其材矣。其於人也亦然。昔歐陽公以爲幸也，及見曾南豐、蘇子，則又知其人焉。今士之於世也，可以立身，可以行道，而不棄於當世者，有如歐、蘇、南豐者乎？其文章之作，有比於三子者乎？抱貫道之器，而馳騁乎廟堂之上，游泳乎六經之中，規矩乎政治，繩墨乎綱常，醞釀成太平之業，其道將以傳乎？萬世之下者，非老于文學，曷能行其道哉？

是書者，豫章頤庵先生國子祭酒胡公之文集也。觀先生之文，則知先生之德、之行、之才、之志，出於人也尚矣。蓋文可以觀人，可以取士，故聖王之所以得人，未有不由於斯。自漢唐以下，得其文之優者，獨稱韓、柳二人。而繼之以歐、曾、蘇三君子而已。文豈易言哉？今先生之文，其辭雍容，而其氣洋溢，藹然蔚然之意，見乎言意之表〔一〕。故其文幽深混涵，人莫可測。仰而視之，若匡廬華嶽，巋然有層巒疊嶂，莫能躋其分寸；俯而察之，若彭蠡洞庭，浩乎洋洋，莫能得其蠡測；臆而思之，若空明之灝瀚；味而咀之，若玄酒之與大羹。其高處，若躡層霄，挽牛斗於星河之上；其妙處，若郢人之斲堊，凛乎其不可犯而又得之；其妍麗也，若桃源春曉，霞舒霧捲，旭日初旦也；其抑揚也，若天駟脱羈，振鬣一鳴，而萬馬皆喑；其壯也，若橫槊西風，揮戈指日；其清也，若老鶴之巢松，孤猿之叫月；其幽深思遠者，若幽蘭之發乎深谷，但聞其芬馥，而莫測其所從來，非有眼力者，曷能識也？

是知文章之於得人也，難矣。先生始以文學魁鄉貢，三任黌宫之職；再擢縣令，以寄百里之命；遂入翰林，以掌絲綸，出納帝命於明堂之上；再拜春坊，爲青宫諭德，輔贊皇儲。未幾，舉天下文章道德之士，取才德之優者，獨先生一人耳。以繼宣聖之道，爲國子祭酒，師範天下，可謂貴矣，榮矣。如是者幾四十年，先生以老疾辭禄告歸，天子不忍其去國，再拜太子賓客。歸豫章之城南，卜築以居，可謂介爾眉壽，錫爾景福，以老此生。士之於世，行於仕途，而得榮歸故里者，雖古之明哲，鮮能及矣。

其莆田方伯静者，好學之士也，嘗得先生之文稿焉。一日，予以文學自論，伯静乃出是書而獻之。其間文理皆出人言意之外，或一篇之中，一句之内，有得性理之奥者，有出於神化之妙者。不覺心與玅融，且驚且愕，未嘗不爲之掩卷興歎，慨然自釋，便覺胸中有所自得。若述志、感寓、歸休之賦，别墅之文，聽雪之記，大有過於人矣。其楚詞也，如謁文丞相祠及石鼓、毁璧、秋風等篇，皆深得騷體，其意趣高古而人所形容不至者，而皆得之矣。又若友竹、友桐之序，皆能摹寫造化而得物之性情，可謂盡其神矣，豈庸腐可得而想像哉？至於詩、詞、樂府之作，如述古、雜詠之詩，大能感發人之情興，又可慨也。其碑銘、墓誌也，如温忠武公廟碑之作，皆能昭述前烈，以繼後世，萬古一日也。

若是者，實文章之歐冶，可以陶鑄後學。嘗謂文章乃天下之公器，其高下淺深，蓋有不可揜者矣。故君子欲成人之美者，豈無一言以述之乎？是謂桴布鼓於雷門，擊瓦缶於宣室，誠可愧耳。宣德壬子正月十六日，涵虚子臞仙書。

頤庵文選卷首　中國國家圖書館藏清抄本

【校勘記】

〔一〕「意」，原作「義」，南圖本、文津閣本同，今據静嘉堂本、文淵閣本改。

頤庵文選原序

朱　權

按六書故曰：儒者，講六藝之文，明先王之道，經緯天地之理也。詩，六藝之一也。詩言乎志，有諸中而形諸外，則知其人矣。故詩所以道性情、該物理、敍風化者，志之所發也。孔子删詩以明教化，是使異端邪説不得以害正道，其功大矣。後濂洛諸儒，而又發明其理，以開萬世至中至正之道，而學者得其宗焉。如唐韓子爲浮屠文暢送行之序，柳子首倡其事，以告韓子。韓子乃爲文以告之曰「有以儒名而墨行者」，正爲柳子言也；「有以墨名而儒行者」，爲文暢言也。其間未嘗有一字爲送行之説，蓋以聖人之道正之耳，其旨微矣。

近世儒者，有作浮屠詩文碑記張皇誕誕之説，以諂其徒，以隆其事，以爲博學，以隳名教。孔子所以尊吾道而斥異端者，安在乎？宋太宗所謂孔門之罪人，宜矣。今是詩五百三十餘篇，皆得詩人之體，而其言無一字爲浮屠之説，得儒者之正。孟子曰：「我知言。」吾故於是詩，喜而有取焉。使後之作者，不流於淫辭詖説，則亦可以思無邪矣，故爲之序。宣德壬子正月十九日，涵虚子臞仙書。

頤庵文選卷首　清文淵閣四庫全書本

胡祭酒頤庵文集序

楊榮

天地間一元氣之流行，惟人得其正而至理具焉。善養是氣，足以配乎道義，而後發之爲文章。六經卓矣，後之作者，醇正莫如孟子，雄健莫如司馬子長，辨博宏深莫如昌黎韓子。其文之所至，亦各從其氣之所至也。故曰：氣，水也；言，浮物也。氣盛言從，江河之水，沛然充溢，而物之小大莫不浮，此其可見矣。予於國子祭酒頤庵胡公之文，有尚焉。

公豫章世家，少以穎異之資，鋭志古聖賢之道，於羣經罔不精究，其他子史百家，亦探索無隱。且生文獻之邦，得賢士大夫相師友。熊伯機以古文辭自高，一見公文，亟稱其有所本，悉以古文法授於公。既入翰林[一]，受知聖主，侍講經筵，主典成均，位望益進。所養益深，其文之正者，有得於孟之緒；雄健宏深，有造乎司馬、昌黎之奥偉。然成一家言，足以追古之作者。

公著述既多，流傳已久，今吏部侍郎富楊趙公新奉命巡撫江右，復取公前集刻之，而屬其傳。謂余知公深，宜有序。余以同官，嘗接清論，每及古今作者，未嘗不慨乎造理養氣之難。自公得謝南歸，荏苒十年，欲一聚首，良不可得。而趙公好德尚文之誠乃若此，烏得不樂爲公喜耶？興懷疇昔，序奚可辭，爰述所知，用弁諸簡。若公道德之懿、矩矱之正，觀者有考於斯文。是爲序。正統元年秋九月[二]，榮禄大夫、少傅、工部尚書兼謹身殿大學士、知制誥、國史

總裁建安楊榮序。

胡祭酒頤庵集卷首　明萬曆刻本

【校勘記】

〔一〕「翰林」下康熙本有「時同予與機務」六字。

〔二〕「九月」下康熙本有「朔日，賜進士第」六字。

重刻胡祭酒先生文集序

李遷

先侍郎公好綜覽百家，厭飫羣籍，目所睹記，即口誦不忘。遷少在膝下，每耳提面命，誦先世刑部公所遺皆山堂記，乃鄉先生祭酒胡公撰也。且手其全集示之曰：「茲我李世珍其什襲之。」遷奉以周旋，罔敢失墜。

既謝世五年，痛念手澤，攜至嶺南。師暇披閱，見其篇什煩累，編置錯雜，心竊病之。意當時先生名重華裔，學士大夫得其一字，不翅瓊玖，門弟子隨筆劄記，未詮次也。因授高州吳守國倫稍爲校選，通詩文得若干首，視舊損什之四，屬蒼梧兵憲楊君文明刻之。貴可傳不在多，亦先生意也。刻成以序請，余作而曰：

子知先生所以名世者乎？蓋自其幼學，即屬意玄眇，抗志崇竑，探道德之源，窮性命之奧。

雖居會城闤闠，然於天文地理罔不究，子史丘索罔不讀，其學則實學已。教華亭諸邑，丹桐城，若尺蠖之屈、神龍之蟄，何隱約也。已而入禁廬，承顧問，代絲綸，又何其顯融也。然處之若終身，履之若固有完節。榮問歸老東湖，行則皆實行已。今觀其諸所著述，莫不型範典謨，熔鑄風、雅，金玉皇度，黼黻治猷，在當時可銘鼎彝，傳後世足爲蓍蔡。要皆攄所實得，而幾以左右逢原者矣，惡得而不名世哉？

吾豫章當翼、軫之墟，介吳、楚之壤，匯以彭蠡，矗以匡廬，士秀而文，自古記之矣。顧在國初，獨吉州爲盛，若楊、胡、鄒、解、曾、梁諸鴻公，一時暐曄朝端，震讋海内，而洪州獨先生一人而已。豈山川磅礴之氣，吉爲根柢，洪爲枝幹，充積峻發，固自有其時歟？嗣先生後，寥寥百年，惟張公廷祥、楊公方震、舒公國裳，理學辭藻，庶幾頡頏，而榮遇不逮遠矣。世廟以來，公卿大夫文采風猷，戢孴巨麗，稱爲綦盛。然聞黌校之士，間有謂性命爲迂闊，目注疏爲訾疵，剽竊窾栝，習爲一切，初猶屏外注不讀，爾乃并正傳而弁髦之。嗟乎，是豈非世道升降之一機歟？

先公授是書，意固有在，匪直以先世堂記存也。惜暹不肖，幼既失學，壯復馳騖宦途，晚稍憬悟，則齒髮冉冉耄矣。詩曰：「雖無老成人，尚有典刑。」斯集固一代典刑也，獨豫章之文獻也歟哉！乃不揆迂謬，僭書此於編首，以見前輩之學與行，其務實勝如此。同志之士得而讀之，庶幾聖諭所謂崇正學，迪正道，革浮靡之習，振篤實之風，亦有因斯集而興起者乎？楊君

曰韙，遂屬工鋟梓，始隆慶辛未三月丙午，至六月戊申告成事。

鶯谷山房藏稿文集卷一　明隆慶五年刻本

吴國倫

胡祭酒集後序

司成胡若思先生〔一〕，豫章人。起家文學，薦陟青宮，歷事高、文二廟，學術聞望，冠冕一時。其所自著頤庵集，諸學士名公敍而傳之矣。今先生即世垂二百年，海内後進生慕其鴻筆尺牘，千金罕從購睹，往往懷遺憾焉。

隆慶庚午，我司馬中丞李公鎮靖兩粤，讋服諸夷，業已建櫜脩文，幕府清宴，乃探行笥，手先生舊集一帙〔二〕，授其屬吏吴子曰：「兹予先世所爲什襲珍也。古人尚友，先自其鄉，有如杞宋文獻、齊魯經師，非藉表章，能無湮缺？先生熙朝大儒，故當不朽。子雅好藝文，又嘗一日遊豫章也，於先生豈無意乎？」吴子唯唯，退而卒業。雖簿書戎馬之隙，樂玩忘疲。已乃稍爲詮次，得詩之精者六卷、文八卷，殺青以復司馬公。司馬公不以爲謬，授之梓人，因命吴子爲序。序曰：

知言難哉！宣父至聖，辭命未遑，蓋難之也，況游於聖人之門者乎？粤自結繩以還，竹書韋編，以及二南、十五國風，其詞醇庬温厚，蓋上世之大音也。逮夫三傳、八書、離騷、十九首，

紀述既嫺，諷詠合度，蓋去古未遠，詞旨廓闊。其後二京寖盛，言成一家。六代佌儺，末流不競。近體變自唐人，音節稍振，然貞觀、大曆以後無采焉。良由風運遞遷，才品殊致，雖瑕瑜不掩，而復古爲難，其惟能者從之乎？語云：「不逢師涓，勿與審音。不遇季札，勿與觀樂。」豈涓、札之外，人皆聾聵？殆有所深慨矣。

夫學以益才，文以足言，皆明訓也。中人承學，鮮究斯義，大較有三疾焉：師心者非往古，而謂體裁可捐；負奇者縱才情，而謂禮法可踰；論道講業者，則又譏薄藝文，以爲無當於世。嗟乎！兹三者，皆不學之過也。藉令體裁可捐，則方員不必用規矩；禮法可踰，則枝葉不必由本根；謂藝文無當於世，猶之責騶麟之不耕，而以司晨病鸞鳳也。豈理也哉？

夫師心負奇，其詞骫骳曼衍，勿談矣。乃論道講業，名爲聖人之徒也，何至叛體要之訓，蹈鄙陪之戒，侏儺大雅，糟粕微言，以自掩其孤陋。猶曰：「我具體聖人足矣，焉用文之？其誰與我乎？」乃先生則聞聖人之道，而以理學名世者〔三〕，又多所窺覽祕閣諸書〔四〕，博綜外家，旁貫職典，故其爲文若詩，上緣聖則，下擿儒玄，沈思重淵，綴采繁露，縱之若隘八紘，操之曾不下帶。蓋發抒性靈，宣暢風教，庶幾禔衡衆氏，鼓吹六經矣，文不在兹乎？

若其侍從密勿，容與高華，而猶棲志洪崖，寄悰玉笥，恬漠之度，至今猶可想而挹之。其視因窮愁而著書、遭幽廢而述史者，又不啻徑庭矣。夫抵掌非敖，非其似也；捧心非施，非其不似也。先生諸體，不煩擬削，而步趨法律，伯仲漢唐，蓋未嘗求似，而又未嘗不似，其大凡之郢

斤庖刃乎？才益於學，故言足於文，若先生者，真聖人之徒也。而司馬公，則先生之涓、札也，可以並不朽矣。吳子名國倫，楚人，時守南越高涼郡。

胡祭酒集卷末　明隆慶刻本

【校勘記】

〔一〕「司成」上康熙本有「大」字。

〔二〕「一」，康熙本作「十數」。

〔三〕「理」，原脱，今據康熙本補。

〔四〕「諸」，原脱，今據康熙本補。

重刻胡祭酒文集後序

楊仲謨

夫文契賞心，則殊時並轍；道晤宗旨，則異致同趣。我明興，以禮樂正天下，而開國元臣以儒鳴治者，無慮十數。獨胡頤庵公，稟純粹之資，具該覈之學，遭二祖榮遇，召讀中秘者十餘年。既以道師天下，且偕二三元勳，直禁廬，議密勿，一時典章制作之鉅，多所裁定，至今賴焉。值清平之盛，揄揚應酬之間，才與法合，矢口成章，不俟繩削，而諸體森嚴，裒然大備。布帛菽粟之詞，渾厚沖淡之音，一時號稱文人未有或先之者，以故縉紳學士刻而傳之舊矣。

顧二百餘年，板集日就湮蝕，後進鮮得購睹焉。庚午夏，我豫章蟠峰李公以大司馬節鉞出鎮兩廣，既戢武功，雅重斯文。適山海清宴，明以職事叨侍幃幄，手一帙示明曰：「茲吾鄉頤庵公先生之文也，茲吾先大夫之珍襲以貽者也。仰前哲之遺矩，念手澤之具存，而訛者當訂，缺者當補，紊者當攏，非子爲誰？」乃以屬吴守國倫詮次，而命明經理之。

明惟頤庵公生長明盛，職典文學，處清閒之朝，備顧問之司，作範成均，專志藝苑，蓋嘗時文武諸臣才不乏用，時逸而道尊也。蟠峰公遭際休明，柄用中外，得時行道，光寵有加，然數歷嘗試之久，勞逸均節之間，與頤庵公有間，且方值需材之時，每代當宁之憂。故握機贊務，揆采熙工，北奠戎服，南伉蠻動，蓋勞勩少逸，而其經緯固已章然者矣。至于援筆成文，抨毫立教，關國家之鉅典與觚翰之餘閒者，誠與頤庵公之文，賞心而晤旨，故異世而同然也。乃若繼大雅，揚休美，播聲詩，昭盛烈者，明尚將於方來見之。於戲，若公之與頤庵公，其道德文章，非並轍而同趣者與？明不佞，敢書之於末簡云。隆慶辛未季夏之吉，整飭蒼梧兵備、廣西按察司僉事、豫章後學楊文明子仲謨頓首拜書[一]。

胡祭酒集卷末　明隆慶刻本

【校勘記】

[一]「隆慶辛未季夏之吉，整飭蒼梧兵備廣西按察司僉事豫章後學楊文明子仲謨頓首拜書」，原

闕，今據萬曆本、康熙本補。

重刻胡祭酒頤庵集序

徐　栻

予讀周禮師氏，以三德、三行教國子，凡國子之貴遊子弟學焉。是國子祭酒掌胄子之筵，居師資之地，其所關於賢士教化甚大也。自昔首重兹選，而我朝尤慎簡掄。栻嘗考文獻，於國初則聞有豫章胡祭酒頤庵公云。人稱頤庵必曰胡祭酒，曰胡祭酒，則羣然遜揖景仰之，豈不以公之爲國子也？師嚴而道尊，足以信今傳後於無窮也哉。

公往矣，公之集，大司馬蟠峰李公開府兩粵〔一〕，既輯刻而傳之矣。栻撫江右之又明年，得舊集于督学侍御虬峰谢公，乃屬南昌周守忠甫合二集而裒選詮次之，命训導鄭濬等编校成帙。梓成，守進而請序於予。予曰：嗟夫，文難言哉，文難言哉！胡公集評品大校，前此諸序，蓋班班備矣，栻何言哉？雖然，竊有聞焉。

昔我皇祖開基，以文右治，時則有若金華宋公、括蒼劉公，其宣潤明猷，鋪張景業，匪不卓然，足以名世。究其弊，尚不免宋元之餘轍也。若胡公者，崛起東南，薦陟清華，徊翔於翰苑，優游於辟雍，乃醞釀六經，括囊丘索，掔擷於史，乘極變於莊、荀、屈、宋，旁羅數千百載名家者流，而後操其準繩，執其型範，以鑄意匠辭，經世而軌物，繹事而宣情，變化萬殊而倫類不爽。以言乎詞賦古風，則沈鬱雄渾，騷、選之遺也；以言乎近體，則和平婉麗，風、雅之逸也；以言

乎序記雜識，則溫醇典則，譔述之粹也。其諸窮性命之微，覈名物之故，揚化理之原，探作者之的，譬則比五色而成紈綺，合八音而奏韶濩，洋洋乎與漢魏爭衡、晉唐齊軌。其視綴敗絮以爲溫、挹流潦以自潤者，何啻星淵也。以之揚旌樹幟，傳示將來，顧不與彝鼎竹帛並永哉？

茲集也，海内稔構之矣，而豫章尤不可闕，蓋爲公梓里也。公孝友信於宗族，德誼洽於鄉閭。筮仕長垣學諭，上疏乞便養親，改餘干，著爲令。及掌成均，躬率孝弟，敦尚恩義，士心翕然向慕，迄今人誦之不置。然則公非特經師，蓋人師也。邦有聞人，湮而弗彰，非有司之責歟？明者述之，委諸篋笥，非學士之憾歟？栻固檄刻郡齋，凡合三百六十四篇，用傳不朽，乃謬爲之序，而推原及此。俾觀茲集者，信公能舉師氏德行立教之職，而公之文尤有本云。萬曆元年六月吉旦，賜進士第、通議大夫、奉敕巡撫江西等處地方兼理軍務、都察院右副都御史、前提督湖廣學校副使、監察御史姑蘇鳳竹徐栻謹撰。

胡祭酒頤庵集卷首　明萬曆刻本

【校勘記】

〔一〕「大司馬」，原作「大司空」，今據康熙本改。

重刻頤庵集序

施閏章

有才人之文，人囿乎文者也；有名臣之文，人寓乎文者也。故君子立身致主，嘗有不可以

言傳者。而當其在朝，天下之人聞其名不得見，往往傳其語言文字，想望其風采，矧後世苗裔，有不網羅放逸、世守勿失者乎？

金川胡氏，自儀部公騰霄及督學公執之、銓選公宜輔，世爲名臣，有撰述。至内閣若思公而大著，有頤庵集行世，板藏於家，歲久灰燼。諸生麟兆承祖志，掇拾緒餘，後先增輯，終以未獲頤庵全書爲憾。余間從藏書家借得刻本以示，麟兆拜而受之，悉付剞劂，且乞序甚懃懇。

余考頤庵公生平學術，爲中丞練公所推引，及召至，文皇踐祚，遂入翰林，洊歷内閣。廷臣忌其戇直，遷祭酒，二十餘年不預閣務。然掌院監國，功在纂修洪、永兩朝大典、性理大全等書，皆總其成，天下賢士，多出其門。公於是時不可謂不得君，而浩然引疾致仕，豈忘世之人哉？君子進退以時，見可而進，知難而退。計公同時入閣之七人，或久繫，或死詔獄，雖以楊文貞之秉鈞最久，晚節憂危，幾至不免。公蟬脱富貴，去就泰然，出而功在館閣，知人得士；退而與士大夫詠歌講學，位列賓師之間，肥遯江湖之上。易稱「君子幾不終日」，公庶幾近之。

余讀其傳，未嘗不三歎息，想見其爲人也。其詩似初唐，賦本離騷，文根極理要，不加雕刻，小品雜著，皆有可觀。披文以考質，抽詞以見志，豈特馳騁筆墨而已哉？於戲！東里文貞公序之詳矣，余特因重刻而述其概若此。康熙癸卯嘉平月五日，江左後學施閏章譔於臨江之愚樓。

頤庵集卷首　清康熙刻本

重刻頤庵集序

邵吴遠

新淦胡若思先生，永樂間以文章譽望，歷官司成，年未至而歸里。從容鄉國，又二十餘年。其文皆原本六藝，潤澤風雅，折衷百家，而約其指歸于閩洛。所著頤庵集，爲文苑所推重久矣。丙辰歲，余衡文臨江，慨然追慕前哲，而先生後人諸生麟兆偕其子之球、之珩、之瑾，攜頤庵集以來乞余爲序。其時四郊多壘，治職少暇，鹿鹿未遑。今年辛酉，于役粵東，還舟再過臨江，而先生後人皆余門偉士，復來修謁，兼申前請，蓋余宿諾五六年矣。

因念故明在成祖時，去開创三四十年，武功定而文治起，烏傷、金華既往，而先生輩以碩儒名德，膺其運會，昭融昌大之氣，與文章相映發，故其摛藻掞華，高瑋閎壯，爛然如日星之經天，卓然如山嶽之奠鹿，噰噰喈喈，如鸞鳳之和鳴。文貞之稱先生曰：「智識宏遠，雍容温裕，篤于經而不媿于古。」文敏則曰：「學得孟氏之緒，而文造司馬、昌黎之奧。」文定則曰：「儀式後學，爲國之賓，爲鄉先生。」蓋三楊皆先生同館，而文定則先生門人也，故其言信而有徵如此。

余過先生之地，而仰其遺風，又得讀其集，想見其爲人。濡毫染墨，以附諸先生之後，豈非余之所厚願哉？顧明史之職，余適分草高、文兩朝事，而兩朝大典，實先生所手定。先正館閣之體，與東里並重，以啓弘、正西涯諸公之極盛。又以歸老餘年，講明性理絶學，以啓康齋、敬

齋之道統。而余徒以紀述贊頌，竭千秋仰止之思，於先生有深愧焉。述彭蠡之波瀾者，豈能寫其浩瀚；狀匡阜之峰勢者，豈能繪其烟巒；揚扢先哲之文章者，又何能推及其淵源，而悉著其神理哉？勉爲之序，既不敢忘舊諾，亦聊以志後學之私云爾。康熙辛酉歲仲冬至日，欽差廣東正主考、翰林院侍讀、纂修明史、前提督江西學政内陞光禄寺少卿邵吴遠題于臨陽舟次。

頤庵集卷首　清康熙刻本

重刻頤庵集序

吴　煒

余較士臨江，於童子中得二卷，撫几稱快者久之。榜發，二子來謁。一爲胡之瑾，一爲胡之珩，則胞昆弟也，年甫髫耳。越數日，袖其先世文集求序於余，則爲先正頤庵先生所著艸也。余謂是集之序備矣，何容贅。無已，則聊推子求序之意而廣之。

先生際昌時，贊密勿，調元弘化，其功業在史册者不勝書，特一時文章正始之盛，猶可於詩歌想見其渾噩之風焉。夫由至性而發爲文章，由文章而施之政事，代有傳人。然非文章之足以傳人，人自足以傳文章耳。先生與六人同時入閣，迨典成均，而位望日益隆，道學日益深邃，故其爲文，中正和平之音溢於言表，無非原本六經，期合於聖賢之道而止。

蓋文而不本於道，則其文特一時之觀，安足以傳後世？今先生距今三百載，愈久而愈益貴

重者，豈徒以其文哉？道德蘊諸躬，而光輝自見於外，以歷百世而彌光，其傳也有自来，其成也有自始。其用功深也，其收名自遠，洵非一日之故矣。吾獨怪今世之人，詡詡然求學古先聖賢之道，而不知自求其道，亦見其惑也。夫家有至寶，舍而外鶩，智者不如是。昔人有言，國中有顏子，何必他求？况在一體相承之苗裔乎？胡子勖之，典型如昨，高山仰止，無讓爲他人企慕可爾。康熙歲次丁未葭月朔，江右學使者北平後學吴煒譔於三樂堂。

頤庵集卷首　清康熙刻本

重刻頤庵集序

魏學渠

往予見錢虞山列朝詩，當永樂時，有賓客胡公若思，以乙科召入翰林，直内閣，持論切直，爲同官所忌，言公學行當爲師儒，奪其機務，出爲國學祭酒。踰二十年，加太子賓客致仕，家食又二十年卒。作爲歌詩，多旅人思婦屏營吟望之辭，怨而不怒，有風人之遺，私心竊嚮往之。

有明國初，主多猜忌，文學侍從臣往往厄于讒刺，大者誅僇，小者放逐。賓客從容朝列，且北征監國，得謝政歸老，以功名壽考終。其人知幾明哲，學問淵深，可想見也。予辛酉持節湖西，觀風屬邑，得新淦胡子之瑾文，首拔之。相見則少年英雋，舉止有大家風度。詢其家世，知爲胡公後人。手頤庵集一編見示，且請爲序。予受而讀之，文章原本理學，博大春容；詩賦出

入漢魏，音節和雅。洵盛世之典型，文學之冠冕也。

先是，公集散佚不傳。其裔孫諸生麟兆，受知於我友愚山施子，以未獲校輯先集爲憾。愚山子從藏書家借得刻本，授麟兆而重刻之，序以行世。我聞盛德之後，必復其始，賓客之學藴事功，已盡發攄於當時；賓客之文采風流，尚其繩武於奕世。胡子勉之哉！康熙壬戌八月既望，江西分守湖西道淛西魏學渠題於章門舟次。

頤庵集卷首　清康熙刻本

重刻頤庵集序

高培

合離之故，豈由人哉？蓋亦有天焉。黄流發崑崙之墟，離而伯，離而仟，究之以海爲歸也。徵乎物理，靡不盡然，矧若人乎？矧若祖宗之暨厥子孫者乎？至夫德業文章，天地之光華，久而彌彰，晦而益顯，故前聖之藏，雖經秦火，然汲冢恭壁，終不可泯没，珠含玉藴，理有固然，是豈山澤之能哉？

臨陽，昔隸豫章，壤相接也。歲辛卯，余膺命除戎豫郡，寒暑九更，歷稽誌載名賢，至若思胡先生，祖籍臨陽，繼徙豫章。故臨、豫二郡，咸有俎豆焉。因考文獻，而知公世爲湓裔云。逮余守臨陽，甫莅官，釋菜廟廷，見郡學傾圮，弗愜於厥心，遂捐俸修葺，殿廡重新，鄉賢名宦，次

第具舉。更沐參藩施公鐫記不朽，敘次先代名賢，表章振起，循舊葺主，以存崇祀，廣搜理學、忠節遺編，間採高人逸韻，復爲梓行，以備兹土文獻。而淦庠胡生麟兆，因騰霄、頤庵諸祖舊集屢燬於兵燹，復以先世所輯金川世業重訂剞劂，同子之球來謁余請序。

余慨然歎曰：若思先生文行振世，炳耀史册，不可殫述。而先世騰霄、宜輔、執之諸先生，一時理學文章，琬琰圭璧，翊贊於廟廊，相與賡歌，休美迄今，即其詩章，猶可想見其風烈焉。麟兆克纘令緒，闡揚先德，誠可嘉尚。而參藩施公景慕前賢，嘉與來學，復構取頤庵全集踵刻以行，所謂久而彌彰，晦而益顯，諸先生之德業文章，洵天地之光華，其不可掩如此。而當日徘徊淦里某水某丘之詠，不啻如楚庚桑殁可祭於社者，先生之至性，於今猶見焉。余感夫離合之故，實若有造物者存是，豈博望之所能窮，而桑酈之所能紀哉？因慨然而爲之序。康熙癸卯孟夏朔日，知臨江府事蘄陽後學高培序。

頤庵集卷首　清康熙刻本

重刻頤庵集序

胡之琳

余以筮仕之初，承乏江右之淦陽，見其山川秀鬱，迥絶恒區，心竊異之，意必有偉人傑士發蹟其間。徐觀志載文獻，忠節、理學、名賢接踵比肩，益信川嶽之鍾靈，不誣也。視事未久，胡

生麟兆偕其子之球，特持一帙謁余，請曰：「此先代諸祖名賢實録也，前此公祖父師均不鄙而賜序焉。」

余肅然起敬，披閲至再，因喟然曰：嗟乎！世澤之宏，其流必遠。粤稽所自，實惟宋忠簡胡公之傳，迄今讀其疏章，猶凛凛有生氣。六傳而遷於淦城之南，裔愈繁，祉愈厚，而騰霄先生以理學名家，式穀後昆，貽謀奕葉，淦之名賢，胡氏始著焉。數公之勳階政績，載在國史與譜之家乘者，實録序之詳矣。獨是理學文章，後先媲美，開基於騰霄先生，而繼緒於執之、宜輔兩先生，昌大於若思先生。一時應運之盛，殆指不多屈也。

若夫序公之文，歷經諸大家評品，琳何容言。且諸公集洊歷兵燹，僅存什一，即若思先生所著頤庵集，幾慮失傳。幸賴分守施公留心著述，重新中丞練公之刻，廣搜名賢遺編，以備文獻，乃得是集於藏書大家，諭示胡子編定重刻。胡子訪其先世之文，渴若求飲，今得全集，適慰厥衷。夫人一念精專，金石可感，天地鬼神猶將應之，況氣體之親、噓吸畢貫者哉？抑若思先生之精華爲不可掩，將欲廣爲流布於人間，故遇分守公爲之表章，再吐其秘。分守公之著作，與若思公之精華，志符道合，豈非曠代而一轍者耶？

前名賢實録者，明家譜、昭世業也，所以著淵源系次之所統也。兹踵之以頤庵集，而必附先世諸公遺文者，纂大成存專家也，不敢以後人掩前烈也。世傳若思先生爲南昌籍，今觀集中所載，公緣以兵徙僑寓，因而奮跡青宮，故其發於詩歌，誌淦地祖隴，并譜淦系諸序獨詳，一篇

之中，三致意焉。公惟睠懷乎發祥之肇迹，未暇計改遷之新圖，公之心已蚤定矣。胡子什襲而纂修之，其殆心公之心者乎？及閲史册所載，練中丞公、金文靖公俱屬淦人，與胡氏父子祖孫項背相望，氣運之蔚萃，益信名山大川鍾靈毓秀，有關於國家風俗之淳澆，千百年如一日也。琳以分守公之好德尚賢如此，敢不疏附後先，稍捐工資，共勸盛舉，以爲將來應運之賢士大夫前導耶？敬端簡而爲之序。時康熙癸卯孟冬朔，知新淦縣事青溪後學胡之琳撰。

頤庵集卷首　清康熙刻本

重刻頤庵集序

黎　騫

余讀鄉先正賓客胡頤庵公集，有感于當日進用閣臣七人，多起江右。吉有西楊、胡、解，而吾臨則金文靖與公在焉。方其時，王氣萃於東南，故聖天子起淮、泗，建大業，諸大臣産臨、吉接壤間，皆能翊贊鴻猷，以懋臻盛治，益歎川嶽之鍾英爲足述也。

初，公由練公安薦入詞林，遂直内閣，典機務，掌院監國，纂修兩朝實録、永樂大典，皆爲總裁。已而晉陟賓師，與金公同爲一代名臣。夫練與金皆淦人，與公同里，則淦尤爲一時之盛矣。公著作重海内，而進止適時宜，每承顧問，必從容審度而後對，處事精悉，上傾心焉。後幸太學，賜坐講經，賚予優厚。於時國學最重，非其人弗能任。公故以閣臣兼領是職，誠慎之也。

記稱，長陵一日顧公等曰：「汝七人朝夕共事，鮮離左右，惟謹終如初，庶幾保全君臣之美。」自今思之，春雨而外，尚有旋罹天狴者，公抒誠竭慮，篤於忠謹，猶然師表四方，輔導儲君，見信嚴主，豈非識深於燮理之外，才蓄於委任之中，惟恭慎足，以保終歟？迨仁宗既立，方慶泰交集棘，諸臣復升鼎鉉，而公則以疾請。予在史館，見仁宗賜公手敕璽書，褒美甚至，略謂「卿以股肱事我太宗皇帝，輔朕春宫，復職史事，勤勞實多，繄朕嗣位，篤念舊人，卿以疾不見者數月，昨命侍皇太子講讀，乃聞衰疾日臻，用是惻然，特進卿爲太子賓客仍兼祭酒致仕，賜寶楮爲道里費，命有司給舟車還，蠲復子孫」云云。

余今觀之，君臣之際，情意婉篤，誦之感動。厥後王振恣權，常以高齡倦瘁諷三楊，公已蚤見及此矣。弇州記謂：宣德初，内閣大臣俱在位。正統間，公與少保黄公淮尚居林下，以爲盛事。公出處之正，故可爲士君子法也。至其詩文若干卷，炳朗昭徹，先後諸公序之詳矣，毋容予贅。公歸老二十餘年，講明性理之學。親藩禮遇之，方岳重臣咸待以師禮。年踰八十卒，詔遣官諭祭葬。王世貞公作謚法攷，直欲追公以上謚爲快。

楊文定公，所取士也。文定自矜，筆墨簡嚴，而爲公墓誌頗悉，首稱公世爲淦人，以淦舊隸豫章，故因兵燹，僑寓龍興。今觀公所作玉笥白雲圖詩序及灌城阡碑、譜圖淦學諸記，原本至性，纏綿悲切，眺江山而念松梓，若無一刻之不往來於金川、玉笥之間，與韓忠獻之勤求博野、贊皇先世之封兆，勞心悴神，悲思見於筆墨，同一仁人孝子之極思也。夫事有在耳目之前，名

譽顯白而且晦蝕者，予見分省人物攷有以清江敖公英攷入于靖江者，大政記於宣德七年陞薦舉等官，各序舊歷官職，而於先諭德獨書曰：交阯南靈州黎某，漏一官職，遂若爲交阯之黎矣。如此類實繁，深可詫異，況乎公之于南浦金川，舊隸接壤者乎？

嗚呼！淦當一時之盛，若練以死難著節，金以扈從立勳，不免爲淦、峽之兩祀。至公以理學相才，爲一代師表，竟亦相沿爲豫產者。予忝與公同鄉，復職史事，知公世系甚詳。向非同館施、邵諸公，歷官茲土，徵求舊集、誌乘而表彰之，後起者將奚考焉？旨哉！韓忠獻之誡其後曰：「向若家諜之弗謹，祖先文字無傳，雖有孝於祖先之心，欲究其宅兆而嚴事之，其可得乎？」然則有能體先世勤勤原本之思，而且存録先世遺書以傳諸奕葉，如吾友祚修者，尤足爲天下之仁人孝子者法也。祚修與其令嗣之瑾兄弟皆有文名，敬修先緒以永令譽，益慶忠簡，暨頤庵諸先生明德之遠而未有已也。康熙丙寅長至日，翰林院檢討同里後學黎騫撰。

頤庵集卷首　清康熙刻本

重刻頤庵集後跋

王　言

余幼讀李卓吾藏書，見其臧否千百年人物，如法家爰書。及傳吾鄉先達胡若思先生，則曰御史大夫練安薦儼學足達天人，智足資帷幄；又曰儼雖出內閣，不與機務，而朝廷大制作太祖

實録、永樂大典、天下圖誌，皆推總裁，列公於内閣輔臣傳中。卓吾固所稱立言者也，推重若此，公爲不朽矣。

公之全集藏於城南水竹居者，先年悉燬於火。重刻於江西者，開府趙公也。再刊於兩粤者，中丞李公也。後爲編次删訂者，督學謝公也。鼎革之後，文獻湮没，裔孫祚修懇啓守憲愚山施公搜求全集，手授文序，捐資剞劂。書成，而學使者邵公戒三、吴公粲叟、魏公子存、高公尚乎、胡公介石，俱爲之序。而祚修復徵余一言，以次編末。

顧余何人，敢以無文之詞，僭附諸先生後。然嘗思之，吾淦皂嶺矗峙，秀溪縈繞，原濕沃衍，扶輿華靈，鍾而爲節烈之練公子寧、勳業之金公幼孜，與公比肩事主，鼎立一時。而練公之金川玉屑集，金公之文靖集，俱淪落於斷簡殘編，每令後生小子有莫窺全豹之歎。獨公之集，炳炳烺烺，如焕日星，刊布流行，豈非先生之靈根不可泯滅，故裕起後昆，用光前烈，如祚修之纘承，可不謂賢乎？

蓋公世爲淦人，因徙居南昌，世遂稱爲豫章人。亦猶李白世爲蜀人，成都府誌載「白生於彰明縣之青蓮鄉」，而劉昫修唐志載「白爲山東人」耳。吾臨淦郡邑，俱祀公於鄉賢，春露秋霜，俎豆維馨，高山仰止，景行行止。余雖謭劣，而心寔嚮往之。至若公之文章道德，著作勳庸，諸先正序之詳矣，不敢復贅。康熙丁卯歲仲秋月，賜進士第候選同邑後學王言謹跋。

頤庵集卷首　清康熙刻本

重刻先集引言

胡麟兆

先相國若思公頤庵全集，原刻數十卷，楊文貞、文敏諸公校序，藏板於金川城南水竹居。後因祖龍之變，與先太祖雲端、子泰、子持諸公詩集焚燼無餘。正統間，巡撫江西都御中丞當陽趙公新重刻行世。隆慶辛未，大司馬中丞蟠峰李公鎮撫兩粤，其先世受經於若思公，得其教旨甚悉，遂與蒼梧兵備僉憲楊公文明、知高涼郡吴公國倫復加詮訂行世。嗣蒙督學謝公虬峰崇祀名賢，徵求故集，與江西都御史徐公栻遂裒二集，屬郡侯周公良臣編次删刻，較舊本已删過半。中紀豫章之故實甚詳，然則豫章之以公重，宜矣。乃人言胡祭酒則必稱豫章，是固非知公者也。

公世爲淦人，其先家新淦之城口，自公七世祖竹澗先生，宋端平間始遷邑城之南。數傳至公，當有明鼎革，里井兵疫、飢饉薦臻，公遂徙居，僑寓南昌。薦陟台階，歷仕數十年，然不嘗須臾忘情故土，特疏乞歸淦里，贈享先墓，得奉恩詔褒美，蠲復子孫。至今讀玉笥白雲圖詩序，孝思之誠，發乎天性，風雨霜露，愛慤猶存。觀公自敍族譜與公考妣灌城新阡碑，其□□可攷而知也。

公之殁，江西參政張公居傑具公行狀走京師，徵太師門生楊文定公爲書墓上之石。自稱

公諱儼，字若思，世居臨江之新淦。自幼受經於伯父諸先生，水源木本，垂之貞石，而公之靈，庶幾慰矣。臨淦郡邑，舊祀鄉賢，咸有俎豆。麟恐世遠，文獻漸湮，謹輯先王父徵仕郎南汀公所採先世諸祖名賢實録及金川世業二卷，啓懇參藩守憲愚山施公乞序重刊，尚以未獲公之頤庵全書爲憾。

癸卯孟冬，更沐施公徵賜全集詩文十二卷，手序編訂，爰授剞劂，仍附金川世業，合爲一編。繼蒙督學粲叟吴公、戒三邵公，參藩子存魏公，郡侯尚孚高公，邑侯介石胡公暨郡邑縉紳先生瀟雲黎公、慎夫王公，相與後先增序，而先世遺書，始復舊觀矣。集成，麟乃讀而歎曰：先公文集，諸體具備。先正風雅，卓然在望。理學經猷，於是乎見。此宇内所爲樂觀其盛者，況桑梓乎？今夫里巷之人，一行足録，猶將述而志之，以爲風紀之一助。矧世系相承，而令嘉言懿行淹没不彰，其何以慰公志於九原也哉？公之玉笥白雲圖，家藏既失，謹倩名人重繪，更祈縉紳名流相與倡和，使珠聯璧合，垂爲世珍。舊刻名賢實録誌狀一編，與諸祖優恤文移附刻，以存崇祀。俾世守勿替，庶一紀其實，一傳其文，均垂不朽矣。敬書帙末，以志悃誠云。時康熙壬戌孟冬望日，裔孫邑庠生麟兆薰沐謹述。

頤庵集卷首　清康熙刻本

四庫全書總目·頤庵文選

頤庵文選二卷，兩淮鹽政採進本。明胡儼撰。儼，字若思，南昌人。洪武末以舉人授華亭

教諭，永樂初擢翰林院檢討，與解縉等同直内閣，遷國子祭酒。洪熙元年，加太子賓客致仕，家居二十年而卒。事蹟具明史本傳。史稱儼少嗜學，於象緯占候、律算醫卜之術，無不通曉。又稱是時海内混一，垂五十年，公卿大夫彬彬多文學之士，儼館閣宿儒，朝廷大著作多出其手，纂修太祖實録、永樂大典，皆爲總裁官，而以議論戆直，爲同僚所不容，故久於國學，未能大用。其詩頗近江西一派，詞旨高邁，寄託深遠，與三楊之「和平安雅」者氣象稍殊。文章則得法於熊釗，釗學於虞集，授受淵源，相承有自。故其氣格高老，律度謹嚴，可以追蹤作者，卓然爲明初之一家。明史藝文志載頤庵集本三十卷，此集詩文各止一卷，乃後人選本，非其全帙。然嘗鼎一臠，亦足以知其概矣。

欽定四庫全書總目卷一百七十　清武英殿刻本

附録三　金川世業附刻

詩

元旦待漏

雞鳴漏徹馬頻嘶，絳蠟籠紗滿御隄。露瀉金莖雙扉曉，天垂黄屋五雲低。平平輦路通霄漢，耿耿文星焕壁奎。列國衣冠咸獻歲，八荒壽域喜同躋。

贈北征將軍

獻賦經年不見收，客囊剩有鷫鸘裘。白虹遥指延津合，紫氣今瞻天柱浮。帶礪東南懸半壁，澄清中外勒千秋。識荆修贄無長物，願進官家酒一卣。

和曾得之回京師韻

天壍東南聳石城，龍蟠虎踞壯神京。輿圖不改山河舊，日月同明海宇清。歌舞滿樓凝王氣，閶闔撲地張風情。幾回遐想繁華處，有日重來被寵榮。

讀詔

龍飛九五起朝儀，鳳嘴銜書五色奇。日月同明臨海嶽，乾坤中立定華彜。歌謡不忝康衢老，諷詠宜賡大雅詩。從此金甌磐石重，生民何幸際雍熙。

奉詔歸里

半世功名一旦收，多情爲我更何求。家貧到骨原非病，詩債關心不是愁。樽酒且須陪客醉，廟堂有待爲民憂。乘閑且理棲遲事，付與浮生任去留。

秋日寫懷

八月涼風收瘴烟，滿林香露桂花天。思家夢隔三巴水，去國身隨萬里船。放曠且須耽伐

木，寬閑何必賦歸田。人生到處堪行樂，況是名聯雨露邊。

遊玉笥山

畢境閟琳宇，深溪卧玉梁。雲山莽回互，水月淡微茫。谷暗紫蘿合，磵春瑶草芳。野橋通石棧，仙奕隱茅堂。尋壑聞猿嘯，飛空看鶴翔。何時脱塵鞅，棲遲詠洞章。

挽練子寧

追陪青鎖日，頃刻盡風流。綱常誰獨荷，社稷尚餘憂。風送龍驤雨，人哀雁斷秋。豪雄孰不死，宇宙此生浮。

元夕觀燈

上陽宮闕絶塵埃，金吾弛禁洞門開。九街風月笙歌擁，鰲隨鳳輦駕山來。

送友之京

珍重隨珠旅夢邊，風波處處漫爲緣。山中尚有聞雞客，莫負明時只兩肩。

首陽山

夷齊歸去此山阿，風雨年年長薜蘿。舊隱不知何處是，登臨徒誦採薇歌。

過赤壁

江山如舊水連天，明月清風滿客船。斗酒可謀魚可得，不知誰是老坡仙。

寄諸子 三首

吾家舊物有青氈，負郭何須二頃田。寄語諸郎毋自棄，磨穿鐵硯貴心堅。

良田廣宅最宜居，白璧黄金亦可儲。到了不知成立後，兒孫賢不果何如？

家住金川水竹居，去時松菊想猶存。寄語未卜歸田日，稚子毋煩數候門。

題畫 四首

青山茅屋四無鄰，静植雙松當主賓。只有小橋流水外，日長時見往來人。

林下誰家門巷深，紅塵遮斷樹陰陰。朱光徹地不知暑，嬴得好山相對吟。

山木蕭疏烟霧空，小茆亭外起秋風。投閑有客來何許，坐占磯頭學釣翁。寂寂溪山雪後時，野梅纔放兩三枝。遲行却笑騎驢者，凍皺雙眉只爲詩。

寫懷

報國心勞睡不成，坐聽山澗水流聲。更殘燭冷無情思，起傍梅花蹋月行。

以上胡雲瑞著

詩

金門待漏

東方曈曨天咫尺，側耳銅壺漏尤滴。五雲坊北曙光寒，萬歲山頭月華白。九門未起朝未盈，銀河湛湛星熒熒。偏垂一榻坐清曉，細聽五鼓敲寒更。碧霄路近無由入，停鞭下馬夔龍集。玉殿風輕鳷鵲高，金莖露重芙蓉濕。鏡天無雲光陸離，羲和鞭馭來何遲。心存報本發深省，志欲補衮窮幽思。斯須九重仙樂動，籠紗夾道中官從。窈窕雲車駕六龍，岧嶤丹扉騰雙鳳。聖人端拱登明堂，百寮敷奏嚴趨鏘。廣宣惠澤徧遐邇，皇圖永固尊堯湯。

元日

紫禁敲殘五夜鐘，扶桑初日上曈曈。三千禮樂春風裏，十二樓臺王氣中。濟濟冠裳新獻歲，滔滔江漢舊朝宗。吾皇神聖天同德，載展龍圖壯九重。

徵辟赴召

徵書昨日到林坰，便戒嚴程上帝京。晝鷁凌波天欲曙，彩雲扶日雨初晴。千金難買君臣契，三載惟乖母子情。忠孝由來無二致，且攄衷赤答皇明。

寓感

幾年塵土涴儒衣，此去青雲路可追。最是看花天上日，絶勝攀桂月中時。光芒老劍終難閟，汗血神駒不久羈。寄語五陵年少客，九衢寧許獨驅馳。

游玉山和韻 二首

見説江南紫翠堆，躡雲曾上最高臺。人寰下視窮幽賞，仙境留題屬俊才。千古神仙第一曲

廟，四時春色石間苔。旌旆有待重臨日，更把山關取次開。

翠作帷屏雲作堆，洞門深鎖舊樓臺。青鸞西去迷仙跡，紫氣東來識異才。涼月夜臨玄圃樹，天風晴掃碧山苔。玉書何事無消息，應是年深閉不開。

中秋懷諸同志

楚客西行逢節序，坐臨鷗渚暫徘徊。遥天夜色舟前入，老桂秋香月下來。酒爲愁寬宜宴樂，詩從興盡懶敲推。明年此夕同諸彦，懷抱猶應何處開。

水竹居 二首

雲林宴密樹交加，庭院深幽晝不譁。竹几蒲團青汗簡，紙屏石枕碧窗紗。狻猊爐煖香烟直，翡翠簾低乳燕斜。宿酒醒來無箇事，膽瓶添水浸梅花。

塵飛不到冥棲處，梧竹陰陰繞四圍。滿紙龍蛇書罷草，半枰車馬着殘棋。風行水面看魚躍，月出林間見鶴歸。人境宛同仙境好，幽情渾勝俗情稀。

龍安觀

玄室風清掃俗埃，何須入海訪蓬萊。猿驚曉洞游人去，鶴繞秋壇羽士來。世路幾回青草

合，仙家依舊碧桃開。惟當結屋青巖畔，讀罷黄庭戴月回。

過岳武穆墓

痛醉黄龍未有期，興亡天道自如斯。金牌已入無君手，鐵騎能安報國時。山色參差偏殢恨，湖聲嗚咽似鳴悲。可憐忠骨塵埋處，贏得游人漫賦詩。

春日禱雨

三春方播穀，靈雨乃愆期。我皋伊何在，民勞已若斯。牛羊愁宿草，鴻雁叫高枝。中夜披衣坐，重歌雲漢詩。

龍安寺

舊寺悲蕭颯，新開接渺茫。移來斑竹活，分得紫莖芳。茶鼎烟初裊，梧弦響欲張。登臨饒逸興，應悉次公狂。

登峰遇雪

滿天珠翠拂征衣，憑眺何緣祗掩扉。片片花開無摘處，夢魂應逐白雲飛。

赴京

千里一行客，五年重到京。有身應許國，不是好沽名。

憶友

憶别故人後，寸心長弗諼。深期訴衷曲，邂逅竟忘言。

以上胡子泰著

頌

騶虞頌

大造毋羣品，莫不遂所天。聖人贊化育，萬物歸陶甄。端居位九五，垂衣臨八埏。禮樂甚炳焕，文明盛昭宣。淳風軼大古，惠澤沾黎元。永樂二載秋，賢王出於田。仁哉有騶虞，見彼鈞之原。維生彰帝德，奉獻躬馳轅。彩輿置廷陛，馴性誠天然。白質冰玉潔，黑章雲色鮮。生

物口不噏，生芻足不跧。嘉徵儗麟鳳，庶顛寧相先。諸史未之紀，周詩已名篇。在昔實希有，於今方見焉。臣民滿朝野，歌舞稱堯年。

神龜頌

先皇致治綏九圍，嗣皇繼治昭無爲。鐫碑勒成紀先烈，神功聖德天巍巍。龍潭之山獻趺石〔一〕，石間神造生靈龜。一卷舊染緑毛色，玄介微縈金縷輝。深沉后土幾千載，一出便到黄金闈。天生神物豈易致，聖人馭世斯來歸。

【校勘記】

〔一〕「趺」，原作「跌」，今據意改。

醴泉頌

憶昔先皇奮神武，致治雍熙冠前古。聖皇垂拱紹宏規，徼外戎行盡編户。琳宫藏事隆孝忠，嘉禎畢至如有期。神人懽呼慶雲見，白鶴下舞青鸞飛。金門曉闢移仙仗，寶蓋童童九霄上。初傳碧甃醴泉香，復道橋陵甘露降。金烏正上扶桑枝，千官蹈舞懽聲齊。傳觀已謂等瓊液，賜以共詫同甘飴。始知和氣儲祥久，自是精誠徹高厚。小臣稱頌曷勝情，虎拜彤庭呼萬壽。

詩

奉命河南之任

百仗牽風泝上流，推蓬何處是皇州？滿天疏雨孤舟夜，接棹洪濤萬里秋。縣郭半臨江裏面，人烟多在塚邊頭。何時了却公家事，歸向龍墀拜冕旒。

元旦

列炬摇紅旦氣催，屠蘇飲罷少年杯。平安日繞扶桑出，富貴春從爆竹來。萬歲羲皇當寧立，九重閶闔倚天開。新年德澤深如海，指日恩波及草萊。

訪友未遇

襟期難與故人同，三過團山竟不逢。石罅有泉從客飲，柴門無鎖任雲封。練囊剩貯螢燈暗，塵榻猶存燕寢空。久立西風林下路，彷徨何處覓行蹤？

秋懷

桂子香殘菊又開，無端秋序遞相催。雁歸南浦書難寄，寒到西川客未回。遠道殘年逢落木，故園三徑任荒苔。乘時正好攄衷赤，肯學淵明歸去來。

百花寺

古寺覺城東，業林半壁中。戲魚思逸致，洗墨憶餘風。魚警清晨偈，雞鳴曉夜鐘。分陰曾惜處，運甓悼泥封。

九日登高

凴高慵着屐，蕭寺此開尊。菊亦笑人淡，杯難滌我煩。共驚鬢欲白，浪許舌猶存。珍重茱萸會，寧忘孺子言。

遊天王寺

覓勝揖天王，臨風陪感傷。山門今薛蘚，墅殿昔丹黄。月明寒露橘，雲逐度人舫。俯仰悲

身世，衰顔倍老蒼。

四時題 四首

麻衣如雪小烏紗，慣逐東風玩物華。僮僕倦行歸路遠，蹇驢馳醉宿誰家？
蒼顔皓首紫綸巾，静對池塘味道真。不是此花能自潔，如何君子許同倫。
彭澤歸來酒可賒，一杯沉醉是生涯。醒來坐占東籬下，贏得蕭閑對菊花。
玉樓凍合皺雙眉，坐看梅花雪滿枝。應與孤根同操節，耐寒猶自想吟詩。

慶時雨

處處農歌歸帝力，村村社鼓賽豐年。叩門不畏追呼吏，盡日攤書擁醉眠。

過釣魚臺

山水蒼茫帶曉霞，登高憑眺不須嗟。封侯秉鉞人何在，把釣披裘興自賒。

以上胡子持著

校刻姓氏

翰林院侍講前分守湖西道施閏章，字尚白，號愚山，江南宣城人。

翰林院侍讀前江西督學道邵吴遠，號戒三，浙江仁和人。

江西督學道僉事吴煒，號粲叟，順天籍福建人。

分守湖西道參議魏學渠，號子存，浙江嘉善人。

臨江府知府高培，字尚乎，湖廣蘄州人，陞浙江温處道。

王撫民，號端侯，遼東人，陞江西湖東道。

陳克峻，號擎石，福建龍溪人。

新淦縣知縣高檠，字端生，北直清苑人。　胡之琳，字介石，浙江淳安人。

董謙吉，字去矜，河南澠池人。　毛延芳，號石墨，浙江秀水人。

徐翻，字英起，浙江西安人。　馬翊宸，號弼公，北直永年人。

新淦縣學教諭方廣裕，字昌意，南昌人。　曾三接，字象晉，樂安人。

訓導章成美，字亦子，臨川人。　梁天清，字簡臣，泰和人。

郡翰林院檢討纂修明史黎騫，字瀟雲。

郡邑進士熊僎，字叔剡。李焕斗，字次箕。
王言，字慎夫。劉珙徵，字貢玉。
邑舉人張壽南，字秀海。朱際飛，字翼龍。
聶翘，字期騰。胡觀，字聿成。
周卿，字君次。張思藝，字百忍。
張思栻，字志夫。楊鋧，字大聞。
裔孫庚午舉人胡兆璧，上饒教諭，字半璜，金谿藉。
甲午舉人胡鴻漸，分宜教諭，字鼎章，南昌藉。
庚子舉人胡壽先，字介禧。胡起鵬，字騰之。
新淦縣學生員，胡永兆。
新淦縣學生員，胡廣兆。
臨江府學增廣生員，胡安兆。
新淦縣學廪膳生員，胡麟兆。
臨江府學生員，胡之龍。
新淦縣學生員，胡之柱。
新淦縣學生員，胡之球。

新淦縣學廩膳生員，胡之珩。
臨江府學廩膳生員，胡之瑾。
臨江府學生員，胡繩武。
新淦縣學生員，胡繩槼。
臨江府學生員，胡繩謨。
新淦縣學生員，胡繩緒。

頤庵集卷首　清康熙刻本

附録四　目録索引三種

明隆庆刻本胡祭酒集目録索引

胡祭酒集卷七

序十首

胡祭酒集卷八

序十一首

胡祭酒集卷九

記十首

胡祭酒集卷十

頌四首

贊二首

表箋共三首

胡祭酒集卷十一

墓誌銘八首

胡祭酒集卷十二

墓表碑銘共八首

胡祭酒集卷十三

哀辭三首

祭文二首

銘四首

題跋十一首

胡祭酒集卷十四

雜著三首

雜記十首

明萬曆刻本胡祭酒頤庵集目録索引

胡祭酒頤庵集卷一

賦部

古曲歌辭部

胡祭酒頤庵集卷二

五言古部

七言古部

胡祭酒頤庵集卷三

五言律部

胡祭酒頤庵集卷四

七言律部

胡祭酒頤庵集卷五

七言律詩

五言排律

七言排律

胡祭酒頤庵集卷六

五言絶部

七言絶部

胡祭酒頤庵集卷七

序部

胡祭酒頤庵集卷八

序部

胡祭酒頤庵集卷九

記部

胡祭酒頤庵集卷十

頌部

贊部

表箋部

胡祭酒頤庵集卷十

碑部附

銘部附

胡祭酒頤庵集卷十二

題跋部附

雜著部附

雜記部附

頤庵集目録

頤庵集卷一

賦部

頤庵集卷二

古曲歌辭部

頤庵集卷三

五言古部

七言古部

頤庵集卷四

五言律部

頤庵集卷五

七言律部

頤庵集卷六

七言律部

五言排律

頤庵集卷七

五言絶部

七言絶部

頤庵集卷八

序部

頤庵集卷九

記部

頤庵集卷十

頤庵集卷十一

碑銘部

題跋部

頤庵集卷十二

雜著部

雜記部

金川世業卷上

賦

頌

贊

表

七言古詩

五言律詩

七言律詩

五言排律

七言排律

七言絶句

金川世業卷下

記

序

五言律詩

七言律詩

五言絶句

七言絶句

古曲歌辭

銘

附譜圖墓碑

金川世業附刻（胡雲端著）

金川世業附刻（胡子泰著）

金川世業附刻（胡子持著）

圖書在版編目(CIP)數據

胡儼集:上下/湯志波,楊玉梅點校. —上海:復旦大學出版社,2021.11
(明人别集叢編/鄭利華,陳廣宏,錢振民主編)
ISBN 978-7-309-15734-5

Ⅰ.①胡… Ⅱ.①湯… ②楊… Ⅲ.①胡儼(1360-1443)-文集 Ⅳ.①Z429.48

中國版本圖書館CIP數據核字(2021)第111806號

胡儼集
湯志波 楊玉梅 點校
出 品 人/嚴 峰
責任編輯/杜怡順
裝幀設計/路 静

復旦大學出版社有限公司出版發行
上海市國權路579號 郵編:200433
網址:fupnet@fudanpress.com http://www.fudanpress.com
門市零售:86-21-65102580 團體訂購:86-21-65104505
出版部電話:86-21-65642845
上海盛通時代印刷有限公司

開本890×1240 1/32 印張25.5 字數457千
2021年11月第1版第1次印刷

ISBN 978-7-309-15734-5/Z·105
定價:150.00元
